Back
and
Beyond

CLANNON MILLER

Back and Beyond
Clannon Miller
1.Auflage 2015

ISBN-13: 978-1508497592
ISBN-10: 1508497591

Korrektorat: S.W. Korrekturen e.U.http://www.swkorrekturen.eu/
Lektorat und Umschlaggestaltung: MLG unter der Verwendung eines Motivs von
© Shutterstock, Chris Rabkin - 468480
Verlag Create Space Independent Publishing
Druck: Amazon Media EU S.à r.l., 5 Rue Plaetis, L-2338, Luxembourg

© by Clannon Miller
c/o Papyrus Autoren-Club
Pettenkoferstr. 16-18
10247 Berlin
E-Mail: Autorin@Clannonmiller.de
Die Buch- und Coverrechte liegen bei der Autorin

Das Werk ist urheberrechtlich geschützt. Jede Verwertung und Vervielfältigung – auch auszugsweise – ist nur mit ausdrücklicher schriftlicher Genehmigung der Autorin gestattet. Alle Rechte, auch die der Übersetzung des Werkes, liegen bei der Autorin. Zuwiderhandlung ist strafbar und verpflichtet zu Schadenersatz.

Die bibliografischen Informationen der Deutschen Nationalbibliothek: Die Deutsch Nationalbibliothek verzeichnet diese Publikation in der deutschen Nationalbibliografie; detaillierte bibliografische Daten sind im Internet über http://dnb.d-nb.de abrufbar.

Personen und Handlungen dieser Geschichte sind frei erfunden Ähnlichkeiten sind rein zufällig

Inhaltsverzeichnis

Anno 1989 5

1. Abschied ins Leben 7

2. Neustart 35

3. Der Sprung ins kalte Wasser............... 71

4. Unter Verdacht............................111

5. Angebot...................................145

6. Die Edle erwacht..........................183

7. Monsunwald und Motorschaden...........219

8. Annahme..................................267

9. Idylle.....................................303

10. Gottes Wege..............................361

11. Entscheidung............................399

12. Der Kreis schließt sich....................429

Über Clannon Miller..........................462

Von Clannon Miller..........................463

Anno 1989

Die Geschichte spielt 1989.

Das war damals, als die Handys noch so groß wie Bumerangs waren und in kleinen Kisten mit Tragegriff herumgeschleppt werden mussten. Das Internet kümmerte in einer archaischen Vorstufe an Universitäten vor sich hin, und das Cern lag mit dem WWW gerade in den Geburtswehen.

„Work and Travel" war übrigens auch noch nicht erfunden, zumindest hieß es damals anders. Ein Jahr in Australien bedeutete wirklich ein Abenteuer, über das man nicht jeden Tag bloggen oder skypen oder gar bei Facebook posten konnte.

Das ist der Grund, warum ich einfach einen Roman darüber geschrieben habe.

Viel Spaß in Back and Beyond!

1. Abschied ins Leben

„**DAS** heißt also, es ist aus." Anna sagte das mit einer dünnen Stimme. Eigentlich war ihr nach Schreien zumute. Sie glaubte selbst kaum, dass sie so etwas aussprechen konnte. Aus! Die große Liebe, aus und vorbei.

Menrad befürchtete, sie könnte hysterisch werden. Eine Sekretärin arbeitete noch im Nebenzimmer. Sie brauchte nicht unbedingt etwas von dem drohenden Ausbruch mitzukriegen.

„Hör mal, Anna, du bist doch viel zu schade für mich." Sie konnte ziemlich impulsiv sein, obwohl sie so weltfremd war. Also musste er seine Worte vorsichtig abwägen – deutlich zu verstehen geben, dass es aus war, aber doch noch schmeichelhaft genug, dass sie nicht tobte.

„Was hast du denn erwartet? Ich kann dir nichts bieten. Ich würde dich nur hier festhalten. Du bist eine ausgezeichnete Archäologin. Du musst zusehen, dass du etwas aus dir machst." Auf der fachlichen Schiene konnte er sie meistens kriegen. Ein Lob, sogar ein ehrliches, an ihr Können, und sie wäre besänftigt.

Aber Anna war nicht besänftigt. Sie war verletzt, als hätte er ein reales Messer in ihre Brust gerammt. Er hatte sie hereingelegt. Zwei Jahre lang hereingelegt, hingehalten, ausgehalten und abgehalten. Abgehalten vom Leben, vom Beruf, ach, sogar von der Liebe, wenn sie es genau nahm.

„Dieser Job im Institut", begann sie vorsichtig, weil sie immer noch nicht ganz wahrhaben wollte, dass er sie auch darin betrogen hatte. „… der ist jetzt also schon besetzt?"

„Anna, ich habe dir hundert Mal gesagt, du sollst dich schriftlich darauf bewerben."

„Nein, das hast du nicht!" Jetzt schrie sie herum, viel zu laut. Frau Kerner würde gleich hereinschauen und sich wundern.

„Aber das sagt einem doch der gesunde Menschenverstand, dass man sich auf eine mündliche Zusage nicht verlassen kann. Du hättest dich schriftlich bewerben sollen."

Ihre Augen, grün wie ein Teich, sprühten Gift und Galle. Früher fand er diese Augen einfach atemberaubend, jetzt gerade machten sie ihm Angst.

„Es war deine Zusage, Volker." Sie wollte nicht weinen. Er sollte nicht sehen, wie weh er ihr tat, aber schon schwammen ihre Augen in Tränen.

„Mein Gott, Anna. Kein Mensch ist so weltfremd und verlässt sich auf eine mündliche Zusage."

Kein Mensch, nur Anna Lennarts. Sie holte tief Luft, schniefte die Nase und sagte so gelassen wie es ging: „Also gut, Stefanie hat meine Stelle jetzt. Sie hat auch dich, stimmt's?"

Er sagte nichts. Er hätte es ja abstreiten können, dieser Hund. Sie hätte es ihm geglaubt. Sie hätte ihm alles geglaubt, nur um nicht die Wahrheit sehen zu müssen.

„Was hat sie, das ich nicht habe?" Sie schrie schon wieder und warf die Arme in die Höhe.

„Komm, lass uns irgendwo was essen gehen. Da können wir in Ruhe reden." Ausgerechnet heute musste die Kerner Überstunden machen.

„Nein." Sie schlug seine Hand weg, mit der er ihren Arm ergriffen hatte. „Was ist bei ihr anders? Warum?"

Er sagte es nicht laut, aber er dachte es laut: *Sie redet nicht immer davon, dass ich mich scheiden lassen soll. Sie steht mit beiden Beinen im Leben. Sie lebt in der Gegenwart und nicht im Mittelalter. Sie läuft nicht herum wie eine Vogelscheuche, sondern wie eine Frau, aber* ... Und das sagte er dann laut: „Sie ist nicht so gut im Bett wie du."

„Du Arschloch!" Anna wirbelte herum und rannte hinaus. Die Tür blieb offen. Frau Kerner drehte sich auf ihrem Schreibtischsessel um und schaute verdutzt und doch wissend zu ihm herein.

„Ist was, Herr Professor?"

Es war gut. Sie war gegangen und akzeptierte es. Lieber ein Ende mit Schrecken, als ein Schrecken ohne Ende. Sie würde schon wieder auf die Beine kommen. Sie war weltfremd, aber brillant. Zumindest als Wissenschaftlerin und als Liebhaberin.

ANNA irrte durch die belebte Tübinger Innenstadt. Die Semesterferien hatten gerade angefangen, und viele Studenten waren noch nicht heimgefahren. Die Studentenkneipen waren voll. In der Fußgängerzone standen die Tische und Stühle draußen. Es war sehr heiß für Anfang Juli, und jeder genoss den Sommer in vollen Zügen.

Nur Anna hasste ihn und all die Gefühle, die sie damit verband. Es war fast genau zwei Jahre her, als das mit Menrad angefangen hatte. Ein lauer Juliabend, eine Studentenkneipe, draußen im Biergarten, Professor Menrad und sie an einem Tisch. Sie hatte sich so geehrt gefühlt. Sie war damals gerade mit dem Studium fertig gewesen und nannte sich Magister. Menrad hatte sie gedrängt, bei ihm zu promovieren. Menrad, die große Koryphäe der Archäologie. Sie hatte nie seine Vorlesungen ausgelassen, nur um ihn zu sehen, an seinen Lippen zu hängen, seiner eloquenten Stimme zuzuhören und zu träumen von ihm und ihr.

Und dann, an diesem wundervollen Abend, war der Traum wahr geworden. Er war so weltmännisch, so erfahren, so einnehmend gewesen. Und sie? Was für eine naive, dumme Kuh sie damals gewesen war! Immer noch Jungfrau. Er hatte ein leichtes Spiel gehabt. *Ein viel zu leichtes*, dachte sie jetzt mit Wut. Er brauchte nur noch eine überreife, verträumte Frucht zu pflücken, und das hatte er auch getan, schamlos.

„Guten Abend, Frau Doktor." Ein paar Studenten grüßten sie, erstes Semester, Frischlinge. Sie hatte Tutorien bei denen gehalten und gemeint, ihnen was beibringen zu können, und doch: War nicht jeder von denen erfahrener als sie? Sie sah nicht, als sie weiterging, wie die jungen Burschen die Köpfe zusammensteckten und über sie lachten. Diese rote Hose, anno 1978, der schlabberige Pulli, diese Frisur, die Brille, sie war die reinste Vogelscheuche. Dabei könnte sie ganz passabel aussehen, wenn sie was aus sich machen würde. Sie war noch nicht mal sechsundzwanzig und schon promoviert worden. Fast jeder von den Erstsemestern kannte die Geschichte der genialen Doktor Anna Lennarts: mit siebzehn Abitur, mit dreiundzwanzig Magister, mit fünfundzwanzig Doktor. Sie hatte zwei Studienabschlüsse, einen in Archäologie, den anderen in Altphilologie. Sie sprach sieben Sprachen, vier davon waren allerdings tote Sprachen.

Die Studenten waren sich einig, dass die Frau eine Schraube locker hatte.

Anna wusste eigentlich gar nicht so recht, was sie in der Innenstadt suchte. Das fröhliche Treiben widerte sie an und tat ihr weh. Aber jetzt in ihre Bude gehen, herumweinen und sich selbst zerfleischen? Nein! Dieser verdammte Hurenbock Menrad verdiente das nicht. Trotzdem, sie schniefte und wischte sich verstohlen eine Träne aus den Augen.

Es war doch im Grunde ihre eigene Schuld. Sie wäre nie auf ihren verheirateten Professor hereingefallen, wenn sie damals schon etwas mehr Erfahrung gehabt hätte. Doch ihre ganze Studienzeit hatte nur aus Lernen und Jobben bestanden. Es war ihr einfach keine Zeit für Flirts und Partys geblieben. Aber es lag natürlich nicht nur daran, musste sie sich eingestehen. Es war auch ihre Art, sich zurückzuziehen, in Traumwelten zu leben und lieber über das Mittelalter zu dozieren, als auszugehen und zu feiern.

Sie setzte sich irgendwo an einen einsamen Tisch auf die Terrasse eines kleinen Cafés. Von dort aus hatte man einen romantischen Blick auf den Neckar. Sie bestellte sich heiße Schokolade. Es kam Kaffee. Sie wunderte sich, aber traute sich nicht, die hektische Bedienung darauf aufmerksam zu machen. Die Frau guckte sowieso schon so, als ob sie über jede Bestellung verärgert wäre.

Ich bin zu rücksichtsvoll und naiv, sagte sie sich selbst. Das war auch der Grund, warum sie jetzt ohne Job auf der Straße stand. Menrad hatte ihr die Stelle im archäologischen Institut fest zugesagt. Also hatte sie natürlich auf die schriftliche Bewerbung verzichtet – es sollte doch nicht so aussehen, als würde sie seinem Wort nicht vertrauen. Dem Wort des Mannes, den sie über alles liebte. Und dann hatte sie erfahren, dass ihre Stelle zum nächsten Semester besetzt wurde. Besetzt mit der vollbusigen Sexbombe Stefanie Peikert.

Wahrscheinlich trieb er es schon lange mit ihr. Ein Mann, der seine Ehefrau betrog, schaffte es auch, seine Geliebte zu betrügen. Wieso nicht?

„Hallo, Lenni!" Schon wieder jemand, der sie ansprach. Sie wollte ihre Ruhe haben, aber der Typ setzte sich zu ihr. Ach, es war nur Paul, der einzige Freund, den sie besaß.

„Was ist mit dir?" Paul war eigentlich nicht besonders sensibel. Ein Wunder, dass er was merkte.

„Nichts."

„Whisky ohne Eis, meine Schöne!" Paul bestellte, strahlte die Bedienung an und die lächelte schmachtend zurück. Wie macht er das nur? So viel Charme und nichts im Kopf, und trotzdem kam er ohne Probleme durchs Leben. Sie hatten zusammen mit dem Studium angefangen, vor acht Jahren. Anna war inzwischen promoviert worden, und Paul studierte immer noch. Paul würde wahrscheinlich ewig studieren. Er konnte es sich leisten: reicher Vater, alter Adel, keinen Bock auf Arbeit, alles kein Problem. Für Anna war es nie so leicht gewesen. Ihr Vater war ein einfacher Landwirt in Schleswig-Holstein. Vierzig Kühe, ein paar Pferde und kein Geld, um das exotische Studium der versponnenen Tochter zu finanzieren.

Paul legte eine Schachtel Zigaretten auf den Tisch, und Anna griff danach. Er gab ihr Feuer. „Seit wann rauchst du?"

„Seit gerade eben." Sie inhalierte tief, hustete und verschluckte sich so furchtbar, dass ihr beinahe die Augäpfel aus dem Gesicht hüpften. Sie trank hastig einen Schluck Kaffee, hustete noch mehr und prustete dabei den Kaffee auf Pauls blütenweißes T-Shirt. Tränen schossen in ihre Augen, und als sie versuchte, die Zigarette hektisch wieder auszumachen, traf sie anstatt des Aschenbechers den Ständer mit den Bierdeckeln. Paul lachte. Sein T-Shirt sah schön braun gesprenkelt aus, aber wahrscheinlich würde er es morgen seiner Hauswirtin zum Waschen aufschwatzen. Mit seinem Charme ging ja alles ganz easy.

„Eigentlich wollte ich nachher noch ins *Chateau* zum Feiern. Jetzt kann ich mich erst mal umziehen."

„Entschuldigung." So etwas passierte ihr ständig.

„Schon gut. Was ist los mit dir?" Der Whisky kam. Paul zwinkerte der Bedienung zu, und die wurde ganz rosig an den Wangen. So ein Flirt schien so einfach zu gehen. Nur Anna beherrschte diese einfache Kunst nicht. Sie hatte noch nie geflirtet. Noch nicht mal, als das mit Menrad angefangen hatte. Sie hatte ihm etwas vordoziert, eine Übersetzung aus dem Mittelhochdeutschen, bis er einfach ihre Hand genommen und sie mit einem Kuss zum Schweigen gebracht hatte. Die Tränen ließen sich jetzt echt nicht länger zurückhalten, und Paul war schließlich ihr Freund. Also weinte sie eben – wenn nicht bei Paul, bei wem sonst?

„Es ist dein Prof, nicht wahr? Steffi hat ihn jetzt an der Angel." Er strich ihr über den Rücken. „Komm, mach dir nichts draus. Du bist viel zu schade für ihn."

Sie hörte es jetzt schon zum zweiten Mal, und sie würde es zu gerne glauben. Aber es stimmte nicht. Sie war zu schlecht für ihn. Das war das Problem. Etwas an ihr war falsch.

„Er war schon vor deiner Zeit hinter jeder Studentin her. Er braucht es einfach. Du hast es nur nicht gemerkt, weil du so ... so ..."

Er musste es nicht aussprechen: weil sie so weltfremd war. Paul wollte seinen Whisky trinken, aber Anna griff nach dem Glas und trank es leer, und Paul ging vorsorglich schon mal in Deckung. Aber sie hustete nicht. Sie keuchte und rang nach Luft, bekam noch größere Augen, aus denen noch mehr Tränen herausquollen.

„Das Schlimmste ist, dass ich jetzt ohne Job auf der Straße stehe. Ich habe mich so darauf verlassen, dass ich die Stelle im Institut bekomme. Er hat mich richtig hereingelegt."

Paul winkte geringschätzig ab. „Im Institut. So ein trockener Kram! Warum gehst du nicht ins Ausland? Du sprichst doch genügend Fremdsprachen. Was hält dich ab?"

Der Whisky begann in ihrem leeren Magen verhängnisvoll zu wirken. Die Terrasse und der Neckar veränderten irgendwie ihr Aussehen, krümmten sich in Raum und Zeit und brausten laut durch ihre Ohren. Seltsam.

„Wann hast du das letzte Mal was gegessen?"

Gestern Abend, ein paar Chips, aber das war egal. Ihr war der Hunger gründlich vergangen. Überhaupt – sie könnte ja auch einen heldenhaften Freitod sterben durch Verhungern. Dann würde Menrad schon merken ... Sie weinte wieder.

„Komm, vergiss ihn!" Paul hatte leicht reden. Er war bestimmt noch nie richtig verliebt gewesen oder gar gedemütigt worden. Ob er wohl jemals überlegt hatte, seinem Luxusleben ein Ende zu bereiten? Aber wenn, dann bestimmt durch eine Alkoholvergiftung und nicht durch Verhungern. Er war so oberflächlich. Jeden Monat zog er mit einer neuen Freundin herum, genoss das Leben und machte sich nichts aus Gefühlen – weder aus seinen eigenen noch aus denen der anderen, und doch sagte er jetzt ganz warm und liebevoll:

„Hör zu. Du kommst jetzt mit zu mir. Ich ziehe mich um. Dann gehen wir zusammen was essen, und danach feiern wir im *Chateau* eine ganz widerliche Orgie."

Sie nickte nur, weil sie nicht wusste, was sie sonst mit dem Abend anfangen sollte. Verhungern brauchte schließlich seine Zeit. Aber sie hasste Diskotheken und Nachtklubs. Das war nicht ihre Welt. Albernes Verrenken der Körper im Takt zu dröhnenden Bässen und herumhüpfen wie ein Stamm von Eingeborenen? Die Musik war immer so laut, dass sie jede geistreiche Unterhaltung unmöglich machte, und die Getränke waren so teuer, dass selbst ein Glas mit Apfelsaft noch ein tiefes Loch in Annas mickriges Budget riss.

Wenn Paul sie sonst gefragt hatte, ob sie mit in die Disco gehen wollte, hatte sie immer mit der Ausrede ablehnen können: „Ich habe im Institut noch ein paar Knochen zu katalogisieren."

Aber jetzt gab es kein Institut und keine Knochen mehr.

PAULS „Studentenbude" war eine schicke Drei-Zimmer-Wohnung. Der alte Graf von Rosenow bezahlte die monatliche Miete, und Pauls sonstige Exzesse bezahlte er natürlich auch: eine moderne Stereoanlage, Fernseher, Videorekorder, IBM-PC, dazu ein Käfer-Cabrio. Paul brauchte nur mit den Fingern zu schnippen, schon wurden seine Wünsche Realität. Warum waren gerade sie zwei Freunde geworden? Sie waren so gegensätzlich wie Tag und Nacht, nicht nur was ihre Familien und ihre Herkunft anbelangte.

Anna war eine Wissenschaftlerin mit Leib und Seele. Stundenlang hockte sie in den staubigen Archiven, forschte, katalogisierte, zeichnete, übersetzte. Selbst an den schönsten Sommertagen, wo andere sich draußen aufhielten oder sich im Freibad tummelten, vergrub Anna sich in düstere Bibliotheken oder in den Kellern des Instituts.

„Die Bleiche und der Edle", so hatte Paul einmal den Unterschied zwischen ihnen beschrieben. Sie war die Bleiche, die niemals ans Tageslicht kam, die in trockener Materie herumwühlte, die alte, längst ausgestorbene Sprachen fließend beherrschte und jede Tonscherbe beim Vornamen kannte. Und er war der Edle, der schon in Ägypten, auf Kreta und in der Türkei bei Ausgrabungen mitgeholfen hatte, der die Archäologie lebte wie ein Abenteuer. Er begriff nichts von den Zusammenhängen, aber er hatte in der sengenden Mittagssonne im Schatten der Cheopspyramide schon Tee getrunken, in der Ägäis nach Amphoren getaucht und wochenlang in einem romantischen Camp am Fuße des Ararat mit Kurden zusammengelebt.

Er hatte sie damals vor acht Jahren in der Mensa angesprochen. Sie waren beide Nordlichter. Er kam aus Eutin, sie aus Vievhusen. Das hatte sie verbunden, denn der unverständliche, schwäbische Dialekt hatte sie am Anfang zu ziemlich einsamen Menschen in Tübingen gemacht, und mit der Zeit war eben eine Freundschaft daraus entstanden. Anna kannte die Geschichten von all seinen Flammen, kannte jeden einzelnen Leberfleck, den sie besaßen, und sogar die Liebesstellungen, die sie bevorzugten. Er wusste auch alles von ihr, alles über Menrad – nicht gerade seine bevorzugten Stellungen, aber seine verlogenen Liebesschwüre, seine hinterhältigen Tricks, mit denen er kackdämliche Jungfrauen verführte. Und Paul kannte auch ihre geheimen Fantasien, in denen sie von einem wilden keltischen Krieger träumte, der mit einem gewaltigen Breitschwert in der Hand über sie herfiel, sie hart und rücksichtslos nahm und sie zum ersten Mal so richtig befriedigte. Aber der Kelte war halt nur ein Traum.

„Ich bin in fünf Minuten fertig", sagte Paul und drückte ihr die Fernbedienung seiner Stereoanlage in die Hand. „Mach Musik an."

Anna betrachtete das Ding mit Skepsis. Sie besaß auch ein Radio in ihrer Bude, aber das hatte nur zwei Knöpfe und war zumeist irgendwo unter schmutziger Wäsche oder Büchern vergraben. Sie legte die Fernbedienung missmutig auf den Tisch zurück. Sie war nicht technikfeindlich, nein, sie fürchtete sich nur davor, etwas falsch zu machen. Wenn sie sich mit Technik befasste, ging grundsätzlich etwas schief. Im Institut hatte sie täglich am Computer gearbeitet, und das Ding hatte alles getan, um sie zu ärgern, am liebsten war es mitten im Programm abgestürzt, nachdem sie stundenlang pedantisch katalogisiert hatte. Sie hatte natürlich vergessen zu speichern und hatte noch mal von vorne anfangen müssen.

Das ist vorbei, dachte Anna. Sie nahm die Fernbedienung trotzig wieder in die Hand. Alle hielten sie für brillant, warum war sie also zu doof, um ein simples Radio anzuschalten?

Sie drückte auf „Power" und die Power kam. 500 Dezibel dröhnten durch die Wohnung. Der Schallwellen-Taifun wirbelte ihr AC/DCs

Highway to Hell um die Ohren und katapultierte sie rückwärts auf das Sofa. Paul kam aus dem Bad gerannt, mit nacktem Oberkörper, nur in eine enge, schwarze Unterhose gekleidet. Er riss ihr die Fernbedienung aus der Hand und stellte leiser.

„Entschuldigung." Das Leben hatte sich einfach gegen sie verschworen. „Ich habe nichts gemacht!"

„Das ist es ja, Anna." Er ging kopfschüttelnd wieder ins Bad zurück.

Ja, das ist es, dachte sie total frustriert. *Ich muss endlich etwas machen. Nur was?*

Paul brauchte länger als fünf Minuten. Sie begann in seinen Zeitschriften zu blättern. Der Playboy, ein Computermagazin, wieder ein Playboy, eine *Auto, Motor und Sport*, noch ein Playboy. Was studierte der Junge eigentlich, Frauen oder Archäologie?

Briefe an die Redaktion des Playboy: „Er, 26: Meine Freundin, 18, ist Jungfrau. Wie mache ich ihr den ersten Liebesakt so angenehm wie möglich?" Anna lachte leise, dachte an den Hungertod und an ihn, Menrad, das Schwein. *Ich sollte wirklich eine Orgie feiern heute Nacht mit Paul. Warum nicht?* Sie waren so enge Freunde, warum sollte daraus nicht mehr werden, nur für eine Nacht? Sie war in der Stimmung, es Menrad heimzuzahlen, und Sex war allemal besser als Hunger, obwohl sie wirklich nicht der Typ für einen One-Night-Stand war. Ganz im Gegenteil. Sie hatte in ihrer grenzenlosen Einfalt doch tatsächlich von einer ziemlich spießigen Zukunft mit Menrad geträumt.

Endlich war Paul fertig und sie fuhren mit seinem Cabrio in eine Pizzeria. Paul erzählte von Ägypten, wie meistens. Sie hörte ihm gerne zu, auch wenn es fast immer dieselbe Geschichte war. Sie bewunderte ihn, weil er ein Abenteuer-Archäologe war.

Genau das war der Grund, warum sie unbedingt Archäologie studieren wollte. Sie hatte Abenteuer erleben wollen, hatte davon geträumt, eine versunkene Stadt unter der Wüstensonne auszugraben oder ein noch unentdecktes Pharaonengrab zu finden. Aber leider hatte die Realität ihre Träume überrollt. Sie hatte sich ihr Studium selbst verdienen müssen und die Zeit dafür auf ein Minimum beschränken. Und Menrad war der Hauptgrund gewesen, warum sie sich auf das Mittelalter spezialisiert hatte und nicht auf Ägypten.

„Du solltest das wirklich tun." Paul riss sie aus ihren Gedanken. Wovon hatte er gleich noch mal geredet? Sie sollte ins Ausland gehen. Ja, schön und gut. Aber wer interessiert sich in Ägypten für eine Expertin des Mittelalters? Sie schüttelte den Kopf.

„Ich habe mich zu sehr spezialisiert. Ich habe ganz und gar auf diesen Posten im Institut vertraut. Menrad hat mir prophezeit, ich könnte innerhalb von zwei Jahren habilitieren."

„So ein Quatsch, Anna! Das passt überhaupt nicht zu dir. Du bist doch keine Hochschuldozentin, die dummen Studenten langweilige Vorlesungen hält! Du steckst voller Leben, du musst es nur endlich mal erwecken."

Es war lieb, dass er das sagte. Es tröstete sie irgendwie. Sie wollte ja etwas erleben. Menrad war derjenige, der sie bisher zurückgehalten hatte. Aber dadurch war schließlich auch alles andere verbaut worden. Es gab nicht viele Arbeitgeber, die eine Altphilologin und Expertin für das Mittelalter suchten. Und jetzt war Menrad weg, ihr Job weg, und sie stand vor dem Nichts. Da kamen schon wieder Tränen, und Paul wurde ärgerlich.

„Hör auf, dich selbst zu bedauern. Archäologie ist kein Beruf, sagt mein Herr Vater immer. Archäologie ist ein schönes, teures Hobby."

Anna stöhnte und verdrehte die Augen. „Du bist so ein Schwachkopf, Paul. Ich kann mir noch nicht einmal ein billiges Hobby leisten. Ich habe fast acht Jahre in mein Studium investiert. Mein Vater war damals stocksauer, dass ich nichts Vernünftiges studieren wollte. Er wollte unbedingt, dass ich Tierärztin werde. Hätte ich es doch nur getan."

„Jammer! Jammer! Jammer! Die arme Anna sitzt auf der Straße. Ich habe immer gedacht, du bist so eine Powerfrau: Abitur mit 1,2, bestes Examen im Jahrgang, jobbt nebenher in allen Semesterferien, promoviert mit fünfundzwanzig, angelt sich den tollen Professor und jetzt jammert sie herum."

Auf eine besondere Weise rüttelte sie sein Spott wach. „Was soll ich denn deiner Meinung nach tun?"

Er lächelte charmant. „Fang an zu leben. Kauf dir ein paar anständige Klamotten. Geh mal zu einem Friseur. Besorge dir eine neue Brille. Und vor allem: Träume nicht immer nur von einem heißen Kelten, such dir endlich einen. Du bist so hübsch, warum zeigst du's nicht?"

Anna spitzte die Lippen, weil sie sich getroffen fühlte, obwohl er es bestimmt nett gemeint hatte. „Kleider und Friseure kosten Geld, und wenn ich keinen Job habe, dann habe ich bekanntlich kein Geld."

Paul schnaubte entnervt. „Schon wieder das große Jammern. Du hast doch dein ganzes Studium über gejobbt, um Geld zu verdienen. Was hindert dich daran, es weiter zu tun?"

Anna blieb die Pizza im Hals stecken. „Wie? Du meinst, ich soll wieder in der Fabrikhalle leere Milchflaschen ausspülen? Ich habe promoviert. Ich bin Doktor Anna Lennarts."

„Na und?" Er zuckte lässig die Schultern und grinste nur.

Anna war froh, dass Paul bezahlte. Sie musste kalkulieren, wie weit ihr Geld noch reichte. Sie würde zuerst einmal für ein paar Wochen nach Hause fahren, nach Vievhusen, sich von dort aus bewerben und abwarten. Aber die Zugfahrt war nicht gerade billig. Sie konnte es sich nicht leisten, in der teuersten Pizzeria von Tübingen zu dinieren.

Danach fuhren sie in Pauls Stamm-Diskothek, das *Chateau*. Schon nach zwei Minuten fühlte sich Anna total unwohl. Sie wusste selbst, dass ihre Kleidung nicht gerade schick war, dass ihre Frisur mit dem schlichten Pferdeschwanz langweilig war und dass auch ihr Gesicht mal wieder eine neue Brille oder etwas Make-up vertragen könnte. Aber wenn sie sich hier umschaute, wurde ihr bewusst, dass sie nicht nur unmodern, sondern vermutlich eine richtige Schrulle war, im Vergleich zu all den schön gestylten Frauen. Gut, es waren unechte Schönheiten, aber Pauls Kritik klang noch gewaltig in ihr nach und machte ihr Komplexe. Sie war froh, dass Paul sich mit ihr in eine dunkle Ecke setzte und sie nicht den abschätzigen Blicken der anderen ausgesetzt war.

Heimlich rechnete sie durch. Was war von ihrem letzten Assistentengehalt noch übrig? Wenn sie die Ausgaben für die Zugfahrkarte nach Hause und für zwei Fachbücher abzog, dann blieben ihr auf dem Konto noch 110 Mark. Vielleicht sollte sie sich von dem Geld wirklich etwas zum Anziehen kaufen. Sie kam sich in diesem Moment so schäbig vor.

„Was trinkst du?", fragte Paul. Eine Blondine stand an ihrem Tisch und wartete auf die Bestellung. Paul sah Anna gar nicht an. Er flirtete bereits intensiv mit der Kellnerin.

„Cuba Libre!" Und schnell schränkte sie noch ein: „Wenn du bezahlst."

„Ausnahmsweise!" Er vertiefte seinen Blickkontakt mit der Blonden.

Anna hakte das Thema „wilde Orgie mit Paul" ab. Er war ihr Freund, gab ihr gute, aber leider auch sehr deutliche Ratschläge. Er fand sie nicht attraktiv und flirtete lieber mit dummen Blondinen als mit klugen Rothaarigen. Als die Kellnerin weg war, wandte er sich mit einem Auge wieder ihr zu, während der Rest seines optischen Apparates prüfend über die weiblichen Gäste der Disco wanderte.

„Wann fährst du heim?", schrie er in das Dröhnen der Discomusik.

„Übermorgen Vormittag", schrie sie zurück. „Und was machst du in den Semesterferien?"

„Ich gehe drei Monate nach Australien."

Anna verstand in dem Lärm nur Australien und war wieder einmal hingerissen von Pauls Lebensstil.

„Ein Cousin von mir arbeitet in der deutschen Botschaft in Canberra. Ich wohne bei ihm."

„Was?" Anna verstand kein Wort. Paul nickte ihr im Rhythmus der Musik zu.

„Warte nur einen kleinen Moment, ich habe da gerade eben jemanden gesehen …" Er stand auf und ging zur Bar hinüber. Anna folgte ihm mit den Augen und beobachtete ihn – düster, neidisch und auch ein wenig verärgert. Da war schon wieder eine Blondine. Es war eine seiner vielen Exfreundinnen, Heike, die Sex am liebsten im Auto machte. Er unterhielt sich angeregt mit ihr. Sie sahen beide zu ihr herüber und lachten, dann gab es ein paar Küsschen links und rechts auf die Wange, und kurz darauf kam Paul zurück.

„Anna, du, ich habe gerade Heike getroffen … du verstehst bestimmt …"

Anna nickte, sie verstand durchaus, aber als Paul ihr den Autoschlüssel in die Hand drückte und meinte, sie könne damit alleine nach Hause fahren, wurde sie wütend.

„Das Opfer ist wirklich zu groß, Paul. Oder hat Heike inzwischen ein eigenes Auto, in dem ihr es miteinander treiben könnt?" Es gab keinen Grund, eifersüchtig zu sein. Paul war nicht mal ihr Typ, und die Orgie hatte sie sich sowieso schon abgeschminkt. Es war nur einfach die Frustration über sich selbst. Sie war es leid, das hässliche Entlein und die Bleiche zu sein.

Heike hatte kein eigenes Auto, na also. In ein paar Minuten fuhr der nächste Bus. Sie würde schon heimkommen, und schönen Urlaub noch in Australien und tschüss.

AM nächsten Morgen kündigte sie ihr Zimmer bei Frau Mitschele. Es war erst Anfang des Monats, und Anna hoffte irgendwie, die Hauswirtin würde ihr die Hälfte der Monatsmiete vielleicht wieder zurückerstatten. Sie hoffte vergebens.

„Gell, aber so geht das nicht", sagte Frau Mitschele gleich, obwohl Anna noch gar nicht nach dem Geld gefragt hatte. „Sie haben in der ganzen Zeit nicht ein Mal Ihre Fenster geputzt."

Anna sah sie verwirrt an und hatte absolut keine Ahnung, was die Frau meinte.

„Sie müssen des Zimmer schon sauber verlassen, gell? Sie können meinen Staubsauger haben, und da hinter der Heizung sollten Sie auch ein bissle herausputzen, und …" Jetzt zählte die Hauswirtin jedes einzelne Detail in dem achtzehn Quadratmeter großen Zimmer auf, das in den vergangenen acht Jahren nicht geputzt worden war und wahrscheinlich vor Dreck nur so strotzte. Anna hörte entsetzt zu, nickte brav und verschob die Frage nach der halben Monatsmiete auf später. Sie versprach der Wirtin, alles am Nachmittag zu erledigen.

Zuerst ging sie zur Bank, hob das letzte Geld vom Konto ab und löste es auf. Sie würde nicht mehr nach Tübingen zurückkehren, so viel wusste sie sicher. Sie verzichtete auf eines der beiden Fachbücher und ging dafür zum Friseur. Die Friseurin weigerte sich kategorisch, ihr angeblich so wundervolles Haar abzuschneiden. Es gebe ja so viele Tricks und Finessen … und schon ergoss sie sich in eine Lobpreisung über Annas Haarfarbe, rotblond, einfach toll. Hier ein paar Fransen am Pony, ein bisschen durchstufen, aber bloß nicht zu viel, lieber noch mal zum Nachschneiden kommen und auf keinen Fall Haarwachs verwenden, lieber Schaumfestiger

… Anna hörte plötzlich Fachausdrücke, die sie vermuten ließen, dass die Friseurin auch eine Koryphäe in ihrem Fach sein musste. Und als sie in den Spiegel schaute, war sie selbst erstaunt. Der strenge Pferdeschwanz war verschwunden, und ihr schmales Gesicht wirkte gar nicht mehr so ernst und mager. Selbst die vorsintflutliche Brille hatte plötzlich etwas Postmodernes, und die Sommersprossen sahen irgendwie frech aus und nicht mehr wie braune lästige Flecken im Gesicht.

Jetzt mussten neue Kleider her – es waren immerhin noch hundert Mark übrig –, eine Jeanshose vielleicht?

„Bei Ihrer Figur?", rief die Verkäuferin begeistert. „Aber Sie können doch wirklich alles tragen. Nur kein Rot, wegen der Haarfarbe."

Anna verließ den Laden wieder mit grünen Shorts und einem weißen Sonnentop – im Grunde war das ziemlich wenig Stoff für zweiundneunzig Mark. Wie die Verkäuferin es geschafft hatte, sie zu überreden, war ihr ein Rätsel. Sie hatte doch eigentlich eine ganz normale Jeanshose haben wollen.

Nun blieben noch acht Mark übrig. Also war sie gewissermaßen pleite und stand vor dem Nichts, aber sie spürte, dass das irgendwie ein Anfang war. Der Anfang von etwas ganz Aufregendem – dem richtigen Leben.

Als sie in ihre Bude zurückkam, stand schon der Staubsauger, ein Besen, ein Putzeimer und sogar Scheuerpulver vor ihrer Zimmertür, und es war klar, dass Frau Mitschele hartnäckig auf einem Großputz bestehen würde.

Zuerst packte sie ihre Habseligkeiten auf einen Haufen. Das würde alles in einen großen Rucksack passen. Mehr Besitz war in acht Jahren nicht zusammengekommen. Das Meiste davon waren sowieso Fachbücher. Dann suchte sie die Steckdose und schließlich das Kabel im Staubsauger. Das Kabel war tückisch versteckt, irgendwie innen im Sauger aufgerollt, und es kostete Anna ein paar Minuten wissenschaftlicher Analyse, bis sie entschlüsselt hatte, wie man es herauszog. Als der Staubsauger endlich Strom erhielt, schlug er sofort unbarmherzig los. Wie ein gieriges Monster zwängte er seinen Rüssel in den Berg von Annas Habseligkeiten und saugte mit aller Macht.

Anna stürzte sich auf das Rohr, weil sie sah, wie ihr nagelneues Sonnentop gerade darin verschwand. Sie kämpfte gegen den saugenden Drachen an, zog an ihrem Sonnentop, der zog zurück. Sie schlug wie verrückt auf das Rohr ein, aber es nützte nichts, dann lief sie hektisch zur

Steckdose und unterbrach den Stromkreis, doch das Sonnentop war weg, aufgefressen, und sie fing an zu schluchzen. Sie bedauerte sich eine ganze Weile lang selbst, dann holte sie Frau Mitschele zu Hilfe. Die musste dem Monstrum den Bauch aufschneiden. Anna wollte ihr Sonnentop unbedingt zurück.

Die Hauswirtin schüttelte ungläubig den Kopf. „Ja, wie kann denn so was passieren?"

Ja, wie nur? So was passiert immer nur mir.

Frau Mitschele öffnete mit zwei geübten Griffen den Deckel des Drachens, und das Sonnentop wurde aus dem Staubbeutel herausgezerrt: mit Staubflusen verschmiert, grau, halb verdaut.

„Das habe ich mir heute Morgen von meinem letzten Geld gekauft", jammerte Anna.

Und endlich brach das Eis bei der Matrone.

„Aber Mädle", hörte sie die Frau sagen. „So was können Sie doch sowieso nicht anziehen. Sie sind doch eine Frau Doktor. Da läuft man doch nimmer rum wie ein Backfisch!"

Anna sah die grauhaarige Frau an, mindestens sechzig Jahre alt, sah ihr Sonnentop an, oder das, was davon übrig geblieben war, merkte, dass die Verkäuferin sie hereingelegt hatte, und fing schon wieder an zu weinen. Sie war einfach zu dämlich – lebensuntauglich.

Frau Mitschele entpuppte sich aber plötzlich als wahre Stütze ihrer Seele. Sie nahm Anna einfach in ihre Arme, drückte sie an ihren großen Busen und sagte warm und leise: „Es ist der Herr, der immer bei Ihnen war, gell? Ach, das hätt ich Ihnen gleich sagen können, dass der nix taugt. Der hat Sie doch bloß ausgenutzt."

Anna ließ sich gehen und heulte weiter. Alle hatten es offenbar gemerkt, nur sie selbst nicht. Nach einer Weile klatschte Frau Mitschele entschlossen in die Hände.

„So, jetzt kommen Sie mal mit mir mit." Sie nahm Anna mit und führte sie die Treppe hinunter in ihre eigene Wohnung. „Sie tragen jetzt Ihre Haare so hübsch. Das steht Ihnen viel besser als der strenge Zopf da hinten."

Sie zog Anna mit sich in ein Zimmer. Es war anscheinend ein Jugendzimmer, das aber nicht mehr benutzt wurde. Anna hatte sich in all den Jahren nie für ihre Hauswirtin interessiert, und ein bisschen peinlich war es ja schon, dass ausgerechnet Frau Mitschele sich jetzt als warmherziger Rettungsanker entpuppte. Sie öffnete eine Schranktür und Anna stand vor einer sauber aufgehängten Sammlung von schicken Damenkleidern.

„Meine Tochter hat auch in Tübingen studiert", erklärte die Wirtin. „Jura, aber jetzt ist sie verheiratet mit einem Anwalt in Lausanne."

Anna hörte die Traurigkeit in der Stimme der alten Frau sehr deutlich, aber sie hatte keine Ahnung, was sie zu ihr sagen sollte. Wenn sie ihre Mitmenschen betrachtete, dann mit dem Auge einer Wissenschaftlerin: Sprechweise, Beruf, Bildung, Umgangsformen. Aber was war mit den Herzen der Menschen, mit dem Kummer einer alten, einsamen Frau? Was war mit der Scheinheiligkeit eines lüsternen Professors, der nur verlogene Komplimente machte, um eine naive Studentin herumzukriegen?

„Schauen Sie mal." Frau Mitschele zog ein apricotfarbenes Kostüm aus dem Schrank. Es sah wirklich edel aus. Reine Leine, enger kurzer Rock, taillierter Blazer, eine seidene Bluse dabei. „Das passt Ihnen bestimmt. Meine Tochter war auch so dünn wie Sie. Jetzt nicht mehr. Sie ist gerade schwanger." Da war wieder diese Traurigkeit, die Anna ein unbehagliches Gefühl verursachte, und sie senkte beschämt den Blick. Sie kannte alle mittelhochdeutschen Liebes- oder Lasterlieder, altgriechische Jamben, die Reden von Cato und Gedichte von Plautus. Aber sie konnte keinen einfachen Satz zum Trost einer alten Frau sagen.

„Aber das kann ich doch nicht annehmen", sagte sie stattdessen. „Ihre Tochter wird es bestimmt noch abholen."

„Ach wo! Das Zeug ist ja längst außer Mode. Wissen Sie, meine Tochter ist ein bildsauberes Mädle, die hat sich immer gepflegt und auf ihr Äußeres geachtet." Frau Mitschele wollte es bestimmt nicht so sagen, aber Anna verstand ganz gut, was da nicht gesagt wurde: *im Gegensatz zu Ihnen.* „Schauen Sie, das Kostümle ist doch trotzdem noch schick. So zeitlos, gell. Und hier ..." Sie griff noch mal in den Schrank. Ein hellgrünes, eng anliegendes Stretchkleid für den Sommer, der Rücken ziemlich weit ausgeschnitten, am Hals hochgeschlossen. „Das passt doch ganz herrlich zu

Ihren schönen grünen Augen."

Frau Mitschele wählte weiter aus. Eine Marlene-Dietrich-Hose, dazu einen engen Body, ein bunt geblümtes Korsagenkleid, ohne Träger, mit Petticoat, einen langen durchsichtigen, weißen Rock, dazu einen blauen Matrosenpulli.

„Gell, meine Claudia hat einen guten Geschmack."

Ja, das hatte sie wirklich, Anna staunte mit offenem Mund. Aber trotzdem, diese überkandidelten Tussi-Kleider passten doch gar nicht zu ihr, oder?

„So, jetzt probieren Sie die Kleidle mal an." Frau Mitschele legte alles aufs Bett und ging hinaus. „Ich mache uns so lange mal einen Kaffee."

Als Anna dann die Kleider nacheinander anprobierte, fühlte sie sich gar nicht überkandidelt oder tussimäßig, nein, sie fand sich plötzlich hübsch. Der Kaffee war fertig, und sie setzte sich zu Frau Mitschele in die Küche.

„Wie kann ich Ihnen nur dafür danken?"

„Das ist schon in Ordnung, Frau Doktor. Dafür möcht ich, dass Sie Ihr Zimmer picobello putzen, gell?"

„Danke", sagte Anna kleinlaut. „Ich werde mich anstrengen. Es ist nur … ich bin nicht so gut im Putzen. Ich hab das noch nie gemacht."

„Aber Sie sind doch von einem Bauernhof. Da weiß man doch, wie man anpackt."

Anna schaute betreten in ihre Kaffeetasse. Ihr Vater hatte oft genug gemeckert, weil sie lieber in ihrem Zimmer gesessen und in dicken Büchern geschmökert hatte, anstatt auf dem Hof mitzuhelfen.

„Ich zeige Ihnen mal, wie man das macht", beschloss Frau Mitschele. Sie war ungeheuer praktisch veranlagt. Sie entzauberte das Ungetüm im Staubsauger mit einem Knopfdruck, nahm dem Besen und dem Putzlappen jede Tücke, und sogar Anna verlor dabei das Misstrauen gegenüber den fremdartigen Werkzeugen.

„Wo wollen Sie denn jetzt hin? Haben Sie einen Arbeitsplatz?", wollte Frau Mitschele wissen, als sie fertig waren und Annas Zimmer spiegelte wie in der Putzmittelwerbung.

„Ich fahre erst mal heim zu meinem Vater. Ich war seit Weihnachten nicht mehr da."

Frau Mitschele sah sie entsetzt an, und Anna bekam gewaltige Gewissensbisse. Sie hatte sich nie darum gekümmert, wie es ihrem Vater ging. Ihre Mutter war schon seit über zehn Jahren tot und ihr Vater hatte bereits ein Jahr später wieder geheiratet. Aber weder sie noch ihre Schwester Simone waren mit ihrer Stiefmutter Gerda warm geworden. Die Frau war anstrengend und wehleidig, ein regelrechter Hypochonder, und die meiste Zeit war sie mit sich selbst und ihren diversen Krankheiten beschäftigt. Deshalb war Anna der Abschied von zu Hause auch nicht schwergefallen, und selbst das Weihnachtsfest war ihr jedes Jahr sehr lästig gewesen. Aber jetzt dachte sie an ihren Vater und fragte sich, ob er sich vielleicht Sorgen machte und sich auch so einsam fühlte wie Frau Mitschele.

„Ich muss mich irgendwo bewerben. Ich habe leider … den Anschluss verpasst."

„Das ist gut, dass Sie ein bissle rauskommen, an die frische Luft. Sie sind ja immer so blass und so dünn. Geh'n Sie aus, und amüsieren Sie sich, solange Sie noch jung sind."

Anna nickte, aber sie fand, dass Frau Mitschele nicht viel von ihr verstand. Ausgehen und sich amüsieren, das war wirklich nicht ihre Lieblingsbeschäftigung. Aber Frau Mitschele verstand mehr von Anna als die selbst.

„Sie müssen sich nach einem richtigen Mann umschauen, Frau Doktor. Nicht so einen Hallodri wie der alte Professor da. Sie brauchen einen Kerl, der mit beiden Beinen im Leben steht, damit der Sie mal ein bissle herunterholt von Ihren Höhen da oben."

„Ich habe genug von allen Männern, ob nun Hallodri oder richtiger Kerl."

„Ach was, Sie finden schon wieder einen, Frau Doktor." Frau Mitschele tätschelte ihre Wange. „Sie sind doch so ein bildhübsches Mädle."

Anna glaubte ihr zwar nicht, aber sie fühlte sich trotzdem richtig getröstet.

AM anderen Morgen saß sie im Zug nach Hamburg. Sie trug das neue grüne Kleid von Claudia Mitschele und stellte bereits am Bahnhof fest, dass sie darin offensichtlich eine Attraktion war. Sie hatte noch nie so viele anerkennende Blicke von Männern bekommen, und sie konnte sich gar nicht schnell genug in ein leeres Abteil verkriechen, so ungewohnt war diese Aufmerksamkeit für sie. Das Abteil blieb leider nicht lange leer. In Mannheim stieg ein Herr zu und eröffnete sofort das Gespräch.

„Wo fahren Sie hin?" Er war Anfang vierzig und wirkte ein wenig steif, eingezwängt in einen Anzug, eine Aktentasche auf den Knien und eine goldene Brille im Gesicht.

„Nach Kiel." Sie hatte eigentlich keine Lust auf Small Talk.

„Ich fahre bis Hannover." Und schon begann er zu erzählen. Er kam aus Hildesheim, arbeitete in einem Ministerium in Hannover, war geschieden, hatte zwei Kinder, Besuchsrecht jedes zweite Wochenende … Anna begann sich unsäglich zu langweilen und wünschte sich, sie wäre nicht allein im Abteil mit diesem Typen. Leider ging ihr Wunsch am nächsten Bahnhof in Erfüllung. Die Tür des Abteils flog mit einem lauten Krachen auf, und eine Meute von Raubrittern stürmte herein. Eine Mutter mit drei Jungs. Sofort brach ein heilloses Tohuwabohu aus. Die Sitze wurden zu einem Klettergerüst umfunktioniert, das Fenster wurde aufgerissen und Essen wurde ausgepackt. Das Abteil verwandelte sich in kürzester Zeit in ein voll gekrümeltes, schmieriges, lautes, tobendes Sturmtief.

Als dies alles keinen Reiz mehr brachte, machten sich die Kinder über Anna und den Beamten her. Der jüngste der drei Jungs, ungefähr fünf Jahre alt, mit strohblondem Stachelhaar, gigantischen Segelohren und einer frechen Himmelfahrtsnase, kam mit seinem Bilderbuch zwischen Anna und den Beamten.

„Lies mir was vor!", verlangte er von Anna. Die Mutter sagte nichts. Warum rief sie ihr aufdringliches Kind nicht zur Ordnung? Gehörte sich das denn? Einfach fremde Leute anzusprechen. Anna wagte nicht abzulehnen. Die Mutter schaute so energisch zu ihr herüber.

Also las sie eine todlangweilige Geschichte über ein armes Saurierkind, das seine Mutter bei einem Vulkanausbruch verloren hatte. Das Buch war endlos, und jedes Mal, wenn Anna aufhörte zu lesen, weil ein Kapitel vorüber war, schrie der Kleine wütend, drängte ihr das Buch wieder in die

Hand und hüpfte auf dem Sitz herum. Anna gab wieder klein bei. Kurz vor Frankfurt war die Geschichte zu Ende, und Anna hoffte, sie würde endlich in Ruhe gelassen werden. Aber der Kleine kam jetzt mit einem Gummisaurier an und galoppierte ihr damit im Gesicht herum. Einmal wagte Anna einen verzweifelten Blick hinüber zu der Mutter. Sie sollte doch endlich mal etwas sagen. Aber die war anscheinend noch ganz stolz und erfreut über ihre schlecht erzogenen Bälger.

Sie sagte: „Timo, biete doch der netten Dame was von deinen Gummibärchen an."

Anna mochte Gummibärchen überhaupt nicht und lehnte dankend ab, aber der Bursche gab nicht nach. Sie wurde fast zwangsernährt mit Gummibärchen. Er schob ihr eines nach dem anderen zwischen die zusammengebissenen Zähne. Herrje, was sollten aus solchen Kindern nur für Erwachsene werden? Folterknechte.

Anna wagte ein entnervtes Seufzen. Das Seufzen kam auch an, allerdings nur beim Beamten. Sein Anzug zeigte bereits Spuren von Schokolade.

„Ja, drei Jungs, das ist nicht einfach. Ich habe auch zwei. Ich kenne das", meinte er mit leidendem Gesichtsausdruck.

Die gelassene Folterknecht-Mutter fühlte sich nicht angesprochen. Nein, ganz im Gegenteil, sie gab den Ball ganz frech an Anna weiter. „Sie haben wohl keine Kinder?"

„Nein, um Gottes willen!", winkte Anna ab. Hoffentlich war das jetzt nicht zu unhöflich gewesen. „Ich hab eigentlich nichts gegen Kinder."

Das „eigentlich" war zweifellos unhöflich, aber wahr. Sie hatte nichts gegen Kinder, aber es sollten schon gut erzogene, adrette, liebenswürdige, schweigsame Kinder sein, und die sollten sich mindestens auf Armlänge von ihr entfernt halten. Ach, das Thema war viel zu weit weg für sie. Im Grunde hatte sie sich nie damit befasst. Die Mutter nickte wissend. Allwissend. Anna ärgerte sich über diesen Gesichtsausdruck, der sagte: *Du musst noch sehr viel lernen, mein liebes Kind.*

IN diesem Sommer war Anna entschlossen, auf dem Hof mitzuhelfen. Zunächst nahm die Familie das freudig auf, dann folgte die Verzweiflung, die immer folgt, wenn Anna es wagte, sich praktisch zu betätigen.

Sie versuchte Traktor zu fahren und war ganz stolz, als sie den Rückwärtsgang endlich gefunden hatte. Der Traktor setzte sich mit einem übermütigen Sprung in Fahrt aus dem Schuppen heraus. Leider vergaß Anna den Frontlader vorher herunterzulassen, und der riss das ganze Tor aus der Verankerung. Die Reparatur übernahm Vater Lennarts gnädig, aber auch entmutigt. Anna war ebenfalls entmutigt. Sie entschied sich, den Landmaschinen fernzubleiben und sich lieber um die Tiere zu kümmern, aber sie fürchtete sich ein wenig vor den Kühen, und die nahmen ihr das übel. Schon wenn sie in die Nähe der Weiden kam, brüllten sie ihr mit ohrenbetäubendem Muh entgegen, und da war es schließlich kein Wunder, dass Anna vor lauter Aufregung vergaß, das Gatter zu schließen und den elektrischen Weidezaun einzuschalten. Vater Lennarts und Bauer Küpers sammelten bis zum späten Abend die entlaufenen Kühe wieder ein. Eine war sogar bis zum Bahndamm vorgedrungen und hatte einen Nahverkehrszug zum Stehen gebracht.

Auch der Versuch, sich mit der Gattung der Pferde vertraut zu machen, wurde für Anna zu einem persönlichen Waterloo. Ihre Schwester Simone besaß drei eigene Pferde, und sie hatte es sich in den Kopf gesetzt, Anna in die Geheimnisse der Reitkunst einzuweihen.

Anna hielt das Reiten für eine anstrengende und unnötige Beschäftigung (wozu gab es Autos?), aber da sie nun mal ihr Leben von Grund auf ändern wollte, stellte sie sich der Herausforderung mit Todesverachtung. Es war die Hölle, besonders, bis sie endlich einmal auf dem Rücken von so einem Ungetüm saß. Dass das Pferd ein edler Trakehner mit dem harmlosen Namen Poldi war, tröstete Anna keineswegs in ihrem Kampf gegen Steigbügel, Sattel und Zügel. Man konnte ihr wohl kaum verdenken, dass sie bei ihrem ersten Ausritt verbissen damit beschäftigt war, sich im Sattel zu halten und deshalb ein paar Kleinigkeiten übersah. Plötzlich setzte der dumme Gaul zum Galopp an und überquerte den Koppelzaun mit einem galanten Sprung. Anna flog mit offenen Armen dem Boden entgegen und sah sich bereits eingegipst bis zum Hals in der Unfallchirurgie liegen, aber auf wundersame Weise landete sie beinahe unbeschadet auf allen vieren, nur ihr Selbstbewusstsein hatte ein paar neue Schrammen abbekommen.

Jetzt kam auch Simone hinterher und hielt mit ihrem Pferd vor dem Zaun an, während Anna ihre Knochen sortierte. Knochen-Sortieren war ja bekanntlich ihre Spezialität.

„Das ist die Wiese von Küpers, der hat's nicht gern, wenn wir mit den Pferden durchreiten", lachte Simone.

„Im vorliegenden Fall kann man ja wohl kaum von reiten reden. Eher von fliegen." Anna rappelte sich ächzend auf die Beine, während Simone über den Zaun kletterte, sich auf Poldi setzte und ihn mit einem Zungenschnalzen und ein wenig Anlauf dazu brachte, über den Zaun zurück zu setzen. Das sah so einfach und lässig aus.

„Ich hätte ihn an den Grafen verkaufen sollen. Er hat mir nach Poldis letztem Sieg einen guten Preis geboten", sagte Simone, als sie wieder drüben war. Anna weigerte sich, wieder aufzusitzen. Sie würde zu Fuß gehen und die Bestie an den Zügeln nach Hause führen, so viel war sicher.

„Welcher Graf denn?"

„Na, den alten Herrn von deinem Paul. Der hat doch das Gestüt in Eutin. Sei nicht böse, aber ich habe mich immer gefragt, was der junge Graf eigentlich an dir findet."

Anna lachte so laut, dass Poldi unruhig schnaubte. „Sprichst du vielleicht von Paul?"

„Ja, der Typ, mit dem du immer in Tübingen zusammen warst."

Anna schüttelte den Kopf. Paul, der junge Graf, wie lächerlich sich das anhörte. „Ich war nicht mit ihm zusammen. Wir sind nur Freunde."

„Er wär 'ne gute Partie. Er erbt mal alles von seinem alten Herrn. Er ist das einzige Kind."

Anna verdrehte die Augen. „Also erstens hat Paul mehr Freundinnen, als sein Vater Pferde hat, und zweitens ist er ein Taugenichts."

„Ich hätte nichts gegen einen Taugenichts, wenn er reich ist!"

„Und ich hab die Nase voll von allen Kerlen, selbst wenn sie reich sind."

„**ZEIGST** du mir, wie man sich schminkt?", fragte Anna ihre Schwester am anderen Abend. Simone war Kosmetikerin und sie schleppte sofort die halbe Ausstattung ihrer Drogerie heran. Das Wohnzimmer verwandelte sich in das Labor eines Alchemisten, und Anna verwandelte sich unter den zauberkundigen Händen ihrer Schwester und mithilfe von magischen

Tinkturen und Elixieren in eine angehende Schönheitskönigin. Als sie ihre Brille wieder aufsetzen wollte, wehrte Simone ab.

„Die landet jetzt sofort im Mülleimer. Wir fahren morgen nach Lübeck und besorgen dir Kontaktlinsen."

Von diesem Abend an führte Simone das Kommando. Einige von Annas Kleidern landeten auch sofort im Mülleimer, natürlich nicht die von Claudia Mitschele, die fand Simone „wahnsinnig geil". Die meisten Schuhe wurden auch weggeworfen, und am nächsten Tag machten sie in Lübeck einen ausgiebigen Einkaufsbummel. Anna fast blind ohne Brille und immer ganz nah bei Simone, damit sie sich nicht verirrte. Das Geld streckte ihr die Schwester auch vor, und so musste sie sich ganz Simone anvertrauen. Als sie den Optiker wieder verließen, bedauerte Anna, dass ihre Brille tatsächlich im Mülleimer vergammelte, denn die Kontaktlinsen konnte sie erst in einer knappen Woche abholen.

Simone lenkte sie in ein Eiscafé, und wenig später saßen schon zwei Männer an ihrem Tisch. Anna war froh, dass sie nichts Genaues sehen konnte. Der Stimme nach waren die beiden ziemlich jung, dem Thema nach ziemlich doof.

Simone bestritt den größten Teil des Gesprächs. Anna fand, dass man als fast Blinde ja auch kaum etwas zu sagen hatte, und wo hätte sie hinblicken sollen, wenn sie mit einem der Kerle sprach? In eine verschwommene, fleischige Masse? Und was hätte sie auch sagen sollen? Das Gespräch drehte sich erst um Autos, dann um Urlaub auf Ibiza, später um eine Rockgruppe, die Anna nicht kannte. Doch plötzlich sagte einer der beiden:

„Dass ihr zwei Schwestern seid, sieht man euch gar nicht an." Das stimmte wohl. Es gab bestimmt nichts Gegensätzlicheres als Anna und Simone. Sie die Bleiche und Simone die Lebenshungrige. Umso erstaunter war Anna, als der Kerl weiter in ihre Richtung sprach. „Du wirkst so vornehm, so cool, wie 'n Vamp irgendwie."

Das war wohl als Kompliment gemeint, aber Anna verschluckte sich fast. Sie hörte Simone fröhlich lachen.

„Ja, meine Schwester ist Doktor der Archäologie. Sie hat in Tübingen studiert und ist mit Graf Rosenow verlobt."

Schweigen.

Anna versuchte unter dem Tisch Simone zu treten, aber einer der Männer schrie: „Autsch!" Der dachte dann wohl auch, dass die Geschichte reichlich übertrieben war, und fragte ungläubig nach. „Archäologie, wirklich? In Ägypten Mumien ausbuddeln und all so was?"

„Nein, eigentlich nicht. Ich bin Altphilologin und habe ..." Sie spürte selbst einen Fußtritt. Das musste Simone sein, und Anna hörte sofort auf zu referieren.

„Anna spricht sieben Sprachen, müsst ihr wissen. Auch Altägyptisch. Als sie vorletztes Jahr in Ägypten die Grabkammer von Ofnorofnu entdeckt hat, da konnte man ihr Bild in jeder Zeitung sehen. Habt ihr bestimmt auch gesehen."

Anna hörte verwundertes Murmeln und musste laut lachen. Ofnorofnu? Den gab es doch überhaupt nicht. Bilder von ihr in der Zeitung erst recht nicht. Aber die beiden Typen waren jetzt richtig verunsichert und sagten auf einmal gar nichts mehr. Wahrscheinlich war es weniger Annas albernes Lachen als die Vorstellung, die Geschichte von Simone könnte wahr sein und vor ihnen säße eine exzentrische Intellektuelle, die sieben Sprachen beherrschte und in Ägypten Pharaonenleichen ausgrub. Sie bezahlten kurz darauf und verabschiedeten sich. Sie hatten anscheinend Angst vor einer klugen Frau. Anna und Simone blieben kichernd zurück.

ES war Annas sechsundzwanzigster Geburtstag, und Simone kam freudestrahlend von ihrem Gang zum Briefkasten zurück.

„Du hast sehr viel Post bekommen!", verkündete sie.

Anna hoffte, dass unter all den Glückwunschkarten wenigstens eine Zusage für eine Stelle oder zumindest die Einladung zu einem Vorstellungsgespräch dabei wäre. Sie hatte allein in den letzten drei Wochen vierzehn Bewerbungen geschrieben und war nur zu einem Gespräch eingeladen worden, und danach war eine freundliche Absage gekommen.

„Sogar aus Australien kommt ein Brief!" Simone schwenkte den dicken Briefumschlag, der mit unzähligen Stempeln und Marken versehen war. Ein Brief von Paul vielleicht, oder etwa ... Sie schaute auf den Absender. Der Brief war nicht von Paul. Das war doch unmöglich! Die Antwort auf eine ihrer Bewerbungen.

„Gib her!", rief sie und war selbst entsetzt, als sie den Umschlag mit nervösen Fingern öffnete und ihr nicht nur ein Flugticket, sondern gleich auch noch 300 australische Dollar in bar entgegenflatterten. Ach du liebe Güte, das sah ja aus wie eine Zusage. Ihre Hände zitterten und mit ihnen das dünne Stück Papier zwischen Annas Fingern. Mit ungläubigen Augen las sie den in gutem Deutsch geschriebenen Brief:

„Liebe Anna,

Ich möchte mich für Dein Interesse bedanken, mit dem Du auf meine Annonce im Schleswig-Holsteinischen Bauernblatt geantwortet hast. Deinem Brief entnehme ich, dass Du gerade Deine Schulausbildung abgeschlossen hast und nun, vor einer endgültigen Entscheidung über Deinen weiteren Werdegang, für einige Zeit Erfahrungen sammeln möchtest. Aus dem Bild, das Du von Dir mitgeschickt hast, und aus dem, was Du schreibst, glaube ich zu erkennen, dass Du ein kluges, praktisch veranlagtes Mädchen bist, das mit beiden Beinen fest im Leben steht …"

Anna musste lachen; oje, wenn Gerda oder ihr Vater das lesen würde!

„… Ich glaube, dass Du der Aufgabe gewachsen bist, einen Haushalt mit vier Kindern zu führen. Die Kinder sind nicht ganz einfach, aber welche Kinder sind das schon? Weiter lese ich in Deinem Brief, dass Du nur für eine begrenzte Zeit nach Australien kommen möchtest. Das kann ich gut verstehen, und ich halte diese Entscheidung auch für klug und vorausschauend. Ich habe mir erlaubt, Dir ein Flugticket und einen kleinen Barvorschuss von 300 Dollar zu schicken. Du wirst am 17.8. gegen 9:00 Uhr in Sydney landen, wo ich Dich abholen werde. Um eine telegrafische Bestätigung möchte ich dennoch bitten. Wir erwarten Dich neugierig in Bendrich Corner.

Mit vorzüglichen Grüßen Mrs. Kristina Bellemarne"

Anna wurde kreidebleich. Sie legte den Brief weg und prüfte das Ticket: in drei Wochen, am Mittag des 15. August ab Frankfurt, Zwischenlandung in Bangkok. Preis: 1800 australische Dollar.

Ganz ruhig, mahnte sie sich selbst. *Nicht in Ohnmacht fallen!* Erst musste sie alles noch einmal rekapitulieren. Wie war es überhaupt dazu gekommen? Sie zog aus einem Packen alter Zeitungen das Bauernblatt des letzten

Monats heraus. Welcher Schwachsinn war über sie gekommen, als sie auf diese Anzeige geantwortet hatte?

Da! Sie musste zweimal den Anzeigenteil durchblättern, bis sie die Annonce wiederfand.

„Suche junges Mädchen für Haushalt mit vier Kindern in dem subtropischen Nordwesten Australiens. Chiffre." Sonst nichts.

Sie war es so leid gewesen, die Fachzeitschriften nach dünn gesäten Stellen zu durchforsten, dass sie einfach das Bauernblatt genommen hatte. Und beim Lesen des Anzeigenteils war eine Art Galgenhumor über sie gekommen. In dieser Zeitung wimmelte es von Stellenangeboten für Ungelernte und Gelernte. Warum sollte sie nicht dort ihr Glück versuchen? Paul hatte doch gesagt, die Archäologie sei nur ein Hobby. Er hatte auch gesagt, sie sollte ins Ausland gehen. Und Frau Mitschele? Hatte die nicht auch gemeint, Anna solle von da oben herunterkommen?

Sie wusste ganz genau, warum sie gerade diese drei nichtssagenden Zeilen unter all den großen und viel auffälligeren herausgepickt hatte. Es war dieses eine Wort gewesen, dieses magische Wort: „Australien".

Das Wort war sogar so magisch gewesen, dass sie deswegen ein bisschen geschwindelt hatte. Sie hatte ein altes Foto hervorgekramt, das noch aus ihrer Schulzeit stammte. Sie war damals sechzehn und ein hässlicher, verwachsener Teenager mit Pickeln und fettigem Haar gewesen, ohne weibliche Konturen, weder im Gesicht noch am Körper. Das Bemerkenswerteste an diesem Bild war, dass sie dort vom Traktor ihres Vaters herunterwinkte, und mit diesem Bild aus ihrer Jugend erfüllte sie die einzige Anforderung, die man in dieser Anzeige an sie stellte, nämlich ein „junges Mädchen" zu sein.

In ihrem Brief hatte sie dann auch noch ein wenig weitergeschwindelt. Sie hatte so etwas geschrieben wie, sie sei die älteste Tochter von einem landwirtschaftlichen Betrieb, die Schule habe sie gerade beendet und wollte jetzt für ein Jahr im Ausland Erfahrungen fürs Leben sammeln. Zumindest das mit den Lebenserfahrungen war ja nicht gelogen.

Als Anna jetzt ihre Situation überdachte, kam sie sich reichlich gemein, ja fast verbrecherisch vor. Wie konnte diese Mrs. Bellemarne ihr einfach ein Flugticket und dazu noch bares Geld schicken? Sie hatten doch noch gar keinen Vertrag abgeschlossen. Sie würde das Geld zurückschicken müssen.

Aber das Ticket? Wo sollte sie so viel Geld hernehmen, um das Flugticket zu ersetzen? Sie hatte ja sogar noch Schulden bei ihrer Schwester. Oder sie musste nach Australien gehen.

„Mein Gott!", seufzte Anna, als ihr bewusst wurde, dass ihr im Grunde gar keine Wahl blieb. Sie musste nach Australien gehen.

Sie nahm den Brief und schloss sich in das Zimmer ein, das sie in den Ferien mit Simone teilte. Sie las alles nochmals und nochmals und machte sich bewusst, was da auf sie zukam. „Vier nicht ganz einfache Kinder" und „einen Haushalt führen". Das war alles andere als ihre Stärke. Bei einer Familie mit dem schönen Namen Bellemarne. Aber diese Bellemarnes mussten entweder unglaublich leutselig oder ungeheuer reich sein, wenn sie einem wildfremden Mädchen so viel Geld und ein Flugticket aufdrängten, ja, sie damit überrumpelten. War das nicht Nötigung? Und dieses Bendrich Corner? Auf dem Atlas war es jedenfalls nicht zu finden. Aber, wo immer es auch liegen mochte, es hörte sich verlassen an.

Gottverlassen und romantisch.

Ihr Herz pochte schon ganz aufgeregt, und je mehr sie darüber nachdachte, desto reizvoller erschien es ihr. Es war so unwirklich! Australien war unwirklich. Das Geld, das Ticket waren unwirklich, selbst der Name Bendrich Corner klang, als wäre er aus einem Western geklaut.

War der „subtropische Nordwesten" Australiens etwa eine so üble Gegend, dass niemand (außer der weltfremden Anna) so verrückt war, sich auf diese Anzeige zu melden? Anna holte ihr altes Erdkundebuch aus der Schulzeit hervor. Sie fand darin ein Nordterritorium und ein Gebiet, das sich Westaustralien nannte. Ein „Nordwest-Australien" konnte sie nicht finden, aber dafür bunte Klimazonen … Oje, das sah nicht gerade verheißungsvoll aus. Da gab es eine rot eingezeichnete Steppenregion und eine gelb gestreifte Zone mit der Großen Sandwüste. Hilfe!

Anna zeigte den Brief schließlich Simone und erzählte ihr alles. Erst lachte sich Simone kaputt, aber nachdem sich ihr Lachflash gelegt hatte, war sie ganz begeistert.

„Das ist doch der Wahnsinn!", rief sie. „Das musst du unbedingt machen. Mann, Anna, du hast das Flugticket schon. Stell dir vor, ein Jahr Australien! Ich würde sofort gehen."

„Aber ich bin Archäologin. Ich kann keinen Haushalt führen, und ich kann ‚nicht ganz einfache' Kinder nicht ausstehen." Sie dachte an ihr Erlebnis im Zug und bekam eine Gänsehaut.

„Ach was!", schmetterte Simone ihre Bedenken nieder. „Einen Haushalt führen, das ist ja wohl keine Kunst."

„Für dich vielleicht." Anna schüttelte den Kopf, aber Simone war in ihrer Begeisterung nicht mehr zu bremsen.

„Denk mal – Australien!"

Anna dachte schon seit Stunden nur noch „Australien!", und je mehr sie das dachte, umso mehr wollte sie es auch. Paul hatte ihr diesen australischen Floh ins Ohr gesetzt, und diese Annonce war auf fruchtbaren Boden gefallen. Nichts hielt sie noch in Deutschland. *Fang endlich an zu leben, und sei es auch in Australien – oder gerade in Australien.*

Am Abend waren zu Annas Geburtstagsfeier auch die Nachbarn eingeladen. Simone kochte das Menü und überredete Anna, ihr zu helfen. Sie fand, es könne Anna nicht schaden, ein paar Grundkenntnisse im Kochen zu besitzen, falls sie bald einen Haushalt führen wollte. Anna war für die Kartoffeln zuständig. Die brannten natürlich an und der ekelhafte Geruch war stundenlang nicht mehr aus dem Haus herauszubekommen. Simone musste ersatzweise Nudeln kochen.

Beim Essen erhielt Anna dann die Gelegenheit, ihren Vater und Gerda in ihre Pläne einzuweihen. Gerda warf einen hoffnungsvollen Blick auf Fidde, den Jungbauern aus der Nachbarschaft, und sagte: „Du solltest mal unter die Leute gehen, Anna."

Und Vater Lennarts fügte etwas deutlicher, aber mit dem gleichen hoffnungsvollen Blick auf Fidde hinzu: „Es wird Zeit, dass du an den Mann kommst, Dirn."

Anna fasste die Wünsche der beiden mit naiver Voraussicht zusammen.

„Ich gehe nach Australien!"

2. Neustart

Die kommenden drei Wochen waren angefüllt mit hektischen Reisevorbereitungen, und Anna blieb keine Zeit, sich vor ihrem eigenen Mut zu fürchten. Da waren das Visum und all die Unterlagen, die sie für eine Arbeitserlaubnis brauchte, der Gang von einer Behörde zur anderen, dann die letzten Besorgungen. Mit der Hälfte der dreihundert Dollar bezahlte sie ihre Schulden an Simone zurück. Mit der anderen Hälfte kaufte sie sich zwei archäologische Fachbücher und einen Reiseführer über Australien. Sie fand aber keine Zeit, darin zu lesen.

Plötzlich war der Tag des Abflugs da, und es gab kein Zurück mehr. Simone brachte sie nach Frankfurt zum Flughafen.

„Ich wünschte, du könntest mitkommen", sagte Anna zum Abschied und kämpfte ihre Tränen nieder.

„Geh den Kühen und den Pferden aus dem Weg, dann klappt das schon", spottete Simone und schob ihre Schwester zur Passkontrolle.

„Und den Männern", ergänzte Anna mit bangem Seufzen.

Im Flugzeug kamen ihr dann die ersten ernsthaften Bedenken. Nicht nur wegen des Haushalts, den sie niemals führen könnte, auch nicht wegen der vier Kinder, an denen sie gewiss verzweifeln würde, sondern wegen ihrer eigenen Unehrlichkeit. Die Bellemarnes wollten ein junges Mädchen, keine Sechsundzwanzigjährige. Ihr war auf einmal gar nicht mehr wohl bei dem Gedanken, dass sie so geschwindelt hatte, und ihrem Magen war es noch unwohler. Sie ließ das Mittag- und das Abendessen unberührt, aber das gefiel ihrem Magen auch nicht. Also versuchte sie sich abzulenken, indem sie den Reiseführer über Australien aufschlug, doch sie kam genau bis zum zweiten Absatz.

Da stand: „Einmal in Australien angekommen, wird man dort mit einer ganz anderen Wirklichkeit konfrontiert, denn man sollte nie vergessen: Australien ist ein Land für Männer. Dort werden Frauen noch häufig diskriminiert. Ein echter Aussie würde sagen: Mir geht's gut, und ihr wird's wohl auch gut gehen …"

Anna knallte das Buch schnell wieder zu, und ihr Magen entschloss sich jetzt zur Meuterei. Zum Glück steckte eine braune Tüte im Vordersitz, ein sogenanntes Sickness-Bag. Passender wäre vielleicht die Bezeichnung Anna-Lennarts-hat-ein-sehr-schlechtes-Gewissen-Kotztüte gewesen.

Sie füllte zwei Tüten und landete am frühen Morgen mit ausgepumptem Magen und schlotternden Knien in Sydney. Anna wusste nicht, wer sie abholen würde. Es war ja auch kein Erkennungszeichen vereinbart. Die Bellemarnes erwarteten einen Teenager wie auf dem alten Bild. Aber das Bild und die Anna von heute hatten nichts mehr gemein, bis auf die Sommersprossen und die roten Haare.

Was wäre, wenn sie sich verfehlten? Und es schien tatsächlich so zu kommen. Da standen etliche Leute und warteten auf die Ankunft der Fluggäste. Da! Eine jüngere Frau! Sonnengebräunte Haut und ein kleines Kind an der Hand. Zögernd ging Anna auf sie zu. „Mrs. Bellemarne?" Keine Reaktion. Da! Noch eine Dame, etwas älter und alleine. „Mrs. Bellemarne?" Nein, auch nicht. Langsam zerstreuten sich die Passagiere und ihre Familien, und Anna blieb alleine zurück. Panik machte sich in ihr breit. Vielleicht hatte sie in Bangkok das falsche Flugzeug genommen, womöglich war sie in Tokio gelandet!

Oh Mist, das sieht dir ähnlich, Anna!

Da hörte sie durch den Lautsprecher, kaum verständlich, ihren Namen rufen. Und die Stimme bat Miss Anna Lennarts, sich am Schalter von Qantas Airways zu melden. Wo war der Schalter? Anna fragte sich aufgeregt durch. Die Dame hinter dem Tresen schenkte ihr ein freundliches Lächeln.

„Ich bin Anna Lennarts, Sie haben mich ausrufen lassen!" Plötzlich fiel ihr eine kleine alte Frau auf, die neben dem Schalter stand.

„Gottverdammt, das ist unmöglich!", rief sie empört.

„Sind … sind Sie Mrs. Bellemarne?", stotterte Anna. Die alte Frau sah keineswegs unsympathisch aus, aber eben schrecklich alt und verschrumpelt. Und vor allem: Sie wirkte total grotesk, trug eine ausgewaschene Jeanshose, in der sie fast ertrank, und einen gigantischen Cowboyhut.

Die sieht ja aus wie Calamity Jane, schoss es Anna durch den Kopf, und sie wusste nicht, ob sie lachen oder sich lieber noch einmal übergeben sollte.

„Das bin ich, zur Hölle!" Die Alte haute ihre knochige Faust auf den Tisch von Qantas Airways. „Wollen Sie mir erzählen, dass Sie das Mädchen aus Deutschland sind?" Sie sprach schludriges Englisch und setzte voraus, dass Anna ihre Flüche verstand. Dann zog sie aus ihrer Westentasche das besagte Bild von Anna hervor. „Das sind Sie nicht!"

„Mrs. Bellemarne, lassen Sie mich das erklären!" Anna hatte zwar keine Ahnung, was sie eigentlich erklären sollte, aber die Dame hinter dem Tresen forderte sie auf, für einen anderen Kunden Platz zu machen, und Anna musste sich dringend etwas einfallen lassen, denn die alte Mrs. Bellemarne fluchte ununterbrochen.

„Teufel und blutige Hölle!" Selbst ihre Stimme klang so kratzig wie die von John Wayne.

„Mrs. Bellemarne …" Annas Gehirn arbeitete fieberhaft. Sie musste die Frau irgendwie beruhigen. „Sie hätten nicht so viel Geld schicken dürfen, ohne mir die Chance zu lassen, einige Missverständnisse zu klären. Da stand nicht einmal eine Telefonnummer in Ihrem Brief."

„Ja, verdammt noch mal, das merk ich selbst!" Die weibliche John-Wayne-Ausgabe steckte sich eine Zigarette an, und Anna verspürte den Drang, einfach hysterisch loszulachen.

„Vielleicht sollten wir uns irgendwo setzen, wo wir in Ruhe reden können." Das war doch immer ein guter Vorschlag, oder? Zumal Annas Knie ziemlich schlotterten.

„Da gibt's nichts zu reden!", schimpfte Mrs. Bellemarne. „Der Anschlussflug nach Perth geht in zwei Stunden, aber aus uns beiden wird nichts."

John Wayne hin oder her, jetzt bekam Anna doch richtig Angst. Was sollte aus ihr werden, wenn Mrs. Bellemarne sie nicht mitnehmen wollte?

„Bitte, lassen Sie mich doch wenigstens erklären, wie es zu diesem Missverständnis kam."

„Was gibt es denn da zu erklären?" Mrs. Bellemarne trat ihre Zigarette mit ihren gigantischen Cowboystiefeln aus. „Das kann ja sogar 'n Blinder sehn, dass Sie keine siebzehn mehr sind. Sie haben mich reingelegt."

Das Gezeter der Western-Oma war lauter als die ganze übrige

Geräuschkulisse in der großen Abfertigungshalle. Einige Leute begannen sich schon nach den beiden umzusehen.

„Ich habe kein Geld mehr …" *Ich habe eigentlich nie Geld.* „… und kann mir den Rückflug nicht leisten."

„Dafür tragen Sie aber verdammt edle Klamotten, Missy!" Mrs. Bellemarne zeigte abfällig auf Annas schönes, grünes Mitschele-Kleid und machte ein finsteres Gesicht. Unwillkürlich füllten sich Annas Augen mit dicken Tränen. Das war vielleicht keine faire Taktik, aber sie wirkte wenigstens. Calamity Jane besaß offenbar ein weiches Herz.

„Okay, ich spendiere uns was zu trinken. Ich habe nämlich 'ne verdammt anstrengende Reise hinter mir. Und mir ist auch zum Heulen, wenn ich mir vorstelle, dass ich für nichts und wieder nichts hergekommen bin." Und schon saßen sie in einem Café im Flughafen.

„Sie sind zu alt. Verstehen Sie? Und außerdem sind Sie zu schön!", erklärte das Wildwest-Unikum, nachdem sie einen ersten kräftigen Schluck Kaffee genommen hatte.

„Zu schön?" Anna lachte, weil das ja wohl lächerlich war.

„Ja, verdammt und zur Hölle! Schön und rothaarig. So sieht man nicht aus, wenn man in Bendrich Corner arbeitet. Wissen Sie denn nicht, wo das ist?"

„Sie haben in Ihrem Brief nichts darüber geschrieben." Das saß! Mrs. Bellemarne steckte sich die nächste Zigarette an und durchbohrte die Tischplatte mit verlegenen Blicken. Auch sie hatte mit der Wahrheit hinter dem Berg gehalten, wie es Anna soeben dämmerte.

„Den Brief hat er ja selbst geschrieben", sagte sie trocken, als müsste Anna wissen, wer „er" ist. „Er hat einfach meinen Namen druntergesetzt und gesagt, so sieht es seriöser aus."

„Mrs. Bellemarne, ich bin zwar etwas älter als siebzehn, aber warum ist das denn ein Hindernis? Ich will arbeiten, ich will mich ehrlich anstrengen." Das entsprach zumindest der Wahrheit, auch wenn Anna mit einem schlechten Gewissen daran dachte, dass Mrs. Bellemarne nichts von ihrer völligen Unfähigkeit in praktischen Dingen wusste. „Ich spreche fließend Englisch, und was mein Aussehen anbelangt …" Sie unterbrach den Satz. Es war ihr neu, dass es Jobs gab, für die man zu schön sein konnte. Sie hatte bisher immer gedacht, dass es jede Menge Jobs gab, für die sie nicht schön genug war. Zum Beispiel der Job im Institut.

Mrs. Bellemarne schlürfte laut an ihrem Kaffee und schüttelte den Kopf.

„Ach, Kindchen, wenn's nach mir ginge …" Ihr Tonfall klang schon nachgiebiger. „Sehen Sie, ich habe die Anzeige ja nicht aufgegeben, sondern Bendrich. Das Geld und das Flugticket habe ich auch von ihm. Er hat mich beauftragt, dass ich mich um den Rest kümmere. Bob wollte extra ein junges, deutsches Mädchen, und wenn ich sage extra, dann meine ich extra. Als er Ihr Bild gesehen hat, war er sofort einverstanden. Und wenn ich nun Sie mitbringe und nicht die da …" Sie klopfte mit ihren dürren Fingern auf Annas Jugendfoto, das sie demonstrativ vor sich auf den Tisch gelegt hatte. „… da wird er verdammt sauer sein."

„Aber glauben Sie nicht auch, dass ein Mädchen mit siebzehn zu jung ist, um vier Kinder und einen Haushalt zu betreuen?" Es war das einzige Argument, das Anna einfiel, aber der Ehrlichkeit halber hätte sie erwähnen müssen, dass wahrscheinlich jedes siebzehnjährige Mädchen den Job besser machen konnte als sie, Doktor Anna Lennarts.

„Fragen Sie lieber nicht, was ich glaube", rief die Alte mit rauer Stimme durch das ganze Lokal. Und dann setzte sie ihren schmuddeligen Hut ab. Darunter kam schneeweißes kurzes Haar zum Vorschein. „Ich glaube, dass nach Bendrich Corner noch was ganz anderes als eine gestandene Frau gehört. Aber er hat gesagt, ich soll das Geld und das Ticket gleich mitschicken, damit Sie es sich nicht noch anders überlegen können."

Das nennt man überrumpeln. „Aber was kann *er* denn gegen mich haben, nur weil ich etwas älter bin als auf dem Foto?"

„Das weiß man bei ihm nie so genau. Aber er wollte ausdrücklich eine Junge." Sie seufzte müde. „Sehen Sie, Bob hat keine Frau mehr, sozusagen."

„Das tut mir leid."

„Nein! Nicht, was Sie meinen." Sie winkte ab, obwohl Anna eigentlich gar nichts meinte. „Sie hat ihn verlassen, vor fünf Jahren, ist mit 'nem Stockman durchgegangen – sein Vorarbeiter. Sie hat die Kinder einfach im Stich gelassen. Das Jüngste war gerade geboren."

Anna fühlte, wie diese Geschichte an ihr abprallte. Es gab schließlich immer Leute, die betrogen und verlassen wurden.

„Er hat es natürlich eiskalt weggesteckt, aber die Kinder haben gelitten. Steven hat seit seiner Geburt niemanden, und das merkt man ihm an, ehrlich. Ich bin ja nur die Nachbarin. Bob sollte wieder heiraten, aber das ist 'n anderes Thema. Jedenfalls hatte er 'ne Erzieherin angeheuert, die direkt aus 'ner Fachschule kam. Aber das da oben im Outback, das ist nichts für junge Ladys. Miss Banes hat's jedenfalls nicht lange ausgehalten. Sie ist ganz schnell wieder zurück nach Hause. Aber das war auch besser so, die Freundin von Bob konnte Miss Banes eh nicht leiden, hat sie weggeekelt."

Anna fand diese Erzählung ein wenig überzogen. Vielleicht dichtete Mrs. Bellemarne ein paar bunte Details hinzu, die der ganzen Geschichte Würze geben sollten. Sie selbst sah ja auch etwas überzogen aus. Deshalb fragte Anna ziemlich gleichgültig:

„Und Sie meinen, dass die Freundin von Mr. Bendrich auch etwas gegen mich hat?"

„Darauf können Sie aber Gift nehmen. Verdammt und Hölle. Ja!"

„Und warum kümmert sich dann diese Freundin nicht um die Kinder?"

Nun lachte Mrs. Bellemarne zum ersten Mal so richtig herzhaft.

„Diese Kinder sind nichts für 'ne feine Dame. Deshalb meinte ja Bob, dass er was Robustes braucht. Er sagte, so 'ne deutsche Walküre …" Sie hielt beschämt inne, als ihr plötzlich klar wurde, dass sie Anna vielleicht beleidigt haben könnte. Anna lachte zwar, aber sie fühlte sich beleidigt. „Das ist nicht von mir. Das waren seine Worte."

Anna glaubte nur die Hälfte von dieser Fantasy-Geschichte. Solche Menschen gab es nicht. Ein Vater, der mit Absicht eine jugendliche Walküre engagierte und ihr seine Kinder anvertraute? Humbug! Mrs. Bellemarne ergriff Annas Hand und drückte sie mütterlich.

„Tut mir leid, Missy. Sie sind viel zu schade für das da draußen in Bendrich Corner. Die Kinder und die Gegend? Ach nein! Das ist im Outback, verstehen Sie? Ist besser, wenn Sie gar nicht erst den Flughafen verlassen."

„Ich bin anscheinend für alles zu schade."

„Bendrich wird Sie sowieso rausschmeißen, wenn er Sie sieht."

Das klang schon viel glaubwürdiger, ganz so, wie Anna es gewohnt war. *Ja, das wird er bestimmt, wenn er merkt, wie ich koche.* Aber sie versuchte es trotzdem noch mal mit der Mitleidsmasche bei Mrs. Bellemarne.

„Glauben Sie, ich wäre nach Australien gekommen, wenn ich in Deutschland mein Glück machen könnte? Dort war ich arbeitslos. Ich brauche wirklich dringend einen Job. Lassen Sie es mich doch wenigstens versuchen."

Mrs. Bellemarne schwieg und bestellte mit einem lässigen Fingerschnippen die Bedienung erneut an den Tisch.

„Noch mal Kaffee! Oder, nein, wir trinken Bier." Anna wehrte entsetzt ab. Ein Bier am frühen Morgen, und das in ihren leeren Magen? Das konnte nur in einer Katastrophe enden, so wie sie sich kannte. „Sie sollten auch eins trinken, Miss. Zwei Fosters. Ich werd Ihnen also noch was erzählen müssen. Bendrich Corner ist 'ne Rinderfarm."

Auch das noch. Kühe! Hilfe! „Hoffentlich gibt es da keine Bahnlinie."

„Was? Ach Quatsch. Es geht um Bob. Also, er ist … na ja, sagen wir mal so, er ist ziemlich tyrannisch und hart, und nie weiß man, woran man bei ihm ist. Es heißt, da oben seien die Kerle besonders zähe Burschen. Weiß nicht, ob das stimmt, aber ich kann Ihnen sagen, dass Bob von allen der Schlimmste ist. Es ist nicht leicht, mit ihm klarzukommen. Die Leute haben zwar Respekt vor ihm, aber sie machen am liebsten einen großen Bogen um ihn."

Anna schmunzelte ungläubig über diese Wildwest-Geschichte.

„Ich übertreibe nicht, bei meiner Ehre. Seine Frau ist nicht ohne Grund durchgebrannt. Was er an seiner Freundin, der Warren, findet, weiß ich nicht. Sie ist jedenfalls viel zu fein für Bendrich Corner. Und die Kinder? Steven weiß gar nicht, was 'ne Mutter ist, und so beträgt er sich auch. Die Zwillinge, Lucy und Linda, die haben sich abgeschottet. An die kommt keiner ran. Verstehen Sie, was ich meine? Und der Älteste, Godfrey, der ist bald fünfzehn und müsste eigentlich vernünftig sein. Aber der sitzt stundenlang in seinem Zimmer, geht nicht raus, träumt vor sich hin …"

Das gab den Ausschlag. Anna leerte das Bier in zwei Zügen. *Pfui, schmeckt das scheußlich!* „Nehmen Sie mich mit, Mrs. Bellemarne! Bitte! Ich schaffe das."

Mrs. Bellemarne plapperte weiter: „Bendrich hat seine Firma in Perth, und dort verbringt er auch viel Zeit zusammen mit Mrs. Warren. Mit der Rinderzucht bei uns im Norden ist es nicht mehr so wie früher. Die Zeiten sind schwer. Aber für Bob ist die Station, also die Farm, mehr oder weniger ein Hobby. Er macht es wegen seinem Vater. Der wollte, dass Bendrich Corner in der Familie bleibt und weitergeführt wird. Ich schätze, deshalb lässt er seine Kinder da oben und nimmt sie nicht mit nach Perth. Er ist ziemlich … na, wie sagt man?"

„Traditionsbewusst?"

„Ja genau! Ganz genau!"

Oh Schreck, ein australischer Graf Rosenow und vier kleine Pauls!

„Die Kinder sollten eigentlich über die School of the Air unterrichtet werden. Da haben die am Funkgerät Unterricht, aber das ist für Bob natürlich nicht fein genug, deshalb hat er 'nen Privatlehrer angeheuert. Den lässt er dann von seinem Piloten holen und wieder wegfliegen. Aber ich schätze, der Lehrer taugt nichts. Die Mädchen können noch nicht mal richtig lesen und schreiben, obwohl sie schon fast acht sind. Sehen Sie jetzt, was das für 'n Quatsch ist?"

Wenn es stimmte, dann schon, aber Anna bezweifelte, dass die Realität wirklich so schlimm war, wie Mrs. Bellemarne sie darstellte.

„Nehmen Sie mich mit! Ich werde mit Mr. Bendrich reden und ihm alles erklären. Ich werde auch mit seiner Freundin reden." Selbst wenn die Freundin ihres Chefs eifersüchtig wäre, sie würde ganz schnell feststellen, dass es keinen Grund zur Eifersucht gab – nicht auf Anna Lennarts.

Aber trotzdem blieb da ein winziges Unbehagen in ihr: Wenn es nun doch stimmte, ja wenn es nur zum Teil stimmte, dann warteten in Bendrich Corner vier verhaltensgestörte Nervensägen auf sie, ein Arbeitgeber, der ein tyrannischer Rabenvater war, eine eifersüchtige Lebensgefährtin, die sich zur Intrigantin entpuppen könnte, und eine Farm voll mit gemeinen Kühen da irgendwo in der einsamen Steppe Nordwestaustraliens. „Outback" nannte Mrs. Bellemarne das – ganz weit hinten draußen also.

Ach ja, und sich selbst durfte sie natürlich nicht vergessen: eine unfähige Haushälterin, die wahrscheinlich schon am ersten Tag vor lauter

Überforderung einen Nervenzusammenbruch erleiden würde.

„Wenn er Sie sieht, wird er verdammt wütend auf mich sein", beendete Mrs. Bellemarne die Diskussion, aber das hieß doch, dass sie überredet war. Sie setzte ihren gigantischen Hut wieder auf und nickte. Das war eindeutig ein Ja.

„Oh danke, Mrs. Bellemarne, ich verspreche Ihnen ..."

„Versprechen Sie nichts. Wenn Sie auch nur vier Wochen dort durchhalten, dann ziehe ich diesen Hut vor Ihnen. Aber wir werden Bob lieber aus dem Weg gehen."

„Wie meinen Sie das?"

„Ich soll Sie zu ihm nach Perth bringen, weil er Sie kennenlernen will. Aber ich werde ihm 'ne Nachricht schicken, dass wir direkt nach Bendrich Corner reisen. Ich glaube, er hat gerade ein Mustering, und bis er die Nachricht bekommt, sind wir längst in Bendrich Corner und er ist wieder in Perth. Wenn Sie Glück haben, kommt er erst in drei Wochen heim. Bis dahin haben Sie Zeit, nach Hause zu telefonieren und um Geld zu bitten ... Sie haben doch ein Zuhause?"

Das schon, aber keines, aus dem Geld zu erwarten war. Und außerdem wollte sie nicht zurückgeschickt werden. Deshalb sagte sie sehr zuversichtlich: „Ja!"

ES gelang Mrs. Bellemarne tatsächlich, die bereits gebuchten Flüge nach Perth zu stornieren und stattdessen zwei Flüge nach Alice Springs zu bekommen. Bis das Flugzeug ging, hatten sie vier Stunden Zeit und konnten etwas essen, sich erfrischen und einkaufen. Einkaufen hatte allerdings oberste Priorität, denn Anna musste erst mal komplett neu eingekleidet werden, behauptete Mrs. Bellemarne jedenfalls.

„Mit solchem Fummel können Sie in Bendrich Corner nicht rumlaufen, das ist hoffentlich klar."

Überhaupt nichts war klar, denn im Grunde wusste Anna so gut wie gar nichts über diesen sagenumwobenen Ort namens Bendrich Corner, aber sie nickte brav, als Mrs. Bellemarne beschloss: „Wir kaufen ein paar Jeans und strapazierfähige Hemden."

Sie nahmen ein Taxi, und Anna schaute fasziniert auf den Wald von Wolkenkratzern, an dem sie vorbeifuhren. Mrs. Bellemarne hob plötzlich mahnend ihren Zeigefinger.

„In Bendrich Corner sieht es anders aus, da gibt es nichts. Und wenn ich nichts sage, dann meine ich auch nichts. Wenn man sich erst mal dran gewöhnt hat, im Outback zu leben, dann kann man die ganze Hektik hier nicht mehr ertragen. Macht einem richtig Angst, aber für 'ne junge Frau, so hübsch wie Sie, da ist das da draußen ..." Sie unterbrach sich, um das Taxi zu bezahlen, und als sie ausgestiegen waren, setzte sie die Erläuterung nicht mehr fort.

Sie kauften sechs Paar Jeanshosen und drei karierte Blusen für Anna, und Mrs. Bellemarne streckte ihr zu diesem Zweck Geld von Mr. Bendrich vor. Es war eigentlich gar nicht sommerlich warm, sondern kühl, und es nieselte leicht. Anna fror sogar ein wenig in ihrem dünnen Kleid. Die Leute liefen mit Jacken und mit Schirmen herum, und Anna fragte sich besorgt, ob sie ihren Koffer mit Sommerkleidern überhaupt auszupacken brauchte.

„Ich dachte, in Australien ist es immer warm", entschuldigte sie sich bei Mrs. Bellemarne, weil die über ihr erfrorenes Schnattern den Kopf schüttelte.

„Ja, oben im Norden schon, verdammt heiß sogar, verdammt, jawohl. Aber hier in Sydney ist gerade Winter. Ist doch logisch."

Anna lachte. *Logisch! Das Land ist so verkehrt wie ich.*

Während des Fluges nach Alice Springs erzählte Mrs. Bellemarne von sich. Sie selbst besaß auch eine Station, vielmehr ihre Söhne. Die Farm der Bellemarnes hieß Bellemarne Creek und lag ungefähr hundert Meilen entfernt von Bendrich Corner. Und das nannte sich dann Nachbarschaft. Bellemarne Creek war eine typische Rinderstation, nicht so großkotzig wie Bendrich Corner, obwohl sie früher, in besseren Zeiten, auch mal zwei Flugzeuge besessen hatten. Ihr Mann lebte schon lange nicht mehr, und ihre Söhne Roger und Claude führten jetzt die Farm. Mrs. Bellemarne war mächtig stolz auf die Jungs, das war nicht zu überhören. Aber leider gab es keine Schwiegertöchter oder Enkelkinder.

„Es ist schwer, 'ne Frau zu finden, die es da aushält, zumindest eine, die zupacken kann, keine Mimose und erst recht keine fein herausgeputzte Lady, die sich nicht die Finger schmutzig machen will."

So viel zu dem schicken Mitschele-Kleid und zu meiner tollpatschigen Veranlagung.

Als Anna beim Landeanflug aus dem Fenster des Flugzeuges schaute, fühlte sie die Beklemmung wie eine Eisenzange um ihr Herz. Unter ihnen breitete sich eine endlose Weite roter, trostloser Trockenheit aus. War das etwa ein Vorgeschmack dessen, was sie in Bendrich Corner erwartete? Das Flugzeug nach Alice Springs war voll besetzt und unbequem und der Flug war viel anstrengender als der Flug von Frankfurt nach Sydney, dabei war ihre Reise in Alice Springs noch lange nicht zu Ende. Ganz im Gegenteil. Sie mussten in Alice Springe übernachten und am nächsten Tag in den Nordwesten nach Broome weiterfliegen, wo sie auch noch einmal übernachten würden. Wieso? Weil am anderen Tag der Greyhoundbus in Richtung Fitzroy Crossing fuhr. Fitzroy Crossing war, wie der Name schon sagte, eine kleine Ortschaft, deren herausragendes Merkmal die Brücke war, die über den Fitzroy führte. Dort würde dann ein Arbeiter der Station auf sie warten. Und nach vier Tagen Reise und schlappen sechs Stunden Bus- und Autofahrt wäre Anna dann endlich in Bendrich Corner. Anna kam sich fast wie Kapitän James Cook vor, der zwei Jahre lang über die Weltmeere geschippert war, bis er mal endlich Australien entdeckt hatte.

Die arme Mrs. Bellemarne tat ihr richtig leid. „Was veranlasst Sie in Ihrem Alter, eine solche Tortur auf sich zu nehmen? Nachbarschaftshilfe?"

Mrs. Bellemarne lachte. „Ja, man muss zusammenhalten da oben und sich gegenseitig helfen. Aber das ist es nicht allein. Wir haben 'ne Abmachung mit Bob. Meine Jungs haben 'nen Kredit bei ihm aufgenommen, und die erste Rate wär jetzt fällig. Aber im letzten Jahr hat ein Zyklon ziemlich viel von der Station zerstört und wir können den Kredit jetzt nicht rechtzeitig zurückzahlen. Bob hat gesagt, dass er die Rate zinslos stundet, wenn wir uns um die Angelegenheit mit dem deutschen Mädchen kümmern. Roger und Claude konnten die Station nicht im Stich lassen, weil wir im Augenblick zu wenig Stockmen haben. Da bin ich halt selbst gegangen, um Sie zu holen."

„Ich hätte dieses Fitzroy Crossing doch auch ohne Begleitung gefunden!", sagte Anna, aber sie war nicht ehrlich davon überzeugt. Wahrscheinlich hätte sie sich schon in Sydney auf dem Flughafen verirrt und wäre statt in Bendrich Corner in Neuseeland angekommen.

„Ja, eine erwachsene Frau vielleicht schon, aber wir haben ja ein siebzehnjähriges Küken erwartet!"

„Das tut mir leid!" *Oh schlechtes Gewissen, verschone meinen Magen!*

„Schon gut! Nachdem Bob die Reise bezahlt und den Kredit stundet, hab ich keinen Grund zu jammern."

ALS sie endlich in Alice Springs gelandet waren, fühlte sich Anna wie durch den Fleischwolf gedreht. Sie schaute aus dem Bus, der sie in die Stadt brachte, und verirrte sich unweigerlich mit ihrem Blick in der kargen Weite dieses Landes. In der Abendsonne verschmolz der Horizont mit dem feurigen Staub des Red Centre zu einer einzigen flirrenden Masse. Heiß, trocken, trostlos und atemberaubend.

„Sieht es in Bendrich Corner auch so aus?", fragte sie bang.

„Ach Quatsch! Das liegt doch in der Kimberley-Region!", antwortete Mrs. Bellemarne, als würde das alles erklären. Anscheinend war es eine Bildungslücke, nicht zu wissen, was die Kimberley-Region war – eine Salzwüste womöglich?

Anna war froh, dass Mrs. Bellemarne problemlos zwei Hotelzimmer fand, denn sie wollte eigentlich nur noch schlafen, und zwar bis zum jüngsten Tag, aber als sie endlich ihre steifen Glieder auf einem Bett ausstrecken konnte, stellte sie fest, dass sie nicht einschlafen konnte. Einmal abgesehen von der Matratze, die sich anfühlte wie ein Streckbrett in einem Kerker, hatte sie dröhnende Kopfschmerzen, und vermutlich hatte sie auch einen Jetlag. Sie hatte keine Ahnung, welche Zeit ihre innere Uhr gerade anzeigte, aber sie fühlte sich so aufgeputscht, als ob sie 10 Liter Kaffee intus hätte.

Es war flirrend heiß und trocken. Der Deckenventilator vibrierte und dröhnte wie ein altersschwacher Hubschrauber. Von draußen drang Radau zu ihrem Fenster herauf. Sie spähte neugierig hinaus und sah, wie eine Schar von abenteuerlich gekleideten Männern unterhalb des Fensters die staubige Straße überquerte und dabei einen Radau machte wie eine Meute überspannter Teenager. Ein bisschen erinnerte sie die Szene an den Wilden Westen, und sie fuhr sich unwillkürlich über die Augen, als müsste sie eine Halluzination wegwischen.

Aber das war keine Halluzination, das war Wirklichkeit.

Die Männer strömten jetzt ins Hotel, und nun kam der Lärm nicht mehr von draußen, sondern von unten.

Sie beschloss, hinunter in die Bar zu gehen und ein Glas Milch zu trinken. Das wäre jetzt genau das Richtige und würde ihr vielleicht beim Einschlafen helfen, ja vielleicht sogar gegen die Kopfschmerzen. Aber wenn sie ehrlich zu sich selbst war, musste sie zugeben, dass sie eigentlich die Cowboys aus der Nähe sehen wollte. Die machten da unten einen Krach, als würde das Hotel ihnen gehören.

Sie hob ihr Kleid, das sie achtlos in die Ecke geworfen hatte, wieder auf. Aber es war schon ziemlich mitgenommen, verschwitzt und völlig zerknittert. Wahllos zog sie aus dem Koffer ein anderes Sommerkleid hervor. Es war natürlich ein Mitschele-Modell, das geblümte Korsagenkleid ohne Träger. Kurz überlegte sie, ob nicht eine von den neuen Jeanshosen passender wäre. Aber noch war sie nicht in Bendrich Corner und durfte anziehen, was sie wollte, und sie wollte hübsch und verführerisch sein.

Also schnell rein in die Schuhe und die Treppe hinuntergehüpft. Sie hatte noch nicht mal die unterste Treppenstufe erreicht, da ging schon ein Raunen durch die kleine Empfangshalle, die vollgepackt war mit einer ganzen Meute von Cowboys, und alle starrten sie an, mindestens hundert gierige Männeraugen. *Oh Gott!* Annas Schwung erlahmte genauso schlagartig wie ihr Mut. Anerkennende Pfiffe und Zurufe begleiteten ihren Weg quer durch die Halle, hinüber zur Bar des Hauses. Sie versuchte zu lächeln, als sie wie eine Schlafwandlerin an den vielen Männern vorbeistakste, aber die Zurufe wurden obszöner, nicht beleidigend, aber distanzlos und sie fühlte sich plötzlich gar nicht mehr hübsch und verführerisch nur auf eine unangenehme Weise. *Was hat mich bloß geritten, mein sicheres Hotelzimmer zu verlassen und mich in diese Männerwelt hinauszuwagen?*

In der Ecke, in der eine Polstersitzgruppe stand, saß noch ein Mann. Er zählte Geldscheine in eine Kasse und unterschrieb die letzte Lohnabrechnung. Als er sah, dass die Männer in die Bar strömten wie ein Rudel hungriger Wölfe, das einem dummen Lamm folgt, schloss er seine Kasse zu, zog sein Jackett an und stand neugierig geworden auf.

In der kleinen, dämmrigen Bar wurde es immer enger. Nur Männer! Wilde, unrasierte Gesellen, zum Teil sogar noch schmutzig von der Arbeit. Sie rochen nach Schweiß und Vieh und Tabak und alle gafften Anna an.

Ach du Scheiße! Der Wilde Westen: ausgehungerte Cowboys, wochenlang in der Prärie, ohne Frauen, jetzt im Saloon! Sie suchten Spaß, suchten Weiber, suchten Ärger, und sie, Anna Lennarts aus Vievhusen, war hier absolut fehl am Platze. Irgendwie stammelte sie an der Theke ihre Bestellung heraus. „Ein Glas Milch bitte!"

Irgendeiner sprach sie an: „Hey, Lady, die Bar für Frauen ist nebenan."

Ein anderer sagte: „Ganz alleine, mein Liebling?"

Noch einer: „Hast du aber hübsches Haar, darf ich es mal anfassen?"

Das war doch alles nur ein Traum, ein Albtraum vom Wilden Westen. Wenn sie diese Bar jemals wieder verlassen durfte, dann bestimmt erst, nachdem man ihr das Kleid vom Leib gerissen hatte. Ihr Gehirn pulsierte schmerzhaft. Jemand berührte ihre nackte Schulter. Sie fuhr erschrocken herum und klammerte sich an ihrem Milchglas fest, der einzige Halt in dieser Macho-Männer-Welt.

„Hey, Süße! Wir trinken hier keine Milch. Darf's nicht was Schärferes sein, was zu dir passt?", sagte jemand nahe an ihrem Ohr, die Hand warm und gierig um ihre Hüften gelegt. Sein Atem stank nach Dingen, die kein Mensch beim Namen nennen möchte.

„Fassen Sie mich nicht an!" Anna versuchte bedrohlich zu klingen, aber sie erntete nur Gelächter!

„Du bist in der falschen Bar, Bluey. Wir sollten sie bestrafen, Jungs!" Ein anderer griff jetzt auch nach ihr und zog sie an sich heran. „Zur Strafe musst du mich küssen, meine Süße."

„Lassen Sie mich!", ächzte sie hilflos und wand sich aus den grapschenden Armen des einen Kerls heraus, nur um in der Umarmung des nächsten Cowboys zu landen.

„Nur ein Kuss, mein hübscher Rotkopf!" Sein stacheliges Kinn und sein gespitzter Mund kamen ihr immer näher. Sie schrie erschrocken auf und mit einem verzweifelten Befreiungsschlag schüttete sie dem Kerl einfach die Milch ins Gesicht. Das leere Glas flog gleich hinterher. Es zischte an seinem Ohr vorbei und zersplitterte krachend auf dem Boden. Der Cowboy ließ sie tatsächlich los und taumelte rückwärts, die Milch tropfte von seinen Wimpern und seinen dunkelgrauen Bartstoppeln, aber die anderen Männer lachten nur noch mehr und klatschten Anna sogar pfeifend und grölend

Beifall.

„Ich bin mit meinen zwölf Brüdern hier!", rief sie, aber ihre Stimme zitterte, und höhnisches Johlen war die Antwort. „Mein Vater ist der Pate von Palermo." Noch mehr Gelächter. „Jeder hat ein Maschinengewehr im Geigenkasten."

„Ho! Ho! Ho!"

„Sie werden euch das Licht auspusten. Ratatatata mit dem Maschinengewehr."

Das höhnische Gejohle verstummte plötzlich, und auf einmal herrschte absolute Stille. Man konnte sogar das Knarzen des Holzbodens hören. *Ha! Sie haben also doch Angst vor der Mafia*, triumphierte Anna innerlich. Sie triumphierte bis zu dem Moment, wo sie begriff, dass die Schockstarre der Männer gar nicht ihr Verdienst war. Denn plötzlich traten sie zur Seite, nicht um sie hinauszulassen, sondern um jemanden anderen durchzulassen. Er teilte sich rücksichtslos eine Schneise durch die Männer, stieß sie zur Seite, wenn sie nicht freiwillig zurückwichen, und kam geradewegs auf Anna zu. Ach du lieber Himmel. Das muss Supermann in Zivil sein! Groß und breitschultrig und unverschämt attraktiv.

Als der Australien-Supermann bei Anna angekommen war, blieb er stehen, begutachtete sie ganz ungeniert von oben bis unten und nahm sie dann einfach an der Hand.

„Lasst sie in Ruhe! Das ist nicht eure Kragenweite", zischte er die Cowboys an und zog sie hinter sich her aus der Bar hinaus, und sie folgte ihm stolpernd wie ein Kleinkind seiner erbosten Mama.

„He, Boss, dann soll die Lady gefälligst nicht in unsere Bar kommen, sondern da bleiben, wo sie hingehört", murrte einer und stellte sich ihnen in den Weg.

Annas Retter wirkte eigentlich auch nicht so, als ob er dahin gehörte, mit seinem schicken hellen Leinenanzug. Trotzdem meisterte er die Situation geradezu souverän.

„Verpiss dich, Don!"

Der Kerl namens Don tat es wirklich. Er murrte zwar, aber er trat zur Seite, und endlich waren sie und Supermann draußen in der Halle. Gerettet.

„Danke schön!" Anna zitterte am ganzen Körper, ihr Gehirn trommelte vor Schmerzen, und seine Hand hielt ihre fest und fühlte sich brennend heiß an.

„Das war sehr dumm von Ihnen, um diese Uhrzeit und in dieser Bekleidung in eine Bar zu gehen, deren Zutritt ausdrücklich und aus gutem Grund nur für Männer gestattet ist. Die Männer hier sind sehr altmodisch." Sie war sich nicht sicher, ob das Zucken um seine Mundwinkel der Anfang eines Schmunzelns war, sie wusste aber, dass das Zucken in ihrem Magen etwas mit seinem Aussehen zu tun hatte. Dunkle Haare, blaue Augen, lange Wimpern, kantiges Gesicht, hohe Wangenknochen und ein Dreitagebart wie ein Seeräuber.

Er müsste eigentlich auf der Liste der gefährlichen Drogen stehen. Ihr wurde richtig schwindelig.

„Ich wusste nicht ... wusste nicht, dass ..." Anna hatte in seiner Nähe ein paar handfeste organische Beschwerden. Wie zum Beispiel Herzrasen, Magenkrämpfe und Blutdruckkollaps, und er hielt immer noch ihre Hand, und jetzt lächelte er auch noch.

„Zwölf Brüder also? Auf die Idee muss man erst einmal kommen."

Sie spürte, wie ihr die Röte ins Gesicht schoss und ihre Wangen glühten.

„Also, vielen Dank noch mal, ähm, ich geh dann jetzt schlafen. Ähm, gute Nacht." Sie zog ihre Hand aus seiner und stolperte die Treppe hinauf.

„Es war mir ein Vergnügen", hörte sie ihn hinter sich sagen, aber sie war viel zu betäubt, um sich noch einmal nach ihm umzudrehen. Sie schwankte in ihr Bett, mit einem Kopf, der wie eine Schmiedewerkstatt dröhnte, mit Herzflimmern, seinetwegen, und mit tausend Fragen, auch seinetwegen. Er blieb unten in der Halle und sah ihr hinterher, bis sie aus seinem Blickfeld verschwunden war. Dann ging er hinüber zur Rezeption.

„Ein verrücktes Ding, was?", sagte der Portier.

„Ja, und sehr hübsch noch dazu. Wo kommt sie her?"

Der Nachtportier zog sein Gästebuch hervor und schlug nach. „Aus Sydney mit der Abendmaschine in Begleitung einer alten Dame!"

„Und wie ist ihr Name?" Er schielte neugierig über die Theke.

„Bellemarne!", flüsterte der Portier. „Aber eigentlich darf ich Ihnen das nicht sagen, Mr. Bendrich."

Annas Supermann erstarrte. „Was? Nein! Das ist unmöglich."

„Doch! Mrs. Kristina Bellemarne. Sie hat beide Zimmer auf ihren Namen gebucht!"

„Welche Zimmernummer hat sie?", fragte er und schaute mit aufgerissenen Augen die Treppe hinauf, als könnte er sie da immer noch stehen sehen in ihrem unsäglichen Kleid. „Oder noch besser, rufen Sie Mrs. Bellemarne an. Ich möchte sie sofort in der Halle sprechen."

Das Haustelefon war im Augenblick defekt. Es war eigentlich immer defekt, aber für ein kleines Trinkgeld ging der Portier selbst hinauf und klopfte bei der alten Dame an die Tür.

Die Männer kamen aus der Bar in die Halle zurück. „Wo bleibt das Geld, Boss?"

Er setzte sich wieder auf das Sofa und zahlte die Löhne an die Viehtreiber aus.

ES war erst kurz nach sieben, als Anna am anderen Morgen geweckt wurde. Ein asiatisches Zimmermädchen brachte ihr das Frühstück aufs Zimmer und dazu einen Brief mit einer ziemlich verwirrenden Nachricht von Mrs. Bellemarne:

„Liebe Miss Anna. Leider musste ich wegen einer dringenden Familienangelegenheit schon abreisen. Ich habe Ihnen die Tickets nach Broome und Fitzroy Crossing und Geld beim Portier hinterlegt. Ihr Flugzeug nach Broome geht um 16 Uhr, der Bus fährt um 14:45 Uhr vor dem Hotel. Ich habe in Broome schon zwei Zimmer auf meinen Namen reservieren lassen im Cable Beach Club. Von dort fährt am anderen Tag um 12 Uhr der Bus in Richtung Darwin, der hält auch in Fitzroy Crossing. Machen Sie sich noch einen schönen Tag in Alice. Ich hoffe, dass wir uns bald wiedersehen. Ihre Kristina Bellemarne!"

Anna war schockiert. Diese Frau machte ja wirklich Kalamitäten, wie konnte sie Anna einfach mitten im Red Centre sitzen lassen und erwarten, dass sie ihren Weg ganz alleine durch diese Wildnis von unwirtlicher

Landschaft und gemeinen Männern fand?

Um zehn Uhr musste sie ihr Zimmer räumen und kam völlig niedergeschlagen die Treppe herunter. Sie schleppte den Koffer, ihre Handtasche und die vollgestopfte Einkaufstüte mit den Jeanshosen, und natürlich, wie konnte es auch anders sein, auf halber Höhe der Treppe flutschte ihr die Plastiktüte aus der Hand, kullerte die Treppe hinunter, verlor unterwegs ihren Inhalt und landete unten mit einem Klatsch vor den Füßen von Supermann. Anna ließ den Koffer stehen, die Handtasche fallen und stürzte sich in einem, wie üblich, nutzlosen Rettungsversuch ihren Jeanshosen und Blusen hinterher und landete mit einem schwungvollen Stolpern direkt in seinen Armen.

Oh Schreck! Supermann hatte wohl in der Halle übernachtet?

„Was machen Sie sonst noch, wenn sie keine Milchgläser, Kleidungsstücke oder sich selbst durch die Gegend schleudern?" Er lächelte charmant, und Anna wurde über und über rot. Sie hing noch eine ganze Weile in seinen Armen, betäubt durch seine Nähe, aber dann versuchte sie endlich wieder Boden unter ihre Füße zu bekommen, und wunderte sich, warum der Supermann sie nur zögernd abstellte und immer noch ihre Taille umfasst hielt. Sie räusperte sich und ordnete mit fahrigen Händen ihr Kostüm und ihre Frisur; ihre Haare hingen ihr in die Augen und klebten an ihren Lippen. Er ließ sie endlich los und strich dann eine der wilden Strähnen vorsichtig aus ihrem Gesicht.

„Ich, ähm, danke, dass …" … und Funkstille. Ihr Gehirn hatte jede höherwertige Tätigkeit vorübergehend eingestellt. Unbeholfen begann sie ihre weit zerstreute Berufskleidung wieder einzusammeln. Er half ihr dabei, faltete die Hosen ordentlich zusammen und steckte sie sorgsam in die Tüte zurück, während Anna die anderen Sachen von der Treppe fischte, sie zusammenknüllte und hastig obenauf stopfte, dann klemmte sie die Handtasche unter den Arm und hob den Koffer hoch. Er nahm ihr den schweren Koffer ab und wartete lächelnd, was sie wohl als Nächstes anstellen würde.

„Vielen Dank, es geht schon", wehrte sie sich halbherzig, aber eigentlich ging es überhaupt nicht. Sie fühlte sich wie ein hilfloser Welpe, den sein Frauchen an einer einsamen Autobahnraststätte ausgesetzt hatte. Total verloren und aufgeschmissen. Sie hätte am liebsten losgeweint, aber vor ihm, dem Supermann und Bändiger von wilden Cowboys, wollte sie sich keine Blöße geben. Also nahm sie sich zusammen und versuchte so zu tun, als wäre alles okay. Sie marschierte zur Rezeption und erkundigte sich beim Portier nach den Tickets, die Calamity Jane angeblich für sie hinterlegt hatte. Nachdem sie das ganze Bündel Unterlagen sicher in ihrer Handtasche verstaut hatte, fragte sie den Mann, was es hier in der Gegend für Sehenswürdigkeiten gab, konnte man vielleicht den Ayers Rock besichtigen? Irgendwie musste sie sich ja die Zeit bis zum Nachmittag vertreiben.

Supermann mischte sich ein. „Das würde ich Ihnen in diesem Kostüm nicht empfehlen. Im Übrigen ist es von hier aus noch eine weite Strecke."

Anna schaute etwas verunsichert an sich hinunter. „Was würden Sie mir denn dann in diesem Kostüm empfehlen?"

„Vielleicht eine Kunstgalerie!"

Ha, ha, sehr witzig. Dann bleibe ich halt in der Empfangshalle sitzen, bis es Zeit zur Abreise ist.

„Es gibt hier wirklich Kunstgalerien mit Eingeborenenkunst. Oder vielleicht interessieren Sie sich für Kamele und Reptilien."

Angeber!

„Am besten ist, Sie lassen Ihr Gepäck hier an der Rezeption." Er hievte ihren Koffer schon über den Tresen und die Einkaufstüte ebenfalls. Der Portier nahm beides mit einem Grinsen in Empfang, und Supermann nahm Anna mit fast dem gleichen Grinsen in Beschlag.

„Mein Flugzeug geht erst heute Nachmittag. Wenn Sie nichts dagegen haben, zeige ich Ihnen gerne die Stadt." Er wartete aber keine Antwort ab, sondern nahm sie am Arm und führte sie aus dem Hotel, und ehe sie sich's versah, saßen sie schon in einem Taxi.

„In die Todd Mall!", kommandierte er, und zu Anna sagte er mit einem hintergründigen Schmunzeln: „Wir fangen mit den Kunstgalerien an, damit Sie mich nicht für einen Schwindler halten."

Sie brachte nur ein schwaches Nicken zustande. Ihr Nervensystem funktionierte nicht mehr korrekt.

„Ich habe mich, glaube ich, noch nicht vorgestellt!" Sein Nervensystem funktionierte dafür einwandfrei, er grinste sie von der Seite an. „Mein Name ist Bendrich! Arthur Bendrich."

Panik, völlige Starre, ein Kopf so heiß wie glühendes Eisen. *Bendrich? Nicht auch das noch. Was ist das? Irgendeine intergalaktische Superverschwörung gegen mich?* Ganz langsam drehte sie den Kopf in seine Richtung. *Nein, unmöglich,* sagte sie sich. Vielleicht gab es in Australien ja Bendrichs wie in Deutschland Müllers. Wie hieß ihr neuer Chef gleich noch mal? Bob, hatte Mrs. Bellemarne ihn genannt, ja genau.

„Sagten Sie Arthur Bendrich? Ist Ihr Vorname Arthur?"

„Gefällt Ihnen der Name nicht?"

„Nein. Doch. Sind Sie Australier?"

Er lachte und schien sich köstlich über sie zu amüsieren. „Ich stamme aus einer uralten australischen Familie. Unser Vorfahr war gewissermaßen einer der ersten Europäer, der seinen Fuß auf diesen Boden setzte – ein Sträfling. Robert Bendrich der Erste. Er war ein echter Ire. Unsere Familie behauptet, er sei ein irischer Freiheitskämpfer gewesen. Böse Zungen meinen allerdings, er sei lediglich ein gemeiner Wegelagerer gewesen."

„Und gibt es auch einen Robert Bendrich den Zweiten in Ihrer Familie?" *Oh bitte, sag nein.*

„Es gibt insgesamt fünf davon. Mein Großvater war der vierte und mein Bruder ist der fünfte."

Annas Kopf schwirrte. Ihr Supermann war ein Bendrich, der Bruder ihres neuen Chefs. *Ganz toll! Supertoller Zufall. Ich möchte in mein Institut zurück.*

„Und Ihr Bruder, Robert Bendrich der Fünfte, wird er zufällig Bob genannt und hat eine Rinderfarm, die sich Bendrich Corner nennt?" Vielleicht klang diese Frage für seine Ohren ja lächerlich, denn er grinste schon so seltsam.

„So ist es." Das Taxi hielt an, und sie stiegen aus – vielmehr war er äußerst zuvorkommend und öffnete die Tür für sie.

Die Kunstgalerie mit den Malereien und Artefakten der Aborigines ging völlig an Annas Wahrnehmung vorbei. Sie ertappte sich dabei, dass sie immer wieder auf Arthurs Unterlippe starrte und sich vorstellte, wie er wohl küssen würde, oder sie betrachtete seine Hände und erinnerte sich, wie er ihre Taille festgehalten hatte. Wie würde es sich anfühlen, wenn er mit diesen Händen langsam weiter nach oben wandern würde und dann ihre Brüste …

„Die Kunst der Einheimischen scheint Ihnen nicht zu gefallen." Er lächelte. „Wie wäre es mit der Besichtigung einer Dattelplantage? Oder wollen Sie den Royal Flying Doctor Service sehen? Die Touristen stehen darauf, wegen dieser Fernsehserie."

Oh Mann, ich muss ihm sagen, wer ich bin. Ich kann mich unmöglich von ihm durch die Gegend führen lassen. „Ich glaube, ich fahre jetzt besser ins Hotel zurück. Es ist schon spät."

„Es ist elf Uhr. Wann reisen Sie weiter?"

„Um drei!"

„Na sehen Sie, wir müssen uns doch die Zeit vertreiben. Wohin reisen Sie?"

„Nach Broome." *Nach Bendrich Corner, verdammt.*

„Na wunderbar, da fliege ich auch hin." Er strahlte über sein ganzes schönes Abenteurer-Gesicht und führte sie vorsichtig, aber ohne Widerstand zu dulden, aus der Kunstgalerie.

Er fliegt auch nach Broome? Vielleicht nach Bendrich Corner, um seinen Bruder zu besuchen. Na schön, ich sage es ihm jetzt, und dann bringt er mich in das Hotel zurück.

„Mr. Bendrich, äh …" Er rief schon wieder ein Taxi. Sehr zielstrebig war der Mann. „Ich … ich bin unterwegs nach Bendrich Corner. Ich bin nämlich …" Er öffnete ihr schon die Tür und schob sie hinein. Anna raffte ihren ganzen Mut zusammen. „Ich bin die neue …" *… viel zu alte …* „… Hausangestellte Ihres Bruders, aus Deutschland."

„Aber nein, das sind Sie nicht", entschied er. „Es war die Rede von einem unscheinbaren Teenager. Sollte mein Bruder mich etwa belogen haben?"

Nein, ich habe ihn belogen. Oje, wie peinlich.

„Frontier Camel Farm!", rief er nach vorne „Wir sehen uns jetzt Reptilien und Kamele an."

Und ganz viele falsche Schlangen. „Ich möchte ins Hotel zurück, bitte, Mr.

Bendrich."

„Sie sind also wirklich die Deutsche?" Er schüttelte den Kopf. „Es könnte stimmen, weil Ihr Englisch viel zu perfekt ist."

„Es stimmt schon." Sie war niedergeschlagen.

„Das sieht Bob gar nicht ähnlich. Eine Frau wie Sie!"

„Ihr Bruder hat ja keine Ahnung, dass ich mit meinem Alter ein wenig gemogelt habe."

„Ein wenig gemogelt? Sie entsprechen überhaupt nicht seinen Schilderungen." Das klang ein bisschen bissig. „Dummerweise ist Bob jemand, der es nicht mag, wenn man ihn übertölpelt."

In ihrem Hals saß jetzt ein dicker Kloß fest, der auch bei mehrmaligem Schlucken nicht verschwinden wollte. „Denken Sie, er wird mich deswegen entlassen?"

„Das bleibt abzuwarten, aber Sie sollten damit rechnen, dass er es nicht einfach hinnehmen wird. Er behandelt seine Angestellten korrekt und erwartet dieselbe Korrektheit auch von ihnen."

Korrektheit, auweia. Anna wusste gerade mal, wie man das Wort buchstabierte. Der Ärger mit dem Chef war also jetzt schon vorprogrammiert.

„Vielleicht ist es besser, ich nehme das nächste Flugzeug zurück nach Sydney", sagte sie verzagt.

„Aber nein, warum geben Sie denn so schnell auf?", rief er eifrig. „Sie können ja versuchen, Bob mit Kompetenz zu überzeugen. Er hat lange genug gebraucht, jemanden zu finden, der nach Bendrich Corner kommt."

Mit Kompetenz? Sie lachte über die Vorstellung, sie könnte jemand mit ihrer Kompetenz als Haushälterin überzeugen. Arthur sah sie verwundert an.

„Es scheint, Sie haben andere Argumente, mit denen Sie Bob überzeugen möchten." Offenbar hatte er ihr Lachen ganz falsch verstanden, und ihr stieg schon wieder die Schamesröte ins Gesicht. Leider fiel ihr keine geistreiche Antwort auf diese zweideutige Anspielung ein, sie schüttelte nur den Kopf.

„Wenn Sie versuchen, Lillian aus dem Weg zu gehen", spann er seine Gedanken dreist weiter. „Dann möchte ich behaupten, dass Sie sogar mit sehr beeindruckenden Argumenten aufwarten könnten." Er musterte sie erneut ziemlich aufdringlich von Kopf bis Fuß. „Bob ist trotz allem nur ein Mann, nicht wahr?" Er schaute ihr tief in die Augen, so tief, dass sie seinen Blick bis in den Bauch spüren konnte und noch tiefer.

Und du benimmst dich wie ein blöder Casanova.

„In Australien laufen die Uhren etwas anders, besonders im Outback." Er stocherte mit seinen Augen immer noch in ihrem Magen herum. „Wenn eine Frau wie Sie, die allem Anschein nach erfahren und selbstbewusst ist, in diese Gegend kommt, so wird man sich fragen, was sie eigentlich in Wahrheit hier sucht."

Erfahren und selbstbewusst? Jetzt lachte Anna schallend los. Der Mann besaß anscheinend keine Menschenkenntnis. „Und was suche ich Ihrer Meinung nach hier?"

„Bob ist ein reicher Mann, und er ist geschieden." Er hob erwartungsvoll die Augenbrauen.

Das meint er jetzt nicht ernst, oder? „Als ich auf die Anzeige geantwortet habe und den Brief von einer Mrs. Bellemarne bekam, dachte ich, dass ich zu einer ganz normalen Familie komme. Ich glaube, er und seine Mrs. Bellemarne haben mich auch ganz schön hinters Licht geführt."

Arthur lächelte schief. „Das ist ein schwaches Argument. Jedes Kind weiß, wie es da draußen aussieht, dass da Frauenmangel herrscht und jede ledige Frau über zwanzig weggeheiratet wird."

„Weggeheiratet?" Was war das denn für ein Wort? Und außerdem mochte es ja stimmen, dass jedes Kind Bescheid wusste, wie es da draußen aussah, aber eine Altphilologin, die die vergangenen Jahre in neonbeleuchteten Archiven verbracht hat, die wusste nicht mal genau, wo das war: da draußen.

„Ihr Bruder hat doch angeblich eine Lebensgefährtin?", gab sie schnippisch zurück.

Er sah aus dem Fenster, als er antwortete. „Lebensgefährtin ist ein Ausdruck, der nicht wirklich passt, und Sie unterschätzen offenbar die Wirkung, die Sie auf Männer haben."

War das etwa ein Kompliment? „Was hat denn meine Wirkung auf Männer mit diesem Job zu tun? Ich bin doch nicht hierhergekommen, um einen Mann zu finden." *Nicht mal geschenkt. Ich versuche ja gerade den letzten Mann zu vergessen.* „Ich habe mich auf diese Stelle beworben, weil ich …" *Ja, warum eigentlich? Weil ich Abenteuer suche, raus aus den staubigen Archiven will. Männer? Nein danke!*

Er wandte den Blick vom Autofenster ab und schaute sie erwartungsvoll an. „Weil ich … was?"

„Ich bin hier, weil ich in Deutschland arbeitslos war. Das ist alles."

„Wirklich alles, Anna?"

„Sieht er Ihnen ähnlich, Ihr Bruder?" Sie musste das Thema wechseln, und zwar schnell.

Mr. Bendrich lachte warmherzig. „Bob ist mein Zwillingsbruder."

„Ach du liebe Güte!" Undenkbar, dass gleich zwei solche Supermänner auf diesem Kontinent herumliefen.

„Manche sagen, wir würden uns wie ein Ei dem anderen gleichen, und andere sagen, wir seien völlig unterschiedlich. Ich meine, wir sind nicht vergleichbar. Aber ich beneide ihn um eine Haushälterin wie Sie."

Anna lachte nur. *Das würdest du wohl kaum tun, wenn du wüsstest, was da draußen in Bendrich Corner bald für ein Chaos in der Küche herrscht.*

„Was ist Ihr Beruf? Sind Sie Lehrerin?", forschte er weiter und überging ihr Lachen nonchalant.

„Lehrerin? Wie kommen Sie gerade darauf?"

„Ich dachte, in Deutschland sind viele Lehrer arbeitslos, also versuchen Sie Ihr Glück im Ausland. Sie sprechen Oxford Englisch und haben Ambitionen, Kinder zu erziehen. Was liegt also näher als die Schlussfolgerung, dass Sie eine Lehrerin sind?"

Anna kräuselte ihre Lippen. Was die Ambitionen zur Kindererziehung betraf, hätte sie ja widersprechen müssen, aber immerhin hatte sie schon Studenten unterrichtet. Es wäre nicht gelogen, wenn sie Ja sagte. Hochschullehrerin zählte auch.

„Sie widersprechen nicht! Also habe ich richtig geraten?"

Das Taxi fuhr links an den Straßenrand und hielt an – Motorschaden. Der Stadtrand lag eine knappe Meile hinter ihnen. Der Fahrer verständigte die Zentrale und stieg aus, um eine Zigarette zu rauchen.

„Und jetzt?", rief Anna fassungslos. Wie konnte das denn passieren? Motorschaden mitten in der Wüste, und sie war plötzlich alleine mit Supermann im Auto. Er grinste auch noch.

„Jetzt warten wir, bis ein anderes Taxi kommt." Er rückte etwas näher an sie heran, so nahe, dass sie seinen Schenkel an ihrem Schenkel spüren konnte, und ihr Herz mit einem Salto in ihre Magengrube stürzte, wo es das Frühstück gehörig durcheinanderwirbelte. Er zeigte aus dem Fenster auf ihrer Seite und beugte sich zu ihr hin. Sie nahm unwillkürlich einen tiefen Atemzug seines herben Duftes. Was immer er da an sich hatte, es war nicht nur Rasierwasser, es war etwas viel Verheerenderes, es roch wie Abenteuer, Mann, Potenz, Macht ... *Oh verflucht! Meine Hormone feiern eine Cocktailparty.*

„Sehen Sie da hinten, das sind die Macdonnell Ranges. Wenn Sie nicht so ein überaus ..." Er schaute ihr frech in den Ausschnitt. „... enges Kostüm tragen würden, dann könnten wir uns dort jetzt die roten Schluchten ansehen. Sie sind beeindruckend."

Welche Schluchten meint der Kerl? Er schaut ja gar nicht aus dem Fenster.

„Sind Sie auch ein Rinderzüchter wie Ihr Bruder?" Sie rückte schnell ein wenig von ihm ab.

„Ich bin, ähm, Immobilienmakler. Bob und ich haben Ökonomie studiert in Perth, zumindest haben wir das Studium begonnen, es aber nach zwei Semestern abgebrochen."

„Warum?"

„Warum?" Er machte eine wegwerfende Geste. „Unser Vater starb und hinterließ uns einen Berg von Schulden. Bendrich Corner stand vor dem Ruin. Also habe ich das Studium abgebrochen und angefangen zu arbeiten."

„Als Rinderzüchter in Bendrich Corner?"

Er sagte eine Weile gar nichts und beobachtete den Taxifahrer, der auf der einsamen Straße auf und ab patrouillierte. „Bob hat mir damals Bendrich Corner abgekauft. Ich bin mit dem Geld nach Sydney gegangen und habe dort ein Immobiliengeschäft gegründet."

Jetzt stieg er plötzlich aus und ging zu dem Taxifahrer, sprach mit ihm in wilden Gesten, dann kam er zurück und öffnete ihre Tür. „Kommen Sie, wir gehen ein Stück zu Fuß voraus. Er schickt uns das Ersatz-Taxi hinterher."

Was? Bei dieser Hitze, in der brennenden Sonne mit Stöckelschuhen? Die Straße bestand aus festgefahrenem, rotem Sand und rechts und links war nichts als eine weite kahle Fläche, sporadisch eingezäunt mit Metallzäunen. Nur in der Ferne sah sie ein paar Bäume wie einsame Zahnstocher in die Einöde hineinragen und natürlich nicht zu vergessen die Macdonnell Ranges.

Arthur Bendrich wurde seiner Aufgabe als Fremdenführer gerecht: Die eingezäunte Fläche war eine Sammelstelle für die Rinder. Hier wurden Abertausende von jungen Rindern alljährlich hergetrieben. Dann aufgefüttert und mit der Bahn oder den Road Trains weiter zu den Schlachthöfen in den Städten transportiert.

„Dann waren das ja gestern Abend wirklich Cowboys?", fragte Anna überrascht, und er lachte schallend, als hätte sie die dümmste Frage gestellt, die man in Australien überhaupt stellen konnte.

„Natürlich waren das Cowboys, wir nennen sie Jackaroos und sie hatten gestern einen harten Tag hinter sich. Bei einem Mustering treiben sie die Rinder über Hunderte von Meilen hierher, fast wie in der guten alten Zeit."

„Waren da auch Bendrich-Rinder dabei?"

„Davon dürfen Sie ausgehen", sagte er stolz. Dann erzählte er weiter, von der Vegetation: Spinifexgras waren die dicken Graskissen und Akazien die Bäume im Hintergrund, und wenn es einmal regnete, so wurde es hier schlagartig grün, und dann blühten sogar Blumen.

Anna mühte sich mit ihren Schuhen ab, und weil es unerträglich heiß war, zog sie ihre dünne Leinenjacke aus. Ihn schien die Hitze trotz seines Anzugs nicht zu stören. Er spazierte mit großen Schritten, die Hände auf dem Rücken, voraus und Anna hatte Mühe, ihm zu folgen. *Er macht das mit Absicht,* dachte sie wütend und blieb stehen.

„Was ist? Geht es nicht mehr?", fragte er fürsorglich und lächelte dabei vielsagend. „Dann geben Sie mir Ihre Hand." Er kam zu ihr zurück, ergriff ihre Hand und legte seinen Arm ganz unverdrossen um ihre Taille. „Besser so?"

Viel besser sogar – für ihn auf jeden Fall. Sie konnte jetzt zwar besser gehen, ganz nah an ihn geschmiegt, aber ihr Magen hatte ein ernst zu nehmendes Verdauungsproblem. Sein Geruch, seine Berührung, ja sogar seine Stimme stellten etwas Unerklärliches mit ihr an, etwas, wofür er im Mittelalter wegen Hexerei angeklagt worden wäre. So viel war sicher.

Das Ersatz-Taxi kam endlich und sammelte die beiden auf. Sie besichtigten die Kamel-Farm und ihre Reptilien, und er erklärte alles ausführlich, aber auch hier fehlte es Anna an der nötigen Konzentration. Immer wieder wanderten ihre Augen über seinen breiten Brustkorb oder zu seinen Lippen, während er ihr alles Wissenswerte über die gefährlichsten Tiere Australiens erzählte, und immer wieder schaute sie schnell weg, wenn sich ihre Blicke trafen. Aber natürlich hatte Supermann mit seinem Röntgenblick längst gemerkt, wie es um ihren Hormonhaushalt bestellt war. Er quittierte ihr fasziniertes Starren nämlich regelmäßig mit einem selbstgefälligen Lächeln. *Aussie-Macho!*

Um zwei Uhr kehrten sie nach Alice Springs zurück und aßen einen kleinen Lunch. Anna brachte allerdings kaum etwas hinunter, ihr gebeutelter Magen weigerte sich schlicht. Arthur Bendrich und ihr gebeutelter Magen blieben ihr noch länger erhalten, im Bus zum Flugplatz und im Flugzeug selbstverständlich auch.

„Wohin gehen Sie, wenn wir in Broome sind? Reisen Sie auch nach Bendrich Corner?", fragte Anna, nachdem er sich im Flugzeug neben ihr richtig breitmachte.

„Nein, leider nicht!", antwortete er mit ehrlichem Bedauern. „Ich muss dringend nach Perth. Ursprünglich wollte ich von Alice aus nach Perth fliegen. Aber als ich mich gestern Abend im Hotel nach Ihnen erkundigt habe und erfuhr, wer Sie sind, wollt ich Sie unbedingt näher kennenlernen. Sie sind schließlich eine sehr attraktive Frau, aber das wissen Sie natürlich selbst."

Was? Er hat sich nach mir erkundigt? Er wusste von vornherein, dass ich die neue Haushaltshilfe bin? „Sie haben … haben Sie Mrs. Bellemarne etwa …"

„Ich habe Kristina überredet, schon früher abzureisen!", gab er grinsend zu.

Man brauchte nicht viel Gehirnschmalz, um zu begreifen, was er damit bezweckt hatte, schließlich waren seine Annäherungsversuche eindeutig genug. Er erhoffte sich ein Abenteuer mit ihr. Was wohl sonst? Da war diese Übernachtung in Broome! Er und sie ohne die wachsamen Augen von Calamity Jane. Annas Rückgrat wurde richtig heiß und ihr Gesicht feuerrot.

„Sie müssen ja sehr überzeugende Argumente gefunden haben, um Mrs. Bellemarne so spät am Abend zur Abreise zu überreden."

„Ich habe ihr meine Piper mit meinem Piloten überlassen."

Meine Piper mit meinem Piloten! Du blöder Angeber. Anna antwortete nicht mehr, sondern schaute stur aus dem Fenster. Sie war in Gedanken bei Menrad. Der Fall hier lag so eindeutig, da konnte sie nur an Menrad denken. Arthur machte wenigstens keinen Hehl aus seinen Absichten. Menrad dagegen hatte sie an der Nase herumgeführt, ihr Liebe vorgelogen, wo es ihm nur um Sex gegangen war. Bis zum Schluss hatte sie sich noch eingebildet, er würde sich ihretwegen scheiden lassen. Wie dämlich konnte eine erwachsene Frau eigentlich sein?

Aber nur weil Arthur Bendrich seine Absichten offen zur Schau trug, hieß das noch lange nicht, dass sie die gut finden musste. Eine Liebesnacht mit ihm, und dann? Nein, auf einen One-Night-Stand hatte Anna überhaupt keine Lust, und wahrscheinlich war dieser Schönling sowieso verheiratet. Alle schönen Männer waren verheiratet oder schwul.

„Woran denken Sie?"

An dich natürlich, du Frauenheld, und das weißt du ganz genau. „Ich denke, ich werde jetzt etwas schlafen und versuchen, mein Jetlag auszukurieren." *Ich habe nämlich plötzlich gar keine Lust mehr, unseren Flirt fortzusetzen.*

Sie zog ihre Jacke aus, lehnte sich in den Sitz zurück und schloss die Augen, um nicht mehr über Männer im Allgemeinen und Arthur Bendrich im Speziellen nachdenken zu müssen. Sie erwachte erst wieder, als der Pilot im Lautsprecher verkündete, dass man sich zur Landung anschnallen solle. Mr. Bendrichs Gesicht war tief hinter der Financial Times versteckt, aber kaum machte sie das erste Anzeichen von Erwachen, da flog sein Blick sofort hinter der Zeitung hervor und landete auf ihrem Dekolleté.

Er ist wohl wieder bei den Macdonnell Ranges. Sie zog schnell ihre Jacke wieder an. Ihre Haare waren zerknautscht, und sie versuchte sie mit den Fingern irgendwie in Form zu bringen. Er beobachtete sie dabei, wie ein Habicht eine Maus beobachtet, kurz bevor er sie verspeist. Seine Absichten waren wirklich ziemlich klar.

„Wunderschön!", wisperte er ihr zu und kam dabei mit seiner Nase so nahe an sie heran, dass sie seinen Atem an ihrem Hals und seine Nase an ihrem Ohr spüren konnte.

„Die Männer in Australien sind ziemlich direkt", sagte sie und hoffte, dass er das erregte Zittern in ihrer Stimme nicht wahrnehmen würde.

„Das liegt weniger an den Männern." War es möglich, dass seine Stimme auch zitterte? „Die deutschen Frauen sind das Problem."

„Und wieso ein Problem?"

„Weil sie etwas abweisend wirken und doch mit jeder Bewegung, mit jedem Blick eine stumme Einladung aussprechen."

Das ist ja wohl unerhört! „Ich wüsste nicht, dass ich Sie zu irgendetwas eingeladen hätte."

„Das weißt du ganz genau", zischte er in ihr Ohr und war plötzlich beim vertraulichen Du. „Ich fühle mich jedenfalls sehr eingeladen, und ich weiß nicht, ob mein Bruder nicht einen großen Fehler macht, wenn er einer Frau wie dir seine vier unschuldigen Kinder anvertraut."

Das traf sie hart. „Vier unschuldige Kinder? Ich habe gehört, dass sie verhaltensgestört sind. Und Ihr … dein Herr Bruder, Robert Bendrich der Fünfte, der macht mit Sicherheit nicht nur einen großen Fehler."

„Nicht nur einen?"

„Nein, viele. Wie kann er zum Beispiel seine Kinder alleine auf irgendeiner gottverlassenen Rinderfarm halten und eine deutsche Walküre zu ihrer Betreuung engagieren? Er weiß von dieser Walküre nur, dass sie für diese Aufgabe viel zu jung ist. Und ein weiteres Beispiel: Er sollte seiner Nicht-Lebensgefährtin Mrs. Warren besser den Laufpass geben, wenn die nicht bereit ist, sich um seine Kinder zu kümmern, und stattdessen ihre Energien darauf verwendet, unliebsame Erzieherinnen zu entfernen."

„Puh, jetzt hast du's mir aber gegeben!", stöhnte er.

„Aber nein, es ging doch um deinen Bruder!"

„Du bist alles andere als eine Walküre – eher eine Sirene."

Es ist ihm wirklich ernst mit der Liebesnacht. Jetzt fährt er ein Kompliment nach dem anderen auf. „Sirenen locken die Seeleute mit ihrem Gesang bekanntlich in den Tod."

„Dann muss man sich wohl die Ohren zustopfen, wenn man sich der Sirene nähern will."

„Will man das denn unbedingt?"

„Ja, unbedingt", sagte er ganz leise, ganz nahe.

Ich würde sofort Ja sagen, wenn ich nicht wüsste, dass er mir das Herz brechen wird.

DIE Lodge lag am Strand in einem blumenübersäten tropischen Park. Arthur begleitete sie mitsamt ihrem Gepäck dahin, und Anna war gar nicht überrascht, dass er in dem Zimmer neben ihr übernachtete, das Kristina Bellemarne eigentlich für sich selbst reserviert hatte. Eindeutiger ging es wirklich nicht mehr. Er lud sie natürlich zum Dinner ein, und sie aßen zusammen im Restaurant des Hauses. Der weitere Verlauf des Abends war ziemlich klar – zumindest von seiner Seite. Ein gediegenes Abendessen bei australischem Wein, danach ein netter Spaziergang durch den blühenden, romantischen Park der Lodge. Er würde seinen Arm um sie legen, sie würde weiche Knie bekommen und so weiter und so fort.

Während des Essens erzählte er von Australien. Er konnte sehr unterhaltsam sein, fand Anna, wenn man es schaffte, sich zu konzentrieren und ihm zuzuhören. Er berichtete, wie man im letzten Jahrhundert verzweifelt versucht hatte, das Innere des Kontinents und den Nordwesten zu erschließen. Er erzählte von den Expeditionen, die den Weg für die Telegrafen und Eisenbahner und schließlich für die Siedler bereitet hatten. Sein kleiner Crashkurs in australischer Geschichte war wirklich ungemein interessant, aber Annas Gedanken befanden sich leider unterhalb der Tischkante, weil sie sich ausmalte, wie es wohl mit ihm wäre, wenn sie es zulassen würde. Wie er sich anfühlen würde, wenn er in sie eindringen würde. Ob er groß war und potent, ob er ausdauernd war oder schnell, ob sie mit ihren eigenen Fingern nachhelfen müsste wie bei Menrad ... Sie seufzte halb lüstern, halb verzweifelt, während er von Broome der Perlenstadt und von den Perlenzuchtfarmen schwärmte.

Und dann war es so weit. „Wollen wir noch einen kleinen Spaziergang machen?"

Es war mehr Befehl als eine Frage, und schon führte er sie weg vom Restaurant, hinaus in den Garten, dann unter Palmen und Mondschein hinunter zum Strand. Sie wusste nicht, ob es die Aufregung war, die ihr Herz so wild zum Hämmern brachte und ihr den Schweiß zwischen ihren Brüsten hinabrinnen ließ, oder ob es an der drückenden Hitze lag, ihr war jedenfalls schwummrig und flau. Das Mondlicht funkelte auf den Wellen, die sacht ans Ufer schwappten und das Rauschen in ihren eigenen Ohren spöttisch nachahmten – eine Nacht wie aus einem Roman – für die Liebe geschaffen.

Gleich ist es so weit, dachte Anna mit Bangen und Sehnsucht und wappnete sich innerlich gegen seine Verführungsattacke. Noch ein paar betörende Worte, ein Kuss, ein paar Berührungen, dann die Frage: sein oder ihr Zimmer, oder hier am Strand?

Er griff an wie ein echter Casanova. „Wo die Schönheit größer ist als Worte, um sie zu preisen, sollte man besser schweigen."

Wow, er hat es aber drauf. Jetzt nahm er ihre Hand und hauchte einen zärtlichen Kuss darauf, den sie wie ein heißes Knistern über ihren ganzen Arm spürte. Sie holte tief Luft und hätte am liebsten laut und genüsslich gestöhnt, aber sie hatte beschlossen, sich nicht von Super-Casanova Arthur Bendrich verführen zu lassen. Nein, er sollte nicht merken, wie nahe dran sie gerade war, ihren Beschluss über den Haufen zu werfen.

„Wo Worte nur dazu dienen, eine Walküre zu besänftigen, sollte man sie besser für sich behalten."

„Ich habe gehofft, sie wäre schon besänftigt, zumal sie ja gar keine ist …" Seine Lippen schweiften ab, ihren Arm hinauf.

Ooooh, wie schön! Anna entzog ihm hastig ihren Arm.

„Welchen Drachen muss ich töten, um deine Gunst zu erringen?" Er spürte, dass er gerade dabei war, abzublitzen und lockte sie mit den richtigen Worten. Sie lachte leise, und seine Lippen wagten einen neuen Vorstoß, jetzt zu ihrem Hals. Sie hatte keine Ahnung, was er da tat: lecken, saugen oder küssen? Sie spürte nur, wie es wirkte, wie sie feucht wurde und wie ihre Scheide hungrig zuckte, während ihr gesunder Menschenverstand gerade Feierabend machte. Wie leicht es wäre, sich jetzt einfach fallen und meisterhaft verführen zu lassen, dennoch versteifte sie sich. Sie musste ihn abwehren, bevor es zu spät war.

Aber es war schon zu spät. Jetzt küsste er sie. Sein Mund fühlte sich genauso an, wie sie es sich vorgestellt hatte. Fordernd, zielstrebig und besitzergreifend. Seine Hand hielt ihren Hinterkopf fest, während er den Kuss vertiefte. Seine Zunge umschmeichelte ihre Lippen so lange, bis sie ihn endlich einließ, und dann gab es keine Rettung mehr. Sie ergab sich mit einem lustvollen Aufstöhnen. Ihr Harnisch war durchstoßen, und sie hing wie betäubt in seinem Arm, während er mit seiner Zunge vordrang, sich zurückzog, wieder in ihre Mundhöhle eindrang, sie streichelte und sich wieder zurückzog. Er machte ihr damit die süßesten Versprechungen auf das, was noch kommen würde, und Anna fühlte, wie ihre Knie weich wurden. Er zog sie noch enger an sich und ließ sich dann mit ihr in seinen Armen in den Sand sinken. Er war wirklich ein Meisterverführer.

Es war, als ob es nur noch ihn gäbe, seine Hände auf ihrem Körper, die sanft über ihre Brüste streichelten, dann weiter hinunter bis zu ihrem Rocksaum wanderten, ihn hochschoben und sich suchend zwischen ihre Beine tasteten. Seine Lippen nippten an ihrem Hals und sein Finger schob sich vorsichtig, aber zielstrebig unter ihr Höschen.

„Herrje, wie feucht du bist!", stöhnte er zufrieden.

Herrje, was für ein Mann!, seufzte sie innerlich. Unerbittlich und fachmännisch, nicht nur seine Finger, die genau wussten, was sie zu tun hatten, um sie dazu zu bringen, ihre Beine noch ein wenig weiter zu öffnen und laut aufzustöhnen. Auch seine Lippen waren fachmännisch. Sie wanderten über ihr Dekolleté zu ihren Brüsten. Ihre Brustwarzen waren hart wie Kieselsteine, und durch den dünnen Stoff ihrer Bluse nahm er eine von ihnen mit seinem Mund gefangen, spielte mit seiner Zunge daran und biss zu.

„Hmpfaaah!" Es gab zweifellos passendere Geräusche, die eine Frau von sich geben konnte, wenn ihre Scheide pulsierte und nach mehr lechzte, aber Anna versuchte ja genau dieses Lechzen zu unterdrücken. Wenn er allerdings so weitermachte, dann würde die besagte Frau demnächst fürchterlich laut losschreien vor lauter Ekstase. Sie fühlte sich schon ertrinken in ihrem eigenen brodelnden Meer von Begierde, als er seinen Finger langsam in sie gleiten ließ, und wie eine Ertrinkende schrie sie plötzlich laut um Hilfe und schlug um sich.

„Hilfe! Nein! Nein, bitte nicht." Sie brauchte festen Boden unter den

Füßen und viel Abstand von diesem Mann, denn sie war gerade mit Hochgeschwindigkeit unterwegs zum nächsten Liebeskummer-Crash. Sie rappelte sich unbeholfen auf die Beine, torkelte rückwärts, zerrte hektisch ihren Rock nach unten und taumelte dabei wie eine Betrunkene wieder nach vorn.

„Was ist? Hab ich dir wehgetan?", fragte er verblüfft und streckte die Hand nach ihr aus. Sie starrte ihn nur sprachlos an, schüttelte immer wieder den Kopf auf der Suche nach den richtigen Worten.

„Das … das …" Sie hatte keine Ahnung, was sie zu ihm sagen sollte. Das alles war einfach viel zu weit gegangen. Sie zitterte vor Erregung und sehnte sich schmerzhaft zurück zu ihm, ersehnte sich seine Zunge zurück zu ihren Brüsten und seine Finger wieder zwischen ihre Beine, damit er das beenden konnte, was er begonnen hatte. Zumindest ihre untere Körperhälfte schrie danach. Aber es gab nichts Dümmeres als eine Frau, die den gleichen Fehler zweimal beging. Sie fuhr sich hektisch durch ihr Haar.

„Es … es geht nicht! Tut mir leid!", stotterte sie, rannte davon und schloss sich in ihr Zimmer ein.

ANNA machte kein Auge zu in dieser Nacht. Sie dachte an ihn und spürte noch jede seiner Berührungen auf ihrer Haut. Sie nannte sich eine Närrin, weil sie davongelaufen war. Es war so schön gewesen. Seine Lippen, seine Hände, sein Körper, sein männlicher Duft. Besser als alles, was sie kannte. Eine fachmännisch perfekte inszenierte Verführung, und sie dumme Kuh wäre beinahe darauf hereingefallen, hätte sich beinahe voller Wollust ins nächste Drama gestürzt. *Nein*, sagte sie sich immer wieder wie ein Mantra. *Du hast genau das Richtige getan.*

Und deshalb wirst du immer ein langweiliger, bleicher Angsthase sein, der vor jedem Abenteuer flieht, sagte eine andere Stimme in ihr.

Die Nacht verging im Wechselbad der Gefühle, Reue löste sich ab mit der Befriedigung, dass sie standhaft geblieben war, und als sie sich nächsten Tag auf den Weg zum Bus nach Fitzroy Crossing machte, wusste sie überhaupt nicht mehr, ob sie nun zufrieden mit sich selbst war oder sich verachtete.

Er wartete an der Rezeption auf sie. Sie bezahlte die Rechnung und er stand da und schmökerte halbherzig in seiner Financial Times. Als sie sich ausgecheckt hatte und gehen wollte, hielt er sie am Arm zurück und schaute sie vorwurfsvoll an. „Warum?"

Warum? Was sollte sie ihm darauf antworten? Dass sie nicht von einem Liebesdrama in das nächste stürzen wollte? Dass ein einziger Kuss von ihm und ein paar wenige zielgerichtete Berührungen schon viel zu viele verwirrende Gefühle in ihr geweckt hatten? Dass ihr gebrochenes Herz erneut verletzbar geworden war?

„Bist du verheiratet? Oder gehörst du irgendeiner Sekte an, oder was sonst?", drängte er, als sie nicht gleich antwortete.

„Ich halte nichts von unverbindlichen Abenteuern, die nach einer Nacht beendet sind!", brachte sie mühsam hervor. *Wenn ich geahnt hätte, wie du küsst, dann hätte ich noch nicht mal das gewagt.*

Er lachte zynisch. „Wovon hältst du dann etwas? Dann willst du also doch weggeheiratet werden."

„Ich möchte nicht mit dir darüber diskutieren. Jeder hat seine Vorstellung von Glück und Zweisamkeit. Ich kritisiere nicht die deine und bitte dich, die meine zu respektieren." *Nach dem letzten Abend weiß ich eigentlich gar nicht mehr, was ich will.*

„Ich kritisiere ja nicht!", brauste er auf. Er war nervös und überreizt. Hatte er auch die ganze Nacht nicht geschlafen? „Ich frage ja nur, was das Problem ist, was du bevorzugst!"

Sie seufzte. Das war doch keine Frage, die man hier an der Rezeption besprechen konnte.

„Ich weiß es nicht!" Sie quälte sich mit einer Antwort. „Jedenfalls mag ich keine One-Night-Stands." Sie dachte an Menrad, und dann platzte es aus ihr heraus. „Ich brauche ein klares, dauerhaftes Verhältnis mit einem Mann, und wenn er verheiratet ist oder eine andere hat, dann kann er mir gestohlen bleiben."

Sie raffte ihren Koffer und ihre Einkaufstüte und versuchte lässig hinauszugehen, aus dem Hotel und aus seinem Leben.

NACH knapp fünf Stunden Fahrt kam der Bus in Fitzroy Crossing an. Es war später Nachmittag, aber der Arbeiter, der von der Farm kommen und Anna angeblich abholen sollte, war nicht da. Anna traute sich nicht, die Stelle zu verlassen, an der sie aus dem Bus ausgestiegen war. Es war ein verlassenes und halb verfallenes Wellblechhaus, tief eingebettet in hohes Gras und Buschwerk, und um das Haus herum lagen seltsame Schrottteile, Wellbleche und eiserne Geländer. Vor dem Haus wuchs ein großer Baum, und Anna setzte sich auf ihrem Koffer in den mageren Schatten des Baums. Es war weit und breit niemand zu sehen. Anscheinend lag diese Bushaltestelle, die keine war, weit außerhalb der Stadt, oder was immer dieses Fitzroy Crossing auch war: Kaff, Dorf, Siedlung oder einfach nur die Brücke.

Anna wartete und zählte die Staubkörner zu ihren Füßen. Vorne an der Kreuzung stand ein Wegweiser, dessen zig Pfeile in alle möglichen Richtungen zeigten, aber das schien irgendeine Art von australischem Spaß zu sein, denn die Anzeigen waren schlicht und ergreifend unbrauchbar – zumindest für jemanden, der gerade erst in Down Under angekommen war.

Da stand Johannesburg ca. 10.000 km, Berlin ca. 14.000 km, Washington ca. 17.000 km und so weiter. *Ach wie witzig! Wirklich.* Besonders wenn man ausgerechnet hier festsaß und auf jemanden warten musste, der von „da draußen" kam, wo immer das auch sein mochte. Zum Glück hatte ihr der Busfahrer eine große Flasche mit Wasser in die Hand gedrückt, sonst hätte der Stockman, der sie abholen sollte, vermutlich nur noch eine verdorrte Leiche vorgefunden. Es mussten Jahrhunderte vergangen sein, bis sie endlich einen Geländewagen in der Ferne ausmachen konnte, der eine gigantische Staubfahne hinter sich herzog.

Der junge Mann hinter dem Lenkrad, das sich auch noch auf der falschen Seite befand, entschuldigte sich wortreich. Sehr viel verstand Anna von seinem Kauderwelsch allerdings nicht. Dabei hatte sie sich eingebildet, sie würde fließend Englisch sprechen. Auf jeden Fall war klar, dass irgendetwas schiefgelaufen und er aufgehalten worden war. Sie ließ sich von ihm in den Wagen verfrachten. Undeutlich verstand sie, dass er sagte, es sei noch eine ganz ordentliche Strecke bis nach Hause.

Die ordentliche Strecke waren nochmals eine halbe Stunde Fahrt auf einer Landstraße, mit Schlaglöchern so groß wie Fußbälle, staubig, und düster, ohne eine einzige Straßenlaterne, nur die Scheinwerfer des Autos vor ihr. Denn es war irgendwie schlagartig Nacht geworden. Anna schwieg und war in Gedanken weit weg. Wenn der Arbeiter, der sich als Joe Nambush vorgestellt hatte, einen Versuch machte, sie aufzuheitern oder ihr etwas von Bendrich Corner zu erzählen, so blockte Anna das Gespräch mit knappen Jas und Neins ab. Sie tat sich wirklich schwer mit seinem Slang. Es war ein sonderbares Englisch, und es würde zweifellos die achte Fremdsprache werden, die sie lernen musste, wenn sie sich hier jemals verständigen wollte.

Endlich tauchte mitten aus dem Busch ein weißes Gebilde auf. Anna erkannte in der Dunkelheit nur eine weiß angestrichene Veranda, die um ein großes Gebäude herumzulaufen schien, eine trübe Laterne, die über einer zweiflügeligen Haustür im Wind schaukelte, jede Menge Grün um das Haus herum, einen Hof und die dunklen Schatten von hohen Bäumen und anderen Gebäuden im Hintergrund. Jetzt spürte sie die Anstrengung und die Aufregung der vergangenen Tage schwer wie Mühlsteine an ihren Gliedern zerren.

Eine ältere Frau, die Frau des Vorarbeiters, empfing Anna. Sie konnte sich später nicht mehr erinnern, was sie alles erzählte. Sie wusste nur noch, dass die Frau sie in ein Zimmer führte, dass sie sich halb betäubt auszog und dann lang gestreckt ins Bett plumpste.

3. Der Sprung ins kalte Wasser

ANNA erwachte an dem Geräusch kleiner, nackter Füße, die schnell über den Boden tapsten. Müde blinzelte sie unter ihren Wimpern hervor. An ihrem Bett stand ein kleiner Kerl, aber ohne Kontaktlinsen konnte sie ihn nicht genau erkennen.

„Morgeeeeeen!", begrüßte er sie freundlich.

Sie grapschte schlaftrunken nach dem Döschen mit den Kontaktlinsen und pulte sich die Linsen umständlich in ihre verschlafenen Augen. Dann erst erkannte sie den kleinen Kerl: große blaue Augen und ein schwarzer Haarschopf. Ein winzig kleiner Arthur Bendrich, der ihr das Herz zum Poltern brachte. Anna warf einen müden Blick auf den Wecker. 6 Uhr 10. Was? Es war noch mitten in der Nacht, und schon begannen die Nervensägen sie zu plagen. Aber eigentlich sah das Bürschchen ganz süß aus, richtig hübsch. So hübsch wie sein verteufelter Onkel, und er lächelte genauso charmant.

„Gute Nacht, Steven!" Sie warf sich wieder in das Bett zurück und zog das Kissen über ihren Kopf.

„Spielst du jetzt mit mir?" Er zog das Kissen von ihr herunter und hinter seinem Rücken zwei kleine Plastikritter hervor. Anna war nur beruhigt, dass es kein Gummisaurier war.

„Du spielst den Bösen und ich den Lieben!"

Sie drehte sich träge auf die Seite. „Lass mich schlafen. Später spiele ich vielleicht mit dir. Wenn du jetzt Ruhe gibst."

„Nein, jetzt!", kam es in eindringlichem Befehlston.

Anna dämmerte schon wieder weg, da spürte sie plötzlich eiskalte Füße an ihrem Rücken und quietschte erschrocken. Steven saß in ihrem Bett unter ihrer Decke.

„He, hör mal!" Der Ritter griff bereits an. Er hatte eine ziemlich spitze Lanze und pickte Anna damit in den Arm. „Au! Hör auf!"

Er hörte nicht auf. Er griff noch heftiger an. Demnächst würde er sie erdolchen. Wütend riss sie den anderen Ritter aus Stevens Hand und schlug zurück. Der hatte aber nur ein Schwert und war eindeutig der Unterlegene. Die Bettdecke wurde zum Kriegsschauplatz. Annas Ritter war schon viermal gestorben, aber Steven erweckte ihn jedes Mal wieder zum Leben, und die Schlacht ging weiter. Anna vergaß ihre Müdigkeit. Sie genoss das Spiel. Der rote Ritter mit der Lanze musste lernen, wie tückisch so ein Lanzenturnier sein konnte. Sie griff von hinten an, dann plötzlich kam ihr Kämpe unter der Bettdecke hervor. Steven schrie vor Schreck, schlug heftig zurück und Annas Ritter wirbelte durch das Zimmer. Steven lachte sich kaputt, und Anna lachte auch.

„Jetzt kannst du dir seine Rüstung holen." Sie hoffte, ihn damit wieder aus ihrem Bett hinauszubefördern.

„Warum?"

„Der Ritter, der gesiegt hat, bekommt die Rüstung des Verlierers."

„Warum?"

„Das war so Sitte im Mittelalter. Rüstungen waren sehr wertvoll, und man braucht ja schließlich eine Siegestrophäe."

„Warum?"

Warum nicht? Warum mussten Kinder solche Fragen stellen? Sie legte sich wieder hin und schloss die Augen. „Lass mich schlafen!"

„Darf ich zugucken, wenn du zum Duschen gehst?"

„Was?" Jetzt war sie hellwach. *Der scheint ja ganz in die Art seines Onkels zu schlagen.*

„Bei Papa darf ich immer zugucken."

Na fein, aber bei mir nicht, du Voyeur. Da bin ich ja in eine schöne Familie gekommen. „Ich dusche heute nicht." *Oh, wie gut könnte ich jetzt eine Dusche vertragen.*

„Dann morgen."

Noch ehe sie sich eine gute Antwort einfallen lassen konnte, wurde die Tür aufgerissen.

„Da steckst du also! Verdammte Ratte!" Ein hochgeschossener, spindeldürrer Bursche polterte herein. Er hatte aschblondes Haar, und sein blasses Gesicht war übersät mit vielen tausend kleinen, braunen

Sommersprossen. Anna richtete sich erschrocken auf. Das musste Godfrey sein. Genau so hatte sie ihn sich vorgestellt. Aber Godfrey wohl nicht umgekehrt, denn er wirkte völlig perplex. „Wer sind Sie denn?"

„Ich bin Anna Lennarts!"

„Das glauben Sie ja wohl selbst nicht! Sie sind doch … Sie sehen …"

„… gar nicht so aus, wie du dir das vorgestellt hast. Bist du enttäuscht?"

„Enttäuscht?" Er errötete über und über, was einen kräftigen Kontrast zu seinem ungewöhnlich hellen Haar bildete.

„Was macht diese miese Ratte hier?", lenkte er verlegen ab, und mit Ratte meinte er offensichtlich seinen Bruder.

„Diese Ratte hat gerade sehr wacker ein Turnier bestritten. Ich bin geschlagen und möchte noch zwei Stunden schlafen!"

„Ich hab sie zuerst gesehen!", rief Steven besitzergreifend. „Und außerdem habt ihr alle gelogen! Sie ist ja gar nicht hässlich. Sie ist nämlich wunderschön und hat ein ganz dünnes Nachthemd an! Und ich darf ihr morgen beim Duschen zusehen."

„Du spinnst wohl!", riefen Anna und Godfrey wie aus einem Munde.

„Ich darf doch!"

„Darfst du nicht, du Trottel!"

„Darf ich wohl, du Blödarsch!"

„Könnt ihr nicht draußen im Flur weiterstreiten? Dann kann ich hier noch schlafen." Sie zog sich demonstrativ die Decke über den Kopf.

„Was ist mit dem Breckie?", fragte Godfrey.

„Wer ist denn das?"

„Na, das Frühstück!", lachte Steven. „Du bist aber dumm!"

Wer hatte denn bisher das Frühstück gemacht, und vor allem wann? Konnte man nicht zuallererst einmal vernünftige Frühstückszeiten in dieser Familie einführen? Anna raffte sich widerwillig auf. Sie hatte sich ja vorgenommen, sich anzustrengen. Also auf geht's! Voller Elan ran an das erste Desaster.

„Ich bleibe hier und schaue dir zu, wie du dich anziehst!", rief Steven, der geborene Spanner. Aber Godfrey packte ihn am Ärmel und zerrte ihn hinaus. Sie hörte seine gellenden Protestschreie und beeilte sich noch mehr.

Sie holte sich schicksalsergeben eine Jeanshose aus der Tüte. Die Hose war reichlich eng, und wenn sie erst einmal gewaschen war, dann wäre sie noch enger. Mrs. Bellemarne hatte die Kleidergröße ausgesucht, weil Anna sich mit den ausländischen Maßen nicht auskannte. Aber offenbar hatte sich die gute Frau doch etwas verschätzt. Zumindest am Po und an den Schenkeln kniff es ganz ordentlich, während um die Hüften noch reichlich Platz war. Nicht gerade so bequem, wie man das von einer angeblich strapazierfähigen Jeanshose erwarten durfte, und auf eine andere Weise trotzdem viel zu aufreizend. Ob solche knallengen Hosen wohl in Mrs. Bellemarnes Sinne waren?

Bevor sie das Zimmer verließ, wagte sie einen ersten Blick aus dem Fenster durch das Moskitogitter. Unter ihrem Fenster lag ein großer sandiger Vorplatz, von dem eine unbefestigte Straße wegführte. Links und rechts der Einfahrt wuchsen zwei große Bäume: Baobbäume oder Bottletrees. So hatte der Fahrer des Greyhoundbusses sie gestern genannt. Die Stämme waren flaschenförmig und so dick, dass zwei Menschen sie nicht mit den Armen umfassen konnten. Ihre mächtigen, aber mageren Baumkronen ragten über der Sandpiste zusammen und wirkten wie eine Art Torbogen. An ihren dicken Ästen hing ein großes Schild aus Holz. Die Seite, die zu Annas Fenster zeigte, war beschriftet mit: „Auf Wiedersehen!" Anna schluckte das schlechte Omen trocken hinunter und ließ ihren Blick in die Ferne schweifen. Da war nur Buschland und Wildnis, so weit das Auge reichte, und ein endlos wirkender völlig wolkenloser Himmel.

Sie ging aus dem Zimmer, suchte die Treppe und die Küche und folgte einfach dem zänkischen Geschrei, das von unten heraufdrang. *Ein hervorragender akustischer Wegweiser*, dachte sie mit aufkeimender Panik. *Und ich bin hier fehl am Platze!*

Die Küche war ein riesengroßer Raum, hell und sonnig, mit einer dunklen Holzeckbank, einem großen Tisch und so vielen Zimmerpflanzen, dass der Raum beinahe wie ein Dschungel wirkte. Vor allem aber gab es hier eine beängstigende Fülle an Elektrogeräten. Für Anna war der erste Blick in ihre neue Wirkungsstätte die reinste Horrorvision. Wofür brauchte man überhaupt so viele Geräte? Und hoffentlich erwartete niemand, dass sie die auch noch bediente.

Steven und Godfrey stritten sich gerade um eines der Geräte, aber was war das für ein Ding? Ein Toaster, stellte sich heraus. Steven zog am Kabel und behauptete, dass er das angestammte Recht habe, die Brote zu toasten. Godfrey zerrte am Gehäuse und behauptete, dass der Toaster zu gefährlich für kleine Ratten sei, und Anna hoffte, dass der Toaster bei dem erbitterten Streit kaputtgehen würde. Ein Gerät weniger, das sie bedienen musste.

Schon wurde sie zum Schiedsrichter gewählt. „Sag du ihm, dass ich das darf!"

„Der kommt ja nicht mal an die Steckdose!" Godfrey blieb stur.

„Warum werfen wir ihn nicht in den Mülleimer?", schlug Anna hoffnungsvoll vor. Die beiden starrten sie schockiert an und ließen den Toaster vor Schreck fallen. *Hoffentlich ist er kaputt,* dachte Anna und schob ihn unauffällig mit dem Fuß unter den Tisch.

„Das war deine Schuld!" Der Zank ging weiter. „Nein, du warst das, du Idiot!" Die beiden Querulanten waren robuster als der Toaster. Sie zankten eigentlich gar nicht um das Gerät. Sie stritten des Streites wegen.

„Ist ja gut!", schrie Anna in das Getöse. „Warum holt ihr euch keine Boxhandschuhe, und ich mache den Ringrichter? Leichtgewicht gegen Bohnenstange."

„Wo bleibt das Breckie?", murrte Godfrey und drehte ihr den Rücken zu.

Das mit der Bohnenstange tat ihr leid, in dem Moment, wo sie es ausgesprochen hatte, also sagte sie leichthin: „Was gibt es denn in Bendrich Corner zum Breckie?"

„Rührei mit Speck, Bohnen, gegrillte Tomaten, und Toastbrot", erklärte Steven und schwenkte die Arme dabei wild herum. „Und zwar dalli!"

Es kam Anna so vor, als ob er gerade einen gewissen Erwachsenen nachahmte, vor dem sie sich jetzt schon fürchtete, obwohl sie ihn noch gar nicht kannte.

„Aha, Rührei." Anna erinnerte sich an ihr eigenes Studentenfrühstück. Eine Tasse Kaffee im Stehen, eine Brezel, die sie unterwegs beim Bäcker besorgt und gegessen hatte, bis sie im Institut angekommen war. „Gibt es so etwas vielleicht als Fertigprodukt aus der Tüte?"

„Nein, es kommt als Matsche aus der Schale", erklärte Steven.

Anna erzitterte vor dem Rührei. Schon Eier aufzuschlagen, war für gewöhnlich eine hohe Kunst. Sie aber auch noch in einer Pfanne zu braten, ohne dass sie schwarz wurden, dafür musste man bestimmt einige Semester Hauswirtschaft studiert haben, deshalb entwickelte sie eine hinterhältige Strategie.

„Also gut. Ich decke den Tisch und ihr macht das Rührei."

Godfrey stimmte widerwillig zu „Da drüben ist das Geschirr." Er zeigte auf einen Schrank, und als Anna ihn öffnete, staunte sie, wie ordentlich alles da drin aufgeräumt war.

„Wer kocht denn sonst für euch?" Vielleicht gab es ja ein Wunder, und es wohnte eine Köchin hier in Bendrich Corner.

Godfrey zerstörte ihren Wunderglauben. „Niemand. Ab und zu Mrs. McEll, die Frau vom Vorarbeiter. Aber die ist oft krank. Oder Papa, wenn er da ist. Der will immer alles ordentlich haben."

Oh Gott, und er weiß noch nicht, was ich für ein Naturtalent im Erzeugen von Chaos bin. „Und wer räumt die Schränke so sauber ein?"

„Papa natürlich." Steven klang sehr stolz.

„Gibt es wenigstens ein Kochbuch hier?" Schließlich konnte man jedes Wissen aus Büchern lernen, also auch das Kochen. Godfrey zuckte die Schultern. Nebenher holte er aus dem Kühlschrank die Eier heraus, und Anna beobachtete ihn voller Bewunderung.

„Sie müssen vielleicht in der Bibliothek nachsehen", sagte er zum Thema Kochbuch und jonglierte die Eier vorsichtig zur Arbeitsplatte. Plötzlich hatte Anna das Gefühl, sich selbst zu beobachten. Gleich würde es eine Katastrophe geben. Ein Ei wankte. Sie stürzte hinzu, um es aufzufangen, erwischte dabei Godfreys Arm, und alle Eier fielen zu Boden.

„Oh bloody hell!", fluchte Godfrey, und Steven kreischte vor Freude. Diese Matscherei war ganz nach seinem Geschmack. Schon hüpfte er auf den zerbrochenen Eiern herum und jauchzte. Unter der Verandatür erschienen zwei weitere Blondschöpfe, Lucy und Linda, neugierig geworden durch Stevens Geschrei, allerdings kamen sie nicht näher, sondern beobachteten den Trubel aus sicherer Entfernung.

„Steven, du bist ein Schwein! Geh aus der Matsche!", fluchte Anna. Er ging nicht raus, und sie packte ihn an den Hosenträgern. Er war ganz schön schwer für so ein kleines Kerlchen, und er strampelte wütend mit den Füßen und schrillte dabei wie eine Sopranistin in der Mailänder Scala. Anna rutschte auf den schmierigen Eiern aus und stürzte mitsamt Steven an der Angel und mit der ganzen Breite ihres Pos mitten in die glitschige Masse hinein, und sofort brach von allen Seiten das Gelächter los. Die Mädchen kamen jetzt ganz eilig in die Küche, um bloß nichts von der weiteren Darbietung zu verpassen. Alle lachten, sogar Anna, obwohl das feuchte Ei bereits ziemlich unangenehm durch ihre Hose sickerte. Das Kichern hörte nicht auf, und als Anna aufstand und sich aus den Eierschalen pellte, lachten die Kinder noch viel mehr.

„Ich hoffe, wir haben keine Eier mehr."

Leider lebten auf der Farm an die hundert glückliche und legefreudige Hühner. *Also gut, ich muss und ich will mich anstrengen.* Sie nahm sich zusammen. „Wer wischt den Matsch hier auf?" Keine Freiwilligen. „Gut, dann macht das Steven!"

„Ich war das nicht. Das war der blöde Godfrey!"

„Du wischst es trotzdem weg!"

„Tu ich nicht, du dämliche Kuh! Godfrey war schuld."

„Selber dämlich! Wenn du das nicht machst, nehme ich dich höchstpersönlich als Putzlappen und wische mit dir den Boden!"

„Du bist gar nicht nett! Das sag ich meinem Papa!" Er verschränkte die Arme und war entschlossen, den Machtkampf mit ihr auszutragen.

„Und ich sage ihm, dass du auf den Eiern herumgetrampelt bist. Wenn das Frühstück fertig ist, ist der Boden sauber. Hast du verstanden?" Anna dachte, dass er mit dieser Frist mehr als genug Zeit bekam. Wer konnte schon sagen, wann dieses Frühstück auf dem Tisch stand?

„Du kannst mir gar nichts befehlen, du blöde Frau!", schrie er und stampfte zornig mit dem Fuß.

„Aber ich kann mit dir den Boden aufwischen, und zwar so", schrie sie zornig zurück, packte ihn wieder an den Hosenträgern und hielt ihn dicht über die Eier.

„Nein, Hilfe! Papi!"

Sie ließ ihn langsam noch etwas tiefer sinken. Er steckte mit der Nase schon fast in der Eiermatsche.

„Na gut, ich mach es. Und du bist ganz gemein, und das werde ich alles meinem Papa erzählen." Als sie ihn wieder auf die Beine stellte, zog er fluchend ab, um den Putzeimer zu holen.

Der zweite Rührei-Versuch war ein durchschlagender Erfolg. Ein paar Eierschalen gaben dem Ganzen eine besondere Würze, und da Anna gleich alle dreißig Eier aus dem Kühlschrank verwendete, konnte man die paar Eier, die neben der Rührschüssel landeten, fast vernachlässigen. Gerührt wurde mit einem Messer und größter Andacht, und um Anna herum standen vier sensationslüsterne Zuschauer.

„Du machst das wie Pater Angelius bei der heiligen Kommunion", bemerkte eines der Mädchen nähertretend.

„Warum? Verteilt er angebranntes Rührei als Hostien?"

„Nein!", kicherte das Mädchen. „Ich meine dein Gesicht."

Es war geschafft. Das Ei war entmystifiziert. Aber jetzt stand sie vor der nächsten, noch größeren Herausforderung: der moderne Herd. Er besaß weder Herdplatten noch sichtbare Knöpfe, dafür zig Digitalziffern und Blinklichter. Anna bestaunte ihn ratlos.

„Was ist das denn? Also entweder komme ich aus der Steinzeit oder dieses Teil aus einer fernen Zukunft." Die Kinder bestaunten Anna mindestens mit der gleichen Skepsis, wie sie den Herd beäugte. „Also gut, meine Damen und Herren", sagte sie, als würde sie eine Vorlesung halten. „Wenn man nicht bestimmen kann, aus welcher Kultur ein Artefakt stammt oder gar, wozu es nutze ist, so muss man sich zuerst nach dem Fundort richten." Die Kinder drängten sich dicht um das besagte Produkt und betrachteten den Herd plötzlich mit ganz anderen Augen. „Bei dem unbekannten Artefakt handelt es sich vermutlich um einen Gebrauchsgegenstand, der in einer Küche Westaustraliens gefunden wurde. Eventuell stammt er von Eingeborenen und besitzt eine Selbstschussanlage."

„Selbstschussanlage?", schnaubte Godfrey abfällig. „Was reden Sie denn für 'n Quatsch? Das ist 'n Herd!"

„Aha!" Anna setzte einen gewichtigen Blick auf. „Doktor Godfrey Bendrich hat eine Hypothese! Sie meinen, bei diesem außergewöhnlichen Fund handele es sich um einen gewöhnlichen Küchenherd der Neuzeit? Wenn Sie es also wissen, dann erklären Sie mir doch bitte, wie er Ihrer Meinung nach funktioniert."

Godfrey schüttelte lachend den Kopf, aber mit einem gezielten Handgriff brachte er das Wunderwerk der Technik dazu, ein rotes Glühen auf seinem Glaskeramikkochfeld abzustrahlen, und damit konnte der Kochprozess weitergehen. Nach einer Weile – alle standen immer noch staunend um Anna herum, als wäre es eine Sensation, wenn jemand Eier briet – meinte Anna mit ehrlicher Überraschung:

„Ich wundere mich, dass diese Eier nicht anbrennen. Was ist bloß verkehrt heute?"

„Anbrennen?" Die Mädchen kicherten. „Du bist wirklich ulkig. Die Eier sollen doch auch nicht anbrennen!"

„Tatsächlich nicht? Die Eier, die ich kenne, müssten eigentlich anbrennen, wenn ich sie brate. Irgendetwas in diesem Land ist verkehrt herum."

„Nein, du bist verkehrt herum!", rief das andere Mädchen.

„Du bist gar nicht wie Miss Banes!", fügte ihre Schwester ernst hinzu.

Schon durchgefallen, dachte Anna und zog rasch die Pfanne vom Herd.

„Ja, du bist viel lustiger!", erläuterte sie nun näher, und das war vielleicht so etwas wie ein Kompliment.

„Und viel hübscher!", ergänzte Steven vom Boden herauf, wo er ungeschickt mit dem Putzlappen hantierte, und das war ganz eindeutig ein Kompliment.

„Ich mag ulkige Leute!", war dann der Schlusssatz eines der, angeblich so verstockten, Mädchen, und ein wenig war Anna schon gerührt.

Das Frühstück war gerettet. Steven durfte die Brote unter dem Tisch toasten, die Mädchen schmetterten die Teller laut klirrend auf den Tisch,

Godfrey machte Kaffee und Milch und alle kicherten und lachten ständig über Annas Sprüche.

Das Rührei schmeckte gar nicht mal so schlecht, fand Anna. Dafür dass es ihr erstes Rührei überhaupt war, war es nur ganz leicht angebrannt und die Eierschalen knirschten ein wenig zwischen den Zähnen. Auf die gegrillten Tomaten verzichteten sie großzügig, und als die Kinder mit dem Frühstück fertig waren und nur noch Unfug trieben, ergriff Anna mit einigem Ernst das Wort.

„Also ich glaube, ich brauche mich nicht mehr vorzustellen. Dass Eier für mich Mysterien sind, habt ihr schon gemerkt, und ansonsten bin ich wahrscheinlich auch nicht gerade eine perfekte Hausfrau." Sie dachte, wenn sie die Kinder gleich darauf vorbereitete, dann wären deren Erwartungen erst gar nicht so hoch.

„Aber du bist hübsch", rief Steven.

„Und total lustig", sagten die Mädchen.

„Und ein bisschen irre", fügte Godfrey bewundernd hinzu.

„Na also, vielleicht werden wir sogar ganz passabel miteinander auskommen, oder?" Sie war sich selbst noch nicht ganz sicher, aber sie fand, dass Mrs. Bellemarne mit ihrer Geschichte ganz schön übertrieben hatte und dass der Ausdruck „kleine Teufel" für diese Kinder nicht so richtig passte. Steven war vielleicht ein wenig trotzig und aufmüpfig, aber dafür so süß und charmant, dass man ihm kaum böse sein konnte. Die beiden Mädchen waren vielleicht verstockt, aber ihre Neugierde war eindeutig größer als ihre Verschlossenheit. Und der ganze Tumult um das Rührei hatte ihre Partisanenfront schon ziemlich aufgeweicht. Godfrey war vielleicht ein Eigenbrötler, aber gerade das machte ihn für Anna besonders liebenswert.

„Ich weiß zwar nicht, was euer Vater genau von mir erwartet", redete sie weiter, „aber ..."

„Kochen, putzen, waschen, bügeln und aufräumen!", rief eines der Mädchen.

„Und mit mir spielen! Ich habe sie auch zuerst gesehen."

„Papa ist sehr ordentlich!", erklärte nun das andere Mädchen und nickte dabei gewichtig.

Verteufelt, und ich bin sehr unordentlich, dachte Anna und nickte dabei auch sehr gewichtig. *Aber ich werde mich anstrengen. Ich werde die Hauswirtschaft lernen wie ein drittes Studium. Er wird sich nicht über mich beklagen können, wenn er kommt.* „Wenn euer Papa so ordentlich ist, dann sollten wir besser den Tisch abräumen und den Abwasch machen. Und Steven sollte seine Schuhe ausziehen." Sie ließ ihren Blick über den Küchenboden schweifen. Er hatte sich wirklich bemüht, der kleine Trotzkopf, aber seine klebrigen Schuhe hinterließen trotzdem gelbe Fährten quer durch die ganze Küche.

„Den Abwasch kannst du doch machen. Du bist doch jetzt unsere Haushälterin", deklarierte eines der Mädchen. Sie schienen sich in ihren Rechten gut auszukennen.

Anna war etwas verärgert über die Selbstverständlichkeit, mit der man sie zum Küchenmädchen degradiert hatte, aber sie machte sich doch an die Arbeit. Als Anna schon anfing, das Abwaschwasser in die Spüle einlaufen zu lassen, kam das Mädchen und öffnete großspurig eine Tür neben dem Spültisch.

„Das hier ist unsere Spülmaschine."

„Und wie wäre es, wenn du das Ding einräumst und einschaltest?"

„Ich mache es, aber nur weil du hier so eine Planscherei veranstaltest." Sie zeigte auf den Boden, wo das Spülwasser gerade munter herumströmte, und auf Annas Jeanshose, die schon ziemlich nass war. Hektisch drehte Anna den Wasserhahn ab, aber in die falsche Richtung, und das Wasser ergoss sich erst recht wie die Niagarafälle über den Rand des Spülbeckens und quer über den Küchenboden. Godfrey kam ihr mit einem gezielten Handgriff zu Hilfe.

„Kein Problem!", stöhnte Anna. Der Putzeimer und der Lappen standen ja noch da, in einer Ecke, vollgeschmiert mit Eierpampe. Es lohnte sich wirklich, den Boden aufzuwischen. Die Spülmaschine war längst eingeräumt, als Anna immer noch auf dem Boden herumkroch und gegen das Hochwasser ankämpfte.

„Wie oft hast du das denn schon gemacht?", fragte Lucy oder Linda misstrauisch.

„Na ja …" Anna tat so, als ob sie überlegen müsste. „… also

mindestens schon ... mindestens schon ... heute das erste Mal."

„Du bist wohl gar keine richtige Haushälterin, was?", konstatierte die andere schlau.

„Was bin ich denn dann?" Anna wollte nicht von vornherein zugeben, dass sie absolut keine Ahnung von Haushalt hatte.

„Ich weiß nicht", meinte das Mädchen nachdenklich. „Aber ich möchte auch mal so sein wie du." Und mit diesen Worten wagte sie einen vorsichtigen Griff in Annas wirres Haar.

„Lieber nicht!", lachte Anna, aber sie spürte doch eine warme Zuneigung für das Mädchen in sich aufkeimen.

Anna beendete ihren Großputz. Die Jeanshose war triefend nass und noch enger. Aber: Bis auf einige gelbliche Streifen in der Tapete, sah die Küche jetzt wieder sehr ordentlich aus.

„Ich zeige dir mein Zimmer!" Steven wollte sie aus der Küche ziehen. „Und dann spielen wir mit meinen Rittern noch mal so einen tollen Kampf wie vorher."

„Ich würde mir gerne die ganze Farm ansehen, wenn ich das darf. Wie wäre es, wenn Godfrey die Führung macht? Und danach spiele ich mit deinen Rittern noch mal ein Turnier."

Sie wollten gerade zusammen hinausgehen, als sich der Vorarbeiter, Mr. McEll, durch ein zaghaftes Klopfen an der Verandatür ankündigte. Er wolle gar nicht lange stören, sondern nur mal kurz Guten Morgen sagen und fragen, ob alles in Ordnung sei, ob sich die Kinder anständig aufführen oder ob es Ärger gab. Er stockte und betrachtete Annas nasse Hose ...

„Ist wirklich alles in Ordnung, Miss?"

„Wir haben nur Rührei gemacht!", erklärte Steven lautstark. Alle Kinder lachten schrill und aufgedreht, und Mr. McEll kratzte sich ungläubig am Kinn.

„Ach so, also ..." Er war ziemlich verwirrt, und Anna dachte, dass es an ihrer nassen Hose lag.

„Ich sehe nicht immer so aus, Mr. McEll. Wir hatten nur eine kleine Hochwasserkatastrophe hier."

Die Kinder lachten wieder, und Mr. McEll war noch verwirrter. Warum war er gleich noch mal hergekommen? Vor lauter Staunen hatte er es vergessen. Ach ja: „Äh, Miss. Ich fahr nach Fitzroy Crossing und mach 'n paar Besorgungen. Soll ich auch 'n paar Lebensmittel mitbringen?"

Die Schränke waren eigentlich brechend voll, soweit sie das richtig beurteilen konnte. Aber es war natürlich unklar, was in den Tüten und Päckchen, Dosen und Beuteln wirklich drin war. Also nickte sie Mr. McEll vorsorglich mal zu. „Ja, bringen Sie was mit."

„Und was?"

Anna zuckte die Schultern und schaute fragend in die Runde.

„Jelly Berries und Tim Tams!", rief Steven.

„Und für mich Devonshire Tea", ergänzte eines der Mädchen. „Für mich auch mindestens fünf Stück, und Vegemite ist fast alle", fügte die andere hinzu. Anna fasste das alles ganz diplomatisch zusammen:

„Okay, das Übliche und dazu noch die Sonderwünsche der jungen Herrschaften."

McEll nickte grinsend. Er war sauer auf den Boss gewesen, als der ihm erklärt hatte, es würde ein junges Mädchen aus Deutschland kommen, selbst noch ein Kind, das kaum Englisch sprach und das sich um den Haushalt kümmern würde. Es war doch klar, dass das nur noch mehr Arbeit für ihn und seine Frau bedeutete. Aber die hier war ein anderes Kaliber. Zu hübsch für diese Gegend, zweifellos, aber zumindest war sie erwachsen und hatte die Kinder im Griff. Und außerdem wusste man ja nicht, was wirklich dahintersteckte. Beim Boss war alles möglich.

„Kann ich mir denn irgendwann einmal die Farm und die Umgebung ansehen?", fragte Anna schnell, weil sie sah, dass Mr. McEll auf dem Weg nach draußen war.

Die Farm? Meinte sie etwa die Station, die Scheunen und Weiden, die Baracken der Arbeiter, und all das? Genau das meinte sie. Mr. McEll versprach, Joe Nambush vorbeizuschicken. Am Nachmittag, etwa gegen 14.00 Uhr, würde er sie abholen und mit dem Jeep ein bisschen durch die Gegend schaukeln. Anna bedankte sich, und McEll zog sich mit einer altmodischen Verbeugung zurück.

„Jetzt müssen wir aber das Haus ansehen!" Steven dauerte das alles viel zu lange, und er rannte schon aus der Küche. Als Anna mit einer trockenen Hose bekleidet wieder ins Foyer zurückkehrte, warteten Godfrey und Steven auf sie, die Mädchen waren allerdings verschwunden. Dann ging die Führung los.

Das Herz des Hauses war ein großes helles Foyer, fast eine Halle, der Boden war mit roten Platten gefliest, ein gigantisches Kuhfell lag in seiner Mitte, es war so groß, dass Anna lachend fragte, ob das Ding von einer Mammutkuh stammte, aber Steven und Godfrey sahen sie nur verständnislos an. Von der Halle führte eine breite Treppe hinauf in das Obergeschoss, und eine Tür mit zwei Flügeln führte in das Wohnzimmer.

Dieses Wohnzimmer, das Godfrey nur mit einem Zögern betrat, erinnerte Anna an alte englische Krimis. Die Vorhänge waren zugezogen, aber im dumpfen Licht konnte sie doch die ganze altmodische Pracht eines typisch englischen Landhauses erkennen: edle Chippendale-Möbel, Perserteppiche, große Ölgemälde, sogar einen Kamin! Sie fragte sich, wozu man den überhaupt brauchte. Es war drinnen wie draußen so drückend heiß wie in einer Sauna, und nur in den Räumen, in denen der Deckenventilator angeschaltet war, konnte man es aushalten. Als Godfrey die Vorhänge aufzog, drang das grelle Sonnenlicht mit dicken von Staub durchwirbelten Strahlen in den Raum. Anna hielt vor Beklemmung den Atem an und strich zögernd über die staubige Armlehne eines zierlichen Chippendale-Sessels.

„Wird dieses Zimmer denn nicht benutzt?"

„Doch, wenn Papa zu Hause ist." Godfrey hätte gar nicht so trist zu gucken brauchen, sie erkannte auch an den dicken Staubschichten, dass der besagte Herr Vater wohl nicht oft zu Hause war.

Steven beteiligte sich jetzt auch an der Belichtungsaktion. Eifrig flitzte er im Kreis und zog all die anderen Vorhänge zurück. Die Fenster waren hoch und breit. Eines führte hinaus in den Garten auf eine gepflegte Terrasse. Dort gab es einen großen, gemauerten Grill und etliche Gartenmöbel, ordentlich zusammengestellt, aber immerhin so, als würden sie nur darauf warten, benutzt zu werden, und hinter der Terrasse lockte ein riesiger Swimmingpool.

Aber im Wohnzimmer selbst trat die ganze Tragödie der Verwahrlosung und Vernachlässigung nun zutage. Die kostbaren Teppiche waren schon blass vor Staub. Nicht nur die Armlehnen konnten ein Wischtuch vertragen. Es stank hier förmlich nach unerledigter Hausarbeit, und Anna fuhr mit dem Finger griesgrämig über den Kaminsims an zwei weißen chinesischen Porzellanfiguren vorbei. Sie hob sie an und betrachtete den ins Porzellan eingedrückten Stempel. Sie waren tatsächlich echt: Qing Dynastie, 17. Jahrhundert. *Ach du Scheiße!* An Geld mangelte es in diesem Haus wahrhaftig nicht, nur an einer Putzfrau.

„Jetzt müssen Sie das hier putzen! Miss Ann!" Godfrey schien ihre Gedanken zu lesen und schaute sich selbst etwas erschrocken um.

„Ich heiße Anna. Es wäre nett, wenn du mich so nennst. Und was das Putzen anbelangt … Ich komme wirklich nicht drum herum, oder?"

Godfrey schüttelte langsam den Kopf.

Das nächste Zimmer, das mit dem Wohnzimmer und der Küche verbunden war, machte auch einen vereinsamten Eindruck. Es war das Esszimmer. Eine lange Tafel, zwölf Stühle, einige Schränke. Hier herrschte kein bestimmter Stil, die Möbel waren relativ modern, schlicht und zweckdienlich, und doch sah man ihnen an, dass sie nicht von einem schwedischen Möbelhaus stammten. Hier gab es vielleicht große, festliche Dinnerpartys an wichtigen Feiertagen, überlegte Anna, aber im Augenblick war dies nichts anderes als ein weiterer Teil des Bendrich-Museums. Trist, staubig und an schönere Zeiten erinnernd. In Anna keimte allmählich Wehmut auf. Dann kam die Bibliothek. Der Stolz des Hauses Bendrich, groß und hell und mit so vielen Büchern, wie Anna sie kaum im Besitz eines Privatmannes vermutet hätte. In diesem Raum standen auch Schulbänke, und Steven gestand, dass hier Unterricht abgehalten wurde.

„Lehrer sind doof!", schrie Linda von der Tür her, oder war es Lucy? Jedenfalls nahmen die beiden Mädchen ab diesem Moment an der Führung teil.

„Aber Lehrer können sehr nützlich sein!"

„Wieso?" Lucy war es wohl, die von Neugierde geplagt wurde.

„Einer dieser Lehrer hat mir zum Beispiel die englische Sprache beigebracht, sodass ich mich jetzt mit euch unterhalten kann."

„Warum gibt es überhaupt so viele Sprachen?", fragte Steven.

„Quatsch nicht rum!" Godfrey puffte seinen Bruder ärgerlich. „Woher soll Anna das wissen? Es ist eben so."

„Sprachen?" Anna wurde ganz aufgeregt. „Ich bin eine Expertin für Sprachen, meine lieben Kinderlein." Alle vier kamen einen Schritt näher und schauten Anna erwartungsvoll an. Und schon fing sie an, zu dozieren. Natürlich gab es auf Stevens Frage zwei ziemlich gegensätzliche Antworten. Zuerst erzählte sie die biblische Geschichte über den Turmbau zu Babel und dass der liebe Gott in seiner Wut auf die Erde gegangen war, um die Sprachen der Menschen zu verwirren. Aber sie stellte am Schluss klar, dass das nur eine Sage war, die so überhaupt nicht stimmte, und dass die Wissenschaft hierzu unterschiedliche Theorien vertrat, so war die indogermanische Sprache …

„Es stimmt alles über den großen Turm bis in den Himmel!", rief Steven verärgert. Er war mit Annas Meinung und wissenschaftlicher Darlegung gar nicht einverstanden und unterbrach sie mitten in ihrem Lehrvortrag. „Pater Angelius sagt, dass die Bibel Gottes Wort ist. Und der liebe Gott lügt nämlich nicht."

„Genau!", pflichteten die Mädchen empört bei.

Annas Wissenschaftlerseele bäumte sich zwar auf, aber sie ließ das Thema doch fallen, schließlich standen kleine Kinder vor ihr und keine Studenten.

„Wie steht es mit eurem Unterricht? Kommt nicht regelmäßig ein Lehrer hierher?"

Godfrey winkte ab. „Ja, viermal in der Woche, Montag bis Donnerstag für fünf Stunden. Aber der taugt nicht viel."

„So, so, der taugt nicht viel? Und du kannst das wohl beurteilen?"

„Du kannst es ja selbst beurteilen, wenn du mir nicht glaubst", gab Godfrey bissig zurück.

„Allerdings, das werde ich. Gleich am Montag."

Das nächste Zimmer, das an die Bibliothek angrenzte, war verschlossen. Godfrey erklärte, dass dies Vaters Büro war und dass der Zutritt absolut verboten war. Anna wollte auf keinen Fall in das Allerheiligste des gefürchteten Robert Bendrich des Fünften vordringen. Sie zog Steven von der Türklinke weg und weiter in den nächsten Raum.

Es war eine Art Musikzimmer mit einem prächtigen Steinway-Flügel. Eine Sitzgruppe in der Mitte des Zimmers war mit großen weißen Tüchern abgedeckt. Am anderen Ende des Raumes stand noch ein Billardtisch, nicht abgedeckt. Anna klimperte ein wenig auf dem Flügel herum. „Spielt jemand von euch?"

„Vater sagt, dass Tante Carolina darauf gespielt hat!", erläuterte Godfrey und fragte gleich im Gegenzug: „Kannst du spielen?"

„Nein, leider nicht. Aber wenn sich meine Eltern so einen Flügel hätten leisten können, dann hätte mich niemand davon abgebracht, es zu lernen." Zärtlich strich sie über das lackierte Holz.

„Bist du denn so furchtbar arm?" Steven hatte eine drollige Art, mit seinen Fragen die zentralen Dinge des Lebens zu treffen.

„Arm wie eine Kirchenmaus, Steven! Aber schon der heilige Franz von Assisi behauptete, dass die Armut der wahre Weg zum Glück sei."

„Was ist denn das für ein Tier?", wollte Steven wissen.

„Franz von Assisi war ein Mönch im Mittelalter. Er stammte von einer reichen Familie, aber er teilte alles, was er besaß, mit den Armen. Die Kirche hat ihn später heiliggesprochen. So und nun Schluss damit. Ihr fragt mir ja Löcher in den Bauch."

„Vielleicht sollte Papa auch mal was mit den anderen teilen! Zum Beispiel mit den Aborigines", überlegte Steven.

„Ja genau!", pflichtete Lucy ihm eifrig bei. „Die haben bloß so mickerige Hütten und Baracken."

„Aber wir sind ja auch die Bendrichs", schmetterte Linda alle Bedenken großspurig nieder.

Die Rosenows des Outbacks. Ich habe das schon kapiert.

Nun ging es im Obergeschoss weiter. Dort waren die Schlafzimmer. Drei große Kinderzimmer, Mr. Bendrichs Zimmer am einen Ende des Flurs, Annas Zimmer am anderen Ende des Flurs und noch drei Gästezimmer. Jedes der Zimmer war mit einem eigenen Badezimmer versehen und vor allem mit einer Klimaanlage, kein Deckenventilator!

Halleluja! Sie musste nur noch herausfinden, wie man die Anlage einschaltete.

Die Verhältnisse in den Kinderzimmern waren Anna ziemlich vertraut: schmuddelig, unaufgeräumt und verdreckt. Spielzeug lag überall reichlich herum, kaputt oder schmutzig. In Stevens Zimmer fanden sich – zwischen miefigen, ungewaschenen Kleidern – Spuren von Sandwiches auf dem Boden. Aus seinem Bett stieg unter einem Scheiterhaufen aus Buntstiften ein verräterischer Duft empor. Ein Blick auf das bunt bemalte Bettlaken zeigte ihr, dass er in sein Bett nässte, das Laken aber schon seit einigen Nächten nicht mehr erneuert worden war. Annas erster Ärger steigerte sich zur Wut. Wut auf diesen Vater, der so reich war und doch so lieblos, dass er seine Kinder wie Tiere leben ließ. Dem würde sie aber die Meinung sagen, dass seine Kinder in einem Waisenhaus besser aufgehoben wären als in seinem protzigen Haus.

Das Zimmer der Mädchen sah kaum besser aus. Ein Blick genügte schon. Eine ganze Putzkolonne war hier noch zu wenig.

„Wenn das die Frau Mitschele sehen könnte."

„Ist das auch ein Mönch aus dem Mittelalter?"

„Nein, eine weise, alte Frau." Anna nahm sich vor, unbedingt einen Brief an Frau Mitschele zu schreiben. Die würde sich bestimmt freuen, wenn sie Post aus Australien bekam. „Die würde sagen, dass aus euch beiden niemals anständige, bildsaubere Mädle werden können." Die beiden Mädchen sahen sich betroffen an, dann gingen sie in ihr Zimmer und knallten Anna die Tür vor der Nase zu.

Godfreys Zimmer war das ansehnlichste, aber auch hier: schmutzige Kleider aufgetürmt auf einem Berg, Essen auf dem Bett, die Bettlaken zerwühlt und der Geruch von kaltem Zigarettenrauch.

Anna schüttelte den Kopf und stöhnte über all die lästigen Arbeiten, die sie vor sich sah. „Wenn euer Papa angeblich so penibel ist, müssen wir wohl dringend aufräumen. Wie kann er euch so etwas nur durchlassen? Also, wo ist die Waschmaschine? Und wo gibt es Besen und Staubtücher? Ich hoffe, die sind nicht digital gesteuert."

Sie rafften die schmutzigen Kleider bündelweise unter die Arme und beförderten sie hinüber, über den hinteren Hof, in das Waschhäuschen. Als

Anna den Fuß vor die Tür setzte, stockte ihr der Atem, so drückend heiß war es außerhalb des Hauses. Sie musste erst einmal stehen bleiben, um sich und ihren Kreislauf an diese spürbar schwere Last in der Luft zu gewöhnen.

Dann ging es weiter. Der Hinterhof war eine große Sandfläche, die auf der einen Seite durch den hässlichen Wellblechschuppen, das Waschhaus, begrenzt war und auf der anderen Seite zum Garten mündete. Wobei „Garten" wirklich der falsche Ausdruck war. Das war eher ein großer, tropischer Park, sehr gepflegt, mit hohen alten Bäumen, mit bunt blühenden Sträuchern und schmalen Pfaden, die von Stauden, Kakteen und Palmen gesäumt waren. Hibiskus, Bougainvillea, Orchideen und Passionsblumen und etlichen Pflanzen die Anna nicht kannte. Es gab sogar eine große Vogelvoliere, die aber leer war.

Im Wellblechschuppen befand sich der Generator, der das Haus mit Strom versorgte, und dort wurde auch die Wäsche für die Arbeiter gewaschen, in großen Mengen, aber für die Familie gab es eine extra Waschmaschine in Familiengröße. Der Koch, der für die Stockmen kochte, hatte eigentlich den Auftrag gehabt, die Wäsche für die Kinder auch zu waschen, bis die neue Haushaltshilfe da war, aber sie hatten eben in letzter Zeit vergessen, die Wäsche bei ihm abzuliefern.

Zu dumm, und jetzt hängt das ganze Problem an mir. Aber mit Waschmaschinen war Anna wenigstens schon vertraut. Vier oder fünf Mal im Jahr war sie mit ihrer eigenen Wäsche zur „Münzboutique" in Tübingen gegangen. Die Waschmaschine mit Wäsche zu füttern, war also kein Problem. Dass man sie irgendwie in weiß und bunt sortieren musste, wusste Anna auch noch. Aber das Waschpulver war ein Problem: In der „Münzboutique" war es vordosiert aus dem Automaten gekommen, aber jetzt war sich Anna nicht ganz sicher, wie viel Waschpulver sie wohl für so viel, so furchtbar dreckige Wäsche benötigte. Sie nahm also reichlich, und als noch Platz in der Schütte war, füllte sie die eben ganz auf.

Danach sah sie vor ihrem geistigen Auge eine Schreckensvision: Es könnte zu viel Pulver sein und dieses würde früher oder später schäumend aus allen Ritzen der Waschmaschine herausquellen, dann würden alle Arbeiter, sorry Stockmen, zusammenlaufen und sich über die im Schaum ertrinkende Haushälterin lustig machen. Wenn sie wenigstens jemanden fragen könnte, eine lebenskluge Frau Mitschele zum Beispiel. Vielleicht wusste die Frau des Vorarbeiters ja über solche Dinge Bescheid.

„Also", sagte sie zu Godfrey, der sie Wäsche schleppend bis hierher begleitet hatte. „Wir schalten noch nicht ein. Ich werde mal kurz Mrs. McEll besuchen und mich erkundigen, wie viel Waschpulver ich brauche, um dieses Ding hier vernünftig in Gang zu bringen."

„Warum weißt du so was nicht?" Godfrey wirkte etwas überrascht. „Du weißt alles über Sprachen und Franz von Assisi, aber nicht, wie viel Waschpulver man für eine blöde Waschmaschine braucht?"

„Tja, das ist mein Problem Godfrey. Ich habe leider nicht viel Ahnung von diesen Dingen."

„Wieso bist du dann hierhergekommen?"

„Um es zu lernen?" Sie fragte mehr in der Hoffnung, er würde es so akzeptieren, aber er schüttelte den Kopf.

„Du bist wegen Papa hier, stimmt's?"

„WAS?"

„Ja, du bist seine neue Freundin. Das ist typisch für Papas Art. Er will uns ganz vorsichtig mit seiner neuen Flamme vertraut machen."

„Danke schön!", brauste Anna heftig auf. „Ich bin nicht seine neue Flamme! Ich kenne ihn ja gar nicht."

Godfrey grinste ungläubig. „Den Kleinen kannst du das vielleicht weismachen. Aber so doof bin ich nicht. Ich sage ja nicht, dass mir der Gedanke nicht gefällt. Nein, eigentlich gefällst du mir viel besser als Lillian. Nur bist du gar nicht sein Typ."

„Na prima!" Anna war außer sich. Diese Unterstellung! Zuerst von Arthur und jetzt von Godfrey. „Er ist bestimmt auch gar nicht mein Typ. Und ich kenne ihn wirklich nicht." Aber nach einer Weile, während der Godfrey sie kritisch anschaute, fragte sie lächelnd: „Was ist denn so üblicherweise sein Typ?"

Godfrey lachte. „Ha, also doch! Du bist schon eifersüchtig, was?"

„Quatsch!"

„Er mag adrette, vornehme und ordentliche Frauen."

„Und was bin ich?"

Godfrey musterte sie fachkundig. „Wild, unordentlich, frech und schlau."

„Danke für die Fehleinschätzung!" Sie setzte sich auf die Waschmaschine. „Ich bin weder das eine noch das andere. Ich bin eine verträumte, weltfremde, ziemlich naive Frau, die sich im Leben ganz schön verirrt hat und gerade versucht, wieder Fuß zu fassen. Deshalb bin ich hauptsächlich hier."

Godfrey schwieg lange, und dann sagte er ganz unverhofft: „Ich wünschte, du wärst Vaters neue Freundin." Mit diesen Worten stampfte er hastig hinaus.

Anna entschied, Mrs. McEll doch nicht zu besuchen. Wenn schon Godfrey aus ihrer Unfähigkeit solche Schlüsse zog, wie viel mehr würde das eine erwachsene Frau tun? Anna nahm die Hälfte des Waschpulvers wieder aus der Schütte. Wenn die Wäsche dann nicht sauber wurde, konnte sie es ja noch mal mit etwas mehr Pulver versuchen. Es war im Grunde wie ein wissenschaftliches Experiment. Eine Weile beobachtete sie die Waschmaschine ehrfürchtig bei ihren monotonen Umdrehungen, und als nichts passierte, nichts explodierte, nichts überschäumte und keine Hochwasserkatastrophe einsetzte, ging sie frohgemut hinaus. Draußen auf dem Hof stand Steven, seine Fäuste hatte er trotzig in die Seiten gestemmt und seine Unterlippe weit vorgeschoben.

„Du bist ein Lügner!", brüllte er sie an. Sie wusste nicht, was sie falsch gemacht hatte, aber da hob er schon seine Spielzeugritter in die Höhe. „Du hast versprochen, dass wir spielen."

Anna war schon überredet. Im Haus wartete nur ätzende Arbeit. Ritter spielen gefiel ihr viel besser. Sie bauten aus dem groben roten Sand zwei Burgen. Die Steine wurden zu Kanonenkugeln. Sie hockten auf der Erde und beschossen ihre Ritter und ihre Burgen mit lautem Kampfgeschrei.

„Du hast verloren!", behauptete Steven.

„Nein, stimmt nicht! Deine Burg ist zerstört!"

Steven sprang auf und zerstampfte wütend Annas Burg. Sie packte ihn, zuerst mit echtem Ärger, aber er quiekte vor Freude und klang dabei wie die kleinen Ferkel von Bauer Küpers, deshalb kitzelte sie ihn, bis er immer lauter lachte, und plötzlich wälzten sie sich kichernd im Sand.

Ein Stockman, der auf dem Weg zu den Schuppen war, blieb erstaunt stehen. Was war denn das? Eine rothaarige Lady und der kleine Bendrich-Teufel. Was trieben die denn da? Er grinste, weil er sich vorstellte, wie es wäre, wenn er sich statt des Kleinen mit der Rothaarigen herumwälzen könnte. Er stellte es sich recht intensiv vor und kam sogar einige Schritte näher. Anna sah ihn und sprang erschrocken auf die Beine. Sie sah den Mann, sah sein lüsternes Grinsen, wurde feuerrot und senkte beschämt den Kopf.

„Giddy, Lady!", grüßte er.

Anna zerrte Steven hastig zum Haus. „Wer war denn das?"

„Das ist Clay der Schnüffler. Der arbeitet für Papa. Sie nennen ihn so, weil er immer die Nase hochzieht." Steven machte es ihr vor und zog für den Rest des Vormittags unentwegt die Nase hoch.

Die Begegnung mit dem Cowboy beflügelte Annas Arbeitseifer, und sie machte sich mit dem Besen und dem Staublappen bekannt. Der Großputzbefehl von Frau Mitschele entpuppte sich jetzt als Segen. Zumindest wusste sie schon, wie man einen Besen einsetzte und dass ein Staubsauger immer dann der Unterlegene war, wenn man ihm einfach den Strom abstellte. Trotzdem war es sehr mühsam, vor allem, weil es überhaupt keinen Spaß machte.

Kurz nach zwölf Uhr kamen die Mädchen und fragten, wann es denn Lunch gebe. Anna konnte den Besen gar nicht schnell genug in eine Ecke stellen. Sie eilte zur Bibliothek, um ein Kochbuch zu suchen – eigentlich, aber unversehens vergaß sie alles. Da gab es eine unglaubliche Sammlung an einzigartigen und antiquarischen Büchern, sogar noch eine zweihundert Jahre alte Ausgabe des „Dekameron" mitsamt Buchmalereien, und Anna saß prompt auf einer der Schulbänke und schmökerte durch die Renaissancenovellen. Kurz vor eins kam eines der Mädchen in die Bibliothek und erkundigte sich erneut nach dem Essen.

Ach du Schreck, alles vergessen! Um zwei Uhr würde ein Stockman kommen und sie zu einer Rundfahrt abholen, und sie saß hier und hatte noch keine Ahnung, was sie kochen sollte.

„Was wollt ihr denn gerne essen?" Sie legte „Das Dekameron" auf den Tisch, um es später weiterzulesen. „Vielleicht Spaghetti?" Nudeln kochen war einfach, zumeist brannte nichts an und vielleicht gab es unter den

Hunderten von Tüten und Päckchen auch eine fertige Tomatensoße.

„Spaghetti ist meine Leibspeise. Aber nur mit Ketchup, sonst nichts. Aber normalerweise essen wir so was abends zum Dinner und mittags ein Sandwich."

Umso besser, das ersparte eine Katastrophe. Aber in der Küche waren schon die anderen Kinder versammelt, und diese bestanden darauf, eine Katastrophe zu erleben. Steven wollte unbedingt Spaghetti, und zwar zum Mittag und mit Tomatensoße dazu. Das andere Mädchen wollte ein Sandwich mit Vegemite bestrichen und am Abend dann Spaghetti mit Sahnesoße und Hühnchen, aber Godfrey hasste Spaghetti, der wollte am Abend ein Steak mit Spiegelei, und jetzt wollte er Würstchen im Blätterteig, das ginge ganz einfach, behauptete er.

„Ich könnte ja Sahne unter das Ketchup rühren", schlug Anna entmutigt vor. „Und wir könnten das über die Sandwiches schütten. Wie wäre das?"

„Beschissen!", riefen alle gleichzeitig.

„Also gut, dann machen wir heute zum Mittag Sandwich mit Spaghetti und Ketchup, morgen zum Dinner Spaghetti mit Sandwich, am Sonntag wieder zum Mittag Spaghetti mit Hühnchen und Vegemite und am Montag Steak mit Spiegelei zum Dinner. Einverstanden?"

Alle waren plötzlich einverstanden, obwohl Anna dachte, dass sie nicht unbedingt einen ausgewogenen Speiseplan vorgeschlagen hatte. Aber der Vorteil lag darin, dass das Essen bereits nach einer Viertelstunde fertig war und sie mit ihrem Zeitplan nicht völlig außer Kontrolle geriet.

Um vierzehn Uhr saßen sie immer noch bei Tisch. Sie waren mit dem Essen schon lange fertig, und jetzt tobte eine Spaghettischlacht. Wie es dazu gekommen war? Wahrscheinlich war es Steven gewesen, der ein Spaghetti aus Lucys Teller geklaut hatte. Die hatte sich dagegen gewehrt, Ketchup spritzte, Spaghetti flogen, Anna versuchte alle streng zur Ordnung zu rufen, bekam selbst eine in Ketchup getränkte Spaghettinudel ins Gesicht und warf wütend eine Handvoll zurück.

Als Joe Nambush kam, fand er eine tobende Horde von Spaghetti-Guerilleros. Anna hockte unter dem Tisch und pulte die Nudeln aus den Fliesen. Steven stand auf der Eckbank, mit einer Gabel bewaffnet, und Godfrey hielt den Teller erhoben als Schutzschild. Die Mädchen bewarfen

Mr. Nambush mit Spaghetti, und der fluchte in einer Sprache, die womöglich Englisch war, auch wenn Anna kein Wort davon verstand.

Das Lachen verstummte schlagartig. Anna schielte unter dem Tisch hervor. Oh verdammt, sie hatte ja die Rundfahrt vergessen. Sie krabbelte heraus und befreite sich zuerst einmal von den Nudeln, die an ihr klebten. Sie wusste nicht, was sie sagen sollte, und Mr. Nambush wusste es erst recht nicht. Im Grunde war er stocksauer über die Spaghetti auf seiner Nase, aber als er das Mädchen aus Deutschland unter dem Tisch entdeckte, da verpuffte sein Ärger und machte sprachlosem Staunen Platz.

Das war vielleicht eine sonderbare Frau. Gestern Abend, als er sie in Fitzroy Crossing abgeholt hatte, in ihrem verrückten Kleid, und sie so hochnäsig geschwiegen hatte, da hatte er gedacht, dass die viel zu fein war für die Gegend und die Kinder, aber jetzt kroch sie unter dem Küchentisch hervor, angetan in dieser verdammt engen Jeans, in ihrem wirren, roten Haar klebten Nudeln und ihre Wangen glühten vor Begeisterung. Jetzt wirkte sie gar nicht mehr fein, eher wild und ungebärdig.

Er räusperte sich, drehte seinen Hut in den Händen. „Ähm, Miss, Sie wollten sich die Station ansehen?"

„Ich auch!" Steven schleuderte seine Gabel in den Blumentopf und hüpfte von der Eckbank herunter direkt in Annas Arme.

„Wir auch!", verkündeten die Mädchen und kratzten sogar die Spaghetti vom Fenster ab. Anna setzte Steven auf den Stuhl.

„Wir räumen nur schnell ab, Mr. Nambush."

Er trat hinzu, wischte einen Berg Nudel-Ketchup-Brei vom Tisch in seine Hand und schüttelte ihn in den Mülleimer. Er wollte einfach ein bisschen näher bei ihr sein. Aber mit einem Mal kam ihm ein anderer Gedanke: Was, wenn sie das Mädchen vom Boss war? Na klar, sie konnte nur das Mädchen vom Boss sein. Vor Schreck über die Erkenntnis wich er bis zur Verandatür zurück.

ALS sie in den Jeep stiegen, der draußen vor dem Haus parkte, waren alle vier Kinder mit von der Partie und ein Schwarm aufdringlicher Fliegen, die ungeniert überall landeten und starteten. Annas Nase war eindeutig ihr liebster Flugplatz.

„Ja, die Biester sind verdammt lästig. Das kommt von den vielen Kuhfladen", lachte Joe.

„Wir haben eigentlich auch Kühe zu Hause, aber nicht so viele Fliegen."

„Man hat Mistkäfer aus Europa geholt und es versucht!"

„Was versucht? Die Fliegen zu bekämpfen?", fragte Anna begriffsstutzig. Der Mann sollte sich wirklich mal einen Privatdolmetscher zulegen.

„Nein, die Kuhfladen. Aber es hat nicht funktioniert. Sie mochten unseren Mist nicht, die Mistkäfer." Joe zuckte lässig die Schultern. „Wir sind hier eben in Down Under. Jetzt haben wir genauso viele verdammte Mistkäfer wie verdammte Fliegen. Aber noch schlimmer sind die Mozzies."

„Und was tun die?"

„Stechen!", sagte Joe jovial. „Aber keine Sorge, nicht bei Ihnen im Haus. Der Boss sorgt schon dafür, dass da alles astrein ist."

„Sie meinen Moskitos?", fragte Anna unglücklich. Aber sie war nicht wegen der Stechmücken unglücklich – dieses „astrein" machte ihr Sorge.

Sie verließen das Gelände und fuhren auf einer „Waschbrettpiste" durch einen struppigen Akazienwald. Woodlands nannte sich das in der Fachsprache, erklärte Joe, und wenn die Woodlands abgeholzt waren, nannte man sie Grasslands. Aber die waren nach einiger Zeit überweidet, dann blieb nur noch das Spinifexgras übrig. Das fraßen die Rinder nicht, und jetzt versuchte der Boss die Grasslands wieder aufzuforsten. Die Farm umfasste schlappe 200.000 Hektar Weideland und über 3.000 Rindern. Das dicke Geld verdiente Mr. Bendrich allerdings mit seinen Bauxitminen, wie Joe ausdrücklich und mehrfach erwähnte. Die Kinder fanden Joes Ausführungen offenbar uninteressant und fingen einen Höllenlärm an. Sie hampelten auf dem Rücksitz herum und stritten sich wie üblich.

„Du sollst nicht so drängeln! Arsch!"

„Selber! Sitz still!"

„Autsch! Der zieht mich an den Haaren. Blödmann!"

Ihnen war eindeutig langweilig, denn sie kannten diese Wildnis ja schon. Aber Anna konnte sich gar nicht genug sattsehen: hohes gelbgrünes Gras, dazwischen unzählige kleinere und größere Wasserlöcher, in denen sich der stahlblaue Himmel spiegelte. Dürftig verstreut wuchsen ein paar niedrige Sträucher oder Akazien mit ihren schirmförmigen Baumkronen und ab und zu ragte wie ein einsamer Riese irgendwo ein dicker Bottletree über das ganze Grün heraus. Die Kinder machten weiter Radau.

„Steven, du Ratte! Hör endlich auf!"

„Sie hat angefangen!"

„Setz dich endlich hin!"

„Ich steige jetzt aus!"

„Mach's doch, alte Meckerliese!"

„Blödarsch!"

„Halt endlich die Klappe, Steven, und setz dich!", brüllte Joe Nambush nach hinten.

Höhnisches Gelächter von allen und trotziges Geschrei von Steven war die Antwort. Anna wandte sich nach hinten und versuchte Steven auf sein Sitzfleisch zu zwingen, aber bei dem Gerangel, das dabei entstand, landete er unversehens auf ihrem Schoß. Das behagte ihm bestens. Er kuschelte sich mit einem siegreichen Lächeln an ihren Busen und wurde still. Kurz darauf schlief er sogar ein. Joe schaute zwischen der Piste und dem schlafenden Kind hin und her, begleitet von Kopfschütteln, und dann sagte er fassungslos:

„Sie sind 'n echter Knaller, Miss. Weiß der Teufel, aber das hat die Welt noch nie gesehen, dass der Junge mal Ruhe gibt."

Anna wusste selbst nicht, wie sie das geschafft hatte, aber sie schenkte Joe trotzdem ein siegessicheres Lächeln.

„In der ‚Wet' steht hier alles unter Wasser!", erklärte Joe weiter und machte eine ausladende Geste über das ganze Gebiet.

„Die ‚Wet'? Das ist die Regenzeit?", schlussfolgerte Anna, und als Joe kräftig nickte, war sie froh, dass sie auch einmal etwas verstanden hatte.

„Da kommt das Wasser eimerweise herunter und der Fluss wird zum See, aber keine Sorge ..." *Ich weiß schon*, dachte Anna bekümmert, *der Boss hat alles astrein im Griff.*

„… die Station liegt höher, weiter im Süden."

Ein Emu brach plötzlich aus dem Gestrüpp hervor und rannte über die Piste. Joe trat voll auf die Bremse, und der Jeep brach aus und machte eine halbe Umdrehung. Roter Staub wirbelte durch die Luft, die Kinder jubelten und Joe fluchte. Der Motor war ausgegangen und wollte nicht auf Anhieb wieder anspringen. Während Joe an den Zündkerzen herumfummelte, entdeckte Anna zum ersten Mal ein Rind, das in einem großen, blauen Wasserloch stand. Nein, es waren zwei Rinder und da hinten zwischen den Baumstämmen waren noch zwei. Hatten die sich etwa von der Herde verirrt oder war das die Herde?

„Gibt es hier wirklich dreitausend Rinder?"

„Früher waren es noch mehr!" Joe brachte endlich fluchend den Motor wieder in Gang und raste doppelt so schnell weiter. Anna wurde doppelt so heftig durchgeschüttelt, und die Kinder amüsierten sich mindestens dreimal mehr als zuvor.

„Was ist das, Mr. Nambush?" Anna zeigte auf die Wellblechbaracke, die am Ende der langen Sandpiste den Weg versperrte.

„Der Flugzeugschuppen, Miss. Wir fahren jetzt gerade auf der Landepiste! Der Boss hat drei Flugzeuge und zwei Hubschrauber."

Der Boss ist ja wirklich ein hochkarätiger Graf Rosenow. „Was fängt er denn mit diesen Spielzeugen an?"

„Hey, Miss, das sind keine Spielzeuge. Wir brauchen die für die Rinderzucht." Er sah sie ein wenig beleidigt an, aber immerhin klärte er das Missverständnis auf. „Man muss 'ne verdammt große Menge Rinder auf einer verdammt großen Fläche überwachen. Das geht aus der Luft einfacher. Und wir treiben sie auch mit den Maschinen und den Hubschraubern nach Alice Springs. Und wenn irgendwo 'n Buschfeuer ist, setzen wir die Flugzeuge zum Löschen ein. Ist die einzige Möglichkeit."

Anna war beeindruckt, hauptsächlich von dem Gedanken, dass dies alles Wirklichkeit war. Kein Kinofilm, sondern echte, heiße und staubige Wirklichkeit, die man spüren konnte. Der feine Staub, den der Jeep hinter sich aufwirbelte, legte sich auf die Kleider, in jede Hautfalte und vor allem auf ihre Kontaktlinsen. Die begannen unerträglich zu kratzen und zu brennen. Der Optiker in Lübeck hatte ihr dringend geraten, eine

Ersatzbrille zu kaufen, aber sie hatte abgelehnt. Erstens, weil die Kontaktlinsen schon teuer genug waren, und zweitens, weil sie nie wieder als Brillenschlange herumlaufen wollte. Aber jetzt wäre sie sogar für ihre hässliche, alte Brille unendlich dankbar.

Die nächste Sehenswürdigkeit waren die Pferdeställe.

„Wir setzen die Pferde auch in der Rinderzucht ein, denn man kommt mit dem Flugzeug nicht überall hin", erklärte Joe. „Viele Züchter nehmen aber Motocross-Maschinen. Das ist billiger. Doch der Boss ist 'n Pferdenarr, würde nie auf Motocross umsteigen. Na ja, er kann es sich leisten. Er hat früher selbst gezüchtet, Araber, Trakehner und all so was … Interessieren Sie sich auch für Pferde, Miss?" Mit dieser Frage beendete Joe seinen ausführlichen Vortrag über die verschiedenen Eigenschaften, die einen Araber gegenüber einem Lipizzaner auszeichneten.

„Ich habe neulich mal versucht das Reiten zu lernen." *Wenn er mich jetzt gefragt hätte, wie sich das urzeitliche Eohippus zum heutigen Equus entwickelt hat, dann hätten wir wirklich nett über Pferde plaudern können.* „Ich wusste nicht, dass man Pferde sogar in dieser Gegend züchten kann."

Sie verband mit Pferdezucht die Vorstellung an ein ostpreußisches Herrengut, auf dem so einer wie der hochwohlgeborene Graf von Rosenow seinem exzentrischen Hobby frönte.

„Klar doch! Dieses Jahr schickt der Boss einen Araber ins Rennen. Er will, dass er den Melbourne Cup holt. Das ist jede Menge Arbeit, Miss. Aber früher war er noch verrückter mit seinen Rennpferden. Da ist er mit denen sogar ins Ausland geflogen."

„Er ist mit seinen Pferden geflogen?" Anna traute ihren Ohren nicht. *So einer ist der also! Seine Kinder lässt er hier verkommen, und mit seinen lieben Pferden macht er lustige Reisen ins Ausland.* Ihr Bild von diesem Menschen rundete sich allmählich sehr zum Negativen ab.

„Und bestimmt bekommen seine Gäule auch ein nettes Weihnachtsgeschenk von ihm."

Joe überging den Scherz, wohl weil er ihn nicht verstand, und erklärte ihr dafür die Veränderung der Pflanzenwelt.

„Wir sind jetzt am Fitzroy. Sehen Sie da hinten die Felswand? Da hat sich der Fluss reingegraben." Der Wald war hier grüner und wilder, wirkte beinahe tropisch in seiner üppigen Pracht, mit viel Buschwerk und undurchdringlichem Unterholz.

„Dort hinten ist 'ne Jagdhütte." Joe deutete auf die grüne Wand von Blättern und Ästen, Lianen und Wurzeln. „Der Boss hat auch noch andere Jagdhütten, aber die können wir heute nicht ansehen. Würde zu lange dauern."

Ich sehe ja noch nicht mal die eine. Ich sehe bald gar nichts mehr, wenn meine Kontaktlinsen weiter so jucken.

Sie waren auf dem Rückweg, nach fast drei Stunden Rundfahrt. Joe fuhr noch an den Wohnbaracken der Stockmen vorbei. In sicherer Entfernung, wie er erklärte, denn einige hätten nun schon Feierabend, und eine Frau wie Anna schaffte da nur Ärger.

„Und was für eine Frau schafft da keinen Ärger?", fragte Anna bissig. „Vielleicht eine Ordensschwester?"

Joe grinste nur wissend.

ALS sie wieder zu Hause waren, musste Anna erst einmal die Kontaktlinsen herausnehmen. Das Jucken und Brennen in den Augen hörte zwar auf, aber dafür konnte sie kaum noch etwas sehen. Sie verwarf den Gedanken, in dieser Gegend einen Optiker zu finden, bei dem sie sich eine Ersatzbrille machen lassen konnte. So viel hatte sie schon bei der endlosen Busfahrt von Broome nach Fitzroy Crossing über eine völlig einsame, bolzgerade Straße kapiert: Sie war ganz weit weg von der Zivilisation, im hinten draußen von Down Under, und jetzt war sie fast blind.

Sie tastete sich am Geländer die Treppe hinunter und suchte die verschwommenen Umrisse der Wohnzimmertür. Dort hatte sie heute Mittag ihre Putzarbeit unterbrochen, bevor sie zur Bibliothek gegangen war, um ein Kochbuch zu suchen. Sie krabbelte auf dem Boden herum und tastete nach dem Eimer, und während ihrer langwierigen Fahndung fiel ihr ein, dass es höchste Zeit für das Abendessen sein musste. Es war schon dunkel draußen, und wahrscheinlich mussten die Kinder bald ins Bett. Sie wusste eigentlich nicht genau, wann Kinder üblicherweise zu Bett gingen. Sie schrieb den vermissten Putzeimer vorerst mal ab, suchte den Weg in die Küche, stolperte über den Eimer direkt in die Küche hinein. Sie öffnete vorsichtig eine Schranktür und tastete nach dem Geschirr. Der Stapel mit den Tellern wackelte bedenklich.

„Vorsicht!", rief Godfrey von der Küchentür her und eilte herbei, um ihr zu helfen, aber da war es schon zu spät, ein Teller verabschiedete sich bereits und klirrte zu Boden, bevor er ihr die restlichen Teller aus der Hand reißen konnte.

„Ich kümmere mich darum. Setz dich", befahl er und schob ihr den Stuhl unter die Knie. Also saß Anna mitten in der Küche auf einem Stuhl wie die Queen auf ihrem Thron und hörte zu, wie Godfrey die Scherben zusammenkehrte und den Tisch deckte.

„Ich bin eine fabelhafte Haushälterin", sagte sie mit echten Gewissensbissen. „Unfähig und kurzsichtig wie ein Maulwurf. Aber so habe ich wenigstens eine gute Ausrede, um die Arbeit auf andere zu delegieren."

„Was ist mit der Wäsche? Vielleicht kannst du die auch blind aus der Waschmaschine herausnehmen und in den Trockner stecken, oder?"

Anna sprang sofort auf. Die Wäsche hatte sie ja ganz vergessen. Sie stolperte aus der Verandatür und orientierte sich am Schatten der Bäume und an der trüben Lampe, die den Eingang der Waschküche beleuchtete. Sie zerrte die Wäsche aus der Maschine heraus, hob sie dicht vor die Augen, um zu sehen, ob sie sauber war. Sie roch jedenfalls gut. Aber der Wäschetrockner schien verschollen. Hatte er rechts oder links neben der Waschmaschine gestanden? Und warum stand da jetzt kein Gerät mehr? Ach, das würde sie lieber morgen machen, wenn sie wieder sehen konnte. Sie ließ die Wäsche an Ort und Stelle im Korb und ging wieder zurück in die Richtung, wo das Licht vom Küchenfenster ihr als Wegweiser diente.

Jemand näherte sich und blieb stehen. Anna schaute gar nicht erst auf. Es war garantiert wieder einer von den lüsternen Cowboys, Clay der Schnüffler vielleicht. Sie zog unwillkürlich die Nase ein paarmal hoch und lief weiter. Besser, sie sah gar nicht, wie der Typ sie wahrscheinlich gierig anstarrte.

Es war Robert Bendrich, der ihr nicht minder gierig nachstarrte, als sie irrend in der Küche verschwand. Danach holte er seinen Schlüssel für den Hintereingang aus der Tasche und verschwand in seinem Büro. Niemand bemerkte ihn.

Die fünf aßen zu Abend, und weil Anna so kurzsichtig war, meinten die Kinder, sie müssten besonders rücksichtsvoll und besonders leise sein. Sie wisperten nur. Je mehr Anna auf dem Tisch herumtastete und nach dem Essen forschte, umso leiser wurden die Kinder. Alle waren sehr beflissen, Steven schmierte ihr ein Sandwich meterdick mit Vegemite und Lucy oder Linda drückten es ihr in die Hand. Waren für heute Abend nicht Spaghetti geplant?

„Ich bin eigentlich nicht krank." Das Flüstern wurde ihr fast schon unheimlich. „Ich sehe nur sehr schlecht. Ich habe mir schon als Kind die Augen verdorben."

„Wie hast du das gemacht? Mit Gift?", wollte Steven wissen.

„Mit Gift? Nein, mit Lesen. Ich habe Bücher verschlungen wie andere Kinder Spaghetti."

„Mit Lesen, pah!", rief eines der Mädchen abfällig. „Wozu soll das gut sein?"

„Um schlau zu werden, liebe Lucy."

„Ich bin Linda, und ich will nicht schlau werden."

„Was willst du denn dann werden, wenn du groß bist?"

„Ich werde Schauspielerin!", rief Lucy.

„Und ich werde Rinderzüchter!", ergänzte Steven.

„Und ich werde eine Mutter", sagte Linda ziemlich traurig. Anna wurde dabei auch traurig.

„Um Mutter zu sein, muss man auch sehr schlau sein."

„Warum?"

„Na ja …" Anna zuckte die Schultern. Warum eigentlich? Bis vor Kurzem war sie der Meinung, dass man Mutter von ganz alleine und manchmal sogar ungewollt wurde, und dass es keine besondere Kunst war, Kinder anständig zu erziehen. Aber seit heute war sie sich sicher, dass selbst die Folterknechtmutter im Zug zumindest die Grundzüge der Stoa und die Lehren des Lao Tse kannte. „Mütter müssen ihren Kindern Geschichten vorlesen." Endlose Sauriergeschichten zum Beispiel. „Sie müssen ihren Kindern gutes Benehmen beibringen." Oder sie müssen das schlechte

Benehmen unerschütterlich erdulden. Sie schaute in Stevens Richtung, wusste aber nicht, ob er sich angesprochen fühlte. „Sie müssen ihre Kinder zu Bett bringen und lieb haben und …"

„Ich mag Mütter nicht!", rief Steven trotzig.

„Willst du auch mal Kinder haben?", fragte Linda dazwischen.

„Ich weiß nicht. Vielleicht in ein paar Jahren."

„Und wie bekommt man Kinder?" Steven klang schon wieder unbeschwert.

Godfrey brummte verlegen: „Sie werden eben geboren, Trottel."

„Und wie?" Steven war ganz schön hartnäckig. Wahrscheinlich spürte er das große Geheimnis, aber Anna versuchte das Thema ganz wissenschaftlich und distanziert abzuhandeln.

„Sie wachsen im Bauch der Mutter ganz langsam, werden immer größer, bis sie schließlich rauswollen."

„Und wie kommen sie da rein?"

Schweigen. Aber sie hörte, dass Godfrey unruhig auf seinem Stuhl herumrutschte. Also er war zumindest schon mal aufgeklärt.

„Das ist doch ganz einfach, du Dill", rief plötzlich eines der Mädchen. „Wenn ein Mann und eine Frau Liebe machen, dann wird die Frau schwanger."

Anna sagte gar nichts mehr. Die Mädchen waren also auch schon aufgeklärt.

„Ja, wenn sie sich küssen!", erläuterte deren Schwester etwas näher. Jetzt wäre ein Themenwechsel vielleicht die beste Rettung.

„Wir räumen den Tisch ab und dann geht's in die Badewanne."

„Wir baden im Pool!" Steven sprang schon auf.

Ach du liebe Güte, der Pool! Wie alleine dieses Wort sie schon lockte. Sie sehnte sich danach, ihren verschwitzten und mit Staub bedeckten Körper nur für ein paar Momente in dieses kühle, erfrischende Nass einzutauchen, aber sie hatte leider keinen Badeanzug eingepackt. Verflixt noch mal! Sie würde den Kindern zuschauen oder vielmehr zublinzeln müssen.

Als die Unordnung in der Küche aufgeräumt war und die Kinder draußen im Licht des Scheinwerfers im Pool herumtobten und spritzten, konnte Anna kaum noch widerstehen. Sie hatte nicht mehr geduscht, seit sie eine schlaflose Nacht in Broome verbracht hatte.

Sie konnte die Kühle und Erfrischung der Pools förmlich hören, wenn das Wasser spritzte und die Kinder vor Glück kreischten.

„Anna, komm doch herein! Warum kommst du nicht?", riefen ihr die Kinder zu, aber sie blieb standhaft und schwor sich, bei nächster Gelegenheit einen Badeanzug zu kaufen. Allerdings verhielt es sich mit den Badeanzügen verhielt hier draußen womöglich wie mit den Brillen.

Nachdem die Kinder lange genug im Pool herumgetollt hatten, beschloss Anna, dass Steven ins Bett musste. Es war bestimmt schon weit nach neun Uhr, und er wirkte trotz seines Mittagsschlafes ziemlich überdreht. Aber Steven war da ganz anderer Ansicht.

„Ich will aber fernsehen!"

„Nein, das kommt nicht infrage", widersprach Anna und fühlte sich sehr im Recht. „Fernsehen macht doof!"

„Ich will aber!", entschied Steven den Rechtsstreit, marschierte ins Wohnzimmer, zog sich einen der Chippendale-Sessel ganz dicht vor den Fernseher und schaltete ein.

Anna schaltete wieder aus – nein, sie schaltete auf „Laut". Die Kanonenschüsse einer Seeschlacht donnerten durch das Wohnzimmer. Steven lachte sich krumm und hüpfte auf dem Sessel auf und ab. Anna tastete sich deprimiert zum Sofa hin. Die beiden Mädchen kamen, angelockt von dem Radau, herein und setzten sich links und rechts neben Anna. Im Fernseher versank gerade die Armada im Meer.

„So ein Quatsch!" Anna war beleidigt, und Steven war glücklich. Er hüpfte daumenlutschend auf dem Chippendale-Prunkstück und jubelte bei jedem Matrosen, den es in der Luft zerriss.

„Wenn es wenigstens ein Saurierfilm wäre. So was wie die Geschichte von Little Foot", murrte Anna weiter.

„Was ist das für eine Geschichte?", rief das Mädchen zu ihrer Linken über den Kanonendonner hinweg.

„Kennst du die nicht? Der kleine Saurierjunge, der das grüne Tal sucht." Anna musste zugeben, dass diese Sauriergeschichte die reinste Meditationsgeschichte war im Vergleich zu dem Lärm, den die Seeschlacht soeben machte.

„Nein, wie geht die?", schrie ihre rechte Nachbarin in ihr Ohr.

Anna fing schreiend an zu erzählen: „Da war mal ein Langhals-Saurier, der hieß Little Foot. Er war gerade frisch aus dem Ei geschlüpft …" Der Fernseher wurde etwas leiser gedreht. Anna schrie weiter. „… damals war es auf der Erde noch sehr gefährlich. Es gab feuerspeiende Vulkane und vor allem Scharfzähne." Der Fernseher wurde noch leiser. „… und diese gemeinen Scharfzähne liebten nichts mehr, als kleine, frisch geschlüpfte Langhalsbabys zu verspeisen …" Steven kam daumenlutschend herüber.

„Na gut", sagte er noch trotzig, aber doch auch ein wenig neugierig.

Na gut, sagte sich Anna überrascht, nahm ihn auf ihren Schoß und erzählte die langatmige Sauriergeschichte bis zum bitteren Ende. Als sie fertig war, schlief Steven bereits in ihrem Arm, und sie trug ihn, geführt von den Mädchen, hinauf in sein Bett und deckte ihn mitsamt seinen Kleidern zu.

„Und was ist mit euch beiden?", fragte sie, nachdem sie die Tür zu Stevens Zimmer zugezogen hatte. „Wollt ihr nicht auch zu Bett?"

„Nein, wir bleiben wach. Wir sind ja schon viel älter als Steven."

„Ihr seid gewissermaßen schon richtige Frauen." Anna kniete sich zu ihnen hinunter, um sie besser sehen zu können. „Wenn das so ist, dann solltet ihr aber bald lesen lernen. Stellt euch mal die jungen Männer in der Umgebung vor. Die gehen alle zur Schule und werden sich mit gelehrten Frauen vermählen."

„Pah! Meinst du vielleicht Collin Henson? Der ist ja doof wie Vegemite, und eine Schule gibt's nicht. Das machen die über Funkgeräte."

„Aber Jamie ist nicht doof!", schränkte die andere sofort ein.

„Jamie und Collin? Sehen sie wenigstens gut aus?" Anna schmunzelte, aber die beiden Mädchen antworteten nicht, also kam Anna wieder aus der Hocke hoch. „Na gut, dann lernt ihr eben nicht lesen und schreiben. Ihr seid schließlich die Töchter von Robert Bendrich dem Fünften. Kaiser Karl der Große konnte auch nicht lesen, und er war immerhin ein Kaiser." Sie ging jetzt in Richtung der Treppe.

„Ehrlich?", rief eine ihr hinterher. „Ein Kaiser, der nicht lesen kann?"

„Na klar! Das gab es. Doch als er schon ziemlich alt war, hat er es sich selbst beigebracht. Wenn ich es recht weiß, war er damals gerade verliebt in eine überaus gebildete Langobardenprinzessin." Sie war schon an der Treppe, da hörte sie die andere rufen.

„Und? Wie ging es weiter?"

„Na, wie wohl? Nachdem er lesen konnte, hat sich die Prinzessin wahnsinnig in ihn verliebt. Sie haben geheiratet und waren glücklich bis an ihr Lebensende." Sie hörte die Mädchen in ihr Zimmer gehen und leise flüsternd die Tür zumachen. Sie sah nicht deren entschlossene Gesichter.

EIGENTLICH war Anna erschöpft, aber trotzdem viel zu aufgedreht, um schlafen zu können. Die stickige, wabernde Luft war ein wenig abgekühlt, und Anna stellte sich vor, dass es sehr angenehm sein musste, jetzt noch ein wenig draußen zu sitzen. Es fielen ihr die unbenutzten Gartenmöbel ein, und sie beeilte sich, um in den Garten zu kommen. Godfrey begegnete ihr an der Treppe auf seinem Weg nach oben.

„Willst du schon schlafen gehen, Godfrey?" Er gab keine hörbare Reaktion von sich. „Ich hätte Lust, noch ein wenig draußen zu sitzen und etwas zu trinken. Hilfst du mir schnell dabei, die Gartenmöbel aufzubauen?"

Seine Bereitschaft war nicht besonders groß. Er folgte ihr mit einem lustlosen Murren. Godfrey stellte aber doch einen Stuhl für sich bereit und fragte: „Was trinkst du?"

„Ich weiß nicht, was trinkt man hier so? Whisky vielleicht?"

„Du hast Glück, dass wir so was dahaben. Vater trinkt das Zeug auch manchmal." Er brachte ihr Whisky und zwei Gläser.

„Du trinkst mit?" Ein flüchtiger Gedanke schoss ihr durch den Kopf: Ob er nicht vielleicht noch etwas zu jung war für so ein hartes Getränk wie Whisky?

„Klar!" Zu spät.

„Hast du auch eine Zigarette?" Dass er rauchte, das wusste sie sicher. Der Geruch in seinem Zimmer war zu verräterisch gewesen. Er ging los, um seine Zigaretten zu holen, und sie war sich plötzlich gar nicht mehr so sicher, ob sie nicht gerade einen pädagogischen Super-GAU verursacht hatte. Super-GAU hin oder her, auf jeden Fall wurde es sehr gemütlich, und Godfrey wirkte richtig entspannt mit dem Whiskyglas in der einen und einer Zigarette in der anderen Hand.

„Wegen heute Morgen, Godfrey", begann sie etwas umständlich. „Was du über deinen Vater und mich gesagt hast ... Ich muss dir das erklären. Ich habe mich auf diese Stelle beworben, obwohl dein Vater ja ein junges Mädchen gesucht hat. Ich habe in meiner Bewerbung ziemlich geschwindelt. Er denkt, ich bin ein normaler Teenager. Und wenn er mich irgendwann mal kennenlernt, kann es sein, dass er ziemlich sauer darüber ist und mich sofort wieder rauswirft."

„Das ist sicher", war seine lakonische Antwort. „Wenn es stimmt, was du sagst."

„Es stimmt, Godfrey. Ich habe ja schon ein schlechtes Gewissen deswegen. Aber da lief in letzter Zeit so viel falsch bei mir, und irgendwie hatte ich das Gefühl, weit weg zu müssen. Deshalb habe ich mich einfach auf diese Annonce beworben und ein bisschen geschwindelt."

„Ein bisschen? Die sagten, dass ein Mädchen kommt, kaum älter als ich." Dann wechselte er unvermittelt das Thema. „Du bist ziemlich gebildet. Gibt es eigentlich irgendetwas, auf das du keine Antwort kennst?"

Anna kicherte. „Ja, auf die Frage, wie die Babys in den Bauch kommen."

Godfrey prustete los vor lachen. „Stehst du auch auf Science-Fiction?"

„Nicht besonders. Ich habe mich intensiv mit dem Mittelalter beschäftigt während meines Studiums!"

„Du hast studiert?" Godfrey sprang fast aus seinem Stuhl.

„Um Gottes willen, ist das so schrecklich?"

„Nein, aber ich dachte, weil du hier als Haushaltshilfe arbeitest ... Na ja, eigentlich bist du keine besonders gute Haushaltshilfe."

„Nein, wirklich nicht, aber ich strenge mich an, eine zu werden."

„Ich würde auch gerne studieren. Nur, ohne den richtigen Schulabschluss geht das nicht."

Anna war entrüstet. „Dein Vater ist doch so reich. Er soll dich auf eine anständige Schule schicken."

„Er wird es aber nicht tun!"

„Aber warum nicht?" Godfrey schwieg. „Hast du nicht mit deinem Vater darüber geredet?"

„Nein! Frinks hat ihm gesagt, ich sei nicht reif und intelligent genug."

„Frinks? Ist das euer Hauslehrer?" *Also, ich bin wirklich neugierig auf den Mann. Wie kann er Godfrey so falsch einschätzen?* „Ich kann ja mit deinem Vater reden. Er darf sich nicht auf das Urteil eines einzelnen Lehrers verlassen."

„Nein, bloß nicht! Es ist besser für dich, wenn du nicht mit ihm darüber sprichst. Er mag es nicht, wenn jemand sich in seine Angelegenheiten einmischt."

„Ich werde ihn ganz diplomatisch fragen, versprochen. Nun zier dich nicht so, oder ist es dir etwa nicht ernst mit dem Schulabschluss?"

Er druckste herum. „Doch, verdammt ernst. Ich will nur nicht, dass du Ärger bekommst mit Vater, meinetwegen. Er wird verdammt wütend auf dich sein, wenn er dich kennenlernt."

Das fürchte ich auch, dachte Anna und rauchte ihre Zigarette schweigend und in tiefen Zügen, bis ihr vor lauter Nikotin ganz schwindelig wurde.

Eine Stunde und zwei Whiskys später verabschiedete sich Godfrey von ihr und ging zu Bett. Nun war sie alleine, und jetzt konnte sie nichts mehr bremsen. Der Swimmingpool schrie förmlich nach ihr. Sie zog sich direkt am Beckenrand aus und sprang nackt ins Wasser. Endlich! Sie schwamm ein paar Längen. Das Wasser fühlte sich so herrlich an wie Champagner auf ihrer Haut. Es war kühl und prickelte, und sie machte ihrer Freude durch ein lautes genussvolles Stöhnen Luft und dann war es mit dem Genuss vorbei, denn sie hörte plötzlich eine energische Stimme.

„Darf ich fragen, wer Ihnen gestattet hat, in meinem Pool zu baden?"

Anna ging vor Schreck unter und kam Wasser hustend und prustend wieder hoch. Das war die Stimme von Arthur Bendrich, oder beinahe. Sie klang etwas härter und verärgert. *Der Boss! Oh, wie peinlich.* Sie nackt im Pool, und der Boss ragte irgendwie undeutlich am Rand vor ihr auf. Er wusste noch nicht mal, wer sie war, und schon passierte das erste hochnotpeinliche Missgeschick. Sie schwamm auf die andere Seite des Pools und presste sich so gut es ging an den Beckenrand. Aber die Scheinwerfer beleuchteten ihren nackten Körper trotzdem ausreichend und erbarmungslos.

„Ich … ich … ich", stotterte sie. „Ich bin Anna Lennarts, aus … aus ähm, Deutschland."

Sie hörte ihn lachen, aber wagte noch nicht einmal, in seine Richtung zu blicken, auch wenn sie nur verschwommene Umrisse erkennen konnte. „Natürlich, und ich bin Papst Johannes Paul der Zweite. Verschwinden Sie aus meinem Pool."

Nein, das werde ich nicht tun. Ich werde mich am besten gleich darin ertränken. Oh Gott, wie peinlich! Wie furchtbar peinlich!

Es wurde still. War er gegangen, oder stand er immer noch da? Sie blickte vorsichtig hinüber in die Richtung, in der sie ihn vorher noch verschwommen wahrgenommen hatte. Ach nein, da stand er ja immer noch auf der anderen Seite des Pools. Schien so, als ob er die Arme abwartend verschränkt hätte.

Verdammt. Hau ab! „Ich komme raus, wenn Sie gehen!", rief sie zu ihm hinüber.

„Ich denke nicht daran." Seine Stimme klang hart. Sie konnte sein hochzufriedenes, breites Schmunzeln nicht sehen und seine ziemlich gierigen Augen.

„Dann bleibe ich im Wasser."

„Gibt es in der Gegend, aus der Sie stammen, keine Badeanzüge?"

„Doooch, aber …"

„Ich rufe jetzt einen meiner Stockmen, der sie aus dem Pool fischen wird." Sie hörte Schritte. Das würde er doch wohl nicht tun, oder? Seine Schritte entfernten sich. Oh Mist, er würde es doch tun. Sie durchquerte den Pool mit schnellen Zügen und kletterte eilig auf der Leiter heraus. Wenigstens war er gegangen.

Wo waren ihre Klamotten? Sie tastete am Beckenrand entlang, wo sie ihre Sachen irgendwo hatte fallen lassen, da spürte sie plötzlich, dass jemand ihr das Badetuch um die Schultern legte. Dieser Hundesohn! Er war ja doch nicht gegangen. Sie wickelte sich schnell und hektisch darin ein und versuchte sein Gesicht zu erkennen. Er stand nämlich dicht vor ihr. Sehr dicht sogar.

„Suchen Sie Ihre Brille, Miss?", fragte er kalt.

„Sie dürfen das nicht falsch verstehen, Sir. Mister Bendrich, äh …", gackerte Anna aufgeregt herum. Wie konnte man nur in eine so peinliche Situation geraten und nicht einfach ohnmächtig werden? „Aber ich wusste nicht, dass Sie hier sind, und ich … äh, ich … es war so heiß."

Er ließ sich in einen der Gartenstühle fallen und nahm hörbar eines der leeren Whiskygläser zur Hand. Auch das noch! Jetzt würde er bestimmt schimpfen, weil sie Godfrey zum Alkohol verführt hatte.

„Sie sind also wirklich Anna Lennarts? Das junge Mädchen vom Bauernhof."

Ich will jetzt in Ohnmacht fallen, beschloss Anna. Sie blieb starr stehen und blinzelte forschend in seine Richtung. Was sagt man für gewöhnlich in solchen Situationen? Warum schreibt keiner einen Knigge für Mädchen, die nackt schwimmend von ihrem Arbeitgeber im Pool überrascht werden? „Na ja, es sieht ganz so aus. Ich sollte besser gleich wieder kündigen, was?"

„Sie haben eine ziemlich eigenartige Auffassung von unserem Arbeitsverhältnis, wie mir scheint." Er klang kühl und distanziert. Das beruhigte Anna zumindest, in ihrem Handtuch. „Nackt in meinem Pool, ein Aschenbecher voll mit Zigarettenstummeln und zwei Gläser, die nach Whisky riechen. Darf ich erfahren, wer Ihnen heute Abend Gesellschaft geleistet hat?"

Lieber nicht. Sie biss sich auf die Lippen und schwieg.

Er folgerte falsch: „Meine Stockmen haben jedenfalls in meinem Haus nichts verloren, ist das klar?"

Besser, er dachte an einen Cowboy als an Godfrey. „Ja, Sir!" Sie nickte eifrig.

„Verschwinden Sie jetzt. Ich werde mich ein anderes Mal mit Ihnen unterhalten. Vorzugsweise, wenn Sie angezogen sind."

Sie nickte, stolperte auf dem Weg zur Tür über ihre Kleider, raffte sie zusammen und tapste niedergeschlagen in ihr Zimmer. Morgen früh, da würde er sie entlassen. Und morgen früh, da musste sie ihm mit Kontaktlinsen gegenübertreten.

Oh bloody hell!

4. Unter Verdacht

Am anderen Morgen wurde Anna wieder von Steven geweckt, aber sie weigerte sich aufzustehen. Da unten wartete ein erzürnter Mr. Bendrich, der ihr aus bekannten Gründen die Hölle heißmachen würde.

„Komm runter! Tante Kristina ist da!"

Trotzdem nicht. Die wusste bestimmt schon alles und fächerte sich vermutlich gerade mit Annas Kündigung Frischluft zu. Steven zog ihr die Bettdecke weg.

„Lass das! Ich bin krank. Ich komme nicht." Er kitzelte sie am Fuß. „Ich komme erst wieder raus, wenn dein Vater weg ist."

„Papa ist gar nicht da, du Blödkopf. Der ist doch in Perth."

Ist er eben nicht, selber Blödkopf. Oder war das alles nur ein dummer Albtraum gewesen? Vielleicht hatte sie einfach zu viel Whiskey getrunken und sich den erzürnten Boss nur eingebildet. Sie blinzelte und versuchte einen klaren Kopf zu bekommen. Da auf dem Boden lag das Badehandtuch. Nein, es war kein Traum gewesen. Schade.

Okay, es hat vermutlich keinen Sinn, sich bis nach Weihnachten hier oben zu verstecken. Anna erhob sich und machte sich auf die Suche nach ihren Kontaktlinsen. Sie schminkte sich sogar. Sollte sie Jeans und ein kariertes Outback-Hemd anziehen? Nein, die grüne Bluse war schicker. Zögernd ging sie die Treppe hinunter, der erwarteten Abreibung entgegen. Sie hörte aufgeregtes Geschnatter aus der Küche. Die Mädchen und Steven erzählten durcheinander:

„Und sie hat ein ganz durchsichtiges Nachthemd. Und sie kennt ganz tolle Sauriergeschichten."

„Und sie ist eine Sprechexpertin."

„Sie hat gesagt, dass der Herd eine Selbstschussanlage hat."

„Und wenn sie keine Kontaktlinsen hat, ist sie total blind."

Anna trat vorsichtig ein. Er war nicht da, uff! Mrs. Bellemarne saß am Küchentisch und blickte abwechselnd von Steven zu Lucy und dann zu Linda und wieder zurück. Sie wirkte nicht wie jemand, der gerade eine

Standpauke über sich hatte ergehen lassen oder gekommen war, um ihr die Kündigung zu geben. Godfrey stand am Herd und briet Rühreier.

„Meine Güte, Miss Ann", rief Mrs. Bellemarne aufgeregt. „Was haben Sie nur mit den Kindern gemacht?"

Anna verspürte einen Anflug von Schuldgefühlen. *Was habe ich denn gemacht? Wahrscheinlich alles falsch.*

„Die sind ja ganz außer sich vor Freude. Und Godfrey macht Frühstück und die Mädchen sind auch da und Steven ... ich kenne ihn gar nicht wieder. Der schreit gar nicht rum."

Aber vielleicht sein Vater. Wo ist der denn? „Frühstücken Sie mit uns, Mrs. Bellemarne?"

„Nennen Sie mich Kristina. Das ist hier so üblich, und außerdem sind Sie ja ..." Sie sprach nicht weiter, und wegen ihres Zögerns fiel Anna plötzlich etwas anderes wieder glühend heiß ein: Kristinas Verschwörung mit Arthur Bendrich. Hatte sie wenigstens ein schlechtes Gewissen deswegen?

„Haben Sie Ihre Familienangelegenheiten erledigt?"

Mrs. Bellemarne holte eine Zigarette aus der Tasche und zündete sie einfach an. Es schien ihr nichts auszumachen, dass die Kinder im Raum waren, und Annas Frage schien ihr auch nichts auszumachen. Sie antwortete nur ausweichend.

„Ich bin froh, dass Sie heil hier angekommen sind, Miss Ann. Haben Sie sich schon gut eingelebt?"

Eingelebt und schon wieder ausgelebt. Er wird mich feuern. „Vieles ist mir noch fremd hier." *Besonders die Männer.*

„Wenn Sie meine Hilfe brauchen, rufen Sie einfach an, Ann."

Kristina war offenbar nicht gewillt, näher auf Arthur Bendrich einzugehen. Aber vielleicht würde sie auf Robert Bendrich eingehen.

„Wissen Sie, wo Mr. Bendrich jetzt ist?"

„In Perth natürlich." Sie fragte nicht mal welcher von beiden.

„Kann es nicht sein, dass er hier ist, in Bendrich Corner?"

„Wo denken Sie hin? Nach Perth sind es drei Stunden Flug."

Dann war der Kerl gestern vielleicht doch nicht der Boss gewesen? Wenn sie ihn doch nur deutlicher gesehen hätte. Aber die Stimme war die von Arthur gewesen.

Als Mrs. Bellemarne sich wieder verabschiedete sprach eine herzliche Einladung an Anna aus. Sie müsse unbedingt so bald wie möglich nach Bellemarne Creek kommen und ihre Söhne kennenlernen. Am Nachmittag kümmerte sich Anna um die Kinderzimmer. Oder besser gesagt um Stevens nasses Bett. Mrs. Bellemarnes Besuch hatte sie wieder an Arthur Bendrich erinnert, und deshalb hing sie mit ihren Gedanken bei diesem kleinen, wenn auch gescheiterten Abenteuer.

Es war das Ungewöhnlichste, was sich jemals ein Mann ihretwegen hatte einfallen lassen. Sie ertappte sich dabei, wie sie stumm vor sich hin lächelte, und merkte leider nicht, dass sie die Bettdecke in den Kissenbezug zwängte. Sie träumte. Er hatte sie begehrt und sie bezaubert. Die wenigen Stunden in seiner Nähe waren aufregender gewesen als zwei Jahre mit Menrad. Nur der Schluss war irgendwie verpfuscht gewesen – aber das war ja ihre eigene Schuld. Das Bett war auch irgendwie verpfuscht. Das Kissen sah ziemlich dick aus, und die Decke war plötzlich spurlos verschwunden. Steven und die beiden Mädchen schauten ihr bewundernd zu. Es gab einfach nichts, was Anna nicht auf ganz eigene und einfallsreiche Weise erledigte.

„Was machst du denn da?", fragte Lucy, die Neugierige.

„Ich suche die Bettdecke."

„Was kriege ich, wenn ich sie finde?" Linda war hingegen so geschäftstüchtig wie ihr Herr Papa.

„Den Hosenbandorden." Das war offensichtlich nicht reizvoll genug. Die Decke blieb verschollen, und Annas Gedanken verirrten sich wieder hin zu Arthur. „Sagt mal, wie findet ihr denn euren Onkel Arthur?"

„Doof!", kam es einmütig von den Kindern.

„Kommt er oft hierher, um euch zu besuchen?"

„Nee. Gar nicht mehr, seit er mit Papa Krach hat", antwortete Lucy. „Aber Onkel Art ist eh blöd, und Tante Claire ist noch blöder."

Ach du Scheiße! Es gab also eine Tante Claire, die fast betrogene

Ehefrau vom schönen Arthur. Er war also doch verheiratet, der Mistkerl. *Zum Glück habe ich ihn abblitzen lassen*, grollte eine Stimme in ihr. *Aber er küsst wie ein Gott*, antwortete eine andere Stimme.

Trotzdem, irgendetwas stimmte da ganz und gar nicht. „Er hat Krach mit eurem Vater? Sprechen sie denn noch miteinander?"

„Nur wenn eine Beerdigung ist", erklärte die altkluge Linda. „Und die letzte war vor zwei Jahren", fügte Lucy hinzu.

Sonderbar, dabei hatte sich die Schilderung von Arthur so angehört, als ob er mit seinem Bruder in innigem Kontakt stehen würde. „Aber neulich war er doch hier?"

„Ach Quatsch, die hassen sich, die beiden!"

Bestimmt irrten sich die Kinder. Sie mussten sich irren, denn wenn nicht … Jede andere Schlussfolgerung wäre eine Katastrophe. Nein, eine Unverschämtheit. Einfach unmöglich. Arthur hat doch genau Bescheid gewusst über sie, und er hat Mrs. Bellemarne irgendwie überredet, von der Bildfläche zu verschwinden.

Überredet mit einer Piper mit Piloten? So was Lachhaftes! Calamity Jane hatte eine weite, anstrengende Reise gemacht, um sie abzuholen, und ließ sie dann auf halber Strecke im Stich, nur um mit dem Privatflugzeug von Arthur Bendrich aus Sydney nach Bellemarne Creek zu fliegen? Nein, da war etwas oberfaul! Sie hat es getan, weil Mr. Robert Bendrich der Fünfte es von ihr verlangt hatte. Natürlich! Er hatte sie gezwungen, mit seinem blöden Geld und seinem komischen zinslosen Kredit oder was auch immer.

Oh Gott, das wäre ja zu dreist, wenn sich der Boss als sein Bruder Arthur ausgegeben hätte, nur um eine unbekümmerte Affäre mit ihr zu haben. *Oh Scheiße! Ich packe meine Koffer und verschwinde.*

Aber der Kerl gestern Abend am Pool, das war nicht der charmante und verführerische Arthur gewesen, das war ein unhöflicher Tyrann gewesen, genauso wie Kristina ihn beschrieben hatte. Wenn sie ihn nur gesehen hätte. *Ich gehe jetzt Koffer packen.*

Godfrey kam herein.

„Vater ist am Telefon!" Er sprach ganz leise, als ob derselbe ihn noch durch das Telefon, das im Erdgeschoss stand, hören könnte. „Er will dich dringend sprechen." Godfreys Gesicht war richtig besorgt, und Anna zitterte, als sie die Treppe zum Telefon hinunterlief und den Hörer in die Hand nahm.

Sie meldete sich ganz kleinlaut mit „Hi!".

„Miss Lennarts, ich gehe davon aus, dass Sie jetzt wieder bekleidet sind …" Er hielt sich wirklich nicht lange mit Begrüßungen oder unnötigen Höflichkeiten auf. „… erwarten Sie bitte nicht, dass ich billige, wie dreist Sie mich hereingelegt haben." Selbst wenn Anna etwas erwidern wollte, was ihr vor lauter Angst gar nicht gelang, er ließ ihr keine Gelegenheit dazu.

„Sie werden meinen Haushalt weiterführen, bis ich an Ihrer Stelle einen angemessenen Ersatz gefunden habe, und damit meine ich jemanden, der meine Ansprüche exakt erfüllt. Meine Auslagen für den Flug und den Vorschuss verrechne ich mit Ihren nächsten Gehältern." Jetzt machte er eine kurze Pause, vermutlich um Luft zu holen, und Anna nutzte die Chance für die eher vorsichtige Frage, ob das nun eine Entlassung war.

„Werden Sie nicht frech!", donnerte es aus dem Hörer. „Ich sagte bereits, dass Sie meinen Haushalt führen, bis ich Ersatz habe. Sobald es meine Zeit erlaubt, komme ich nach Bendrich Corner zurück, und dann werden wir die Details klären. Und benutzen Sie künftig einen Badeanzug, wenn Sie sich in meinem Pool aufhalten. Verstanden? Guten Tag."

Zack! Das Gespräch war beendet, und Anna stand total betreten vor dem Telefon.

„Hat er dich entlassen?" Godfrey sah sie mitleidig an.

„Nein, ich habe eine Galgenfrist, bis er Ersatz für mich hat! Seine Gnaden hat heute wohl einen weichherzigen Tag." Eigentlich war sie wütend, aber andererseits sagte sie sich, dass sie im Grunde ziemlich glimpflich davongekommen war, wenn man alles zusammenfasste, was sie so verbockt hatte.

„Hat er wirklich gesagt, du kannst bleiben, bis er Ersatz für dich hat?" Sie nickte zerknirscht, aber Godfrey machte fast einen Luftsprung. „Das ist toll. Dann wird er dich vielleicht überhaupt nicht entlassen. Als Miss Banes ging, waren wir fünf Wochen alleine, bis er die Stelle überhaupt wieder annonciert hat. Da hat es ihn auch nicht gestört, dass kein Ersatz da war. Er wollte dir nur Angst einjagen."

Angst einjagen? Oh ja, sie hatte wirklich Angst, aber sie war auch wütend. Der Boss hatte allen Grund, böse auf sie zu sein, aber wenn er wirklich so frech war und sich als Arthur ausgegeben hatte, dann konnte er sich auf was gefasst machen, denn dann würde sie ihn in seinem eigenen Pool ersäufen, diesen Hundesohn.

„Das Einzige, was ich nicht verstehe", fuhr Godfrey in seinen Überlegungen fort. „Was ist der Grund, warum er dich nicht sofort gefeuert hat? Das sieht ihm nicht ähnlich. Gar nicht!"

Anna kochte. *Wahrscheinlich weil er ein ausgewachsener Lüstling und Voyeur ist und mich noch mal nackt in seinem Pool überraschen will.*

ES war Samstag, und in Bendrich Corner herrschte Ruhe. Einige Stockmen waren schon am Abend zuvor nach Hause gefahren. Die anderen brachen nach dem Mittagessen nach Fitzroy Crossing auf, wo es an jedem zweiten Samstagabend eine Tanzveranstaltung gab.

Mr. McEll und drei weitere Stockmen waren für den Wochenenddienst eingeteilt. Aber es machte Mr. McEll nichts aus, wie er Anna erklärte, weil er wegen seiner kranken Frau sowieso nie weg konnte. Und außerdem sei er auch schon zu alt für all das. Was „all das" war, verriet er allerdings nicht, das war nichts für die sensiblen Ohren einer Frau. Der Tanz am Samstagabend sei aber immer ganz nett. Alle waren dort, nur riet er ihr davon ab, ohne Begleiter zu gehen. Anna lächelte leicht überheblich. Zu einer provinziellen Tanzveranstaltung zog es sie ganz bestimmt nicht hin. Weder alleine noch in Begleitung eines Mannes, und erst recht nicht in Begleitung eines australischen Mannes.

Aber McEll war noch nicht einmal durch die Verandatür verschwunden, als das Telefon klingelte und einer von den Bellemarne-Söhnen bei Anna anfragte, ob sie ihn nicht nach Fitzroy Crossing zum Tanz begleiten wolle. Anna war ziemlich überrascht, denn schließlich kannte sie die Bellemarne-Söhne ja nur vom Hörensagen und die Farm lag doch irgendwie weit entfernt. Sie versuchte ihn abzuwimmeln. Godfrey, die Mädchen und Steven standen neugierig neben ihr am Telefon.

Nein, also sie konnte wirklich nicht, nächstes Mal vielleicht, aber heute Abend wollte sie lieber bei den Kindern bleiben, und außerdem war sie gar nicht darauf eingerichtet und außerdem kannte sie ja niemanden dort, und außerdem und außerdem ... Er merkte endlich, dass Anna seine Einladung ablehnte. Nein, er war überhaupt nicht böse.

Die Kinder wollten sofort alles wissen: wer es war, was er wollte, und warum Anna nicht mit ihm zum Tanzen ging. Jeder Erwachsene in der Gegend ging dahin, sogar ihr Vater, wenn er hier war.

„Aber ich bin nicht jeder!" *Ich hasse laute Musik und alberne Herumhüpferei.*

„Aber du wärest die schönste Frau dort." Dieses Kompliment kam von Godfrey mit einem flehentlichen Blick.

„Ja, die anderen Blödköpfe sollen sehen, dass du hübsch bist", rief Steven aufgeregt.

„Ihr wollt mich wohl loshaben. Ich verstehe euch nicht." Steven sah aus, als würde er gleich in ein hysterisches Zeter und Mordio ausbrechen. „Wir könnten heute Abend etwas ganz Verrücktes machen. Wir stellen die Chippendale-Sessel in den Flur und spielen Fallschirmspringen von der Treppe aus." Die Kinder schüttelten den Kopf.

„Dann machen wir laute Musik und tanzen auf dem Billardtisch." Wieder Kopfschütteln.

Sie versuchte es bei Godfrey. „Ich könnte dir auch das Raumschiffmodell zusammenbauen, das in deinem Zimmer steht!" Godfrey war auch nicht zu begeistern.

„Sie haben alle über uns gespottet", antwortete er stattdessen reichlich bitter. „Weil wir eine Deutsche bekommen sollten. Sie haben gesagt, dass wir ... dass Vater ... Sie sollen dich einfach sehen, mehr nicht!"

„Ihr wollt wirklich, dass ich auf diesem Tanzboden den dicken Molli mache? Und was ist mit der Gutenachtgeschichte?" Sie sah Steven hoffnungsvoll an.

„Nein, die sollen dich sehen!", rief Steven und die Mädchen nickten synchron. Wie es schien, waren sich die Kinder zum ersten Mal wirklich einig.

„Und wer sind DIE?", stöhnte Anna und war fast schon überredet.

„Die Browns, die Hensons und Scott Randall."

Namen, die ihr nichts bedeuteten. Also gut, schweren Herzens, den

Kindern schien es wirklich wichtig zu sein, aber ein letzter Versuch war noch erlaubt: „Ich habe Claude Bellemarne aber jetzt abgesagt. Ich kann ihn doch nicht anrufen und ihn bitten, mich noch einmal einzuladen."

Der Versuch schlug fehl. Die Antwort wurde als ein Ja interpretiert, und die Kinder jubelten. An einem Mann fehlte es nicht, Hauptsache, sie würde gehen. Es gab genügend Männer, die sich die Nasen einschlagen würden, wenn sie Anna zum Tanz ausführen könnten.

Joe Nambush war noch da, er half gerade noch Mr. McEll. Lucy und Linda rannten schon hinaus, und in Windeseile waren sie bei den Baracken der Stockmen, von wo sie einen verlegenen, aber überaus stolzen Joe Nambush mitbrachten.

„Hey, Miss, hätte nie gewagt, Sie zu fragen! Die anderen werden staunen, wenn ich mit Ihnen ankomme."

Anna machte ihm klar, dass sie noch eine ganze Weile brauchen würde, um sich umzuziehen. Ihre Jeanshose war beschmiert mit Vegemite und das T-Shirt war mit rohem Eiweiß gestärkt worden. Für Joe ging das in Ordnung. Er würde warten – und wenn es Stunden dauerte –, dann zog er wieder ab, um sich auch schick zu machen, wie er sagte. Und die Kinder hüpften um Anna herum.

„Du musst uns genau erzählen, wie blöd die Hensons und die Browns geglotzt haben!", riefen die Mädchen, und Anna versprach es.

„Und das dumme Gesicht von Scott Randall auch!", fügte Steven ernst hinzu.

Anna ließ sich Zeit mit ihrer Toilette. Zuerst duschte sie ausgiebig, und Steven war sogar bereit, auf das Zuschauen zu verzichten. Danach erhielt sie von Lucy und Linda Gesellschaft. Sie beobachteten stumm jede ihrer Handbewegungen. Erst als Anna die Haare zu einem Pferdeschwanz zusammenraffen wollte, mischten sie sich ein. Die Haare mussten offen bleiben, damit jeder sehen konnte, wie toll die waren. Also ließ sie die Haare eben offen und kämmte sie so gut es ging glatt. Dann wurden die Augen und die Lippen geschminkt, exakt so, wie sie es von Simone gelernt hatte. Parfum gehörte auch dazu, bescheiden allerdings. Die Mädchen wollten auch etwas davon abhaben, und zwar reichlich. Sie wählten Annas Garderobe aus: das verwegene Korsagenkleid, das ihr schon in Alice Springs zum Verhängnis geworden war.

„Nein! Das ziehe ich auf keinen Fall an!"

„Doch!" Das war Lucy.

„Das oder gar keins!" Linda riss bereits alle anderen Kleider aus Annas Koffer an sich. Das kam davon, wenn man seinen Koffer schon wieder gepackt hatte. In Gottes Namen, dann eben das Korsagenkleid, aber Anna war nicht sehr glücklich, als sie sich im Spiegel betrachtete, denn leider erinnerte sie sich noch allzu lebhaft daran, was ihr mit dem Kleid in Alice Springs passiert war. Aber jetzt gab es kein Zurück mehr. Unten in der Halle warteten bereits ein frisch gewaschener Joe Nambush, ein verrückt herumhüpfender Steven und ein nervös verschlossener Godfrey. Joe Nambush stieß zur Begrüßung einen Schrei aus, als wollte er eine Herde Rinder zur Raserei bringen, aber es handelte sich offenbar um einen Freudenschrei. Anna ermahnte die Kinder, zeitig zu Bett zu gehen und brav zu sein. Sie war sich sicher, dass sie sowieso nichts davon taten.

Joe Nambush war so alt wie sie selbst und doch sah er schon ziemlich abgearbeitet aus. Aber nicht heute Abend. Heute Abend hatte er sich wirklich schick gemacht, trug seine beste Jeans, ein bisschen abgewetzt, aber sauber, und sein bestes kariertes Hemd. Das hatte allerdings ein Loch am Ellbogen, aber er war rasiert und roch frisch und seine Fingernägel strahlten vor Sauberkeit.

Eine ganze Zeit lang saßen sie im Auto stumm nebeneinander, und Anna war es langsam leid, ihn immer wieder verstohlen zu mustern. Es musste doch etwas geben, worüber sie miteinander sprechen konnten. Die Fahrt dauerte schließlich lange, und sie wollte nicht wie ein Ölgötze neben ihm sitzen so wie vorgestern Abend – war es wirklich erst vorgestern gewesen, als Joe sie an dieser einsamen Kreuzung in Fitzroy Crossing abgeholt hatte?

„Noch gar nicht so lange her, dass wir diese Strecke in die andere Richtung fuhren!"

„Ja, Miss, aber Sie haben schon verdammt viel bewegt. Keine Sorge, der Boss wird mit Ihnen zufrieden sein."

„Ist er überhaupt mit jemandem zufrieden?", fragte sie sarkastisch.

„Oh ja, ich habe schon zweimal Extramäuse von ihm bekommen, weil er einen Preis mit Early geholt hat! Das ist sein bester Hengst zurzeit. Wenn er mit ihm den Melbourne Cup holt, dann wird er verdammt großzügig sein. Er ist ein feiner Mensch, Miss."

Anna lachte bissig. „Das ist ja eine besonders feine Art von Großzügigkeit: Geld abzuwerfen, wenn ein Gaul gewinnt."

„Doch wirklich, Miss, er ist 'n sehr feiner Kerl. Gut zu den Tieren und zu seinen Leuten auch. Immer fair. Streng, aber fair. Und er ist ziemlich reich, Miss. Das wissen Sie, oder?"

Anna kam zu dem Schluss, dass Joe Nambush ein feiner Trottel sein musste. „Wie lange arbeiten Sie schon in Bendrich Corner?"

„Bald sind's zehn Jahre, Miss", erklärte er stolz. „Ich habe als junger ‚Joey' hier angefangen. Kann mich noch gut an die alte Mrs. Bendrich, die Mutter vom Boss, erinnern. Es waren drei Kinder, die Zwillinge Art und Bob und die Schwester, 'ne vornehme Lady. Die ist jetzt irgendwo im Osten verheiratet."

„Und die Frau von Mr. Bendrich?" Anna bereute ihre Frage sofort wieder. Es war viel zu taktlos, nach dieser unschönen Geschichte zu fragen, aber Joe Nambush antwortete fast freudig.

„Ja, das war nichts mit ihr. Sie hat von Anfang an nicht zu ihm gepasst. Das sagen alle, aber ihn hat's nie gestört."

Wahrscheinlich passt keine normale Frau zu so einem Tyrannen.

„Warum ist Mr. Bendrich so selten auf der Farm?" Sie hoffte, damit ein unverfänglicheres Gesprächsthema anzuschneiden.

„Oh, er ist eigentlich ziemlich oft hier. Meistens kommt er nur ganz kurz vorbei, 'n paar Stunden, und fliegt dann gleich weiter, sieht nur schnell nach dem Rechten. Aber er will nicht, dass die anderen erfahren, wie oft er da ist. Er sagt, das geht niemanden was an." Er machte eine Pause, als warte er auf Annas Bestätigung, und Anna nickte auch eifrig.

Das habe ich leider auch gemerkt. Zu dumm, dass ich an dem Tag gerade nichts anhatte.

„Fliegt er auch oft nach Alice Springs?"

„Je nachdem!" Joe kratzte sich am Kopf und suchte anscheinend nach den passenden Worten. „Bei 'nem großen Viehtrieb heuert der Boss zusätzliche Stockmen an. Er zahlt sie dann in Alice aus. Er macht das am liebsten persönlich, das Auszahlen meine ich. Mit seinem Geld ist er sehr genau."

„Und wann war der letzte große Viehtrieb?"

„Letzte Woche, Mittwoch!"

Ach! Welch ein Zufall! Da war er ja genau rechtzeitig dort, um mich vor seinen eigenen Viehtreibern zu beschützen, dieser Pseudo-Arthur.

Ungetrübt von ihren wütenden Gedanken schwärmte Joe Nambush weiter von seinem Arbeitgeber. „Wenn der Boss länger in Bendrich Corner ist, dann bringt er Mrs. Warren, seine Lady, mit. Sie ist allerdings 'ne unangenehme Frau. Denkt, sie ist was Besseres."

„Dann passt sie ja wunderbar zum Boss."

„Ach Quatsch! Gar nicht passt sie zu ihm. Sie passt auch nicht hierher in die Gegend, wo man ganze Kerle und richtige Frauen braucht. Niemand kann sie ausstehen, die Kinder nicht und der Boss auch nicht. Sie geht ihm auf die Nerven."

„Was Sie nicht sagen!" Sie fand es reichlich abgeschmackt, dass Joe über die Beziehungen seines Chefs herzog, als wüsste er genau Bescheid.

„Wenn ich's Ihnen sage, Miss. Er und Mrs. Warren sind wie Tag und Nacht. Ist ihm auch gleichgültig, was die denkt oder fühlt. Na ja, sie verkehrt in den besseren Kreisen und so, falls Sie wissen, was ich meine, und sie sieht nicht schlecht aus, aber kein Vergleich zu Ihnen, Miss."

„Verdammt und zur Hölle. Sie haben's aber drauf, einer deutschen Walküre zu schmeicheln." *Und hoffentlich wechselst du jetzt bald mal den Gesprächsstoff, du Experte.*

Er grinste sie breit an, aber das Thema blieb das Gleiche. „Wenn Sie mich fragen, dann würde er die sofort abservieren, wenn er mal 'ne richtige Frau findet."

Ich frage dich aber nicht, Joe. „Und im Bett ist sie wahrscheinlich so ungerührt wie ein Hinkelstein", spottete Anna und hoffte das Thema damit endlich abzuwürgen, aber Joe sah sie plötzlich ganz sonderbar an und Anna bereute ihren dämlichen Ausspruch sofort wieder. Um nichts in der Welt wollte sie in diesem Cowboy etwas erwecken, was er eventuell nicht mehr unter Kontrolle halten konnte. Sie zog schnell ihre Strickjacke über ihre nackten Schultern, aber Joes Blick von der Seite hatte offenbar eine andere Ursache, denn er brummte anerkennend:

„Hey, Miss Ann! Woher wissen Sie das?"

„Was?" Sie war schon ganz kribbelig von diesem … diesem Outback-Männer-Blick.

„Na, das mit dem Bett! Was den Matratzensport angeht, da läuft nämlich nicht viel beim Boss und seiner Lady."

Ach du lieber Himmel! „Ich hab nur Spaß gemacht, Joe", wiegelte sie erschrocken ab. Er war verdammt und zur Hölle ein Outback-Cowboy, der die ganze Woche nur Rinderärsche vor sich hatte. Sie wollte auf keinen Fall schon wieder unangenehme Annäherungsversuche abwehren müssen.

„Guter Spaß, denn es stimmt. Sie ist kalt wie 'n Barramundi." Joe Nambush sprach im Brustton der Überzeugung. Er wusste es wohl aus erster Quelle.

„Das hat Ihnen Mr. Bendrich bestimmt höchstpersönlich anvertraut!" Jetzt war sie ernsthaft sauer. Liefen so etwa die typischen Outback-Männer-Gespräche ab?

Ach übrigens, meine Lebensgefährtin ist eine totale Niete im Bett. Frigide bis zu den Haarwurzeln.

Ach, das tut mir aber leid, Boss.

Die rothaarige Haushälterin hätte ich ja beinahe rumgekriegt am Strand in Broome. Aber die war total verklemmt.

Das ist aber schade, Boss.

Grrr! Blöde Outback-Mannsbilder!

„Na ja, Miss, man redet über so manches, wenn man stundenlang zusammen reitet oder die Nacht im Stall wacht, und da hat er mir eben gesagt, dass sie …"

„Sie halten jetzt besser die Klappe, Joe! Mich interessiert das Sexleben von Robert Bendrich nämlich nicht."

„Oh verdammt Miss, ich meine, Entschuldigung, Miss. Ach du Scheiße!" Endlich hatte er es kapiert und sprach kein Wort mehr.

Sie erreichten den Tanzschuppen in Fitzroy Crossing eine Dreiviertelstunde später. Der kleine Parkplatz war brechend voll mit Autos und vor der Türe wimmelte es von Leuten. Es waren überwiegend Aborigines und nur ein paar wenige Weiße daruntergemischt, von denen aber kein Einziger etwas anderes als legere Jeans trug, und der Tanzschuppen hatte seinen Namen wirklich verdient. Es war kaum mehr als ein Bretterverschlag mit Wellblechdach. Ein paar bunte Glühbirnen beleuchteten den Eingang und zwei struppige Sträucher, die vor der Tür wucherten waren die einzige Zierde, aber ansonsten sah das Gebäude schlimmer aus als der Düngerlagerschuppen ihres Vaters, und Anna fühlte sich in ihrem Super-Korsagenkleid mal wieder ein ganz klein wenig overdressed.

Sie hörte Murmeln und Wispern und immer wieder wurde der Name „Bendrich" geflüstert. Man wusste also, wo sie hingehörte. Das war ja schon mal gut. Jetzt musste sie nur noch die blöden Gesichter der Hensons und Browns und das eines gewissen Scott Randall beobachten, und dann hatte sie die Aufgabe des Abends erfüllt und konnte wieder verschwinden.

Aber vorerst war sie nur mit sich selbst beschäftigt. Sie zog die Aufmerksamkeit aller auf sich. Neidische Blicke von anderen Frauen, was völlig neu für Anna war, und bewundernde, nein, eher lüsterne Blicke der Männer, was leider nicht mehr ganz so neu für sie war.

Für Joe war das der Moment der Woche und er führte Anna mit stolzgeschwellter Brust an dem Menschenspalier vorbei, in den Tanzschuppen hinein. Dort spielte man gerade die inoffizielle australische Nationalhymne, und die Leute grölten lautstark mit:

„... a-waltzing Matilda with me ..." Aber plötzlich war die Musik weg. Abgestellt. Und alle, die gerade eben noch fröhlich und angetrunken mitgegrölt hatten, verstummten mitten im Vers und teilten sich vor Joe und Anna in der Mitte, wie das Rote Meer vor dem Volk Israel. Hielten die Leute sie etwa für Moses? Das war auf andere Weise schlimmer als in der Bar in Alice Springs. Hier wusste scheinbar jeder, wer sie war, aber sie hatte keine Ahnung, wer die alle waren.

Mein Gott, schauen die mich alle unfreundlich an! Oder ist das nur die Sensationslust?

„Guten Abend!", hörte sie sich selbst in die Runde sagen, aber sie bekam nur starre Blicke und Schweigen als Antwort. *Die Leute hier haben ein echtes Problem mit gut gekleideten Frauen.*

„Sind Sie also doch gekommen, Miss Ann", sagte eine freundliche Männerstimme vor ihr. Da stand ein untersetzter, blonder und braun gebrannter Mann. Der war eindeutig ein Bellemarne, erkennbar an einer sehr tiefen Falte zwischen seinen Augen, wie sie Anna auch bei Kristina aufgefallen war.

„Sie sind Mr. Bellemarne!" Sie hatte sich bei Joe untergehakt und musste erst einmal ihre Hand aus seiner Armbeuge befreien, bevor sie sie dem Bellemarne-Menschen zum Gruß entgegenstrecken konnte, aber der schaute sie nur verwirrt an. Diese Art der Begrüßung war ihm anscheinend fremd. Er begutachtete ihre Hand eine ganze Weile verblüfft und griff dann schließlich doch danach und schüttelte sie kräftig, sehr kräftig. Der wollte ihr wohl den Arm auskugeln! *Aufhören, du Cowboy!*

„Ja, erraten, ich bin Roger. Roger Bellemarne. Claude schmollt ein bisschen. Er war verdammt enttäuscht über Ihre Absage!"

Sie kämpfte um ihre Hand, und endlich ließ er sie los. Mann, der hatte vielleicht einen Händedruck, wie eine Schraubzwinge.

„Ich habe den Abend schon Joe versprochen." Die kleine Notlüge war bestimmt erlaubt. Hinter ihrem Rücken testete sie, ob ihre Finger gebrochen waren.

„Das müssen Sie Claude schon selber sagen." Roger zeigte irgendwo vage in den Hintergrund. „Er steht da hinten in der Ecke."

Da hinten in einer Ecke? Wunderbar, das war genau der Ort, an dem sie sich jetzt am liebsten verkriechen wollte.

„Joe, erlauben Sie, dass ich kurz Claude Bellemarne begrüße?"

Joe konnte ihr leider nichts verbieten, sonst hätte er es bestimmt getan. Aber der Bellemarne war ein Rinderzüchter und er war nur ein Jackaroo. Er nickte also schwach, und schon nahm Roger Bellemarne sie am Arm und zog sie in die Masse der Leute hinein. *Die Bellemarnes sind wirklich Trampeltiere! Er zieht mich herum wie ein Kalb.*

Joe Nambush verschwand an der Bar und sie sah ihn den ganzen Abend nicht wieder.

Claude Bellemarne war um die dreißig, schätzte Anna. Er war dunkelblond und sein braun gebranntes Gesicht war rund und freundlich. Er sah eigentlich aus wie sein Bruder, war nur etwas größer und fülliger, aber dadurch auch eine Spur attraktiver. Er war nicht sonderlich schön, aber er wirkte interessant und besaß einen weltoffenen Blick, der seinem Bruder leider völlig fehlte. Hoffentlich hatte der einen sanfteren Händedruck. Er hatte gar keinen Händedruck. Er war beleidigt und grüßte Anna nur mit einem knappen Kopfnicken. *Die dunkle Ecke hier ist gut, aber der Sohn von Calamity Jane ist sauer. Also, was mache ich hier?*

„Wir dachten, Ma wollte uns ein bisschen veralbern", begann Roger im Plauderton. „Aber Sie sind tatsächlich so ... so verdammt hübsch, in diesem Kleid. Ist das nicht der Wahnsinn, Claude?"

Der nickte zur Antwort schwach, sehr schwach und sehr beleidigt. *Er benimmt sich gerade so, als ob er ein angestammtes Recht auf mich hätte, dieser australische Chauvinist! Der braucht anscheinend eine kurze Aufklärung über die Emanzipation der Frau.*

„Was ist? Tanzen Sie mit mir oder lässt das Ihre verletzte Mannesehre nicht zu?" Sie hasste tanzen, ehrlich gesagt, aber was tat man nicht alles, um sich mit den Nachbarn gut zu stellen? Sie versuchte sogar den Aussie-Slang nachzuahmen, den die Leute hier sprachen.

Claude starrte sie nur an, besonders das Kleid. *Oh, oh! Jetzt ist er noch mehr in seiner Mannesehre verletzt. Irgendwie gehe ich die Dinge hier unten falsch an.*

„Ich war schon mit Mr. Nambush verabredet." *Vielleicht besänftigt das seine australische Männlichkeit.* „Sonst denkt er noch, dass ich lieber mit einem Farmbesitzer als mit einem Stockman ausgehe."

Jetzt hob Claude den Hut leicht an zum Gruß. Na immerhin, er taute auf. Er taute sogar mächtig auf, denn plötzlich fragte er ganz frech:

„Gehen Sie denn wirklich lieber mit einem Stockman aus? Ich dachte, dass Sie eher auf einen Züchter scharf sind."

Aha, er spricht! Aber ganz schön unverschämt. „Ich bin auf gar keinen scharf!"

„Was sonst sucht eine Frau, die aussieht wie Sie, in einer Gegend wie dieser? Einen reichen Mann."

Schon wieder diese Unterstellung! Das wuchs sich ja langsam zu einem

Dauerthema aus.

„Was soll das? Seit ich dieses Land betreten habe, muss ich mich dafür rechtfertigen, dass ich es nicht auf einen Mann abgesehen habe. Außerdem habe ich gehört, dass die Farmer hier überhaupt nicht so reich sind."

„Bob schon."

Jetzt reicht es wirklich! „Ich weiß nicht, was mit euch australischen Männern los ist, ehrlich. Ich kenne Mr. Bendrich gar nicht!"

„Sind Sie sicher?"

Nein, das bin ich eben nicht, und wenn du so hintergründig fragst, dann bin ich mir noch weniger sicher. „Einen der beiden Brüder kenne ich bereits, falls Sie das meinen!"

„Ich möchte wetten, dass er Ihnen gefallen hat."

„Na klar", sagte sie mit einem kecken Lächeln, weil sie genug davon hatte, sich verteidigen zu müssen. „Und Ihre Mutter bekommt bestimmt Provision für die Partnervermittlung."

Da lachte er endlich, packte urplötzlich ihre Hand und schüttelte sie kräftig. „Nennen Sie mich Claude."

„Ich bin froh, dass Sie nicht mit mir tanzen wollten." Anna versuchte ein paar unauffällige Lockerungsübungen mit ihren Fingern. „Ich kann nämlich in Wirklichkeit gar nicht tanzen."

„Ehrlich?"

„Ganz ehrlich. Wir hätten uns bestimmt schrecklich blamiert!"

„Ich kann mir nicht vorstellen, dass sich irgendein Mann mit Ihnen blamiert. Kommen Sie, ich zeige es Ihnen!" Und schon zog er sie zur Tanzfläche, nicht wie ein Kalb, eher wie einen Esel, denn sie wehrte sich störrisch.

„Wünschen Sie sich ein Lied! Auf geht's!" Er zeigte auf den Discjockey genau gegenüber. Das war ein steinalter Aborigine mit tiefen schwarzen Falten in seiner dunklen Haut, schneeweißen Bartstoppeln und einem freundlichen Lächeln.

Wie wäre es mit einem mittelalterlichen Pesttanz? „Vielleicht Gianna Nannini: Bello e Impossibile?"

Claude schüttelte energisch den Kopf. „So was haben wir hier nicht. Wir nehmen was von Elvis, passend zu Ihrem Kleid." Er zog sie weiter – wie einen Esel – über die fast leere Tanzfläche zum Tisch des Discjockeys und nannte ihm einen Titel. Das Lied fing ganz langsam an, aber Anna sträubte sich immer noch.

„Wir werden uns blamieren."

Claude war trotzdem fest entschlossen, sich mit ihr auf der völlig leeren Tanzfläche zu blamieren. Die anderen Gäste wollten lieber zusehen bei der Blamage. Niemand außer ihnen tanzte nämlich. Das Lied ging auch ganz langsam weiter. Claude erklärte ihr genau, was sie tun musste. Sie begriff vor lauter Aufregung gar nichts.

Er zählte: „Eins, zwei, drei." Sie zählte weiter: „Vier, fünf, sechs."

„Nein, Sie müssen sich einfach von mir führen lassen."

Das würde dir so passen, du Australier! Er zog sie noch enger an sich, und Anna fühlte sich noch unbehaglicher und blamierter.

„Es geht doch schon viel besser", sagte er aufmunternd. Es ging viel schlechter. Anna stand meistens auf seinem Fuß und irgendwann fing sie an zu lachen. Elvis sang: „… and it's just breaking my heart, 'cause she's not you!"

„Ich breche Ihren Fuß. Wir sollten aufhören", schlug sie verzweifelt vor, aber Claude ließ sich nicht abschrecken, ganz im Gegenteil, jetzt tanzte er nur noch schwungvoller.

„Sie müssen einfach an etwas anderes denken. Machen Sie die Augen zu und stellen Sie sich vor, ich wäre Bob."

Vor Schreck rutschte sie aus. Er versuchte sie festzuhalten und erwischte sie ungeschickt an ihrem Kleid. Sie hörte den Stoff ihres Kleides reißen, fühlte, wie er sie gerade noch auffing, bevor sie auf den Boden knallte, und war sich sicher, dass sie wieder einmal splitternackt vor einem Rinderzüchter stand oder vielmehr in seinen Armen lag.

Elvis sang „Dubduah!", und Anna musste sich entscheiden, ob sie weinen oder lachen sollte. Sie fing an zu lachen.

„Na, so deutlich hätten Sie sich das nun auch wieder nicht vorstellen müssen." Claude lachte ebenfalls und stellte sie wieder auf die Beine. Die

Zuschauer klatschten Beifall. Was? Etwa wegen des zerrissenen Kleides? Der Schaden musste irgendwo auf der Rückseite des Korsetts entstanden sein, aber ein Blick über ihre Schulter gab leider keinen näheren Hinweis darauf, wie sie aussah.

„Ich wette, sie hat nichts drunter an!", hörte sie einen der männlichen Zuschauer johlen.

„Ich wette fünf dagegen!", rief ein anderer erhitzt zurück.

„Ich hole Ihre Jacke", sagte Claude und stapfte zurück in seine dunkle Ecke, wo Anna die Strickjacke über die Stuhllehne gelegt hatte. Kein Mensch hatte bei dieser Hitze eine Strickjacke dabei. Nur sie. Das Malheur war irgendwo hinten am Reißverschluss, und da das Kleid nicht von alleine herunterrutschte, konnte es nicht allzu schlimm sein.

„Zehn, wenn ich recht habe!", brüllte schon wieder einer.

Claude brachte die Strickjacke und legte sie ihr um die Schultern.

„So geht es. Wir trinken jetzt ein schönes kühles Bier und nachher versuchen wir es noch einmal." Claude führte sie an die Bar und Elvis war inzwischen auch am Ende.

„Nein, wir versuchen es auf keinen Fall noch mal", bestimmte Anna und nahm das halb gefrorene Bier in Empfang. „Die Wetten steigen ja schon ins Unermessliche."

„Und wer gewinnt?"

„Ich hoffe, das wird keiner von denen je herausfinden!"

Claude kam nicht dazu, ihr zu antworten. Ein Pärchen gesellte sich zu ihnen. Sie sahen nicht besonders sympathisch aus. Die Frau war klein und mollig und erinnerte Anna an die altbackene Frau des Pfarrers in Vievhusen, und er war schmuddelig und übergewichtig und war über und über behaart, beinahe wie ein Schimpanse.

„Willst du uns deine Freundin nicht vorstellen, Claude?", fragte die Frau mit einem frostigen Lächeln.

„Das ist Anna Lennarts, Bobs neue Haushälterin!"

„Bobs Haushälterin? Haushälterin nennt man das also?", bemerkte die Dame mit zweideutiger Betonung.

Claude überging das. „Und das sind Jane und Cole Henson!"

Anna neigte leicht den Kopf. Die Hensons also. Was die beiden von ihr dachten, war leicht zu erkennen. Besonders nach diesem Striptanz mit Elvis und den weiterhin steigenden Wetteinsätzen der anderen Gäste.

„Da hat sich Bob wohl wieder mal einen Spaß mit uns erlaubt", bemerkte die Frau spitz. „Mein Gott, wie alt ist sie, das Kind?"

„Sicher schon zu alt, um ein Kind zu sein, Ma'am!", entgegnete Anna mit kühlem Lächeln. *Und für deine schmutzige Fantasie das noch:* „Aber Sie brauchen sich keine Sorgen um den lieben Bob zu machen. Ich besitze reichlich Erfahrung."

Die Hensons fanden den Spruch leider gar nicht lustig. Sie schnappte nach Luft, er nach seinem Bier.

„Ich wette zwanzig dafür und meinen Hut!", grölte einer im Hintergrund. Wie konnte man sich nur so in einer Wette festbeißen?

„Okay, die Wette steht!"

Anna verspürte plötzlich einen heftigen Drang, sich schleunigst von den Hensons zu verabschieden.

„Lasst lieber die Finger von ihr!", mahnte eine andere Stimme unter den Wettfreunden. „Das ist die Puppe vom Bendrich!"

Ja, lasst lieber die Finger von mir, bettelte Anna, aber der Name Bendrich schien tatsächlich etwas zu bewirken, denn die Freunde des Wettsports waren sich plötzlich einig, dass sie ihre Wetten besser über etwas anderes abschließen sollten, zum Beispiel die Anzahl der Würstchen in Blätterteig, die ein Kerl Namens Boomer an diesem Abend vertilgen würde.

Mrs. Henson verabschiedete sich mit ein paar gemurmelten Worten, die Anna nicht verstand, und einem verkniffenen Gesichtsausdruck, den sie dafür ziemlich gut deuten konnte. Dass die Leute Anna als „die Puppe vom Bendrich" feierten, schien der Pseudo-Pfarrersfrau irgendwie quer in der Kehle zu stecken.

„Sie sollten abwarten, was bei der Wette herauskommt!", rief Anna den Hensons frech hinterher. Claude brach in Lachen aus.

„Sie sind herzerfrischend! Das hat dieses Schandmaul schon lange mal gebraucht. Sie wird vor Ärger platzen!"

„Wieso?", wunderte sich Anna. „Ich habe doch versucht, all ihre Bedenken zu zerstreuen."

Claude lachte. „Sie müssen wissen …" Er brach seinen Satz vor lauter Lachen wieder ab, trank einen Schluck Bier und fuhr dann etwas ernster fort: „Sie müssen wissen, dass Jane Henson früher hinter Bob her war, bevor er Suzan geheiratet hat. Ihre Liebe reichte aber nur bis zu dem Tag, als sie erfuhr, dass der alte Bendrich pleite war. Als es mit Bob dann wieder aufwärts ging, wollte sie die alte Beziehung wieder auffrischen, aber da hat er Suzan geheiratet. Das hat Jane ihm nie verziehen, und sie hat ihm jedes Missgeschick mit Suzan gegönnt und sich das Maul darüber zerrissen."

So ist das Leben nun mal, dachte Anna etwas säuerlich, weil sie mit Mr. Bendrich deswegen noch lange kein Mitleid hatte.

„Sind die Browns auch so lustige Zeitgenossen?"

Er begann erneut zu lachen. „Ja, sehen Sie da hinten! Die drei Frauen da drüben, die so auffällig zu uns herüberstarren. Das sind die Browns. Mrs. Brown und ihre zwei Töchter. Man kann sie kaum voneinander unterscheiden, so hässlich sind sie alle Mrs. Brown hat es sich in den Kopf gesetzt, zumindest eine ihrer Töchter nach Bendrich Corner zu verkuppeln, und sie ist dabei nicht gerade zurückhaltend. Und die Tatsache, dass sie trotz Frauenmangel in unserer Gegend immer noch unverheiratet sind, sagt eigentlich alles."

„Mir kommen gleich die Tränen. Der arme Mr. Bendrich, was muss er nur erdulden!"

„Sie können ruhig ein bisschen Mitleid mit ihm haben." Claude blieb jetzt ernst. „Seine Ehe mit Suzan war übel, und unsere kleine Gemeinde hier hat nicht gerade dazu beigetragen, es einfacher für ihn zu machen."

„Und wenn Sie mir jetzt noch sagen, welche Rolle Scott Randall in dem ganzen Drama spielt, dann habe ich den Auftrag, den die Kinder mir für heute Abend gegeben haben, erfüllt!"

Ihre scherzhaft gemeinte Äußerung erzeugte in Claudes Gesicht einen steinernen Ausdruck. „Haben die Kinder etwa über ihn gesprochen?"

„Ja, er gehörte zu denen, die wohl ein dummes Gesicht machen würden." Warum war Claude schlagartig so ernst geworden?

„Das würde er wohl auch, wenn er heute hier wäre."

„Habe ich mal wieder etwas Falsches gesagt?"

„Kommen Sie mit raus?"

Sein Gesicht war todernst, aber Anna zögerte dennoch, ihm zu folgen. War das etwa nur ein Vorwand, um sie in die verschwiegene Nacht zu locken? Claudes Gesichtsausdruck nach zu schließen, wohl eher nicht.

Erst als sie unter den neugierigen Blicken aller Anwesenden hinausgegangen und ein Stück die Straße entlang spaziert waren, begann er leise zu sprechen.

„Sie sollten sich vor Scott unbedingt in Acht nehmen. Die Kinder haben das sicherlich ahnungslos gesagt, aber Sie müssen denen klarmachen, dass sie diesen Namen in Bendrich Corner und Bob gegenüber besser nie erwähnen. Sofern man diesen Kindern überhaupt was klarmachen kann." Sie gingen schweigend ein Stück weiter an der Wellblechkneipe vorbei auf einer staubigen Straße entlang, begleitet von der Musik, die die Grillen und andere seltsame Nachttiere machten, und im Hintergrund hörten sie Elvis und den Jailhouse Rock aus dem Wellblechschuppen dröhnen. Anna schaute Claude mit hochgezogenen Augenbrauen an und wartete auf die große Enthüllung.

„Randall ist ein Frauenheld."

„Damit teilt er das Schicksal vieler Männer."

Claude brummte nur. „Und er steht mit Bob nicht gerade gut. Morgen werden die Gerüchte über Sie hier die Runde machen, und sie werden Randall schneller erreichen, als es Bob lieb ist. Das wette ich. Scott wird verdammt scharf drauf sein, Sie zu sehen. Ich weiß nicht, was zwischen Ihnen und Bob läuft, aber ich rate Ihnen, halten Sie sich von Scott fern."

Anna zuckte die Schultern. „War das das ganze Geheimnis?"

„Nein. Hören Sie ... Bob ist nicht gerade mein bester Freund, aber ich würde ihm trotzdem niemals sein Mädchen ausspannen ..."

Und was hatte das eine mit dem anderen zu tun? „Meinen Sie damit etwa mich?"

„Es ist auf jeden Fall besser, Sie wissen Bescheid. Es ist sowieso ein offenes Geheimnis. Das Outback ist 'ne verdammte Gerüchteküche, und besser, Sie erfahren es von mir als von irgendeinem dieser Klatschmäuler. Suzan hatte was mit Scott Randall, und er ist Godfreys Vater. Einige sagen, er sei auch der Vater von Lucy und Linda. Die Hensons und die Browns haben es damals mit großem Eifer verbreitet."

Eine schöne Geschichte. Aber was geht's mich an? Er ist mein Boss, und seine Frauengeschichten interessieren mich nicht. Dennoch hörte sie sich entsetzt fragen: „Wissen die Kinder davon?"

„Godfrey ist nicht dumm und nicht blind und die Leute hier nehmen kein Blatt vor den Mund. Ich glaube nicht, dass man ihm das direkt ins Gesicht sagen muss."

Godfrey, der arme Kerl! Kein Wunder, dass Mr. Bendrich ihn so vernachlässigte. Wie musste sich der Junge dabei fühlen? Ihr wurde ganz mulmig und schlecht. Wenn man es genau nahm, war es eine ganz ekelhafte Geschichte, die sich da auf Godfreys Kosten abspielte. Und sie ging ihr mehr zu Herzen, als ihr lieb war. Vor allem hatte sie jetzt plötzlich überhaupt keine Lust mehr, in diesen Tanzschuppen zurückzukehren und sich noch länger von den besagten Outback-Klatschmäulern begaffen zu lassen.

„Können Sie mich vielleicht nach Hause fahren, Claude? Mein Kleid ist sowieso ruiniert."

Sie saß in Claudes Wagen, der mit ihr über die Schlaglöcher flog. Ihre Augen schwammen in Tränen, und sie fragte sich, warum sie so überemotional reagierte, ob es tatsächlich nur das Mitleid mit Godfrey war oder nicht viel eher ein Kollaps ihres eigenen angeschlagenen Gefühlslebens. Dieser Scott Randall ging sie nichts an, und sein Verhältnis zur Exfrau ihres Chefs war ihr auch gleichgültig. Sie war auf diesem Gebiet schließlich auch kein unbeschriebenes Blatt. Aber zum ersten Mal betrachtete sie so eine Liaison von einer anderen Warte.

„Wenn ich geahnt hätte, dass Sie sich das so zu Herzen nehmen …", murmelte Claude betreten. „Bob ist 'n anständiger Kerl, und es würde mich freuen, wenn er endlich 'n anständiges Mädchen findet."

„Hören Sie doch endlich auf damit! Ich kann diese Schallplatte nicht mehr hören. Bob geht mir am Allerwertesten vorbei."

Claudes Hand griff zu ihr hinüber und tätschelte vorsichtig ihr Knie. „Haben Sie nicht noch 'ne Schwester irgendwo? Ich möcht auch mal so 'n Glück haben wie Bob."

IN Godfreys Zimmer brannte noch Licht, und Anna schlich wie auf Samtpfoten die Treppe hinauf, denn sie wollte Godfrey jetzt lieber nicht begegnen. Sie hatte nämlich keine Ahnung, was sie zu ihm sagen oder wie sie sich verhalten sollte. Aber er hatte natürlich Claudes Geländewagen gehört und kam aus seinem Zimmer herausgestürmt, als sie gerade den oberen Treppenabsatz erreicht hatte.

„Du bist aber früh zurück!"

„Ich werde dir morgen alles berichten. Mein Kleid ist zerrissen. Lass mich einfach zu Bett gehen!"

Er nickte bedächtig, seine Mundwinkel waren zu einem zynischen Lächeln nach unten gezogen. „Jetzt weißt du es also." Dann drehte er sich um und ging in sein Zimmer zurück. Die Tür schloss sich langsam, und sie hörte, wie er den Schlüssel genauso langsam umdrehte. Oje, er bettelte ja förmlich nach einem Gespräch.

Also gut. Sie klopfte zaghaft an seine Tür. Ein wenig hoffte sie, er würde nicht öffnen, aber er öffnete, ohne ein Wort zu sagen, und sie trat ein, ohne ein Wort, setzte sich auf sein Bett und schaute ihn schweigend und abwartend an. Er bot ihr eine Zigarette und sie nahm eine. Fast gierig sog sie den Rauch ein, Zug für Zug, seinem bleiernen Schweigen ausgesetzt.

„Und nun?", fragte er abweisend, als sie ihre Zigarette ausgedrückt hatte. „Wirst du uns verlassen? Jetzt, wo du alles weißt, hast du sicherlich keine Lust mehr, hierzubleiben!"

Was für eine Schlussfolgerung! „Das ändert doch nichts!"

„Ach, hör auf!", rief er höhnisch. „Ich kenne doch die Weiber, die Vater uns ins Haus bringt. Nur das Äußere ist wichtig! Sein Geld, sein Aussehen. Die wohlgeborenen Kinder des reichen Mr. Bendrich sind lieb und nett. Aber die Bastarde eines Hurenbocks sind nur verdammte, ungeratene Teufel." Er steigerte sich in eine richtige Hysterie hinein.

„Jetzt ist es aber genug!" Sie sprang auf und packte ihn wütend an den

Schultern. „Du scheinst ja eine Riesenahnung von den Weibern deines Vaters zu haben. Aber halte mich da raus. Klar? Ich möchte mal wissen, was daran so schlimm ist! So was kommt jeden Tag in jedem Winkel der Welt vor. Glaubst du vielleicht, du bist einzigartig in deiner Existenz?" Nach einer kleinen Pause fügte sie dann gar nicht mehr wütend, sondern traurig hinzu:

„Ich war selbst mit einem verheirateten Mann zusammen. Mir steht es bestimmt nicht zu, andere zu verurteilen für das, was ich nicht besser mache. Und dich verurteile ich erst recht nicht. Du kannst ja wohl gar nichts dafür."

Er schwieg benommen und sah sie ungläubig an.

„Bist du wegen diesem verheirateten Mann hier?", fragte er nach einer ganzen Weile.

Sie lachte, und ihr Lachen beseitigte die letzte hitzige Spannung. „Wahrscheinlich schon. Zumindest war er schuld, dass ich keinen Job in Deutschland gefunden habe. Da habe ich in einer Anwandlung von Heldenmut auf die Anzeige deines Vaters geantwortet."

„Du bist also wirklich nicht hier, weil du einen Mann suchst, einen Rinderzüchter wie Papa zum Beispiel?"

„Herr im Himmel!" Sie warf die Arme in die Luft. „Ich kann es langsam echt nicht mehr hören! Das Gegenteil ist der Fall. Ich habe von den Männern die Nase voll! Wenn ich geahnt hätte, was mich hier unten erwartet, wäre ich nach Norwegen gegangen."

„Mein Vater ist bestimmt nicht so wie der Mann, vor dem du geflohen bist."

Alle Männer sind doch gleich, und ich fürchte, dein geliebter Vater ist der Schlimmste von ihnen. Sie seufzte laut und schüttelte nur den Kopf.

„Würdest du ihn heiraten?", fragte Godfrey ernst.

„Spinnst du?" Sie griff von sich aus nach der nächsten Zigarette.

„Er sieht ziemlich gut aus, weißt du, und er ist reich."

Irgendwie werde ich das Thema nicht mehr los. Sie zündete die Zigarette an und grinste. „Reich und schön reicht mir aber nicht Er ist hoffentlich auch

Vegetarier und Pazifist und Tierschützer und Kunstmäzen und Katholik."

„Ach Anna, verdammt! Warum kannst du mich nicht ernst nehmen. Behandle mich nicht wie ein Kind."

Okay, das Argument war gut. Sie räusperte sich und hörte auf zu grinsen.

„Vater hat sich bestimmt etwas dabei gedacht, als er ein junges und unansehnliches Mädchen für uns haben wollte."

Das hatte er wohl, nur konnte Anna nicht nachvollziehen, was das sein mochte.

„Weißt du, die Leute hier reden sehr viel. Eine Frau wie du, in unserem Haus, das ist wie … na ja … wie wenn du Vaters Geliebte oder so was wärst. Verstehst du? Niemand wird glauben, dass du nur unsere Haushälterin bist. Alle werden sagen, dass du und Vater …"

„Ja, ich habe es schon gemerkt", knurrte sie. „Nur weil eine unverheiratete Frau ohne Anstandsdame unter dem Dach eines unverheirateten Mannes lebt, haben sie noch lange kein Verhältnis miteinander. Wir sind doch nicht mehr im Mittelalter!"

„Hier schon! Und ehrlich gesagt wäre es mir lieber, Vater würde dich anstatt der Warren heiraten!"

Jetzt lachte Anna verzweifelt. „Vielleicht will er ja auch überhaupt nicht heiraten. Und vielleicht solltest du das einfach ihm überlassen! Wo ich doch sowieso nicht sein Typ bin."

„Du nimmst das wieder nicht ernst, Anna!"

„Nein, Godfrey, wie könnte ich? Ich bin seit zwei Tagen hier und kenne deinen Vater noch nicht einmal, außer vielleicht von einem recht unerfreulichen Telefongespräch." *Das mit dem Swimmingpool behalte ich besser für mich, und das Techtelmechtel mit Pseudo-Arthur behalte ich noch mehr für mich.* „Dass du mich dieser Mrs. Warren vorziehen möchtest, schmeichelt mir ja, aber das steht doch weder für mich noch für deinen Vater zur Diskussion."

„Wie denkst du über die Ehe?" Er ließ nicht locker. „Willst du denn nie heiraten?"

„Ich habe noch nicht ernsthaft darüber nachgedacht." Aber das stimmte leider nicht ganz. Sie hätte Menrad sofort geheiratet, wenn der sich hätte scheiden lassen und sie gefragt hätte. „Die Ehe, das war bisher ziemlich weit weg für mich. Aber wenn Clint Eastwood mich fragen würde, warum nicht?"

Er brummte missmutig. „Vielleicht machst du ja auch nur Späße darüber, weil es zu ernst für dich ist? Papa sagt, dass alle Frauen scharf auf einen Ehering sind."

„Dein Vater hat keine Ahnung", fauchte Anna verärgert und verabschiedete sich ins Bett.

DER Sonntag verlief ausgesprochen ruhig, bis auf das Frühstück, das in Annas Bett stattfand, weil sie keine Lust hatte, aufzustehen.

Steven fragte nach dem dummen Gesicht von Scott Randall und fing an, ihr Kopfkissen mit Vegemite zu bestreichen. Diese Aktion erübrigte zum Glück jede Antwort. Anna riss ihm wütend das Messer aus der Hand. Lucy nahm das Kissen und schlug es Steven auf den Kopf. Seine Haare waren damit neu frisiert, aber Steven meinte anscheinend, dass die Wand auch frische Farbe vertragen könnte. Er schleuderte das Kissen mit der satt beschmierten Seite gegen die weiß getünchte Wand.

Danach war das sogenannte Breckie zu Ende und Anna mit ihrer Geduld auch. Sie versuchte die Schmiere an der Wand abzuwaschen, aber sie verteilte sich nur. Sie wurde dadurch etwas blasser und gleichmäßiger. Nach zwei Stunden war fast die ganze Wand mit umbrafarbener Vegemitecreme gestrichen und roch verlockend nach Maggi. Das wirkte bei wohlwollender Betrachtung ein wenig wie ein Ferienbungalow in der Toskana. Ein ganz klein wenig. Hoffentlich würde der Boss niemals seinen korrekten Blick in dieses Zimmer werfen.

Am Montagmorgen wartete Anna ungeduldig auf den Lehrer. Er sollte um neun Uhr kommen, um elf war er immer noch nicht da. Um ein Uhr kam fluchend der Pilot, der ihn normalerweise abholte, und erklärte, Frinks habe ihn versetzt. Er habe sich krankgemeldet, würde aber morgen dafür ein paar Stunden länger unterrichten.

Am Dienstag kam Mr. Frinks dann kurz nach zwölf. Anna war leicht verärgert, als sie ihn begrüßte. Nicht weil er etwa unpünktlich und unzuverlässig war, sondern weil es Dienstag war, und nach dem neuen Speiseplan stand warmes Essen zum Mittag auf dem Programm. Sie musste sich jetzt um das Essen kümmern, und dabei wollte sie eigentlich bei seinem Unterricht dabei sein. Walter Frinks spazierte direkt an Anna vorbei in die Bibliothek. Die Kinder trotteten ihm lustlos hinterher. Auch die Mädchen, und das war offenbar neu für ihn, denn er hielt sie an der Tür zurück.

„Was wollt ihr denn? Geht wieder! Ich habe euch doch gesagt, dass ihr zur Strafe für euer andauerndes Geschnatter zwei Wochen lang vom Unterricht suspendiert seid. Strafe muss sein."

Na so was! Anna holte Luft, um etwas zu sagen, aber Mr. Frinks knallte die Tür direkt vor ihrer Nase sowie den Nasen der Mädchen zu. Sie schnaubte ärgerlich und gab sich vorerst geschlagen. Die Mädchen folgten ihr in die Küche, wo sie ihr dabei halfen, Spaghetti mit Ketchup herzustellen. Das war zum Glück schon nach einer Viertelstunde erledigt, und somit hatte Anna die Gelegenheit, sich in die Bibliothek zu schleichen.

Sie schlich wirklich, die Mädchen hinter ihr her, dann öffnete sie ganz leise die Tür, damit sie nicht knarrte – trotz der Überakkuratesse vom Boss knarrten die meisten Türen im Haus. Sie spickte in den Raum. Mr. Frinks bemerkte sie nicht, denn er las gerade mit Godfrey in wechselnden Rollen laut aus Macbeth. Das sah eigentlich ganz vernünftig aus. Anna wollte die Tür schon heimlich wieder schließen, als Mr. Frinks plötzlich losschimpfte. Worum ging es eigentlich?

„Was erschreckt Eu'r Hoheit?", schrie Frinks. „Lies es noch mal!"

Godfrey las es noch mal. „Was erschreckt Eu'r Hoheit?"

„Nein! Was erschreckt Eu'r Hoheit! Willst du nicht oder kannst du nicht, Godfrey?"

Anna kratzte sich an der Stirn. Was machte Godfrey denn falsch? Er las es noch mal. Dieses Mal klang seine kratzige Stimmbruchstimme schon ziemlich angespannt und schrill.

„Du möchtest mich wohl ärgern, wie?"

Oh Mann, was fehlte dem denn? Es ging nur um einen läppischen Satz, und den las Godfrey doch völlig korrekt vor.

„Schreib es ab!", befahl der Lehrer. „Schreibe es zwanzig Mal ab, damit du den Unterschied feststellst."

Anna riss die Tür auf und stürmte in die Bibliothek. *So geht das nicht, Meister. Wir sind doch nicht in einer preußischen Knabenschule.* Frinks stand inzwischen an Stevens Schulbank und beugte sich über den Jungen wie ein blutsaugender Vampir.

„Nun, junger Mann, heute so ruhig? Bist du etwa krank?" Er nahm Stevens Blatt vom Tisch und begutachtete es. „Lass sehen, was du da gemacht hast. Sind das etwa Buchstaben? Kringel sind das. Du tust das wohl zum Trotz, wie? Und was ist das für ein Monstrum hier? Ein kleines B vielleicht?"

„Nein, ein Saurier!", erklärte Steven stolz „Und der heißt Little Foot. Der besiegt alle Scharfzähne, sieh mal! Wau! Roarrr!" Er riss sein Blatt wieder an sich und griff mit dem Saurier direkt die Brille des Lehrers an und erhielt dafür, zack, einen kräftigen Schlag auf den Hinterkopf. Steven brüllte nicht. Er schaute Frinks trotzig mit verschwommenen Augen an, und Annas Herz machte einen schmerzhaften Sprung in ihre Kehle. Als sie Stevens vorgeschobene Unterlippe sah, ballte sie unwillkürlich die Fäuste.

„Was fällt Ihnen ein!", hörte sie sich schreien und klang dabei beinahe so schrill und trotzig wie Steven, wenn er einen seiner üblichen Wutanfälle hatte.

„Wagen Sie es nie wieder, Steven zu schlagen." Sie hob drohend die Faust, aber der Lehrer blieb erstaunlich gefasst und musterte sie so herablassend, wie nur ein Lehrer einen unwissenden Schüler mustern konnte, kurz bevor er ihm eine sechs verpasst und ihn zum Nachsitzen verdonnert.

„Sie stören meinen Unterricht, junges Fräulein. Man kann mit Steven nicht anders klarkommen, das dürfen Sie mir glauben."

„Ich glaube, Sie brauchen einen Psychologen. Man kann mit Steven auch sehr gut anders klarkommen!"

Er zückte sein Taschentuch und fing an, seine Brille ganz bedächtig zu putzen, während er Anna ein zweites Mal begutachtete: vom Scheitel bis zu den Schuhen und wieder zurück, langsam und herablassend. *Was für ein arroganter Lackaffe!* Vermutlich gefiel ihm ihre Frisur nicht oder die

Ketchupflecken auf ihrer Bluse passten nicht in sein Weltbild, jedenfalls rümpfte er die Nase, als wäre sie irgendein stinkendes Exkrement.

„Sie sind reichlich unverschämt. Offenbar haben Sie ebenfalls ein paar Unterrichtsstunden in gutem Benehmen nötig."

„Ich werde dir gleich Unterricht erteilen, du preußischer Zuchtmeister!" Anna bebte am ganzen Körper. „Im Übrigen ist mein Name Anna Lennarts. Und wenn ich noch einmal sehe, dass Sie Steven anfassen, dann … dann …" *Ganz ruhig, Anna, lade dir bloß keine Beleidigungsklage auf.*

„Godfrey! Hör auf, diesen Unsinn abzuschreiben." Sie schrie jetzt auch noch Godfrey an, als ob der an allem schuld wäre. „Was Sie hier machen, ist pädagogischer Müll. *Sie* sollten das abschreiben, nicht Godfrey. Zwanzig Mal: Ich schlage meine Schüler nicht und beschäftige sie nicht mit stupiden Aufgaben, nur um meine vorgeschriebene Arbeitszeit zu absolvieren!"

Sie rannte aus der Bibliothek und knallte die Tür zu. *Ich muss mich zuerst beruhigen! Das gibt es doch nicht. Solche Unterrichtsmethoden gehören polizeilich verboten.* Sie rannte ein wenig ziellos in die Küche, die Mädchen liefen ihr hinterher – und nach einer ganzen Weile folgte ihr Mr. Frinks. Sie verschränkte abwartend die Arme vor der Brust und wappnete sich für eine neue Auseinandersetzung. Sie war noch lange nicht ruhig genug für höfliche Umgangsformen, und er war es offenbar auch nicht. Er sprach mit mühsam zurückgehaltenem Zorn.

„Ich werde das mit Mr. Bendrich klären, junges Fräulein. Ich kann es nicht dulden, dass Sie sich in meinen Unterricht einmischen. Ich bin ein staatlich geprüfter …"

„Draußen in der Halle steht das Telefon!", schrie sie und wedelte wild mit den Armen. „Klären Sie es bitte jetzt sofort!"

Er schnaufte aufgeregt, Anna auch. Jetzt würde es zweifellos die nächste Standpauke vom Boss hageln, aber nun war es zu spät zur Reue. Sie konnte es nicht mehr ungeschehen machen, was sie Frinks gesagt hatte, die Wut war einfach mit ihr durchgegangen. Dabei war sie sonst eher schüchtern und nicht extrovertiert. *Aber so kann er nicht mit den armen Kindern umgehen. Ich bin im Recht.*

Steven und Godfrey erschienen in der Tür zur Bibliothek, während Frinks ins Foyer stakste und demonstrativ den Hörer vom Telefon nahm.

Anna schlug die Küchentüre zu. Sie wollte lieber gar nicht hören, was er alles Schreckliches über sie zu erzählen hatte. Nach fünf Minuten kam er triumphierend in die Küche zurück.

„Mr. Bendrich möchte Sie jetzt sprechen, Miss Lennarts." Und das „Lennarts" betonte er besonders triumphierend.

Oh, oh. Er ist aber ziemlich siegessicher, dann habe ich eindeutig verloren.

„Nun, was ist dran an seinen Vorwürfen?", fragte der Boss mit erstaunlich ruhiger Stimme. Sie ging gar nicht darauf ein, sie brauste sofort los.

„Der Mensch ist absolut inkompetent! Er benimmt sich wie ein … wie ein preußischer Zuchtmeister."

„Und?"

„Und? Das reicht doch. Er hat überhaupt kein pädagogisches Gespür. Die Mädchen schließt er vom Unterricht aus. Mit Godfrey verbeißt er sich in einem lächerlichen Satz aus Macbeth, und Steven …" Sie wurde immer lauter. „Steven hat er geschlagen. Ich würde ihm am liebsten ein neues Gebiss verpassen, diesem …"

„Holen Sie ihn wieder an das Telefon. Ich werde ihm sagen, dass er sich einen anderen Job suchen muss." Mr. Bendrich klang immer noch ruhig, aber irgendwie war seine Stimme jetzt düsterer und knurriger. „Ich werde mich so schnell wie möglich um einen neuen Lehrer kümmern. Übernehmen Sie so lange den Unterricht."

„Was, ich?"

„Ich denke doch, Sie können das."

„So gut wie der allemal!" Sie legte den Hörer weg.

Als Frinks jetzt wieder zum Telefon ging, ließ Anna die Küchentür offen. Sie hörte nur: „Ja", „Ja, Sir", „Sehr wohl, Sir!", „Wie Sie meinen, Sir." Ha, er bekam eine wundervolle Abreibung, herrlich. Aber als Frinks den Hörer auflegte, tat er ihr plötzlich leid. Er war kreidebleich, zitterte und stand unschlüssig in der Halle.

„Ich kann meine Familie nicht von den paar Klavierstunden ernähren, die ich bei den Hensons gebe. Meine Frau hat früher auf der Poststation gearbeitet, aber die ist inzwischen geschlossen worden", murmelte er und sah Anna dabei ziemlich vorwurfsvoll an. „Hier gibt es nicht viel Arbeit, und niemand außer Mister Bendrich kann sich einen Privatlehrer leisten."

„Sie geben Klavierstunden?"

Er nickte nur und wischte sich mit seinem Taschentuch den Schweiß von seiner Stirn.

„In diesem Haus steht ein Flügel." Anna hatte plötzlich ein schlechtes Gewissen. Er stand vor dem Nichts, wie es den Anschein hatte, und sie kannte das Gefühl nur zu gut. „Ich kann ja Mr. Bendrich fragen, ob er Sie als Klavierlehrer behält."

Er nickte erneut.

„Na ja, vielleicht nicht gleich heute." Zwei Telefongespräche mit dem Boss an einem Tag, das war echt zu viel. Sie würde ihm das besser in einem Brief schreiben.

„Ich habe keine Lust auf Klavierunterricht!", murrte Godfrey.

„Und ich schon gar nicht!", schrie Steven.

„Und ihr beide?" Anna schaute die Mädchen fragend an, hatte allerdings wenig Hoffnung, doch die zuckten die Schultern, und das war in deren Sprache eigentlich ein eindeutiges Ja. „Okay, ich spreche mit Mr. Bendrich. Zwei Schülerinnen haben Sie schon mal sicher."

„Ich kann mir nicht vorstellen, dass Mr. Bendrich sich umstimmen lässt. Er war sehr unerbittlich und deutlich in seinen Worten, aber wenn er überhaupt auf jemanden hört, dann wohl auf Sie."

Anna fand seine Einschätzung zwar lächerlich, aber sie hatte trotzdem das Gefühl, wieder etwas bei ihm gutmachen zu müssen, deswegen kochte sie Mr. Frinks jetzt erst mal eine Tasse Tee. Tee half angeblich gegen alles, auch gegen Arbeitslosigkeit und totale Verzweiflung. Aber als Mr. Frinks wenig später von Mr. Bendrichs Piloten wieder abgeholt wurde, wirkte er immer noch ziemlich verzweifelt.

Als er weg war, aßen sie kalte Spaghetti mit kaltem Ketchup.

„Euer Vater wird einen anderen Lehrer engagieren", erklärte Anna und kämpfte mit Steven um ein Spaghetti, das er sich gerade ins Ohr stopfen wollte. „Bis dahin muss ich das leider übernehmen." Anna war ziemlich unglücklich mit ihrer neuen Rolle als Lehrerin und noch unglücklicher über das abgerissene Spaghetti, das zur Hälfte noch in Stevens Ohr steckte.

„Was bringst du uns denn bei?", fragte Godfrey neugierig. „Den Satz des Pythagoras vielleicht?"

„Wie wäre es mit ein paar Sätzen von Walther von der Vogelweide? Eigentlich habe ich nicht viel Ahnung von Schulunterricht. Aber Mr. Frinks hat noch weniger." Sie forschte weiter nach dem Spaghetti in Stevens Ohr.

„Was willst du uns dann beibringen, wenn du keine Ahnung hast?", neckte Godfrey.

„Altägyptisch vielleicht? Oder Altgriechisch?"

Einmütiges Stöhnen war die Antwort.

„Wir werden sehen", beschloss Anna energisch. Kinder zu unterrichten, konnte doch nicht schwerer sein, als Vorlesungen für klugscheißende Studenten zu halten. Steven pulte seine Nudel wieder heraus und aß sie schnell auf. „Nach dem Essen gehen wir in die Bibliothek, und ich gebe mein Debüt."

Aber es war eben doch nicht so einfach, wie es auf den ersten Blick ausgesehen hatte. Den Macbeth zu lesen, das traute sie sich ja noch zu, aber was sollte sie mit den beiden Mädchen oder gar mit Steven anfangen?

„Steven, wie wäre es, wenn du anstatt eines Sauriers mal eine ganze Herde malst, und zwar fünf Stück."

„Wie viel ist das?"

„So viel, wie du Finger hast. Fünf Langhälse, und danach malst du noch drei Scharfzähne, und wenn du fertig bist, dann zählen wir zusammen, wie viele es insgesamt sind."

„Ich male hundert Millionen!" Eifrig machte sich Steven ans Werk.

„Und ihr beide?" Sie sah etwas hilflos zu den Mädchen. „Ich mache euch einen Vorschlag: Damit ich euch endlich unterscheiden kann, solltet ihr ein Namensschild basteln. Auf dem einen steht Lucy Bendrich, auf dem anderen Linda Bendrich. Ich schreibe euch am besten die Buchstaben vor, oder?"

„Ich kann meinen Namen schon schreiben!"

„Ich auch, schon längst", sagte die andere. „Sag uns lieber, wie man Anna Lennarts schreibt."

Anna schrieb es auf ein großes Blatt. Das war vermutlich nicht gerade die richtige Methode, um achtjährigen Analphabeten das Schreiben beizubringen. Aber die beiden stürzten sich gierig auf den Zettel. Godfrey war da viel einfacher.

„Du hast die Lady Macbeth wirklich gut gelesen. Ich glaube, du bist längst reif für Hamlet. Seine zerrissene Rolle passt gut zu dir."

„Zerrissene Rolle?" Godfrey grinste schräg und Anna musste lachen.

„Du kannst natürlich auch Saurier malen."

„Oder ich schreibe hundertmal in mein Tagebuch: Ich liebe Anna Lennarts." Er grinste immer noch, aber Anna erschrak heftig. *Ich behandle ihn zu sehr wie einen Erwachsenen,* dachte sie entsetzt.

„Du kannst auch den Playboy lesen."

„Ich hab ja nur Spaß gemacht." Er senkte errötend den Blick, und sie wusste, dass es – wenn überhaupt – nur ein halber Spaß war.

Sie holte den Hamlet aus dem Regal und sie begannen zu lesen. Aber schon nach den ersten Passagen, als Anna eifernd rief: „Nun, ist das Ding heut wiederum erschienen?", fingen alle an zu lachen. Sie legte den Hamlet weg, bat Shakespeare im Geiste um Verzeihung und sagte: „Ich kümmere mich um das Dinner von morgen."

Sie stöberte nach einem Kochbuch und fand nach einiger Suche tatsächlich eines: „Dinner für festliche Anlässe."

Na bitte schön, sag ich doch. Es gibt nichts, was nicht irgendwo in einem Fachbuch steht.

Sie setzte sich neben die Kinder auf die Schulbank. Aber was sie auch las, sie war sich sicher, dass es morgen wieder Spaghetti geben würde oder Steak mit Spiegelei.

Clannon Miller

5. Angebot

ES war Freitag und genau zwei Wochen her, seit Anna nach Bendrich Corner gekommen war. Es lagen gerade zwei Stunden Unterricht mit den Kindern hinter ihr. Aber das war eigentlich kein Unterricht im landläufigen Sinne, es war genau genommen eine Blödelstunde.

Die Mädchen machten beim Lesen und Schreiben keine großen Fortschritte. Sie schrieben immer noch „Anna Lennarts", und selbst wenn Anna ihnen zugutehielt, dass sie eine schöne Schrift hatten, war das doch wirklich ein bisschen wenig. Steven beschränkte sich auf das Malen von Saurierherden und Godfrey entpuppte sich zu Annas Entsetzen als mathematisches Genie und angehender Computerspezialist, und deshalb entglitt jede Schulstunde in Späßen und Albernheiten, oder besser gesagt, Anna ließ sie entgleiten.

Am Tag nach ihrem Telefonat mit Mr. Bendrich schrieb sie einen ganz braven Brief an den Boss. Er war ziemlich kurz und enthielt die Bitte, Godfrey auf eine weiterführende Schule oder in ein Internat zu schicken und Mr. Frinks als Klavierlehrer für die Mädchen zu behalten.

Mr. Bendrich rief zurück. Er war nicht einmal unfreundlich: Er habe sich bei einem erstklassigen Internat in Perth erkundigt und dort einen Platz für Godfrey reservieren lassen. Für die Aufnahme war ein Test notwendig, den Godfrey vorher ablegen musste. Was den neuen Lehrer betraf, so habe er bereits mit zwei interessierten Herren gesprochen. Sie kämen in den nächsten Tagen in Bendrich Corner vorbei, um sich vorzustellen und, wenn nötig, eine Lehrprobe abzuhalten. Und Mr. Frinks durfte vier Stunden pro Woche Klavierunterricht erteilen. Na bitte schön, der Boss war bei genauerem Hinsehen doch nicht ganz so ein schlimmer Tyrann.

Und tatsächlich, einige Tage später stellte sich ein Lehrer vor. Er sah ganz sympathisch aus, war jung und wirkte aufgeschlossen, aber die Lehrprobe wurde für den armen Mann zu einem persönlichen Waterloo. Und Anna erlebte die Kinder dabei von einer Seite, die den Namen „kleine Teufel" leider rechtfertigte.

Der Lehrer wirkte nervös, vielleicht weil Anna ihn kritisch beobachtete, und die Kinder nutzten das schamlos aus. Steven war wie immer der

Anstifter. Der Lehrer hieß Derrek Garfield, und sein Namensvetter, der Comic-Kater, war sein erstes Problem.

„Garfield ist fett und frisst immer nur."

Die Mädchen belohnten Stevens Spaß mit grellem Gekicher und fragten gleich dagegen: „Mr. Garfield, weißt du, wie die Babys in den Bauch kommen?"

Mr. Garfield sah Anna Hilfe suchend an, während Lucy vom Stuhl sprang und auf den Tisch stieg. „Soll ich es dir zeigen, Mr. Garfield?"

„Godfrey ist in Anna verliebt!", rief Linda laut dazwischen.

Godfrey schrie wütend zurück: „Stimmt ja gar nicht, dumme Ziege!", und Mr. Garfield hing mit Hilfe suchenden Blicken an Anna.

„Kommt, Kinder, hört auf!" Anna mahnte sie nur halbherzig zur Ordnung. Das Chaos gefiel ihr eigentlich ganz gut.

„Kannst du auch altägyptisch sprechen, Mr. Garfield?", erkundigte sich Lucy, und als Mr. Garfield verzweifelt den Kopf schüttelte, schrie die andere: „Aber Anna kann das, und sie sagt, dass unser Herd eine Selbstschussanlage hat, und alle Eier sind Ministerien."

„Anna hat auch ein ganz dünnes Nachthemd an!" Steven musste sich unbedingt Gehör verschaffen, und er schrie so laut, dass nun gewiss jeder in der Kimberley-Region Bescheid wusste.

Der arme Mr. Garfield! Er dachte bestimmt, er wäre in Sodom und Gomorra gelandet, aber das war noch nicht das Ende der Lehrprobe, oh nein!

„Ich habe jetzt keine Lust mehr!" Lucy hüpfte im hohen Bogen vom Tisch herunter und spazierte einfach aus der Bibliothek hinaus.

„Anna ist sowieso viel schlauer als du." Linda verließ ebenfalls demonstrativ das Klassenzimmer.

„Kinder, bleibt hier!", bat Anna, aber sie schmunzelte dabei, und damit verlor sie natürlich jede Glaubwürdigkeit.

„Dann soll er uns aber genau zeigen, wie die Babys in den Bauch kommen." Die beiden Revolverweiber verschränkten abwartend die Arme vor der Brust. Der Lehrer wollte den Job offenbar dringend. Er ignorierte den schreienden Steven und die abwartenden Mädchen und kümmerte sich um Godfrey, denn der verhielt sich leidlich gesittet. Mr. Garfield fragte ihn freundlich, wie weit er in Mathematik und Englisch sei, und Godfrey gab ihm frech zur Antwort:

„Falls Sie auf Anna scharf sind, können Sie sich das gleich abschminken. Die vögelt schon mit meinem Vater."

Mr. Garfield blieb der Mund offen, und Anna, die eigentlich hätte entsetzt und sauer sein müssen, brach in schallendes Gelächter aus.

„Was macht sie mit Papa?", wollte Steven etwas genauer wissen.

„Sie vögeln!" Godfrey sprach ganz langsam und deutlich und machte eine noch deutlichere Geste dazu.

Mr. Garfield packte jetzt sein Unterrichtsmaterial langsam wieder in seine Aktentasche zurück.

„Es tut mir leid, Mr. Garfield. Bitte fahren sie doch mit dem Unterricht fort." Anna musste leider noch immer lachen, und er konnte ihre Entschuldigung nicht ernst nehmen. Er klemmte sich die Aktentasche unter den Arm und marschierte aus dem Klassenzimmer. Er wirkte sehr würdevoll dabei.

„Wollen Sie nicht zum Essen bleiben?", rief Godfrey ihm frech hinterher. „Wir haben heute Katzenfutter auf dem Speiseplan."

„Bitte bleiben Sie doch!", kicherte Anna.

„Ich werde Mr. Bendrich hiervon unterrichten!" Jetzt erst merkte sie, wie verärgert er tatsächlich war. „Ich möchte nicht, dass es nachher heißt, ich sei nicht gut genug für diese Stelle gewesen."

„Sie dürfen die Kinder nicht so ernst nehmen." Anna versuchte ihn zu beschwichtigen und ihr glucksendes Lachen zu unterdrücken, aber es ging einfach nicht, das Kichern und Giggeln perlte unentwegt aus ihr heraus, und je mehr sie versuchte, es zurückzuhalten, desto brutaler drängte es an die Oberfläche und endete in einem ordinären Prusten. Tja, so machte man sich im wahrsten Sinne des Wortes lächerlich.

„Es geht nicht um die Kinder! Ich kann hier keinen Unterricht halten, wenn Sie das alles auch noch unterstützen."

Sie hielt den Atem an, um das Lachen endlich zum Stillstand zu bringen, aber sie konnte ihm leider nur noch zum Abschied hinterherwinken, als er in den Jeep stieg, der ihn zum Bendrich-Flugplatz bringen würde. In dem Moment dachte sie an ihre Zugfahrt, an dieses Urmuttertier, wie die Frau seelenruhig und stolz dem Chaos ihrer Plagen beigewohnt hatte, und Anna bedachte die Rückseite des Jeeps mit einem Blick, der nichts anderes besagte wie: *Du musst noch viel lernen, junger Mann.*

Das war der erste Kandidat. Ob er sich wirklich bei Mr. Bendrich beschwert hatte, das wusste sie nicht. Sie hörte jedenfalls nichts mehr – weder von ihm noch vom Boss. Als an diesem Freitagabend wieder einmal jemand an die Tür klopfte und ein fremder Mann davor stand, nahm sie an, es sei der andere Bewerber, und bat ihn höflich herein. Sie war entschlossen, dieses Mal hart bei den Kindern durchzugreifen und absolut keine Albernheiten mehr durchgehen zu lassen.

Ein zweiter Blick auf den Besucher ließ sie aber doch zweifeln. Sein Haar war aschblond, seine Augen stahlblau. Er war groß und schlank, sportlich gekleidet, in eine helle Cargohose und ein kakifarbenes Safarihemd und dazu ein dunkelrotes Halstuch. Uääh! Er sah nicht aus wie der Rest der Leute, die hier im Outback leben und arbeiten mussten, und erst recht nicht wie ein Lehrer, sondern eher wie ein Großwildjäger anno 1918. Vielleicht klappte es ja mit einer Kopie von Denys Finch Hatton besser.

„Die Kinder sind noch draußen und spielen." Sie wunderte sich, warum er sich so überaus neugierig im Haus umschaute. „Aber ich kann Ihnen gerne mal die Bibliothek zeigen, wo der Unter…"

„Ich sehe, die Gerüchte stimmen. Sie haben einen ganz eigenen Stil."

Schon ging er an ihr vorbei zum Wohnzimmer. Er öffnete die Tür und warf einen prüfenden Blick hinein. „Ein wenig unordentlich da drin, wo Bob doch so ungeheuer ordnungsliebend ist."

„Nett, dass Sie mich darauf aufmerksam machen", sagte sie und versuchte ganz freundlich auf seine etwas merkwürdige Art der Begrüßung zu reagieren. „Darf ich fragen, wer Sie sind?" *Jedenfalls kein Hauslehrer.*

Er ging zur Küche, wo Anna gerade versuchte, einige Steaks in ein genießbares Mittelmaß zwischen Rohfleisch und Schuhsohle zu verwandeln.

„Ah! Welche häusliche Begabung doch in Ihnen steckt, mein hübsches Kind!"

Was für ein Schwätzer! Ich muss die Steaks umdrehen, wenn sie nicht anbrennen sollen. „Warten Sie einen Moment, ich will nur kurz …"

„Mein Name ist Scott Randall."

„… Scott Randall in die Pfanne hauen." Sie erstarrte unter der Küchentür. Er kam zu ihr, baute sich vor ihr auf, legte seinen Zeigefinger unter ihr Kinn, um ihr Gesicht zu inspizieren. *Sehr großkotzig, dafür, dass meine Steaks anbrennen und mein Kinn eigentlich mir gehört.*

„Sie sind wirklich ein hübsches Mädchen." Er drehte begutachtend ihren Kopf zur Seite. „Viel zu schade für Bob den Snob."

Der beträgt sich ja wie ein Feudalherr, und ich werde ihm gleich zeigen, was ein Bauernaufstand ist. Sie schlug seine Hand weg, wenn auch nicht besonders energisch, und wagte noch einen ängstlichen Blick in die Küche auf die Pfanne.

„Wo hat Bob Sie bloß aufgegabelt? Bei einer Zuchtstutenschau vielleicht?"

Was, Zuchtstutenschau? Die Steaks waren vergessen, alles war vergessen. Sie holte aus, ganz weit, und knallte ihm ihre flache Hand mit voller Wucht ins Gesicht. Muhammad Ali wäre vor Neid erblasst. Wirklich. Randalls Kopf schnellte von der Wucht des Aufpralls zur Seite, und er taumelte einige Schritte rückwärts. *Das ist für die Zuchtstute, du Arsch!*

„Und wo hat Bob *Sie* denn aufgegabelt? In einem Wildschweingehege etwa?"

Die Steaks waren jetzt wirklich nachrangig. Sie stolperte zur Haustür und zitterte am ganzen Körper, aber er merkte es nicht. Er zitterte selbst. Sie öffnete die Tür und zeigte nach draußen.

„Die Zuchtstutenschau ist beendet."

„Das wird Ihnen leidtun, Missy!" Mr. Randalls Stimme war ganz leise und bebte. Er rieb seine Wange, auf der sich bereits leuchtend rot Annas Finger abzeichneten. *Gut so, da hatte er wenigstens ein kleines Andenken an seine Zuchtstutenschau.*

„Das kann schon sein, denn Ihretwegen brennen gleich meine Steaks in der Pfanne an." *Verdammt und zur Hölle, und ich muss schon wieder Spaghetti kochen.* Draußen vor der Tür waren zwei Arbeiter stehen geblieben und schauten verwundert herüber.

„Zeigen Sie Mr. Randall bitte den Weg zum Ausgang! Er hat möglicherweise Orientierungsprobleme."

Die beiden grinsten von einem Ohr zum anderen, als hätten sie gerade eine Gehaltserhöhung bekommen, und kamen schon im Gleichschritt auf das Haus zu, aber Scott Randall sah ein, dass er freiwillig gehen musste, wenn er sein Gesicht wahren wollte, zumindest die unbeschädigte Hälfte. Anna knallte die Tür hinter ihm zu und warf sich dagegen. Sie hörte draußen das höhnische Gelächter der beiden Stockmen. Aber ihr war schwindlig und schlecht und ihr ganzes Nervensystem vibrierte.

Godfrey kam die Treppe heruntergerannt. „Anna?"

Sie wusste nicht, ob es ein Vorwurf oder Mitleid oder Angst um die Steaks war. Anna ging in die Knie, und Godfrey konnte sie gerade noch auffangen, ehe sie nach vorne kippte.

„Das kommt, weil sie so dünn ist. Nichts auf den Rippen!", hörte Anna die Stimme von Mrs. McEll. Sie fand sich auf dem Sofa wieder, von den Kindern, den beiden Arbeitern und von den McElls umgeben. Einer der Stockmen zog seinen Hut und grinste breit und hämisch.

„Der Typ ist abgehauen wie 'n geprügelter Hund, Miss."

Godfrey war blass. Nahm er ihr den Vorfall übel? Vielleicht hatte er sich auf den Besuch seines leiblichen Vaters gefreut. Vielleicht kam er ja sogar regelmäßig, um Godfrey zu sehen. Oje, womöglich hatte er sogar ein Besuchsrecht oder so etwas.

„Wir dachten zuerst, Randall hätte Ihnen was getan, Miss!" Mrs. McElls Stimme klang schrill. Sie war das reinste Nervenbündel, mehr noch als Anna.

„Ich habe einen niedrigen Blutdruck." Sie wollte die Frau beruhigen. „Ich falle alle paar Wochen einmal in Ohnmacht, ehrlich." *Nur dann nicht, wenn ich nackt in einem Pool bade und mein Boss mich dabei erwischt.*

Die McElls und die Arbeiter gingen endlich wieder, und dann platzte es plötzlich aus Godfrey heraus: „Jetzt hast du ihn kennengelernt! Meinen Erzeuger."

Erzeuger? Was für Abgründe lagen in diesem Wort? Armer Godfrey.

Er stand auch auf und ging hinaus. Aber Anna blieb auf dem Sofa liegen. In diese Abgründe wollte sie lieber nicht so tief blicken, sonst würde ihr das Herz nur noch mehr wehtun.

AM Samstag kam ein Brief von Paul an. Anna fragte sich, wie Paul an ihre Adresse gekommen war. Der war doch selbst irgendwo in Australien. Sie schaute auf das Kuvert. Tatsächlich, es war in Canberra abgestempelt. Aber das Briefpapier und den passenden Umschlag musste Paul von zu Hause mitgenommen haben – man konnte ja nie wissen, ob nicht auch australische Mädchen mit so was zu beeindrucken waren –, auf der Rückseite war der Umschlag fertig bedruckt in Gold: Die Grafenkrone über einem Wappen mit einem sich aufbäumenden Pferd, und in goldenen Lettern war da Pauls hochtrabender Name und seine Tübinger Adresse draufgedruckt.

Da in Bendrich Corner nicht allzu häufig Briefe eintrafen, die mit goldenen Kronen bedruckt waren, verursachte dieser natürlich gehöriges Aufsehen, und während Anna aufgeregt Pauls Brief zu lesen versuchte, drehte Lucy das leere Kuvert nachdenklich zwischen ihren Fingern.

„Das ist aber ein langer Name!" Sie bemühte sich, die Buchstaben zu einem Wort zusammenzufügen. „Paul Ingo Einhardt Hubertus Graf von Rosenow und Hofkirch!" Sie las langsam, aber deutlich, und Anna ließ vor Schreck sogar Pauls Brief fallen.

„Lucy! Sag mal! Du kannst das ja lesen!"

Das Mädchen nickte stolz. „Ja, aber das ist ein blöder Name."

„Wann hast du das gelernt?" Anna schüttelte ungläubig den Kopf.

„Schon lange", gab sie wie selbstverständlich zu. „Linda und ich, wir lesen abends. Weißt du, wie der Kaiser da." Linda, die neben ihrer Schwester stand, nickte jetzt ebenfalls bedächtig und blähte ihre Brust vor Stolz richtig auf.

„Kaiser Karl der Große."

„Ja, der, aber warum steht da so ein komischer, langer Name auf dem Brief und warum hat der eine Krone drauf? Ist der Brief auch von einem Kaiser?"

„Nicht ganz!", lachte Anna „Das ist so etwas wie ein Earl in England, die haben oftmals ziemlich lange Namen."

„Ist ein Earl höher als ein Rinderzüchter?"

„Nein." Anna nahm Pauls Brief wieder zur Hand, aber die skeptischen Blicke der Kinder entlockten ihr doch noch eine philosophische Erklärung. „Jeder Mensch ist gleich."

„Wer ist am höchsten?", wollte Steven wissen.

„Der liebe Gott!", erklärte ihm Linda und Lucy fügte eifrig hinzu: „Und dann kommt die Königin und dann der Graf und dann der Rinderzüchter."

Anna vertiefte sich in den Brief. Sie brannte darauf, ihn zu lesen.

„Stimmt gar nicht! Ein Rinderzüchter kommt noch ganz lange vor dem Graf!", schrie Steven wütend.

„Stimmt eben dohoch! Der hier hat eine Krone, und Papa hat keine." Lucy schwenkte das Stück Papier. „Nicht wahr, Anna, ich habe recht!"

„Na klar", sagte Anna geistesabwesend und las.

„Hallo Lenni!

Was bist du für eine verräterische Freundin? Du bist in Down Under, und ich erfahre nichts davon. Um dich in deinem fürchterlichen Outback ausfindig zu machen, habe ich beinahe fünfzig Dollar an Telefonkosten aufgewendet. Ich hoffe, du weißt das zu schätzen.

Ich wollte dir unbedingt ein Paket mit Informationsmaterial über die archäologischen Funde und Fundorte Australiens schicken. Ich habe sie von meinem Cousin in der deutschen Botschaft zusammenstellen lassen. Ich dachte, es reizt dich bestimmt. Auch hier unten gibt es viel zu graben. Du wirst es nicht glauben."

„Vielleicht anzugraben, für dich, mein Freund!", murmelte Anna vor sich hin.

„Warum sprichst du so komisch?" Steven wurde ungeduldig. Er fand, Anna sollte den Brief jetzt endlich liegen lassen und sich um seinen

Spielzeugritter kümmern, und außerdem sollte sie schon gar nicht deutsch mit sich selbst sprechen. Anna legte ihm nur beschwichtigend die Hand um die Schultern und las weiter:

„Also habe ich bei Frau Mitschele angerufen und wollte nach deiner neuen Adresse fragen. Die hat mir die Adresse deiner Eltern gegeben. Da habe ich nun deinen armen Vater mit meinem bescheidenen Anruf belästigt. Und was muss ich hören? Du bist ausgewandert. Was fällt dir ein? Du gehst einfach nach Australien und sagst mir nichts davon! Bist du nicht meine einzige, wahre und beste Freundin? Gibt es zwei Seelen, die sich vertrauter sind?"

Anna musste wieder lachen. „Du Spinner!"

Steven nickte. Er war nämlich langsam eifersüchtig auf den Brief, denn Anna hörte noch nicht mal mehr seine Zwischenfragen.

„Denke bloß nicht, dass du dich vor mir im Outback verstecken kannst. Wir werden uns natürlich treffen, da du schon mal hier bist. Ich habe in Canberra eine brünette Janette kennengelernt, und sie hat eine Vorliebe für … Halt! Das werde ich dir alles selbst erzählen. Ich komme dich besuchen! Was sagst du?

Ich bin ganz wild darauf, zu sehen, wo du jetzt lebst. Hoffentlich fühlst du dich dort auch wohl, ohne deine Archive. Nichts als nackte Natur und Urmenschen um dich herum.

Also, halte dich bereit. Ich werde bei dir auftauchen. Sollte mein Cousin so freundlich sein und mir sein Sportflugzeug ausleihen, dann komme ich vielleicht sogar schon bald. Dann werden wir ja auch einen kleinen Ausflug machen, für ein paar Tage. Nimm dir frei, und wir fliegen nach Darwin, dort soll es herrliche Monsunwälder geben.

Das Infomaterial ist inzwischen schon zu dir nach Bendrich Corner unterwegs, und ich bin es hoffentlich auch bald. Dein Paul."

Anna faltete den Brief nachdenklich zusammen. Sie freute sich, dass Paul sie besuchen wollte, und „Monsunwälder", das hörte sich auch aufregend an, aber sie war hier eine schlichte Hausangestellte und konnte Besucher nicht einfach nach Herzenslust einladen und empfangen und schon gar nicht einfach Urlaub nehmen, nachdem sie gerade erst hier angefangen hatte.

AM Sonntag erwachte Anna davon, dass Steven und seine eiskalten Füßchen ausnahmsweise einmal nicht in ihrem Bett landeten. Eigentlich stand die obligatorische Kissenschlacht an, wahlweise mit oder ohne Frühstück im Bett, aber weder Steven noch die Mädchen ließen sich blicken, dabei war es draußen schon taghell.

Ein Blick auf die Uhr: Es war schon kurz nach acht. Oh Mist, sie hatte ja total verschlafen. Es war höchste Zeit für das Breckie. Auch unten im Erdgeschoss war keine Spur von den Kindern. Ob der Geruch von gebranntem Rührei und gebratenem Speck wohl ausreichen würde, um sie anzulocken? Anna war inzwischen ein Maître des Rühreis. Auch für Spaghetti besaß sie nun vier verschiedene Spezialrezepte, und Steaks zu braten, hatte sich, bis auf die Ausnahme mit Scott Randall, auch als relativ einfach erwiesen.

Das Frühstück war fertig, da ging ein Gepolter und Lachen auf der Veranda los, und die ganze Meute platzte herein. Allen voran Steven, dann Lucy, Linda und Godfrey, und ihm folgte Mr. Bendrich.

Mr. Bendrich!

Anna fiel vor Schreck der Kochlöffel aus der Hand. Er sah wirklich genauso aus wie Arthur. Er war Arthur! Oh lieber Himmel, ihr würde gleich schlecht werden. Das fröhliche Lachen auf seinem Gesicht erlosch und verwandelte sich in eine ausgesprochen sachliche und kühle Miene.

„Miss Lennarts!" Er reichte ihr mit festem Druck die Hand, es tat wenigstens nicht weh wie bei Roger Bellemarne, nein, es tat sogar gut, aber sein Blick verriet dafür nichts Gutes.

„Ich … ich habe nicht mit Ihnen gerechnet." Anna stand im Geiste am Pool, splitterfasernackt, blind wie ein Nacktmull, und er wunderte sich über zwei Whiskygläser.

„Ich lege noch ein Gedeck auf." Schnell drehte sie ihm den Rücken zu und wühlte im Schrank.

„Ich habe schon gefrühstückt!"

„Papa, aber das schmeckt sehr lustig, was Anna kocht!", verkündete Steven. „Anna ist der allermillionenbeste Koch von der ganzen Welt. Sie kocht jeden Tag unsere Leibspeise."

„Ich erwarte Sie nach dem Frühstück in meinem Büro, zu einer Unterredung." Mehr sagte der Herr Chef nicht, nickte ihr nur knapp zu und stolzierte dann mit ausladenden Schritten aus der Küche hinaus.

Anna bekam keinen einzigen Biss hinunter. Sie wusste schon, was sie in seinem Büro erwarten würde, nämlich eine gesalzene Standpauke und vermutlich ihre Kündigung. Das Rühreigelage nahm heute kein Ende. Sie musste noch ein Brot schmieren und noch eines. Dann bitte noch mal Milch nachschenken, während Steven sein Rührei im Blumentopf einbuddelte, also musste sie ihm wieder frisches auf seinen Teller füllen. Außerdem wollten die Mädchen heute unbedingt chinesische Essstäbchen ausprobieren. Das ging wunderbar mit Rührei, dauerte nur etwas länger, und Anna wurde immer zappcliger. Da spürte sie plötzlich Godfreys Hand auf ihrem Arm.

„Geh schon. Wir räumen nachher ab. Und Kopf hoch!" Er zwinkerte ihr zu. „Es geht alles okay."

Vor der Tür zu seinem Büro holte Anna tief Luft, bevor sie klopfte. Ganz tief. *Nicht so aufgeregt sein*, ermahnte sie sich. *Es ist kein Vorstellungsgespräch, sondern ein Entlassungsgespräch.*

Sein dröhnendes „Herein!" jagte ihr trotzdem einen Stich in den Magen.

Sein Büro war, anders als sie es erwartete, hell, modern und schmucklos eingerichtet, ohne den sonstigen morbiden Prunk des Hauses, nur auf Zweckdienlichkeit ausgerichtet. Da stand ein großer Schreibtisch mitten im Raum, versehen mit einem wuchtigen PC, auf dem ein noch wuchtigerer Bildschirm thronte. Die Wände waren zugestellt mit Aktenschränken, gefüllt mit sorgsam beschrifteten Ordnern. Alles erweckte ganz den Eindruck, als würde hier täglich gearbeitet.

Mr. Bendrich stand am Fenster und schaute hinaus, doch als Anna eintrat, wandte er sich langsam um. Seine Ähnlichkeit mit Arthur raubte ihr den Atem, oder war es das Wissen, dass der, den sie für Arthur gehalten hatte, eben Robert war. Er trug etwas legerere Kleidung als in Alice Springs. Eine Jeanshose anstelle des Anzuges, aber dazu ein weißes Hemd und eine locker sitzende Krawatte, trotz der Hitze. Es gab fast nichts, was ihn von Arthur unterschied, nur sein Gesichtsausdruck war sehr viel grimmiger.

„Nehmen Sie Platz!" Er zeigte auf einen Stuhl, der vor seinem Schreibtisch stand. Sie setzte sich und knabberte nervös am Fingernagel ihres Daumens, während er am Fenster stehen blieb.

„Wie ich sehe, sind Sie bekleidet." Er spitzte die Lippen ein wenig, als wüsste er nicht, ob er zynisch oder laut werden sollte. „Ich nehme Ihren Betrug nicht einfach hin. Gibt es eine plausible Erklärung, warum Sie sich diesen Job erschlichen haben?"

Sie zuckte die Schultern, weil sie wirklich keine Lust hatte, ausgerechnet mit ihm ihre Motive für ihre Flucht nach Australien zu erörtern.

„Nun? Ich warte!"

Da wartest du vergeblich, Boss! Mir fällt nämlich nichts ein.

„Wie alt sind Sie überhaupt?"

„Sechsundzwanzig!"

„Das ist ja unfassbar!", brauste er auf. Wenn er sich so aufregte, dann hatte seine Stimme einen eigenartigen, kratzigen Klang, der sich einem tief ins Ohr bohrte und seltsam heiße Schauder in Annas Nacken erzeugte.

„Und warum wollten Sie unbedingt einen Teenager für diesen Job haben?", fragte sie trotzig.

„Ich habe keinen Anlass, mit Ihnen meine Gründe zu erörtern, aber Sie haben jeden Grund, mir eine plausible Erklärung zu liefern, wenn Sie diesen Job behalten wollen!"

„Ich habe in Deutschland keine Arbeit gefunden."

„Das können Sie jemand anderem weismachen." Er lachte spöttisch und sein Adamsapfel hüpfte dabei auf und ab. Anna hatte keine Ahnung, warum sie ausgerechnet jetzt so gebannt darauf starrte, aber sie fand diesen kleinen Knorpel an seinem Hals ausgesprochen sexy.

„Eine Frau mit Ihrem Aussehen findet doch immer einen Dummkopf, der sie engagiert." Jetzt sah er sie zum ersten Mal richtig an mit seinen durchdringenden hellblauen Augen. Langsam prüfend, von oben bis unten, und Anna errötete unter diesem Prüfer-Blick natürlich bis zu den Ohren. Eigentlich brauchte er sie im Geiste gar nicht mehr auszuziehen, er hatte sich am Pool ja bereits ein ganz unverhülltes Bild von ihr machen können.

„Ich kann Sie nicht daran hindern, mich zu entlassen, wenn Ihnen meine Begründung nicht ausreicht." *Und mit solchen dummen Macho-Sprüchen bist du bei mir gerade richtig, Boss.*

„Ihre Begründung reicht mir deshalb nicht, weil sie nicht wahr ist."

Jetzt zahlst du es mir heim, dass ich dich in Broome abgewiesen habe. Ich sollte dir vielleicht mal sagen, dass du mich mit deiner Arthur-Masche ja auch verarscht hast. Ach ja, mach nur, sagte die leise Stimme der Vernunft in ihr. *Dann feuert er dich garantiert.*

„Wenn Sie es so genau wissen, dann sagen Sie mir doch, was wahr ist, Mr. Bendrich, Sir."

„Sie haben sich gedacht, dass Sie sich hier einen gut situierten Rinderzüchter angeln könnten."

Anna verdrehte nur die Augen, denn irgendwie wurde diese Schallplatte langsam langweilig.

„Eine Frau wie Sie, in dieser Gegend! Das spricht doch für sich."

„Als ich in Frankfurt ins Flugzeug stieg, wusste ich noch nicht mal genau, was diese Gegend überhaupt ist, Nord-West-Australien!"

„Eine gravierende Bildungslücke für eine Lehrerin!", bemerkte er spitzfindig.

„Kleiner Hinweis: Ich bin keine Lehrerin!" *Ha! Arthur, jetzt hast du dich endgültig verraten.*

„Noch nicht einmal das?" Oh, da war sie wieder, die kratzige Raspelstimme mit dem Gänsehauteffekt. Anna hielt unwillkürlich den Atem an, als er weitersprach.

„Aber Sie maßen sich an, die Qualitäten von Mr. Frinks beurteilen zu können. Haben Sie überhaupt etwas gelernt?"

„Nichts Brauchbares. Sagen Sie es doch einfach, wenn Sie mich feuern wollen. Dann sind wir hier fertig."

„Werden Sie nicht patzig, Miss Lennarts! Da bliebe nämlich noch die Frage, wie wir den Vorschuss und das Flugticket verrechnen!"

„Ich habe kein Geld!", fauchte sie ihn wütend an – eigentlich war ihr zum Weinen zumute, aber den Gefallen würde sie ihm nicht erweisen.

„Vielleicht haben Sie Geld, wenn Sie erst einmal mit Claude Bellemarne verheiratet sind."

„Was, Claude?" *Wie kommt er denn darauf? Ach du Scheiße, die Fitzroy-Crossing-Gerüchteküche!* „Ich wette zwanzig Dollar, dass ich weiß, was man sich in Fitzroy Crossing über Claude und mich erzählt!" Sie musste grinsen, und tatsächlich hoben sich auch seine beiden Mundwinkel gerade eben bedenklich in die Höhe, doch bevor sich das, was da auf seinem Gesicht passierte, zu einem echten Lächeln auswuchs, drehte er ihr schnell den Rücken zu.

„Und ich biete fünfundzwanzig, wenn Sie mir sagen, ob es wahr ist oder nicht", sagte er zum Fenster hin.

„Sie können die fünfundzwanzig Dollar mit dem Vorschuss verrechnen. Nichts davon ist wahr. Claude interessiert mich nicht und auch sonst niemand auf diesem verkehrten Kontinent."

„Auch ich nicht?" Er sprach immer noch mit dem Fenster.

„Sie schon gar nicht!"

„Sie werden aber kaum einen reicheren Rinderzüchter in dieser Ecke Australiens finden!"

Und du wirst kaum jemanden finden, der dir eine bessere Ohrfeige verpasst. Du kannst ja Scott Randall fragen. „Wenn es so weit ist, sind Sie der Erste, den ich in Betracht ziehe! Im Augenblick habe ich allerdings keinen Bedarf."

Jetzt drehte er sich wieder um und sah sie nachdenklich an. Dann kam er um den Schreibtisch herum, baute sich direkt vor ihr auf und begutachtete sie kritisch in ihrem Stuhl.

„Und wenn ich Sie nun auffordern würde, meine Frau zu werden?" Er klang ziemlich ernst, aber sie musste einfach schallend loslachen.

„Dann wären Sie ganz schön verrückt!" *Wenn er auch nur das Fragezeichen dieser Frage ernst meint, dann komme ich jetzt in eine schwere emotionale Krise.*

„Warum?" Er sah immer todernst aus.

„Warum? Nennen Sie mir doch einen Grund, warum ich das tun sollte!" *Außer vielleicht, dass du Arthur bist und weißt, wie heiß ich auf dich bin. Mein Gott, du bist Arthur! Boss, was soll das?*

Er legte den Kopf nachdenklich zurück und sah den Deckenventilator an. Ach, dieser Adamsapfel! Sie musste den Blick davon losreißen, senkte die Augen und starrte geradewegs auf die Gürtelschnalle seiner Jeans, äh, und auf die zwanzig Zentimeter, die sich darunter befanden. *Oh wow!* Sie kniff die Augen zu.

„Ich nenne Ihnen fünf Gründe, Miss Lennarts: Ich bin wohlhabend, gut aussehend, mit siebenunddreißig wohl noch nicht zu alt für Sie, dazu haben Sie Schulden bei mir, und ich bin bereit, Sie zu heiraten!"

Zwei wichtige Gründe fehlen, Boss: Ich liebe dich und ich begehre dich. Seltsam, warum hast du die vergessen?

„Sie denken wohl, ich fühle mich jetzt geehrt?", zischte sie ihn an und funkelte zornig zu ihm hinauf. Die fehlenden Gründe machten sie zornig. Dieser arrogante Affe! Was bildete der sich eigentlich ein? Er klang ja beinahe so, als ob er sie kaufen wollte.

„Finden Sie das Angebot nicht attraktiv?"

„Sie sind ein kalter und selbstgefälliger Sexist." Sie sprang aus dem Stuhl und prallte bei diesem Sprung beinahe gegen seinen Brustkorb, so dicht stand er vor ihr.

„Und Sie sind eine rothaarige Lügnerin!", kam es eisig von ihm.

Jetzt reicht's! Sie holte zur Ohrfeige aus, aber ihre Hand landete leider nicht in seinem Gesicht. Er fing sie mit einer schnellen Bewegung ab und hielt ihr Handgelenk fest umklammert.

„Betrug und tätliche Bedrohung! Miss Lennarts, Sie häufen ein beachtliches Sündenregister hier in Bendrich Corner auf. Aber bleiben wir sachlich. Wir sollten so schnell wie möglich alles für eine Heirat veranlassen. Da Sie Ausländerin sind, wird sich das Ganze ein wenig in die Länge ziehen, fürchte ich."

Der Mann ist verrückt. „Aber ja, Mr. Bendrich, ich habe das schon mit Godfrey geklärt, Sie müssen zumindest ein vegetarischer, pazifistischer Katholik sein."

„Mir scheint, Sie nehmen mich immer noch nicht ernst! Und ich *bin* Katholik."

Jetzt war Schluss. Sie riss ihre Hand wieder an sich und schnaubte, japste, kochte vor Frust und Wut und versuchte irgendwie cool zu klingen, als sie ihm antwortete.

„Also wenn das wirklich ernst gemeint ist, dann erlauben Sie mir auch eine ernste Frage. Warum gerade ich? Warum heiraten Sie nicht Ihre supertolle Lebensgefährtin oder sonst eine adrette, akkurate Frau, die auf Ihren Reichtum, Ihr blendendes Aussehen und Ihre sonstigen Vorzüge fliegt?"

„Der Hauptgrund ist, ich brauche eine Mutter für meine Kinder. Das ist viel schwieriger zu finden als lediglich eine attraktive Ehefrau. Es muss eine Frau sein, die meine Kinder liebt und von ihnen wiedergeliebt wird. Sie sind die Erste, die diese Voraussetzungen erfüllt."

Das ist eine Seifenoper, einhundertvierte Folge, und ich bin die Heldin. Also, was sage ich dazu? „Sie wollen heiraten, nur um eine Mutter für die Kinder zu haben?"

Die Frage war genauso dämlich, wie sie sich anhörte, aber er nickte zustimmend.

„Ich betrachte das wie ein Geschäft. Eine Haushälterin wäre vielleicht etwas billiger zu unterhalten als eine Ehefrau. Aber eine Ehe vermittelt einen stabileren Eindruck. Die Kinder würden sich dabei sicher fühlen. Sie selbst hätten rechtlich alle Kompetenzen einer Hausherrin: Erziehung, Schulprobleme, Geldangelegenheiten, was eben dazugehört. Es wäre so viel einfacher für uns. Und vor allem, die Leute behaupten sowieso schon, dass Sie meine Geliebte sind, eine Ehe würde also auch Ihrem Ruf guttun."

Anna lachte ein klein wenig hysterisch. „Was Sie da vorschlagen, klingt ein bisschen menschenverachtend, finden Sie nicht auch, Mr. Bendrich!"

„Nicht, wenn Sie in der Absicht hier sind, sich einen betuchten Ehemann zu angeln. Dann ist es ein ausgesprochen achtbares und akzeptables Angebot, finde ich, Miss Lennarts!"

„Ich bin aber nicht in dieser Absicht hier!" Sie sprach zischend durch ihre Zähne.

„Dann ist Ihre Antwort also Nein?"

„Natürlich ist sie Nein." Jetzt schrie sie und warf die Arme hilflos in die Luft. „Haben Sie auch schon mal daran gedacht, dass zur Ehe so etwas wie

Liebe gehört?"

Jetzt verdrehte er die Augen und schaute zur Decke. „Sie haben es lange ausgehalten, ohne dieses magische Wort zu erwähnen. Ich fragte mich schon, wann es endlich kommt."

Warum lasse ich mich eigentlich noch länger auf diese Diskussion ein? Warum gehe ich nicht Koffer packen? Ach, die sind ja schon gepackt. „Und Sie haben anscheinend etwas gegen dieses Wort!"

„Ich bezweifle die Bedeutung, die man ihm beimisst."

„Wie schade", sagte sie schnippisch. „Die Menschheit verdankt diesem Wort nämlich sehr viel. Die größten Kunstwerke sind aus Liebe entstanden."

„Eine Huldigung an die Liebe!", spöttelte er und breitete die Arme in gespielter Begeisterung aus. „Um die Frage unserer Heirat nicht aus den Augen zu verlieren, gebe ich Ihnen eine Bedenkzeit von vierzehn Tagen."

„Wozu?" Sie schüttelte fassungslos den Kopf.

„Denken Sie noch einmal darüber nach. Vierzehn Tage scheinen mir angemessen. Ich muss leider noch eine Geschäftsreise unternehmen, aber spätestens in zwei Wochen bin ich zurück."

Das Angebot hatte wenigstens einen positiven Aspekt, nämlich diese vierzehn Tage.

„Und während dieser Zeit? Bin ich da noch Ihre Hausangestellte?"

„Sie können hierbleiben, falls Sie das meinen. Und damit Sie mir nicht vorwerfen, ich hätte Sie zu dieser Ehe erpresst, sage ich Ihnen schon vorab, dass ich mich entschieden habe, Sie auch dann nicht zu entlassen, wenn Sie meinen Heiratsantrag ablehnen."

Und mit diesen Worten zauberte er aus seinem Schreibtisch einen Arbeitsvertrag hervor, den sie nur noch zu unterschreiben brauchte. Anna gab ein erstauntes Grunzen von sich. Der Kerl hatte nur geblufft. Das ganze Getue, von wegen fristloser Entlassung, Betrug und Ehe, war nur ein hundsgemeiner Bluff gewesen. Er hatte sie von Anfang an als Haushälterin behalten wollen.

„Das ist doch der Gipfel!", wütete sie, aber er lächelte nur.

„Was ist, Miss Lennarts? Sind Sie mit dem Vertrag nicht zufrieden? Ich habe ihn sogar auf ein Jahr befristet, wie Sie es wünschten!"

Ich sollte nicht unterschreiben, nicht nach diesem Gespräch. Aber ich tue es dennoch, jetzt erst recht. Sie griff nach dem nächstbesten Kugelschreiber, um es so schnell wie möglich hinter sich zu bringen. Aber er legte seine Hand auf ihre und hielt sie zurück. Na toll, jetzt bekam sie sogar schon eine Gänsehaut von einer einfachen Berührung.

„Unterschreiben Sie noch nicht. Ich möchte, dass Sie diese vierzehn Tage nutzen, um ernsthaft über mein Angebot nachzudenken."

„Mein Gott!", rief Anna verzweifelt. „Eine Ehe ist doch keine Alternative zu diesem Vertrag!"

„Denken Sie darüber nach!" Er nahm den Vertrag wieder und legte ihn zurück in seine Schreibtischschublade. Anna warf den Kugelschreiber auf den Tisch zurück und preschte zur Tür. *Nichts wie raus hier.*

„Einen Moment noch, Miss Lennarts."

Oh nein, lass mich jetzt endlich in Ruhe!

„Ich muss da noch etwas klarstellen."

Also gut, mich kann schon gar nichts mehr erschüttern.

„Das heikle Thema mit dem Pool klammere ich aus. Aber da sind ein paar Dinge, die Sie in Zukunft unterlassen werden: Erstens, möchte ich nicht, dass sie meine Kinder in Ihr Bett lassen, ohne dass Sie dafür ausreichend bekleidet sind."

„Ohne dass ich was bin?"

„Sie haben es sehr gut verstanden. Solange Sie Nachthemden tragen, die so durchsichtig sind wie Rauch, um einmal Stevens Worte zu gebrauchen, kommt keines meiner Kinder mehr unter Ihre Bettdecke. Verstanden?"

Stevens Worte? Oh Gott, und welche wilden Geschichten hat Steven wohl sonst noch verbreitet? „Das verstehen Sie völlig falsch!" Sie wollte eifrig das Missverständnis aufklären, aber er ließ sie gar nicht zu Wort kommen.

„Zweitens möchte ich, dass Sie meine Kinder mit ihren gottlosen Ansichten verschonen. Wir sind eine katholische Familie, irische Vorfahren, und wir wollen das auch bleiben."

„Was für gottlose Ansichten denn?" Anna bekam Herzklopfen, jetzt kamen all die arglosen Albernheiten, die sie mit den Kindern angestellt hatte, knüppeldick zurück.

„Es gäbe zu viele Beispiele, wollte ich die alle aufzählen. Beachten Sie einfach, was ich gesagt habe."

„Gibt es auch noch ein Drittens?", fragte sie kleinlaut.

„Und auch ein viertens. Sozialismus dulde ich noch weniger als Atheismus in meinem Haus. Wenn Sie meinen Kindern schon die Lehre eines Franz von Assisi vermitteln, dann wenigstens unter religiösen Aspekten. Was ich von meinem Geld an die Armen verteilen soll, das dürfen Sie getrost mir überlassen."

Was? Sozialismus? Wer hat denn jemals von Sozialismus geredet?

„Jetzt kommt viertens, das schließt sich direkt daran an."

Nein! Ich will es gar nicht wissen. Es stimmt sowieso nichts, und er lässt mich nicht mal antworten.

„Wir, hier in Australien, sind Männer, die auf eine besondere Geschichte zurückblicken. Viele von uns stammen von Sträflingen ab, die durch die englische Krone oft zu unrecht in dieses Land deportiert wurden. Was Sie hier sehen, haben wir mit der Kraft unserer eigenen Hände aufgebaut, und ich untersage Ihnen, meinen Kindern die Mär aufzuschwatzen, ein Aristokrat sei mehr wert als ein Rinderzüchter. Ist das klar?"

„Das habe ich doch niemals behauptet!", keuchte sie erschrocken.

„Über die Sauberkeit und Ordnung hier im Haus will ich lieber schweigen, hierfür reicht meine Zeit nicht aus. Das war's." Er ging zur Tür.

„Darf ich vielleicht auch noch etwas sagen?", fragte sie dumpf.

„Haben Sie denn noch etwas zu sagen?"

Allerdings, du Korinthenkacker! Nämlich, dass deine Kinder Lügner, Petzer, Voyeure und Lüstlinge sind. Aber sie sagte es nicht. Sie wusste, dass die Kinder es nicht in böser Absicht getan hatten. Sie sagte etwas ganz anderes.

„Und Sie wollen tatsächlich eine sozialistische, gottlose Nymphomanin heiraten, die das Werk der großen australischen Männer nicht zu schätzen weiß?"

„Ja, das will ich. Die Gründe sind Ihnen bekannt." Er ging jetzt zur Tür und riss sie schwungvoll auf, was eine eindeutige Aufforderung war, dass sie gehen konnte.

„Es fehlen nur zwei wichtige Gründe, Mister Rinderzüchter!", murrte sie leise und hoffte gleichzeitig, dass er sie nicht gehört hatte.

Sie war draußen, und er schloss die Tür hinter ihr. Sie wusste nicht, ob sie weinen oder sich einfach alles von der Seele lachen sollte. Aber da kamen schon die Kinder angerannt, Steven den anderen voran, und mit einem sportlichen Sprung hüpfte er direkt in Annas Arme.

„Ich war es nicht!" Anna begriff nicht ganz, was er meinte. Sie war total betäubt von dem Gespräch.

„Doch, du warst das!" Lucy kam und schlug mit beiden Fäusten auf Steven ein. Anna wehrte sie lustlos ab.

„Er hat meine Barbiepuppe ausgezogen und gefesselt." Klagte sie ihn mit vorgeschobener Unterlippe an. Das schlimmste Verbrechen, das man Lucy antun konnte, aber Anna hatte im Augenblick absolut keine Lust, schon wieder den Schiedsrichter zu spielen.

„Ich war's nicht!", verteidigte sich Steven. „Godfrey war das."

Godfrey grinste verdächtig schuldbewusst, und Anna wurde wütend. Warum musste der in seinem Alter noch Barbiepuppen ausziehen?

„Godfrey, schämst du dich nicht?" Eigentlich war sie auf den Boss wütend.

„Er hat sie gefesselt und am Ventilator aufgehängt!" Jetzt kam auch Linda angerast. Ihr Gesicht glühte hochrot vor Empörung.

„Du bist ein Sittenstrolch!" Anna war jetzt auch auf Godfrey wütend, nicht mehr nur auf seinen Vater. Diese Bendrich-Männer hatten doch alle einen Frauenkomplex.

„Wo ist die Barbie?" Sie würde ihm die Puppe um die Ohren hauen, so viel stand fest.

Lucy und Linda zerrten sie in die Küche, Steven hing immer noch Schutz suchend und schreiend an ihrem Hals und Godfrey trottete gelangweilt hinterher. Anna begann den ganzen Bendrich-Clan zu hassen.

Und da hing die Barbie, im Adamskostüm, gefesselt mit einem Wollfaden, angebunden an den Ventilator, mit dem Kopf nach unten über dem Küchentisch und rotierte über einer Schüssel mit Wasser. Eigentlich sah das ziemlich witzig aus – typisch Godfrey, aber Anna verkniff sich ein Lachen. Denn eigentlich sah das auch verdammt pervers aus – typisch Mr. Bendrich. Sie kletterte wütend auf den Tisch, riss den Faden ab und packte die Barbie an den Füßen.

„Gib sie mir!" Lucy streckte die Hand aus, aber Anna nahm die Barbie, haute sie Godfrey auf den Rücken.

„Aua!" Er kicherte und rannte zur Verandatür hinaus. Sie hinterher, die Barbie schwingend.

„Bleib stehen, du Perversling!" Anna war kaum noch wütend, aber mindestens ein Mal wollte sie ihm die Barbie auf den Kopf hauen. Er rannte zum Park hinüber und verbarrikadierte sich hinter der leeren Vogelvoliere. Er grinste sie frech durch das Gitter an. Sie funkelte kampflustig zurück. Er tänzelte um das Gitter herum, und sie tänzelte ihm hinterher, aber sie erwischte ihn einfach nicht. Hierhin, dahin.

„Los, stell dich endlich, damit ich dich hinrichten kann!" Sie lachte schon. Er stellte sich nicht, aber jetzt war sie wenigstens in Reichweite und schleuderte ihm die Barbie mit voller Wucht gegen die Brust. Er warf sich zu Boden und rief unter gespielten Schmerzen:

„Au und Oh!"

Anna setzte sich auf ihn, presste seine Hände auf den Boden. Es war, wie wenn sie früher mit Simone unbeschwert herumgetollt hatte.

„Und? Wirst du ihn heiraten?", fragte er plötzlich. Die ganze Unbeschwertheit fiel von ihr ab und hilflose Frustration drückte tonnenschwer auf sie hinunter. Sie wälzte sich mit einem ärgerlichen Schnauben von Godfrey herunter und blieb im Gras neben ihm liegen. Sie sagte gar nichts. Aber vor ihren Augen sah sie das Gesicht von Mr. Bendrich. Schön, männlich und doch eiskalt. Godfrey kitzelte sie mit dem langen Blondhaar von der Barbie an der Nase.

„Na, was ist?"

Sie schlug die Puppe weg. Sie hasste Blondinen. Sie hasste Männer.

„He, du bist doch deswegen nicht sauer?" Er meinte seinen Streich mit der Barbie. Sie meinte seinen Vater, sprang hastig auf die Beine und lief davon.

„Ich gehe Wäsche bügeln." Mit mindestens zwei Brandflecken in jedem Hemd vom Boss. Sie trabte über den Hof zum Waschhäuschen. Ihr Blick suchte das Fenster von seinem Büro. Er hatte den Vorhang aufgezogen und schaute heraus, zu Godfrey hinüber, der noch mit der Barbie auf der Erde saß. Sie betrat das Wellblechhäuschen mit dem festen Vorsatz, die gesamte Wäsche gründlich zu ruinieren. Aber eigentlich war von seinen Sachen gar nichts dabei. Wahrscheinlich kümmerte sich seine Superlady Mrs. Warren darum, zumindest bis sie davon erfuhr, dass ihr feiner Bob einer anderen Frau einen Heiratsantrag gemacht hatte.

Oder hatte er ihr auch einen Antrag gemacht, und sie hatte es vermutlich klug und von oben herab abgelehnt, hier draußen zu leben und sich um seine verzogenen Bälger zu kümmern. Das würde zumindest seine Verrücktheit erklären.

Die Wäsche musste alles büßen. Das Bügeleisen knallte gnadenlos auf den Stoff hinunter. Aber leider nahm sie keinen Schaden dabei. Anna war wütend und geistesabwesend, und komischerweise ging ihr da alles sehr viel einfacher und unkomplizierter von der Hand.

Sie spielte das Gespräch hundertmal in ihren Gedanken durch, und je mehr sie darüber nachdachte, desto wütender wurde sie. Kein Wort von Liebe oder Lust. Er hatte ihr im Grunde ein Angebot gemacht, sie als Ersatzmutter zu kaufen. Aber was war mit dem Arthur, den er ihr vorgespielt hatte? In Broome am Strand, da hatte er sie begehrt. Daran gab es ja wohl keinen Zweifel. Auch wenn er nichts davon in dem Gespräch erwähnt hatte, sie war sich sicher, dass er auch Sex wollte.

Ha! Er hat doch tatsächlich vergessen, Heiratsgrund Nummer sechs zu erwähnen. Sex mit ihm, dem schönsten, männlichsten, verführerischsten Mann in ganz Aussieland, jeden Tag. Das wäre doch der Wahnsinn! Sie hörte, wie ihr Körper sich einmischte. Der sagte ganz begierig: *Oh ja, weißt du nicht mehr, wie er dich angefasst hat in Broome? Hast du gesehen, wie gut seine Hose gefüllt ist?*

Sie versuchte diesen triebhaften Teil ihres Ichs zum Schweigen zu bringen, indem sie das Bügeleisen noch wilder schwang. Aber ihr Körper schwieg nicht, er begann zu schmerzen: *Er will dich sogar heiraten. Was wünschst du dir denn noch mehr? Du hast doch selbst in Broome zu ihm gesagt: klare, dauerhafte Beziehungen. Also ich hätte gerne dauerhafte Beziehungen, in denen ich jeden Tag gründlich gevö… na, du weißt schon.*

„Aber ich nicht. Ich lasse mich nicht kaufen. Ich brauche Liebe!", murrte sie laut gegen ihren Körper an, packte den fertigen Wäschekorb und trug ihn hinüber zum Haus.

Was gab es heute zu essen? Wieder Spaghetti? Das wäre bestimmt seine Nummer fünf der Rüge, wenn er wüsste, wie einfallslos der Speiseplan seiner Kinder aussah! Vielleicht sollte sie zur Feier des Tages einmal etwas aus diesem verzwickten Kochbuch „Dinner für festliche Anlässe" probieren.

Sie blätterte ratlos in dem Buch herum. Ha, da! Sie lachte: „Rinderfilet nach Art des Chefs". Na bestens, daran sollte er ersticken. Es gab kein Zögern mehr. Rindfleisch war genug in der Kühltruhe. Champignons, Tomaten, Rotwein, Zwiebeln, alles vorhanden. Sie würde sich anstrengen und ganz viel Pfeffer dazumachen. Zumindest auf sein Stück.

Wo waren eigentlich die Kinder? Sonst drängelten sie sich doch immer in die Küche, wenn Anna ihre Kochvorstellungen gab. Das Filet war bereits kräftig gepfeffert, da kam Steven herein.

„Wir fliegen mit Papa nach Fitzroy. Hooray!" Schon war er wieder weg. Sie schaute aus dem Küchenfenster, sah die Kinder in seinen Geländewagen klettern und davonbrausen.

Na fein, wenigstens hat er mir rechtzeitig Bescheid gegeben, dass er nicht an meinem Filet ersticken möchte. Sie stellte das Fleisch in den Kühlschrank. Vielleicht heute Abend. So hatte sie wenigstens etwas Ruhe. Seit über zwei Wochen war das der erste Nachmittag, den sie für sich alleine hatte. Wie wundervoll!

Sie zog sich sogar um: die Marlene-Dietrich-Hose von Frau Mitschele. Das Haus war furchtbar leer. Die Kinder fehlten ihr. Komisch, dabei hatte sie geglaubt, dass der Lärm ihr auf die Nerven gehen würde, besonders die notorische Herumzankerei. Sie holte sich ihr neues Fachbuch, das sie in Lübeck gekauft hatte. Der Verfasser war Volker Menrad, aber die eigentliche Arbeit dafür hatte sie gemacht. Natürlich ohne dass ihr Name in dem Buch erwähnt wurde. Eigentlich eine Dummheit, dass sie für das Buch auch noch achtzig Mark bezahlt hatte.

Sie setzte sich auf die Terrasse, wenigstens konnte sie draußen in der Sonne sein. Sie wollte nicht wieder bleich werden. Nie wieder. Auch wenn es draußen unerträglich heiß war. Eigentlich war das keine Weltgegend, in der man sich mal zum Sonnen auf die Terrasse legen konnte. Sie las nur drei Seiten von Menrads Buch. Was für ein langweiliger Quatsch, und der stammte auch noch von ihr selbst, oder war das Volkers Schreibstil? „… *nicht selten lässt sich der Teufel in der frühmittelalterlichen Dichtung auffassen als Parodie des wahren Gottes, als linke und verkehrte Seite. Dies wirft die Frage auf: quare creavit deus …*" Bäh! Sie drehte das Buch um und ließ es auf ihren Knien liegen. *So was habe ich früher wirklich geschrieben?* Sie schloss die Augen und ließ sich die Sonne ein wenig auf die Augenlider brennen, und dabei schlief sie ein. Sie träumte von Arthur Bendrich oder von Robert …

„Sie sollten aufpassen, dass Sie keinen Sonnenbrand bekommen, Miss Lennarts!", hörte sie plötzlich seine Stimme und schreckte mit einem Japsen aus dem Schlaf auf. „Die Sonne hier unten ist aggressiv und schädlich. Besonders für die Haut von einem Bluey wie Sie."

„Bluey?"

„Rothaarige. Sie müssen sich unbedingt einen Hut zulegen."

Sie hatte ganz vergessen, wo sie war. Ach ja, auf der Terrasse, ein Buch auf den Knien. Wollte er nicht mit seinen Kindern nach Fitzroy Crossing fliegen? Wie spät war es überhaupt? Die Kinder tobten im Pool, und er stand hinter Anna und schaute über ihre Schultern.

„Träumen Sie etwa von meinem Heiratsantrag oder von … Was lesen Sie da?" Er beugte sich weit über sie, um den Titel ihres Buches lesen zu können. Sie spürte, wie seine Wange ihren Haarschopf berührte.

„Sprachliche Studien zur Sozialpsychologie frühmittelalterlicher Gesellschaften." Er lachte herzhaft über den Titel ihres Schmökers. Ein tiefes rumpelndes Lachen, halb verächtlich, halb amüsiert. „Sagen Sie bloß, Sie verstehen, was Sie da lesen."

„Inzwischen nicht mehr." Sie war noch etwas benommen vom Schlaf und von der Hitze, die ihr irgendwie das Gehirn ausgedörrt hatte, aber in diesem Augenblick kam Lucy oder Linda pitschnass dahergelaufen.

„Komm zu uns ins Wasser, Anna!", rief sie aufgeregt und spritzte überall Wasser in alle Richtungen.

Anna schüttelte den Kopf. Das Pool-Thema würde ihr wohl ewig nachhängen.

„Ich habe doch keinen Badeanzug, und dein Vater mag nackt badende Frauen leider gar nicht." Vielleicht half ja etwas Selbstironie gegen die peinliche Stille und die brennende Scham in ihrem Gesicht.

„Nehmen Sie einen der zwanzig Badeanzüge meiner Exfrau. Die sind zwar nicht mehr modisch und vermutlich auch ein wenig zu groß für Sie, aber ihren Zweck dürften sie erfüllen!"

„Kommst du auch mit ins Wasser, Papa?"

Nein, er musste noch arbeiten. Und schon verschwand er wieder im Haus. Anna hatte keine Lust, durchs Haus zu stöbern und ausgeleierte Badeanzüge seiner Exfrau zu suchen. Also blieb sie im Liegestuhl sitzen und schaute den Kindern zu.

Mit hämischer Vorfreude und einem ganz gemeinen Sonnenbrand auf den Wangen und der Nase, machte sie sich daran, das Dinner zuzubereiten: Filets nach Art des Chefs.

Sie nahm „die Hälfte der Butter", aber die Filets schwammen trotzdem im Fett, dann 10 cl Rotwein, damit waren vermutlich Gläser gemeint. Danach schwammen sie in einer Flasche Rotwein. Es roch schon ziemlich alkoholisch, und sie merkte, dass sie irgendetwas falsch dosiert hatte. Die Zwiebeln dazu. Vorher glasig werden lassen. Sie lagen jetzt schon eine ganze Weile geschnitten auf dem Teller und sahen immer noch nicht glasiger aus. Aber besser so als angebrannt. Die Knoblauchzehen dazu. Die Schale war etwas hart, aber die würde bestimmt noch weich kochen, die Champignons hineinwerfen, das war eigentlich ganz einfach. Etwas von der Soße schüttete sie in den Abfluss, das war einfach zu viel Flüssigkeit, aber die Hauptsache war, dass sein Filet scharf genug wäre. Vielleicht ein paar Sandwiches dazu? Sandwiches passten doch immer. Fertig.

Der Tisch wurde im Esszimmer gedeckt. Sie brauchte nur noch alle zum Essen zu bitten. Die Kinder begutachteten ihr Menü ziemlich argwöhnisch. Keine Spaghetti, keine Pommes, keine Kartoffeln? Zum Glück hatten sie mit Papa schon im River Inn gegessen. Trotzdem, es gab kein Pardon: Jetzt wurde Dinner gegessen, und der Chef durfte auf keinen Fall fehlen, schließlich war das Menü ja ihm gewidmet.

Sie suchte ihn in seinem Büro. Das war leer. Im Billardzimmer war er auch nicht und auch nicht in der Bibliothek. Vielleicht war er in seinem Schlafzimmer? Aber sollte sie die Höhle des Löwen betreten? Sie musste es wagen, gerade zum Trotz. Dieses Schlafzimmer bedeutete ihr nicht mehr oder nicht weniger als das von Steven oder Godfrey. Ha! Alles, was sie davon abhalten könnte, in sein Schlafzimmer zu gehen, war mit ihrem Körper bereits besprochen und geklärt. Also raffte sie sich auf, stieg die Treppe hoch und klopfte vorsichtig an seine Tür.

„Mr. Bendrich, sind Sie da?"

Ein dumpfes „Ja!" kam von drinnen und nach einiger Zeit: „Treten Sie ein!"

„Kann ich Sie bitte mal kurz sprechen?"

„Ja, kommen Sie herein!"

Langsam öffnete sie die Tür. Er lag auf dem Bett und las eine Zeitung, und Anna wäre vor Schreck beinahe wieder rückwärts aus dem Zimmer getorkelt. Er hatte seine Krawatte ausgezogen und sein weißes Hemd aufgeknöpft und darunter …

Oh bloody hell!

Ein nackter, goldbrauner Oberkörper! Sein Brustkorb war so breit und muskulös wie der eines Bauarbeiters. Jeder einzelne Muskelstrang zeichnete sich deutlich ab, bis hinunter zum Gürtel seiner Hose waren nichts als perfekt definierte Muskeln, wie man sie eigentlich nur bei Bodybuildern antraf, vorausgesetzt man hatte je die Gelegenheit, einen Bodybuilder nackt zu bewundern. Volker Menrad war über 20 Jahre älter als Anna gewesen und dazu ein Gelehrter. Entsprechend alt und untrainiert hatte auch sein Körper ausgesehen, mit einem leichten Hang zum Übergewicht. Aber Anna war das nie wichtig gewesen, Volkers Intellekt hatte sie gereizt und sein Charme, nicht sein Körper. Das war völlig unwichtig bei einem Mann. Zumindest hatte sie sich das bis gerade eben eingebildet, denn im Augenblick war sie so gebannt, dass sie kaum Luft bekam vor lauter Oberkörper-Anstarren.

Oh! Bloody! Hell!

Annas Augen klebten an dem schwarzen Haar, das sich dünn über seine Brust ausbreitete, sich über seinen gerippten Bauch hinunter verjüngte und dann ab seinem Gürtel beinahe wie ein Wegweiser zum Glück in seiner Hose verschwand.

Heiliges! Kanonenrohr!

Sie musste sofort aufhören, auf diese Hose zu starren, auch wenn es so aussah, als würde sich da drin ein ziemlich großes Langschwert versteckt halten. Halb schlafend und halb wach. Sie schluckte laut und riss ihre Augen los von dem kleinen Hügel in seiner Hose und zwang sich, in sein Gesicht zu schauen. Aber sein verflixter Dreitagebart war nicht dazu angetan, ihr dämliches Starren und ihr inneres Zittern zu beenden. Er sah damit so verwegen aus und unwiderstehlich. Er war wirklich ein keltischer Krieger.

Annas Mund fühlte sich plötzlich staubtrocken an, während ihr Herz in ihrer Brust galoppierte und heiße Wallungen quer durch ihren ganzen Körper jagte. Sie leckte nervös über ihre trockenen Lippen, presste ihre Beine zusammen. Ihr Atem ging in kurzen, heftigen Stößen und alles in allem war ihre mannstolle Reaktion auf ihn einfach nur fürchterlich peinlich – fast genauso peinlich wie nackt baden im Pool.

„Verwegen … äh … Verzeihung, Mr. Bendrich." Sie räusperte sich und holte noch ein paarmal nach Luft, bevor sie weitersprechen konnte. „Ich … wollte Sie … äh … bitten, heute Abend am Dinner teilzunehmen!"

Er hatte sich bei ihrem Eintreten ein wenig aufgerichtet, was nur dazu geführt hatte, dass seine Bauchmuskulatur noch stärker zur Geltung gekommen war. Jetzt lehnte er sich wieder in sein Kissen zurück, verschränkte die Arme hinter seinem Kopf – na klar, damit sie auch gleich noch das Muskelspiel seiner Oberarme bewundern konnte, was sie leider auch tat, mit gierigen Augen.

„Ich habe schon gegessen, danke für die Einladung."

„Es war eigentlich keine Einladung, sondern ein dringender Wunsch."

„Warum?" Er klang eiskalt und sehr abweisend, und ihr dummes Sabbern wich endlich einer gewissen Ernüchterung.

„Weil … weil es für die Kinder wichtig ist. Sie können Ihnen damit ein wenig das Gefühl eines intakten Familienlebens vermitteln!" Das dachte sie auch ehrlich in dem Moment. Das Filet war nachrangig.

„Warum soll ich etwas vorspielen, was es in Wirklichkeit nicht gibt, Miss Lennarts? Wir sechs sind keine Familie, und Sie selbst haben es heute Morgen abgelehnt, mit uns eine Familie zu werden. Soll ich mich da unten an den Tisch setzen und einen liebenden Vater heucheln? Sollen wir beide Elternrolle spielen für diese Kinder? Und in einem Jahr, wenn Ihr Arbeitsvertrag abgelaufen ist und Sie nach Europa zurückgehen, ist das Familienleben dann auch abgelaufen."

„Mr. Bendrich, Sie …"

„Nein, Sie hören jetzt zu!" Er richtete sich wieder in seinem Bett auf. „Sie möchten hier ein Arbeitsverhältnis haben, aber Sie behandeln die Kinder nicht wie eine Angestellte ihre Arbeit behandelt. Sie spielen bereits die perfekte Mutter. Aber Sie tun das nur ein Jahr lang, und dann gehen Sie wieder zurück und hier lassen sie vier Waisenkinder zurück, und zwar Kinder, die dann zum x-ten Mal verwaist sind, denen zum x-ten Mal das Herz gebrochen wird, weil wieder einmal eine Mutter sie verlässt."

Anna war schockiert über seinen scharfen, wütenden Tonfall, aber noch mehr schockiert war sie über die Wahrheit seiner Worte.

„Wollten Sie deshalb ein junges Mädchen haben?", hörte sie sich dumpf fragen. Sie fühlte sich plötzlich so dämlich und unwillkommen.

„Das war ein wesentlicher Grund, ja. Ein Mädchen, das zwar schon Frau genug ist, um einen großen Haushalt zu betreuen, aber immer noch so viel Kind, um nicht von anderen Kindern in eine Mutterrolle gedrängt zu werden. Und dieses Mädchen sollte nach Möglichkeit auch wenig englisch sprechen, damit es überhaupt keine so intensive Beziehung zu meinen Kindern aufbauen kann. Es gibt nichts Schlimmeres als den Schmerz und die Verlorenheit, die ein Kind erfährt, wenn seine Liebe verraten und es verlassen wird, nicht wahr? Ich wollte eine Haushaltshilfe engagieren und habe stattdessen eine perfekte Ersatzmutter erhalten."

Anna versuchte zu lächeln, aber eigentlich war ihr jetzt gerade richtig schlecht.

„Ein erstes Mal haben meine Kinder diese Enttäuschung schon in ihrer vollen Schmerzhaftigkeit hinter sich. Und Godfrey wird es wahrscheinlich niemals ganz verwinden. Beim zweiten Mal, als Miss Banes uns verlassen hat, war es nicht so schlimm, aber es war immerhin schlimm genug, dass Steven wieder anfing, Nacht für Nacht in sein Bett zu machen. Und ich habe mir geschworen, es wird kein drittes Mal geben, Miss Lennarts. Aber mein Plan ist offenbar gründlich gescheitert. Nun sind Sie schon da, in meinem Haus, und meine Kinder sind von Ihnen bereits so angetan, dass ich es nicht einmal wagen kann, Sie zu entlassen, ohne sie in tiefes Unglück zu stürzen. Also habe ich mich dazu durchgerungen und das Einzige getan, was mir noch sinnvoll erschien, nämlich Sie um eine Ehe gebeten. Sie dürfen mir glauben, dass mir diese Entscheidung keinesfalls leichtfiel. Immerhin bin ich weder in Sie verliebt noch verspüre ich große Lust auf eine Ehe."

Anna starrte ihn mit aufgerissenem Mund an. In ihrem Kopf begann sich langsam alles zu drehen. Es war so peinlich, so beschämend. Sie war plötzlich die Böse und er der Gute, der große aufopferungsvolle Vater und sie die hinterhältige Betrügerin, Einschleimerin, Kinder-im-Stich-Lasserin.

„Noch haben Sie Bedenkzeit! Aber die Wahrscheinlichkeit, dass Sie meinen Antrag ablehnen werden, ist groß, oder?"

Anna schaute ihn nur verdutzt an und konnte nicht antworten, also sprach er weiter.

„Für mich hat das zur Folge, dass ich mir heute schon überlegen muss, wie ich den Schaden für meine Kinder so gering wie möglich halte, wenn Sie, Miss Lennarts, wieder von hier davonflattern. Und deshalb werde ich auch keine Familienidylle mit Ihnen zusammen vorspielen, sondern alles vermeiden, was bei den Kindern unbegründete Hoffnungen auf eine Besserung ihrer Lage weckt. Haben Sie mich verstanden?"

Sie nickte und in ihrem Kopf drehte sich das Mühlrad der Ratlosigkeit langsam, langsam. Er hatte in allem, was er sagte, recht, und sie richtete mit ihren guten Absichten nur Schaden an. Wie würde sie den Kindern jemals Lebewohl sagen können, ohne sich wie eine Verräterin zu fühlen? Aber wer dachte schon in den ersten zwei Wochen an den Abschied? Nur Mr. Bendrich, der das Leid in den Augen seiner Kinder schon oft gesehen hatte, zu oft! Sie hatte ihm so unrecht getan, hatte ihn für einen selbstsüchtigen, kalten Unmenschen gehalten.

„Oh Gott, es … es tut mir leid!" Albern und nutzlos dieses Gerede! Langsam schlich sie zur Tür hinaus, und ihr war speiübel.

DEN Kindern schmeckte das Essen nicht, und Anna schmeckte es schon gar nicht. Sie starrte nur auf das Chef-Filet und dachte an ihn, den Kelten.

Wie konnte ein Mensch an einem einzigen Tag so viele Gesichter annehmen? War er nun ein liebender, aufopfernder Vater oder ein kühler gefühlloser Geschäftsmann? Jedenfalls war ihr nun der Sinn seines Heiratsantrages wenigstens klar. Er wollte eine Abmachung aus Liebe zu seinen Kindern treffen. Er konnte also lieben, wenigstens seine Kinder – und die waren ja noch nicht mal alle seine Kinder.

War es moralisch nicht verwerflich, wenn sie seinen Heiratsantrag ablehnte? Lud sie sich dann nicht die Schuld am Unglück der Kinder auf? Warum ausgerechnet sie? Oder hatte er ihre Vorgängerin, Miss Banes, auch so unerhört bedrängt? Aber niemand konnte doch von ihr so ein Opfer verlangen! Sie war nur eine Angestellte, eine Fremde, eine Ausländerin. Was gingen sie die familiären Probleme von Mr. Bendrich an? Sein Vorschlag war moralisch ebenso verwerflich. Er hätte längst eine Frau suchen und wieder heiraten können, dann hätten seine Kinder eine Mutter, eine richtige.

Nein, solange er nicht von Liebe zu ihr sprach, hatte sie sich nichts vorzuwerfen.

„Anna! Du hörst ja überhaupt nicht zu!" Stevens beleidigte Stimme holte ihre Gedanken zurück an den Tisch. „Ich mag diese Pampe nicht essen, du sollst etwas anderes kochen."

Sie schaute immer noch abwesend in die Runde. Sie musste es den Kindern sagen und sie von vornherein darauf vorbereiten, dass sie nicht ewig hier sein würde, und dann, wenn der Tage X kam, wäre es nicht so hart für sie.

„Ich habe von eurem Vater heute Morgen einen Arbeitsvertrag erhalten. Er ist befristet. Das heißt, in einem Jahr werde ich nach Europa zurückkehren."

Sie hörte irgendwo eine Gabel klirren. Sie glaubte, es war Godfreys Gabel, aber sie brachte es nicht über sich, aufzublicken und ihm in die Augen zu schauen. Steven gab seine Enttäuschung deutlicher von sich. „Nein, du sollst für immer und ewig bei uns bleiben!"

„Warum heiratest du ihn nicht?", rief Godfrey wütend, als wäre das wirklich die Lösung aller Probleme, und sie wäre nur zu dumm, um es zu kapieren.

„Weil ich es nicht will, Godfrey!" Jetzt musste sie ihn ansehen, und sein verzweifelter Gesichtsausdruck tat ihr unendlich weh.

„Ich habe mich von Anfang an nur für ein Jahr beworben. Ich bin keine berufsmäßige Haushälterin. Ich habe einen anderen Beruf und viele Jahre dafür studiert. Wenn ich wieder zu Hause bin, dann möchte ich diesen Beruf endlich ausüben!"

„Aber du kannst doch auch hier deinen Beruf ausüben!", rief Lucy eifrig.

„Ich bin Archäologin, Altphilologin, ich … aber …" Ach, sie würden es doch nicht verstehen. „Es geht eben nicht, und das hier ist auch nicht meine Heimat." Aber Tübingen und Vievhusen waren ganz bestimmt auch nicht ihre Heimat.

„Aber wenn du Papa heiratest, dann wirst du eingebürgert!" Linda hatte jetzt Tränen in den Augen.

„Würdest du denn in deinem Beruf mehr Geld verdienen als hier bei Papa?", fragte Mr. Bendrich Junior ganz hinterhältig.

Ach, wenn es doch nur um das Geld ginge. Geld war mir nie wichtig. Ich habe nie welches. „Wenn ich einmal eine Stelle finde, werde ich sicherlich mehr verdienen. Aber darauf kommt es mir gar nicht an. Ich liebe meinen Beruf."

„Aber du liebst mich doch viel mehr!", rief Steven treuherzig.

„Das kann man nicht vergleichen, Steven!"

„Warum nicht?", zischte Godfrey sie an.

Ja, warum eigentlich nicht? „Siehst du, mein Beruf ist mein Lebenstraum. Seit ich denken kann, habe ich dafür geschuftet, Archäologin zu werden. Bis ich euch kennengelernt habe, gab es für mich nichts Wichtigeres und Schöneres." *Aber jetzt? Jetzt ist alles so relativ geworden.*

Trotzdem! „Ich möchte meinen Beruf ausüben …" Nun traten auch in ihre Augen Tränen. Warum war das nur so schwer? „Es tut mir so leid!" Was sollte sie denn sonst sagen?

Godfrey sprang auf und sein Stuhl kippte um.

„Du bist gleich wie all die anderen Weiber auch. Warum bist du nicht dort geblieben, wo du hergekommen bist?" Er rannte aus dem Zimmer, und Anna sprang ebenfalls auf, weil sie ihm unbedingt hinterher musste und ihm mit Ruhe und Vernunft ihre Lage erklären musste. Das Telefon klingelte. Das war unwichtig. Godfrey rannte die Treppe hinauf, sie ihm hinterher. Er stürmte in das Zimmer seines Vaters und schlug die Tür mit einem ohrenbetäubenden Rums vor ihrer Nase zu: Sackgasse. Verdammt.

Sie blieb unschlüssig stehen und ärgerte sich über das notorische Telefonläuten. Sie konnte Godfrey ja schlecht aus dem Schlafzimmer seines Vaters herauszerren. Sie ging also wieder hinunter und vernahm aus dem Hörer Mrs. Bellemarnes Westernstimme. Es gab eine Einladung, für morgen, nach Bellemarne Creek, wenn Bob schon mal zu Hause war, mit der ganzen Familie, und Anna war natürlich auch eingeladen.

„Ich werde es Mr. Bendrich ausrichten." Das war eine Familienidylle, an der er bestimmt nicht mitwirken wollte, nach allem, was sie inzwischen wusste. Aber so hatte sie wenigstens einen Vorwand, nochmals an seine Tür zu klopfen und nach Godfrey zu sehen.

Godfrey saß bei ihm auf dem Bett, und sie tranken zusammen – Anna traute ihren Augen kaum – Whisky. Die beiden wirkten vertraut und innig in dem Moment, und Anna dachte unwillkürlich an Scott Randall, den anderen, den richtigen Vater von Godfrey. Wie schaffte es der Boss, das einfach zu ignorieren?

Mr. Bendrich nickte erfreut, als Anna ihm die Einladung der Bellemarnes übermittelte. Anscheinend wollte er doch an der Familienidylle bei den Bellemarnes mitwirken. Godfrey starrte einfach durch Anna hindurch. Sie war Luft für ihn.

AM anderen Morgen frühstückte sie mit Steven und den Mädchen. Godfrey und Mr. Bendrich waren nicht da. Aber gerade als das Frühstück beendet war, fuhren die beiden mit dem Geländewagen vor, um den Rest der „Familie" einzuladen für den Besuch bei den Bellemarnes. Anna zwängte sich hinten zwischen die Mädchen, Steven nahm sie auf ihren Schoß.

„Warum fliegen wir nicht?", fragte sie, aber keiner antwortete ihr. Offenbar war diese Frage so dämlich, dass man sie schlicht ignorieren konnte. Sie fuhren über eine Stunde in Richtung Süden. Es wurde immer staubiger und die Gegend immer karger, je weiter sie den Fitzroy mit seinen Schluchten und wildüberwucherten Flussauen und Billabongs hinter sich ließen. Anna dachte schon, sie würden niemals ankommen, als endlich eine Oase von hohen Bäumen und dunkelgrünem Gebüsch in der Ferne auftauchte.

Die Station der Bellemarnes war endlich so, wie Anna sich eine australische Rinderfarm vorgestellt hatte: wie eine Ranch mitten in Arizona, nur dass die Umgebung noch wilder und unberührter war. Ein schlichtes, braun gestrichenes zweigeschossiges Holzgebäude mit einer schönen Veranda, nicht sehr groß und auch nicht sehr ordentlich. Darum herum standen einige Wellblechschuppen, ein blechernes Windrad, das an einem eisernen Mast befestigt war und sich mit langsamen Knarzgeräuschen im Wind drehte. Ein kleiner Swimmingpool lag unter dem Schatten von ein paar Akazien, aber es gab keinen Park, sondern nur einen gewöhnlichen Garten mit einigen spärlichen Bäumen und etwas Gemüse – und keine tropischen Blumenbeete, exotisch blühende Sträucher oder Vogelvolieren, dafür eine Million mal mehr Fliegen als in Bendrich Corner.

Trotzdem, Anna fühlte sich hier richtig wohl. Alles wirkte ungezwungen und auch ein bisschen schlampig, richtig heimelig.

Die Bellemarnes machten ein „Barbie". Die Kinder tobten im Freien herum und Roger briet ein paar gigantische T-Bone-Steaks auf dem Grill, und natürlich Würstchen und noch mehr Steaks, als hätte er eine ganze Kompanie eingeladen, dazu Kartoffeln in Folie und Maiskolben. Die Männer und Godfrey standen um den Grill herum, tranken halb gefrorenes Bier und unterhielten sich über das Wetter, die Rinderzucht, Politik und vor allem über Sport. Der gigantische Hund der Bellemarnes, mit dem Namen Swagman, lag auf der Veranda und döste in der Sonne.

Kristina zeigte Anna das Haus und den Gemüsegarten und fing dann zwischen Kartoffeln und Tomaten ebenfalls an, über das Wetter und über eine Sportart, genannt Kricket, zu philosophieren. Die drei Kleinen zankten sich irgendwo geräuschvoll, und Anna war froh, eine Ausrede zu haben, um sich von Kristinas Wetterdurchsagen loseisen zu können: Dieses Jahr würde die „Wet" schon sehr früh einsetzen. Sie spürte es an ihren Knochen, in der Hüfte hauptsächlich. Und was die Zyklone anbelangte …

Anna rannte hinüber zu den Wellblechschuppen, wo die beiden

Mädchen Steven gerade in der Mangel hatten. Sie warf sich mitten in das Kampfgetümmel, zerrte Lucy von Steven herunter, nur um von Linda hinterrücks angefallen zu werden, und schon wurde sie zum vierten Kriegsteilnehmer. Am Schluss wusste keiner mehr, wer gegen wen kämpfte. Swagman erwachte aus seinem Mittagsschlaf und wusste auf jeden Fall, dass er mitspielen wollte. Er sprang bellend dazu, wedelte mit dem Schwanz und stürzte sich auf den Berg von Kindern, unter denen Anna begraben lag. Die Mädchen stoben kreischend auseinander, also konzentrierte sich Swagman eben auf Anna. Er bellte sie fröhlich an und beschnüffelte sie und leckte ihr Gesicht ab. Steven fand das ausgesprochen lustig, und er feuerte Swagman kräftig an, indem er ihn am Schwanz zog. Anna rief erbärmlich um Hilfe.

Roger schrie lauthals vom Grill herüber: „Swagman! Aus!", und Mr. Bendrich schrie noch lauter: „Steven! Aus!"

Beide hörten sofort mit dem Unfug auf. Anna stand, schwer gebeutelt, auf und klopfte den Staub von den Kleidern. *Irgendetwas mache ich falsch bei den Kindern*, dachte sie und bestaunte Steven, der plötzlich ganz gehorsam ihre Hand ergriff, seinen Daumen in den Mund steckte und so tat, als könne er kein Wässerchen trüben.

„Kommt rüber, das Fleisch ist fertig!", lud Roger dann alle ein.

Der Hund war wirklich gut erzogen. Er rannte als Erster los und setzte sich mit großen Augen dicht an den Grill. Er bekam leider nichts von dem Fleisch ab, aber er schien Anna ins Herz geschlossen zu haben. Als sie sich an den Tisch setzte, legte er seine Schnauze auf ihren Schenkel und blinzelte immer wieder verstohlen zu ihr hinauf. Er konnte wirklich sehr lieb gucken. Irgendwie schaffte er es, dass Anna ihr Steak gerecht mit ihm teilte. Die andere Hälfte bekam Steven. Der konnte mindestens genauso lieb gucken, und er war zudem der Ansicht, dass Annas Steak viel besser schmeckte als sein eigenes.

Das Wetter und der Sport waren auch bei Tisch die beherrschenden Themen. Anna beobachtete Godfrey und versuchte krampfhaft, wenigstens ein Mal seinen Blick aufzufangen, ihm ein aufmunterndes Lächeln zu schenken, irgendwie mit ihm wieder in Kontakt zu kommen, aber er ignorierte sie und antwortete nicht einmal, wenn sie ihn ansprach, und wenn sich ihre Blicke rein zufällig doch mal streiften, dann schaute er demonstrativ zur Seite.

„Sie sind 'n echter Knüller, Ann!" Kristina wechselte plötzlich das Thema. „Wie Sie mit den Kindern umgehen, weiß der Teufel. Die sind ja richtig glücklich! Nicht wiederzuerkennen. Ganz Fitzroy Crossing spricht davon."

Und bestimmt sprechen sie auch davon, dass ich mit dem Boss und mit Claude schlafe.

Aber das sparte Kristina rücksichtsvoll aus. Dafür sparte sie Scott Randall nicht aus. Na, wenigstens sprach sie flüsternd weiter, um das Gespräch der Männer nicht zu stören.

„Wie Sie Randall vor die Tür gesetzt haben, alle Achtung! Die ganze Gegend schwirrt wie 'n Wespennest. Er traut sich nicht mehr aus dem Haus. Sein Gesicht ist geschwollen. Wusste gar nicht, dass in Ihren dürren Armen so viel Zunder steckt."

„Ma!", knurrte Roger. „Das ist kein Thema hier!" Er zeigte mit dem Kopf auf die Kinder.

„Nein, Kristina!" Mr. Bendrichs Gesicht schaltete von sonnigem Lächeln auf Gewitterfront um. „Erzähl weiter. Davon habe ich noch nichts gehört. Hat er sich etwa in mein Haus gewagt?"

Jetzt war es Mrs. Bellemarne sichtlich peinlich, dass sie dieses Thema angeschnitten hatte, und sie zündete sich hektisch eine Zigarette an.

„Ich dachte, Ann hätte dir das längst erzählt."

Ich werde mich hüten, dem Boss noch mehr von meinen Eskapaden zu erzählen. Das wäre dann die Nummer sechs der Kritik.

„Ach, das war doch unwichtig!", murmelte Anna und senkte den Blick.

„Unwichtig?" Claude lachte die Spannung weg. „Sie haben Scott Randall geohrfeigt!"

Er hat mich eine Zuchtstute genannt, das Wildschwein. Aber obwohl sie sich im Recht fühlte, hatte sie nicht den Mumm, aufzublicken und Mr. Bendrich anzusehen. Stattdessen flirtete sie mit Swagman, der mit traurigen Augen zurückflirtete, weil er immer noch auf Nachschub hoffte, obwohl Annas Teller längst leer gefressen war.

„Geohrfeigt? Sie sind immer schnell bei der Sache, was, Miss

Lennarts?", fragte der Boss säuerlich.

„Er hat mich belästigt!" Sie hielt seinem Blick nur kurz stand.

„Er wird kein großes Aufsehen deswegen machen", meinte Claude. „Trotzdem, bei ihm weiß man nie. Er ist einflussreich. Ist Mitglied im Parlament von Westaustralien und er hat auch in Canberra ein paar Freunde sitzen. Er könnte dafür sorgen, dass man Sie aus dem Land weist. Ist Ihre Arbeitserlaubnis einwandfrei?"

„Ach du meine Güte, da habe ich wohl einen angehenden Premierminister verdroschen!", lachte Anna, aber in Wahrheit war sie über diese Offenbarung bis ins Mark erschrocken. Claude hätte ihr ja schließlich vorher sagen können, dass der Casanova so einflussreich war, wenn er sie schon unbedingt vor ihm warnen musste!

„Er tut nichts, außer seine Wunden lecken", wiegelte Roger ab.

Anna erinnerte sich daran, wie der Casanova abgezogen war und ihr Konsequenzen angedroht hatte. Ob er wohl wirklich so viel Einfluss besaß, dass er sie ausweisen lassen konnte? Vielleicht sollte sie Paul mal um Rat fragen. Sein Cousin war doch angeblich bei der deutschen Botschaft.

„Er darf das nicht mehr tun! Nicht wahr, Papa!", rief Linda erhitzt. „Er war echt böse zu Anna. Sie ist richtig umgefallen. Wie im Film. Das war echt toll. Und Steven hat immer nur geweint."

„Stimmt gar nicht! Blödkuh!"

„Hast du doch!"

„Ruhe!", donnerte Mr. Bendrich. „Miss Lennarts, was ist da vorgefallen?" Sein Gesicht war wie versteinert.

Anna schüttelte den Kopf. „Gar nichts. Nur ein Kreislaufproblem. Das hat nichts mit dem Casa… Randall zu tun. Das Thema ist für mich abgehakt. Außerdem habe ich auch ein paar Beziehungen."

Das war natürlich ganz schön dick aufgetragen, aber es half hoffentlich, das Thema schnell zu begraben. Mr. Bendrich verzog geringschätzig den Mund.

„Sie haben auch ein paar Beziehungen?", ahmte er ihre Stimmlage nach. „Beziehungen welcher Art, Miss Lennarts?" Diese Frage besaß einen anzüglichen Unterton, und Anna wurde knallrot. Warum tat er das vor den Bellemarnes und den Kindern?

Roger hob beschwichtigend die Hände. „Ich finde, Anna hat das gut gemacht. Er hat mehr abgekriegt, als er verdauen kann. So was ist ihm bestimmt noch nie passiert."

Bendrich sah sie finster an. „Ich möchte künftig sofort unterrichtet werden, wenn Randall wieder meinen Boden betritt. Haben Sie verstanden! Ich werde hinterlassen, wo ich erreichbar bin."

Anna nickte stumm, und nach einiger Zeit kam man schwerfällig wieder auf das Wetter zu sprechen. Dieses Thema Trockenheit und Regen blieb dann auch genauso facettenreich erhalten, bis sie sich am Abend von den Bellemarnes verabschiedeten und wieder nach Hause fuhren.

Clannon Miller

6. Die Edle erwacht

AM Dienstagmorgen war Mr. Bendrich nicht mehr da – vermutlich still und heimlich abgereist, wie es so seine Art war.

Anna nahm sich vor, viel zu arbeiten. Das lenkte vom Nachdenken ab. Vielleicht sollte sie mal den Boden wischen? Es wäre eigentlich höchste Zeit. Oder, wie wäre es mit Fenster putzen? Wie das funktionierte, hatte ihr Frau Mitschele beigebracht. Andererseits könnten auch die Kinderzimmer mal wieder ein Aufräum-SWAT-Team vertragen. Wenn sie es genau bedachte, war der Staub im Wohnzimmer noch schlimmer. Es war eigentlich überall staubig. Der Staub kam von draußen und kroch in jede noch so winzige Ritze.

Für den Nachmittag war Mr. Frinks angekündigt zu seiner zweiten Runde Klavierunterricht. Er hatte die Mädchen dazu verdonnert, zuvor noch ein paar Fingerübungen zu machen. Anna entschied sich dafür, den Fußboden in der Halle zu schrubben. Und während sie mit dem Wischlappen bewaffnet antike Schmutzflecke analysierte, lauschte sie andächtig auf die gut punktierten Tonleitern, die aus dem Musikzimmer ertönten. Als Anna gerade in der Halle fertig war, kam Mr. Frinks mit staubigen Schuhen. Ein Bündel Klaviernoten unter dem Arm und in der Hand ein Blumensträußchen, das er Anna feierlich überreichte. Sie war nicht schlecht erstaunt über diese freundliche Geste.

„Das habe ich echt nicht verdient." Sie schämte sich immer noch ein wenig dafür, dass sie ihn beim Boss verpetzt hatte. „Ich war nicht sehr nett zu Ihnen bei unserer ersten Begegnung."

„Nun, ich muss gestehen, dass ich nicht mehr böse auf Sie bin. Es macht mir Freude, die Mädchen zu unterrichten. Sie scheinen eine gewisse Begabung zu besitzen. Und Mr. Bendrich bezahlt mir das gleiche Gehalt wie bisher."

Was? Für vier Stunden Unterricht! Sie schaute ihn verwundert an, und er fühlte sich zu einer Erklärung gezwungen.

„Er weiß, dass ich ohne das volle Gehalt von ihm meine Familie nicht über Wasser halten kann. Er ist ein feiner Mensch." Dann verneigte er sich kunstvoll und marschierte mit Schaffenseifer in das Musikzimmer.

Godfrey und Steven waren anlässlich der Klavierstunde spurlos verschwunden. Godfrey ging ihr sowieso schon den ganzen Tag aus dem Weg und entzog ihr damit jede Chance, sich mit ihm zu unterhalten und sich bei ihm zu rechtfertigen – wie sein Vater. *Ach! Bendrich-Männer, sollen sie doch alle bleiben, wo der Pfeffer wächst.*

Also ging sie hinaus in den Garten. Unschlüssig hielt sie ein paar Tüten mit Kräutersamen in der Hand. McEll hatte sie aus dem Store in Fitzroy Crossing mitgebracht und ihr vorgeschlagen, ein Kräuterbeet hinter der Küche anzulegen. Sie hatte die Tütchen in Empfang genommen und sich gefragt, was man mit einem Kräuterbeet anfangen konnte.

Was stand da drauf? Petersilie, Oregano, Basilikum, Thymian. Das hörte sich zumindest appetitlich an. Aber das war auch schon alles. Das Zeug gehörte in den Boden, so viel wusste sie. Aber sie war eben Expertin für das Ausgraben und nicht für das Eingraben. McEll hatte es bestimmt gut gemeint, doch er hätte das Beet lieber selbst anlegen sollen, wenn er wollte, dass da wirklich etwas wuchs. Er pflegte schließlich den ganzen Garten, oder besser gesagt den Park. Abends stand er stundenlang da mit dem Gartenschlauch und bewässerte die exotischen Pflänzchen.

Es war inzwischen unerträglich heiß und trocken geworden. Man erstickte fast vor Staub und Hitze, wenn man nur einen Fuß vor die Tür setzte. Und wenn sie an Staub dachte, begannen ihre Kontaktlinsen schon zu jucken. Ihre alte schäbige Brille verrottete jetzt auf einer Mülldeponie auf der anderen Seite der Erde. Sie dachte an Vievhusen und an Simone. Was würde die wohl sagen, wenn sie ihr von Robert Bendrichs Heiratsantrag erzählte? Sie würde sich bestimmt kaputtlachen und dann sagen, dass sie den Heiratsantrag unbedingt annehmen musste. Simone schon, Anna nicht.

Sie steckte ihre Samentütchen in die Hosentasche und ging hinüber zum Park. Sie machte fast jeden Abend einen Rundgang durch den Park. Meist sah sie McEll beim Gießen zu und unterhielt sich mit ihm. Er erklärte ihr jeden Abend erneut, wie die Sträucher und Bäume hießen. Außer „Coolabah" (Eukalyptusbaum) und „Black Boy" (Grasbaum) konnte sie sich aber keine der einheimischen Bezeichnungen merken. Aber wenn er goss, roch es immer so herrlich feucht und frisch, nach Erde. Danach spazierte sie meistens quer durch das blühende Gebüsch. Das alles sah hier nur so üppig aus, weil es bewässert wurde, draußen die Shrubs wirkten inzwischen dürr und tot. Sie machte sich bewusst, dass das blühende Grün um Bendrich Corner herum kein öffentlicher Park war. Es gehörte dem Boss, ganz allein. Wie alles hier: die Rinder, die Pferde, die Arbeiter und sogar die Kinder.

Steven und Godfrey kamen über den Kiesweg geschlendert, ihr entgegen. Steven rannte los und stürzte sich jubelnd auf sie. Godfrey wandte sich nach links und machte einen großen Bogen um sie herum.

„Na, du Herumtreiber?" Sie sprach mit Steven, wuschelte ihm durchs Haar und schaute doch Godfrey hinterher.

„Schau mal, was ich gefunden habe." Steven holte hinter seinem Rücken ein totes Tier hervor und hielt es Anna an seinem langen Schwanz baumelnd vor die Nase.

„Igitt!" Anna quietschte vor Schreck und stellte Steven schnell auf den Boden. „Was ist das denn? Tu es weg!"

„Ein Possum, ein Possum!" Steven schwenkte die Riesenmaus am Schwanz herum und fand es offenbar besonders lustig, die Gesetze der Fliehkraft an einem toten Beuteltier zu testen.

„Komm, wir beerdigen es!" Nichts wie unter die Erde mit dem schrecklichen Ding. Steven fand die Idee vorzüglich, aber wo?

„Hinter der Küche." Wo McEll den Kräutergarten haben wollte. Steven holte sein Sandschippchen und das Possum wurde wirklich tief eingegraben. Feierlich streute Anna alle Kräutersamen darüber. Dann bastelten sie ein Kreuz und pflanzten es auf. Ein wenig Wasser noch, vielleicht wuchsen bald Oregano und Thymian als Grabschmuck.

„Jetzt kommt die Ansprache", sagte Anna feierlich.

„Was für eine Ansprache?"

„Ich werde jetzt eine Grabrede auf dein Possum halten. Wie ist sein Name?"

„Ich weiß nicht."

„Jedes anständig beerdigte, australische Beuteltier braucht doch einen Namen!"

„Joe?"

Anna lachte. „Na, hör mal, das ist nicht sehr einfallsreich! Wir sollten es

Mentuhotep nennen."

„Das ist ein ulkiger Name."

„Also, meine lieben Trauergäste …" Anna breitete die Hände in einer altägyptischen Geste nach außen. „Wir haben uns hier versammelt, um von dem großen Pharao Possum Mentuhotep Abschied zu nehmen. Wer es kannte, hat es geliebt, und wir sind in tiefster Trauer über diesen schweren Verlust. Wie erfüllt auch sein Leben gewesen sein mag, er hinterlässt eine schwere Lücke in unseren Herzen. Mögen spätere Generationen noch seiner gedenken … Was ist?" Sie hörte Steven schniefen und dann schluchzen. „Steven, hör doch auf!" Sie nahm ihn in die Arme und wiegte ihn. „Das war doch nur ein Vieh, ein Possum!" Er weinte immer lauter. Sie merkte, wie sich jemand hinter sie stellte. McEll wahrscheinlich, mit gut gemeinten Ratschlägen für den Kräutergarten.

Zu spät, der Samen ist bereits auf bestem Dünger ausgesät.

„Aber Mentududepp …" Steven weinte so laut, dass man eigentlich gar nicht verstand, was er unter seinem Schluchzen sagte. „Es soll wieder leben. Wir müssen es wieder ausgraben."

„Es ist tot, Steven. Wir können ja noch ein Grabmal für ihn bauen. Dann wird seine Seele emporsteigen in das wundervolle Land Muh und ewig in Glück und Frieden leben mit den anderen Beuteltieren."

Steven schniefte noch zweimal, machte sich dann aus ihrer Umarmung frei und sprang auf die Beine. „Also gut, ein Grabmal ist toll. Wie geht das? Hallo, Papa! Wir bauen ein Grabmal für Mentududepp."

Sie hörte Mr. Bendrich lachen und drehte sich erschrocken um. Er war gar nicht abgereist? „Und wer ist Mentududepp?" Er stand da wie ein leibhaftiger Cowboy: Jeans, kariertes Hemd, lederne Weste und sogar mit einem schmuddeligen Cowboyhut auf dem Kopf. Wow!

„Das ist mein Possum, ein Pharao. Ich bin so traurig, weil er gestorben ist." Steven zog ihn an der Hand zu sich herunter. „Schau mal, wir haben ihn schon begraben, aber jetzt braucht er ein Grabmal, damit er glücklich wird wie eine Kuh!"

„Aha." Irgendwie lächelte der Boss in diesem Moment besonders nett, besonders verführerisch. Er lächelte Anna an und sie hörte ihren Herzschlag bis in ihre Ohren donnern. „Darf ich mithelfen?"

„Au ja!", jubelte Steven. „Wie geht ein Grabmal?"

Anna fühlte sich ein klein wenig betäubt, wie ungefähr nach einer halben Flasche Whiskey. *Wie geht ein Grabmal?* Er kniete sich neben ihr nieder. *Wie geht ein Grabmal?* Und schaute sie mit einem verschmitzten Lächeln an.

„Nun, wie geht ein Grabmal?" Seine Augen strahlten wie die Sonne und brannten ziemlich heiß in Annas Herz, oder was war das für ein Körperteil, das da gerade furchtbar scharf zwischen ihren Beinen pulsierte?

„Vielleicht ein paar Steine?", schlug sie mit zittriger Stimme vor. Steven schleppte sofort einen Arm voll an. „Ein paar Hieroglyphen dazu."

„Wo wachsen die?"

Mr. Bendrich griff in seine Hemdentasche und zog einen Filzschreiber heraus.

„Bitte schön." Der Mann hatte wohl immer alles akkurat parat?

„Vielleicht ein Horusfalke?"

„Ja, ein Falke, toll." Steven hüpfte hinter seinem Vater herum.

Anna kritzelte schnell ein paar Hieroglyphen auf einen faustgroßen Stein, den Namen Mentuhotep und ein Ankh mit einem ziemlich schlecht gezeichneten Horusfalken. Das hatte zwar nichts zu bedeuten, aber es machte sich gut, besonders das Ankh, heute das Zeichen der Frauenbewegung. Der Boss durfte sich seinen Teil dabei selbst denken.

„Und was heißt das?" Steven schien die Kritzelei nicht besonders zu gefallen, der drehte den Stein mehrmals herum, bevor er ihn auf die anderen schichtete.

„Das heißt: Hier ruht der große Pharao Mentuhotep."

„Und eine Frau war sein Schicksal", fügte Bendrich dazu und zeigte auf das Ankh. Er stand wieder auf, nahm seinen Hut ab und setzte ihn Anna einfach ganz keck auf den Kopf.

„Hier, der ist für Sie. Sie sollten so etwas tragen, wenn Sie draußen sind. Es wäre zu schade, wenn Sie Ihre zarte Haut verbrennen. Und jetzt möchte ich gerne eine Tasse Tee trinken."

Will er etwa, dass ich die für ihn koche? Er blieb abwartend stehen. *Also gut, ich bin schließlich sein Hausmädchen.* Sie stand seufzend auf und ging in die

Küche voran. Steven und der Boss folgten ihr.

„Muss ich jetzt damit rechnen, dass täglich dieser Klavierradau durch mein Haus tönt?", fragte er, während sie das Teewasser aufsetzte.

Ganz ruhig, Anna Lennarts, lass dich nicht provozieren. Er will dich nur aus der Fassung bringen. Wo steckt denn nur die Teekanne? Gestern war sie noch in der Gebäckschublade.

„Die beiden Mädchen sind begabt, sagt Mr. Frinks. Es wäre schade, wenn man das nicht fördert. Es ist nur am Anfang ein Radau, wie Sie es nennen. Bald werden sie richtige Stücke spielen. Das wird bestimmt auch Ihnen gefallen."

Im Topfschrank war die Kanne auch nicht, dieses blöde Ding. Teetrinken wurde überbewertet.

„Wie wäre es mit Kaffee?" Die Kaffeemaschine verirrte sich eigentlich nie in den Schränken.

„Nein, ich möchte Tee. Spielen Sie auch Klavier, Miss Lennarts?"

„Ich? Nein, leider nicht." *Ha! Da ist es, das Miststück!* Hinter den Blumentöpfen – Anna hatte die Teekanne als Ersatz für die vermisste Gießkanne verwendet, jetzt fiel es ihr wieder ein. Sie leerte das Blumenwasser aus und spülte die Teekanne umständlich. Ein bisschen peinlich war das ja schon.

Er lachte. „Sie beschäftigen sich wohl gerne mit Dingen, von denen Sie keine Ahnung haben."

„Dann fragen Sie am besten Mr. Frinks nach seiner Meinung." Die Teekanne glänzte wie nie zuvor, und Anna war ein wenig nass dabei geworden.

Ziemlich nass.

Über und über nass, und er musterte sie mit großen Augen und hochgezogenen Augenbrauen.

„Das werde ich auch tun, Miss Lennarts."

„Hier ist Ihr Tee!" Sie knallte ihm die Tasse und die Kanne auf den Tisch.

„Danke schön. Hoffen wir, dass Sie wenigstens Tee kochen können."

Er schenkte sich ein und schüttelte den Kopf. „Vielleicht versuchen Sie es das nächste Mal mit Teebeuteln." Er ging zum Schrank und zog gezielt, unter dem leichten Chaos da drin, zwei Teebeutel heraus und hängte sie in seine Tasse.

Verbrenn dir doch den Schnabel. Ich hätte das Gießwasser drin lassen sollen, mit ganz viel Blumendünger dabei.

Er nahm seine Tasse und spazierte damit in das Musikzimmer hinüber. Die Klaviertöne brachen ab, und dann kamen die Mädchen in die Küche. Sie durften eine Pause machen, weil ihr Papa mit Mr. Frinks sprechen wollte. Einige Zeit später kamen Mr. Bendrich und Mr. Frinks zusammen in die Küche, und der Boss bat Anna, für den Klavierlehrer auch eine Tasse Tee einzugießen. *Als ob ich eine Bedienung im Bridgewater Inn wäre. Er braucht mir nur noch Trinkgeld zu geben.*

„Konnten Sie Mr. Bendrich davon überzeugen, dass seine Töchter begabt sind?", fragte sie Mr. Frinks, als sie ihm die Tasse mit zwei Teebeuteln hinstellte.

„Oh ja!", sagte Frinks und fischte einen Teebeutel wieder heraus. „Die beiden sind wirklich begabt, sie haben ein ausgezeichnetes Gehör, das ist das A und O beim Musizieren. Und ich hätte das doch niemals für möglich gehalten, nach alledem, wie sie sich im sonstigen Unterricht angestellt haben. Nun können die beiden schon Noten lesen, noch ehe sie das Alphabet beherrschen! Sie erinnern sich, Mr. Bendrich, ich hatte das Problem mit der Leseschwäche bei unserem letzten Monatsgespräch thematisiert."

„Stimmt ja gar nicht!", rief Lucy trotzig. „Wir können schon lesen, und schreiben können wir auch ein bisschen. Anna hat uns das beigebracht!"

„Das ist nicht möglich!", rief Mr. Frinks. „Die beiden leiden an einer gravierenden Lese-Rechtschreib-Schwäche."

„Leiden wir gar nicht. Wir sind überhaupt nicht doof! Los, Lucy, zeig Papa doch mal den schwierigen Namen, den wir ganz alleine gelesen haben!"

Und schon zückte Lucy das Kuvert von Pauls Brief aus ihrer Tasche. Sie trug es wahrscheinlich ständig mit sich herum, denn es war schon völlig zerknittert und auch mit Schreibübungen der Kinder auf beiden Seiten verziert.

„Paul Ingo Einhardt Hubertus Graf von Rosenow und Hofkirch!", las Lucy langsam vor. „Und er hat sogar eine goldene Krone auf dem Briefumschlag", fügte sie dann voller Stolz hinzu, als wäre es ihre ganz persönliche Krone.

„Nanu?" Mr. Bendrich lachte und wollte sich das Kuvert ansehen, aber Lucy steckte es hastig wieder ein. „Seit wann führen meine Töchter mit dem deutschen Adel Korrespondenz?"

„Er hat an Anna einen langen Brief geschrieben", verkündete sie.

„Und Anna war ganz aufgeregt", fügte Linda hinzu.

„So, so!" Mr. Bendrich streifte Anna mit einem kurzen, skeptischen Blick. „Am besten geht ihr jetzt wieder zu euren Übungen, damit eines Tages ein passables Lied aus dem Geklimper wird!"

Sie gehorchten sofort, und Mr. Frinks watschelte ihnen hinterher.

„Sie verkehren mit Grafen, Miss Lennarts?"

„Ich verkehre nicht, Paul ist ein … ein alter Bekannter."

„Waren Sie bei ihm angestellt? Oder sind Sie seinetwegen nach Australien gekommen?"

„Quatsch, nein!", rief sie sofort. *Aber eigentlich schon*, gestand sie sich ein. *Denn immerhin hat er mir den Floh ins Ohr gesetzt.* „Er macht zufällig Urlaub in Canberra. Er hat mir geschrieben, dass er mich besuchen möchte."

„Nett, dass ich das auch erfahre. Wahrscheinlich wollen Sie ihn in meinem Haus beherbergen!"

„Nur für ein, zwei Tage. Na ja, eigentlich wollte er mit mir einen Ausflug nach Darwin machen!" *Hört sich das blöd an! Als ob ich um Urlaub betteln wollte.*

„Dann wollen Sie wohl auch noch Urlaub, was?"

Zu dumm! Er hat es leider genauso verstanden.

„Wenn Sie auf einen Adelstitel aus sind, das kann ich zur Not auch noch bewerkstelligen. Ich mache eine großzügige Spende an ein britisches Waisenhaus und werde dafür von der Königin geadelt. Sir Robert und Lady

Anna Bendrich, wie gefällt Ihnen das?"

„Ich bin eigentlich gar nicht an einer Ehe interessiert und erst recht nicht an einem Adelstitel." Sie sicherte sich jetzt erst einmal die Teekanne, damit die nicht wieder verloren ging. Sie stellte sie am besten dort hin, wo auch die Teebeutel waren. Leider war da ein bisschen wenig Platz in dem Schrank, wegen der vielen Spaghettipackungen. Sie drückte und schob einfach ein wenig und machte die Schranktür ganz schnell zu, bevor die Kanne wieder herausfallen konnte. So!

Er holte die Teekanne wieder heraus und stellte sie in die Spülmaschine.

„Dann habe ich Sie wohl falsch eingeschätzt. Ich dachte, Sie sind auf der Suche nach einer festen, dauerhaften Beziehung."

Ha, Arthur, jetzt hast du dich zum zweiten Mal verraten! „Und ich dachte, Sie halten die Ehe für einen Akt der Prostitution."

Dann floh sie ganz schnell aus der Küche, das war besser, als alles noch einmal mit ihm durchzukauen.

NACH dem Abendessen, an dem Mr. Bendrich natürlich nicht teilnahm, brachte sie Steven zu Bett. Seit dem ersten Abend mit der Seeschlacht ging er freiwillig mit ihr. Er bestand allerdings kategorisch auf einer Gutenachtgeschichte, und sie sog sich jeden Abend eine Geschichte aus den Fingern; irgendetwas Verrücktes, Erfundenes. Inzwischen kannte sie seinen Geschmack schon ganz gut: Es mussten auf jeden Fall mutige Ritter darin vorkommen, blutige Schlachten, gefährliche saurierähnliche Drachen und düstere Zauberer. Irgendwie entstand aus diesen Figuren jeden Abend eine neue ziemlich ähnlich gelagerte Geschichte. Danach machte sie bei den Mädchen einen Abstecher. Seit dem Sechs-Augen-Gespräch über Jamie und Collin durfte Anna auch deren Zimmer betreten. Die beiden bevorzugten das Zubettgeh-Ritual allerdings etwas femininer. Den Barbiepuppen wurden die Negligés angezogen, dann ließen sich die Mädchen von Anna die Haare bürsten und natürlich unterhielten sie sich über Männer. Die besagten Männer waren, neben Collin und Jamie, ein australischer Teeniestar, von dem Anna noch nie etwas gehört hatte, und natürlich Michael Jackson.

„Dieser dürre Psychopath", sagte Anna abfällig und erntete sofort heftigen Widerspruch und Beschimpfungen.

Lucy war schwer verletzt. Für sie stand Michael Jackson eindeutig weit über jedem Grafen und Rinderzüchter. „Dann sag doch, was du für Männer magst, wenn du Michael nicht leiden kannst!"

Solche heiß aussehenden Typen wie euren Vater, aber laut sagte Anna: „Ich mag Kelten."

„Ist das vielleicht eine deutsche Popgruppe?"

„Nein, das sind Krieger aus dem alten Irland: wild, düster und gefährlich, mit riesigen Schwertern und nackten Oberkörpern. Sie malen sich blau an, am Körper und im Gesicht …"

Die Mädchen sahen sie ganz erschrocken an, als würde gleich so ein gefährlicher Kerl ins Zimmer kommen, und Anna schilderte weiter mit bedrohlichen Gesten: „… und in ihr langes rotes Haar schmierten sie Hühnereiweiß, damit es in gigantischen Stacheln in alle Richtungen abstand und sie wie fürchterliche Riesen aussahen. Sie reiten auf gewaltigen, unbezwinglichen Streitrössern und mähen jeden nieder, der sich ihnen in den Weg stellt, und sie haben Augen …" Sie blickte Lucy durchdringend an. „… Augen wie Feuer und Kampfeswut im Gesicht, sodass alle vor ihnen erzittern."

„Das ist ja blöd!", kicherte Linda verängstigt. „Da muss man sich ja fürchten." Lucy kroch schon unter ihre Bettdecke.

„Vielleicht will ich das ja", sagte Anna nachdenklich. *Vielleicht sollte ich ihn doch heiraten.*

NACHDEM die Kleinen schliefen, ging sie unter die Dusche. Vom Fenster ihres Zimmers sah sie McEll mit dem Gartenschlauch zum Park marschieren. Nach dem Duschen würde sie McEll beim Bewässern zusehen und einige Momente lang den Dunst von feuchter Erde und tropischen Blüten einatmen.

Godfrey saß auf der Terrasse und las in einem Buch. Das war die Gelegenheit, um mit ihm zu sprechen. Aber als er sie sah, drehte er sich zur Seite und verkroch sich fast in seinem Buch.

„Godfrey, findest du dein Verhalten nicht albern und unfair?"

„Hauen Sie ab!", sagte er ätzend.

Sie haute ab. Sie hätte nie geglaubt, dass ein Teenager sie so verletzen könnte, aber sie war verletzt. Er war ungerecht, und er wusste es. Sie rannte über den Hinterhof in den Park. McEll grüßte überfreundlich zu ihr herüber, aber sie wollte jetzt kein belangloses Wetter- und Sport-Gespräch mit ihm führen. Sie wollte ihre Ruhe haben und weinen. Sie verkroch sich hinter einem Rhododendron – oder etwas, das einem Rhododendron ziemlich ähnlich sah –, weitab vom Haus, tief im unbeleuchteten Dunkel des Parks. Sie verkroch sich fast in den Busch hinein. Geborgen sein, in den Armen gehalten werden und wenn es auch nur Blätter waren, und dann fing sie an zu schluchzen. Sie schluchzte über Godfrey und über Bendrich und vielleicht auch ein klein wenig über sich selbst.

Da hörte sie plötzlich Männerstimmen näher kommen und verschluckte ihr Schluchzen sofort. Das fehlte gerade noch, dass jemand sie in dieser Situation ertappte. Es war Bendrichs Stimme, die sie hörte. *Oh Mist, nicht der!* Der andere war Joe Nambush. *Und der schon gar nicht!*

„Ja, ist okay, Boss", sagte Joe. „Ich halte mich genau an den Futterplan. Er wird beim Rennen garantiert gewinnen."

„Noch was anderes, Joe." Mr. Bendrich blieb ausgerechnet direkt vor Annas Rhododendron stehen. Sie hielt den Atem an, aber ihre Nase lief weiter, lief vom vielen Schluchzen, einfach wie bei Steven nach einem seiner Wutanfälle. Sie kauerte in ihrem Versteck wie die Steinköpfe auf den Osterinseln und versuchte, nicht mal mit der Wimper zu zucken. Hoffentlich krabbelte jetzt nicht auch noch irgendwo ein Tier herum. „Pass auf, dass die Männer Miss Lennarts nicht zu nahekommen."

„Keine Sorge, Boss! Ich halte die Jungs im Zaum", deklamierte Joe großspurig. „Obwohl es nicht einfach ist, denn die ist schon eine Extraklasse, hat Feuer im Blut, aber wir wissen ja, dass sie dein Mädchen ist, Boss."

„Ich wünschte, es wäre so, Joe", sagte der Boss und lachte dabei amüsiert.

Mensch, geht doch weiter. Ich will euer unverschämtes Geschwafel gar nicht hören. Sie gingen nicht weiter, aber Joe sprach dafür weiter.

„Du kriegst sie schon noch rum, Boss, und es wäre verdammt gut für dich und die Kinder. Für uns alle. Sie hat das Herz auf dem rechten Fleck."

„Ja, das hat sie – wirklich", gab der Boss zu und klang dabei ziemlich überzeugt.

„Ich hab mit ihr geredet. So wie du gesagt hast, Boss. Hab ihr erzählt, was für'n toller Hecht du bist und wie verdammt reich du bist und so."

„Und? Wie hat sie reagiert?"

„Ich glaube, sie ist nicht besonders scharf auf deine Kohle, Boss."

„Das habe ich allerdings auch schon bemerkt, Joe", seufzte der besagte Boss.

Pah, was für ein Idiot! Sie wäre am liebsten hinter dem Busch hervorgesprungen und hätte ihm mal ein paar Takte über den Zusammenhang von viel Geld und schlechtem Charakter erzählt.

„Ich hab ihr auch von deiner Lady erzählt, so wie du gesagt hast, dass da schon lange nichts mehr läuft bei euch und dass sie nicht hierher passt und dass du eine andere Frau brauchst." Joe lachte genüsslich vor sich hin, als ihm wieder etwas einzufallen schien. „Das war ihr aber verdammt peinlich, und sie wollte gar nicht drüber reden."

„Dabei hätte ich schwören können, jede Frau liebt es, über ihre Geschlechtsgenossinnen herzuziehen." Das klang ja richtig enttäuscht.

„Weißt du, was sie gesagt hat?" Joe lachte. „Dass deine Lady wahrscheinlich kalt ist wie 'n Hinkelstein."

Du Aas! Mit dir werde ich nie wieder sprechen. Verschwindet endlich von hier, ich kriege kaum noch Luft.

„Das hat sie gesagt?", rief der Boss überrascht und begann herzhaft zu lachen. Anna nutzte die Chance, um einen tiefen Atemzug zu nehmen.

„Ich wette, die ist kein Hinkelstein, Boss."

„Oh nein, das ist sie wahrlich nicht."

Anna keuchte und presste sich schnell die Hand vor den Mund, aber die beiden hatten nichts gehört, und Joe schwärmte selig weiter.

„Ist dir schon mal aufgefallen, wie die sich bewegt? Als würde sie darauf warten, einen zwischen die Beide geschoben zu bekommen. Ich sag dir, die steht unter Strom. Die brauchst du nur an der richtigen Stelle anzufassen und schon …"

„Das reicht, Joe!" Mr. Bendrich klang mit einem Male sehr frostig und verärgert, und Anna war sowieso schon lange wütend. Joe war für sie erledigt. Ein Schwein, wie alle Männer. *Macht, dass ihr weiterkommt, ihr zwei Schweineexemplare.*

Der Boss ging auch endlich weiter, aber Joe Nambush leider nicht. Der stand immer noch da. Anna holte ganz vorsichtig, ganz langsam Luft. Sie hörte, wie Joe den Reißverschluss seiner Hose aufriss. Um Gottes willen, was macht der denn? Der wird doch wohl nicht …? Er tat es, dieser Exhibitionist. Er begoss ganz frech und ungeniert den Rhododendron, ihren Strauch, ihren einzigen Ort des Trostes, und dabei zielte er auch noch haarscharf an ihr vorbei. Dann seufzte er genüsslich, zog seinen Reißverschluss wieder zu und ging in die andere Richtung davon. *Pfui Teufel! Haben die denn keine Toiletten in ihren Baracken?* Sie floh vor dem fürchterlich scharfen Geruch, der sich plötzlich ausbreitete, und schlich durch die Küchentür, die Treppe hinauf in ihr Bett.

Aber sie konnte nicht einschlafen. Die Klimaanlage summte nervtötend und einige Moskitos auch. Die waren ja doch nicht ganz astrein beseitigt worden. Sie schaltete die Klimaanlage aus, aber danach wurde es immer drückender in ihrem Zimmer. Sie wälzte sich hin und her und wieder zurück, dann schreckte sie schweißgebadet hoch und war hellwach. Angespannt lauschte sie auf die Geräusche der Nacht. Die Hitze wurde immer unerträglicher, wabernd, drückend, atemraubend. Die Moskitos waren noch unerträglicher, aufdringlich, wie die Männer. Sie schaltete die Klimaanlage wieder ein. Die summte munter ihr unharmonisches Konzert im Duett mit den Moskitos. Warum konnte es nicht mal regnen? Nur ein kleines bisschen, ein paar Tropfen, damit der Staub sich ein wenig legte?

Wann fing diese berüchtigte „Wet" eigentlich an? Anna konnte sich dumpf erinnern, dass Joe etwas von November oder Dezember gesagt hatte, also dann, wenn hier unten Sommer war … Ach du liebe Güte, hier war wirklich alles verdreht, sogar ihr eigener Verstand funktionierte nicht mehr richtig herum.

Sie stand auf, wusch sich das erhitzte Gesicht mit kaltem Wasser – wenigstens das funktionierte richtig – und fragte sich, ob sie Fieber hatte oder ob es die Schuld von Mister Robert Bendrich dem Hinterhältigen war, der ihr nicht mehr aus dem Kopf wollte. Sein Kuss in Broome am Strand, er ausgestreckt auf seinem Bett, sein nackter Kelten-Oberkörper, sein schelmisches Lächeln bei der Pharaonenbeerdigung und dann seine Verschwörung mit Joe Nambush dem Strauchpinkler … *Oh bloody hell!* Dieser Mann regte sie wirklich auf.

AM anderen Morgen fühlte sie sich wie erschlagen, und nicht einmal eine eiskalte Dusche half gegen die Erschöpfung. Das Breckie wurde eine Schweigerunde zwischen ihr und Godfrey, denn die drei Kleinen waren schon früh mit Mr. Bendrich hinausgefahren. Wo „hinaus" war, das wusste sie nicht, und Godfrey sprach ja bekanntlich nicht mit ihr.

Sie hatte überhaupt keine Lust auf Hausarbeit. Wenn man die Küchenschränke nicht gerade öffnete, dann sah es in der Küche eigentlich ganz passabel aus. Vielleicht sollte sie staubsaugen, aber es war so eine frustrierende Arbeit. Sie war nach zwei Wochen redlichem Bemühen zu dem Ergebnis gekommen, dass das Putzen wahrscheinlich ein besonderes Hobby von ambitionierten Idioten war. Denn kaum hatte sie in einer Ecke herrlich hygienische Sauberkeit erzeugt, erzeugten die Kinder in einer anderen Ecke herrlich schmierige Schweinereien.

Nein, sie würde heute nicht putzen, sie war viel zu frustriert für so eine ätzende Arbeit.

Mr. McEll kam und bewahrte sie vor einem Gewissenskonflikt. Er müsse nach Fitzroy Crossing fahren und komme erst am Spätnachmittag zurück. Ob sie wohl mal so nett sein könnte und später nach seiner Frau sehen. Ihr ginge es heute gar nicht gut, und er traue sich nicht, sie allzu lange alleine zu lassen.

Nichts lieber als das. Anna lief gleich hinüber über den Hof, nach hinten in den dünnen Wald hinein, wo das kleine Holzhaus mit der Wohnung der McElls stand.

Mrs. McEll saß auf dem Sofa und häkelte, und obwohl es so heiß war, war sie in eine dicke Wolldecke eingehüllt. Anna bot ihr an, etwas aufzuräumen, und hoffte inständig, dass Mrs. McEll die Hilfe ablehnen würde; leider nahm sie dankbar an. Und dann begleitete sie Annas Arbeit mit schwer verständlichem Aussie-Nuscheln und Anweisungen was hier und da noch wegzuräumen sei und wo sie dieses und jenes bitte hinzustellen habe. Anna ignorierte sie einfach und räumte archäologisch-professionell auf, nämlich so, als wäre der ganze Krempel in der vollgestopften Wohnung ein archäologischer Sensationsfund. Die Wohnung war danach immer noch vollgestopft, nur eben so, dass Mrs. McEll ihre geliebten Erinnerungsstücke nie wieder finden würde. Anna war fast fertig und fast glücklich, nur noch ein Packen alter Zeitungen. Am besten, die packte sie in den Mülleimer?

„Das dürfen Sie nicht wegwerfen", rief Mrs. McEll ganz aufgeregt. „Das sind doch Zeitungsartikel über Mr. Bendrich und Bendrich Corner. Die will ich aufbewahren. Ich habe sie hier schon vorgefunden, als wir vor fünf Jahren herkamen."

Anna wurde neugierig und blätterte den Stapel durch. Er war sauber und chronologisch geordnet, die neuesten Berichte obenauf. Sie stammten von verschiedenen Zeitschriften und Zeitungen, deren Namen Anna überhaupt nichts sagten. Regenbogenpresse und Tageszeitungen aus Perth, Derby und Broome bunt gemischt. Die meisten Artikel drehten sich um die Bendrich-Pferde, um die Preise und Siege, die sie gewonnen hatte, aber es gab auch andere.

Einer berichtete davon, wie Robert Bendrich vom Wirtschaftsminister empfangen worden war, ein anderer von einem verheerenden Buschfeuer, wieder einer berichtete darüber, dass Robert Bendrich eine der Bauxitminen in Gove gekauft habe, ein weiterer erzählte von einem Zyklon, der große Teile der Farm vernichtet hatte. Dann folgte ein Klatschbericht mit der Schlagzeile: „*Millionär Robert Bendrich wieder auf Freiersfüßen?*", und dazu ein schlechtes Bild von Mr. Bendrich, wie er eine Dame in den Armen hielt. In einem anderen Artikel, der ungefähr ein Jahr älter war, stand eine riesige Schlagzeile: „*Warum verlässt Suzan Bendrich ihr Millionenvermögen und den neugeborenen Sohn?*" Und dazu ein völlig unpassendes Bild von einer Seitenansicht des Wohnhauses. Danach folgten, unterbrochen von einigen „Pferdeberichten", die Geburtsanzeigen von Steven und vier Jahre früher von den Mädchen. Und dann wieder eine gigantische Schlagzeile: „*Parlamentsmitglied Scott Randall und millionenschwere Suzan Bendrich: Waren sie schon immer ein heimliches Paar?*"

Anna überflog den Text. Alles nur wilde Spekulationen und boshafte Unterstellungen. Scott Randall habe die enge Freundschaft zu Robert

Bendrich ausgenutzt und sich in Suzans Leben geschlichen und damit das idyllische Familienglück der angesehenen Bendrichs zerstört und, und, und.

Dann kam Godfreys Geburtsanzeige, gleich vierfach aus verschiedenen Zeitungen ausgeschnitten, und denen folgte ein Bericht über die Hochzeit von Robert Bendrich und Suzan Melville. *„Hat das arme Arbeiterkind seinen Prinzen gefunden?"* Und dazu ein Bild des Brautpaares. Ein blutjunger Robert Bendrich, groß und schlank und beinahe genauso attraktiv wie heute und eine kleine, pummelige, blonde Frau, unscheinbar und blass. Ein breites Gesicht, eine flache Nase, ein großer Mund und insgesamt völlig unauffällig. Das Einzige, was auffallend war, war ihr dicker schwangerer Bauch.

Sie suchte im Text nach dem Datum der Hochzeit und verglich es mit dem Geburtsdatum Godfreys und stellte fest, dass Suzan Bendrich bereits im achten Monat schwanger gewesen sein musste, als Mr. Bendrich sie geheiratet hatte. Mrs. McEll bemerkte, dass Anna ins Stocken geriet, und sie richtete sich unter Stöhnen etwas auf.

„Ja, ja … Suzan. Keiner weiß, warum er die Frau geheiratet hat. Wo es gar nicht mal sein Kind war, und er hat das ja immer gewusst, nicht wahr!"

Sie und ihr Mann seien ja damals noch nicht in Bendrich Corner gewesen, aber die Leute hätten sich natürlich das Maul darüber zerrissen. Es war ja kein Geheimnis. Keiner hatte begriffen, warum der Boss das getan hatte, zumal er damals in der Welt da draußen (das musste die normale Zivilisation außerhalb des Outbacks sein) viele attraktive Freundinnen gehabt hatte. Eine nach der anderen und einige auch gleichzeitig und da habe er sich ausgerechnet die schlichte und bettelarme Suzan zur Frau genommen.

Anna hätte auch zu gerne nur einen einzigen vernünftigen Grund dafür gehört, warum ein berüchtigter Super-Casanova eine so farblose Frau wie diese Suzan geheiratet hatte, die zudem noch von einem anderen schwanger war. Hatte er sie etwa blind geliebt? Oder hatte er mit ihr auch nur ein Geschäft ausgehandelt, wie er es vielleicht mit jeder Frau tat? Aber was sollte wohl der Gegenstand eines solchen Geschäftes gewesen sein? Damals gab es noch keine verwaisten Bendrich-Kinder, für die sie hätte sorgen müssen. Garantiert hätte er damals hundert schönere, klügere und bereitwilligere Frauen finden können, die ganz wild darauf gewesen wären, ihn zu heiraten.

Dieser Mann wurde für sie immer mehr zu einem unlösbaren Rätsel.

Sie packte die Zeitungen kopfschüttelnd wieder zusammen und räumte sie unter das Sofa. Da kam Joe Nambush aufgeregt hereingepoltert.

„Wo ist der Boss?", rief er durch den Raum und öffnete schon die Tür zum Nebenzimmer, um hineinzuschauen. Anna wusste nur, dass er mit den drei Kleinen hinausgefahren war.

„Verdammte Hölle!", fluchte Joe. „Dann ist er bestimmt in einer der Jagdhütten. Wo ist Ihr Mann, Ma'am?", wollte er dann von Mrs. McEll wissen.

Auch der war unerreichbar, und Joe begann noch mehr Aussie-Flüche auszustoßen, die Anna nicht verstand, also fasste sie sich doch ein Herz, obwohl sie eigentlich mit diesem Strauchschänder nie mehr hatte sprechen wollen.

„Wo brennt es denn, Joe?"

„Sie haben's erraten, Miss! Es brennt. Noch ist's ein kleines Feuer, unten im Süden, aber der Boss soll sofort kommen und ein Flugzeug starten. Im Augenblick ist nur ein Pilot hier, und einer ist zu wenig."

„Ein Buschfeuer?", keuchte Anna panisch, denn sie besaß aus einigen Filmen ziemlich dramatische Vorstellungen davon, wie schrecklich so ein Buschfeuer war.

„Keine Sorge, Miss!", beteuerte Joe ganz hastig und legte seine Hand auf ihren Arm.

Uääh, fass mich lieber nicht an, du Rhododendronpinkler. Aber Annas Schock hatte offenbar seinen Beschützerinstinkt geweckt, obwohl er dieses „Keine Sorge" eigentlich an fast jeden seiner Sätze anhängte.

„Bendrich Corner ist nicht in Gefahr, wenn es so bleibt!"

„Vielleicht weiß Godfrey, wo Mr. Bendrich ist", schlug sie vor und schon rannten sie ins Haus und fanden Godfrey schließlich in der Bibliothek. Er wusste, dass sein Vater zu einer der Jagdhütten gefahren war, irgendwo in Richtung Geikie Gorge. Aber bei welcher Hütte er nun genau war, konnte Godfrey auch nicht sagen.

Joe Nambush war ganz Herr der Situation. Er erteilte plötzlich klare Anweisungen: Anna und Godfrey sollten die Jagdhütten abfahren und den Boss verständigen. Er kümmerte sich um den Rest. Was immer dieser „Rest" auch sein mochte, Anna sollte sich jedenfalls „keine Sorgen" darum machen. Und schon war Joe wieder draußen, noch ehe er seinen Satz ganz zu Ende gesprochen hatte.

Anna und Godfrey rannten zu den Garagen, wo die Fahrzeuge parkten. Plötzlich erinnerte sie sich an den Traktor und das zerstörte Scheunentor zu Hause und sie wurde nur noch aufgeregter. Der Geländewagen stand auch noch falsch herum in der Garage und das Lenkrad war sowieso auf der falschen Seite.

Keine Sorge! Nur keine Panik! Leider ließ sich die Panik nicht beschwichtigen. Sie kam jetzt erst recht, und zwar mit großer Macht. Anna setzte sich schlotternd an das Lenkrad. Rückwärts hinausfahren – wo war der Rückwärtsgang? Ach, halt, vorher noch starten. Das Zündschloss? War das etwa auch auf der falschen Seite? Ach nein, das war der Aschenbecher! Godfrey drehte den Zündschlüssel für sie um und der Motor brummte zufrieden. Wunderbar! Es gab immerhin zwei feste Größen in diesem Fahrzeug: das Lenkrad und den Fahrersitz.

Wo war gleich noch mal das Gaspedal? Ach verdammt, das war die Bremse, nein die Kupplung. Das Auto machte einige lustige Sprünge nach vorn. Godfrey auch. Der Geländewagen hielt zwei Millimeter vor der Wand wieder an. Na also, es klappte doch. Die Garage stand noch.

„Verdammt! Lass mich ran!" Godfrey stieß sie ruppig zur Seite und Anna tauschte mit ihm den Platz um ihn fahren zu lassen. Seine Laune war schon schlecht genug und eine Diskussion über die Altersgrenze für das Autofahren in Down Under wollte sie jetzt lieber nicht vom Zaun brechen. Godfrey fuhr vorzüglich und es wurde eine rasante, holperige, aber sehr schweigsame Fahrt.

Bei den ersten beiden Jagdhütten (Wellblechschuppen mitten im Never-Never wäre der passendere Ausdruck gewesen) trafen sie niemanden an. Sie waren verschlossen, und es gab keine Anzeichen dafür, dass jemand in der Nähe war. Die dritte Hütte war aufgeschlossen und ein Jeep stand davor. Im Inneren der Hütte lagen noch Sandwiches herum und halb leere Gläser standen auf dem Tisch, aber Mr. Bendrich und die Kinder waren nirgendwo zu sehen.

„Geh du in die Richtung. Ich gehe da lang!", kommandierte Godfrey. Er zeigte in eine Richtung und marschierte auch schon los. Anna ging zögernd in die entgegengesetzte Richtung. Sie hatte keine Ahnung, wohin sie ging. Sie kannte ja die Gegend nicht, deshalb irrte sie ein bisschen ziellos umher, und ihr Herumirren begleitete sie mit den hoffnungsvollen Rufen:

„Mr. Bendrich? Huuuhuuu!"

Als sie meinte, lange genug ergebnislos durch das dichte Buschwerk gestapft zu sein, entschloss sie sich, wieder zur Hütte zurückzugehen. Vielleicht war ja Mr. Bendrich inzwischen auch schon wieder aufgetaucht. Also kehrte sie um und kämpfte sich zurück, aber sie kam nicht an. Müsste sie nicht schon längst aus der Ferne die Lichtung sehen, auf der die Hütte stand? So weit war sie doch gar nicht gegangen. Jeder Busch, jeder Stein, jeder Baumstamm sah aus wie der andere. War sie hier schon mal vorbeigekommen? Sie blieb stehen und sah sich um. Ja, hier war sie eindeutig schon gewesen! Das musste der richtige Weg sein. Vielleicht hatte sie einfach nur die Zeit oder die Entfernung falsch eingeschätzt. Sie rief ab und zu nach Mr. Bendrich und nach Godfrey, aber es kam keine Antwort. Es war so heiß und sie war müde, außerdem war es ziemlich anstrengend, sich durch das Gebüsch vorwärts zu kämpfen. Lange Dornen rupften an ihrer Kleidung. Sie trug noch nicht einmal richtige Schuhe, nur Sandalen und dazu die Jeanshose und ein kurzärmliges T-Shirt – absolut unpassend für diese Gegend.

Aber so weit konnte die Hütte doch unmöglich entfernt sein! Wie spät war es eigentlich? Sie hatte natürlich auch keine Uhr bei sich. Wieder blieb sie stehen und schaute sich um. Da war nur Gestrüpp und Buschwerk um sie herum. Sie änderte die Richtung. Da vorne lichtete sich der Busch. Da war die Hütte. Na endlich! Sie rannte, stolperte, stand wieder auf, rannte weiter, erreichte die Lichtung, fand aber keine Hütte. Es war eine kleine, rotstaubige Fläche, umgeben von noch mehr undurchdringlichem Busch, und über ihr der endlose, absolut wolkenlose Himmel im schrecklichsten Türkisblau, das man sich nur vorstellen konnte.

Dann eben die andere Richtung! Die Hütte musste ganz in der Nähe sein. Anna schrie aus Leibeskräften nach Mr. Bendrich, lauschte angespannt, hörte aber nicht mehr als das leise Knacken von dürrem Holz unter ihren Füßen und das Rascheln von irgendwelchen Viechern, die im Gebüsch herumkrochen. Sie ging langsamer, erschöpfter weiter, immer wieder rufend, immer wieder lauschend. Dann stand sie plötzlich wieder auf einer kleinen Lichtung – war das nicht die gleiche wie vorhin? An ihrem Arm rann Blut hinunter. Sie musste sich an einem der seltsamen Dornbüsche aufgerissen haben. Und plötzlich war da wieder ein hektisches Rascheln im Gebüsch!

„Godfrey?", fragte sie fast vorsichtig. Es hörte sich keineswegs wie Godfrey an, eher wie etwas, von dem sie lieber nicht wissen wollte, was es war. Oh Gott! Da ringelte sich plötzlich ganz eilig eine kleine Schlange an ihren Füßen vorbei und verschwand schnell unter dem Schatten des nächstbesten Strauchs, und weg war sie. Anna hüpfte mindestens einen Meter in die Luft und kreischte schrill vor Schreck, während ihr Herz für einige Schläge schwieg.

„Oh bloody hell, ich habe mich verirrt!", schrie sie aus vollem Hals, aber zweifellos konnte niemand außer sie selbst sich hören. Endlich begriff sie die Wahrheit, und jetzt bekam sie wirklich Angst. Es waren bestimmt schon Stunden vergangen, seit sie hier wie der größte Trottel des Outbacks durch das Buschwerk stolperte. Oder waren es nur ein paar Minuten, die ihr wie eine Ewigkeit vorkamen? Sie schaute wieder hinauf zum Himmel und suchte nach dem Stand der Sonne. Aber sie hatte keine Ahnung, was der hohe Sonnenstand in diesen Breitengraden bedeutet. Woher auch? Sie war Archäologin und keine Geologin.

In erster Linie bin ich eine Idiotin. Niemand kann so blöd sein und sich auf einer so kurzen Strecke dermaßen verirren. Oh Gott, das wird richtig dicken Ärger mit dem Boss geben. Aber diese grüne Hölle ist doch auch das reinste Labyrinth.

Ein Labyrinth? Natürlich, das Labyrinth in Kreta: In der griechischen Sage vom Minotaurus hat der Held Theseus das Labyrinth mit einem Faden durchquert. Sie brauchte einen Faden oder etwas, das den gleichen Zweck erfüllte, eine Markierung! Sie brach von einem dürren Strauch drei Zweige ab und legte sie in Form eines Pfeils auf den Boden. Dann ging sie in die Richtung, die der Pfeil anzeigte. Nur zwanzig oder dreißig Schritte und dann legte sie wieder einen Pfeil auf den Boden und so weiter. Wenn sie jetzt irgendwann wieder auf einen Pfeil treffen würde, dann wusste sie, dass sie im Kreis ging und die Richtung ändern musste.

Sie legte eifrig ihre Pfeile, aber sie fand keinen wieder. Zunächst beruhigte sie dieser Gedanke, denn sie hatte einmal gehört, dass Leute, die sich verirrt hatten, immer im Kreis gingen. Aber dann kam ihr die Idee, dass sie sich vielleicht immer weiter von der Hütte wegbewegte, immer tiefer in den Busch hinein und der nächste bewohnte Ort war 200 Meilen entfernt. Vor ihren Augen verschwamm schon alles zu einer Masse von rotem Boden und einer Wand von grünen Blättern. Sie musste eine Pause machen, denn sie war schweißgebadet, erschöpft und aufgeregt. Nein, nicht nur aufgeregt, sie hatte richtig Angst. Ihre Füße brannten und ihr Arm tat immer mehr weh. Ob die Dornen wohl giftig waren? Vielleicht war ihr deshalb so schwindlig, oder war es der Durst?

Giftige Sträucher und was noch? Bestimmt gab es auch gefährliche Raubtiere in dieser Gegend, wozu sonst sollte Mr. Bendrich überall so viele Jagdhütten haben? Und es gab bestimmt auch Skorpione, Krokodile und natürlich Schlangen in allen Farben, so widerlich wie die auf der Reptilienfarm in Alice Springs. Das war doch das Mindeste, was man im Outback erwarten durfte: der Tod an allen Ecken und Enden.

Vielleicht suchte man aber auch schon nach ihr. Der Boss war vermutlich wütend wie ein Stier und seine Cowboys würden vor Hohn lachen über die unglaubliche Dummheit der deutschen Walküre. Aber das wäre ihr egal, Hauptsache, irgendjemand würde sie finden. Aber womöglich hatte ja auch noch gar niemand bemerkt, dass sie abhandengekommen war, bei all der Aufregung um das Buschfeuer hatten die Leute wirklich andere Sorgen. Wahrscheinlich hatte Mr. Bendrich die Kinder gleich zurück nach Bendrich Corner genommen und dachte, sie würde den Weg schon alleine nach Hause finden.

Und jetzt waren Mann und Maus beim Löschen des Buschfeuers. Niemand würde sie in der Hektik vermissen, vielleicht erst in ein paar Tagen, wenn das Feuer gebannt war. Wie lange dauerte so ein Buschfeuer, bis es unter Kontrolle war? Wie lange konnte ein Mensch ohne Nahrung, ohne Wasser und ohne Waffe in diesem Busch überleben?

Oh bloody hell! Wahrscheinlich würden Bendrichs Leute nur noch eine vertrocknete Mumie finden.

Sie ließ sich auf den Boden plumpsen und begann zu zittern. Sie würde verhungern, aber vorher vermutlich verdursten und dann von wilden Tieren zerfleischt werden – oder alles auf einmal. Ihr Mund war jedenfalls völlig ausgetrocknet und die Hitze fühlte sich an wie eine Tonne Beton auf ihrer Brust. Der Staub brannte in ihren Augen und in ihrer Kehle. Nur ein Tropfen Flüssigkeit! Nur ein kleines Tröpfchen auf die Lippen. Sie musste Wasser suchen! Wo es so grün war und ein Fluss in der Nähe war, musste es doch auch ein paar Wasserstellen geben, Billabongs, wie die Aussies es nannten. Sie stand wieder auf und stolperte weiter.

Wasser suchen! Nicht die Pfeile vergessen!

Es war so anstrengend, sich zu bücken und die Pfeile hinzulegen. *Ich werde bestimmt gleich sterben – in fünf Minuten.* Die fünf Minuten waren vermutlich seit Tagen um und kein Wasser in Sicht. *Na gut, dann sterbe ich eben in zehn Minuten*, dachte sie und torkelte weiter. Die Sterbeminuten zogen sich endlos hin. Sie irrte weiter durch das Gestrüpp und vergaß keinen ihrer Pfeile, so gründlich wie der Boss bei seinen Kritikpunkten.

Der Boss und seine Kritikpunkte! Was würde er ihr wohl um die Ohren schleudern, falls sie je lebend hier herauskam? Erstens: zu dumm, um eine lächerliche Jagdhütte wiederzufinden. Zweitens: völlig falsch angezogen im Busch. Drittens: noch nicht einmal eine Waffe dabei, um sich gegen wilde Bestien zu verteidigen.

Ich brauche eine Waffe! Einen Stein oder einen Holzknüppel. Für eine Archäologin war es ja wohl kein Problem, sich ein Steinbeil zu basteln. Zigmal hatte sie vor nervigen Schülergruppen und im Freundeskreis darüber doziert, wie man das früher gemacht hatte. Sie suchte den Boden ab nach einem geeigneten Stein. Spitz, wenn möglich scharfkantig, nicht zu groß, aber kompakt und wuchtig, und ein Stück stabiles, hartes Holz. Die Teile waren sogar leicht zu finden in dieser zivilisationsfeindlichen Gegend. Und der Gürtel ihrer Hose eignete sich ganz gut, um sie zusammenzubinden. Ihre Hände zitterten vor Schwäche, aber eine Steinzeitaxt bauen war wirklich einfach. Wenigstens etwas, das sie gut konnte. Sie schwang ihre fertige Waffe durch die Luft und freute sich an dem leisen Surren, das die Wucht des schweren Steines verursachte. Mindestens zu Punkt Nummer drei konnte der Boss nicht meckern. Sie war zufrieden, wenn auch sterbensmüde.

Sie wollte eigentlich nur noch schlafen. Aber wenn sie jetzt einschlief ... das wäre bestimmt Kritikpunkt Nummer vier: Mittagsschlaf halten, anstatt endlich diese verdammte Jagdhütte wiederzufinden. Nein, sie musste wach bleiben, das Gehirn bei Laune halten, nachdenken: an Menrad, an Paul, an Arthur-Robert Bendrich, sogar ihr Vater kam ihr in den Sinn ... Sie träumte von einem Sprung in den Bendrichschen Swimmingpool, kühles, frisches Nass. Sie träumte ...

Schlagartig kam sie zu sich. Sie war ja doch eingeschlafen, hatte geträumt, und dabei war es stockfinster um sie herum geworden. Jetzt war sie jedenfalls wieder hellwach, und ihr Herz hämmerte so laut wie ein galoppierendes Pferd. Alles war nass. Feuchtigkeit auf ihren Lippen und auf ihrer Haut. Ihre Kleider waren total durchnässt. Es regnete!

Gott sei Dank! Der Regen würde alles wieder gutmachen! Das Feuer löschen, ihren Durst stillen. Sie riss den Mund auf und streckte die Zunge dem Himmel entgegen. Jetzt musste sie nur noch warten, bis jemand sie fand, vielleicht erst morgen früh, aber das würde sie schon überstehen. Doch so schlagartig, wie der Regen sie geweckt hatte, hörte er auch wieder auf, und es fiel kein Tropfen mehr vom Himmel. Nur noch dampfende, drückende Feuchtigkeit. Ob das bisschen Regen wohl ausgereicht hatte, um ein großes Buschfeuer zu löschen?

Es raschelte plötzlich im Gebüsch. Sie lauschte. Hatte sie sich das nur eingebildet? Aber nein, da knackste es schon wieder.

„Mr. Bendrich?", rief sie und als Antwort kam ein wolfsähnliches Heulen zurück. So wütend konnte der Boss nun auch wieder nicht sein.

Sie packte ihr Beil und rappelte sich mühsam auf die Beine. Das Rascheln kam langsam näher. Jemand rief ihren Namen, aber gleichzeitig tauchte aus dem Dunkel ein kleiner schwarzer Schatten auf, nicht größer als ein Schäferhund. Wenigstens war es kein Krokodil, dachte sie erleichtert. Nur ein Dingo. Der würde doch bestimmt keinen Menschen anfallen, oder? Aber der Dingo war anderer Ansicht. Er hechelte gierig und kam ganz langsam und geduckt näher. Da rief wieder jemand nach ihr.

„Anna!"

Das war keine Halluzination. Sie wandte für einen Augenblick ihre entsetzten Augen von dem Dingo ab und sah in der Ferne grelles Scheinwerferlicht, das den Himmel ausleuchtete.

„Mr. Bendrich!", schrie sie aus Leibeskräften und wusste nicht, wen sie mehr fürchtete, den knurrenden Dingo oder den wütenden Boss.

Das Tier wich bei ihrem lauten Schrei etwas zurück. Vielleicht waren Dingos wie Wölfe. Feige, aber wenn sie hungrig waren, zu allem fähig. Er war zu allem fähig. Er robbte schon wieder näher. Sie hob ängstlich ihr Beil zur Verteidigung. Das Tier sträubte sein Fell und knurrte. Annas Fell sträubte sich auch – sie konnte jedes einzelne Härchen auf ihrer Haut spüren, als wäre sie unter Strom gesetzt, und eiskalte Angst jagte ihr den Rücken hinunter. Sie ging ungeschickt ein paar Schritte zurück und stolperte in einen Strauch hinein, der Dingo spürte seine Chance und sprang mit zwei großen Sätzen näher. Dornen hielten sie im Gestrüpp fest. Es tat weh und stach ihr in den Rücken. Der Dingo setzte bereits zum nächsten Sprung an. Ein Jaulen und Knurren, ein Schnappen von scharfen Zähnen, die ins Leere bissen. Sie schlug wie wild um sich. Sie hörte das Trampeln von schnellen Schritten, das Licht kam auch näher, wurde richtig grell. Sie hatte den Dingo getroffen, denn er jaulte vor Schmerz und wich wieder vor ihr zurück, und endlich konnte sie sich von dem Dornbusch losreißen. Die Augen des Dingos funkelten rot von der Reflexion des nahenden Scheinwerferlichtes.

Da war ihr Rettungsteam!

„Verdammt! Gehen Sie zur Seite, damit ich schießen kann!", brüllte der Boss wütend. „Er ist verwundet und gefährlich!"

Anna hätte ihm gerne gehorcht, schon allein, um ihn nicht noch wütender zu machen, aber der Dingo sprang in verrückter Wut auf sie zu und grub mit einem lauten Klacken seine Zähne in den Ärmel ihres T-Shirts. Ihr Fleisch verfehlte er nur um Millimeter. Anna vergaß den Boss und kämpfte nun auch mit dem Instinkt eines Tieres. Ihr Beil hieb wahllos auf den Angreifer ein, und sie gab fast die gleichen Knurrlaute von sich wie das Tier. Ein Knochen krachte ekelhaft. Ein markerschütterndes Jaulen, dann plumpste der leblose Körper des Tieres auf ihre Füße.

Sie stand da, mit gesenktem Beil, atemlos, total erstaunt über das, was sie getan hatte, und vor allem total schockiert. Sie starrte auf den Kadaver hinunter und fing an, am ganzen Körper zu schlottern.

„Oh Gott!" Sie hatte noch nie auch nur einer Fliege etwas zuleide getan. Noch nicht mal den australischen Fliegen. Sie hätte gerne geschrien oder geweint oder sich einfach fallen lassen, aber sie brachte keinen Ton aus ihrer Kehle heraus und ihr Körper tat sowieso, was er wollte, und schlackerte einfach wild vor sich hin.

Mr. Bendrich rannte auf sie zu und mit ihm Joe Nambush und noch drei Männer, die die Scheinwerfer trugen und die Nacht damit zum Tag machten.

„Anna!", brüllte er in ihr Ohr. „Ist Ihnen was passiert? Verdammt und zur Hölle!" Er keuchte und schnaubte dabei, als ob er selbst gegen einen Dingo gekämpft hätte. Dann erst sicherte er das Gewehr wieder, das er bereits zum Schießen angelegt hatte.

„Mir gut!", krächzte sie leise, was in einem vollständigen Satz bedeutete: *Mir geht es gut und danke für die Rettung.* „Durst."

Joe Nambush reichte ihr eine Wasserflasche mit der Ermahnung, langsam zu trinken, aber ihre Hände zitterten so sehr, dass sie die Flasche gar nicht alleine festhalten konnte. Der Boss legte seine Hand in ihren Nacken, ziemlich vorsichtig, und hielt ihr die Trinkflasche an den Mund. Oh ja, das half, seine Nähe und Berührung half beinahe genauso gut wie das frische Wasser in ihrer Kehle.

„Wie, zur Hölle, haben Sie das gemacht, Miss?", rief Joe, nachdem sich der erste Schreck bei allen gelegt hatte, dabei zeigte er auf den toten Dingo. „Sie sind ja ein Teufelsweib!" Zustimmendes Murmeln und Nicken von den anderen Herren begleiteten seinen Kommentar.

Sie hielt ihm ihr Steinzeitbeil entgegen, es zitterte in ihrer Hand wie ein Vibrator, aber als Joe das Beil in Empfang nahm und es hochhielt, erntete das Beil beifällige Pfiffe und Anerkennungsrufe von dem versammelten Outback-Squad-Team.

„Das hätte auch schiefgehen können, Anna!", murmelte Mr. Bendrich, als er nun ebenfalls ihre Waffe betrachtete. War es möglich, dass seine Stimme auch ein wenig zitterte? „Normalerweise sind Dingos eher scheu. Aber dieser hier wurde schon vor einigen Tagen angeschossen, und er hat in der Zwischenzeit bereits zwei Rinder gerissen." Dann stieß er mit dem Fuß nach dem Tier und drehte es auf den Rücken. Er sah den eingebeulten Schädel des Tieres und das Blut, das in den Sand sickerte, und schüttelte nur den Kopf. Ob sein Kopfschütteln Bewunderung oder Verärgerung bedeutete, war schwer zu sagen.

„Jetzt weiß ich, warum sich Randall so schnell wieder verzogen hat! Sie hat 'ne wahnsinnige Rechte, unsere Miss Bluey!", rief einer der Männer, und die anderen grölten vor Lachen über seinen Witz.

Bluey? Also wirklich, selbst bei den Spitznamen waren die Aussies verkehrt herum. Warum nannten sie Rothaarige Bluey und nicht Redy?

„Schluss jetzt!", fuhr Mr. Bendrich verärgert zwischen das Gelächter, und weitere Scherze über die schlagkräftige Faust von Miss Bluey verstummten schlagartig. „Es ist Gott sei Dank noch mal gut gegangen! Kommen Sie jetzt mit zur Hütte. Sie sind ja völlig durchnässt."

Und plötzlich starrten alle Männer Anna mit großen Augen und aufgesperrten Mäulern an, und sie selbst schaute auch etwas verblüfft an sich hinunter. Ihr T-Shirt war zerrissen und strotzte vor Dreck, und vor allem: Es war so nass, dass es an ihrem Körper klebte wie eine zweite Haut, sie hätte es genauso gut gleich auszuziehen können, denn selbst ihre rosigen Brustwarzen konnte man darunter sehr, sehr deutlich erkennen.

„Was ist? Habt ihr noch nie eine nasse Frau gesehen?", fragte sie mit einem Anfall von Galgenhumor. Offenbar nicht, denn die Jackaroos begutachteten sie wirklich ausgesprochen intensiv. Mr. Bendrich knurrte ihnen etwas Unverständliches zu und zog dann sein Hemd aus.

„Hier, ziehen Sie sich das über!"

Oh nein! Bitte nicht. Jetzt auch noch diesen Oberkörper nackt vor sich zu sehen, das war echt zu viel für eine geschwächte Frau. Zu spät! Da stand er schon in seiner ganzen muskulösen Pracht vor ihr. Arbeitete der eigentlich höchstpersönlich in seinen eigenen Minen, mit der Pickhacke tief unter Berg, oder warum hatte er so einen Wahnsinnskörper? In diesem Moment verglich sie ihn mit jenem Mr. Bendrich, der im weißen Hemd und in Krawatte vor ihr gestanden und ihr einen unterkühlten und unverschämten Heiratsantrag gemacht hatte ... Sie musste ihn wohl ziemlich hungrig angestarrt haben, denn er räusperte sich auffällig, und als ihr Blick von dem wundervollen Muskelstrang an seiner Hüfte nach oben schnellte und sie in sein Gesicht sah, entdeckte sie sein selbstbewusstes Schmunzeln. Dieser Outback-Chauvi.

„Sind Sie in der Lage, zu gehen, oder sollen wir Sie tragen?"

„Natürlich kann ich gehen." Das glaubte sie zumindest, bis sie die ersten

Schritte gemacht hatte, dann stellte sie fest, dass ihre Beine nicht mehr gehen wollten. Sie gaben zitternd unter ihr nach und sie sackte einfach in sich zusammen. Der Boss fing sie auf, bevor sie auf dem Boden landete, und hob sie hoch, als würde sie nichts wiegen. Dabei drückte er sie unnötig eng an seine steinharte, nackte Superbrust.

„Ist das Feuer durch den Regen gelöscht worden?", fragte sie, um sich abzulenken.

„Wir hatten das Feuer schon vorher unter Kontrolle", brummte er, und sie wusste ehrlich gesagt nicht, warum er jetzt gerade sauer war. Weil er sie tragen musste oder weil er ihr sein Hemd abgeben musste? Oder einfach nur so, aus Prinzip?

„Es war nur ein Feuerchen, sozusagen!", mischte sich Joe ein, der nun mit den schnellen Schritten aufgeholt hatte und dicht neben ihnen herlief, dieser Hinkelsteinexperte und Strauchpinkler. „Als wir zurückkamen, haben wir gemerkt, dass Sie fehlen, Miss Ann. Mann, da war der Boss vielleicht sauer auf Sie!"

Ich habe nichts anderes erwartet.

„Hör auf zu quatschen, Joe", knurrte Mr. Bendrich.

„Ich weiß, es war ziemlich dumm von mir, mich so zu verirren. Es tut mir leid."

„Dumm? Nein!" Joe lachte und schüttelte den Kopf. „Als wir wieder zur Hütte kamen, hat uns Godfrey gesagt, dass er Sie in Richtung Dull Trail geschickt hat. Wir dachten schon, dass wir Sie nie mehr wiedersehen. Dieser Teufel!"

„Hört sich gut an, Dull Trail."

„Ist es aber nicht. Das ist 'ne Gegend, wo sogar Einheimische sich verirren. Und Godfrey wusste genau, dass sich der Boss dort ganz bestimmt nicht aufhält!"

Anna zuckte erschrocken zusammen. „Sie meinen, Godfrey hat mich absichtlich hierhergeschickt, damit ich mich verirre?"

„Er wird seine Strafe bekommen!", knurrte der Boss. *Ach du Schreck! Der Boss ist ja gar nicht auf mich wütend, sondern auf Godfrey.* „Wenn er nicht schon zu alt dafür wäre, würde ich ihn eigenhändig übers Knie legen!"

„Er wollte Ihnen wahrscheinlich bloß 'nen Schreck einjagen, Miss", meinte Joe abwiegelnd. „Normalerweise ist die Gegend nicht so fürchterlich gefährlich. Na ja ..."

Was heißt denn „Na ja"? Also doch fürchterlich gefährlich? Oh mein Gott!

„Er wusste nicht, dass sich hier seit Tagen der Dingo rumtreibt. Als der Boss ihm das gesagt hat, war er ganz schön fertig mit den Nerven."

Anna empfand das nicht unbedingt als Trost. Der Dingo riss sogar ausgewachsene Rinder, und sie war einfach eingeschlafen ... Wenn der Regen sie nicht geweckt hätte, wäre sie jetzt vielleicht auch tot! *Ooooh bloody, fuckin' hell!*

„Aber Sie haben das verdammt gut gemacht, Miss Blu... Ann!", lobte Joe sie. „Waren Sie mal bei so 'nem Überlebenstraining? Wir haben wirklich gedacht, dass wir Sie nur noch halb tot finden!"

Ich bin halb tot. Fühle mich zumindest so.

„Himmelherrgott! Joe!", rief Mr. Bendrich ungehalten. „Halt jetzt die Klappe, du brauchst ihr nicht im Nachhinein noch Todesängste einzujagen."

Aber Joe wollte offensichtlich nicht seine Klappe halten und fand vermutlich, dass „Todesängste einjagen" ein ziemlich gutes Gesprächsthema war – besser als Wetter und Sport.

„Hey, Miss, das war verdammt schlau von Ihnen, den Weg mit den Pfeilen zu markieren. Sie haben einen kühlen Kopf bewahrt. So haben wir Sie ganz leicht finden können, trotz der Dunkelheit. Ich meine, die Idee ist einfach ein Hammer! Hier im Busch, wenn man sich verirrt, da kriegt man leicht 'nen Buschkoller. Da hat schon mancher komplett durchgedreht." Er wandte sich jetzt zu den anderen Männern um. „Wisst ihr noch, Mates, wie Dingle Dooley sich damals eine Kugel in den Kopf gejagt hat?"

„Joe! Klappe!", knurrte der Boss, aber die anderen Männer fanden das Thema offenbar klasse und jeder steuerte noch eine Kleinigkeit über die Geschichte von Dingle Dooley bei, wann und in welchem halb verwesten Zustand man ihn dann schließlich im nächsten Frühjahr gefunden habe. Und wie es generell um seinen Verstand und seine Potenz bestellt gewesen sei. Anna fühlte sich durch die sagenhafte Geschichte von Dingle Dooley kein bisschen getröstet. *Ich habe nur deshalb nicht durchgedreht, weil ich gar nicht wusste, in welcher Gefahr ich schwebe.*

„Miss, das war wirklich gottverdammt höllisch schlau von Ihnen, dass Sie mit den Pfeilen Ihren Weg markiert haben", mischte sich jetzt ein anderer Stockman ein. „Wie sind Sie bloß auf so 'ne Idee gekommen?"

„Ich habe an den Minotaurus gedacht!"

„An wen?"

„An das Labyrinth auf Kreta, der griechische Held Theseus, der Faden der Ariadne." *Was rede ich da eigentlich? Der Mann kennt zwar die Irrungen und Wirrungen von Dingle Dooley, aber wer Theseus war, das interessiert ihn vermutlich nicht die Bohne.*

„Wozu doch eine klassische Bildung gut sein kann!", spottete Mr. Bendrich, aber er spottete mit einem freundlichen Tonfall. „Und um es Theseus gleichzutun, haben Sie den Minotaurus dann in Gestalt eines wütenden Dingos besiegt."

Anna lächelte halbherzig. „Diese Analogie zur griechischen Sage war keineswegs beabsichtigt!" Dann schüttelte sie über sich selbst entsetzt den Kopf – typisch Anna Lennarts, selbst in diesem Zustand musste sie noch über antiken Kram disputieren!

„Und an welche Sage haben Sie gedacht, als Sie Ihr beeindruckendes Beil hergestellt haben?", fragte der Boss.

„Ja, Mann, das Beil ist ja der Hammer!", rief Joe dazwischen. „Wo haben Sie gelernt, so was zu machen? Haben Sie mal bei den Aborigines gelebt? Nicht möglich, dass 'ne kleine Lady wie Sie so was kann!"

„Das habe ich von den Neandertalern gelernt!", gab Anna müde zurück. Irgendwie war ihr Kopf inzwischen an Mr. Bendrichs Brust gekippt, und der Geruch, den er verströmte, nach Schweiß, einem kaum noch wahrnehmbaren Deodorant, nach Mann, nach Kraft und noch mehr Mann … oh Mannomann, das war betäubender als ein Buschkoller. „Ich habe bei denen in der letzten Eiszeit mal einen Besuch gemacht."

„Neander… wer ist denn das? Mensch, Miss Ann, Sie verarschen uns ja", lachte Joe der Strauchpinkler, und Anna musste auch kichern. Ein klein wenig nur, denn um richtig zu kichern, fühlte sie sich einfach viel zu schlaff, und außerdem tat ihr Arm und ihr Rücken weh.

„Jedenfalls haben Sie sich wacker gehalten", sagte der Boss gönnerhaft. „Für eine Frau, die angeblich nichts Brauchbares gelernt hat, sogar unglaublich wacker."

Ja, ich bin eine Edle! Ich lebe! Ich habe es geschafft! Und dann musste sie irgendwie doch ohnmächtig geworden sein, denn sie kam erst wieder zu sich, als sie das Knarren von Holzdielen hörte.

Mr. Bendrich trug sie gerade in eine Hütte hinein und hinüber zu einem schäbigen Pritschenbett. Der Raum schien über keinen Stromanschluss zu verfügen, denn er war nur erhellt durch das Licht einer großen Petroleumlampe. Eine ganze Ansammlung von Leuten stand um sie herum. Aufgeregte Stimmen, Pfiffe und Begrüßungsrufe begleiteten ihre Ankunft in den Armen von Mister Super-Oberkörper. Anna versuchte zwischen all den neugierigen Männergesichtern Godfrey zu erspähen, aber die Kinder waren nicht da.

„Wo ist der gottverdammte Quack?", hörte sie den Boss fluchen.

Man habe den Doktor noch nicht erreichen können, sagte jemand, entweder er war gerade mal wieder betrunken oder inzwischen schon in Bendrich Corner und wartete dort darauf, dass man Anna hinüberbrachte.

Mr. Bendrich fluchte in absolut unverständlichem Aussie-Slang auf den Doktor, den er Quack wie von Quacksalber nannte, und nachdem er sich ausgiebig ausgeflucht hatte, schickte er die Männer mit einem herrischen „Alle raus!" weg, und die Hütte leerte sich in Blitzgeschwindigkeit.

„Ziehen Sie sich aus!", herrschte er Anna brüsk an, als die Tür geschlossen war und sie beide allein waren.

Anna saß auf der Pritsche und starrte ihn verwundert und misstrauisch an, was ihn allerdings nicht davon abhielt, seinen Willen durchzusetzen. Er trat zu ihr und zerrte so lange an dem Hemd, das er ihr geliehen hatte, bis sie nachgab und die Arme anhob, damit er es ihr herunterstreifen konnte.

„Sie müssen die nassen Sachen loswerden, und ich will sehen, wie schlimm Ihre Verletzung ist. Der Dingo hat Sie gebissen." Er verschränkte die Arme und sah sie abwartend an, doch sie schüttelte den Kopf und schaute ihn an, als hätte er von ihr verlangt, einen Salto aus dem Stand zu machen.

„Nachdem Sie schon nackt in meinem Pool gebadet haben, hält Ihr

Körper kaum noch Geheimnisse für mich bereit", brummte er ungeduldig.

Der Pool schon wieder, na klar. Nur da wusste ich noch nicht, was du für einen tollen Oberkörper hast.

Er schnaubte, wirbelte herum und ging zu einem Schrank in einer dunklen Ecke der Baracke und holte dort eine Flasche heraus. Sie dachte, es wäre irgendein Medikament, Desinfektionsmittel oder eine Wundsalbe, aber nein, es war eine gut gefüllte Whiskyflasche.

Ganz wunderbar: leerer Magen, völlig dehydriert, zitterig wie ein Lämmerschwanz und total verängstigt, dann noch Whisky, halb nackt und mit ihm alleine und einem schummrigen Outback-Liebesnest. Er bräuchte mich eigentlich nur noch flachzulegen. Sie machte die Flasche trotzdem auf und nahm einen kräftigen Schluck. Sie gab sich einen Moment lang dem herrlich wohltuenden Brennen in ihrem Hals und in ihrem Bauch hin, und dann zog sie einfach ganz mutig ihr zerfetztes T-Shirt über ihren Kopf. *Bitte schön, Boss, mach, was du willst, aber mach es gut.*

Aber er machte nichts, zumindest nichts von dem, von dem sie gehofft hatte, dass er es vielleicht machen würde (schade). Nein, er begutachtete die Wunde an ihrem Arm, als wäre er selbst ein Arzt, dann schaute er sich die diversen Kratzer auf ihrem Rücken an und strich vorsichtig mit seinem Zeigefinger ihre Wirbelsäule hinunter.

Heiliger Strohsack!

Sie musste sich auf die Zunge beißen, um nicht laut zu stöhnen. Aber er blieb absolut professionell, nickte ihr nur zu und ging dann wieder zum Schrank hinüber. Sie brauchte auf jeden Fall noch mehr Whiskey und nahm gleich mal ein paar kräftige Schlucke. Sie hätte heute Morgen einen BH anziehen sollen. Aber bei dieser Hitze war ihr das Ding einfach viel zu lästig und beengend gewesen, und außerdem hatte sie kleine, straffe Brüste und brauchte gar keinen BH zu tragen.

Jetzt kam er mit Verbandzeug und Desinfektionsmittel zurück und betupfte vorsichtig ihre diversen Schrammen, dann verband er ihren Arm fachmännisch, und schließlich holte er auch noch ein frisches Hemd aus dem besagten Schrank und reichte es ihr stumm. Sie trank noch einmal aus der Flasche, dann griff sie nach dem karierten Flanellhemd.

Er sollte mich eigentlich küssen. Noch ein Schluck von dem Teufelszeug, und ich wälze mich mit ihm auf dem Boden. Von Küssen konnte allerdings nicht die Rede sein, er stand wieder mit verschränkten Armen vor ihr und schaute sie abwartend und auch ein wenig streng an. Sie schlüpfte umständlich in das Hemd, weil die Ärmel sich widerspenstig gegen ihr Eindringen wehrten. Oder waren es ihre Arme, die sich gegen die Ärmel wehrten? Als sie es endlich geschafft hatte, nahm sie noch einen Schluck aus der Flasche und ließ das Hemd offen.

„Gibt's ein Problem?" Er klang ziemlich ungeduldig. Sie lehnte sich zurück, stützte die Hände auf die Pritsche und lächelte ihn herausfordernd an. Er verstand ihre Geste offenbar richtig und beugte sich langsam über sie. Sie öffnete unwillkürlich ihren Mund ein wenig, in Erwartung des längst überfälligen Kusses, aber er küsste sie nicht, sondern berührte mit seiner Nase nur ganz sanft ihren Hals, mehr nicht.

„Nicht so, Anna", sagte er mit leiser, kratziger Stimme, die eine heiße Welle der Erregung durch ihren ganzen Körper jagte. Der Klang seiner Stimme rannte ihre Wirbelsäule hinunter, fuhr in ihren Magen hinein und wie ein glühender Blitz zwischen ihre Beine, wo er ein pochendes, schmerzhaftes Gefühl hinterließ. Anna merkte vor lauter Erregung kaum, dass sie laut seufzte.

„Mach bitte jetzt das Hemd zu, Anna", forderte er sie auf.

„Ich schaff das nicht alleine." Sie war vielleicht eine weltfremde Archäologin, aber sie wusste schließlich, wie man einen Mann verführte. Menrad war regelmäßig verrückt geworden, wenn sie ihn unter halb geschlossenen Augenlidern angeschaut und dann sehnsüchtig über ihre Oberlippe geleckt hatte. Leider schien ihr Spezial-Verführungstrick beim Boss überhaupt nicht zu wirken, und schon gar nicht schien er dabei verrückt zu werden, er wurde eher verärgert.

„Draußen stehen jede Menge Männer, ich kann einen holen, der dir hilft."

Blöder Spielverderber. „Brauchen Sie etwa bei allem die Hilfe von anderen Männern?"

„In dem Moment, wo du meinen Heiratsantrag annimmst, schließe und öffne ich so viele Knöpfe für dich, wie du nur willst. Bis dahin sind Sie meine Angestellte, Miss Lennarts." Er drehte sich um, stampfte zur Tür und knallte sie mit einem gewaltigen Rums zu.

Uuups.

Sie saß noch eine Weile auf der Pritsche und versuchte ihre Enttäuschung und Erregung mit ein paar weiteren Schlucken des Whiskys zu ertränken. Die Flasche war beinahe leer, als sie sich aufraffte. Sie fummelte ungeschickt an den Knöpfen herum, stellte fest, dass sie manche von denen doppelt sah und dass die Knopflöcher immer dann verschwanden, wenn sie endlich einen Knopf zu fassen bekommen hatte. Oje, vermutlich war sie ein klein wenig betrunken. Als sie sich auf ihre Beine hievte, stellte sie fest, dass sie nicht nur ein klein wenig, sondern stockbetrunken war.

Kritikpunkt Nummer fünf: Das Hemd ist völlig falsch zugeknöpft und die Angestellte vom Boss schwankt aus der Tür der Jagdhütte heraus wie ein Matrose aus der Seemannskneipe. Er musste gesehen haben, dass sie sich kaum noch auf den Beinen halten konnte, denn er kam angerast und fing sie gerade noch rechtzeitig auf, bevor sie mit der Nase voraus, lang gestreckt in den Dreck gefallen wäre, und schon hob er sie wieder in seine Arme.

„Alle Knöpfe vorschriftsmäßig verführt … äh verknöpft", meldete sie sich kichernd zurück. Und dann schmiegte sie ihren Kopf einfach wieder an seine prachtvolle Brust.

„Fins'er wie ein Kelte", lallte sie und kicherte. Er antwortete aber nicht, sondern machte nur ein mürrischeres Gesicht, seine Augenbrauen waren so zusammengezogen, sie trafen sich fast in der Mitte und sein Mund war schmal und verkniffen wie ein Strich. Warum war er eigentlich so sauer auf sie?

„Waskannich'ndafür?", maulte sie. „Sie hammirdoch den Whisky gegeben."

Er setzte sie vorsichtig in den Jeep und stieg dann auf der anderen Seite ein.

„Ich möchte mich für das, was Godfrey getan hat, bei Ihnen entschuldigen", sagte er geschäftsmäßig, während er den Motor startete. „Ich weiß zwar, dass es unverzeihlich ist, aber ich hoffe, Sie sehen von gerichtlichen Maßnahmen ab. Godfrey ist noch so jung, und Sie kennen all die Probleme, die er hat. Ich verspreche Ihnen, dass er eine angemessene Strafe erhält."

Godfrey bestrafen? Gerichtliche Maßnahmen?

„Du hast doch echt 'ne Schraube locker, Boss."

Habe ich das gerade wirklich gesagt?

Er wandte den Kopf zu ihr nach links und starrte sie an, als wollte er sie gleich erwürgen oder übers Knie legen. *Ach du liebe Güte, gleich wird er mir eine seiner akkuraten Maßregelungen um die Ohren hauen.*

Die anderen drei Fahrzeuge brausten an ihnen vorbei und hinterließen Staub in der Luft. Anna begriff nicht gleich, was los war. Erst als er sie am Nacken packte und sie unerbittlich zu sich herüberzog, merkte sie, dass er den Jeep angehalten hatte.

„Ich hasse betrunkene Frauen", wisperte er auf ihre Lippen.

„Ich auch", sagte sie, und dann kam seine Maßregelung, sehr leidenschaftlich und ausgehungert.

Seine Lippen nahmen ihre hart und fordernd in Besitz und seine Zunge stieß ohne langes Vorspiel tief in ihren Mund. Mit der einen Hand hielt er ihren Nacken, mit der anderen hatte er ihr Kinn umfasst, und selbst wenn sie gewollt hätte, hätte sie sich nicht gegen diesen Kuss wehren können.

Aber sie wollte ja geküsst werden. Unbedingt!

Er küsste genau so, wie sie es erwartet hatte, wie Arthur, nur härter und wütender und sie wurde dabei nur noch erregter und begieriger. Der Kuss hörte gar nicht auf, immer wieder stieß er seine Zunge in ihren Mund, saugte an ihrer Zunge, knabberte an ihrer Unterlippe und versprach ihr mit seinen harten Zärtlichkeiten all das, wovon sie träumte: ungezügelten, barbarischen Sex. Sie öffnete automatisch ihre Beine, bereitwillig und voller Sehnsucht. Ihr Kopf schwirrte, als hätten sich tausend Bienen darin verirrt, und sie wusste nicht, ob es vom Whisky kam oder von dem, was er mit seiner Zunge machte, aber sie war in ihrem ganzen Leben noch nie so begierig darauf gewesen, einen Mann in sich zu haben. Der Motor tuckerte leise vor sich hin. Es fing wieder an zu regnen. Es regnete zwischen ihre Tränen, und das war gut so. Er brauchte nicht zu sehen, dass sie seinetwegen weinte.

Er unterbrach den Kuss genauso ruppig, wie er ihn begonnen hatte, auf einmal saß er wieder kerzengerade hinterm Lenkrad, und die Fahrt ging weiter.

In Bendrich Corner wartete der Doktor, genannt Quack, auf sie, und Mr. Bendrich verschwand. Anna war wirklich nicht mehr richtig bei Bewusstsein, betäubt vom Whisky und noch mehr betäubt von seinem Arthur-Bendrich-Kuss-Overkill.

Der Doktor, der mindestens genauso eine Alkoholfahne hatte wie Anna, untersuchte sie, versah ihren Arm und ihren Rücken nochmals mit einer Salbe, dann meinte er, das sei in zwei oder drei Tagen erledigt. Er diagnostizierte noch einen dramatischen Sonnenbrand und meinte, der würde ihr zweifellos länger wehtun als ihre kleinen Kratzer. Aber Anna spürte weder die Kratzer noch den Sonnenbrand. Der Arzt schickte sie zu Bett und sie fiel einfach lang gestreckt auf die Matratze und schlief wie eine Tote.

Clannon Miller

7. Monsunwald und Motorschaden

AM anderen Morgen wurde Anna von einem lauten Klopfen an ihrer Tür geweckt. Oder war es ihr armer Brummschädel, der so laut dröhnte? Das Gehirn in ihrem Kopf – falls von dem überhaupt noch etwas übrig war – fühlte sich an wie püriert, und das Hämmern an der Tür war der Pürierstab.

„Darf ich hereinkommen?", rief der Boss von draußen, und auf einmal war Anna hellwach.

„Oh nein, lieber nicht!" Anna fühlte sich, als ob sie die ganze Nacht auf einer Parkbank geschlafen hätte, mit einer Schnapsflasche im Arm. Und einmal abgesehen von ihren Kopfschmerzen tat jeder einzelne Knochen in ihrem Körper weh, während ihre Haut sich anfühlte, als ob sie stundenlang auf einem Grill geröstet worden wäre. Sie spannte und brannte und wahrscheinlich warf sie schon überall Blasen.

Der Boss kam natürlich trotzdem herein, riss die Tür schwungvoll auf und war mit zwei Schritten mitten im Zimmer. Er sah so blühend aus wie der taufrische Morgen.

„Wie geht es Ihnen heute Morgen?"

„Beschissen!" Sie drehte sich zur Wand. Konnte er nicht etwas leiser sprechen? Er kam einen Schritt näher, blieb an ihrem Bett stehen und schaute auf sie hinunter.

„Der Quack hat gesagt, dass die Kratzer harmlos sind und bald verheilen."

„Es sind nicht die Kratzer", stöhnte sie. „Ich habe einen höllischen Sonnenbrand und eine dreiviertel Flasche Whisky in meinem Stoffwechselsystem, und ich glaube, mir ist schlecht." Ihr war kotzübel, aber sie fühlte sich zu krank, um aufzustehen.

„Es geht um Godfrey", fing er an und räusperte sich ein paarmal, als sie nicht reagierte. „Anna? Hören Sie?"

„Können wir das nicht später besprechen? Morgen vielleicht?" *Mir ist so furchtbar schlecht. Was habe ich gestern bloß alles zu ihm gesagt?*

„Ich muss nachher leider abreisen. Ich habe Godfrey zu einer Woche Stubenarrest verdonnert. Ich tue das nicht gerne, aber …"

„Stubenarrest für Godfrey?" Sie drehte sich hastig zu ihm herum, aber die schnelle Bewegung tat ihrem Kopf überhaupt nicht gut, und ihr Magen beschloss jetzt, dass er den Whisky loswerden wollte, und zwar schnell. Sie ignorierte ihren Magen. Das fehlte gerade noch, dass der Boss ihr auch noch dabei zusah, wie sie sich über die Toilette hängte.

„Das ist doch keine Strafe für Godfrey!", krächzte sie empört mit versoffener Stimme, und gleichzeitig kniff sie die Augen zu, denn es war einfach viel zu hell. Das Licht brannte sich wie Laserstrahlen tief in ihre Netzhaut und in den Matschbrei dahinter, der einmal ihr Gehirn gewesen war. „Ich werde das selbst mit ihm klären." *Wenn ich wieder klar bin.*

„Kann ich Ihnen irgendwie behilflich sein?", fragte er und klang überaus besorgt.

Sie konnte den Würgereflex jetzt kaum noch unterdrücken, und plötzlich packte er sie, riss sie aus dem Bett heraus wie eine Stoffpuppe und zerrte sie hinüber in ihr Badezimmer.

„Kommen Sie, schnell. Danach geht es Ihnen bestimmt besser."

Auch das noch! Jetzt hängt er mich schon selbst über die Kloschüssel. Aber wenigstens ließ er sie in diesem unwürdigen Zustand alleine. Er ging hinaus und schloss die Badezimmertür hinter sich, aber zweifellos würde er die widerlichen Würgegeräusche, die sie in die Toilette röhrte, bis hinunter in sein Büro hören können.

Aber danach fühlte Anna sich wirklich besser – viel besser sogar.

Sie wusch sich ihr brennendes, rot glühendes Gesicht, putzte sich die Zähne und legte ihre Kontaktlinsen ein. Ihr Magen fühlte sich jetzt leicht und frei an, wie ein Schmetterling, ihr Kopf dagegen so schwer wie eine Grabplatte, und er donnerte immer noch laut in seinem Whiskygewitter. Zudem hatte sie die Mutter aller Sonnenbrände. Nicht nur in ihrem Gesicht, auch auf ihren Armen, ihrem Rücken, ihrem Hals, auf jedem noch so winzigen Fleckchen Haut, das sie gestern nicht bedeckt hatte.

Sie wankte wieder benommen zurück in ihr Zimmer und erschrak heftig, als sie sah, dass der Boss immer noch da war. Er saß auf ihrem Bett und hatte offensichtlich auf sie gewartet. Gemeinheit! Wie sollte sie denn an ihm vorbei in ihr Bett zurückkommen? Er sollte endlich aufstehen und abreisen und sie in ihrer Schmach alleine lassen.

Er stand auf, aber nicht, um abzureisen, sondern um sie an der Badezimmertür abzuholen. Er legte den Arm vorsichtig um sie und führte sie zurück zu ihrem Bett, und sie ließ sich seufzend in die Kissen zurücksinken.

„Sie sollten wirklich ein paar Tage Urlaub nehmen, Miss Lennarts."

Sie verzog schmerzhaft das Gesicht. *Oh verdammt, warum spricht er nur so laut?*

„Sie haben sich das redlich verdient. Wohin wollten Sie mit Ihrem Bekannten? Nach Darwin? Das ist eine seltsame Gegend für einen Urlaubstrip, aber bitte schön, wenn man die Tropen mag." Er schwieg eine Weile nachdenklich.

„Hm, ich war schon lange nicht mehr da oben." Er sprach mehr mit sich selbst, und Anna fragte sich, warum er sein Selbstgespräch nicht auf dem Flur fortsetzen konnte. „Sie sollten dort unbedingt den Kakadu Nationalpark besuchen. Er ist berühmt."

Und ich bin berühmt dafür, dass ich meine Ruhe haben möchte, wenn mein Gehirn sich in Ursuppe verwandelt hat.

„Man hat dort diesen Film gedreht, Crocodile Dundee. Eine interessante Sehenswürdigkeit sind die Jim Jim Falls und die Twin Falls. Wissen Sie schon, wann Sie diesen Ausflug machen werden?"

„Nein!" *Ich weiß ja noch nicht mal, ob ich noch am Leben bin, wenn Paul kommt. Falls er überhaupt kommt.*

„Versuchen Sie, es so zu arrangieren, dass Mrs. McEll in der Zeit die Kinder versorgen kann." Er ging jetzt zur Tür, blieb stehen, und plötzlich schrie er richtig. Richtig. Fürchterlich. Laut. Die Scheiben klirrten, oder waren es nur die Kontaktlinsen, die auf ihren geschwollenen Augäpfeln vibrierten?

„Was ist denn mit dieser Wand passiert?"

Oh Scheiße: Kritikpunkt Nummer sieben, und ich will doch nur meine Ruhe haben.

„Wir hatten ein Problem mit Vegemite", stöhnte sie in das Kissen.

„Wer ist wir? Und was machen Sie mit Vegemite in Ihrem Schlafzimmer?"

Schrei nicht so, du Stier! „Wir bestreichen uns damit den Körper und lecken sie ganz langsam wieder ab."

„Ihr … ihr leckt … Zur Hölle mit dir, Anna!" Er stapfte wütend aus dem Zimmer und knallte die Tür mit einem letzten Donnerschlag in ihrem Kopf zu.

Endlich! Das hätte ich schon früher sagen sollen.

AM Abend ging es Anna wieder besser, und sie entschloss sich dazu, mit Godfrey zu sprechen, aber als sie in sein Zimmer trat, starrte er sie nur feindselig an. Anna seufzte, setzte sich abwartend auf sein Bett, hoffte, er würde wenigstens eine kleine Entschuldigung äußern, aber er schwieg, also machte sie den Anfang.

„Warum hast du das getan, Godfrey?" Er sagte immer noch nichts. „Ich kann nicht glauben, dass du das mit Absicht getan hast."

Er zuckte die Schultern. „Warum nicht?"

Das tat weh! „Ich mag dich, Godfrey, und ich wünschte, du würdest mir eine Entschuldigung anbieten."

Er wandte ihr den Rücken zu und starrte stur zur Wand.

„Es ist dir wohl lieber, wenn ich es bei der Strafe deines Vaters belasse, was?"

„Ja!"

„Aber das kann ich nicht! Wir müssen schließlich noch einige Zeit zusammenleben. Wolltest du mir wirklich Schaden zufügen? Willst du mich unbedingt loswerden?"

„Sie könnten tatsächlich abhauen, Miss Lennarts!" Er meinte es also ernst.

Sie stand langsam wieder auf. „Meinetwegen brauchst du dich nicht in deinem Zimmer zu verstecken. Das ist eine Strafe für einen kleinen Jungen, der gerne Märtyrer spielt. Wenn du ernst genommen werden willst, dann geh mit dem Problem auch erwachsen um. Du weißt genau, dass du ungerecht bist. Du kannst nicht von mir verlangen, jemanden zu heiraten, den ich kaum kenne und der mich nicht einmal liebt. Das ist unfair und unreif." Sie ging zur Tür und wunderte sich selbst, dass sie ihren Vortrag so ruhig und ohne Tränen losgeworden war.

„Wenn du willst, dass ich gehe, dann sag es und schau mir dabei in die Augen, und spiel nicht dumme Streiche wie ein Zehnjähriger."

Mit diesen Worten war sie draußen. Aber als sie die Tür hinter sich geschlossen hatte, schlotterten ihre Knie. Sie hoffte, Godfrey würde ihr nachkommen und sich entschuldigen. Aber er kam nicht. Auch nicht am anderen Tag.

Dafür kam der zweite Lehrerkandidat, und der war genau der Richtige. Das erkannte Anna sofort, schon als sie ihm die Tür öffnete. Er war Mitte vierzig, leger, aber sauber angezogen, vollbärtig, mit warmherzigen, braunen Augen und einem dicken Bierbauch. Sein Name war auch sehr vielversprechend. Er hieß nämlich Tobias Goodwill, und genauso wirkte er: wie ein gutwilliger, liebenswürdiger Kerl. Er selbst war auch Vater von vier Kindern, und seine Frau war gerade wieder im sechsten Monat schwanger. Mr. Bendrich hatte ihm zugesichert, dass er mit seiner Familie das kleine leer stehende Haus hinter dem der McElls beziehen könne und dass er seine eigenen Kinder mit den Bendrich-Kindern zusammen unterrichten dürfe, sofern er die Lehrprobe erfolgreich absolvierte. Seine Frau sollte sich, soweit es ihre Schwangerschaft zuließ, im Haushalt nützlich machen.

Anna verzichtete großzügig auf jede Lehrprobe. Sie wollte den Mann auf keinen Fall abschrecken. Er sollte nur ganz schnell mit seiner Familie das Haus da hinten beziehen, möglichst noch vor der ersten Unterrichtsstunde – möglichst noch bevor er feststellte, dass die Bendrich-Kinder wahrscheinlich kein guter Umgang für seinen eigenen Nachwuchs waren.

Nein, er wollte die Kinder trotzdem kennenlernen. Schade! Aber man musste ihm zugutehalten, dass er sich nicht so leicht übertölpeln ließ. Die Kinder wurden zusammengetrommelt, Godfrey verließ unmutig seinen Kerker, und die Lehrprobe begann.

„Du hast aber einen dicken Bauch!", war Stevens Begrüßung; Mr. Goodwill reagierte mit einem gutwilligen Lachen.

„Ja, der hat meine Frau viele Stunden in der Küche gekostet und mich viele Dosen Bier."

Die Kinder lachten und das Eis war gebrochen, aber Lucy musste natürlich trotzdem fragen, ob er wohl wusste, wie die Babys in den Bauch kämen. Anna verzog sich unauffällig in den Hintergrund.

„Natürlich", sagte der Gute lachend. „Ich habe ja schließlich selbst vier davon, und das fünfte ist gerade im Anmarsch. Ich erkläre euch das ganz genau in der übernächsten Unterrichtsstunde. Ich habe sogar ein kleines Modell, das ich euch zeigen kann."

Anna kam wieder etwas aus dem Schatten der Ecke zum Vorschein und strahlte vor Zufriedenheit. Der Mann war der absolute Knaller.

„Kannst du wenigstens Altägyptisch sprechen?" Linda setzte das Personalgespräch unerbittlich fort, und Mr. Goodwill kratzte sich nachdenklich an seinem Bart.

„Kannst du denn schon Lesen und Schreiben?"

Fantastisch! Anna hätte ihn abknutschen können, mitsamt Bart und Dickbauch.

„Ich verspreche dir, wenn du Lesen und Schreiben gelernt hast, fange ich an, Altägyptisch zu lernen, einverstanden?"

Linda war also auch zufrieden, und jetzt blieb nur noch Godfrey übrig, mürrisch, misstrauisch und gar nicht gutwillig. Anna war auch schon mürrisch, vor lauter böser Vorahnung. Der sollte bloß nicht seinen Ärger an dem guten Goodwill auslassen. Er tat es – er versuchte es zumindest.

„Du bist also Godfrey." Das war doch eine ganz nette Begrüßung, fand Anna, aber Godfrey zuckte nur die Schultern. „Und du wirst bald in das berühmte Knabeninternat nach Perth wechseln, wie ich gehört habe." Noch mehr gelangweiltes Schulterzucken.

„Wir werden vorher noch ein paar Übungen machen müssen, für den Test dort. Er ist sehr schwer." Godfrey zeigte sich weiterhin äußerst gelangweilt.

„Das Problem bei diesem Internat ist nicht der Test", sprach Goodwill unbekümmert weiter. „Es sind die Weiber. Man kommt nicht raus, keine Mädchen dort, nur Jungs. Jungs und Mönche. Du solltest dir ein paar einschlägige Zeitschriften mitnehmen, wenn du deine Koffer packst, du weißt schon, was ich meine."

Godfrey bekam mindestens genauso große Augen wie Anna, aber auf einmal breitete sich neben ein paar roten Flecken an Stirn und Wangen auch ein Grinsen auf seinem Gesicht aus, so strahlend wie die Sonne nach einem Unwetter. Endlich! Mister Goodwill war nicht nur ein guter Lehrer, er war auch ein großer Psychologe.

Als Mr. Goodwill wieder weg war, verflüchtigten sich die Kinder in Richtung Pool. Nur Godfrey blieb in der Halle stehen, und Anna ging in die Küche. Es war zwar noch lange nicht Zeit für das Essen, aber Godfrey mit seinem trotzigen Weltschmerz-Blick in der Halle, mit den Händen in den Hosentaschen und die Nase beleidigt in die Luft gereckt, dieser Anblick motivierte sie unglaublich zur Küchenarbeit.

Vielleicht sollte sie die Schränke mal aufräumen. Die waren in letzter Zeit ziemlich durcheinandergeraten, besonders die Teller. Es wurden eigentlich immer weniger. Nicht weil sie zerbrachen, sondern weil sie sich oftmals gemein versteckt hielten, unter Soßenpulverdosen, zwischen süßen Devonshire-Tea-Teilchen oder im Kühlschrank. Godfrey da draußen – die Teller hier drinnen? Da fiel ihr die Wahl ausnahmsweise mal nicht schwer.

Er kam in die Küche und blieb wie angewurzelt stehen, als würde er auf etwas warten. Anna fischte einen Teller unter der Bank hervor; der war leider nicht gespült.

„Ich möchte mich entschuldigen, Anna. Und ich möchte nicht, dass du weggehst!"

Anna ließ vor Verblüffung den Teller fallen.

„Ich möchte einfach, dass du für immer bei uns bleibst!", rief Godfrey zwischen das Klimpern des Tellers. Der Teller war wie durch ein Wunder nicht zerbrochen, und Anna kroch unter dem Küchentisch hervor und lächelte Godfrey erleichtert an.

„Dann solltest *du* mir vielleicht einen Heiratsantrag machen."

Er errötete bis in seine hellblonden Haarspitzen, sagte aber nichts. Dann ging er zum Kühlschrank und fischte aus der Gemüseschublade zwei sauber gespülte Teller heraus.

„Weißt du, Godfrey ..." Er hatte immer noch rote Flecken im Gesicht, aber er brachte immerhin den Mumm auf, sie jetzt direkt anzusehen. „... du gehst bald in ein Internat, deine Schwestern in zwei oder drei Jahren auch, dann Steven. Ihr werdet erwachsen, geht eure eigenen Wege und dann braucht ihr mich nicht mehr. Ihr werdet Berufe lernen oder auch studieren. Und was wird dann aus mir?" Sie nahm ihm die sauberen Teller ab, stellte sie auf ihren schmutzigen und packte alle drei gedankenverloren in die Gebäckschublade, zu den anderen zwei Tellern bei den Devonshire-Tea-Stücken.

„Ihr könntet euch ja noch ein paar Kinder dazu adoptieren."

Also wenn schon, dann will ich die auch selbst mit ihm herstellen.

„Es geht doch nicht darum, dass ich Kinder haben möchte. Es sind zwei andere Gründe: Dein Vater will mich nur deshalb heiraten, weil er mich im Augenblick für euch braucht. Von Liebe hat er kein Wort gesprochen, und mal unter uns: Eine Ehe ohne Liebe ist wie … wie Australien ohne Kängurus. Und der andere Grund ist mein Beruf. Ich bin Archäologin, was denkst du, was ich mit diesem Beruf hier in dieser Gegend anfangen kann?"

Er schwieg, holte die Teller wieder aus der Schublade mit dem Gebäck und stellte sie ordentlich in die Spülmaschine.

„Ihr seid echt bescheuert, ihr Erwachsenen. Ich verstehe das nicht", maulte er vor sich hin. „Er ist scharf auf dich und du bist scharf auf ihn, und trotzdem kommt ihr irgendwie nicht zusammen."

„Woher weißt du denn, dass ich scharf auf ihn bin?", rief sie ertappt.

„Ich weiß es eben?"

„Von wem?" Wahrscheinlich machte der Boss aus gar nichts ein Geheimnis.

„Das sieht man doch. Wie du ihn anguckst."

„Wie guck ich ihn denn an?"

„Na so!" Er klimperte mit den Augen, reckte den Hals in die Höhe, drückte seine magere Brust heraus und machte ein paar sehr sexy (aber schwul aussehende) Hüftschwünge. Zur Strafe dafür fing er sich von ihr einen kräftigen Puff gegen seinen Oberarm ein und sie lachten beide. Gott sei Dank! Sie hatte Godfrey zurück.

Jetzt vertieften sie sich wieder in die Suche nach den verschollenen Tellern. Einer fehlte noch. *Ich bin wirklich ziemlich scharf auf ihn. Aber es nützt nichts,* dachte Anna und fand den Teller im Putzeimer. Sie nahm den ganzen Eimer und stellte ihn in die Spülmaschine, während sie sich an das heiße Intermezzo am Strand von Broome erinnerte und an seinen Hardcore-Kuss gestern im Jeep ... *Ich sollte ihn einfach heiraten, mich auf hammergeilen Sex freuen und auf die Liebe pfeifen.*

Die Tür der Spülmaschine ging nicht zu. Der Eimer hatte sich verklemmt. Sie drückte fest, schloss die Augen und träumte weiter, erinnerte sich an seinen Oberkörper und stellte sich vor, wie er wohl etwas tiefer aussehen würde. *Man darf ja wohl noch seiner Fantasie freien Lauf lassen.*

„Anna!"

Viele schwüle Nächte lang, sein nackter Körper auf mir, seine Hände auf meinen Brüsten und er in mir, tief und schnell. Sex, Sex, ganz viel Sex ...

„Aaaanna!"

„Ja, was ist?" *Wo bin ich?*

„Wo bist du?"

Im Bett mit deinem Vater, Godfrey. Oh bloody hell!

„Da klopft jemand an die Haustür, und du hast die Klappe der Spülmaschine ruiniert!" Godfrey seufzte und schüttelte den Kopf. „Ich gehe die Tür öffnen."

Da stand Paul, unbeschwert und fröhlich.

Herzlich willkommen, guter, alter Freund, warum hast du nicht angerufen? Ich muss dir so viel erzählen von meinem sagenhaften Kelten. Fünf Stockmen standen hinter ihm auf dem Vorplatz, und Paul, sportiv-schick gekleidet und mit schwarzer Angeber-Sonnenbrille, bildete einen enormen Kontrast zu den Männern, die von der Arbeit schmutzig und verschwitzt waren. Es war ein unangenehmer Kontrast, denn die Männer wirkten wie Pauls Leibeigene und er wie ein großkotziger Feudalherr.

„Danke Jungs!" Paul winkte den Männern ein Adieu zu und trat schwungvoll ein, als wäre das sein eigenes Haus, dann riss er Anna in seine Arme und wirbelte sie im Kreis herum. Die Tür stand offen und die Arbeiter beobachteten die wilde Begrüßungsszene natürlich mit großer Neugier, aber Anna war es gleichgültig, ob sie damit mal wieder für Gesprächsstoff im Outback sorgen würde. Sie freute sich einfach wie ein kleines Kind. Paul küsste sie stürmisch zuerst auf die Wangen und dann auch auf den Mund. Das erweckte nichts als noch mehr maßlose Freude in ihr.

Aber in Paul war etwas anderes erweckt. Jetzt erst fand er die Zeit, sich seine alte Freundin genauer anzusehen. Und er starrte sie so fassungslos an, als wäre sie ein Monster-Känguru, hielt sie an beiden Händen fest und schnappte theatralisch nach Luft.

„Mensch, Anna!" Er schüttelte den Kopf, nahm seinen Koffer auf und ging damit demonstrativ wieder zur Tür. „Ich bin falsch hier. Ich suche Doktor Anna Lennarts."

„Quatschkopf!", lachte Anna. „Komm zurück!"

„Und wer sind Sie!" Er schauspielerte und machte Spaß, aber doch sah Anna in seinen Augen auch diesen ganz bestimmten Ausdruck. Den kannte sie leider nur zu gut. Es war der Jäger-Blick, den er aufsetzte, wenn er sich in eine neue Flamme verschossen hatte.

Oh nein, Paul, nicht mit mir.

„Was ist mit dir passiert? Bist du ins Outback gegangen oder auf eine Schönheitsfarm?"

„Sind Sie der Earl?" Lucy kam jetzt aufgeregt vom Pool herübergerannt. Paul nahm sie ganz durchlauchtigst in Empfang, verneigte sich tief vor ihr und küsste ihre Hand.

„Für dich, mein Fräulein, bin ich der Paul, und wie heißt du?"

„Lucy Suzan Carolina Elizabeth Bendrich! Bekomme ich auch einen Kuss?" Lucy schenkte ihm ihr schönstes Lächeln. Ihre Mundwinkel waren noch etwas gelblich vom Frühstücksei, aber ansonsten sah sie aus wie eine Prinzessin.

„Aber selbstverständlich, gnädiges Fräulein!" Ein schallender Schmatz begleitete Pauls Kuss.

„Ich auch!" Da war Linda, und ihr folgte Steven. Godfrey blieb unter der Küchentür stehen und hielt sich nicht mit überkandidelten Begrüßungsritualen auf.

Sie stellte Paul den Kindern und die Kinder ihm vor und führte ihn dann in die Küche. Ach ja, die Spülmaschine. Sie versuchte die Klappe wieder zu öffnen, während Paul es sich schon auf der Bank gemütlich gemacht hatte. Er fühlte sich wirklich wie zu Hause. Die Klappe bewegte sich leider gar nicht mehr. Keinen Millimeter.

Oh Schreck, was würde der Boss wohl sagen?

Paul kam ihr natürlich zu Hilfe. So eine Klappe, das war doch wohl kein Problem. Er zog ein paarmal kräftig daran und riss die Klappe ganz aus der Verankerung.

„Wie schaffst du es, eine Stereoanlage zu bedienen?", maulte sie ihn an.

Der Boss würde nur noch schreien.

Paul lachte und schenkte sich einen Kaffee ein. Der war vom Frühstück noch übrig geblieben, kalt allerdings. Paul störte sich nicht an der Spülmaschinentür und auch nicht am kalten Kaffee. Godfrey ging, um Mr. McEll zu Hilfe zu holen. Der kannte sich mit Reparaturen aus. Die drei anderen Kinder setzten sich zu Paul an den Tisch.

„Warum habe ich das all die Jahre nicht bemerkt?", fragte Paul auf Deutsch.

„Na, was denn?"

„Was du für eine scharfe Braut bist."

„Paul, vergiss es!"

Paul vergaß es für einige Zeit und probierte Annas Kaffee – kalt war er wahrscheinlich besser als frisch gebrüht. Paul schien ihn jedenfalls zu mögen. Zumindest stimulierte ihn der kalte Kaffee zu einer gleichartigen Plauderei mit den Kindern. Er erzählte von seinem Flug mit dem Sportflugzeug seines Cousins. Jede einzelne seiner endlosen Zwischenlandungen und Auftankaktionen wurde plastisch beschrieben und mit Abenteuern ausgeschmückt. Dann sprach er von seinen Erlebnissen in Canberra – langweilige Stadt, auf dem Reißbrett entworfen und absolut tote Hose, aber es gab wenigstens einen Golfklub und ein paar interessante Nachtklubs. Seine Weibergeschichten sparte er freundlicherweise aus, nachdem Anna ihm einen warnenden Blick zugeworfen hatte. Die Kinder waren aufmerksamere Zuhörer als Anna. Sie fragten neugierig dazwischen und ließen sich von Pauls Schilderungen hinreißen. Anna beschränkte sich weitgehend auf das Beobachten von Paul. Er war so unbefangen und sorglos. Für ihn war das ganze Leben auf ein Vergnügen reduzierbar.

„Und nun, Lenni, sag mir, ob es dir tatsächlich so gut geht, wie dein fantastisches Aussehen es vermuten lässt. Es sind wahrscheinlich die fehlenden Archive, die dich verwandelt haben." Er sprach wieder deutsch, und Anna war dadurch gezwungen, ihm ihre ganze Aufmerksamkeit zu schenken. „Die Leute, die hier arbeiten, haben mir eine halbe Stunde lang die Ohren über dich voll geschwärmt."

„Es geht mir gut, Paul!" Das klang ein wenig halbherzig, aber er bemerkte es nicht.

„Was tust du hier, außer Dingos zu jagen. Sind die Kinder deine Verwandten?"

„Ich arbeite hier."

„Ach ja, da fällt mir ein, ich habe dir noch mal viel Material über archäologische Ausgrabungen hier in Aussieland mitgebracht. Schreibst du etwa eine Abhandlung über steinzeitliche Jagdmethoden? Ich habe schon alles über deine Streitaxt gehört, mit der du die gefährlichste Bestie der Gegend besiegt hast. Du bist jetzt angeblich berühmter als ein gewisser Dingle Dooley, und der scheint in den Annalen des Kimberley eine historisch bedeutende Rolle zu spielen."

Anna lachte über Pauls erfrischende Art. Sie versuchte ihm zu sagen, dass sie hier Haushälterin war und an archäologische Arbeit gar nicht zu denken wagte, aber er quasselte unentwegt, sie kam gar nicht zu Wort.

„Ach, lassen wir das Gerede von unseren Hobbys. Sowieso uninteressant in deiner Gegenwart." Jetzt sprach er in Englisch weiter. „Du bist so hübsch. Nicht wahr, Kinder?" Dann wieder deutsch. „Ich war acht Jahre lang blind, Lenni."

„Paul, ich kenne deine Masche. Sie wirkt nicht bei mir."

„Die millionenschönste Frau von der Welt!", rief Steven dazwischen, in dem Wunsch, sich an dem Gespräch zu beteiligen, und natürlich krabbelte er gleich mal besitzergreifend auf Annas Schoß.

„Das ist sie!", sagte Paul von ehrlichem Herzen. „Aber du bist doch nicht eifersüchtig, wenn ich sie für ein paar Tage entführe?"

Und ob er das war. Er umschlang sie mit seinen Ärmchen und drückte sie so fest, wie er nur konnte.

„Ich passe auf, dass die Krokodile sie nicht fressen, und verspreche dir, dass ich sie in einem Stück wieder zurückbringe", scherzte Paul.

Aber da gab es noch ein Problem. Die Frau des Vorarbeiters, die für Anna einspringen sollte, hatte einen schweren Anfall erlitten, und das bedeutete, dass man den Ausflug vorerst um ein paar Tage verschieben musste. Paul war nicht enttäuscht, höchstens erstaunt.

„Für dich einspringen? Wobei? Gibt es hier keine Haushälterin?"

„Die bin ich! Wie ich schon die ganze Zeit versucht habe dir zu sagen. Ich arbeite hier."

„Das ist doch wohl nicht dein Ernst?" Sie nickte nur. „Was, du? Doktor Anna Lennarts, die große Mittelalterkoryphäe spielt am Ende der Welt Hausfrau!" Er lachte und lachte. So sehr, dass er sich sogar den Bauch dabei halten musste.

„Ich habe keinen Gutsherrn und Schlossbesitzer zum Vater, Paul. Und du selbst hast mir ja dazu geraten."

Er lachte immer noch. „Aber doch nicht so was! Als Hausangestellte, in Back and Beyond?" Anna zuckte die Schultern, denn sie hatte keine Ahnung, was sie dem Grafen-Früchtchen von Rosenow darauf erwidern sollte. „Diese Vergeudung, Anna! Das muss dir doch das Herz zerreißen. Gerade du! Die Beste von uns!"

Da gibt es andere Dinge, die mir das Herz viel mehr zerreißen. „Weißt du nicht mehr, was du zu mir gesagt hast? Archäologie ist ein schönes, teures Hobby."

„Mein Gott, Kinder, ist euch eigentlich klar, was ihr für eine Haushälterin habt? Eine von Deutschlands begabtesten Archäologinnen. Hoffentlich wisst ihr diese Gnade zu schätzen."

„Rede nicht so einen Quatsch, Paul!", murrte sie verärgert. Das war mal wieder typisch für ihn, den Kindern so etwas vorzuhalten, so unpassend und oberflächlich.

„Wir schätzen Miss Annas vorübergehende Gnade, uns zu betreuen, außerordentlich!", erwiderte Godfrey zynisch, und Anna fürchtete schon, er würde durch Pauls dumme Äußerung wieder in sein vorheriges Schmollverhalten zurückfallen, aber Paul nahm die Bitternis in Godfreys Stimme nicht wahr, sondern lachte nur belustigt weiter.

„Ich werde sie sowieso bald heiraten, was meinst du, Anna?"

Anna versetzte ihm einen wütenden Schlag gegen die Schulter. „Denkst du, ich vergeude mich an dich, du Nichtsnutz! Glaubt ihm kein Wort, Kinder. Er beschränkt sich auf das Reden, die Taten überlässt er anderen."

Es war gut, dass sie das sagte, denn die ernsten Gesichter der Kinder zeigten, dass sie seine Worte für bare Münze genommen hatten und sie überhaupt nicht witzig fanden.

„Wie gut du mich kennst! Aber ich werde all meine Energien entfalten, um dich zu unserem Ausflug zu entführen. Wenn du wegen der Kinder nicht weg kannst, dann nehmen wir sie einfach mit!"

„Au ja, fein!" Bei den Kleinen brach ein Begeisterungssturm aus, nur Godfrey blieb unbeeindruckt. Wie er doch Mr. Bendrich in diesem Moment glich, wenn der diesen verärgerten Gesichtsausdruck aufsetzte.

„Das geht nicht, Paul. Ich glaube nicht, dass Mr. Bendrich seine Einwilligung dazu gibt. Wir warten, bis es Mrs. McEll besser geht."

„Hey, was ist das für ein Griesgram, der seinen Kindern diese hübsche Lustreise vorenthalten möchte?", rief Paul unbeschwert.

„Er ist kein Griesgram! Er ist ein ernster und sehr verantwortungsbewusster Vater."

Paul vergaß sein Vorhaben, die Kinder mitzunehmen, so schnell wieder, wie es ihm in den Sinn gekommen war. „Also werden wir eben warten, bis die alte Dame wieder gesund ist. Wie lange dauert das?"

„Schwer zu sagen. Mrs. McEll hat MS und sie bekommt immer wieder mal Schübe. Das kann ganz schnell vorübergehen oder auch länger dauern. Wir sollten die Zeit nutzen und uns diese aufregende Gegend ansehen, ich kenne sie nämlich auch noch nicht. Hier muss es sehr viele unberührte Schluchten geben, in die der Fitzroy sich eingegraben hat. Zum Beispiel die Geikie Gorge, und wenn man mit dem Boot den Fluss entlangfährt, kann man auch Malereien von Eingeborenen an den Felswänden sehen, und Höhlensysteme gibt es angeblich auch."

„Höhlen und Schluchten? Das nennst du aufregend?", spottete Paul. „Nun gut, alles, was dich glücklich macht, Lenni." Er sprang auf die Beine und sprühte vor Tatendrang. Man merkte, dass ihn der vorläufige Verzicht auf seinen Trip nach Darwin nicht allzu traurig stimmte.

„Ich will mal sehen, ob die Arbeiter schon mein übriges Gepäck vom Flugplatz herübergebracht haben. Ich hatte ein paar Probleme mit dem Motor. Hier gibt es doch bestimmt jemanden, der sich um die Flugzeuge deines Chefs kümmert. Vielleicht kann der sich mal meinen Motor ansehen. Dieser Bendrich hat ja ziemlich moderne Maschinen da in seinem Flugzeugschuppen stehen."

„Du bist hier zu Gast, lieber Graf", sagte Anna streng und auf Deutsch. „Also benimm dich ein wenig so, als wüsstest du die Großzügigkeit von Mr. Bendrich zu schätzen. Die Stockmen sind nicht deine Lakaien und der Mechaniker nicht dein Privatmonteur!"

Endlich wurde er ernst und betrachtete Anna nachdenklich.

„Sag mal, Lenni." Er sprach auch deutsch. „Du kommst doch mit diesem Bendrich klar, oder ist er unfair zu dir? Wo ist dein bissiger Humor hingekommen, den ich von früher kenne?"

„Ach Quatsch, unfair! Mr. Bendrich ist die Fairness in Person und er ist sehr korrekt, und genau das erwarte ich auch von dir, solange du hier zu Gast bist." *Dass ich so etwas jemals sagen und es auch meinen würde!*

„Bist du denn durch meinen Besuch in Schwierigkeiten geraten? Freust du dich nicht, dass ich hier bin?"

Natürlich freute sie sich. Sie hatte ihm doch so viel zu erzählen. Alles über den besagten Mr. Bendrich … na ja, vielleicht nicht alles, es gab ein paar Dinge, die ihn nichts angingen, aber das Entscheidende würde sie ihm auf jeden Fall erzählen. Wenn die Kinder nicht dabei waren allerdings. Sie saßen fast den ganzen Vormittag am Küchentisch, redeten und merkten gar nicht, wie die Zeit verging.

„Ich werde nach den Semesterferien wohl mal ans Examen denken."

„Wird auch langsam Zeit."

„Aber vielleicht bekomme ich ja auch die Möglichkeit, für einige Monate nach Mexiko zu gehen. Ein Freund von mir leitet da die Ausgrabungen in

Tehuacán."

„Du wirst nie mit deinem Studium fertig, wenn du bei jeder Ausgrabung, die irgendwo auf der Welt stattfindet, mitmachen willst."

Die Kinder wurden es langsam leid, Dingen zuzuhören, die sie wenig interessierten, und sie verzogen sich allmählich, bis auf Lucy, die hartnäckig hoffte, es könnte vielleicht doch noch ein interessanteres, englischsprachiges Thema auf die Tagesordnung kommen, das sie keinesfalls versäumen wollte. Irgendwann tauchte Steven wieder in der Küche auf und wütete herum. Er hatte jetzt genug! Anna solle endlich mit ihm spielen, oder sie sollte den Mann abgeben, damit der mit ihm spielte. Es war auf jeden Fall hundsgemein, dass keiner mit ihm spielte.

Paul erklärte sich sofort bereit zu spielen und ging mit den Kindern auf ihre Zimmer, inspizierte alle Spielzeuge und fing dann an, aus Lego eine riesige Ritterburg zu bauen. Zumindest die drei Kleinen schlossen ihn sofort ins Herz, und das beruhigte Anna. In aller Eile bügelte sie die Wäsche. Aber ihre Stimmung war viel zu gut und das Ergebnis der Arbeit dementsprechend schlecht. Zwei von Godfreys Hosen waren etwas bräunlich angebrannt vom Bügeleisen. Sie entschied sich, künftig gar nichts mehr zu bügeln und die Wäsche nur noch zu falten. Bügeln wurde überschätzt.

Der Tag verlief ansonsten völlig reibungslos. Die Kinder, sogar Godfrey, zeigten sich Paul gegenüber von ihrer besten Seite. Es gab noch nicht einmal abends Schwierigkeiten mit dem Schlafengehen. Das lag daran, dass Paul sich nonchalant die Ehre gab und die beiden Mädchen zu Bett brachte. Steven bekam dafür eine doppelt so lange Gutenachtgeschichte erzählt und war hochzufrieden. Godfrey wiederum besaß so viel Diskretion, dass er sich zwei Stunden lang an „Krieg der Sterne" auf Video ergötzte und sich dann auch in sein Zimmer verabschiedete. Anna und Paul saßen schließlich allein auf der Terrasse, und sie wollte ihm nun unbedingt alles erzählen, vorausgesetzt natürlich, dass Paul sie jemals zu Wort kommen ließe.

„Weißt du, wenn mir das einer vor vier Monaten gesagt hätte, dass ich einmal in lauer Nacht hier mit dir sitzen würde und nur noch darauf lausche, wie mein Herz unaufhörlich hämmert und hämmert …", schwadronierte Paul und himmelte sie mit verliebtem Kälberblick an, aber

Anna lachte, weil sie diesen Blick und seine Standard-Anmachsprüche einfach schon zu gut kannte. „Du hast dich sehr verändert, Anna! Du bist irgendwie so … so erwachsen und souverän geworden."

„Du hast mich ein wenig wach gerüttelt an unserem letzten Abend in Tübingen. Und die Sache mit Menrad auch. Wahrscheinlich sollte ich ihm dankbar dafür sein, dass er mir den Laufpass gegeben hat."

„Aber das ist es nicht allein."

„Nein. Ich glaube, ich hab mich verliebt."

„Schön, ich auch, sehr sogar."

„Doch nicht in dich, du Trottel! Ich habe ihn gefunden, weißt du?" Sie schüttelte lachend den Kopf.

„Wen?" Er zündete sich eine Zigarette an und nahm einen tiefen Zug.

„Meinen Kelten. Den Kelten mit dem Breitschwert."

„Warum bin ich eigentlich hier?", rief Paul in spaßiger Verzweiflung und warf die Arme in die Höhe, aber ein wenig enttäuscht wirkte er doch auch. „Na gut, erzähl schon. Wie ist sein Schwert?"

„Ach, du Blödmann." Sie lachte leise. *Bestimmt super, wie alles an ihm. Bestimmt.*

„Ist er besser als Menrad? Ach, eigentlich will ich es gar nicht wissen. Nicht gerade jetzt an diesem romantischen Abend."

„Er ist viel, viel besser als Menrad, überhaupt kein Vergleich", schwärmte sie und bemerkte nicht den Anflug von Eifersucht, der über sein Gesicht huschte.

„Und, hat er dich denn so richtig hart rangenommen, wie du dir das immer gewünscht hast?", fragte er säuerlich. Sie hätte den Spott in seiner Stimme hören können, wenn sie ihm ihre ganze Aufmerksamkeit geschenkt hätte und nicht die ganze Zeit an ihren Kelten und sein Breitschwert denken würde.

„Nein, es ist nichts zwischen uns. Ich meine, wir haben noch nicht miteinander geschlafen."

„Will er nicht oder willst du nicht?"

Wir wollen es im Grunde beide, denke ich. Godfrey hat schon recht. „Das Problem ist, er liebt mich nicht."

„Das hat doch Menrad auch nicht getan." Das war absichtlich hart. „Komm mal zu dir. Liebe und Sex hatten noch nie etwas miteinander zu tun."

Sie nahm sich jetzt auch eine Zigarette aus der Packung, die er auf den Tisch gelegt hatte. „Er will mich heiraten."

Paul erstarrte im Stuhl und zog so kräftig an seiner Zigarette, dass sie in der Dunkelheit richtig hell aufglühte. Er nahm einen Schluck Whisky und sagte gar nichts.

„Was soll ich nur tun?" Sie sah ihn traurig an. Sie war wirklich verliebt, und es half nichts, wenn sie diese Erkenntnis noch länger vor sich selbst verleugnete, nur weil sie ihr nicht in den Kram oder in ihre Lebensplanung passte.

„Du solltest zuerst mal mit ihm schlafen, bevor du dich entscheidest. Auch Kelten können impotent sein."

Er nicht. So blind bin ich ja wohl nicht. Am Strand in Broome hatte sie deutlich gespürt, wie gut es mit seiner Potenz bestellt war. Wenn sie es nur zugelassen hätte an jenem Abend, hätten sie beide garantiert grandiosen und sehr ausdauernden Super-Sex gehabt.

„Und du solltest mit mir schlafen, bevor du dich entscheidest." Jetzt war es heraus, aber Anna lachte ihn nur aus.

Sie saßen ziemlich lange schweigend da. Paul rauchte eine Zigarette nach der anderen und ohrfeigte sich innerlich hundertmal, weil er seine Chance bei ihr irgendwie verpasst hatte. Anna schaute zum glitzernden Sternenhimmel und zu den Sternbildern hinauf, die sie nicht kannte. Vom Park herüber hörte man die Geräusche von Grillen und von anderen Tieren, die in dieser Nacht offensichtlich besonders viel Spaß hatten.

Ach, was gäbe sie drum, wenn Robert Bendrich jetzt neben ihr säße anstelle von Paul. *Ich sollte ihn wirklich heiraten.*

NACH dem Frühstück am anderen Tag schlug Paul vor, einen Rundflug über das Land zu machen, und die drei Kleinen waren sofort Feuer und Flamme, obwohl es für sie im Grunde nichts Neues zu sehen gab. Godfrey gab vor, lernen zu wollen. Er blieb zu Hause und verbarrikadierte sich in seinem Zimmer. Anna ließ sich durch seine mäßige Laune nicht den Tag verderben. Sie war noch nie in einem Sportflugzeug geflogen, und sie freute sich darauf, die Gegend um Bendrich Corner von oben zu sehen.

Paul flog mit ihnen zunächst Richtung Norden bis zum Fitzroy mit dem Ziel Geikie Gorge, aber er gab Anna kaum die Chance, sich die Landschaft anzusehen, denn er dachte wohl, dass die Technik seines Sportflugzeuges viel interessanter sei, und lenkte ihre Aufmerksamkeit andauernd auf sich, indem er ihr dieses und jenes technische Gerät erklärte, sie bat, diesen und jenen Schalter umzulegen oder hier und da zu drücken, das Ruder zu halten oder ins Funkgerät zu sprechen. Herrje, wenn sie Flugstunden hätte nehmen wollen, dann hätte sie doch keinen Ausflug vorgeschlagen. Anna versuchte trotzdem hin und wieder einen Blick nach unten auf die Landschaft zu werfen. Und was sie da an Eindrücken erhaschte, raubte ihr den Atem.

Schroffe Felswände und tiefe Schluchten, in die sich der Fitzroy River seit Jahrmillionen eingegraben hatte, gesäumt von tropischen Pflanzen am Ufer, und wie blaue und grüne Tupfer waren die Billabongs in grünes Buschwerk hineingeworfen. Nach dem kurzen Regenguss vor ein paar Tagen sah auf einmal alles wieder viel frischer aus. Die Farben waren intensiver geworden, das Rot dunkler, das Grün satter und der Himmel so blau, dass es wehtat, ihn anzusehen. Einige Sträucher und Grasbüschel hatten beschlossen, zur Feier des Kurzregens einfach zu blühen, sodass immer wieder ausgedehnte Blumenteppiche unter ihnen lagen, wo noch vor wenigen Tagen nichts als mattes Grün und Staub zu finden war. *Es ist verrückt und verdreht hier*, dachte Anna und begann das Land von ganzem Herzen zu lieben.

„Das ist so wunderschön!", jubelte sie, aber Paul rang sich dafür nur ein müdes Lächeln ab.

„Es ist die gottverlassenste Gegend des Universums", hielt er ihr entgegen.

Auf die Frage, ob er nach Fitzroy Crossing fliegen solle, riefen die Kinder eifrig „Au ja!", und Anna dachte: *Ach nein!* Sie hätte lieber noch etwas länger das Land von oben bewundert, aber sie wurde einfach überstimmt. Paul war zudem überzeugt, dass er in Fitzroy Crossing vielleicht einen Experten finden würde, der mehr Ahnung von Flugzeugmotoren hatte als die Cowboys in Bendrich Corner, und kaum waren sie gelandet, begann er auch sofort einen endlosen Disput mit einem typischen männlichen Vertreter des Outbacks, der sich Mechaniker nannte und außer der Tankstelle auch noch den kleinen Flugplatz (eigentlich Staubpiste mit Wellblechschuppen) betreute. Der Mechaniker behauptete, der Motor sei völlig in Ordnung, aber Paul bestand darauf, dass der Motor sonderbare Geräusche von sich geben würde. Er habe zu Hause in Deutschland genau dieselbe Maschine und er kenne jedes Tuckern der Kolben. Der Mechaniker schüttelte den Kopf. Der Motor sei einwandfrei und würde mindestens noch zweitausend Flugstunden machen, und er habe jetzt etwas anderes zu reparieren, etwas, das wirklich kaputt sei. Er nahm seinen Schraubschlüssel und wandte sich zum Gehen, da zückte Paul einen Geldschein. Der Outback-Mann besah sich das Geld, schüttelte immer noch den Kopf, aber er steckte den Schein doch an seinen Hut und nahm daraufhin den Motor noch einmal genauer unter die Lupe. Wahrscheinlich belächelte er den armen Spinner, der für die Inspektion eines völlig intakten Motors fünfzig Dollar springen ließ.

Paul schlug vor, dass man so lange irgendwo etwas essen könnte. Es war schon nach zwölf, und er nahm an, dass man selbst in diesem Outbacknest irgendwo ein Sandwich vom Counter oder ein paar Steaks vom Grill bekommen konnte. Der Mechaniker nannte ihnen den Crossing Inn und lieh Paul auch gleich noch gegen weitere 50 Dollar seinen Jeep aus, um dahinzukommen.

„Fitzroy Crossing ist ziemlich weitläufig, Mate", erklärte der Mechaniker jovial. „Wenn du bei der Hitze von hier bis zum Crossing Inn zu Fuß gehn willst, dann braucht Bendrichs Mädchen 'n Paar Trekkingstiefel und 'nen Rucksack."

Ha, ha.

Der Crossing Inn war ein etwas heruntergekommenes Hotel, das am Ufer des mächtigen Fitzroy lag, und vermutlich war es das älteste Gebäude, das es in Fitzroy Crossing überhaupt gab, zumindest könnte es mal wieder einen neuen Anstrich vertragen. Es war das einzige Hotel weit und breit, das diesen Namen auch verdiente und in dem man mehr als ein Sandwich zu essen bekam. Die Kinder waren schon ein paarmal mit Mr. Bendrich hier gewesen und suchten sich gleich ihren Lieblingsplatz an einem klobigen Holztisch draußen auf der Veranda, die, wie auch der Rest des Gebäudes, auf hölzernen Stelzen stand.

Die Stelzen waren zweifellos dem jährlichen Hochwasser geschuldet und die abblätternde Farbe am Holz vermutlich auch, denn die Hochwassermarkierungen dort besagten, dass das Haus alle paar Jahre mal vom Fitzroy überschwemmt wurde.

Die Kinder wussten das alles schon längst und interessierten sich nicht für die Stelzen oder die Markierungen und nicht mal für den atemberaubenden Blick, den man von der Veranda aus auf den mächtigen Fitzroy hatte, der sich wie ein grünes Band langsam und schwer durch das Land bewegte. Sie nahmen Platz und stritten sich gleich mal ganz laut darum, wer neben Anna und wer neben Paul sitzen durfte, und am Ende wussten selbst die Gäste, die drinnen saßen, dass Steven den Wettstreit gewonnen hatte und jetzt zwischen Paul und Anna saß.

„Ich will Meat Pie mit Ketchup!", rief Steven der Wirtin schon von Weitem entgegen, bevor sie auch nur in die Nähe ihres Tisches kam.

„Und ich auch, aber ohne Ketchup und mit Würstchen", war Lucys lautstarke Bestellung.

„Und ich will eine gegrillte Kartoffel mit ohne alles, aber mit Fisch." Linda brüllte ebenfalls über die Veranda. „Und weißt du schon, dass Annas Freund ein echter Earl ist?" Jetzt wussten es jedenfalls alle. Der Inn war nämlich ziemlich gut besucht, wenn man bedachte, wie wenig Einwohner die winzige Stadt hatte und dass es eigentlich nur ein ganz normaler Mittag an einem ganz normalen, verdammt heißen Tag war.

Die Wirtin war endlich am Tisch angekommen und nahm nun auch Annas und Pauls Bestellung auf, und als das Essen dann gebracht wurde, war Anna vollauf beschäftigt. Steven malte Hieroglyphen in das Ketchup. Lucy baute sich eine Palisade aus ihren Sausage Rolls, und Linda erklärte, dass sie gegrillte Kartoffeln eigentlich hasste und lieber Annas Steak haben wollte. Die Kartoffel wurde gerecht geteilt, das Steak ging ganz an Linda. Paul erzählte irgendetwas von Mexiko und störte sich kein bisschen an dem

Chaos, und Steven fing plötzlich an zu heulen, weil ihm bei seinen Hieroglyphen wieder der tote Mentuhotep eingefallen war.

Ich hasse Restaurants, beschloss Anna und erzählte Steven vom wundervollen Land Muh, wo sein Opossum jetzt in Ketchup badete und mit Sausage Rolls durch den Meat Pie See paddelte. Paul schwatzte auch immer weiter und versuchte dabei, Steven und die Mädchen an Lautstärke noch zu übertönen. Merkte der eigentlich gar nicht, wie stressig das alles hier war? Er bekam ein Würstchen von Lucy in den Mund gesteckt, die bekam dafür einen Kuss von ihm, doch plötzlich erstarrte Paul, als hätte er ein Gespenst gesehen.

„Sag mal, ist das da drüben dein Chef?"

Anna erstarrte ebenfalls und spürte einen heißen Stich in ihren Magen fahren; Mr. Bendrich hatte zwar von einer längeren Geschäftsreise gesprochen, aber wer konnte schon sagen, wo er hingereist war oder was er unter „länger" verstand. Sie blickte in die Richtung, in die Paul nickte, und entdeckte nicht Mr. Bendrich, sondern Scott Randall. Er saß nur einige Tische entfernt und starrte penetrant zu ihnen herüber. Anna wandte hastig den Blick ab, aber er hatte ihr dummes Gaffen leider bemerkt und ihr ein schwaches Kopfnicken zurückgeschickt. Mist! Ihr Herz flatterte hysterisch.

„Das ist doch Scott!", deklamierte Linda laut. Zu laut, leider.

„Er kommt mir irgendwie bekannt vor." Paul warf nochmals einen knappen Blick in Randalls Richtung. „Kann es sein, dass ich ihn kenne? Irgendwo vom Fernsehen?"

„Er sitzt im Parlament von Westaustralien, wie ein Landtagsabgeordneter sozusagen. Scott Randall ist sein Name!", flüsterte Anna.

„Etwa *der* Scott Randall?", fragte Paul aufgeregt, als frage er nach Humphrey Bogart und nicht nach irgendeinem Outback-Casanova. „Der Freund des Premierministers und Liebling aller Frauen?"

„Ich fürchte, ja." Anna sah ihre Ausweisung im Augenblick ziemlich plastisch vor sich. Unumstößlich!

„Stell dir vor, er will, dass Anna ausgewiesen wird!", wisperte Lucy – wenigstens schrie sie es nicht durchs ganze Restaurant.

Paul lachte. „Was will er?"

„Na ja …" Anna senkte beschämt den Blick. „Ich habe ihn mal geohrfeigt, und …"

Paul brach in schallendes Gelächter aus, und die letzten paar Augen von Fitzroy Crossing richteten sich nun auch noch gebannt auf ihren Tisch.

„Ich fasse es nicht, Anna, du bist drei Wochen hier und hast schon einen Parlamentarier verdroschen?"

„Lass den Spaß. Ich habe echt Angst, dass der mir irgendwie Probleme macht. Der war nach dieser kleinen Begegnung nicht gerade sehr gut auf mich zu sprechen."

„Ach, mach dir keine Sorgen." Paul lehnte sich in seinen Stuhl zurück und biss genüsslich von Lucys Blätterteig-Würstchen ab. „Mein Cousin ist der Vizebotschafter; wenn ich mich für dich bei ihm einsetze, kann dir gar nichts passieren. Aber bei Gelegenheit solltest du mir mal erzählen, warum du einen westaustralischen Parlamentarier verprügelt hast." Paul machte eine großzügige Geste, als wollte er Anna die ganze Welt zu Füßen legen.

„Oh danke, Paul!" Anna beugte sich über den Tisch und gab ihm einen Kuss auf die Wange. Die Mädchen kicherten, während Steven sich eifersüchtig auf Annas Schoß drückte und seine Ketchupfinger auf ihr T-Shirt. Es sah jetzt fast so aus wie die Aborigine-Kunst, die hier im Crossing Inn ausgestellt war und zum Verkauf angeboten wurde.

Aus den Augenwinkeln beobachtete Anna, wie Scott Randall bezahlte und sich erhob. Sie hielt erschrocken die Luft an, als sie merkte, dass er direkt auf ihren Tisch zusteuerte. Im Gegensatz zu ihrer ersten Begegnung war er dieses Mal ganz leger angezogen. Genau genommen sah er aus wie ein normaler, sympathischer Outback-Mann, ja, er hielt sogar einen ledernen Outback-Hut in der Hand, mit dem er nervös gegen seinen Oberschenkel klopfte, als er an ihrem Tisch stehen blieb und sich knapp verbeugte.

Oha! Eine Verbeugung? Wirklich? Dabei gab es auf diesem Kontinent normalerweise nicht mal einen Händedruck, sondern nur ein lässiges „Hi!" als Gruß. Paul fühlte sich offenbar angesprochen, denn er sprang sofort auf die Beine und verneigte sich so kunstvoll wie ein Diplomat.

„Darf ich mich vorstellen? Paul Graf Rosenow, ich bin der Cousin des

…" Weiter kam er nicht, denn Scott Randall drehte sich einfach weg und wandte sich stattdessen Anna zu. Er streckte seine Hand nach ihr aus, die rechte Hand, und für eine Schrecksekunde zuckte sie vor seiner Hand entsetzt zurück, denn sie dachte, er würde vielleicht gleich ausholen und ihr die Ohrfeige zurückgeben, aber dann griff er einfach nach ihrer Hand, die eigentlich von Stevens Ketchup-Malereien noch ziemlich beschmiert war. Er beugte sich weit über die besagte Ketchup-Hand und bedachte sie mit einem sehr galanten, nur gehauchten Handkuss.

Anna blieb die gegrillte Kartoffel im Hals stecken.

„Meine aufrichtige Verehrung, Miss Lennarts!", sprach er auf ihre Hand, dann wandte er sich um, setzte seinen Hut auf und spazierte die hölzerne Verandatreppe hinunter, hinüber zum Parkplatz.

Einfach so. Nichts weiter.

„Oh!" Paul schnappte verblüfft nach Luft. „Der macht aber nicht den Eindruck, als wollte er dich loswerden! So wie der dich angesehen hat." Er klang ein wenig eingeschnappt, denn vermutlich hatte ihn noch niemals jemand so dreist ignoriert, und das, nachdem er extra so großspurig mit seinem Grafentitel herumgewedelt hatte. „Ist der etwa dein Kelte?"

Das Stichwort Kelte kam bei den Mädchen natürlich supergut an. „Weißt du was, Earl? Anna findet, dass Michael Jackson ein dürrer Psychiater ist", beschwerte sich Lucy.

„Aber sie liebt blau angemalte Kelten mit Eiern in den Haaren", ergänzte Linda.

„Hört! Hört!", spöttelte Paul. „Ihr Frauen scheint ja all eure Geheimnisse miteinander zu teilen."

„Was ist denn ein Kelte mit Haaren an den Eiern?", wollte Steven laut schreiend wissen, und alle im Restaurant fragten sich das in diesem Moment wahrscheinlich auch.

„Ich erkläre dir das zu Hause, Steven." *Und hoffe, dass du die Frage bis dahin wieder vergessen hast.*

AM anderen Morgen kam ein Brief von Frau Mitschele. Anna ließ vor Aufregung das Frühstück fast unberührt, und als abgeräumt war und Paul mit den Kindern nach draußen im Pool verschwunden war, zog sich Anna mit dem Brief in ihr Zimmer zurück.

„Liebe Anna ..." Frau Mitschele hatte eine ziemlich zitterige Schrift, und Anna wurde traurig, denn sie dachte an die Einsamkeit der alten Frau.

„Ich habe mich ja so über Ihren Brief gefreut."

Anna nickte. *Ich freue mich auch so, Frau Mitschele.*

„Meine Tochter hat mir noch nie einen Brief geschrieben, seit sie in Lausanne wohnt. Aber wir telefonieren ja jeden Tag. Meine Claudia hat jetzt einen Buben bekommen, und der heißt Robert."

Ach du grüne Neune!

„Aber die jungen Leut' sprechen das ein bisschen anders aus, sodass es französisch klingt. Mir geht es so weit ganz gut. Ihr Zimmer habe ich jetzt an ein nettes, junges Mädchen vermietet, die hier in Tübingen Betriebswirtschaft studieren möchte."

Na, hoffentlich putzt die wenigstens mal die Fenster.

„Als ich Ihren Brief bekommen habe, habe ich ja gestaunt. Aus Australien, mit Luftpost und so viele schöne Briefmarken. Frau Doktor, sagen Sie bloß, wieso haben Sie denn eine Stelle als Haushälterin angenommen?"

Ja, Frau Mitschele, ich sehe Sie den Kopf schütteln über die unfähige Träumerin, die nicht mal einen Staubsauger bedienen kann, aber inzwischen kann ich schon Spaghetti kochen und den Boden wischen, Sie würden staunen.

„Was Sie mir von der Farm geschrieben haben, das hört sich sehr schön an. Ich kann mir alles ganz genau vorstellen. Das ist ja wie in einem Abenteuerfilm. Ein großes Haus mit Veranda, ein Park wie der Botanische Garten bei uns und so liebe Kinder. Ihr Chef ist bestimmt ein sehr fleißiger Mann. Deshalb ist er so selten zu Hause. Wer sich das alles aus eigener Kraft aufbaut, der muss halt auch schwer arbeiten und kann nicht immer nur Spaß haben. Wenn einer mit vier Kindern allein steht, das ist nicht einfach, aber ich kann mir vorstellen, dass der Mann weiß, wo es im Leben lang geht. Sie sollten ihn nicht so streng beurteilen, Anna."

Habe ich das denn? Ach ja, sie hatte in ihrem Brief an Frau Mitschele ganz schön über den steinreichen, herzlosen Rabenvater hergezogen, der nur seine Pferde und seine vornehme Freundin im Kopf hat. Aber sie hatte den Brief ja auch gleich in der ersten Woche geschrieben und noch keine Ahnung gehabt. Von gar nichts. Nicht von Mr. Bendrich und nicht vom Outback und schon gar nicht vom Leben.

„Oft verbirgt sich hinter so einer harten Schale ein ganz weiches Herz. Manch einem fällt das Glück in den Schoß und ein anderer muss eben schwer dafür kämpfen."

Wie recht Sie haben, Frau Mitschele, lachte Anna und dachte dabei an Paul und sein albernes Getue mit seinem Flugzeug. Und sie dachte, dass Frau Mitschele wirklich eine lebenskluge Frau war.

„Wissen Sie, Frau Doktor, manchmal verstehe ich die jungen Leute nicht. Sie werden doch heutzutage alle mit dem goldenen Löffel im Mund geboren. Die Eltern schaffen und zahlen das Studium, aber die Jungen wissen das nicht zu schätzen. Ich weiß, bei Ihnen war das anders. Und deshalb werden Sie auch was aus sich machen. Aber was soll denn nur aus den anderen jungen Herrschaften werden, für die alles so selbstverständlich ist, die sich um nichts mehr bemühen brauchen und alles geschenkt bekommen?"

Ja, Paul, das solltest du mal lesen!

„Ich kann Ihren Chef sehr gut verstehen, wenn er möchte, dass all das, was er sich mühsam aufgebaut hat, auch sauber und akkurat in Ordnung gehalten wird."

Ach ja, ich habe auch ganz schön über seinen übertriebenen Ordnungssinn gelästert.

„Denken Sie mal darüber nach, wie viel Arbeit und Sorgen ihn das gekostet hat. Dann sehen Sie vielleicht auch seine Hobbys mit freundlicheren Augen."

Ich sehe schon alles mit freundlicheren Augen, mit viel zu freundlichen wahrscheinlich.

„Ich wünsche Ihnen weiterhin viel Glück, und schreiben Sie mir bald mal wieder. Viele Grüße Ihre Marianne Mitschele."

Ach, Frau Mitschele, ich liebe Sie. Ich schreibe Ihnen gleich heute Abend einen Brief.

DER Tag verging wie im Flug und der darauffolgende ebenfalls, denn Paul war schließlich ein Meister darin, die Zeit mit Nichtstun zu vertreiben. Der Zustand von Mrs. McEll verbesserte sich aber nicht, und Anna gab die Hoffnung auf den Ausflug nach Darwin allmählich auf. Zu ihrer eigenen Verwunderung war sie nicht einmal besonders enttäuscht darüber.

Sie dachte an die ganze Arbeit, die liegen bleiben würde, dachte an die Kinder, die alleine zurückbleiben würden, und sie dachte an Paul und daran, dass er sich vielleicht Hoffnungen auf etwas machte, worauf sie überhaupt keine Lust hatte, und je mehr sie darüber nachdachte, desto mehr verlor der Trip nach Darwin seinen Reiz für sie.

Am Montag kam Claude zu Besuch. Es hatte sich natürlich wie ein Lauffeuer herumgesprochen, dass Anna hohen Aristokraten-Besuch bekommen hatte. Claude und Paul verstanden sich auch auf Anhieb, obwohl sie so gegensätzliche Menschen waren, aber das Thema Pferdezucht verband sie miteinander, und sie redeten eigentlich über nichts anderes.

Anna versuchte indessen, das Kochbuch zu entschlüsseln. Sie wollte am Abend etwas Festliches kochen, doch schon nach wenigen Seiten kam sie zu dem Ergebnis, dass selbst ein archäologisches Fachbuch leichter zu lesen und zu begreifen war als dieses Ding. Ihre Achtung vor Hausfrauen stieg mit jeder Seite, die sie missmutig umblätterte. Bei jedem Rezept war mindestens ein Fachausdruck, für den sie ein Handbuch benötigt hätte.

„Wir fahren zum Barbecue nach Bellemarne Creek", verkündete Paul, als er von Claude gefolgt in die Küche kam. *Wundervoll!* Anna schlug das Kochbuch sofort zu.

„Wir nehmen die Kinder für ein paar Tage zu uns, dann könnt ihr euren Ausflug machen", erklärte Claude. Paul hatte Claude vermutlich so lange belabert, bis dem gar nichts anderes übrig geblieben war, als das anzubieten. „Ich rufe gleich bei Bob an und frage um seine Erlaubnis, aber er hat bestimmt nichts dagegen."

Mr. Bendrich hatte tatsächlich nichts dagegen. Schade, er hätte ja auch ein wenig eifersüchtig reagieren können, aber nein, ganz im Gegenteil, am späten Abend rief Mr. Bendrich sogar noch einmal zurück und verlangte Anna zu sprechen.

„Sie fliegen also morgen früh mit Ihrem Freund los?", kam es völlig uneifersüchtig aus dem Hörer.

„Er ist nur ein Bekannter." Anna wusste nicht, warum sie das so herausstrich, schließlich ging es Mister-Super-Outback-Held gar nichts an, in welchem Verhältnis sie zu Paul stand. Pah!

„Ich habe mir erlaubt, in Darwin im Esplanade zwei Hotelzimmer für Sie zu reservieren. Als Entschädigung für das, was Godfrey angestellt hat, sozusagen."

Anna wusste nicht, ob sie sich über diese großzügige Geste freuen oder sich aufregen sollte. Der Boss konnte es ja anscheinend gar nicht erwarten, dass sie mit Paul zusammen Urlaub machte. Vielleicht war er von ihrem besoffenen Kuss so abgetörnt gewesen, dass er sich das mit seinem Heiratsantrag schleunigst anders überlegt hatte.

„Und zudem habe ich eine eintägige Flugsafari in den Kakadu Nationalpark für Sie und Ihren Begleiter gebucht. Die Unterlagen für die Safari lasse ich im Hotel auf meinen Namen hinterlegen."

„Eine Flugsafari?", japste sie völlig perplex. Jetzt übertrieb der Boss aber wirklich. Luxushotel und Flugsafari? Wenn er wenigstens selbst mit dabei wäre.

„Das Safari-Programm ist leider sehr straff, aber wenigstens werden Sie die Jim Jim Falls besichtigen können."

Anna wusste immer noch nicht, was sie sagen sollte. „Ähm, das ist … echt … sehr nett … von Ihnen. Danke, Mr. Bendrich."

„Keine Ursache, wie gesagt, es ist eine Art Schmerzensgeld", kam es forsch aus dem Hörer.

„Ich bin Godfrey eigentlich gar nicht mehr böse. Wir haben miteinander …!"

„Hüte dich vor den Krokodilen, Anna!", murmelte er ins Telefon und legte auf.

PAUL und Anna flogen am anderen Morgen in aller Frühe los und machten vier Zwischenlandungen, um das Flugzeug aufzutanken und um diverse Outback-Mechaniker nach deren fachmännischen Meinung zu dem merkwürdigen Motorengeräusch zu befragen.

Nach der zweiten Zwischenlandung war Anna sich hundertprozentig sicher, dass der Motor keinen Schaden hatte und mindestens noch zweitausend Flugstunden schaffte. Paul war sich nach jeder Zwischenlandung weniger sicher. Auf der Hälfte der Strecke in Kununurra beschloss er, den Motor zu schonen und dort zu übernachten. Es war erst früher Nachmittag, und sie hätten den Rest des Tages nutzen können, um sich die Umgebung anzusehen. Anna hatte vorher sogar in einem Reiseführer über Kununurra gelesen, aber Paul vertiefte sich in eine einstündige Debatte mit einem Mechaniker auf dem Flugplatz und blieb dann noch eine weitere Stunde dabei, um ihm bei der nicht stattfindenden Reparatur zuzusehen. Anna stand sich auf dem abgelegenen Fluggelände die Beine in den Bauch, und zusammen mit dem armen Mechaniker stand sie hundert unnötige Fragen über Kolben und Zylinder, Höhenruder Verstellpropeller und Festdrehzahlpropeller durch. Und als das alles durchgestanden war, musste Paul sich erst mal um ein Hotelzimmer bemühen – zwei Hotelzimmer, wie Anna ihm unmissverständlich klarmachte.

Aber anscheinend gab es in jeder Lodge, die sie abklapperten, immer nur noch ein einziges freies Doppelzimmer, und in Anna kam langsam der Verdacht auf, dass Paul sie mit Absicht draußen im Taxi warten ließ, während er sich drinnen nach Zimmern erkundigte. Beim vierten Gästehaus begleitete Anna ihn bis zur Rezeption, und erstaunlicherweise waren dort noch jede Menge Doppelzimmer frei.

Es wurde schnell dunkel und an einen Ausflug in die Umgebung war nun auch nicht mehr zu denken. Auf ein beschauliches Dinner mit Paul hatte Anna überhaupt keine Lust. Ehrlich gesagt war sie ziemlich enttäuscht vom bisherigen Reiseverlauf, und als er dann von der Rezeption aus unbedingt noch einmal beim Flugplatz anrufen musste, um sich nach seinem Flugzeug zu erkundigen, hatte Anna die Nase voll und verabschiedete sich ohne Essen in ihr Zimmer. Sie legte sich aufs Bett und las in ihrem Reiseführer über die Sehenswürdigkeiten, die sie alle nicht gesehen hatte. Der nächste Tag verlief exakt gleich, aber sie kamen immerhin gegen Abend in Darwin im Esplanade an, wo man sie beide begrüßte, als hätte Queen Elizabeth persönlich die Zimmer für sie reserviert.

Ein wenig fühlte Anna sich wieder versöhnt mit ihrem Schicksal, als sie in ihr Zimmer kam und dort einen üppigen Früchtekorb und eine Flasche Champagner in einem Sektkühler vorfand. In dem Früchtekorb steckte eine Grußkarte des Hotels, das ihr einen angenehmen Aufenthalt wünschte, und am Sektkühler lehnte eine weitere Grußkarte.

„Entspannen Sie sich. Sie haben es verdient. Robert B.", stand da. Anna starrte die Karte an und konnte es nicht fassen. Das war eindeutig die bisher größte Sensation ihrer Reise. Der Boss ließ Champus auf ihr Zimmer stellen! Dass es sich bei dem Champagner auch noch um einen unverschämt teuren Moët & Chandon handelte, machte das Ganze nur umso verrückter. Nein, verrückt war eigentlich nicht das, wie sie sich gerade fühlte, eher betört.

Paul führte sie zum Abendessen hinunter zum Mindil Beach Sunset Market, aber es war immer noch so drückend heiß, dass man in seinem eigenen Schweiß schwimmen konnte, wenn man auch nur einen Finger bewegte. Der Schweiß perlte einfach aus allen Poren, rann über den Nacken den Rücken hinunter, zwischen den Brüsten über den Bauch und an den Beinen hinab und Annas T-Shirt klebte wie festgekleistert auf ihrer Haut. Ihre Haare krausten sich von der Luftfeuchtigkeit und pappten an den Wangen, und die Hose war so feucht, dass man meinen könnte, sie hätte sich eingenässt. Anna fühlte sich wie Quatermain auf der Suche nach dem Schatz der Könige, nur dass der Mindil Market kein einsames Urwaldcamp war, sondern eine total überlaufene Fressmeile. Es war laut und umtriebig und roch nach hundert verschiedenen Gewürzen und nach tausend verschiedenen Speisen, nach Gebratenem, Gegrilltem, Angebranntem, Süßem und Saurem, einfach nach allem, und Anna wurde von dem Mix an Hitze und Gerüchen speiübel.

Sie wäre am liebsten wieder in ihr luxuriöses Hotelzimmer zurückgekehrt, hätte die Klimaanlage angeschaltet, die marmorne Badewanne mit kaltem Wasser gefüllt und sich hineingelegt – mit einem Glas Champagner, versteht sich. Aber Paul war entschlossen, sich durch die berühmten asiatischen Garküchen des Markts zu futtern. Er wanderte von einem Grill zum nächsten und wollte von allem etwas probieren. Anna wurde immer schlechter und Paul immer gefräßiger. Wenigstens hatte er sein Flugzeug vergessen. Als sie sich sehr viel später endlich wieder auf den Rückweg zum Hotel machten, steuerte Paul zielstrebig eine Parkbank an, sie setzten sich. Paul streckte die Beine von sich und seufzte zufrieden.

„Ach Anna, was für ein schöner Trip, nicht wahr?"

Sie grummelte vor sich hin, was er offenbar als Ja interpretierte, denn er rückte näher an sie heran, legte den Arm um sie und presste seine Nase in ihr Haar.

„Bekomme ich einen Kuss von dir? Einen richtigen?", wisperte er in ihr Ohr.

Warum fragte der Idiot und nahm sich den Kuss nicht einfach? Sie hätte sich vielleicht nicht mal gewehrt. Aber nein, er fragte, als wollte er ein Pfund Zucker am Ladentisch kaufen. Fast widerwillig wandte sie ihm ihr Gesicht zu und küsste ihn. Es war ihr erster richtiger Kuss von Paul, aber er erregte sie weitaus weniger als der Anblick einer bestimmten Champagnerflasche in ihrem Hotelzimmer. Doch Paul schien es zu gefallen, er ließ nicht nach, küsste sie nochmals, noch intensiver, aber bei Anna passierte nichts, bis auf die Tatsache, dass sich in ihrem Hinterkopf eine fiese Stimme regte, die überlegte, was Paul alles gegessen hatte, weil sein Kuss nach Curry und Knoblauch und anderem Unsäglichem schmeckte.

Sie dachte an den Boss, an den tuckernden Jeep, an seinen harten Griff in ihrem Nacken und an seine unerbittlichen Lippen, die so zielsicher genommen hatten, was sie wollten, und ihr damit gesagt hatte: *Du gehörst mir!* Sie konnte nicht anders, sie schob Paul von sich, befreite sich aus seiner Umarmung und rückte deutlich von ihm ab.

„Ach Anna, du bist viel zu schade für mich", seufzte er.

Ach ja, Paul, das habe ich schon einmal zu oft gehört.

„Paul, das wird nichts mit uns beiden. Sex würde unsere Freundschaft nur zerstören." *Und außerdem machst du mich überhaupt nicht an.*

„Das war eine ziemlich deutliche Abfuhr." Er gab sich vorerst geschlagen. „Wenn ich wüsste, was ich nach meinem Studium tun soll, hätte ich längst mein Examen gemacht. Aber ich habe keine Lust, bei meinem alten Herrn auf dem Gestüt Pferde zu striegeln."

„Und wie wär's, wenn du es mal mit anständiger Arbeit versuchst?"

Er rückte wieder an sie heran und küsste sanft ihre Ohrmuschel. „Ich habe einfach noch nicht die richtige Frau gefunden, die mich dazu animiert."

„Schlag es dir aus dem Kopf, Paul. Ich kann deinen extravaganten Lebenswandel nicht finanzieren."

Er lachte, aber er lachte beschämt. Wenigstens kapierte er, was sie meinte. Paul würde sich immer aushalten lassen, irgendwie von irgendwem. Er war kein Mann; er war ein Bubi.

In dieser Nacht konnte Anna nicht schlafen. Sie lauschte auf das dezente Summen der Klimaanlage und wälzte sich in ihren Bettlaken herum. Schließlich öffnete sie den Champagner und trank ein Glas. In Gedanken stieß sie mit Robert Bendrich an und wünschte sich, er wäre jetzt hier anstelle von Paul. Sie wusste zufällig ganz genau, was sie dann mit ihm tun würde.

AM anderen Tag startete die Flugsafari zum Kakadu Nationalpark schon in aller Frühe. Paul war keineswegs glücklich, dass Mr. Bendrich das alles schon organisiert und arrangiert hatte. Eigentlich hatte er nämlich vorgehabt, sich heute in Darwin einmal ganz gezielt nach einem erfahrenen Flugzeugmonteur umzusehen, und der Ausflug kam ihm wirklich gar nicht gelegen.

„Dann mach ich die Safari alleine und du bleibst hier bei deiner Cessna!", sagte Anna entschlossen. „Es kann nämlich sein, dass ich einen Schreikrampf bekomme, wenn ich heute das Wort ‚Propeller' noch einmal hören muss."

Paul gab nur widerwillig nach, aber immerhin nahm er sich ihr Gemecker zu Herzen, denn er sprach kein einziges Wort mit dem Safaripiloten, obwohl er sicher liebend gerne seine Erfahrungen über Kolben und Propeller mit ihm ausgetauscht hätte.

Sie flogen von Norden her über den Nationalpark. Anna sah unter sich das Blätterdach des Monsunregenwaldes und das dichte undurchdringliche Grün der Mangrovensümpfe. Sie stellte sich vor, sie würde mit dem Buschmesser da unten durch die Sümpfe stapfen wie ein echter Abenteurer, bis zum Bauch durch schlammiges Brackwasser waten, gegen das dichte Wurzelwerk der riesigen Mangroven ankämpfen. Der Führer erzählte gerade von den Salties. Das waren gefährliche Salzwasserkrokodile, die bis zu sechs Meter lang werden konnten und sich da unten im Brackwasser versteckten, plötzlich schnappte ein Riesenkiefer heraus! Ein blitzschneller Biss, die Todesrolle und schon ist man unrettbar verloren. Anna zog sich in ihrer Fantasie blitzschnell aus dem Brackwasser zurück. Als sie über den schroffen Abbruch eines Plateaus flogen, sahen sie von oben die unzähligen Wasserfälle, die von dort in die Tiefe rauschten. Anna träumte von Tarzan, wie er sich aus großer Höhe von einem Wasserfall hinabstürzt und in einen klaren, tiefen Felsenteich eintaucht, Jane an seiner Seite, beide nackt … Das Gesicht und der Oberkörper von Tarzan hatten ziemlich viel Ähnlichkeit mit dem von Mr. Bendrich, ach ja, und sie war natürlich Jane.

Sie landeten in Jabiru und setzten ihre Safari mit dem Geländewagen fort. Am frühen Nachmittag erreichten sie die Jim Jim Falls und natürlich hatte keiner aus der Reisegruppe dann noch einen trockenen Faden an sich. Aber Anna vergaß ihr verschwitztes Shirt, ihre brennenden Füße und den Schweißgeruch der anderen, denn der Ort war einfach nur atemberaubend schön. Die Wasserfälle führten um diese Jahreszeit nur sehr wenig Wasser, tatsächlich sahen sie aus der Ferne aus wie ein müdes Rinnsal. Der See vor den Fällen war aber gut gefüllt mit Wasser und so klar, dass man bis auf den Boden schauen konnte.

Baden war hier erlaubt.

„Keine Krokodilgefahr!", erklärte der Reiseleiter und die ganze Safarigruppe riss sich förmlich die Kleider vom Leib und stürzte sich in das helle Wasser, Paul allen voran. Anna hätte sich selbst ohrfeigen können, denn in den Safariunterlagen, die Mr. Bendrich an der Rezeption des Hotels hatte hinterlegen lassen, war ausdrücklich auf die wildromantische Bademöglichkeit hingewiesen worden, und Paul hatte natürlich eine Badehose unter seiner Jeans an. Anna war schon alleine deshalb sauer auf ihn, weil er ins Wasser konnte und sie nicht. Obwohl es natürlich nicht seine Schuld war, dass sie mal wieder ohne Badeanzug dastand und zu schüchtern war, um in der Unterwäsche oder nackt zu baden. Also setzte sie sich ziemlich missmutig auf einen großen, runden Felsbrocken im Schatten und schaute Paul aus der Ferne zu, wie der Tarzan spielte.

Inzwischen kam ein Kleinbus mit einer anderen Gruppe an. Allerdings sahen die Leute nicht aus wie Touristen, sondern eher wie japanische Börsenbroker, die sich in die falsche Gegend verirrt hatten, denn sie alle trugen dunkle Anzughosen und weiße Hemden, sogar mit Krawatten und dazu völlig unpassendes Schuhwerk. Ihre Jacketts ließen sie im Bus zurück, aber ansonsten machten sie keine Konzessionen an die mörderische Hitze. Anna wunderte sich schon gar nicht mehr, denn in Australien war einfach alles Unmögliche möglich. Auch japanische Börsen-Tycoons mitten im Dschungel an einem Tarzanwasserfall. Sie tröstete sich mit dem Gedanken, dass die Typen in ihren schicken Anzügen zweifellos auch nicht baden würden, aber dieser Trost verpuffte schlagartig, als sie den Klang einer sehr vertrauten Stimme hörte, nämlich die vom Boss.

„Das Baden ist hier möglich. Leider ist der See um diese Jahreszeit nur ein schwacher Abklatsch von der wahrhaft berauschenden Schönheit, welche die Jim Jim Falls während der Regenzeit bieten", erklärte er den Japanern in bestem Englisch, und Anna konnte nicht umhin, ihn anzugaffen, als wäre er selbst eine berauschende Schönheit. *Was, zur Hölle, will ER hier? Betätigt sich der Boss jetzt etwa als Fremdenführer?*

Die Japaner genierten sich nicht, in dem schwachen Abklatsch zu baden. Sie zogen doch tatsächlich ihre Börsen-Verkleidung aus und stiegen einfach in ihren Unterhosen ins Wasser. Mal ganz nebenbei erwähnt, Boxershorts waren überhaupt nicht nach Annas Geschmack. Sie mochte eng anliegende Herrenunterhosen, die einem eine guten Vorstellung von dem verschafften, was sie enthielten.

Der Boss sprach jetzt mit einer langbeinigen Barbie-Blondine, die ebenfalls im Business-Outfit gekleidet war und ein helles Kostüm mit einem sehr kurzen Rock trug und in ihren hohen Schuhen aussah, als ob sie die Wall Street entlangspazieren wollte. Dieses Land war doch wirklich absolut und total verdreht. Zum Tanzen gingen die Leute in Jeans und karierten Hemden und mitten im tiefsten Outback-Urwald, da trugen sie Anzug und Kostüm. Anna wartete nur darauf, dass diese blonde Börsenschnepfe sich demnächst auch ausziehen würde, um, in zweifellos sehr aufreizender Unterwäsche, ins Wasserloch zu hüpfen. Sie knöpfte tatsächlich schon ihre Bluse auf. Das war doch nicht zu fassen! Aber da trat der Boss zu ihr und sagte irgendetwas, das Anna natürlich nicht verstand, aber die Blondine stellte ihr Striptease ein. Sie zog zwar eine Schnute und verschränkte beleidigt die Arme, aber sie blieb angezogen am Ufer stehen.

Anna drehte sich etwas zur Seite, weg vom See und von der Gruppe. Plötzlich hasste sie den Boss und hoffte, er würde sie zwischen dem Gewusel der Touristen und dem Gebüsch einfach übersehen. Obwohl sie natürlich keine Sekunde daran glaubte, dass sein Auftauchen hier reiner Zufall war. Der Kontinent hatte fast achteinhalb Million Quadratkilometer und war bestimmt 20-mal größer als Deutschland, und ausgerechnet hier auf diesem Flecken trafen sie sich zufällig.

Von wegen! Er hatte ihre Safari natürlich extra so gebucht, dass sie sich hier begegnen würden. Dieser ... dieser ... verrückte Outback-Spinner-Supertarzan.

Er ging näher an den See, um seiner Reisegruppe bei ihrem Vergnügen zuzusehen, und sie sah dabei seinem Rücken zu. Nein, sie sah eigentlich mehr auf die Blonde am See. Die zog die Schuhe aus und rührte enttäuscht mit ihren Zehenspitzen im Wasser herum. Der Boss schaute sich inzwischen suchend um, und Anna drehte sich ganz schnell noch etwas mehr zur Seite. Sie wollte nicht entdeckt werden; schon war es zu spät. *Verdammt, komm bloß nicht her. Ich spreche kein Wort mit dir, du Blondinenflüsterer.* Er kam natürlich her, sogar ziemlich eilig. Er sprintete beinahe, bis er die zehn Meter Entfernung zu ihrem Felsbrocken zurückgelegt hatte.

„Nanu, Miss Lennarts, was machen Sie denn hier?"

Wollte er sie etwa veralbern? „Ich sitze auf einem Stein und sehe den anderen beim Baden zu. Kein Badeanzug, wie üblich!"

Er lachte und setzte sich ganz frech neben sie auf das bisschen, was von ihrem Stein noch übrig war.

„Und was machen Sie hier, Mr. Bendrich? Verfolgen Sie mich etwa?"

„Um Sie zu verfolgen, fehlt mir leider die Zeit. Ich wünschte, ich hätte mehr davon." Er sah sie hintergründig an. „Ich bin gerade dabei, ein wichtiges Geschäft mit einem japanischen Konzern anzuleiern."

Na, du bist ja ein richtiger Tausendsassa. „Und das Geschäft tätigen Sie rein zufällig hier mitten im Kakadu Nationalpark?" *Und wenn du mich schon mit so faulen Ausreden verfolgst, dann wenigstens nicht mit einer Blondine im Schlepptau.*

„Es ist keineswegs ein Zufall. Die japanischen Delegationen sind unglaublich begierig darauf, hierherzukommen. Die Jim Jim Falls scheinen für sie offenbar ein nordaustralisches Wahrzeichen zu sein, also haben wir ein Ausflugsprogramm für sie geplant. Wenn man ein gutes Geschäft machen möchte, muss man seine Vertragspartner vorher etwas stimulieren."

Das solltest du künftig auch bei deinen Heiratsanträgen beherzigen, du Outback-Macho.

„Und ich gebe zu, dass ich nicht widerstehen konnte, ein kleines Treffen für uns beide hier zu arrangieren, wenn wir uns sowieso gerade zufällig in derselben Weltgegend aufhalten." Er schmunzelte, und ihr Herz hüpfte ihr fast aus der Kehle heraus.

„Nur um mal Hallo zu sagen?", stammelte sie und schüttelte den Kopf.

„Natürlich!", kam es lakonisch zurück, und aus seinem überaus zufriedenen Schmunzeln wurde ein überaus zufriedenes Grinsen. Dann strich er mit seinem Zeigefinger ganz langsam eine ihrer verschwitzten Haarsträhnen aus ihrem Gesicht. Sie spürte seine Berührung bis in ihren Magen und noch sehr viel tiefer.

„Sie sehen übrigens sehr übernächtigt aus, Miss Lennarts. Raubt Ihnen Ihr Begleiter etwa den Schlaf?"

„Nein, der bestimmt nicht!", knurrte sie ihren Boss verärgert an. Fragte er nur, um sich über sie lustig zu machen, oder war er wenigstens ein bisschen eifersüchtig? „Und wie sieht es mit Ihrem Nachtschlaf aus, Sir? Wer ist dieser blonde Kleiderständer?" Sie konnte leider nicht verhindern, dass sie ein klein wenig schnippisch klang. *Oh Mist, ich bin eifersüchtig.*

„Grace ist meine Assistentin."

„Anna! Du solltest auch reinkommen!", rief Paul vom See herüber. „Wir leben im 20. Jahrhundert, da wird man nicht mehr bestraft, nur weil man mal nackt badet!"

„Bob! Wir sollten jetzt zurückfahren, die Zeit war sowieso schon zu knapp!", meldete sich die Blondine auch vom See her.

Bob stand auf, Anna blieb sitzen. Der Boss trommelte seine Delegation mit freundlichen Worten zusammen und Paul schlug auch laut brüllend die Buschtrommeln.

„Weißt du, was der Reiseleiter gerade erzählt hat, Anna? Es gibt in Darwin eine tolle Diskothek, die nennt sich Tracy. Sie ist nach dem Taifun benannt, der hier mal vor ein paar Jahren die ganze Stadt zerstört hat."

Anna starrte finster hinüber zum See und antwortete nicht. Auf der einen Seite war da Paul der Kindskopf, der in einer der größten Naturschönheiten dieses Planeten badete und es nicht einmal merkte, und auf der anderen Seite war da Mr. Bendrich, der einfach mal so en passant eine ganz und gar unzufällige Zufallsbegegnung mitten im Nirgendwo für sie beide arrangiert hatte. Verrückt und betörend und ziemlich überzeugend.

Eigentlich war das der Wahnsinn, aber trotzdem war sie auf ihn sauer, wegen dieser blonden Sekretärin. Die hatte doch bestimmt eine Doppelfunktion, so hübsch, wie sie war, und so gierig, wie sie den Boss anschmachtete. Und auf Paul war sie noch viel mehr sauer. Warum musste er denn seine Abendplanung wie ein dummes Schaf quer durch den Urwald blöken? Er stieg jetzt aus dem Wasser und sah leider gar nicht aus wie Tarzan, eher wie ein Pudel mit Stammbaum.

„Wir gehen da morgen Abend hin, einverstanden, Anna?"

Sie war nicht im Mindesten einverstanden, sie hasste Diskotheken bekanntlich, aber das interessierte Paul nicht: Sie gingen da hin.

ANNA war bitter enttäuscht. Von Monsunwäldern war die Rede gewesen, aber sie hatten die vergangenen vier Tage überwiegend in Flugzeugschuppen verbracht, abgesehen von Pauls Fressorgie am Mindil Market. Und hätte der Boss nicht die Flugsafari spendiert, dann hätte Anna nicht mal das Vergnügen gehabt, Paul und einer Handvoll Japaner beim Baden zusehen zu dürfen. Und jetzt wollte er auch noch in eine lächerliche Diskothek gehen, ausgerechnet auch noch in eine, die den Namen eines Taifuns trug.

Je mehr Anna darüber nachdachte, umso mehr wurde ihre Enttäuschung zu echtem Ärger auf Paul, außerdem brachte er sie damit schon wieder in Kleidernot. Sie hatte nämlich überhaupt keine schicken Kleider auf diesen Trip mitgenommen. Schließlich war von Monsunwäldern die Rede gewesen, und da hatte sie eben bequeme Schuhe und dschungeltaugliche Kleidung eingepackt. Paul trug natürlich einen schicken Anzug, ein blütenweißes Hemd mit seidener Krawatte. Anna bildete einen extremen Kontrast zu ihm in ihrer Jeans, dem blau-rot karierten Hemd und den klobigen Trekkingschuhen. Sie trug unter dem Hemd zwar ein Top und hatte das Hemd vorne nur zusammengeknotet, um wenigstens ein bisschen fesch zu wirken, aber sie wirkte nicht fesch, sondern wie eine Kuhmagd, die die Disco mit dem Stall verwechselt hatte.

Paul störte sich nicht an dem Kontrast. Kaum in der Disco angekommen, verscherzte er seine letzten Sympathien bei Anna, denn er spielte sich unerträglich auf. Der Tisch, der noch frei war, gefiel ihm nicht, zu nah an den Lautsprechern, zu weit weg von der Tanzfläche. Er wollte europäischen Champus, es gab nur australischen Sparkling Shiraz, also bestellte er zwei Bier. Die junge etwas unerfahrene Bedienung war ihm nicht schnell genug und verstand außerdem die Biermarke falsch, also musste sie los und neues Bier holen. Annas Stimmung sank Stück für Stück, und ihre Wut auf Paul wurde mit jedem Satz, den er sprach, ein wenig größer. Warum hatte ein echter Graf es eigentlich nötig, sich wie ein Snob aufzuführen?

Der echte Graf verabschiedete sich auf die Toilette und die Bedienung brachte das Bier. Anna stürzte das erste Glas in Rekordzeit hinunter.

Paul kam ewig nicht mehr von der Toilette zurück, aber das machte ihr nichts aus. Sie ließ die Blicke durch den düsteren Raum schweifen, der nur vom rhythmischen Zucken der Lichtorgel erhellt wurde, und da stellte sie mit Schrecken fest, dass viele der Gäste zu ihr herüberstarrten. Kein Wunder, wenn man aussieht wie eine Outback-Wüste und in einer Taifun-Disco sitzt. Sie konzentrierte ihren Blick auf den Eingang. Tröpfchenweise trudelten die Leute aller Altersklassen herein, alle waren sie angemessen gekleidet, und alle landeten mit ihren Blicken früher oder später bei Anna. Dennoch kam ein junger Mann an ihren Tisch und forderte sie zum Tanzen auf, aber sie lehnte wütend ab und bestellte sich selbst noch ein weiteres Bier. Wo blieb Paul nur?

Im Eingang erschien jetzt ein auffälliges Paar. Sie: sehr jung, strohblond und sehr hübsch, und er: Robert Bendrich der Fünfte.

Nanu, jetzt hat er ja schon wieder eine andere Blondine dabei. Und diesmal verfolgt er mich wirklich. Er suchte bereits mit seinen Blicken gezielt den Raum ab, und als er sie entdeckt hatte, nickte er ihr lächelnd zu.

Er verzog sich mit seiner Blondine in eine dunkle Ecke am anderen Ende der Diskothek. Anna bestellte sich ihr drittes Glas Bier, und schon war es wieder leer getrunken. War das etwa die berühmte Lillian Warren? So eine junge Frau. Die war doch noch nicht mal zwanzig! Anna hätte schwören können, dass eine Frau, die Mrs. Warren hieß, mindestens Mitte dreißig und nicht auch noch blond war. In Annas Kehle blubberte Wut wie Lava im Krater. Sie dachte die ganze Zeit an Sex mit ihm, und dieser Typ besorgte sich eine Blondine nach der anderen. Paul hatte inzwischen wahrscheinlich auch eine Blondine aufgerissen und war mit ihr in einem Flugzeugschuppen verschwunden. Nein, da kam er ja soeben von der Toilette zurück.

„Stell dir vor, wen ich gerade auf der Toilette kennengelernt habe! Die Welt ist doch ein Dorf!"

„Vielleicht einen blonden Transvestiten?"

Er nahm Annas Zynismus gar nicht wahr, sondern plapperte sofort los und redete, ohne Luft zu holen. Da war also jemand, der genau den gleichen Flugzeugtyp hatte, das gleiche Baujahr und vor allem, was viel besser war, genau dieselben sonderbaren Geräusche im Motor. Der Zufall wollte es so. Sie seien sich einig, dass dem Flugzeughersteller da ein gravierender Produktionsfehler unterlaufen sei und bla, bla, bla … Anna schaute den Tanzenden zu, weg von Paul, aber dem fiel das nicht auf. Er redete weiter: Der besagte Herr habe ihn eingeladen, an seinem Tisch zu sitzen, der zudem viel angenehmer sei, also würden sie nun umziehen.

Anna war schon alles egal. Irgendwie würde sie diesen Abend auch noch überstehen. Aber das bildete sie sich nur bis zu dem Augenblick ein, als sie sah, dass der Tisch, an den Paul sie jetzt führte, direkt neben dem von Mr. Bendrich und der Blondine des Grauens war.

Anna wusste nicht mehr, wo sie hinschauen sollte. Die Tanzfläche war jedenfalls von dem stattlichen Boss und seiner Sexbombe versperrt. Das Gespräch von Paul und dem dicken Flugzeugexperten von der Toilette war noch schlimmer. Anna trank ihr fünftes Bier. Mr. Bendrich plauderte nur sehr spärlich mit seiner Begleiterin. Die meiste Zeit schaute er zu ihr herüber, und ihre Blicke trafen sich andauernd, weil sie es leider nicht verhindern konnte, dass sie auch andauernd zu ihm hinüberschaute. Sie begann die Perlen in ihrem Bierglas zu zählen, während Pauls Sabblerstimme einschläfernd monoton im Hintergrund klang.

Als Bendrichs Blondine sich erhob, um vermutlich ebenfalls auf die

Toilette zu gehen, hatte Anna bereits ihr sechstes Bier intus und verspürte endlich kein Schamgefühl mehr wegen ihrer unpassenden Kleidung. Da erhob sich der Boss und kam zu ihr an den Tisch. Als spräche er mit einer Fremden, forderte er sie zum Tanzen auf. Paul schaute nicht einmal auf, als Anna zur Tanzfläche verschwand. Sie hätte die beiden ja eigentlich einander vorstellen müssen, aber wozu sollte sie sich mit Paul blamieren? Paul blieb dabei, dass das Geräusch eine Kolbenhemmung war, die bei nicht sachgemäßer Wartung … und noch mehr Blabla.

Anna vergaß, dass sie eigentlich nicht tanzen konnte. Mr. Bendrich zog sie einfach eng an sich, spielerisch, verführerisch und gleichzeitig so dominierend, dass sie gar nicht überlegen musste, was zu tun war. Er führte sie – wie nicht anders zu erwarten war. Anna seufzte zufrieden, entspannte sich und schmiegte sich an ihn. Er presste seine Hände auf ihre Pobacken, und sie presste ihre Brüste gegen seinen harten Oberkörper. Es war perfekt.

„Wie es scheint, haben Sie ja doch noch etwas Zeit gefunden, um mich zu verfolgen", murmelte sie an seine Brust. Am liebsten hätte sie noch hinzugefügt: *Und eine neue blonde Kulisse hast du auch gleich wieder mitgebracht.*

Er schmunzelte auf sie hinab und antwortete nicht, aber er tanzte mit ihr an den Rand der Tanzfläche und führte sie dann an die Bar, die so lag, dass man sie von seinem und Pauls Tisch aus nicht sehen konnte. Er bestellte zwei Whiskys, ohne Anna zu fragen, ob sie überhaupt einen trinken wollte.

„Sie sehen sehr …" Er spitzte seinen Mund, als fehlten ihm die Worte. „… exotisch aus."

Haha! Dein Spott fehlt mir gerade noch. Sie kippte den Whisky hinunter. „Es ist meine Eigenart, mit der falschen Kleidung an den falschen Orten aufzutauchen." *Das solltest du doch noch von Alice Springs wissen, Arthur Bendrich der Letzte.* Er wusste es sehr gut, denn er lachte schallend los.

„Ich mag Menschen, die sich von der Masse abheben. Allerdings wäre Ihre außergewöhnliche Haarfarbe ausreichend genug dafür."

Jetzt fuhr er mit seiner Hand ihre Schläfe entlang, dann in ihr offenes Haar hinein und kämmte es mit seinen gespreizten Fingern vorsichtig durch.

Oh bloody hell! Diese Geste war so zärtlich und gleichzeitig so besitzergreifend, dass Anna vor Erregung das Atmen vergaß. Ihr Mund schnappte unwillkürlich auf, und ihre Augen schlossen sich von ganz alleine, in einer Miene höchsten Genusses.

„Ach Anna!", hörte sie seine kratzige Stimme nahe an ihrem Ohr.

Ach Boss! Du bist ein Bigamist, ein Polygamist. Sie versuchte die wohligen Schauder, die seine Stimme und seine Berührung in ihr auslösten, zu ignorieren. Irgendwo auf der Toilette machte sich seine Blondine fertig für später. Sie war schon fertig.

„Da bist du ja, Bobby-Liebling. Ich habe dich schon gesucht."

Bobby-Liebling? Anna prustete ein verächtliches Lachen in ihr Whiskyglas. Die Blonde hängte sich an Bobbys Arm und funkelte Anna eifersüchtig an. Es entstand ein peinliches Schweigen. Aber schließlich raffte sich Mr. Bendrich auf, räusperte sich, trank seinen Whisky aus und sagte: „Darf ich vorstellen? Das ist meine Haushälterin Miss Lennarts und das ist …" Er schaute seine Begleiterin fragend an. „Nina?"

„Tina!" Das Mädchen presste sich noch enger an ihn.

Die Situation war lächerlich, und Anna war wütend und verletzt. Sie erdolchte Bobby den Boss mit ihren Augen und in ihrer Fantasie ließ sie Nina-Tina gefesselt und mit dem Kopf nach unten an einem Deckenventilator rotieren.

„Willst du nicht mit mir tanzen, Bobby?", fragte die Blonde.

„Nein." Er entzog ihr seinen Arm und schob sie, wenn auch behutsam, von sich. „Geh an den Tisch zurück. Ich muss mit Miss Lennarts noch etwas besprechen."

Tina rührte sich nicht von der Stelle. Mit verengten Augen und einem Schmollmund starrte sie Anna an.

„Wenn Sie immer so grausam sind, Mr. Bendrich, werden Sie nie eine Frau finden." Anna sprach deutsch.

„Tina ist nicht das, was mir als Ehefrau vorschwebt, wie Sie sehr wohl wissen." Er sprach ebenfalls deutsch und Tina wurde unruhig.

„Kommst du jetzt endlich, Bobby!", verlangte sie und stampfte mit dem Fuß wie ein trotziges Kind.

„Ich finde sie ziemlich hübsch!" Anna streifte das Mädchen mit einem knappen Blick. *Nein, sie ist hässlich und blond und blöd wie ein Possum.* „Und im Interesse einer zufriedenstellenden Nacht sollten Sie jetzt vielleicht besser mit ihr gehen."

Er sollte ruhig merken, dass sie nicht so dumm war und wusste, was zwischen ihm und der Tante ablief. Aber Mr. Bendrich lachte.

„Geh an den Tisch, Tina, sofort!" Seine Stimme ließ keinen Zweifel, das war ein knallharter Befehl und er hätte Tina wahrlich nicht auch noch mit der flachen Hand auf den Hintern klatschen müssen, die dumme Kuh hätte es zweifellos auch so begriffen, dass sie abzischen sollte.

„Es freut mich sehr, dass Sie sich Sorgen um meine nächtliche Zufriedenheit machen, Miss Lennarts", sagte er, nachdem Tina schmollend, aber gehorsam abgerauscht war. „Ich hoffe, Tinas Gegenwart verärgert Sie nicht."

Sie schnaubte nur abfällig. *Verärgern trifft es nicht annähernd, du Sexprotz! Und wahrscheinlich machst du das mit Absicht. Ich hasse dich!*

„Ich bin der Ansicht, dass ich mein Leben wie gewohnt weiterführen kann, bis Sie sich zu meinem Heiratsantrag geäußert haben und bis wir unser eheliches Sexualleben aufnehmen."

Oh verdammt, wenn er noch einmal das Wort „Sex" in den Mund nimmt, werde ich mich mit ihm hinter die Bar werfen. Sie griff nach dem zweiten Whisky, der schon bereitstand.

„Eines ist jedenfalls sicher: Wenn ich wirklich ernsthaft erwogen hätte, Sie zu heiraten, dann würde ich Ihnen jetzt die Hölle heißmachen." *Und ich habe es ernsthaft erwogen. Seit Tagen denke ich an nichts anderes, und ich würde dir am liebsten die Hölle heißmachen, du blöder Bauxit-Magnat.*

Er lächelte genießerisch. „Man braucht nicht viel Fantasie, um sich Ihre leidenschaftlichen Wutausbrüche vorzustellen." Ihre Blicke verschmolzen für einen Augenblick miteinander, das war beinahe wie ein Kuss. Zumindest fühlte es sich in ihrem Magen so an. „Nein, man braucht überhaupt nicht viel Fantasie, um sich Ihre Leidenschaft vorzustellen."

„Es ist besser, Sie gehen jetzt zu Ihrer Tina zurück", schnappte sie ihn an, aber er ging nicht zurück zu Tina, sondern blieb sitzen und starrte sie gedankenverloren an. Genauer gesagt starrte er wie ein Verhungernder auf ihren Mund; und Anna starrte zurück auf seinen Mund und bestellte sich den dritten Whisky.

„Sie sind doch nicht schon wieder betrunken, oder?"

„Es bleibt einem kaum etwas anderes übrig, wenn man mit Paul hier ist." Der nächste Whisky war schon wieder eingeschenkt und sie griff nach dem Glas.

„Der Abend scheint Ihnen nicht zu gefallen?"

„Ich hasse Diskotheken!" Sie kippte den Whisky ratzfatz hinunter, zwei kräftige glucksende Schlucke und das Gebräu war in ihrem Magen. „Und ich hasse Paul, und dich hasse ich noch mehr, du Blondinenabschlepper." *Habe ich das gerade wirklich laut gesagt? Ach du liebe Güte!*

Er sprang beschwingt von seinem Barhocker herunter.

„Ich hasse Diskotheken auch. Komm mit!" Er warf einen Geldschein auf die Theke und zog sie mit sich. Anna spürte den dritten Whisky wie geschmolzenes Blei in ihre Beine strömen, und sie spürte, dass er sie an der Hand nahm und sie aus der Diskothek hinauszog.

„Was ist mit Ihrer Nina?", rief sie und lachte doch, als er sie draußen in ein Auto zwängte.

Er sagte gar nichts, sondern fuhr los, und Anna fragte sich, ob sie nicht ein paar Bier und drei Whisky zu viel getrunken hatte. Mr. Bendrich öffnete die Beifahrertür und sie fiel kichernd in seine Arme. Definitiv: Sie hatte eindeutig zu viel getrunken. Ihr Knie waren wie Wackelpudding und ihr Gehirn Vanillesoße.

Sie hatte keine Ahnung, wo sie waren, irgendwo außerhalb der Stadt, auf einer einsamen Straße, die in einen Park oder Urwald hineinführte, die Umgebung war voller Gerüche: betäubend süßer Blütenduft und feuchte Erde, Holz und Moder. Konnte man 100% Romantik eigentlich auch riechen?

„Verdammt! Warum musst du dich ständig betrinken?" Seine Hand schlang sich um ihre Taille und zog sie an seine Seite. „Ich wollte dir den Mangroven Boardwalk zeigen. Er ist nachts zwar nicht ganz ungefährlich, aber umso schöner."

„Ich bin nicht ständig betrunken, nur wenn ich Probleme mit Männern habe, und mindestens drei Whiskys gehen auf dein Konto, Boss."

Er knurrte nur und ging mit ihr in die nachtschwarze Wildnis hinein. Oder vielmehr hielt er sie so eng umschlungen, dass sie sich überhaupt auf den Beinen halten konnte. Sie gingen auf einem Holzsteg mit Geländer links und rechts. So konnte man wenigstens nicht betrunken ins Wasser fallen. Apropos Wasser: Irgendwo unter ihnen plätscherte es. Schliefen Krokodile nachts eigentlich? Über ihnen war ein strahlend heller Halbmond und aus dem Urwald drang Krächzen, Zirpen, Pfeifen, Schnattern und Heulen. Offenbar hatten sie das Ziel des Spaziergangs schon erreicht, das war eine Art Aussichtsplattform, die ins Meer mit dem Mangrovenwald hineinragte. Da stand eine schmale Bank, auf die er sich mit einem entmutigten Seufzen niederließ. Anna zog er neben sich. Er schwieg beharrlich und starrte auf den Bretterboden unter ihren Füßen. Anna lehnte sich an seine Seite, um nicht so zu wanken, und ärgerte sich selbst, dass sie betrunken war. Der Mond ließ die Wurzeln der Mangroven wie lange bedrohliche Finger erscheinen, die sich in die sumpfige Erde krallten. Das Wasser plätscherte, die Bäume sangen. Es war gruselig, wahnsinnig, superromantisch. Einfach unfassbar schön.

„Das ist atemberaubend!", wisperte sie und war froh, dass sie wenigstens noch einigermaßen deutlich sprechen konnte.

Er wandte den Kopf in ihre Richtung, und soweit sie das im Halbdunkel erkennen konnte, war er ziemlich schlecht gelaunt. Kein Wunder, schon wieder hatte sie alles verpfuscht, was hätte sein können: er und sie hier mitten im Urwald wie Tarzan und Jane.

„Dieser Aristokrat, mit dem Sie sich herumtreiben …", begann er etwas zögernd. „… ist da wirklich nichts zwischen Ihnen?"

Was gäbe ich drum, wenn ich jetzt nicht betrunken wäre. Ich bin so eine dumme Kuh!

„Neiiiiin, gar nicht."

„Anna!" Er stand auf, ging auf einmal unruhig hin und her. Die Holzblanken unter seinen Füßen knarrten und im Wasser platschte es wieder. Anna hielt den Atem an. „Ich habe meinen Heiratsantrag vielleicht nicht in den richtigen Worten vorgebracht."

Anna grunzte ein Kichern durch ihre Nase heraus. Sie konnte nicht anders, auch wenn das die ganze Romantik mit einem Schlag zerstörte.

„Verdammt und zur Hölle!" Er ließ sich wieder neben sie auf die Bank plumpsen. „Du solltest wirklich aufhören, so viel Alkohol zu trinken."

„Hast du mich deswegen verfolgt? Um mir noch mal einen Heiratsantrag zu machen?" Sie kicherte, aber in ihrem Innersten spürte sie aber eine heftige Glückswelle.

„Ich sagte doch schon, dass ich keine Zeit habe, dich zu verfolgen!", rief er verärgert. „Nun gut, ich gebe zu, dass ich gehofft habe, wir würden uns bei den Jim Jim Falls treffen. Der Veranstalter der Safari sagte, dass du und deine Reisegruppe etwa gegen 13:00 dort wäret, wenn alles wie geplant laufen würde. Aber bei solchen Touren kann schließlich immer etwas dazwischenkommen, und je nach Wetterlage ändern sie auch das Programm kurzfristig."

„Du hast die Safari also nur gebucht, um mich dort zu treffen?"

„Ich hätte dir diesen Ort liebend gerne selbst gezeigt, ohne die Reisegruppen um uns herum. Nur wir beide, beim Mondschein im See. Es ist sehr malerisch dort, findest du nicht?"

Annas Herz wurde richtig heiß vor Glück. *Oh mein Gott! Der Mann ist einfach der Wahnsinn, und ich bin betrunken.* „Es ist wie das Paradies. Der schönste Ort, den ich je gesehen habe."

„Es freut mich, dass es dir dort gefallen hat."

„Und jetzt das hier", sagte sie mit schwerer Zunge. „Machst du mir jetzt noch mal einen Heiratsantrag? Mitten in den wildromantischen Mangrovensümpfen?"

Er schüttelte den Kopf und zog sie auf die Beine. „Jetzt bringe ich dich in dein Hotel zurück, Anna."

„Zimmer 122", lallte sie und schlang ihre Arme um seinen Hals.

SIE konnte sich am anderen Morgen nicht mehr erinnern, wie sie in ihr Hotelzimmer gekommen war. Sie wachte auf und war alleine. Die Klimaanlage surrte und ihr Schädel brummte. Der Boss war aber nicht in der Nähe, und sehr wahrscheinlich hatte er sie nur bis zur Rezeption des Hotels begleitet und sie dann sich selbst überlassen. Zumindest würde das erklären, warum sie noch komplett angezogen war und sogar noch ihre

Trekkingstiefel an den Füßen trug und quer in dem Kingsize-Bett lag

Paul tauchte gegen zwölf Uhr auf, um sich zu erkundigen, wie es ihr ging. Er fragte noch nicht einmal, warum oder wohin sie gestern Abend verschwunden war. Stattdessen erklärte er ihr wortreich, dass er nach seinem intensiven Gespräch mit dem Leidensgenossen von der Toilette zu dem Ergebnis gekommen sei, dass sie noch einen Tag länger bleiben müssten, um den Motor wirklich gründlich zu checken. Anna blieb im Bett, und Paul verbrachte den Rest des Nachmittages auf dem Flugplatz, um den leidgeprüften Mechaniker zu nerven.

Am Abend fühlte sich Anna schon besser und sie gingen wieder zu den Garküchen am Mindil Market. Anna hatte allerdings keinen Hunger, und während sie Paul beim Essen zuschaute, malte sie sich in ihrer Fantasie aus, sie säße jetzt mitten im Urwald auf einem Baumhaus, Lianen baumelten von den dicht belaubten Ästen herab, Schimpansen schnatterten im Hintergrund und Tarzan verschlang gierig seine Jane.

Auf Paul war sie wütend, der war höchstens eine herabhängende Liane, und die Leute um sie herum waren nur schnatternde Schimpansen, aber Bendrich-Tarzan ließ gerade seinen Lendenschurz fallen und … eine Python gehörte natürlich auch zu ihrer Fantasie.

Die Liane meldete sich zu Wort. Was? Der fragte schon wieder nach einem richtigen Kuss. Als ob es falsche Küsse gäbe. Sie sah Paul wütend an. Wie konnte er es wagen, sie ausgerechnet jetzt mit so einer Lappalie zu belästigen, wo Jane doch gerade Tarzans Python bewundert hatte?

„Bist du etwa traurig, dass wir morgen schon wieder zurückfliegen?", säuselte Paul.

Du bist so sensibel wie der Kolbenfresser in deinem blöden Motor. „Nein, ich freue mich riesig auf zu Hause." Und damit meinte sie Bendrich Corner.

„Eigentlich habe ich mir das viel einfacher vorgestellt!" Er klang ein wenig eingeschnappt.

„Was? Mich zu vernaschen?"

„Ach vernaschen! Sag doch so was nicht." Er nippte lustlos an seinem Bier und verzog das Gesicht. „Ich habe mir den Kopf zerbrochen, welche Zukunft wir beide hätten." Anna lachte nur abfällig. „Das, was dir dieser Bendrich angeboten hat, eine Ehe und so was, das kann ich dir nicht bieten,

Anna. Ich will dir nichts vormachen, mein Vater würde mich sofort enterben!"

Ja, das ist zweifellos ein guter Grund, jemanden nicht zu heiraten.

„Aber ich bin wirklich verliebt in dich, Anna. Mehr als je zuvor in meinem Leben."

„Das wird sich legen, Paul. So wie ich dich kenne, bist du nur deshalb so schrecklich verliebt, weil ich dich habe abblitzen lassen."

„Ich habe also keine Chance?"

„Ich werde Mr. Bendrich heiraten." *Habe ich das gerade wirklich laut gesagt?*

„Hatte das schon befürchtet", seufzte Paul und zuckte die Schultern. „Eigentlich kenne ich dich gut genug, um zu wissen, dass es genau das ist, was du brauchst."

„Was, eine Ehe? Quatsch!" *Das ist es gar nicht, was ich brauche. Ich brauche den Boss, vorzugsweise in meinem Bett und tief in mir.*

„Ja, du brauchst etwas Festes. Jemand, der dir Sicherheit gibt und dir sagt, wo's lang geht. Aber hoffentlich heiratest du ihn nicht nur wegen der Sicherheit, deinen Kelten. Ich würde wenigstens vorher mit ihm schlafen."

Du wirst es mir nicht glauben, Paul, aber ich heirate ihn hauptsächlich, weil ich mit ihm schlafen will.

„Ich bin jedenfalls wirklich neugierig darauf, ihn kennenzulernen."

Oje, das wirst du hoffentlich nie. Ich würde mich mit dir ja nur blamieren.

Sie sprachen dann bloß noch über Belangloses. Oder besser gesagt, immer wenn Paul etwas sprach, wurde es zu Belanglosem.

Clannon Miller

8. Annahme

ANNA und Paul kehrten am anderen Tag nach Bendrich Corner zurück. Insgeheim hatte Anna darauf gehofft, dass Paul die Nase voll vom Outback hatte und schleunigst abreisen wollte, aber er machte leider keine Anstalten dazu. Nein, er wollte seinen armen Motor mindestens noch drei Tage schonen, und das hieß, dass Anna ihn mindestens noch drei Tage lang ertragen musste. Erschwerend kam hinzu, dass sie schon auf dem Flugplatz mit der Neuigkeit empfangen wurden, Mr. Bendrich sei gestern Abend ebenfalls angekommen. Anna konnte sich wirklich etwas Schöneres vorstellen als eine Begegnung von Paul mit dem Boss. Während der Boss wahrscheinlich nur Geringschätzung für einen Versager wie Paul aufbringen würde, würde Paul in seinem überbordenden Selbstbewusstsein noch nicht einmal merken, wie mickerig er im Vergleich zu Robert Bendrich war.

„Du hast eine richtig gute Gesichtsfarbe bekommen nach deinem Sonnenbrand."

„Ach wirklich?" Ihre Haut hatte sich überall abgeschält und darunter war sie wieder genauso weiß herausgekommen wie vorher. Nur Paul, der die Sensibilität einer Kontinentalplatte besaß, hatte nichts davon bemerkt.

„Ja, wirklich. Das steht dir verdammt gut! Ich hoffe, dein geliebter Kelte weiß zu schätzen, was er an dir hat."

„Du solltest dich anständig betragen, wenn wir dort sind, und nicht so viel reden. Ich will nicht, dass Mr. Bendrich einen schlechten Eindruck von meinen Freunden hat", mahnte sie.

„Ja, Mama!"

Ja, du Idiot, weil du ein oberflächlicher Nichtsnutz bist und ich mich mit dir nicht blamieren möchte, nicht vor einem Mann wie Robert Bendrich.

Der Geländewagen fuhr am Haus vor und Paul verabschiedete sich großspurig von dem Stockman, der sie hergefahren hatte. Anna war so aufgeregt, dass ihr Herz richtig in ihrer Brust rotierte und das Blut in ihren Schläfen hämmerte – mit den üblichen Nebenwirkungen wie Atemnot und Magenflattern, versteht sich. Sie betete, dass der Boss nicht im Haus sein solle, denn sie musste sich erst etwas sammeln, bevor sie den Mumm aufbrachte, ihm gegenüberzutreten. *Ach, bestimmt reitet er gerade über sein Weideland und zählt seine Rindviecher,* machte sie sich selbst Mut.

Ach nein, da war er ja schon! Er erschien soeben unter der Eingangstür. Weg war der Anzug und die Krawatte. Jetzt trug er wieder Jeans, Jeanshemd, Dreitagebart und ein ziemlich erstauntes Gesicht. Offensichtlich hatte er jemand anderen erwartet.

„Sie sind schon zurück? Ich habe nicht vor morgen mit Ihnen gerechnet!"

Anna fühlte, wie sich ein Kloß in ihrer Kehle festsetzte, der ihr Sprechvermögen komplett lähmte.

„Potzblitz! Jetzt verstehe ich, warum du ihn heiraten willst!", wisperte Paul ihr zu, klopfte kameradschaftlich auf ihren Rücken und preschte er an ihr vorbei mit ausgestreckter Hand auf Mr. Bendrich zu. „Darf ich mich vorstellen? Ich bin Paul, ähm Paul Graf Rosenow!"

„Robert Bendrich!" Der Boss nickte nur, ohne die angebotene Hand zu ergreifen, und wirkte ziemlich steif im Vergleich zu Pauls lockerer Art. „Ich hoffe, Sie hatten eine gute Zeit in Darwin?"

„Es war traumhaft! Fantastisches Wetter. Wir mussten ab und zu eine Zwischenlandung einlegen. Der Motor hat ein paar gravierende Probleme."

„Verstehe!", sagte Mr. Bendrich knapp, aber seine Augen wanderten über Paul hinweg zu Anna hinüber, und er starrte sie an, als wäre sie nackt.

„Ja, aber Anna hat sich sehr gut amüsiert. Nicht wahr, Anna?"

Der Kloß in ihrer Kehle wurde immer dicker und verhinderte jede Antwort, deshalb zuckte sie nur die Schultern. *Ich habe mich gar nicht amüsiert, du Trottel.*

„Mr. Bendrich, ich bin Ihnen sehr verbunden, dass Sie Anna erlaubt haben, mich zu begleiten. Ich kann Ihnen versichern, dass ich dieses Vertrauen nicht missbraucht habe. Ich bin ein Ehrenmann!"

Mr. Bendrich hob verwirrt die Augenbrauen. *Paul, halt doch die Klappe, oder ich töte dich. Das will ich ihm schon selber sagen.* Paul hielt leider nicht die Klappe.

„Anna und ich sind alte Freunde, wir haben zusammen studiert. Das heißt, ich studiere im Prinzip immer noch. Sie ist mit mir durch dick und dünn gegangen, aber stets auf rein platonischer Ebene, falls Sie verstehen, was ich meine. Anna war gewissermaßen mein Kummerkasten, und sie hat mich aufgebaut, wenn es mir schlecht ging. Sie hat einen sehr feinsinnigen Humor, finden Sie nicht auch?"

„Ach wirklich?"

„Ich freue mich für Anna, dass sie endlich den Richtigen gefunden hat."

Halt endlich die Klappe, Paul!

„Ja, tatsächlich?!" Von Bendrich kam jetzt ein dünnes Lächeln.

„Ich bedaure nur, dass ich bei Ihrer Hochzeit nicht dabei sein kann! Haben Sie schon einen Termin ins Auge gefasst?"

„Paul! Halt! Jetzt! Die! Klappe!"

Paul zuckte zusammen. „Ach verdammt, sag nicht, dass ich deine Überraschung verdorben habe!"

„Du bist so ein Knallkopf!" Sie stürmte wütend an Paul vorbei auf die Haustür zu. Das war doch wirklich das Letzte, Paul hatte noch nicht mal seinen Fuß über die Türschwelle gesetzt, und schon überschwemmte er die Welt wieder mit seinem sinnfreien Geschwafel.

Sie schaffte es nicht bis zur Haustür. Als sie am Boss vorbeistürmen wollte, ergriff er sie am Oberarm und hielt sie zurück.

„Willkommen in Bendrich Corner, mein Liebes!", sagte er, legte seine Hände auf Annas Hüften, zog sie dicht zu sich her und gab ihr einen kurzen Begrüßungskuss auf die Lippen und sprach ganz leise mit ihr: „Ich freue mich sehr, dass du dich entschlossen hast, meinen Antrag anzunehmen!"

Dann wandte er sich wieder an Paul. „Nennen Sie mich Bob und kommen Sie herein, Paul. Ich hoffe, Sie haben nichts dagegen, wenn ich Sie beim Vornamen anrede? Annas Freunde sind auch die meinen!"

Das brauchte man Paul nicht zweimal zu sagen, er stürmte durch die Tür und rief nach den Kindern. Die waren allerdings noch bei den Bellemarnes und würden erst morgen im Lauf des Tages nach Hause gebracht.

„Mr. Bendrich, ich wollte nicht, dass Sie es auf diese Weise erfahren", entschuldigte sich Anna. „Im Grunde will ich eigentlich …"

„Mein Vorname ist Bob, oder willst du, dass dein Freund uns für zwei Verrückte hält?" Er nahm sie an der Hand und folgte Paul, der bereits im Wohnzimmer Platz genommen hatte.

„Anna, würdest du so liebenswürdig sein, für uns Tee zu machen, mit Teebeuteln wenn es geht? Und mach gleich etwas mehr, denn ich erwarte noch weitere Gäste!" Dann wandte er sich an Paul. „Eine alte Bekannte, Lillian Warren!"

Anna war schon aufgestanden, um in die Küche zu gehen, aber dieser Name durchzuckte sie wie ein Blitz, und sie erstarrte mitten im Schritt. Was? Er hatte seine Freundin eingeladen? Das passte ja ganz wunderbar. Jetzt würde seine Lebensgefährtin auf seine frisch verlobte Haushälterin treffen. Das würde bestimmt eine wunderbare Begegnung werden, schrecklicher als die Schlacht auf den Katalaunischen Feldern. Und sie konnte ihm noch nicht mal einen Vorwurf daraus machen, schließlich hatte er ja ausdrücklich betont, dass er so weiterleben würde wie bisher, bis sie seinen Antrag angenommen hatte.

Aber trotzdem war das doch einfach unmöglich von ihm, seine Freundin hierherzubestellen. Wollte er sie etwa noch eifersüchtiger machen, als sie ehedem schon war? Noch bevor Anna überlegen konnte, ob sie ihm nachher Blumendünger in den Tee schütten oder ihm besser jetzt gleich die lange schon ausstehende Ohrfeige verpassen sollte, klopfte es herrisch an der Tür.

„Das muss Lillian sein." Er wirkte sehr erfreut, sprang auf und eilte zur Tür. Man hörte draußen Stimmen. Eine davon, eine weibliche, war ziemlich unangenehm und hochgestochen. Und schon traten sie ein. Eine jüngere Schlanke und eine ältere Dicke. Die Dicke nahm Annas Aufmerksamkeit ganz für sich in Anspruch, denn sie war wirklich sehr dick. Mit einem riesigen Busen, so groß und archaisch wie der der Venus von Willendorf, einer prähistorischen Fruchtbarkeitsgöttin. Ihr Doppelkinn umgab ihren Kopf wie eine Halskrause, und zu allem Überfluss war sie auch noch mit Schmuck behängt wie ein Weihnachtsbaum. Sie trug dicke goldene Ketten mit großen Steinen und breite Armbänder, die so wuchtig wirkten wie Sträflingsketten.

„Darf ich vorstellen?" Roberts Stimme riss Anna aus ihrem faszinierten Gaffen.

„Das ist Mrs. Harding-Brewster!" Er zeigte auf die Fette, die sich zu einem gnädigen Kopfnicken herabließ. Paul erhob sich, seiner guten Kinderstube gemäß, mit einer galanten Verneigung von seinem Platz.

„Und das ist Lillian Warren! Die Tochter von Mrs. Harding-Brewster."

Nun erst wagte Anna auch einen Blick auf die andere. Sie war eine wirkliche Lady, Mitte dreißig und sehr hübsch. Sie trug dezenten, aber wertvollen Schmuck, elegante und exquisite Kleidung und hatte eine klassische blonde Kurzhaarfrisur, dazu ein zurückhaltendes Make-up. Anna war sich des Gegensatzes, den sie in ihrer Monsunwaldmontur und ihrer frisch abgeblätterten Sonnenbräune dazu bildete, schmerzhaft bewusst. Ganz zu schweigen von dem simplen Top, das sich mit seinem üppigen Ausschnitt im Vergleich zu Mrs. Warrens zugeknöpfter Bluse richtig obszön ausnahm. Wie hatte Godfrey einmal den Geschmack seines Vaters beschrieben? Er mochte adrette, feine, zurückhaltende und ordentliche Frauen. Ja, das traf exakt auf Lillian Warren zu, leider.

„Und das ist Anna Lennarts!"

„Doktor Anna Lennarts!", berichtigte Paul.

„Ach wirklich?", fragte die Fette.

„Und zu guter Letzt", fuhr Mr. Bendrich fort, aber sein Blick blieb jetzt mit einer gewissen Verwunderung an Anna haften, während er auf Paul zeigte. „Haben wir hier noch den Grafen Paul Ingo Einhardt Hubertus von Rosenow und Hofkirch!"

Nanu, der Boss hat sich all die protzigen Namen aber gut gemerkt. Obwohl Pauls toller Adelstitel eigentlich hätte Eindruck schinden müssen, bedachte die Dicke ihn bloß mit einem Naserümpfen und wandte sich an Anna.

„Sagen Sie, mein Kind, sind Sie nicht ein bisschen zu jung für eine Ärztin?"

„Ich bin keine Ärztin."

„Tierärztin vielleicht?", hakte die adrette Lillian mit einem herablassenden Lächeln nach. „Sie kennen sich bestimmt mit Pferden vorzüglich aus."

„Nein, eigentlich gar nicht." Anna fühlte sich plötzlich ganz winzig unter dem prüfenden Blick der vornehmen Lady und rieb unauffällig an dem Schmierölfleck auf ihrer Hose. Den musste sie sich bei einer Zwischenlandung auf dem Rückflug zugezogen haben.

„Sind Sie denn nicht mit der Dressurreiterin Simone Lennarts verwandt?"

„Was? Sie kennen Simone?" Anna war so verblüfft, dass ihr vor Schreck das Blut in den Magen sackte und sie kreidebleich wurde. *Jetzt bloß nicht in Ohnmacht fallen!*

„Ach du lieber Gott, natürlich nicht, woher sollte ich diese Simone wohl kennen?", sagte Lillian und klang ziemlich herablassend. „Ich habe nur einen Artikel über sie gelesen, im *Horse & Dressage,* das ist ein international renommiertes Magazin für Dressurpferde, wie Sie zweifellos wissen."

Zweifellos hatte Anna nicht die geringste Ahnung von Pferdesportmagazinen, ob nun renommiert oder nicht, aber sie war so perplex, sie konnte nur nicken.

„Da stand, dass eine Dressurreiterin namens Simone Lennarts einen Trakehner zu einem Spitzenpreis verkauft hat."

„Was? Simone hat Poldi verkauft?" Jetzt war Anna wirklich schockiert. Das waren einfach zu viele unangenehme Überraschungen auf einmal.

„Na bitte schön, Sie kennen diese Frau offenbar sehr gut und Sie kennen auch das besagte Pferd. Das habe ich mir doch gleich gedacht." Mrs. Warren schaute Bob an. „Dann liege ich mit meiner Vermutung offenbar richtig."

„Welche Vermutung denn?", fragte Anna dämlich und bereute die arglose Frage sofort, als sie den bissigen Gesichtsausdruck der feinen Lady sah.

„Meine Vermutung, dass Sie und Bob schon seit dem Frühjahr etwas miteinander haben. Ihr beide solltet mich wirklich nicht für dumm verkaufen. Bob war im März in Deutschland auf der Suche nach einem Zuchthengst, und zweifellos hat er Sie dort auf diesem Gestüt kennengelernt. Und nun hat er Sie an mir vorbei in Bendrich Corner eingeschleust, damit seine geliebten Kinder Sie kennenlernen können und ihren Segen zu dieser Liaison geben."

„Eingeschleust?", rief Anna und „Liaison?", rief Bob beinahe gleichzeitig. Er lachte allerdings herzhaft darüber, während Anna eher das Gefühl hatte, sich übergeben zu wollen. *Bloody hell, diese Lillian wünscht mir eindeutig die Pest an den Hals. Und umgekehrt, Lady.*

„Ich kann Ihnen versichern, dass Anna nie auf einem Gestüt gearbeitet hat", mischte sich Paul jetzt auch noch in das Gespräch. „Im März hat sie Seminare an der Uni gehalten, und wenn sie Bob damals schon gekannt hätte, dann wüsste ich davon, glauben Sie mir."

„Aha!" Die Warren musterte Paul mit einem unerbittlichen Blick, aber offenbar gefiel ihr das, was sie sah, denn ihr verkniffener Gesichtsausdruck wurde ein wenig milder.

„Also was jetzt?", rief die Dicke ungeduldig dazwischen. „Wofür haben Sie denn nun Ihren Doktortitel bekommen, wenn sie keine Ärztin sind?"

„Ich habe in mittelalterlicher Archäologie promoviert", sagte Anna kleinlaut.

„Reichlich exotisch für diese Gegend hier! Findest du nicht, Lill?", mäkelte die Alte.

„Dafür kenne ich mich gut mit fettleibigen Fruchtbarkeitsgöttinnen aus", gab Anna ebenso mäkelig zurück. Es war ihr egal, ob die Dicke das kapierte, wenigstens war Anna ihren Frust ein wenig los. Paul vergaß prompt seine gute Kinderstube und lachte lauthals.

„Und was hat es nun mit dieser Dressurreiterin auf sich?" In Bobs Stimme klang ehrliches Interesse.

Das möchte ich auch gerne wissen. Warum hat sie denn nur Poldi verkauft? Die muss verrückt sein. „Sie ist meine Schwester, falls Sie das meinen, Mr. Bendrich." Eigentlich sollte sie ihn wirklich duzen, jetzt erst recht, und sei es nur, um diese überhebliche Superlady ein wenig zu ärgern.

„Und du kannst nicht reiten, Anna?", fragte der Boss hoffnungsvoll.

„Zumindest nicht auf Pferden." Sie antwortete ihm in Deutsch, und er bekam große Augen dabei. *Prima, hoffentlich denkst du dasselbe wie ich, du Bigamist.* Er dachte dasselbe, das war leicht zu erkennen, nicht nur seine Augen waren groß geworden. Ha!

„Ich habe diesen Sommer zum ersten Mal auf einem Pferd gesessen, auf dem besagten Pferd, um genau zu sein. Es trifft mich, zu hören, dass Simone ihn verkauft hat, auch wenn mich der Gaul nicht besonders gut leiden konnte." Sie musste raus hier, bevor sie Tränen in die Augen bekam und sich blamierte. „Ich mache jetzt Tee." Sie stürmte in die Küche und knallte die Tür absichtlich laut. Kurz darauf kam Bob hinterher.

„Mittelalterliche Archäologie also?", sagte er lachend, aber Anna antwortete nicht. „Sehr brauchbar ist das wirklich nicht. Es sei denn, man interessiert sich für Fruchtbarkeitsgöttinnen aus der Steinzeit."

Er kam näher und beugte sich über sie. Wollte er sie etwa küssen? Und seine blonde Lady wartete nebenan auf den Tee, oder was? Anna drehte sich weg und holte die Teekanne aus dem Nudelregal.

„Bist du wegen des Pferdes traurig?" Immerhin war er so sensibel, dass er merkte, wie wütend sie war. „Du kannst dir morgen aus meinem Stall ein neues Pferd aussuchen."

Ich bin wegen deiner blonden Schnepfe sauer, du Outback-Bigamist, und ein wenig auch wegen Poldi. Sie wollte noch eine Tüte Gebäck aus dem Schrank holen, aber die war zu weit oben, bei den Plastikschüsseln. Er kam ihr zu Hilfe, holte die Tüte heraus, nahm Anna dann am Arm und drehte sie zu sich herum, nicht grob, aber unerbittlich. Er war offenbar fest entschlossen, sie zu küssen. *Na warte!* Sie schlug ihm die Gebäcktüte auf den Kopf, aber er lachte nur und wirkte sogar richtig zufrieden. Die Kekse waren jetzt jedenfalls zerbröselt.

„Was habe ich denn falsch gemacht?" Er grinste übers ganze Gesicht, während er sie nur noch enger an sich heranzog.

„Ich habe mich zu vorschnell entschieden", knurrte sie, befreite sich aus seiner Umarmung und goss das Teewasser auf. Hatte es überhaupt schon gekocht? „Ich kann keinen Bigamisten heiraten."

Halt, noch die Teebeutel! Sie fand die Beutel im Kühlschrank. Er folgte ihr zum Kühlschrank und stellte sich dicht hinter sie. Sie spürte, wie er die Hände unter ihr T-Shirt schob und sie warm und begierig auf ihren Bauch legte. *Oh, was versteckst du denn für ein Küchengerät in deiner Hose, Boss?*

„Es hängt nur von deinem Ja-Wort ab, ob ich monogam lebe oder nicht", wisperte er mit rauer Stimme nahe an ihrem Ohr.

„Was ist mit deiner superadretten Vorzeigeblondine da nebenan? Du hast ihr wohl kaum von deinem bizarren Heiratsantrag erzählt, oder?"

„Sie weiß längst, dass ich dich heiraten möchte. Sie hat nur gehofft, du würdest vielleicht ablehnen." Seine Hände fühlten sich unter ihrem T-Shirt offenbar sehr wohl, er streichelte sanft und rhythmisch über ihren Bauch, und Anna hatte große Mühe, sich auf die Unterhaltung zu konzentrieren.

„Und das findet sie in Ordnung, dass du mit ihr befreundet bist und eine andere heiraten willst? Tickt die noch richtig?", keuchte sie in einer Mischung aus Empörung und Erregung.

„Die Kinder akzeptieren sie nicht. Um ehrlich zu sein, sie können Lillian auf den Tod nicht ausstehen und umgekehrt. Daher wusste sie von Anfang an, dass ich sie nie heiraten werde. Im Übrigen war unsere Beziehung schon immer, ähm … relativ nüchtern."

„Nüchtern?" Irgendwie klang das unnormal in Annas Ohren, besonders wenn sie bedachte, dass er seine Hand gerade in ihre Hose schob und es in ihrem Kopf mit Nüchternheit überhaupt nicht mehr weit her war.

„Lillian ist eine sehr repräsentative, wenn auch keine besonders herzliche Frau. Sie hat mich zu vielen wichtigen geschäftlichen Anlässen begleitet und oft als Gastgeberin fungiert. Und ich bin ein reicher Mann, wie du weißt. Wir beide haben also, jeder auf seine Weise, von dieser Beziehung profitiert. Solange sie gedauert hat."

„Solange sie gedauert hat?" Ach du lieber Gott, was machte er da gerade mit seinen Fingern? Sie musste sich auf die Zunge beißen, um nicht laut aufzustöhnen.

„Falls es dich besänftigt: Ich habe meine Beziehung zu ihr schon vor Wochen beendet, nach unserer Begegnung in Ali… an meinem Pool, aber sie bestand darauf, dass wir Freunde bleiben und dass sie dich unbedingt kennenlernen möchte."

Irgendwie hatte er es während des Gesprächs geschafft, den Knopf ihrer Hose zu öffnen und seine Hand noch etwas tiefer hineinzuschieben, während er mit seinen Lippen an ihrem Ohrläppchen nippte.

„Beendet?", stammelte sie.

„Schon eine ganze Weile, Anna. Denkst du wirklich, ich wäre so ein Charakterschwein und würde dir einen Antrag machen und mit einer anderen schlafen?"

Das war es dann mit Annas Wut. Weg! Verpufft!

Sie drehte sich zu ihm herum und presste sich an ihn, oder war er es, der sie herumwirbelte und sie an sich riss? Jedenfalls waren seine Hände jetzt nicht mehr in ihrer Hose, sondern umfassten ihr Gesicht, zärtlich, aber unnachgiebig, und seine Lippen senkten sich ganz langsam auf ihre herab. Ach du lieber Herr Gesangsverein, eines musste sie diesem Outback-Macho wirklich lassen: Er konnte küssen wie ein Gott. Da konnte Paul sich aber mal ein paar Scheiben abschneiden und Menrad … Wer war Menrad gleich noch mal? Wie Bobs Hände sie jetzt festhielten, wie sein Mund sich auf ihrem bewegte, seine Zunge mit ihrer tänzelte. Ah, das war knieerweichend und herzrhythmusstörend! Und leider war es viel zu schnell vorbei, denn jetzt wanderten seine Lippen schon weiter, ihren Hals hinunter und in ihr Dekolleté hinein. Anna hörte sich laut und genüsslich seufzen, und er seufzte auch, sehr genüsslich.

„Bob?", kam es neugierig von der Tür her, gefolgt von einem entsetzten: „Bohooob!" Lillian Warren preschte in die Küche wie die kaiserliche Kavallerie.

„Nun, wie ich sehe, seid ihr beiden euch einig geworden", deklamierte Lillian, aber sie klang wirklich ziemlich gefasst. Wahrlich nüchtern.

Anna hingegen kämpfte gegen die Wollust. Ihre harten Brustwarzen zeichneten sich deutlich unter ihrem T-Shirt ab, und zwischen ihren Beinen pochte die Begierde so heftig, dass ihr ganz schwindlig davon war. Sie musste sich unweigerlich an Bobs Arm festklammern.

„Wir haben uns soeben verlobt", gab er lächelnd zur Antwort.

„Glückwunsch!" Lillian klang so ruhig, als hätte er ihr erzählt, dass es morgen regnen würde. Hatte die denn nur Eis in ihren Adern?

„Der Tee ist fertig!", verkündete Anna und versuchte sich mit ihrer Teekanne an Lillian vorbeizuschlängeln, um dieser seltsamen Situation möglichst schnell zu entgehen. Wenn es noch irgendetwas zu besprechen gab, dann sollte Bob das gefälligst alleine mit seiner Ex-Repräsentier-Freundin tun, aber Lillian stellte sich ihr in den Weg.

„Wir können morgen früh wieder abreisen, wenn Sie das wünschen, Miss Lennarts." Fassung konnte sie bewahren, die adrette Lady aus Eis, das musste man ihr lassen. War sie denn kein bisschen eifersüchtig? *Sie ist eindeutig ein Hinkelstein im Bett, wenn sie ihm jetzt nicht wenigstens die Ohrfeige des Jahres verpasst.*

„Aber ich bitte Sie, Mrs. Warren, Sie behindern uns doch nicht." *Das hoffe ich jedenfalls, Gnädigste. Im Übrigen musst du das schon den Boss fragen, das Haus gehört nicht mir.* Sie lächelte und zwängte sich an Lillian vorbei ins Wohnzimmer.

„Ich denke, wir dürfen einem jungen Paar zur Verlobung gratulieren!", verkündete Lillian, die ihr gefolgt war.

„Wem von euch beiden muss ich denn nun gratulieren?", fragte sie die Dicke und warf einen verächtlichen Blick auf die zerbröselten Kekse. „Doch wohl nur diesem jungen Ding, weil sie sich einen reichen Mann geangelt hat?"

Das war taktlos und beleidigend, und zu allem Übel errötete Anna auch noch heftig, aber Paul warf sich immerhin für sie in die Bresche. „Anna interessiert sich nicht für Geld. Ich fürchte, sie weiß noch gar nicht, dass wir inzwischen die Zeiten des Tauschhandels hinter uns gelassen haben."

Na, danke schön, so dick brauchst du nun auch wieder nicht aufzutragen.

„Aber womöglich ist Ihr Herr Vater ja reich, Miss Lennarts?" Die Fette war auf ihre Weise so unerbittlich wie ihre Tochter. „Wie sonst hätten Sie sich so ein ausgefallenes Studium leisten können?"

„Wie? Das kann ich Ihnen genau sagen, Mrs. Laurel und Hardy", antwortete Anna aufbrausend. *Beherrsche dich! Wer weiß, ob die Fette nicht auch mit dem Premierminister befreundet ist.* Aber sie hörte nicht auf ihre innere Stimme, sondern sprach nur noch lauter weiter. „Ich habe mir das Geld für mein Studium selbst verdient. Ich habe in einem Stripteaselokal Keuschheitsgürtel verkauft, im Kindergarten habe ich auf Stundenbasis aus Marquis de Sades ‚Hundertzwanzig Tage von Sodom' vorgelesen, und im Altersheim habe ich Kondome versteigert. Haben Sie sonst noch Fragen zu meinem Einkommen?"

Sie hatte keine mehr, aber heftige Atemnot. Die anderen lachten, sogar die adrette Lillian. Aber danach war die gespannte Atmosphäre leider noch ein wenig gespannter. Anna vertiefte sich in ihre Teetasse, und nachdem die Teestunde endlich beendet war und sie das Geschirr abgeräumt hatte, schlug Lillian vor, man könne doch einen Ausritt machen.

„Mutter könnte sich etwas hinlegen und sich von der anstrengenden Anreise erholen, und wir vier machen einen netten Ausritt. Sie reiten doch, Paul?"

Paul war begeistert, Anna entsetzt. Sie wollte nicht noch mehr erniedrigt werden.

„Reitet ihr nur, ich werde mich um das Dinner kümmern", sagte sie also und wurde sich gleichzeitig bewusst, dass sie damit zweifellos genauso viel Anlass zur Erniedrigung bieten würde. „Sofern ihr mit Spaghetti vorliebnehmt." Besser schon mal vorbeugen.

„Sie sollten Bob kochen lassen", kam die spitze Antwort von der Lady. „Er ist ein vorzüglicher Koch. Kochen kann er wohl von allem am besten."

Aha, jetzt schießt sie ihre Giftpfeile auch gegen ihren Bohooob. Er kocht wahrscheinlich nur deshalb so gut, weil er in einem Steak mehr Leben findet als in dir, du adretter Hinkelstein.

„Das ist eine gute Idee, Lill." Robert Bendrich der Fünfte klang überaus begeistert. „Ich helfe Anna beim Kochen und ihr beide reitet ein bisschen durch die Gegend."

Das lag aber auch nicht in Lillians Absicht. Sie wollte Anna wirklich vom Pferd fallen sehen, das war jetzt klar. Sie schürzte die Lippen – fast wie Linda, wenn sie die gegrillte Kartoffel essen muss, die sie sich bestellt hat.

„Oder wir reiten morgen früh zusammen." Hartnäckig bestand sie auf dem Ausritt. Die Dicke hievte sich derweil mühsam aus dem Chippendale-Sessel.

„Wenn Sie gestatten, dann lege ich mich tatsächlich eine Weile hin. Die Straßen hier draußen sind einfach eine Zumutung."

Bob war in diesem Punkt mehr als großzügig, es ging ihm gar nicht schnell genug, alle loszuwerden.

„Ihr beide reitet jetzt aus! Lasst euch Zeit!" Das war ein klarer Befehl an Lillian und Paul, der keinen Widerspruch duldete. „Und morgen früh reiten wir alle zusammen." Er wartete aber gar nicht auf deren Einverständnis, sondern öffnete schon die Wohnzimmertür, um seine Gäste hinauszukomplimentieren.

„Reitkleidung findet ihr im Stall." Und tschüss! Schon schloss er die Tür hinter ihnen zu und drehte den Schlüssel um. Dann wandte er sich zu Anna herum, ihre Augen trafen sich für einen Moment zu einem stummen Gedankenaustausch.

Seine Augen sagten: *Ich will dich!* Ihre Augen fragten: *Hier?* Und schon hingen sie mit ihren Lippen aneinander. Er küsste ihren Mund, rieb seine Nase an ihrer Wange und wanderte dann mit seinen Lippen ihren Hals hinunter. Sie versuchte hektisch, seinen Gürtel zu öffnen. Seine Erektion zeichnete sich deutlich in seiner Hose ab, und sein Penis sprang förmlich heraus, als sie den Reißverschluss der Hose endlich offen hatte. Bei Menrad hatte sie immer etwas nachhelfen müssen, mit der Hand oder mit dem Mund, bis er richtig hart geworden war, aber hier strotzte ihr stahlharte Manneskraft entgegen, aufrecht und jederzeit einsatzbereit.

Oh Gott! Der Kelte! Ihr Mund wurde trocken vor Gier und ihre Vagina tropfte vor Wollust.

Er zerrte ihr das T-Shirt über den Kopf und keuchte erfreut, als er feststellte, dass sie keinen BH trug. Sie konnten ihre Kleider jetzt gar nicht schnell genug loswerden. Ihr T-Shirt warf er hinter sich. Seine Jeanshose flog in die Gardinen und seine Unterhose landete auf dem Kopf des chinesischen Porzellankaisers. Plötzlich standen sie nackt voreinander, atemlos vor Erregung und ungeduldig. Keine Zeit für süße Worte oder verspielte Zärtlichkeiten! Sie fielen übereinander her wie Verdurstende über frisches Wasser. Seine Hände waren überall, hektisch und begierig wanderten sie über ihre Brüste, ihren Bauch hinab und umschmeichelten ihre Klitoris. Dann glitten seine Finger in sie hinein und spielten ein schnelles, hartes Spiel mit ihr. Sie stöhnte, krallte sich an seinen Armen fest, kratzte über seinen Rücken, biss in seine Schulter und machte animalische Geräusche, wie sie sie noch nie von sich selbst gehört hatte, allerdings neulich im Mangrovensumpf von den Bäumen herab … Sie schlang ihr rechtes Bein um seine Hüften, damit er einen besseren Zugriff haben sollte, damit er jetzt bloß nicht aufhörte. Dabei spürte sie, wie sein harter Penis ungeduldig gegen ihren Bauch presste.

„Komm in mich!", bettelte sie.

Sie ließen sich nicht einmal Zeit, um bis zum Sofa zu gelangen, er zog sie an Ort und Stelle mit sich auf den Boden und zwängte ihre Knie auseinander. Sie hob ihm ihr Becken entgegen und er positionierte seinen Penis vor ihrem Eingang. Sein Gesicht war von Wollust beinahe verzerrt.

„Ich nehme die Pille", stöhnte sie, als er immer noch zögerte. „Bitte, ich brauche dich jetzt tief und hart."

„Oh bloody hell!", fluchte er und drang in einem harten Stoß bis zum Anschlag in sie ein.

Es war genau so, wie sie es sich erträumt hatte. Er rammte sich mit wilder männlicher Lust und gewaltiger Potenz in ihren Leib und bewegte sich im ursprünglichsten Rhythmus der Natur in ihr. Es war ein barbarischer, ungezügelter Akt der Vereinigung, ohne erotische Finessen oder morbide Spielchen, die ein alternder Mann wie Menrad gebraucht hatte, um sich selbst zu stimulieren. Es gab nur ein Ziel: sie beide schnell und hart zum Orgasmus zu bringen. Er vergaß dabei nicht, sie mitzunehmen. Seine Finger und seine Lippen wussten genau, was zu tun war, während er sein Schwert unerbittlich in sie stieß.

Tief, hart, schnell. Nur Instinkt und Trieb.

Es war, als hätten sie beide sich in Steinzeitmenschen verwandelt. Er knurrte und ächzte, sie stöhne und schrie, der Perserteppich, auf dem sie lagen, rutschte im wilden Rhythmus ihrer Kopulation vorwärts, ein Chippendale-Sessel kippte um und Anna hob ab. In einem lang gezogenen Seufzer grub sie ihre Zähne in seinen Hals, ihre Fingernägel in seinen Rücken und bäumte sich ihm entgegen, um ihn möglichst tief in sich zu spüren, während sie kam.

„Oh Gott, Anna! Du bist mein Untergang", stöhnte er, als er spürte, wie sich ihre Muskeln fest um seinen Penis zusammenzogen. Das war auch sein Ende, er stieß noch ein letztes Mal mit aller Macht zu und ergoss sich dann mit einem lauten Urschrei in sie. Sein ganzer Körper zitterte von der Macht seiner Ekstase und Annas Scheide zuckte noch im Nachklang ihres intensiven Höhepunktes, dann brach er mit einem glückseligen „Anna!" auf ihr zusammen.

Annas Kopf dümpelte noch eine ganze Weile im Glücksrausch, in einer Art brodelnder Ursuppe aus Lachen und Weinen, Glück und Traurigkeit. *Was für ein gottverdammt geiler Orgasmus!* Sie spürte, wie er seine Hände in ihr Haar schob, spürte seinen Stoppelbart an ihrem Gesicht, seine Lippen auf ihren geschlossenen Augen, und sie spürte Liebe.

Ihre eigene heiße, schmerzhafte Liebe für ihn.

Oh bloody hell! Anna, was hast du nur getan? Du hast dich unsterblich in ihn verliebt.

„Anna, Anna, Anna", wisperte er heiser in ihr Ohr. „Du bist …" *Sag jetzt bloß nicht zu schade für dich, sonst stürze ich mich in den Fitzroy.* „… das Nonplusultra meiner kühnsten Träume." Er strich mit seinem Daumen zärtlich eine Träne von ihrer Wange und küsste sie dann ganz vorsichtig auf den Mund. „Beim nächsten Mal werden wir uns mehr Zeit lassen, ich verspreche es dir, aber ich war leider etwas … Nun ja, das kommt davon, wenn man nackt in meinem Pool badet." Das klang so zärtlich, so besorgt und auch ein wenig traurig. Aber was kümmerten ihn ihre Tränen? Es sei denn, er liebte sie auch. Nur ein wenig, das würde ihr schon reichen, nur ein ganz kleines bisschen. Er sprang plötzlich auf und zog sie hoch.

„Komm, wir gehen baden. Im Pool."

„Jetzt?" Anna stolperte ihm hinterher.

„Das wünsche ich mir schon seit vier Wochen, komm mit." Er öffnete die Terrassentür und rannte hinaus. Anna spähte erst vorsichtig, ob auch niemand in der Nähe war, schließlich waren sie beide splitternackt. Er zog sie weiter und sprang im hohen Bogen in den Pool, riss sie einfach mit sich hinein ins Wasser. Wo war der verbissene, akkurate Robert Bendrich der Fünfte abgeblieben? Er war so ausgelassen und unbeschwert wie ein übermütiger Junge.

Na gut, wir können gerne miteinander spielen, ich habe inzwischen Übung darin.

„Wir spielen Titanic und du bist der Eisberg!" Sie drehte sich auf den Rücken und kraulte langsam in seine Richtung. Als sie mit ihm zusammenstieß, fragte er etwas ratlos:

„Und jetzt? Was muss ich jetzt tun?"

Sie klammerte sich an seinen Hals. „Jetzt musst du mir den Rumpf aufreißen und dich in mich bohren und dann versinke ich."

„Schon wieder?" Er lachte zwar, aber klang sehr zufrieden mit dem Vorschlag.

„Du musst dich schon an die Spielregeln halten." Sie schlang ihre Beine um seine Hüften und spürte, dass der Eisberg sich ein klein wenig regte, dabei war das Wasser eigentlich viel zu kühl für solche Regungen. *Mein lieber Schwan, der Mann ist ja potent wie ein Stier. Keinerlei Probleme mit der Einsatzbereitschaft wie bei Menrad.*

„Sind das die Spiele, mit denen du die Herzen meiner Kinder erobert hast?"

„Für jeden altersgerecht abgestuft!"

„Und was hast du mit Godfrey gespielt, als ihr euch da draußen im Gras gewälzt habt?"

Das klang ja richtig eifersüchtig. Anna lachte.

„Er hat eine Barbiepuppe geschändet. Ich musste ihn bestrafen. Obwohl es dieser Plastikblondine gar nicht geschadet hat, mal mit dem Kopf nach unten zu hängen."

„Ich hätte gerne an seiner Stelle diese Strafe entgegengenommen."

„Du kannst deine eigene Strafe haben, mein Lieber, denn du tust auch nichts anderes, als Plastikblondinen auszuziehen."

Das Spiel konnte beginnen. Der Eisberg war fast zu seiner vollen Größe gewachsen.

„Ich werde von jetzt an nur noch dich ausziehen. Und zwar sehr oft, Anna."

Anna fühlte wie sie versank, noch bevor sie gerammt wurde. Sie ertrank an seinen Worten. Das hörte sich so gut, beinahe feierlich an. Es klang nach Treue und auch ein wenig nach Liebe. Mehr konnte sie doch wirklich nicht verlangen, oder?

ZUM Dinner wurden Spaghetti gereicht. Jeder dachte sich seinen Teil. Robert Bendrich sah ziemlich mitgenommen aus und Anna hatte feuerrote Wangen. Das kam von seinem verfluchten, wundervollen Dreitagebart. Lillian und Paul rümpften die Nase. Paul, weil er Besseres als Spaghetti gewohnt war, und Lillian, weil sie wusste, warum es Spaghetti gab. Mrs. Harding-Brewster war über den Speiseplan maßlos entsetzt. Aber sie scheute sich, etwas zu sagen. Die Rothaarige konnte ziemlich zickig werden, wenn man ihr zu nahetrat.

Paul und Lillian waren sich bei ihrem Ausritt aber auch nähergekommen. Sie plauderten mit tiefen Blickkontakten und nannten sich Paul und Lill.

„Paul hat mir erzählt, dass Sie eine echte Kapazität sind auf dem Gebiet der mittelalterlichen Archäologie." Lillian versuchte offenbar das Kriegsbeil zu begraben und mit Anna ins Gespräch zu kommen, also versuchte Anna nicht allzu unhöflich zu antworten.

„Paul übertreibt maßlos." Sie war nicht richtig bei der Sache, denn ihre Gedanken kreisten um den Nachmittag mit Bob und natürlich um die bevorstehende Nacht.

„Nun mach dich nicht so klein, Lenni!", rief Paul eifrig.

So, so! Er nennt mich wieder Lenni und nicht mehr Anna. Also versucht er sein Glück jetzt bei der adretten Lill. Vielleicht kannst du ja den Hinkelstein zum Leben erwecken, Paul.

„Sie spricht sieben Sprachen, hat in acht Jahren zwei Studiengänge abgeschlossen und dazu noch promoviert."

Paul, das interessiert hier keinen. Aber Bob schien es doch zu interessieren. Er schaute sie mit einem Mal sehr düster an, als ob es ein Schwerverbrechen wäre, eine überqualifizierte Haushälterin zu sein.

„Und was fängt man mit diesem Beruf an?", fragte er. Er klang viel zu ernst, und Anna war geneigt, ihm gerade zum Trotz eine spaßige Antwort zu geben, aber irgendwas an seinem verkniffenen Gesicht hielt sie davon ab.

„Aus der Sprache einer Gesellschaft kann man auch Rückschlüsse auf die Lebensumstände schließen. Nomadenvölker benutzen andere Worte als sesshafte Völker. Alte Sprachen bieten ein reiches Feld zur Forschung über das Leben und Denken in einer Zeit. Ich habe mich auf das Mittelalter spezialisiert."

Mrs. Harding-Brewster wagte ein verächtliches Schnauben. „Es ist ja unglaublich, womit sich manche Leute heutzutage ihr Geld verdienen."

„Ich verdiene ja kein Geld damit!", kam die Retourkutsche.

„Und graben Sie auch mal etwas aus?" Lillian wollte vermutlich nur vorbeugen, dass nicht wieder Witze auf Kosten ihrer Mutter getrieben wurden. „In Ägypten zum Beispiel."

Da bist du bei Paul besser aufgehoben, Hinkelstein.

„Die letzte Grabung, an der ich teilgenommen habe, war die Beerdigung eines Possums. Nein, im Ernst, ich bin eine todlangweilige Wissenschaftlerin. Ich habe meine Dissertation über das Minnelied geschrieben, genauer gesagt über den Minnesang und die Sexualmoral der hochmittelalterlichen Oberschicht."

„Die Sexualmoral!", rief Bob neugierig. „Und das nennst du eine langweilige Wissenschaft?"

„Gab es denn im Mittelalter auch schon so etwas wie Sex?", wollte Lillian wissen.

Hinkelstein! Was denkst du, warum du auf der Welt bist? Selbst die Dicke hatte wenigstens ein Mal in ihrem Leben Sex.

„Auch damals haben sich die Menschen fortgepflanzt. Und die Sexualmoral war sehr viel lockerer, als man heute glaubt. Der Minnesänger zum Beispiel war ..."

„Und der Keuschheitsgürtel?", unterbrach Bob sie.

„Der Keuschheitsgürtel ist eine Erfindung des späten Mittelalters. Die Meinungen über seine Bedeutung gehen auseinander. Neueste Forschungen meinen, er hätte eine erotische Funktion gehabt. Sex-Toy! Ich bezweifle das stark. Meiner Meinung nach spiegelt er ein verändertes Frauenbild wider. Die Frau wird als Evastochter gesehen. Ihr ist die Sünde angeboren. Und die Ehre des Mannes ist von ihrer Keuschheit abhängig."

„Ist das nicht auch heute noch so?", fragte Bob mürrisch.

Meint er Scott Randall? Oder warum kneift er die Augen so finster zusammen?

„Nun sagen Sie schon, Anna, wenn Sie und Bob sich vorher also wirklich nicht kannten, was hat Sie bloß als Haushälterin hierher verschlagen?" Lillian betrachtete bei diesen Worten die große Schüssel mit Spaghetti, die fast unberührt geblieben war.

„Ich war auf der Suche nach einem Kelten", antwortete sie, weil sie wirklich keine Lust hatte, ausgerechnet der superadretten Lillian von ihren Beweggründen zu erzählen. Paul räusperte ein Lachen weg.

„Ist das ein antikes Gerät?", fragte die Fette.

„Ja, ein Gerät der Lust", sagte Anna kühl. Paul räusperte sich noch mehr.

„Und, haben Sie es gefunden?", wollte die Dicke wissen.

„Oh ja, den besten von allen."

„Und was macht man mit so einem Ding?" Mrs. Harding-Brewster blieb beharrlich beim Thema. Aber Lillian hatte nun doch Erbarmen mit ihrer Mutter.

„Mutter, merkst du denn nicht? Sie spricht von Bob."

„Wie? Oh!" Das Gespräch erstarb. Hätte Lillian nichts gesagt, die Fette hätte nichts gemerkt, und sie würden jetzt immer noch munter weiter über potente Kelten plaudern. Nach einer ganzen Weile sagte Anna:

„Ich glaube, es ist noch Vanilleeis im Gefrierschrank. Hat jemand Lust auf ein Dessert?" Sie sah Bob herausfordernd an, aber der wirkte nur noch finsterer, als ob ihm eine riesige Laus über die Leber gelaufen wäre. *Was habe ich bloß Falsches gesagt?*

Die anderen bejahten halbherzig und Anna trug die Schüssel mit Spaghetti wieder ab. Jemand folgte ihr in die Küche, aber es war leider Paul, der die Teller abgeräumt hatte.

„Lill wollte alles über dich wissen", wisperte er ihr zu und schichtete dabei die Teller in die Spülmaschine.

„Und du hast ihr natürlich alles erzählt." *Was ist bloß mit dem Boss los?*

Paul lächelte freimütig. „Natürlich."

Ein Teller rutschte ihm aus der Hand und zerbrach klirrend in der Spülmaschine. Anna fluchte über seine Ungeschicklichkeit und seine riesengroße Klappe. Dieser Hinkelstein, brauchte nicht alles über sie zu wissen. All ihre Geheimnisse, die sie einstmals mit Paul geteilt hatte. Ärgerlich schob sie ihn zur Seite und kroch in die Spülmaschine, um die Scherben herauszupicken.

„Sie wollte unbedingt wissen, wie lange du deinen Kelten schon kennst."

„Was hast du ihr geantwortet?"

„Dass du schon in Tübingen nur von ihm geträumt hast."

„Ach Paul!" Anna drückte ihm wütend die Scherben in die Hand. Er schnitt sich und es blutete. Sie suchte aufgeregt nach einem Pflaster, während das Vanilleeis langsam vor sich hinschmolz.

„Wie war er?", fragte Paul neugierig, solange sie ihn umständlich verarztete.

„Ich werde dir nie wieder etwas erzählen. Du kannst kein Geheimnis für dich behalten, du elender Schwätzer."

„Er war also gut?"

Anna lächelte nur und reichte ihm die Eiskelche mit dem geschmolzenen Eis. Das sah wirklich nicht sehr appetitlich aus. Sie nahm die Becher wieder an sich.

„Das Dessert ist gestrichen." *Die Gäste werden schon wegen der schlechten Küche sehr bald wieder abreisen.*

Endlich kam Bob in die Küche. Wurde auch langsam Zeit. Aber seine Stimmung war nicht besser geworden. Ganz im Gegenteil.

„Gibt es ein Problem?" Er sah die Scherben auf dem Boden, sah Pauls dick zugepflasterten Finger, und er betrachtete Anna mit skeptisch hochgezogenen Augenbrauen.

„Ich habe das Dessert verpfuscht!" Pauls Charme hätte eigentlich die Strenge aus Bobs Gesicht zaubern müssen, doch er schaute nur noch ärgerlicher drein. Paul merkte immerhin, dass er im Augenblick unerwünscht war, und kehrte ins Esszimmer zurück, um die Damen schonend darauf vorzubereiten, dass das Eis sich verflüssigt hatte.

„Was ist?", fragte Anna, nachdem Paul gegangen war. Bob sagte gar nichts und kehrte die Scherben auf. „Habe ich etwas Falsches gesagt?"

Immer noch keine Antwort. Hektisch rekapitulierte sie das kurze Gespräch vom Dinner. Nein, da war doch nichts gesagt worden, was ihn ärgern könnte. Ihr Geplänkel mit der Dicken würde er ihr doch wohl nicht übel nehmen, oder? Er hockte noch am Boden mit dem Besen und der Schaufel, und sie lehnte sich einfach auf seinen Rücken und rieb ihre Wange an seinem Bart. Er seufzte und stand auf, blieb aber ziemlich unbeeindruckt von ihrem Annäherungsversuch. Vielleicht ein Spaß gefällig?

„Wenn es der Teller ist, so kannst du dir morgen unter meinen Tellern einen neuen aussuchen!"

„Wir wollen alle noch im Park spazieren gehen." Er schüttete die Scherben in den Mülleimer. „Kommst du auch mit?"

Sie folgte ihm und fühlte sich, als hätte er sie mit Eiswasser begossen. Was war nur auf einmal los mit ihm? Wenn ihm etwas nicht passte, so sollte er es gefälligst sagen.

Die Gesellschaft schlenderte durch den Park. Mrs. Harding-Brewster blieb auf der Terrasse sitzen. Allerdings fand Anna den Spaziergang gar nicht romantisch. Paul und Bob gingen voraus, und Lillian hängte sich an Anna wie eine dieser lästigen Fliegen. Sie ließ den Abstand zu den Männern immer größer werden. Anna machte sich darauf gefasst, dass sie jetzt kurz vor einem schwierigen Gespräch stand. Vorhaltungen vielleicht? Oder noch mehr neugierige Fragen? Unangenehm auf jeden Fall. Aber Lillian fing sehr geschickt an, mit hinterhältigen Schmeicheleien.

„Sie sind eine sehr attraktive und auch noch eine recht junge Frau, Anna. Und mit Ihrem Aussehen und Ihrem Studium könnten Sie es bestimmt sehr weit bringen."

Worauf willst du hinaus, du blonder Hinkelstein?

„Wenn man verzweifelt ist, macht man schon mal etwas Unüberlegtes", sprach sie weiter. „Aber wenn man dann wieder etwas zu sich kommt, relativieren sich doch viele Dinge sehr schnell, nicht wahr?"

„Alles ist relativ!"

„Ja, besonders die Liebe. Sehen Sie, ich meine es gut mit Ihnen. Sie sollten sich nicht hier an diesem Ort und an diesen Mann vergeuden und Ihren Beruf nicht Bobs wegen einfach aufgeben. Er wird es Ihnen nie danken."

Was hat denn Liebe mit Dankbarkeit zu tun, du Barbiepuppe?

„Machen Sie sich bewusst, dass Bob Sie nicht liebt, egal was er Ihnen vielleicht ins Ohr flüstern mag. Er liebt seine Farm, seine Kinder und sich selbst, aber ansonsten lässt er nichts und niemanden an sich heran."

Das traf sie, schmerzte in ihrem Herzen und in ihrem Magen. Diese gemeine Blondine – so kalt wie sie war, so treffsicher stieß sie ihren giftigen

Stachel in Annas offenes Herz.

„Sind Sie sich da so sicher?" Anna musste einfach widersprechen, nur um sich nicht einzugestehen, dass Lillian vermutlich recht hatte.

„Sehr sicher, mein Liebes." Jetzt hakte sie sich auch noch bei Anna ein, als ob sie deren mütterliche Nähe nötig hätte. „Sehen Sie, Anna. Ich war auch mal in ihn verschossen, am Anfang. Es ist ja auch nicht schwer, sich in ihn zu verlieben, nicht wahr?"

Viel zu leicht, leider.

„Aber es endet mit einem gebrochenen Herzen, glauben Sie mir. Gehen Sie zurück nach Deutschland, suchen Sie Erfüllung im Beruf, nicht in der Liebe, denn die werden Sie von Bob nie bekommen."

Anna lachte. *Dieses Manöver ist wirklich zu durchsichtig.*

„Sie glauben mir nicht? Dabei möchte ich Sie wirklich nur vor einer Enttäuschung bewahren. Versuchen Sie doch einmal an ihn heranzukommen. Sie werden es nicht schaffen, denn er wird Sie abblocken. Fragen Sie Ihn doch einmal, was ihn berührt oder bedrückt, was ihn bewegt oder ärgert. Sie werden als Antwort nur Schweigen ernten und seinen Rückzug erleben. Er ist vielleicht ein guter Liebhaber, wenn man Wert auf so was legt, aber mehr als guten Sex werden Sie nie von ihm bekommen."

„Vielleicht reicht mir das ja schon."

„Das reicht keiner Frau", kam es leise, kalt und wahr.

NACH dem Spaziergang gingen alle zu Bett. Jeder in sein eigenes, und Anna verstand die Welt nicht mehr. Was war nur plötzlich mit Mr. Bendrich los? Ihn in Gedanken Bob zu nennen, schien ihr auf einmal völlig unpassend. Am Nachmittag hatte er gar nicht genug von ihr bekommen können, und jetzt hatte er sich mit einem beinahe feindseligen „Gute Nacht!" von allen, auch von ihr, verabschiedet und war verschwunden. Er hatte irgendein Problem mit ihr, aber sie wusste leider nicht welches.

Eine ganze Zeit lang lag sie wach, wartete und lauschte, ob er nicht doch kommen und leise an ihre Tür klopfen würde, aber er kam nicht. Die große Standuhr in der Halle schlug zwölf Uhr. Da stand sie auf und schlich in sein Zimmer. Er würde sie nicht hinauswerfen, wenn sie unter seine Decke kroch, dessen war sie sich sicher, aber sein Bett war unberührt.

Ein heißer Stich fuhr ihr direkt ins Herz. War er etwa bei dem Hinkelstein? Das wäre ja wohl das Letzte. Sie schlich hinunter ins Wohnzimmer, schenkte sich einen Whisky ein und ging hinaus an den Pool, da sah sie, dass in seinem Büro Licht brannte. Sie trank ihren Whisky in einem Zug aus, und dann stürmte sie in sein Büro. Sie klopfte nicht an. Wozu auch? Wenn er dort mit Lillian zugange war, dann würde sie gleich beide erdolchen, und wenn er alleine war, würde er sie gleich erdolchen. Hoffte sie.

Er war alleine und brütete anscheinend über seinem PC, den Kopf tief über die Tastatur gesenkt, die Ellbogen abgestützt und das Gesicht hinter seinen Händen versteckt. Er blickte auf, musterte sie versonnen und dann erst huschte ein schwaches Lächeln über sein Gesicht.

„Aha, das ist also das Nachthemd wie Rauch." Er stand auf, kam um seinen Schreibtisch herum und blieb einen halben Meter von ihr entfernt stehen, die Hände zu Fäusten geballt und an seine Seiten gepresst, als müsste er sich mit aller Macht davon abhalten, sie anzufassen.

„Ach Anna, du hast keine Ahnung, wie sehr ich dich begehre", seufzte er.

„Wo liegt dann dein Problem, Boss?" Sie streifte sich die dünnen Träger des Nachthemds von ihren Schultern und es glitt über ihre Brüste hinunter zu Boden. Sein Kiefer klappte herunter und seine Augen wurden rund und groß.

„Ich … du …" Mehr brachte er nicht heraus, denn Anna trat jetzt auf ihn zu, nahm seine geballten Fäuste und zog ihn mit sich, indem sie sich rückwärts zu seinem Schreibtisch hin bewegte. Dann setzte sie sich auf die Kante seines Schreibtischs zwischen seine Akten und die Tastatur des PCs. Der summte leise. Sie spreizte ihre Beine weit, lehnte sich zurück und stützte ihre Hände hinter sich. Damit bot sie sich ihm bedingungslos an; wenn er sie jetzt trotzdem noch zurückwies, dann wäre es höchste Zeit, ihren Koffer zu packen.

„Mutter Gottes!", keuchte er und versuchte mit fahrigen Händen den Gürtel seiner Hose zu öffnen. Sie musste ihm helfen, weil seine Hände zitterten wie Espenlaub. Sein Mund klebte an ihrem Hals und seine Hände auf ihren Brüsten, noch bevor sie seinen Penis aus der Hose befreit hatte.

Das sah jedenfalls ganz und gar nicht nach Zurückweisung aus, sondern nach einem aufrechten und harten „Ja!".

Na also! Was immer sein Problem war, es hatte nichts mit Sex zu tun.

Sie quittierte sein Eindringen mit einem glücklichen Aufschrei. Die Tastatur rutschte vom Tisch und baumelte am Kabel auf und ab, während er sie schnell und hart, ja beinahe wütend nahm. Es machte ihr nichts aus, dass er bei jedem seiner brutalen Stöße „Bloody hell!" oder „Fuck!" schrie. Ganz im Gegenteil, sein Kontrollverlust erregte sie nur noch mehr. Sie hatte keine Ahnung, was ihn wütend machte, aber sein Ärger gab diesem Akt eine messerscharfe, schmerzhafte Würze, die Anna im Nullkommanichts zum Höhepunkt hinaufkatapultierte.

Sie kamen beinahe gleichzeitig. Sie warf den Kopf zurück, schlang ihre Beine um seine Hüften und bäumte sich seinem letzten Stoß begierig entgegen, und er kam mit einer gewaltigen Eruption und einem lauten „Gottverdammt! Anna!".

Dann war es auf einmal still wie in einer Gruft. Sie hörten nur ihre eigenen schnellen Atemzüge und das Pochen ihrer rasenden Herzen in ihren Ohren. Er hielt sie fest, zog sie von seinem Schreibtisch herunter und ließ sich mit ihr auf seinen Schreibtischsessel fallen. Sein Penis lag noch eingebettet in ihr, und Anna blieb so auf ihm sitzen, schlang ihre Arme um seinen Hals und legte ihren Kopf an seine Brust.

„Hast du dir das auch schon lange gewünscht?" Sie streichelte versonnen über seine harten Bartstoppeln.

„Seit du zum ersten Mal dieses Büro betreten hast."

„Was habe ich beim Dinner falsch gemacht? Warum warst du sauer?" Wenn er jetzt abblockte, hatte Lillian recht. Sie spürte sein Kopfschütteln.

„Du hast gar nichts falsch gemacht. Du machst alles viel zu richtig. Ich habe etwas falsch gemacht."

„Was?"

„Ich habe meinen Heiratsantrag zu vorschnell gemacht. Ich kann keine Archäologin heiraten."

„Das ist jetzt nicht dein Ernst." Es war bestimmt seine Revanche dafür, dass sie ihn einen Bigamisten genannt hatte, aber er straffte den Körper, drückte sie ein wenig von sich weg und schaute sie ernst an.

„Anna, ich will dir nicht wehtun, dir von allen Frauen am allerwenigsten, aber du solltest zurück nach Deutschland gehen, zur Archäologie. Das ist deine Welt, da gehörst du hin."

Was? Er meinte es ernst. Wirklich. Sein Blick war viel zu düster für einen blöden Scherz. *Nur nicht weinen.* Nicht jetzt, nackt in seinen Armen, noch mit ihm vereint und doch zurückgewiesen.

„Heute Abend, als du so begeistert erzählt hast, da ist mir erst richtig klar geworden, was du meinetwegen aufgeben würdest. Das Problem ist, ich kann dir nichts Gleichwertiges als Gegenleistung dafür anbieten. Du liebst deinen Beruf. Ich habe es an deiner Stimme gehört und noch mehr habe ich es gesehen, in deinen leuchtenden Augen, an deiner Körpersprache. Dich hier ins Outback zu verpflanzen, hieße, dich für alle Ewigkeit unglücklich zu machen. Lieber Gott, Doktor Anna Lennarts, die Altphilologin auf der Rinderstation in Bendrich Corner!" Er schüttelte wieder den Kopf und lachte bitter auf. „Mit dieser Ehe machst du ein verdammt schlechtes Geschäft. Anna, du bist viel zu …"

Sie legte ihre Hand auf seinen Mund. *Sag das niemals zu mir. Nicht, dass ich zu schade für dich bin, dass du mich loswerden willst.*

„Ich mache gar kein Geschäft!", rief sie verärgert. *Ich liebe dich doch!*

„Es wäre ein unfairer Handel. Es ist nicht richtig."

„Das heißt also, es ist aus?" Das Leben dreht sich im Kreis, gnadenlos wie ein Mühlstein, immer wieder wird man darunter zermalmt.

Er wirkte selbst erschrocken, aber er sagte ziemlich gefasst: „Es ist besser so für dich. Ich würde dich nur festhalten."

„Hör auf!" Sie sprang auf die Beine. „Ich habe das alles schon einmal gehört!" Jetzt kamen doch die Tränen. Sie bückte sich nach ihrem Nachthemd und wollte hinausrennen. Aber hier gab es keine Tübinger Innenstadt. Paul war auch kein verlässlicher Freund mehr. Frau Mitschele wohnte weit weg. Simone hatte Poldi verkauft. Der Fluchtpunkt Australien war zum Desaster geworden. Wohin sollte sie sich jetzt noch flüchten? Sie blieb also stehen. Wohin? Vielleicht in den Pool, sich ertränken? Er stand jetzt ebenfalls auf und kam zu ihr, nahm sie wieder in die Arme, zog sie an sich und wiegte sie sanft.

Lass mich, ich möchte sterben!

„Du weißt nicht, wie schwer es mir fällt, dich gehen zu lassen. Ich habe noch nie eine Frau so begehrt wie dich. Aber ich hätte dich nie vor diese Wahl stellen dürfen, mich zu heiraten."

„Aber du hast es getan, und ich habe mich entschieden."

„Eine Ehe mit mir ist doch keine Alternative für Doktor Anna Lennarts."

„Aber wieso nicht? Nur weil du festgestellt hast, dass ich nicht die hilflose und abhängige Frau bin, für die du mich gehalten hast?"

„Ich bezahle dir selbstverständlich den Rückflug."

Die Ohrfeige kam für ihn wahrscheinlich nicht überraschend. Vielleicht hatte er sie sogar erhofft, denn er verzog nicht einmal das Gesicht, als sie ihn traf.

„Du kannst dir dein Geld und deinen Rückflug in den Hintern stecken." Sie wankte hinaus und hoffte, dass sie nicht ganz und gar unwürdig wirkte: nackt und zurückgewiesen. Ein Whisky, eine Zigarette, eine stille Ecke, das war alles, was sie jetzt noch hatte.

AM anderen Morgen blieb ihr der gemeinsame Ausritt erspart, weil die Bellemarnes die Kinder zurückbrachten. Steven hatte Fieber und wollte unbedingt bei Anna sein. Der Arzt wurde mit dem Flugzeug aus Fitzroy Crossing geholt, aber er konnte nichts Schlimmes finden, außer vielleicht einen schweren Fall von Heimweh und Zuwendungsbedürfnis. Allerdings ermahnte er Anna streng. Sie müsse unbedingt mehr essen und schlafen. Sie sah seiner Meinung nach aus wie ein Kängurukadaver nach dem Hochwasser.

Na, vielen Dank auch für das charmante Aussie-Kompliment. Allerdings musste sie zugeben, dass sie sich wirklich fühlte wie ein Kängurukadaver. Zum Glück gab es Steven, der seine Krankheit bis zum Exzess zelebrierte und sie damit ganz vorzüglich von ihrem eigenen Kummer ablenkte. Er wollte von vorne bis hinten bedient und bemuttert werden, und sie tat es voller Hingabe, nur um nicht denken und nichts fühlen zu müssen.

Die Reiter kehrten erst kurz vor Mittag wieder zurück. Ihr

unbeschwertes Lachen drang von unten bis in Stevens Zimmer und klang wie eine Beleidigung für Annas Ohren, und ihr Gefühlschaos wurde dadurch nur noch schlimmer. Sie blieb in Stevens Zimmer und hoffte, dass sie bis zum Abendessen keinen von denen sehen musste. Die sollten sich ihren Lunch gefälligst selbst zubereiten. Steven war immerhin krank. Aber leider kam Mr. Bendrich nach seinem Ausritt sofort in Stevens Zimmer gestürmt, um nach seinem kranken Spross zu sehen.

„Na, wie geht es dir, mein Schatz?" Der „Schatz" war für Steven bestimmt und auch der liebevolle Kuss. Den pflanzte er auf Stevens Kopf und ließ Anna neidisch dabei zusehen, wie er ihm auch noch zärtlich die Wange tätschelte. *Er liebt seine Kinder. Warum kann er nicht auch mich lieben?*

„Wir wollen nachher nach Fitzroy Crossing fliegen", sagte er zu ihr mit einem Blick auf Steven. „Kann ich Steven hier zurücklassen?"

„Anna muss auch hierbleiben!", befahl Steven.

„Na klar bleib ich bei dir, Steven. Nichts lieber als das." *Lieber pflege ich ein ganzes Lazarett voller Beinamputierter, als mich auch noch mit dem Boss zusammen in ein Flugzeug zu setzen. Nein danke!*

Der Boss wirbelte auf dem Absatz herum und stampfte hinaus, und Steven schlief schon kurz darauf ein. Anna blieb bei ihm in seinem Zimmer und schrieb nebenher einen Brief an Frau Mitschele.

„Liebe Frau Mitschele,

ich wünschte, Sie wären hier und könnten mich in Ihre Arme nehmen. Ich bin so traurig. Ich habe keine Menschenseele, die mich tröstet. Sie sind so eine gescheite Frau, und ich bin so dumm und mache dieselben Fehler offenbar immer wieder.

Ich habe mich so schrecklich verliebt. Er hat mich auf den Boden heruntergeholt, Frau Mitschele, so wie Sie das vorausgesagt haben, aber jetzt bin ich leider ganz weit unten."

Eine Träne tropfte auf das Blatt.

„Liebe Frau Mitschele, Sie schütteln bestimmt über mich den Kopf. Wie kann man sich nur schon wieder in den falschen Mann verlieben? Dabei war ich mir so sicher, dass er der Richtige ist. Vielleicht komme ich ja bald wieder nach Deutschland und dann besuche ich Sie ganz bestimmt und erzähle Ihnen alles über den wundervollsten Kontinent der Welt."

Sie strich den ganzen Satz wieder durch. Sie wollte nicht zurück nach Deutschland. Sie wollte sterben, hier in Australien, vorzugsweise jetzt gleich.

„Sie haben geschrieben, dass sich hinter einer harten Schale oft ein weiches Herz verbirgt. Das weiche Herz habe ich leider nicht gefunden. Was ich stattdessen gefunden habe, ist ein kalter Geschäftsmann, der Gefühle mit Geld verrechnet, der meine Liebe bilanziert, als wäre sie eine Dienstleistung, für die er zu bezahlen hat. Jetzt schickt er mich weg, weil seine Bilanz nicht mehr stimmt …"

In diesem Punkt hörte sie auf zu schreiben, weil die Tränen unablässig auf das Papier tropften. Sie faltete den Brief zusammen und setzte sich auf Stevens Bett. *Nur Kinder bekommen die Liebe als Geschenk*, dachte sie und streichelte seine fieberroten Wangen. Sie war so müde – die ganze Nacht war sie wach gewesen und hatte geweint. Sie kuschelte sich zu Steven ins Bett und schlief ein.

SIE erwachte an einem warmen, lang anhaltenden Kuss in ihrer Handfläche, und als sie aufschaute, blickte sie direkt in die besorgten Augen von Bob. Er küsste ihre Handfläche nochmals und legte dann den Brief hinein.

„Wie kommst du dazu …?" … *meinen Brief zu lesen. Du Arsch. Er hat ihn gelesen! Er hat ihn gelesen.* „Verdammt!"

„Als ich hier hereinkam", flüsterte er und seine Stimme bebte richtig, „bin ich fast zu Tode erschrocken. Du liegst aschfahl auf dem Bett und am Boden der Brief. Ich dachte, du hättest dir … ich dachte, es wäre ein Abschiedsbrief."

Deinetwegen bringe ich mich noch lange nicht um, du Macho. „Und jetzt? Jetzt darfst du mich auslachen", sagte sie schnippisch.

Er nahm ihre Hand und legte sie an seine Wange, als wolle er, dass sie ihn streichelte. „Wie könnte ich darüber lachen? Es tut mir so leid, Anna. Ich wollte dir doch nicht wehtun."

„Steck dir dein Mitleid an deinen bescheuerten Outback-Hut." Sie zog ihre Hand wieder weg, bevor sie auch noch schwach wurde und ihn wirklich streicheln würde.

„Komm mit! Wir wollen Steven nicht wecken." Er zog sie auf die Beine, und nach einem kurzen Blick auf den schlafenden Steven schob er sie hinaus in den Flur und führte sie in sein eigenes Schlafzimmer.

Das würde dir so passen, dass ich für dich jetzt noch eine Abschiedsvorstellung gebe. Er drückte sie auf sein Bett und ging selbst unruhig davor auf und ab.

„Ich habe nicht gewusst, wie es um dich steht, dass du dich verliebt hast …"

„Glaubst du etwa, ich hätte deinen Heiratsantrag angenommen, wenn ich dich nicht lieben würde? Denkst du etwa, dass mich dein blödes Geld auch nur im Mindesten interessiert?"

„Was du da geschrieben hast, dass ich deine Liebe bilanzieren würde, Anna, das stimmt nicht. Da tust du mir unrecht. Ich habe schon längst bemerkt, dass ich dich nicht kaufen kann, aber genau das ist ja das Problem. Bei dieser Ehe wärest du diejenige, die gibt, und ich nehme nur und kann dir nichts Adäquates dafür zurückgeben. Normalerweise stelle ich von vornherein klar, wo eine Frau bei mir dran ist, aber normalerweise werfe ich auch nicht mit Heiratsanträgen um mich und mich selbst in blinder Wollust auf die besagten Frauen." Er lachte auf und grinste sie dann schief an, aber sie konnte seinem Humor im Augenblick nicht viel abgewinnen.

„Hätte ich doch heute Nacht gar nichts gesagt und es einfach dabei belassen. Ich habe meine Worte schon bereut, als du hinausgegangen bist. Ein Mal wollte ich kein Egoist sein. Und jetzt stellt sich heraus, dass ich dir dabei das Herz gebrochen habe." Er vergrub sein Gesicht in den Händen. „Nie habe ich eine Frau so begehrt wie dich, Anna, aber ich habe auch noch nie so ein schlechtes Gewissen dabei gehabt. Ich kann nicht von dir verlangen, dass du hier im Outback lebst und einfach deinen Beruf aufgibst. Dass du mich liebst, macht das Opfer für dich vielleicht leichter, aber ich weiß nicht, ob ich dasselbe auch von mir sagen kann."

„Da ich dich liebe, ist es kein Opfer." *Und jedes weitere Wort ist überflüssig.*

„Du würdest wirklich deinen Beruf aus Liebe zu mir aufzugeben? Du wirst als Gegenleistung von mir nur einen Ehering, einen anderen Namen und Wohlstand erhalten – und sehr viel Sex natürlich. Wird dir das auf

Dauer genügen?"

„Ich weiß es nicht."

„Ich wünschte, du hättest Ja gesagt."

Ich auch.

„Oh verdammt, Anna, du solltest diese schwachsinnige Archäologie wirklich für immer vergessen." Er ließ sich mit einem Plumps neben sie auf das Bett fallen und zog ihren Kopf an seine Brust, küsste ihre Tränen weg, und sein Herz pochte wie wild. „Was ich vergangene Nacht gesagt habe … ich … ich möchte doch gar nicht, dass du gehst. Aber ich möchte auch nicht, dass du in zwei Jahren davonrennst, weil du plötzlich Sehnsucht nach Ausgrabungen und Archiven bekommst."

„Schätzt du mich wirklich so ein, Bob? Ich kann nicht in die Zukunft blicken, aber ich habe mich für dich und gegen die Archäologie entschieden, und ich habe vor, mit dieser Entscheidung zu leben, im Guten wie im Schlechten."

„Gut. Dann heiraten wir. Was meinst du?"

„War das jetzt dein Heiratsantrag Nummer drei?"

„Ja!"

„Der war auch nicht besser als der letzte." *Und leider fehlt immer noch ein wichtiger Satz.*

„Du sagst also Ja?"

„Ich habe bereits zu deinem zweiten Ja gesagt."

Er küsste sie leidenschaftlich, ließ sich mit ihr auf das Bett zurückfallen, und genau in dem Moment wurde die Schlafzimmertür stürmisch aufgerissen.

„Papa? Oh, oh Verzeihung." Godfrey stand in der Tür und grinste über beide Ohren.

„Was ist?" Bob klang etwas verlegen.

„Steven sucht nach Anna. Ich werde ihm sagen, dass sie nicht hier ist."

Aber Anna stand schon auf, zog ihr T-Shirt wieder nach unten und folgte Godfrey. Steven tobte. Sein Kopf war feuerrot vor Jähzorn. Die

Dicke und Lillian versuchten ihn zu bändigen, aber je mehr sie auf ihn einredeten, desto lauter schrie er herum.

„Anna soll kommen! Ihr blöden, doofen Scheißziegen. Anna soll kommen!" Anna eilte beflissen herbei. „Wo warst du? Du sollst bei mir bleiben!"

„Hör sofort mit dem Geschrei auf, sonst gebe ich dir ein Fieberzäpfchen." Die Androhung von Fieberzäpfchen war ein altes Geheimrezept ihrer Mama gewesen, und bei Steven wirkte es auch ganz wunderbar. Er legte sich sofort wieder flach in sein Bett, bedachte die beiden anderen Frauen mit bösen Blicken und Anna mit seinem bezaubernden Bendrich-Lächeln. Bob erschien auch in der Tür. Seine Haare waren etwas zerwühlt, das Hemd stand noch halb offen, aber immerhin hatte er seinen finsteren Gesichtsausdruck wieder gegen ein zufriedenes Schmunzeln eingetauscht.

„Anna soll überhaupt nicht mehr gehen!", brummte Steven und schien auf einmal etwas beschämt über seinen eigenen Wutanfall zu sein.

„Das wird sie auch nicht mehr", sagte der Boss. „Papa und Anna werden nämlich heiraten."

„Nein, gar nicht!" Und schon war Steven wieder wütend. „Anna gehört mir ganz alleine. Du willst nur mit ihr vögeln!"

Die Dicke erlitt fast einen Ohnmachtsanfall und wankte rückwärts aus dem Zimmer. Die Wahrheit in Stevens Worten traf sogar Bob, die Partie um seinen Mund wurde schlagartig wieder hart.

„Wo hörst du denn solche Sachen, mein Sohn?", fragte er und sah Anna streng an, während Godfrey sich langsam in Richtung seines eigenen Zimmers verkroch.

„Godfrey hat das zu Garfield gesagt. Und ich weiß genau, dass dabei ein Baby in ihren Bauch reinkommt, und das will ich nicht. Anna soll keine Babys bekommen."

„Steven, denk an das Fieberzäpfchen", drohte Anna, aber sie unterdrückte ein Lachen nur mit größter Mühe. Bob drehte sich um und trampelte den Flur hinunter, seine Tür knallte so laut, dass man den Rums durch das ganze Haus hören konnte.

Was ist denn jetzt schon wieder? So ernst brauchte er Stevens kindliches Geplapper ja nun wirklich nicht zu nehmen. Steven wusste doch gar nicht, wovon er sprach.

STEVEN war von seinem Wutanfall so erschöpft, dass er sehr bald wieder einschlief, und Anna ging hinunter, um einen der Dinner-Vorschläge aus dem Kochbuch in die Tat umzusetzen. Als sie die Küche betrat, werkte Bob dort bereits eifrig am Herd. Lillian und Paul tummelten sich im Pool und Mrs. Harding-Dick-und-Doof döste auf dem Sofa.

„Das ist genau die Aufgabenverteilung, wie ich sie mir in unserer Ehe vorstelle", scherzte Anna und setzte sich auf die Bank an den Küchentisch, um Bob bei seinen kunstvollen Aktionen zu beobachten, aber er fand den Scherz nicht lustig. Er sah sie nicht einmal an.

„Willst du deinen dritten Heiratsantrag etwa jetzt schon wieder zurücknehmen, nur wegen Stevens albernem Ausspruch?", fragte sie halb ängstlich, halb spöttisch.

„Nach dem Essen möchte ich mit dir ausreiten."

„Wo? In deinem Schlafzimmer?"

Er erstarrte am Herd. „Anna, du solltest mich nicht so reizen. Wir können unseren Gästen heute Abend nicht schon wieder Spaghetti servieren. Ich habe ein Soufflé im Ofen."

„Ich möchte auf keinen Fall die Vielfalt unseres Speieplans gefährden."

„Deine Anwesenheit reicht schon." Er legte den Kochlöffel weg und kletterte zu ihr auf die Bank. Sie fing an, sein Hemd aufzuknöpfen, er öffnete den Knopf ihrer Hose und vergaß sein Soufflé. Es würde zweifellos wieder Spaghetti geben, und spätestens morgen früh würden die Gäste abreisen.

„Ich bin froh, dass es diese Frau Mitschele gibt", wisperte er auf ihren Mund.

„Warum?" Sein Hemd flog durch die Küche, und Anna streichelte gierig über die harten Muskeln seines Oberkörpers. Er drückte sie sanft auf die Bank zurück.

„Weil mich dein Brief an sie vor einem riesengroßen Fehler bewahrt hat." Die Zwiebeln in der Pfanne begannen anzubrennen. Godfrey kam herein und stöhnte entnervt.

„Könnt ihr euch vielleicht auf einen bestimmten Raum festlegen. Ich habe keine Lust, ständig zu stören."

„Stell die Zwiebeln vom Herd und verschwinde", knurrte Bob und vertiefte sich wieder in Annas Lippen. Aber die Küche war nun mal ein Durchgangszimmer. Als Nächstes kamen Paul und Lillian vom Pool herein, früh genug – die beiden waren noch einigermaßen sittsam bekleidet. Das Soufflé roch schon leicht angebrannt.

„Habt ihr den Kammerjäger im Schlafzimmer?", spaßte Paul, um die peinliche Situation zu überspielen, Lillian flatterte nämlich etwas nervös mit den Wimpern. Bob und Anna unterbrachen endlich ihr Tun, und das Soufflé war gerettet.

Nach dem Essen ging Bob mit Anna zu den Pferdeställen. Sie lagen hinter den Baracken der Arbeiter inmitten einer endlosen gelben Grasfläche, die mit Zäunen aus rostigen Metallrohren eingefriedet war. In diesen Breitengraden wurde es schlagartig dunkel, und auf einmal versanken die Weiden und Ställe in der Nacht und man konnte von der umliegenden Landschaft nur noch düstere Konturen erkennen. Joe Nambush hatte Stallwache, und er wartete schon mit zwei gesattelten Pferden auf sie.

„Ich hoffe, du hast einen Erste-Hilfe-Koffer dabei", scherzte Anna ängstlich. „Sehen die Pferde überhaupt etwas bei Nacht? Was ist mit Schlangen? Hast du keine Angst vor einem Zusammenstoß mit unbeleuchteten Kängurus, die von rechts kommen? Und Krokodile? Sind Pferde schneller als Krokodile?"

Bob lachte schallend, nahm Annas Gesicht in die Hände und verpasste ihr einen herzhaften und nassen Kuss. „Hab keine Angst, du hast das sanftmütigste Pferd aus dem Stall und wir nehmen eine Taschenlampe mit. Außerdem reiten wir nicht sehr weit und ich bin bei dir." Dann schwang er sich wie ein Bilderbuch-Cowboy mit einer einzigen lässigen Bewegung in den Sattel, während Anna sich von Joe auf das Riesenmonstrum helfen lassen musste.

Der Ausritt stellte sich wirklich als wundervolles Abenteuer heraus, nur mit einer Taschenlampe ausgestattet in die absolute Dunkelheit hineinzureiten. Sie ritten sehr langsam, sodass Anna ihre Angst vor unberechenbaren Pferden und der gewaltigen Höhe ziemlich schnell vergaß. Bob ritt dicht neben ihr her, fasste ab und zu in ihre Zügel und leuchtete mit seiner Halogenlampe die relativ breite und ebene Sandpiste vor ihnen aus. Sie ritten im Prinzip auf einer normalen Outbackstraße. Zu Hause würde das allerdings nicht mal als Feldweg durchgehen. Aber nach einem knappen Kilometer, als sich Anna gerade an die gleichmäßigen Bewegungen des Pferdes unter ihr und ihre Augen sich an die Dunkelheit gewöhnt hatten, stiegen sie schon wieder ab.

„Da vorne!", sagte Bob und zeigte auf den schwarzen Streifen von Gebüsch und Bäumen, der das Ufer des Fitzroy säumte. An einem der hohen, alten Bäume hing eine Strickleiter und oben in der Baumkrone thronte ein großes Baumhaus. Vielleicht hatten es die Kinder gebaut, es könnte allerdings auch ein Beobachtungsposten für Jäger oder neugierige Touristen sein. Für solche jedenfalls, die sportlich und mutig genug waren, um drei Meter an einer wackligen Strickleiter hochzuklettern.

„Kommst du da hoch?", forderte er sie heraus.

„Hab ich Angst vor Krokodilen?", antwortete sie und zog einmal kurz an der Strickleiter, nur um zu prüfen, ob sie auch stabil war, bevor sie anfing, sich schaukelnd und wackelnd nach oben zu bewegen. Sie dachte in dem Moment unwillkürlich an Steven. Das würde ihm garantiert gefallen, wenn er jetzt dabei sein könnte. Der war bestimmt inzwischen aufgewacht und wütete herum, bis sein Kopf vor Wut platzte oder Lillian ihn mit Valium ruhig stellen musste. Sein Fieber würde steigen, und morgen würde Anna zur Buße den ganzen Tag an seinem Bett sitzen und ihm Sauriergeschichten erzählen müssen. Aber als sie oben auf der großen Plattform des Baumhauses angekommen war, vergaß sie Steven, denn es war atemberaubend schön und romantisch hier oben. Unter ihnen glitzerte der Fitzroy und bewegte sich wie eine gigantische Schlange im schwachen Mondlicht, und über ihnen war ein sternenklarer Himmel, der so hell funkelte wie in einem Weihnachtsmärchen, nur dass es nicht kalt, sondern drückend heiß war.

Bob setzte sich mit dem Rücken an den Baumstamm gelehnt, um den herum das Baumhaus gebaut war und der nach oben hin noch einmal vier Meter Höhe hatte, bevor er sein schirmförmiges Blätterdach ausbreitete. Anna setzte sich zwischen Bobs Beine und lehnte sich mit ihrem Rücken an ihn. Er hielt sie zärtlich umschlungen, und sie lauschten verträumt auf die Geräusche um sie herum: das leise Plätschern des Flusses, das Knacken und Rascheln, Zirpen und Jaulen und all die verrückten Laute, die der Busch in der Nacht machte. Kein einziges Flugzeug, keine ratternden Bahngeräusche, kein Hupen oder Reifenquietschen, nichts von all dem Lärm, den eine Stadt und eine hoch technisierte Zivilisation erzeugten, sondern einfach nur Natur.

„Hier bin ich als Kind oft hergekommen. Arthur und ich haben es gebaut. Es war unser Geheimversteck."

Hört, hört, er wird vertrauensselig. Dann ist doch noch nicht alles verloren. „Und jetzt spielen bestimmt deine Kinder hier oben Tarzan und Jane?"

„Wie denkst du über Kinder, Anna!", fragte er plötzlich nahe an ihrem Ohr und klang irgendwie ängstlich.

„Über deine Kinder denke ich nur das Schlimmste."

„Bleib ernst bitte. Möchtest du selbst Kinder haben?"

„Wenn sie so werden wie Steven, ja, eines Tages schon."

Er schwieg wieder. Im Fluss planschte jemand oder etwas. Vielleicht ein Krokodil? Aber die Pferde, die unten am Baum standen, blieben ruhig, also war es wohl eher ein Fisch gewesen.

„Ich kann keine Kinder zeugen", sagte er jetzt ganz gelassen, viel zu gelassen.

Das ist es also! Das ist dein ganzes Problem? Du Dummkopf! Als ob mich das davon abhalten würde, dich zu lieben, als ob du dich deshalb vor der Liebe fürchten müsstest.

„Nun, dann müssen wir eben mit denen zufrieden sein, die du schon gezeugt hast." Sie nahm seine Hände und legte sie auf ihren Busen, legte ihren Kopf zurück an seine Schulter und drehte ihn so zur Seite und nach oben, dass er sie eigentlich nur noch zu küssen brauchte.

„Du nimmst mich wieder nicht ernst. Du verstehst nicht. Sie sind alle vier nicht meine leiblichen Kinder, und du wirst von mir auch keine haben können. Obwohl du die wundervollste Mutter der Welt wärest."

Steven ist dein Sohn, so sicher wie ich Anna Lennarts heiße, oder dein ominöser

Bruder Arthur ist für dich eingesprungen.

„Umso besser, dann brauche ich schon die Pille nicht mehr zu nehmen. Ich hasse diesen Hormoncocktail sowieso", sagte sie lässig, denn sie wollte in dieser romantischen Nacht nicht darüber streiten.

„Es macht dir nichts aus?"

Er ist tatsächlich überrascht. Begreift er denn nicht, dass meine Liebe zu ihm nichts damit zu tun hat? Oh, du dummer Junge!

„Also ganz im Ernst. Ich habe nie über eigene Kinder nachgedacht. Aber ich liebe die vier Kinder, die du hast, schon ziemlich. Ich denke, das reicht mir voll und ganz."

„Du bist noch jung, und vielleicht denkst du in ein paar Jahren anders darüber. Die meisten Frauen kommen in ein Alter, wo sie unbedingt ein Kind haben wollen." Er gab sich nicht zufrieden.

„Und die meisten Männer bringen keine vier Kinder mit in die Ehe."

„Du bist schon wieder nicht ernst."

„Weil es müßig ist, darüber zu reden, Bob. Wenn du keine Kinder zeugen kannst, dann ist es so. Das ändert nichts an meiner Liebe zu dir, und alles andere ist unwichtig."

„Ist es wirklich unwichtig?"

„Ja!"

Jetzt drehte er sich mit ihr herum, bis sie unter ihm lag. Dann küsste er sie zärtlich und liebte sie langsam und mit heißer Intensität.

9. Idylle

SIE übernachteten auf dem Baumhaus und kehrten erst kurz vor Mittag nach Bendrich Corner zurück. Ihre Gäste fühlten sich ausreichend brüskiert und verkündeten, dass sie am nächsten Tag in der Frühe abreisen wollten. Niemand begrüßte das freudiger als Anna.

Steven war auch ausreichend brüskiert. Er war am späten Abend nochmals aufgewacht, hatte nach Anna gebrüllt und sich nicht trösten lassen. Dann war er schließlich weinend und schreiend wieder eingeschlafen. Am Morgen hatte er Anna in ihrem Bett gesucht und sie natürlich nicht vorgefunden und wieder dasselbe Geschrei angefangen wie am Abend zuvor. Als Anna und sein Vater dann zurückkehrten, war er bereits jenseits aller Wut in sich hineingekrochen und entschlossen gewesen, nie wieder mit irgendjemandem zu sprechen.

Anna besuchte ihn in seinem Zimmer, um ihn doch zum Sprechen zu bringen, und sie fand, dass er seinem Vater nie ähnlicher sah als mit diesem verbissenen Gesichtsausdruck, mit dem er versuchte zu verbergen, wie sehr er verletzt war und sich verraten fühlte.

„Du bist nicht mehr meine Freundin!", schrie er sie an, aber immerhin redete er schon wieder. Anna lachte. Sie war selig und glücklich. Diese Bendrich-Männer! Sie wollten nichts dringender, als geliebt werden, und wehrten sich doch so heftig dagegen. Auf Stevens Nachtschränkchen lag immer noch Annas Brief an Frau Mitschele. Eine einzige Nacht lag nur dazwischen, und doch war ihre Welt jetzt in Ordnung, endlich. Sie zerknüllte den Brief und warf ihn in den Papierkorb.

„Was machst du da?" Aha, Stevens Neugierde funktionierte auch schon wieder perfekt.

„Ich werfe meinen ganzen Kummer weg!"

„Kann man denn das?"

„Na klar! Sieh her!" Sie riss einen weiteren Briefbogen aus dem Block, knüllte ihn zusammen und warf ihn nach Steven. Der warf zurück und schon schwirrten zwanzig Papierknäuel durch das Zimmer. Steven quiekte vor Lachen.

„Ich glaube, du bist gesund und kannst wieder aufstehen." Das Spiel machte keinen Spaß mehr, und es herrschte inzwischen ein ernsthaftes Papiermüllproblem im Zimmer.

„Ist die blöde Warren endlich weg?"

„Sie ist weder blöd noch weg."

„Sie ist blöd, weil sie uns hasst!", bestätigte auch Lucy von der Tür her. Und um zu zeigen, dass sie sich gut auskannte, fragte sie gleich noch: „Hast du heute Nacht mit Papa Babys gemacht?"

„Nicht ein einziges."

„Was habt ihr dann gemacht?", wollte Linda wissen.

„Natürlich haben sie Babys gemacht! Das hat der Earl gesagt."

„So, so, der Earl scheint sich ja richtig gut auszukennen." In Anna stieg Wut auf.

„Ja, er hat zu Warren gesagt, dass du ausgehungert bist, weil dein Professor den Schwanz nie hochgekriegt hat."

„Hat der echt einen Schwanz?", rief Steven verblüfft dazwischen.

So, jetzt reicht es, Paul. Du fliegst heute noch raus hier.

„Steven, zieh dich an." Sie stand von seinem Bett auf, unter Druck wie ein Dampfkessel und war entschlossen, Paul mit einer ihrer berüchtigten Ohrfeigen vertraut zu machen und ihn dann vor die Tür zu setzen. *Das nennt man eine Freundschaft verraten, du unfähiger Discosexist.*

Aber Bob kam ihr auf der Treppe entgegen und brachte ihr einen Brief von Simone. Paul war sofort vergessen. Sie setzte sich auf die Treppenstufen und riss den Brief auf. Bob blieb unschlüssig stehen.

„Darf ich auch erfahren, was sie schreibt?"

„Gleich." Es war nur eine ganz kurze Seite, eigentlich nur wenige Zeilen.

„Hallo verrückte Doktor-Schwester,

Du hast Dich wohl schon für immer von uns verabschiedet. Warum schreibst Du nicht mehr? Hast Du etwa schon wieder Liebeskummer? Ich habe Poldi verkauft."

„Das weiß ich, du Luder."

„Weißt Du auch warum? Ich brauche Geld, um Dich zu besuchen. Das Flugticket ist schließlich verdammt teuer. Als Du mir von den vielen heiratswütigen Rinderzüchtern geschrieben hast, ist mein Fernweh erwacht. Außerdem habe ich mir was Schnelleres zugelegt: ein BMW-Caprio." Anna lachte.

„Ich fliege am 12. Oktober und lande am 14. in einer Stadt namens Broome. Wenn es Dir nichts ausmacht, bleibe ich vier Wochen. Vielleicht kannst Du ja einen Deiner gut aussehenden Rinderzüchter vorbeischicken, der mich dort abholt und in Dein entlegenes Cowboynest nach Bendrich Corner bringt. Sonst muss ich nämlich noch Hunderte von Kilometern mit einem Bus fahren."

„Wir sollten ihr Claude schicken", murmelte sie gedankenverloren vor sich hin.

„Ich freue mich riesig auf das Wiedersehen. Tschüss. Du blinde Maus. Simone."

Anna reichte den Brief an Bob. Der setzte sich neben sie und las ebenfalls. Als er fertig war, lachte er auch.

„Ich dachte, du wärest ganz einsam auf der Welt. Hat man da noch Töne? Eine Schwester, die sogar ihr Pferd verkauft, um dich zu besuchen. Wir sollten wirklich Claude schicken, damit er sie in Broome abholt."

Ja, Claude und Simone, das würde herrlich passen. Alles würde dann passen. Sie und Bob in Bendrich Corner und Simone mit Claude in Bellemarne Creek – eigentlich zu schön, um wahr zu sein. Jetzt musste sie doch weinen, und er nahm sie in seine Arme und küsste sie.

Sie war so glücklich.

„Jetzt schafft ihr es noch nicht einmal mehr bis zum Schlafzimmer", spottete Godfrey von oben. „Wann kehren hier mal wieder normale Verhältnisse ein?"

Hoffentlich nie mehr, Godfrey.

Steven und die Mädchen versammelten sich auch oben an der Treppe, und auf einmal saßen alle vier um Bob und Anna herum mitten auf der Treppe. Lillian und Paul kamen lachend zur Haustür herein. Sie hörten auf zu lachen, blickten zur Treppe und Lillian wurde richtig blass.

„Ach Gott, was für ein schönes Familienidyll!" Ihre Stimme troff nur vor Spott und noch mehr vor Neid.

„Bleibt sitzen!", rief Paul. „Ich hole meinen Fotoapparat!"

Anna fühlte sich mit einem Mal unbehaglich. So viel Glück, konnte so etwas von Dauer sein? Sie stand schnell auf, nahm Steven und Linda an der Hand und ging die Treppe hinunter. Wenn es bleiben würde, das Glück, dann brauchte sie kein Erinnerungsfoto davon, und wenn es nur ein kurzer Traum war, dann wollte sie keines davon.

Am Nachmittag fuhr Bob mit Joe Nambush die Weiden ab. Er war zum Dinner leider nicht zurück, und Anna stellte sich vor, dass er irgendwo mit Joe in einem Stall saß und mit ihm über Frauen, insbesondere über Hinkelsteine und Rothaarige, sprach.

Sie brachte die Kinder mit den üblichen Ritualen für Steven und für die Mädchen zu Bett und ging dann hinunter auf die Terrasse. Dort saßen die anderen: Die Fruchtbarkeitsgöttin dämmerte in der Hollywoodschaukel vor sich hin, der Hinkelstein und der adelige Schwätzer saßen am Pool und Godfrey hatte sich in eine einsamen Ecke auf der Terrasse zurückgezogen, mit einem Buch in der einen und einem Glas mit Whiskey in der anderen Hand.

Vor lauter Liebe und Leidenschaft mit Bob war ihr ganz entgangen, wie blendend Lillian und Paul sich inzwischen verstanden. Als Anna die beiden jetzt sah, wie sie sich an den Händen hielten und Paul gerade von Ägypten schwärmte, da dämmerte es erst bei ihr. Da war offenbar ein handfestes Techtelmechtel im Gange.

Anna war richtig schadenfroh bei dem Gedanken, dass sich da vielleicht ein Eisklotz und ein Motoren-Neurotiker gefunden hatten, und ihre Stimmung wurde schlagartig besser. Sie setzte sich mit einem verschwörerischen Zwinkern zu Godfrey und belauschte Pauls wortreiche Schilderungen über Ägypten, die Lillian mit unentwegtem Kichern und Lachen belohnte. Gelegentlich tauschte sie vielsagende Blicke mit Godfrey aus.

„Weißt du was?", flüsterte Godfrey. „Die Geschichte mit dem Tee im Schatten der Cheopspyramide hat er ihr jetzt schon drei Mal erzählt, und sie lacht immer noch genauso dämlich darüber wie beim ersten Mal."

Ja, und es ist Zeit, dass Paul seine Abreibung erhält. Anna nahm einen Schluck von Godfreys Whiskey und schlenderte dann zu Paul und Lillian hinüber.

„Sag mal, Paul, war es nicht ein Fellache, der dir im Schatten der Mykerions-Pyramide den Tee auf die Hose geschüttet hat?"

Paul lächelte irritiert.

„Obwohl du Heike erzählt hast, es wäre Whiskey gewesen." Sie wandte sich an Lillian. „Heike ist die, die es am liebsten im VW-Käfer mit ihm getrieben hat. Erst später, als er Sandra kennengelernte, wurde aus dem Whiskey dann türkischer Kaffee. Paul, kannst du dich noch an Sandra erinnern?" Jetzt lächelte sie Paul an, obwohl der schon ein wenig weiß um die Nase geworden war.

„Das war die gefärbte Blondine, die du im Doggystyle hinter dem Hölderlinturm vernascht hast. Und Andrea war die Erste, die die Variante mit der Cheopspyramide zu hören bekam, vor Andreas Zeit hatten die Ausgrabungen angeblich noch in Abu Simbel stattgefunden."

Sie beugte sich ein wenig über den Tisch und wisperte jetzt Lillian hinter vorgehaltener Hand zu: „Andrea war so wahnsinnig scharf auf die französische Variante, und Paul hat geleckt, was das Zeug hielt, aber denken Sie, die hätte sich auch nur ein Mal mit einem Blow Job revanchiert? Niente!" Lillians Gesichtsfarbe verhielt sich umgekehrt proportional zu der von Paul. Sie wurde zunderrot. Er wurde totenbleich. Herrlich!

„Und weißt du noch, wie sauer du auf Marina warst? Marina war immer sehr laut, wenn sie gekommen ist. Bei Marina hast du es mit der Variante Fellache und Tee versucht, obwohl ich nicht weiß, was gegen türkischen Kaffee einzuwenden ist. Die kraushaarige Jutta erfuhr nie die ganze Geschichte. In der Zeit hatte Paul leider ein paar Probleme beim Stand-by. Aber Paul, jetzt frage ich mich ehrlich, warum erzählst du der armen Lillian die Variante mit heißem Tee und einem Libyer? Willst du etwa deinen Meißel in einen Hinkelstein stoßen?"

So, Paul, das ist zwar noch lange nicht deine ganze erotische Biografie, aber das reicht. Zumindest für die arme Lill, ihre Wimpern flattern ja schon wie wild. Paul fand den Scherz nicht witzig, aber er war so geschockt, dass er endlich einmal die Klappe hielt und sich hektisch eine Zigarette anzündete. Anna gab ihm

Feuer.

„Komm, Godfrey, wir gehen spazieren." Sie winkte Godfrey und ging. Paul würde es zweifellos schaffen, die Dinge vor Lillian wieder ins rechte Licht zu rücken.

Sie machte nur eine kurze Runde durch den Park und verschwand dann durch die Küche wieder im Haus. Anna wollte Paul und Lillian jetzt lieber nicht mehr begegnen. Sie ging zu Bett und wartete sehnsüchtig auf Bob. Aber er kam in dieser Nacht nicht nach Hause, und sie fühlte sich unzufrieden und leer. Auch am anderen Morgen, als die Gäste abreisten, war er noch nicht zurück. Es blieb Anna überlassen, die Gäste mit freundlichen Worten zu verabschieden. *Gute Reise und auf Nimmerwiedersehen, Paul und Lillian!*

Ein namenloser Ärger gärte in ihr. Bob war einfach verschwunden und hatte nicht gesagt, wohin er ging, was er tat oder wann er zurückkehrte, und natürlich setzte er voraus, dass die anderen das einfach akzeptierten. Aber Anna akzeptierte es nicht. Sie fühlte Eifersucht auf diesen Ort, wo er war, und sie fühlte Enttäuschung, dass sie nicht dabei sein konnte. Warum hatte er ihr nicht wenigstens anvertraut, wo er sich aufhielt?

Lillians Worte waren ihr noch viel zu gegenwärtig: *Fragen Sie Ihn doch einmal, was ihn berührt oder bedrückt, was ihn bewegt oder ärgert. Sie werden als Antwort nur Schweigen ernten und seinen Rückzug erleben.*

Bob kam auch am Mittag nicht zurück, und Annas Stimmung war so schlecht wie die Gemüsesuppe, die sie zu kochen versucht hatte. Steven wurde quengelig und bekam wieder leichtes Fieber. Anna brachte ihn zu Bett, drohte ihm ungehalten ein Fieberzäpfchen an und schämte sich für ihre Ungnade. Sie wartete ungeduldig auf Mr. Frinks, damit endlich auch die Mädchen mal Ruhe geben würden. Er kam eine Stunde zu spät, brachte wieder ein Sträußchen mit, aber auch das rettete Annas Laune nicht.

„Komm, wir gehen Papageien schießen!" Godfrey kam mit einer großen Steinschleuder in die Küche, wo Anna „Das Dekameron" las, ohne es wirklich zu lesen.

„Spinnst du?" Auch Godfrey wurde mit einem vernichtenden Blick bedacht.

„Na gut, dann warte ich eben, bis Papa zurück ist. Der geht bestimmt mit mir Papageien schießen."

„Das ist nicht dein Ernst? Ihr schießt wirklich Papageien tot? Ihr habt doch alle einen Dachschaden, ihr Bendrich-Männer."

„Oh, oh, Frau Doktor ist sauer auf meinen Herrn Vater!", spottete Godfrey und Anna schaute nun doch von ihrem Buch auf und lächelte.

„Na ja, er haut einfach ab."

Godfrey zuckte die Schultern. „So ist er eben. Er hat sich das angewöhnt, als Mama noch hier war." Mama? Godfrey sprach zum ersten Mal von ihr. Anna fühlte brennende Neugier, aber gleichzeitig hatte sie auch das Gefühl, besser nichts zu fragen, besser nichts wissen zu wollen. „Wenn es ihm zu viel wird, geht er einfach."

Zu viel? Was meinte Godfrey denn damit?

„Wie war deine Mutter?" *Jetzt habe ich doch gefragt und auch noch so dämlich.*

„Ganz okay."

Anna fand, dass das eine viel zu knappe Antwort war für ein Kind, dessen Mutter abgehauen war. Godfrey war immerhin schon neun gewesen, als seine Mutter die Familie verlassen hatte. Er musste sie doch geliebt haben, sie immer noch lieben. Es tat ihm bestimmt weh, dass sie weg war. Er vermisste sie wahrscheinlich wie verrückt.

„Gehst du jetzt mit mir auf Papageienjagd, oder nicht?"

„Du willst wirklich diese armen Vögel abschießen? Stehen die denn nicht unter Naturschutz oder so was?"

Godfrey lachte. „Arme Vögel? Das sind Mistviecher, lästiger als Ratten."

„Aber ich habe noch keinen einzigen hier gesehen."

„Ja, weil McEll sie abknallt, wenn sie im Park auftauchen. Aber hinter den Baracken stehen ein paar hohe Bäume, das ist ein astreines Papageien-Jagdgebiet."

Anna schüttelte den Kopf. Nur weil sie mal in Notwehr einen Dingo erschlagen hatte, hieß das noch lange nicht, dass sie jetzt plötzlich zum Großwildjäger mutiert war und auch noch Spaß daran hatte, Tiere zu töten. *Oh Mann, diese Australier haben doch echt einen Knall.*

„Na, komm schon, zier dich nicht! Es macht irre Spaß. Kreisch! Und sie stürzen von den Bäumen."

„Ich gehe nur mit, wenn du mir versprichst, keinen zu töten."

„Aber erschrecken darf ich sie?"

„Einverstanden."

Sie schlenderten in eine Richtung, die Anna noch nicht kannte. Hinter der Waschküchen-Baracke ging es einen kleinen Hang hinauf, dann durch einen dünnen Wald mit Akazien und anderen seltsamen Bäumen, die Anna nicht kannte. Als sie den Hang wieder hinunterkamen, befanden sie sich auf dem Gelände, wo die zweigeschossigen Holzbaracken standen, in denen die Stockmen wohnten. Die Gebäude sahen sehr gepflegt aus und standen zwischen kleinen Bäumen und hohen Sträuchern. Hier gab es sogar einen großen Pool und so etwas, das wie ein Fußballfeld aussah, oder vielleicht war es auch für Kricket oder Hurling angelegt. Es sah jedenfalls keineswegs so aus, als würde der Boss seine Arbeiter vernachlässigen. Godfrey führte sie an den Baracken und dem Sportplatz vorbei und dann in den Busch hinein, der direkt hinter den Baracken anfing. Sie kämpften sich eine ganze Weile durch das Gestrüpp, bis es immer dichter und schließlich undurchdringlich wurde, ein echter Urwald eben: wildromantisch, abenteuerlich, absolut unberührt. Sie hörte das schrille Kra-Kra und Tschiep-Tschiep der Vögel schon von Weitem. Es klang wirklich penetrant und laut, aber es war eben ein Teil dieses Dschungels. Sie legten sich auf die Lauer wie echte Jäger, und Godfrey zeigte ihr die Bäume, in deren dünn belaubten Baumkronen Hunderte von weißen und bunt gefiederten Abschusskandidaten saßen.

Plötzlich hörten sie einen von den Gesellen lauter als alle anderen schreien. „Scottiiii! Scottiii! Daaarrrrling!"

„Was war denn das? Der spricht ja!", kicherte Anna.

„Ha, endlich habe ich den Hurensohn!" Godfrey keuchte erfreut, zückte seine Schleuder und zielte sehr fachmännisch.

„Godfrey! Du wirst ihn nicht abschießen!"

„Und ob!" Ein kleiner Stein pfiff rasend schnell durch die Luft.

„Scottiii, Scottiii, Daaarrr…" Rums!

Das Federvieh stürzte vom Baum und schwieg für immer. Die anderen Papageien schienen den leisen Tod ihres Kumpels nicht einmal bemerkt zu haben. Godfrey rannte hinüber und besah sich seine Beute. Anna war wütend und schockiert.

„Du hast mir versprochen, dass du keinen tötest."

„Keinen, nur den!" Er hob das zerfledderte Tier an den Füßen hoch. „Das war Oli, Mamas Kakadu. Papa hat ihn freigelassen, als sie verschwunden ist. Endlich habe ich ihn gekillt."

Oh Gott! So viel auf einmal in nur drei Sätzen. Anna konnte den toten, weißen Vogel nicht ansehen, aber sie sah in Godfreys weißes Gesicht. Es war hasserfüllt und doch triumphierend, traurig und doch befriedigt. *Was kann denn der Vogel dafür, dass er Scotti sagt?*

Anna musste das erst mal verarbeiten, denn es war doch eigentlich unglaublich: Der Papagei hatte also irgendwo in Bendrich Corner auf der Stange oder in der Voliere gesessen und tagein, tagaus den Namen von Scott Randall, dem Geliebten von Suzan Bendrich, gebrüllt?

Oh verdammt! Unter diesen Umständen hätte ich ihn vielleicht auch abgeschossen. Aber warum hat Bob das überhaupt zugelassen?

„Ich habe ihn damals sehr gehasst!", sagte Godfrey und schleuderte das Tier im hohen Bogen ins Gebüsch.

Ja, das verstehe ich, armer Junge. „Obwohl der Vogel keine Schuld trägt."

„Ich meine Papa, nicht Oli!"

„Bob? Wieso?"

„Weil er dieses dämliche Vieh nicht erwürgt hat und Scott Randall gleich mit dazu. Er hätte beide wegjagen sollen. Ich habe es nicht begriffen. Ich wollte nicht, dass Scott immer kam. Ich wollte nicht hören und sehen, dass er mein Vater sein soll und nicht Papa. Aber Papa hat es einfach zugelassen und nichts dazu gesagt, dass Mutter und Scott und dieses verfluchte Mistvieh …" Godfrey schoss in seiner Wut noch einen Stein in einen der Bäume voll mit Kakadus. Er traf keinen, aber das panische Geschrei aus dem Blattwerk befriedigte ihn sichtlich.

Er hat es zugelassen? Anna schüttelte den Kopf. „Du meinst, dein Vater hatte nichts dagegen, dass Scott Randal zu euch kam?"

„Natürlich nicht, Papa und er waren die allerdicksten Kumpels."

„War er denn gar nicht eifersüchtig?"

„Eifersüchtig? Er hat Mama doch nie geliebt. Ich dachte, du weißt das längst. Er hat sie nur meinetwegen geheiratet."

„Deinetwegen?"

„Klar, sie war so etwas wie eine Leihmutter für ihn."

Der Mensch hat eindeutig Probleme mit dem Thema Mütter und Kinder, dachte Anna bitter. Sie dachte es sogar sehr bitter. Erst heiratete er eine Leihmutter und jetzt eine Ersatzmutter. Sie fühlte sich auf einmal kolossal missbraucht, obwohl er natürlich von Anfang an keinen Hehl daraus gemacht hatte, dass er sie wegen seiner Kinder heiraten wollte. Aber trotzdem: Das war doch eine saublöde Masche von ihm.

„Und du weißt über all das Bescheid?", fragte sie ungläubig. „Die Geschichte mit der Leihmutter und mit Scott Randall? Vermutlich weiß es die ganze Gegend, dass Bob keine Kinder zeugen kann, oder?"

„Nein, natürlich nicht. Er spricht nicht darüber, das ist logischerweise nicht gerade sein Lieblingsthema, aber er hat mit mir darüber gesprochen, damals als Mama abgehauen ist. Er wollte, dass ich begreife, wie es dazu kam."

„Und, hast du es denn begriffen?" *Selbst ich begreife es nicht.*

„Er hat mir erklärt, dass er und Mama sich nicht geliebt haben und dass sie deswegen sehr unglücklich war und dass ich ihr nicht die Schuld an dem Drama geben darf. Also habe ich ihr nicht die Schuld gegeben. Sie ist einfach gegangen. Eines Morgens war sie weg und hat sich seither nicht mehr gemeldet. Nicht ein einziges Wort. Ich habe ihn dafür gehasst, dass er sie vertrieben hat, und noch mehr habe ich ihn dafür gehasst, dass er nicht mein richtiger Vater ist, obwohl ich mir das so sehr gewünscht habe."

Armer Godfrey. „Aber er liebt dich, Godfrey. Er liebt euch vier mehr als alles andere auf der Welt, mehr vielleicht, als ein leiblicher Vater euch lieben könnte."

Godfrey nickte. „Ja, ich weiß."

„Und wann hat sich Bob dann mit Scott Randall verkracht?"

„Als Mama mit Steven schwanger war. Da haben sie sich einmal furchtbar angebrüllt. Ich meine Scott und Papa. Papa sagte, es reicht ihm jetzt. Drei Kinder von Scott wären genug. Er könnte langsam aufhören, ihm noch mehr Bastarde aufzuhalsen."

Oh scheiße! Der arme Godfrey. Er hat das alles gehört? Robert Bendrich der Fünfte versteht es wirklich, seinen Mitmenschen das Herz aus der Brust zu reißen.

„Und was hat Scott gesagt?", fragte sie mechanisch. Sie wollte es nicht wirklich wissen. Das alles war schon viel zu schrecklich.

„Dass er nicht Stevens Vater ist. Dass Mama ihn anödet, schon immer, und dann haben sie sich geprügelt." Godfrey schoss von unten noch einen Stein in den Baum und ein Papagei stürzte aus den Zweigen. Anna schüttelte traurig den Kopf.

„Und obwohl du das alles miterlebt hast, wolltest du unbedingt, dass ich ihn heirate?" Sie ging zu dem Papageien hinüber und sah zu, wie das Tier seine letzten Zuckungen machte, bevor es starb. Ihr war zum Brechen schlecht.

„Bei dir ist es anders." Godfrey stieß ungerührt mit seinem Fuß nach dem Kadaver. „Du bist nicht wie Mama. Du bist klug und schön und witzig, und er ist sehr, sehr scharf auf dich. Und du ... du hast ein gutes Herz." Er wurde rot und senkte den Blick. „Du kannst machen, dass er dich liebt."

Da habe ich aber ernsthafte Zweifel, Godfrey. Es wird ihm ja jetzt schon zu viel, und ich weiß nicht einmal wieso. „Und was war bei deiner Mama anders?" *Ich sollte nicht fragen. Alles, was ich höre, macht es nur noch schlimmer.*

„Du willst wissen, wie sie war?"

Nein, lieber nicht.

„Als ich klein war und Lucy und Linda noch Babys waren, da war sie eigentlich ganz lieb zu uns. Aber mit der Zeit haben Papa und sie kaum noch miteinander gesprochen. Am Schluss haben sie nicht einmal mehr Guten Morgen oder Gute Nacht zueinander gesagt. Dann hat sie mit uns auch nicht mehr gesprochen. Sie wurde immer mürrischer, war immer gleich sauer und ist oft total ausgerastet. Sie hat auch getrunken, manchmal morgens schon. Wir sind ihr nur noch aus dem Weg gegangen, haben uns an Papa gehalten. Er war immer sehr liebevoll. Als sie ging, wurde alles besser. Heute weiß ich, dass sie einfach sehr unglücklich war."

„Ach du Scheiße!"

Godfrey nickte bedächtig und setzte sich dann im Schneidersitz auf den Boden. Er wollte also noch mehr erzählen. Anna kauerte sich zu ihm hinunter. Aber was er ihr erzählen würde, das wusste sie im Grunde schon: Bob hatte seine Frau benutzt, um Kinder zu bekommen, und als es ihm zu viel wurde, hatte er sie einfach weggeekelt. Godfrey war alt genug, um das langsam zu begreifen. Er müsste Bob eigentlich immer noch hassen, jetzt mehr als früher.

„Einen Vorteil hatte sie dir gegenüber", sagte Godfrey und lachte plötzlich. „Man konnte sich wenigstens im Haus frei bewegen, ohne sie ständig irgendwo knutschend und halb nackt anzutreffen."

„Quatschkopf."

„Im Ernst, Anna, du bist gut für Papa. Ich habe ihn schon lange nicht mehr so gesehen. Lachend und ausgeglichen und einfach … einfach … Na ja, ich glaube er ist glücklich. Wie wir alle, seit du da bist."

Anna senkte den Kopf und wurde tatsächlich ein wenig rot.

„Wer hat sich um Steven gekümmert, nachdem deine Mutter weg war?"

„Zuerst Großmutter, Granny Bendrich. Aber sie ist kurz darauf gestorben, da war Steven sechs Monate alt."

„Und dann?"

„Dann Papa." Godfrey lachte wieder. „Er hat ihn überall mitgenommen, mit Fläschchen und Windeln und Wickeltasche und so. Selbst wenn er nach Europa geflogen ist oder in die USA, Steven war immer im Handgepäck."

Das gibt es doch nicht! Dieser Mann hat wirklich zwei Gesichter: kümmert sich um einen Säugling wie eine Amme und ist doch nicht imstande, eine Frau zu lieben.

„Weißt du, er mag Kinder wirklich sehr. Er engagiert sich für Waisenkinder und für Straßenkinder in der Dritten Welt und all so was. Es gibt in Perth sogar eine Robert-Bendrich-Stiftung. Das ist so was wie ein Kindergarten für arme Kinder, und er finanziert dort auch ein Haus, in dem alleinerziehende Mütter wohnen können."

Anna schüttelte fassungslos den Kopf, nahm die Schleuder aus

Godfreys Hand und zielte auch, aber der Stein verfehlte den Baum um Längen, und die Papageien schauten sie mit höhnischen Augen an.

Das passte doch alles nicht zusammen. „Er muss schizophren sein. Er engagiert sich für Waisenkinder, aber euch vier lässt er alleine in Bendrich Corner von Fremden betreuen? Für dich hat er sich noch nicht mal um eine anständige Schule bemüht."

Godfrey nahm die Schleuder wieder an sich. „Sieh her! So geht das." Er zielte auf die Papageien. Doch noch ehe er schießen konnte, schlug sie ihm die Schleuder aus der Hand. Nicht noch ein unschuldiges Todesopfer aus lauter Frustration.

„Er wollte mich schon vorletztes Jahr ins Internat schicken, aber Frinks und Miss Banes haben damals zu ihm gesagt, dass ich nicht die nötige Reife dafür habe."

„Das ist doch Schwachsinn. Miss Banes hat das auch gesagt?"

Er nickte und schoss nun doch seinen Stein in die Baumkrone. Zum Glück traf er nicht.

„Dann hat sie sich nie mit dir unterhalten so wie ich jetzt."

„Nein, natürlich nicht, Anna. Niemand hat sich je so mit mir unterhalten wie du. Wenn Papa in der Nähe war, war Miss Banes immer lieb und freundlich zu uns, aber kaum war er weg, dann verwandelte sie sich in die reinste Giftspritze. Sie war bloß scharf auf ihn und hat sich bei ihm eingeschleimt."

Anna lachte. „Sie müsste schon blind gewesen sein, wenn sie nicht versucht hätte, ihm zu gefallen. Aber du hast ihr sicherlich deutlich zu verstehen gegeben, dass dein Vater schon eine andere vögelt, wie?"

Godfrey kicherte und kratzte sich am Ohr. Er legte schon wieder einen Stein in die Schleuder. „Nur noch einen! Bitte."

„Nein, hör jetzt auf damit! Wenn du Wut und Frust loswerden willst, kauf dir einen Punchingball und lass nicht Unschuldige dafür büßen. Weißt du, manchmal ist das Leben einfach unfair und grausam, aber du musst trotzdem versuchen, es mit Anstand und Würde zu meistern. Schau dich jeden Tag im Spiegel an und frage dich, ob du den Menschen respektieren kannst, der dir da entgegenblickt."

„Ja, Ma'am!", scherzte Godfrey lässig und senkte seine Steinschleuder wieder, aber sein Blick war ernst. Er hatte verstanden.

SIE schlenderten schweigend zurück zum Haus, durch das hohe Gras. Es war so trocken, dass es richtig raschelte, wie Laub im Herbst. Zu Hause in Deutschland wurde es jetzt langsam Herbst – Ende September. Hier würde irgendwann mal die Regenzeit einsetzen, aber wann nur?

Sie waren fast zwei Stunden weg gewesen und hatten vor lauter Mordlust gar nicht gemerkt, wie die Zeit vergangen war. Mr. Frinks trank Tee mit Bob. Sieh an, Mister Es-wird-mir-zu-viel war also endlich wieder zurück aus seinem Versteck. Die Mädchen spielten auf der Terrasse mit ihren Barbies. Steven schlief noch, und Anna machte sich Sorgen, ob er vielleicht wieder höheres Fieber bekommen hatte. Sie rief nur kurz ein „Hi!" ins Wohnzimmer und ging dann gleich in Stevens Zimmer hinauf. Aber er sah nicht fieberig aus und fühlte sich auch nicht heiß an. Sie war ein wenig enttäuscht darüber. Das wäre ein guter Vorwand gewesen, nicht hinunterzumüssen, zu Bob, ihn ansehen zu müssen und sich fragen zu müssen, was in ihm vor sich ging und ob er sie je in all diese Dinge einweihen würde, die ihm auf dem Herzen lagen. Ob er sie je an sich heranlassen würde.

Sie duschte, zog ein schickes, eng anliegendes Mitschele-Kleid an und zögerte die Prozedur so lange wie möglich hinaus. Vielleicht würde Bob ja auch einfach wieder verschwinden. Es war ihm zu viel, und sie wollte sich nicht aufdrängen. Die Mädchen stürmten herein und suchten wieder mal einen Schiedsrichter. Was war heute nur für ein Tag?

„Es ist meine Tasche!", schrie Lucy

„Aber ich hatte sie zuerst!"

„Aber sie gehört mir. Papa hat sie mir geschenkt und nicht dir."

„Aber du hast nie mit ihr gespielt, und ich hatte sie zuerst."

Oh nein, nicht schon wieder so ein alberner Zank um Kaisers Bart. Anna fühlte ihre Nerven flattern und verspürte das heftige Bedürfnis, die Mädchen einfach mit einem kräftigen Fußtritt vor die Tür zu setzen. *Aber nein*, mahnte sie sich selbst. *Ich fange schon an wie Suzan Bendrich, meine Probleme mit Bob an den Kindern auszulassen. Ich will nicht, dass mir dasselbe passiert.*

„Gib sie her!"

„Nein, gebe ich nicht!" Beide zerrten an der Tasche. Gleich würde der Träger reißen und die Mädchen sich in den Haaren liegen.

„Ich finde sie total hässlich!" Anna warf einen verächtlichen Blick auf das rosa gelackte Beutelchen mit Micky-Maus-Gesicht. „Michael Jackson würde sie auch nicht gefallen."

„Pah! Michael Jackson, das ist ein dürrer Psychopath." Lucy gab die Tasche nicht frei.

„Ist er nicht!" – „Ist er doch!" – „Du bist selber ein dürrer Psychopath!"

„Okay, Schluss jetzt!", brüllte Anna, um das Geschrei zu übertönen. „Jetzt gibt es ein Gottesurteil! Sonst kommen wir ja nie zu einer Einigung."

„Gottesurteil?" Die beiden wiederholten das Wort voller Ehrfurcht, und die Tasche war vergessen.

„Ja, eine überaus praktische Sitte im Mittelalter. Beide Mädchen werden in einen Käfig eingesperrt und eine Stunde lang im Pool unter Wasser gehalten; wenn eine von euch beiden überlebt, bekommt sie die Tasche."

„Aber dann sind wir ja beide tot!" Lucy war entsetzt.

„Eine Stunde unter Wasser, das hält ja keiner aus."

„Aber so sind die Regeln bei einem Gottesurteil."

„Das ist ja vielleicht doof." Linda gab die Tasche frei. Lucy nahm sie an sich, aber fühlte sich sichtlich unwohl mit dem Ding. „Du kannst sie meinetwegen haben." Schlagartig war ihre Großzügigkeit erwacht, doch Linda wollte sie jetzt auch nicht mehr.

„Dann schenken wir sie Godfrey, der hat morgen Geburtstag."

„Was? Godfrey hat Geburtstag?" Natürlich, der 25. September! Jetzt fiel es ihr wieder ein. Das Datum hatte in der Geburtsanzeige gestanden, die sie bei Mrs. McEll gesehen hatte, aber irgendwie hatte sie das bei all dem verrückten Trubel total vergessen. Wieso hatte niemand etwas davon erwähnt? Gab es denn gar keine Feier?

„Was soll denn Godfrey mit dem Täschchen anfangen? Habt ihr kein besseres Geschenk für ihn?" *Und ich habe gar kein Geschenk für ihn. Ich habe noch nicht einmal Geld für ein Geschenk. Ich kann keinen Kuchen backen und kein*

Geburtstagsessen kochen. Oh Mist!

Sie wühlte in ihrem Koffer herum. Vielleicht war ja da etwas, das sie ihm geben konnte. Aber was nur? Kleider, ein alter Fotoapparat, archäologische Bücher, ein paar Kondome. Na, die brauchte sie ja bei Bob nicht, aber Godfrey konnte sie so was wohl auch nicht schenken.

„Was suchst du?", wollten die Mädchen wissen.

Ein Geschenk für Godfrey, etwas, das ihm Freude macht, etwas, das ihm hilft, die ganze verdammte Scheiße seines Lebens zu vergessen. Aber warum sollte das gerade in meinem Koffer zu finden sein? „Nichts."

Sie stand wieder auf. Ob sein Vater wenigstens ein Geschenk für ihn hatte?

„Kommt, wir gehen hinunter. Ist Mr. Frinks noch da?" Er war noch da und schwärmte gerade über die musikalische Begabung der Mädchen. Bob schenkte Anna einen vorsichtigen Kuss auf die Stirn, dann schenkte er ihr einen Tee ein, und als sie sich ihm gegenüber auf das Sofa gesetzt hatte, richtete er seine ziemlich eindeutigen Blicke auf ihre nackten Knie. *Na zumindest, hat er noch Lust darauf, mit mir zu schlafen.*

Die Teestunde zog sich endlos in die Länge, denn Mr. Frinks schien sich wohlzufühlen. Steven kam inzwischen etwas schlaftrunken angewackelt und kuschelte sich an Anna. Als er dann ganz wach war, bestand er darauf, dass Anna mit ihm spielen müsste, und zwar draußen auf dem Hof, eine Sandburg bauen und die Spielzeugritter in den Kampf schicken.

Anna war froh, verschwinden zu können, und willigte sofort ein. Mr. Frinks langweilte sie, und Bob mit seinen lüsternen Blicken verwirrte sie. Ihr schickes Kleid war zwar nicht sonderlich geeignet, um auf dem sandigen Boden herumzurutschen, aber das war nun mal ihr Schicksal.

Steven schleppte eine ganze Armee von Rittern an, während Anna den Sand aufschichtete. Die blutige Schlacht war schon in vollem Gange, als Bob zu ihnen stieß. Er wollte mitspielen, und Steven bestand darauf, dass er auf seiner Seite mitkämpfte, obwohl Anna schon kurz vor einer blamablen Niederlage stand. Ihre Burg war nur noch ein Haufen Asche, und zwei Drittel ihrer Ritter waren bereits aufgespießt, enthauptet oder zum Feind übergelaufen. Nur noch der rote Ritter hielt sich wacker, während Steven und Bob mit der geballten Macht ihrer Kavallerie anrückten.

Anna beobachtete Bob und dachte, dass er Kinder wirklich liebte, dass er ein gutes Gespür für sie hatte, dass er selbst gerade wie ein Kind wirkte, glücklich vertieft in das Spiel. Sie stellte sich vor, wie er mit dem Säugling Steven im Gepäck unterwegs gewesen war, mit dem Fläschchen im Flugzeug, mit der Wickeltasche bei seinen Konferenzen, Windelwechsel, während in seinen Besprechungen … bei dieser Vorstellung spürte sie ihre Liebe für ihn heiß und schmerzhaft in ihrer Brust und ihrem Magen. Er liebte Kinder, und sicherlich hatte er sich gewünscht, einmal eigene Kinder zu haben. Seine Unfruchtbarkeit musste ihn viel härter treffen, als er es nach außen zugab. Vielleicht hätte sie ihn vorgestern danach fragen sollen, als er ihr sein Problem auf dem Baumhaus anvertraut hatte, aber sie hatte alle Fragen und Bedenken vergessen, als er seinen Kopf zwischen ihre Beine gelegt und sie mit seiner Zunge in den Wahnsinn getrieben hatte.

„He, du kämpfst ja gar nicht mehr! Du hast jetzt verloren." Steven riss sie aus ihren Träumen.

„Nein, hab ich nicht!" Sie zog sich mit ihrem Ritter hinter die zerschossene Sandburg zurück. Die Kavallerie verfolgte sie wütend. Ein Sandkorn kam in ihre Augen, die Kontaktlinsen juckten sofort, die Augen tränten und sie musste sich geschlagen geben. Verloren! Anna rannte hinauf in ihr Zimmer und er kam ihr eilig hinterher. Sie hörte, wie er ihre Tür zumachte und den Schlüssel umdrehte, während sie im Badezimmer die Kontaktlinsen herausnahm. Wenigstens in diesem Punkt war er verlässlich und kalkulierbar.

Eigentlich wollte sie ihn fragen: *Wo warst du die ganze Zeit? Was hast du gemacht? Was ist mit Godfreys Geburtstag? Warum bist du geflüchtet?* Aber jede Frage verdampfte aus ihrem Gehirn in dem Moment, als er den Raum betrat und dicht hinter ihr stehen blieb, während sie die Kontaktlinsen noch in der Box verstaute.

„Wenn du deine Augen so weit aufmachst, siehst du noch sinnlicher aus", flüsterte er ihr ins Ohr. „Aber solltest du nicht trotzdem eine Ersatzbrille haben?"

„Ich habe aber keine!", stöhnte sie, weil er sich von hinten an sie drückte und ihre Brüste besitzergreifend umfasste.

„Wir fliegen übermorgen nach Sydney. Dort werden wir eine Brille für dich besorgen."

„Wir fliegen nach Sydney, nur um eine Brille zu kaufen?"

„Nein, nicht nur deshalb. Ich habe in Sydney geschäftlich zu tun und dachte, du könntest mich begleiten. Also habe ich gleich einen Termin beim deutschen Konsulat vereinbart, und wir müssen noch ein Gespräch bei der Einwanderungsbehörde führen, wegen unserer Heirat. Es ist allerdings nur eine Formalität."

„Aber wer kümmert sich denn um die Kinder? Wir können doch nicht schon wieder die Bellemarnes belästigen. Aaaah …"

Er schob jetzt ihr Kleid nach oben und seine kühlen Finger unter ihr Höschen. Unwillkürlich öffnete sie ihre Beine für seine Berührung, bog ihren Rücken durch und drängte ihren Hintern gegen das, was da in seiner Hose wuchs.

„Oh Gott, Anna, ich spüre, wie sehr du mich begehrst. Ganz feucht, ganz weich."

„Und ich spüre, wie sehr du mich begehrst", stöhnte sie und rieb ihren Hintern an seiner prächtigen Erektion. Seine Finger spielten sanft mit ihr, streichelten ihre Klitoris, schoben sich in sie hinein, dehnten sie, zart und hart, schnell und langsam, bis sie sich vor Erregung kaum noch auf den Beinen halten konnte.

„Hör nicht auf!" Ihr Stöhnen ging in ein Hecheln über, und ihre Beine zitterten vor Lüsternheit, während sich ein Orgasmus in ihr aufbaute, so heiß und knisternd wie ein Hochspannungsfeld. Sie klammerte sich am Waschbecken fest, um nicht zu fallen, legte den Kopf zurück, bereit für einen markerschütternden Urschrei. *Gleich! Nur noch ein bisschen!*

„Du gehörst mir, Anna!", knurrte er in ihr Ohr und klang dabei richtig zornig. „Nur mir! Ist das klar?" Die Liebkosungen seiner Finger wurden jetzt beinahe schmerzhaft grob.

„Ja! Nur dir", schrie sie und kam. Er grub seine Zähne in ihren Hals und seine Finger ein letztes Mal tief in sie hinein, während ihre Vagina sich gierig zusammenzog.

„Mein! Nur mein!"

Als sie langsam aus ihrer Ekstase zu sich kam und die Augen aufschlug, erkannte sie ihn undeutlich im Spiegel, wie er gerade sein Hemd herunterriss und seine Hose öffnete. Er zwängte ihren Oberkörper nach vorn, sodass sie über das Waschbecken gebeugt war und sich dort festhalten konnte, dann schob er mit seinem Knie ihre Beine weiter auseinander und zerrte an ihrer Unterhose, bis sie riss. Er beugte sich von hinten über sie, und schon spürte sie, wie er langsam und tief in sie hineinglitt. Er bestieg sie wie ein Hengst seine Stute und schnaubte genauso laut und zufrieden. „So eng, so heiß und ganz allein mein!"

Das waren die letzten zusammenhängenden Worte, die er herausbrachte, bevor er seiner Begierde ungezügelten Lauf ließ.

Warum können wir uns nicht einfach mal in einem Bett lieben?, dachte sie, als er danach mit ihr in seinen Armen zu Boden sank und keuchend auf der Bademmatte landete. Er bedeckte ihren Hals mit Küssen und seine Hände streichelten zärtlich über ihren Bauch.

„Komm niemals auf die Idee, mich zu betrügen." Er sprach ganz leise mit bedrohlicher Stimme, und sie war sich nicht sicher, ob sie richtig gehört hatte, denn ihre Ohren brausten noch so laut wie die Jim Jim Falls in der Regenzeit. Zudem schnaufte er atemlos in ihr Ohr, und sie wollte diesen innigen Moment nicht verderben, sonst hätte sie ihn gefragt, ob er noch richtig tickte. Hatte er etwa Angst, dass sie so wie seine Exfrau mit seinem besten Freund vier Kinder in die Welt setzen würde? Obwohl seine Finger sie zärtlich berührten, während seine Lippen an ihrem Ohrläppchen saugten, war ihr Glücksgefühl schlafartig verpufft, und sie hatte den Drang, sich aus dieser Umarmung zu befreien und aufzustehen, aber er hob sie spielend leicht in seine Arme und trug sie zum Bett.

„Wir sollten langsam mal wieder hinuntergehen zu den Kindern." Sie dachte an Steven, der garantiert schon wieder Zeter und Mordio schrie, und daran, dass sie eigentlich sauer auf Bob sein sollte wegen seiner dämlichen Bemerkung, aber er legte sich zu ihr aufs Bett, kuschelte sich von hinten an sie heran und hielt sie in der natürlichsten Stellung der Geborgenheit eng an sich gedrückt.

„Nein, wir bleiben hier. Mrs. Melville ist gekommen."

„Mrs. Melville?" War Melville nicht der Mädchenname von Suzan Bendrich gewesen?

„Suzans Mutter. Sie bleibt vierzehn Tage in Bendrich Corner, bis wir aus Sydney zurück sind. Und wir bleiben hier in deinem Zimmer, mindestens bis morgen früh."

„Bis morgen früh? Aber es ist erst sechs oder halb sieben am Abend."

„Es ist kurz vor sieben. Und ich möchte morgen früh neben dir aufwachen und ein Breckie mit Vegemite verschlingen."

Ich auch. Ich möchte jeden Morgen neben dir aufwachen. Sie legte ihren Kopf auf seine Brust und vergaß den Rest der Welt.

„Ich war so eifersüchtig auf Steven, als er mir erzählt hat, dass er jeden Morgen in dein Bett kriecht."

Aha, der Boss erfüllt sich seinen nächsten Wunsch. „Was ist mit Godfreys Geburtstag?"

„Er wird morgen fünfzehn."

Wieder Ausweichen und Abblocken. *Nein, öffne dich doch! Ich tu dir nicht weh.* „Er könnte auch vierzig werden. Er hat schon so viel mitgemacht."

„Ihr habt wohl Papageien geschossen?"

„Zwei oder drei und Oli." *Das ist dein Stichwort, Bob, erzähl mir endlich von dir und deiner missglückten Ehe!*

Er zog sie noch fester an sich. „Ich war jung damals und habe einen großen Fehler gemacht, als ich Suzan geheiratet habe. Ich habe sie weder begehrt noch geliebt, aber sie war schwanger, und ich wollte das Kind. Es war von Scott und Scott war mein bester Freund. Er wollte Suzan nicht heiraten. Sie kam aus einfachen Verhältnissen und sein Vater hatte eine andere für ihn im Auge. Ich dachte, es wäre optimal so, da ich ja selbst nie Kinder haben würde. Das Kind meines besten Freundes wäre besser als irgendein Bastard von einem Fremden oder ein Adoptivkind. Und ich wollte einen Sohn, der eines Tages Bendrich Corner weiterführt. Das war mein schlimmster Fehler. Heute weiß ich das. Und seither verbringe ich die meiste Zeit damit, diesen Fehler zu büßen, ihn irgendwie wiedergutzumachen, an Godfrey und den Kindern, die nichts dafür können."

Danke Bob, danke, dass du es gesagt hast. „Und jetzt willst du den gleichen Fehler wieder machen? Willst wieder heiraten, ohne zu lieben."

„Bei dir ist es anders, Anna. Ganz anders."

„Aber was ist anders?" *Bist du nicht gestern geflohen vor mir?*

„Du bist einfach der Wahnsinn! Dich will ich in erster Linie für mich, nicht für Bendrich Corner, nicht für die Kinder, nur für mich alleine."

Wie ein Pferd? Wie ein Ming-Figürchen? Oder wie eine Frau, die du liebst? Sag es mir! Er sagte es nicht. Er küsste ihren Nacken, hielt sie in seinen Armen fest und schwieg.

AM anderen Morgen brach ein Sturm vor Annas Schlafzimmer los. Steven wollte mit seinen Rittern herein, aber die Tür war abgeschlossen. Er donnerte mit Fäusten und Füßen dagegen und schrie draußen herum wie hundert verrückte Papageien. Bob zog sich hastig an und öffnete die Tür. Steven rannte herein und hüpfte in Annas Bett. Er warf seine Handvoll Ritter nach seinem Vater und verschränkte dann die Arme im Power-Trotz-Modus.

„Du sollst hier nicht schlafen! Es ist mein Bett. Anna gehört mir!"

Bob lachte entspannt. „Mir doch auch!"

„Aber ich hatte sie zuerst!"

Bob nahm Anna in seine Arme und küsste sie auf die Stirn. „Jetzt hab ich sie aber!"

Steven wurde noch wütender. „Nein, ich hatte sie zuerst."

Anna kam sich vor wie eine rosarote Micky-Maus-Tasche. „Na kommt, wir wollen Godfrey gratulieren", schlug sie zum Zweck der Deeskalation vor, aber Steven weigerte sich, das Bett zu verlassen. Er wollte den Rest seines Lebens da drinbleiben. Zur Sicherheit, damit sein Papa es nie wieder wagen würde, sich hier breitzumachen.

Sie sind beide aus einem Guss, dachte Anna und hob Steven auf den Arm. Er machte sich extra schwer, seufzte aber zufrieden. *Wenn Steven kein reinrassiger Bendrich ist, weiß ich nicht, wer ihn gezeugt haben soll.*

Steven brauchte noch ganz viele Streicheleinheiten, bis er wieder völlig versöhnt mit Anna und der Ungerechtigkeit des Lebens war, aber schließlich ließ er sich doch gnädig dazu herab, ihr zu gestatten, dass sie ihn anziehen durfte.

Das Breckie im Bett wurde auf einen anderen Morgen verschoben.

Mrs. Melville hatte bereits das Frühstück gemacht. Sie erinnerte Anna ein wenig an Frau Mitschele. Sie wirkte schlicht, aber warmherzig und Anna schloss sie ungewollt in ihr Herz. Aber Mrs. Melville blieb sehr zurückhaltend, ja fast ängstlich Anna gegenüber. Na ja, mal abgesehen davon, dass sie schließlich Bobs Ex-Schwiegermutter war und keinen Grund hatte, Anna zu mögen, hatte sie vielleicht auch schon von Annas berühmten Ohrfeigen gehört oder von ihrem Kampf gegen die schrecklichste Mörderbestie des Outbacks. Der berüchtigte Dingo wurde in den Erzählungen der Einheimischen übrigens von Tag zu Tag größer und gefährlicher, demnächst würde er zu einer Art Pelz-Godzilla mutieren.

Als Godfrey kam, wurde er überschwänglich begrüßt. Von seiner Großmutter erhielt er ein kariertes Hemd, von den Mädchen die Micky-Maus-Tasche, von Steven einen ziemlich lädierten Ritter und von seinem Vater ein riesiges Modell eines Star-Wars-X-Wing-Fighters, zweitausend Teile. Anna hatte nichts für ihn, nur einen Kuss, eine liebevolle Umarmung und in ihrem Herzen zweitausend gute Wünsche für seine Zukunft.

Das Frühstück war kaum beendet, da brach draußen vor dem Haus ein Höllenlärm los. Autos fuhren hupend vor, Männerstimmen brüllten nach Godfrey, gefolgt von Pfiffen und Johlen. Godfrey rannte überrascht hinaus. Dort warteten Bobs Stockmen. Sie saßen in ihren Jeeps und veranstalteten ein ohrenbetäubendes Hupkonzert, oder sie saßen auf ihren Pferden, pfiffen und schrien und warfen ihre Hüte in die Luft.

„Godfrey! Godfrey! Hooray!"

Zwei der Männer kamen auf ihn zu und hoben ihn auf ihre Schultern, dann trugen sie ihn hinüber zu den Geländewagen und verluden ihn auf die Rückbank eines Jeeps, Godfrey versuchte die Balance zu halten und lachte mit seiner überspringenden Stimmbruchstimme, als fände er dieses Affentheater auch noch toll. Kaum saß er im Auto, raste die ganze Meute schon wieder davon und hinterließ nur eine dicke Staubwolke und eine völlig fassungslose Anna. Bob grinste.

„Er ist jetzt ein Mann. Das war an Arthurs und meinem fünfzehnten Geburtstag auch so."

„Was machen die denn mit ihm?"

„Sie fliegen mit ihm nach Derby. Das ist eine Art Mannbarkeitsritual." Er grinste noch breiter, und Anna wurde ganz mulmig. Mannbarkeitsritual? Wie in der Steinzeit? Mit Mutproben und Mammutjagd? Oder Krokodiljagd? Oder was gab es sonst in Derby? Bob lächelte verschmitzt. *Er ist jetzt ein Mann?*

„Bob?", keuchte sie, als ihr etwas ganz anderes dämmerte. „Hätte ich ihm vielleicht doch ein Kondom zum Geburtstag schenken sollen?"

Bob zuckte grinsend die Schultern und ging wieder ins Haus zurück.

„Sag mir, dass sie ihn nicht in ein … ein …" Sie meinte „Bordell", konnte das Wort aber tatsächlich vor lauter Schreck nicht laut aussprechen, dabei war sie sonst wirklich nicht prüde. Der arme Godfrey, der würde das doch nie verkraften, oder?

„Sie sind heute Abend wieder zurück zu seiner Party. Wir fahren später auch hinaus zu den Ställen, da findet die Feier in der großen Scheune statt. Es gibt ein Barbecue und Tanz, und alle sind eingeladen. Jennifer und ich haben in den letzten zwei Tagen alles vorbereitet."

„Jennifer?"

„Mrs. Melville, Godfreys Oma."

Oh Bob, du warst die ganze Zeit weg, um Godfreys Geburtstag vorzubereiten! Und ich war so eifersüchtig und verzweifelt. Warum hast du denn nichts gesagt?

Als sie am späten Nachmittag zur Scheune hinauskamen, waren schon jede Menge Gäste da, die Bellemarnes, die Hensons, die Browns und noch mal mindestens zweihundert Leute, die Anna nicht kannte, natürlich Bobs Stockmen und auch Stockmen von den umliegenden Farmen mit ihren Familien und mindestens genauso viele Aborigines, deren Namen sie sich nicht merken konnte, nur ihre Vornamen, die englisch klangen. Aber sie beschloss spontan, dass sie so schnell wie möglich alle Aborigines-Dialekte lernen würde, die es in Australien gab, und das waren etliche. Der DJ aus dem Crossing Inn legte Country-Songs auf, zu denen getanzt wurde, und zwischendurch spielten die Aborigines auf ihren Didgeridoos.

Anna erwartete indessen Godfreys Rückkehr mit dumpfem Unbehagen. Sie wusste immer noch nicht konkret, was die Männer mit ihm in Derby anstellten, aber jedes Mal, wenn sie jemanden danach fragte, erntete sie ein vielsagendes Grinsen, was ihre Sorge um Godfrey nur vergrößerte. Sie war sich sicher, dass der arme, sensible Godfrey hinterher einen Psychotherapeuten nötig haben würde.

Als die Männern dann endlich mit Godfrey zurückkamen, wirkte der keineswegs verletzt oder traumatisiert. Er hatte eindeutig schon einen ordentlichen Schwips und glühend rote Wangen, aber er strahlte auch eine verräterische Selbstgefälligkeit aus. Er kam direkt zu Anna und machte eine sehr eindeutige, sehr männliche Geste mit dem Unterarm. Anna schüttelte fassungslos den Kopf.

„Godfrey, wie war's?"

„Stark!" Er grinste und setzte sich neben Anna.

„Hast du wenigstens ein Kondom benutzt?"

„Hey, Mama, tanzt du mit mir?" Godfrey sprang schon wieder auf die Beine. Er war ziemlich aufgedreht, aber Anna fühlte sich irgendwie geschmeichelt, dass er sie Mama nannte, wenn auch nur im Spaß. Er war aber schon so angetrunken, dass ihr Tanz zu einer lustigen Schaukelpartie wurde, bei der sie beide nur albern herumkicherten. Danach zog sich Godfrey mit den Männern in eine dunkle Ecke zurück, um undurchsichtige Wetten abzuschließen und noch mehr Alkohol zu trinken. Bob tanzte mit einer von den Brown-Damen und unterhielt sich angeregt mit ihr. Derweil steuerte ein ziemlich betrunkener Stockman zielstrebig auf Anna zu, aber Claude kam ihm zuvor und zog Anna auf die Beine.

„Er ist einer von Bobs besten Männern. Wäre schade, wenn er ihn Ihretwegen entlassen würde", erklärte Claude, während er sie zur Tanzfläche und weg von dem Jackaroo zog.

„Warum sollte er ihn meinetwegen entlassen?"

„Na, hören Sie, jetzt, wo Sie bald Bobs Frau sind …"

„Das hat sich aber schnell herumgesprochen!"

Claude grinste. „Bob ist mächtig stolz darauf, und er posaunt es schon seit zwei Tagen ununterbrochen durch die ganze Gegend. Er kann verdammt wütend werden, wenn ihm jemand seinen Besitz streitig macht."

Sein Besitz! Wie schmeichelhaft, dachte Anna säuerlich. Sie wollte das Thema lieber nicht vertiefen und entschloss sich, Claude auf Simone vorzubereiten. Aber als sie ihn fragte, ob er ihre Schwester am 14. Oktober in Broome abholen würde, wirkte er gar nicht begeistert. Er habe eigentlich keine Zeit, meinte er, und nach einer Weile fragte er ganz hintergründig:

„Ist sie auch eine Tierärztin?"

„Wieso *auch*? Ich bin keine Tierärztin. Ich bin … Wer erzählt denn so was?"

„Na, die ganze Gegend weiß es. Dass Sie Tierärztin sind, dass Ihr Vater ein großes Trakehnergestüt in Deutschland hat, dass er ein Graf ist und dass Sie und Bob sich schon seit neun Jahren kennen und er sich Ihretwegen von Suzan hat scheiden lassen."

Anna war entsetzt. „Und Sie glauben diesen Bullshit?"

Er zuckte verlegen die Schultern. Er glaubte das wirklich. Alle hier in der Scheune glaubten es. Und natürlich auch alle, die nicht in der Scheune waren. Das ganze Outback glaubte an diesen Unfug.

„Jetzt kommen Sie mal mit raus!" Anna zog Claude aus der Scheune. Als sie draußen waren, weg von der Musik, holte sie tief Luft. „Sie wissen doch besser als alle anderen, wie ich hierhergekommen bin. Ich habe auf diese Annonce Ihrer Mutter geantwortet."

Er blickte betreten zu Boden.

„Claude, im Grunde ist es mir gleichgültig, was die Leute über mich herumerzählen, aber dass ausgerechnet Sie dieses Gerede glauben, ist unfassbar. Ich bin Archäologin. Das sind die Leute, die in den Müllhalden längst versunkener Städte herumbuddeln. Mein Vater hat einen kleinen Bauernhof, mit vierzig Kühen. Nicht viertausend. Vierzig! Und meine Schwester Simone hat einen Trakehner besessen, den sie verkauft hat, um mich besuchen zu können. Und Bob habe ich in Alice Springs kennengelernt, keinen Tag früher."

„Ist Ihre Schwester auch so was wie Sie, ich meine eine Archäologin?"

Hast du vielleicht Angst vor einer studierten Frau, du Dummkopf? Simone ist genau die Frau, die du brauchst.

„Claude, sie ist eine hübsche und praktisch veranlagte Frau, die mit beiden Beinen im Leben steht, und sie liebt Pferde und Landwirtschaft."

„Okay, ich hole sie ab. Aber glauben Sie nicht, dass ich mich so leicht verkuppeln lasse."

Er war schon verkuppelt. Sie sah es an seinem Blick. In dem Moment kam Bob vor die Tür und machte ein Gesicht wie ein Stier, kurz bevor er den Torero (oder auf den Jackaroo) überrennt.

„Drinnen werden jetzt Küsse versteigert. Rein mit dir!", schnappte er Claude an, der auch sofort den Kopf einzog und zurück in die Scheune ging.

Nanu, du tanzt mit der Jungfer Brown und bist eifersüchtig, weil ich Claude an meine Schwester verkuppeln möchte. Sie ging sofort in die Offensive. „Weißt du eigentlich, was für haarsträubendes Zeug die Leute über mich erzählen?"

„Ja, natürlich. Möchtest du, dass ich die Gerüchte zum Schweigen bringe?"

„Als ob du das könntest", lachte sie.

Er nahm sie bei der Hand und spazierte mit ihr etwas von der Scheune weg.

„Natürlich könnte ich das. Aber mir gefällt die Vorstellung, wir würden uns schon seit neun Jahren kennen."

„Damals war ich siebzehn und noch Jungfrau!"

„Ja eben, das meine ich ja."

„Was?" Sie blieb stehen und stemmte die Fäuste in die Hüften. „Bist du etwa auf den einzigen Mann eifersüchtig, den ich vor dir hatte? Du hast bestimmt schon mit zwanzig Frauen geschlafen."

„Ganz so viele waren es nun auch wieder nicht. Aber ich glaube, ich bin wirklich eifersüchtig auf ihn. Wie war er?"

„Meinst du als Mensch oder als Schwein?"

„Anna, wenn wir Sex haben und ich erlebe, wie ungehemmt und leidenschaftlich du bist, dann werde ich leider sehr eifersüchtig. Ich will das …" Er zog sie an sich und legte dabei seine Hände besitzergreifend auf Hinterteil. „… das will ich mit niemandem teilen, verstehst du? So etwas wie bei Suzan und Scott wird es nicht geben. Ist das klar?"

„Dass du es überhaupt erwähnst, ist verletzend", zischte sie und spürte, wie sich ihre Nackenhaare aufstellten. Sie konnte ja verstehen, dass Suzans

Untreue eine wunde Stelle für ihn war, aber er musste ihr schon vertrauen, wenn ihre Ehe funktionieren sollte.

„Wenn du eines Tages doch noch unbedingt ein Baby haben willst, dann werden wir eines adoptieren oder von mir aus auch zwei."

„Wie großzügig von dir!"

Jetzt legte er seine Stirn an ihre Stirn. „Wenn das Liebe ist, dass ich jeden anderen Mann in deiner Nähe k. o. schlagen möchte, dass ich dich nur für mich alleine haben möchte und dich nicht einmal mehr mit den Kindern teilen mag, dass ich 24 Stunden am Tag nur an dich denken kann, dann bin ich gnadenlos in dich verliebt, Anna."

AM nächsten Morgen flogen sie mit Bobs Flugzeug los. Godfrey und Mr. Goodwill begleiteten sie bis Broome, wo die beiden einen Linienflug nach Perth nahmen. Dort sollte Godfrey übermorgen die Aufnahmeprüfung für das Internat ablegen.

Bob und Anna blieben vor ihrer Weiterreise nach Sydney eine Nacht in Broome, und Anna wunderte sich schon gar nicht mehr, dass Bob ein Zimmer in derselben Lodge gebucht hatte, in dem sie eine ganze Nacht lang wach gelegen und sich nach Arthur Bendrich gesehnt hatte. Das war noch gar nicht so lange her, aber ihre ganze Welt hatte sich seither völlig verändert. Sie spazierten mit nackten Füßen am Strand entlang, hielten sich an der Hand, betrachteten das türkisfarbene Meer und träumten.

„Hier will sich wohl Arthur Bendrich einen lang gehegten Wunsch erfüllen, wie?", sagte Anna, nachdem sie schon ein ganzes Stück gegangen waren.

Er lächelte. „Hat mich Kristina etwa doch verraten?"

„Du hast dich selbst verraten, mehrfach, und spätestens nach deinem Kuss im Jeep war ich mir sicher."

„Du erinnerst dich an den Kuss? Du warst doch stockbetrunken."

„An den Kuss würde ich mich sogar erinnern, wenn ich im Koma gelegen hätte."

„Du hast da einen verdammt wirkungsvollen Trick, Miss Ann: Einen

Mann erst verrückt vor Begierde machen und ihn dann mit seinem Problem alleine lassen. Als wir hier am Strand waren, habe ich die ganze Nacht wach gelegen und mich gefragt, was mit dir nicht stimmt."

„Nicht stimmt? Wieso?"

„Ich habe gespürt, wie bereitwillig dein Körper reagiert hat. Gott, du warst feucht, Anna, und bereit für mich, hast gezittert vor Leidenschaft und mich geküsst, als würde es dir alles bedeuten, aber dann hast du mich eiskalt abblitzen lassen. Ich konnte es nicht begreifen. Du hast mich richtig weich gekocht in dieser Nacht."

„Weich gekocht?" Sie lachte kopfschüttelnd.

„Als du am anderen Tag gesagt hast, du willst klare und dauerhafte Beziehungen, war mir klar, dass du geheiratet werden willst."

„Also … also das ist doch Quatsch." Allerdings Quatsch mit einem Hauch von Wahrheit. Wenn sie ehrlich zu sich selbst war, hatte er sogar völlig recht. Sie hatte sich immer Sicherheit in einer Beziehung gewünscht und fest darauf vertraut, dass Menrad sie heiraten würde, sobald er geschieden war.

„Ich meine das nicht negativ. Mir ist ziemlich schnell klar geworden, dass du keine Frau für einen One-Night-Stand oder eine belanglose Affäre bist, und das ehrt dich, Anna."

„Warum hast du mir nicht gesagt, wer du wirklich bist?"

„Hättest du denn dann bereitwillig mit mir geschlafen?"

„Pah, nein! Dann hätte ich dich noch nicht einmal geküsst."

„Na, siehst du, das habe ich mir auch gedacht." Er ging mit ihr etwas zurück in die Dünen und sie setzten sich in den Sand. „Vom ersten Augenblick an, als ich dich in Alice Springs gesehen habe, wollte ich dich besitzen." Er ließ sich in den Sand zurückfallen.

„Und dann hast du Kristina Bellemarne getroffen und von ihr erfahren, wer ich bin."

„Ich habe mich nach dir erkundigt, und als mir klar wurde, dass diese begehrenswerte Frau meine neue Haushaltshilfe ist, da war ich sehr verärgert und auch ratlos. Ich wollte dich um jeden Preis haben, aber andererseits durfte ich als künftiger Arbeitgeber nicht die Distanz zu meiner Haushaltshilfe verlieren. Ich befand mich in einem echten Konflikt, also habe ich mich eben als Arthur ausgegeben. Wir haben das früher als Kinder oft gemacht."

„Und was hast du mit der armen Calamity Jane gemacht?"

„Du meinst Kristina? Ich habe sie zur Schnecke gemacht, das darfst du mir glauben." *Und wie ich das glaube.* „Ich habe ihr gesagt, dass ich dich selbst nach Broome begleite, weil ich dich zuerst unter die Lupe nehmen möchte, bevor ich dich auf meine Kinder loslasse. Das musste sie akzeptieren."

Ein paar junge Leute ließen sich nicht davon stören, dass Bob seine Hände auf Annas Brüsten und seine Lippen an ihrem Hals hatte. Sie breiteten ganz in der Nähe ihre Handtücher aus. Anna setzte sich auf und schaute den jungen Mädchen zu, die sich jetzt auszogen und ins Wasser gingen, ganz ohne Badeanzüge. Anna überlegte, ob sie nicht auch einfach nackt baden konnte.

„Kristina wusste ganz genau, was du mit mir vorhattest. Sie hatte ein furchtbar schlechtes Gewissen, und jetzt hält sie mich garantiert für ein Flittchen." Sie fing an, sich die Hose auszuziehen, aber er hielt sie mit der Hand zurück.

„Jeder, der auch nur ein einziges schlechtes Wort über dich sagt, kann sich ein neues Gebiss bestellen."

Anna lachte schallend, schob seine Hand weg und streifte ihre Hose herunter. „Hast du eigentlich schon bemerkt, dass das Mittelalter seit geraumer Zeit vorbei ist?"

„Nicht im Outback, und niemand beschmutzt meinen Namen oder den meiner Frau ungestraft. Sag mal, was machst du da eigentlich? Willst du etwa nackt baden?"

„Natürlich, die beiden Mädchen dort gehen doch auch nackt ins Wasser."

„Du kannst dich nachher ausziehen, in unserem Zimmer, wenn wir alleine sind." Er stand auf und spazierte eilig weiter. Anna blieb sitzen und ärgerte sich. Er ging noch ein Stück weiter, ohne sich umzudrehen, sie ärgerte sich noch ein wenig mehr. Endlich blieb er stehen, aber nur, um ein ungeduldiges Zeichen zu machen, dass sie ihm endlich folgen solle.

Da kannst du lange warten, dass ich dir hinterherlaufe wie ein Hündchen, du Outback-Macho. Sie war genau in der richtigen Stimmung, um sich mit ihm anzulegen. Sie zog sich aus, schneller, als er zu ihr zurücklaufen konnte, und rannte ins Wasser. Er blieb unschlüssig am Strand stehen und war auch offenbar in der richtigen Stimmung.

„Komm raus!", drohte er. Genau genommen knurrte er ziemlich ärgerlich.

„Komm rein!", lachte sie ihn aus.

Robert Bendrich der Fünfte wird niemals die Hosen runterlassen, um ins Wasser zu kommen, dessen war sie sich sicher. Er ließ die Hosen nicht herunter. Er ging mitsamt den Hosen hinein. Sie schwamm etwas weiter hinaus, und mit seinen Kleidern hatte er Mühe, ihr zu folgen, aber er ließ sich nicht von seinem Vorhaben abbringen. Eine schöne große Welle überspülte ihn. Er ging unter und tauchte nicht mehr auf.

„Das ist ein alter Trick!", rief sie in seine Richtung, aber er tauchte immer noch nicht auf. Der Trick wurde noch ein wenig älter, und Anna wurde jetzt unruhig. Sie schwamm hastig zurück zu der Stelle, wo ihn die Welle erfasst hatte, aber da war keine Spur von ihm. Plötzlich kam er von hinten mit einem lauten Prusten aus dem Wasser geschossen wie Poseidon persönlich und riss sie an sich. Also doch ein alter Trick, ein wundervoller Trick, besonders der, wie man sich so schnell die Hose im Wasser ausziehen konnte. Das war nämlich gar nicht so einfach. Aber er hatte es ganz offensichtlich geschafft.

Die nächste Welle schwappte über sie und zerrte sie auseinander. Anna wagte noch einen halbherzigen Fluchtversuch, aber er war jetzt ebenfalls ohne Kleider und konnte sie leicht einholen. Der Strand war nicht gerade überfüllt, aber einige der Badegäste wunderten sich bestimmt über das, was da zwanzig Meter weiter draußen im Wasser stattfand. Das Meer war dort nicht tief, aber der Wellengang war ganz beachtlich und die beiden schluckten viel Wasser bei dem redlichen Bemühen, eng umschlungen zusammenzubleiben, sich dabei auch noch zu küssen und mit den langsamen, aber heftigen Wogen sich selbst langsam, aber heftig zum Überschwappen zu bringen. Es erforderte eine hohes nautisches Gespür und sehr viel Kraft. Es war genau genommen ein Meisterwerk der Akrobatik, sich im Stehen bei diesem Wellengang zu lieben und dabei nicht zu ertrinken oder sich am geschluckten Salzwasser selbst zu ersäufen. Aber was tut man nicht alles als echter Outback-Mann, um eine Frau zu beeindrucken?

Die Brandung in ihren Körpern war vorbei, und sie fanden wieder festen Boden unter den Füßen, aber sie fanden Bobs Kleider nicht mehr. Die Wellen hatten sie weggetragen und spülten sie jetzt mitsamt dem Zimmerschlüssel irgendwo anders an den Strand. Bob war reichlich unsicher, was er tun sollte, und Anna schüttete sich aus vor Lachen.

„Du kannst ja meinen Slip anziehen und dir im Hotel einen Ersatzschlüssel besorgen." Mit diesen Worten stieg sie aus dem Wasser. Er schaute etwas verdutzt zu, wie sie sich anzog. Wie wunderbar hilflos er da stand. Sie genoss jede Minute, während der er krampfhaft überlegte, ob er nackt herauskommen oder bis zur Nacht im Wasser bleiben sollte.

„Bleib lieber drin!", spottete sie. „Die Mädchen da drüben fallen sonst in Ohnmacht, wenn sie deinen herrlichen Körper und deine opulente Ausstattung sehen."

Er kam heraus, und sie fiel fast selbst in Ohnmacht beim Anblick der besagten Ausstattung, auch wenn die im Augenblick erschöpft und nicht einsatzbereit wirkte. Aber das war ihre ganz persönliche herrliche Revanche für den Pool. Hoffentlich war dieses Thema damit ein für alle Mal abgehakt. Er setzte sich wieder in die Dünen zwischen ein paar dürre Grasbüschel und hoffte, dass niemand ihn sah, und Anna ließ sich sehr viel Zeit, um im Hotel einen Ersatzschlüssel und Ersatzkleider für ihn zu holen.

Sie blieben bis zur Nacht am Strand. Es stand eine Vollmondnacht bevor, und Bob versprach ihr ein wunderbares Naturschauspiel. Es war mehr als das. Es war eine fantastische Reise in den Himmel, ein „stairway to the moon". Die Ebbe setzte ein, und das Mondlicht spiegelte sich auf dem welligen, feuchten Sand so dass es aussah wie eine magische Lichtertreppe, die bis zum Mond hinaufreichte.

Im Nachhinein betrachtet hätte Anna gar keinen Ersatzschlüssel für das Zimmer besorgen müssen. Sie machten ihre eigene fantastische Reise in den Himmel. Sie kehrten erst am nächsten Morgen ins Hotel zurück, um zu duschen und ihr Gepäck wieder abzuholen. Ihr Linienflug nach Sydney ging um die Mittagszeit.

AM nächsten Tag absolvierten sie ihre Termine bei den Behörden. Die Trauung konnte der Friedensrichter oder der Pfarrer vollziehen, aber das Aufgebot dauerte vier Wochen.

„Wir werden in vier Wochen in Bendrich Corner vor Cole Henson heiraten. Der ist einer der Friedensrichter in Fitzroy Crossing", erklärte Bob beim Abendessen im Hotel. „Aber unabhängig davon möchte ich auf jeden Fall den Segen eines Priesters für unsere Ehe haben."

„Ich bin aus der Kirche ausgetreten. Bedeutet dir eine kirchliche Trauung denn so viel?"

„Du wirst in die Kirche eintreten müssen. Ich bin katholisch, und es bedeutet mir alles."

Anna regte sich auf. „Ich bin Atheist. Es wäre ein Hohn, wenn ich nun plötzlich katholisch würde. Außerdem bist du geschieden, und die katholische Kirche wird einer zweiten Ehe sowieso nicht zustimmen."

„Suzan und ich sind nicht von einem Priester getraut worden, sondern von Scotts Vater, der damals Friedensrichter war. Dieses Mal will ich es richtig machen. Ich werde für dich einen Schwur vor Gott leisten, den ich ernst meine, den ich für Suzan nicht geleistet habe und auch nie geleistet hätte, den ich für keine andere Frau leisten würde, nur für dich, Anna."

Anna bekam eine Gänsehaut. „Aber was bedeutet dir so ein Schwur, den ich leiste, obwohl ich nicht gläubig bin?"

„Er bedeutet mir viel. Es zeigt mir, dass du meine Auffassung über ewige Treue teilst."

Ewige Treue? Er sagt damit, dass er keine anderen Frauen haben möchte und mich liebt, auf seine eigene verdrehte Weise. Jetzt muss ich also auch noch katholisch werden. Ich glaube, ich bin verrückt. Das Land ist verrückt!

Am anderen Morgen besorgte Bob einen schicken Mietwagen und sie besuchten ein paar der Sehenswürdigkeiten von Sydney. Den Hafen, Bondi Beach und die Oper. Dann bestellten sie eine Brille für Anna und ein paar zusätzliche Kontaktlinsen. Danach kauften sie einen Badeanzug und schließlich ein sündhaft teures Cocktailkleid.

Am Abend waren sie zu einer Cocktailparty eingeladen. Anna hatte absolut keine Lust auf eine Cocktailparty, das hörte sich ja noch schlimmer an als Taifun-Disco, aber Bob erklärte ihr, dass er unbedingt dabei sein müsse, denn dort trafen sich die oberen Zehntausend Australiens, und das war für ihn ein perfekter Anlass, um mit wichtigen Geschäftsleuten in Kontakt zu kommen. Das beflügelte Annas Vorfreude noch viel weniger. Sie gehörte da nicht dazu und hatte auch keine Ahnung, wie sie sich dort verhalten sollte.

Nach dem Cocktailkleid spendierte Bob teuren Brillantschmuck, und Anna fühlte sich noch unbehaglicher. Nach dem Juwelier wurde sie dann auch noch zum Friseur verfrachtet, und am Abend, als sie perfekt frisiert, gekleidet und geschmückt war, kam sie sich zum ersten Mal in ihrem Leben richtig verkleidet und gekauft vor.

Auf der Party fühlte sie sich fremd. Die Leute gaben sich unnatürlich. Anna wollte Bob nicht blamieren, aber sie glaubte, dass sie das Getue ohne ausreichend Whisky nicht aushalten würde. Bob stellte sie Hunderten von Leuten als seine künftige Gemahlin vor. Anna vergaß die Namen sofort wieder, nachdem sie sie gehört hatte. Politiker, Industrielle, Bildungsadel, Künstlerelite, sogar Schauspieler, von denen sie noch nicht einmal die Gesichter, geschweige denn die Namen kannte. Nur ein Gesicht erkannte sie sofort wieder. Es war Scott Randall in Begleitung einer attraktiven Rothaarigen. *Nanu*, dachte Anna, und unwillkürlich stahl sich ein Grinsen auf ihr Gesicht. *Er ist wohl auf den Geschmack gekommen.* Bob ignorierte ihn völlig, Scott im umgekehrten Fall nickte freundlich zu ihnen beiden herüber und Anna nickte unsicher zurück.

Später wurde Bob von ein paar Minenbesitzern in Beschlag genommen, und Anna stand etwas verloren am Buffet und fragte sich, ob sie überhaupt Hunger hatte oder ob ihr nicht eigentlich ziemlich schlecht war.

„Ich empfehle Ihnen die Langusten!", sagte ein sympathischer älterer Herr zu ihr. Sie war ihm vorgestellt worden, aber sie hatte seinen Namen sofort wieder vergessen.

„Ich weiß nicht, wie man die isst!", flüsterte sie ihm zu. Wahrscheinlich gab sie sich damit eine Blöße bis ins Knochenmark, aber sie hasste dieses blasierte Gehabe, mit dem hier alle versuchten, mehr zu scheinen als zu sein. Er lächelte sehr freundlich.

„Kommen Sie, ich zeige es Ihnen. Es ist ganz einfach und äußerst delikat."

Er legte für sie einige Langusten auf einen Teller, eine Zitrone dazu, etwas Knoblauchmayonnaise und setzte sich mit ihr an einen Tisch. Dann brach er eine Languste auf. Es sah zwar irgendwie ein wenig brutal, aber eigentlich ganz einfach aus.

„In der Regel geht so etwas bei mir schief." Anna wollte schon mal vorbeugen. Dann versuchte sie, es ihm nachzumachen. Ein erbarmungsloser Knack, Kopf abreißen, Panzer aufbrechen. Fertig! Es ging natürlich schief. Die Languste hüpfte aus ihren Fingern und verbiss sich mit ihrer Zange in der Hose des netten Herrn. Anna wollte ihn von dem Vieh befreien und stieß dabei ihr Champagnerglas um. Aber er war sehr geschickt, wich rechtzeitig aus, und der Champagner spritzte nur auf das Sofa. Er pulte sich die Languste vom Oberschenkel und reichte ihr das tote Tier lachend zurück.

Nur nicht entschuldigen oder gar rot werden.

„Ich habe Sie gewarnt", lachte sie. „Aber ich bin froh, dass mir mal wieder ein Malheur passiert ist. Ich habe mich schon gefragt, was in meinem Leben nicht mehr stimmt."

„Bestimmt tun Sie das mit Absicht! Es ist eine äußerst wirkungsvolle Strategie, um arglose Männer zu betören."

„Wirklich? Bisher hatte ich den Eindruck, dass es die Männer eher abschreckt!"

„Aber nein, eine attraktive Frau, die sich ein hilfloses Image gibt, das ist genau das, was Männer zum Schmelzen bringt."

Anna räusperte sich verlegen. Versuchte der Typ sie etwa anzumachen? Er lächelte sehr freimütig und warmherzig, nicht wie einer, der einen Flirt suchte.

„Es ist keineswegs nur ein Image, es ist mein Schicksal." Die Languste ergab sich auch gerade ihrem Schicksal.

„Aber sind Sie nicht die angehende Mrs. Bendrich? Jene wackere Frau, die mit einem Steinzeitbeil einen Dingo getötet hat?"

Jetzt konnte Anna nicht mehr an sich halten, sie musste so heftig lachen, dass ihr Körper richtig durchgeschüttelt wurde und alle Umstehenden sie pikiert angafften, als wäre das hier eine Beerdigung und das Lachen absolut verboten.

„Ja, tatsächlich, die bin ich!", antwortete sie und wischte sich die Lachtränen aus den Augen. „Gut, dass Sie mich daran erinnern!" Sie fragte sich, wie diese Geschichte, über Tausende von Meilen, einmal quer durch Australien gereist war.

„Mein Name ist Anna Lennarts." Das mit dem „angehende Mrs. Bendrich" fand sie reichlich chauvimäßig, schließlich verlor sie durch ihre Heirat noch lange nicht ihre eigene Identität. Er lachte wieder, ein schönes, warmes Lachen.

„Ich weiß es von Scott, Scott Randall. Sie haben in ihm einen Ihrer größten Bewunderer."

Was? Scott Randall, der Hurensohn aus dem Wildschweingehege! Anna verbiss mit aller Macht einen weiteren Lachanfall und knackte die nächste Languste.

„Darf ich Sie vielleicht nochmals nach Ihrem Namen fragen? Ich habe ihn leider wieder vergessen."

„James Trunton, aber nennen Sie mich James. Ich bin der Chefredakteur der AMP."

Aha und was ist das wohl?

„Man könnte sagen, es ist der Playboy Australiens."

Deshalb also die gute Beziehung zu dem Playboy-Scottiii. Ich hoffe, du hast mich nicht angesprochen, weil du mich für ein Titelfoto werben willst! Sie sah ihn ziemlich skeptisch, fast ein wenig feindselig an, obwohl ihr das erst bewusst wurde, als er abwehrend die Hände erhob und lachte.

„Ich bitte Sie, sehen Sie mich nicht so an. Die AMP ist ein sehr seriöses Blatt und keineswegs pornografisch."

„Oh, daran zweifle ich nicht. Ich habe nur befürchtet, Sie suchen ein neues Covergirl." *Einfach frei heraus, Anna, du kannst dich ehedem nicht verstellen, und noch peinlicher als im Outback kann es hier auch nicht werden. Entweder er akzeptiert dich oder er steht jetzt auf und …* Er lachte schallend und hielt sich den Bauch.

„Ich fürchte, da würde ich fürchterlichen Ärger mit Ihrem Herrn

Gemahl bekommen, obwohl der Gedanke wirklich reizvoll ist."

Er ist gar nicht mein Herr Gemahl, und ich schätze auch, dass er etwas dagegen hätte.

„Man kann bestimmt viel Geld damit verdienen."

Er wiegte den Kopf nachdenklich hin und her. „Ein Gesicht ist schnell verbraucht."

„Ich muss gestehen, ich kenne mich in dieser Branche gar nicht aus. Ich bin eine ziemlich weltfremde Archäologin."

Er wirkte erstaunt. „Ah! Deshalb also das Steinzeitbeil. Scott sagte, Sie seien Tierärztin!"

„Kruzitürken!" Anna verdrehte die Augen. „Es ist wirklich unglaublich! Manche Gerüchte halten sich wahrscheinlich nur deshalb besonders hartnäckig, weil sie besonders falsch sind. Ich habe meine Doktorarbeit über die Sexualmoral des Mittelalters geschrieben. Und von Tieren verstehe ich nicht mehr als ein Tierarzt von mittelalterlichen Sexualpraktiken."

Er beugte sich aufgeregt nach vorne. „Über die Sexualmoral im Mittelalter? Aber das ist ja fantastisch! Haben Sie nicht Lust, einen Artikel für unser Magazin zu schreiben?"

Anna schüttelte heftig den Kopf. Aber Mr. Trunton geriet ins Schwärmen.

„Das wäre ein Reißer. Wir könnten eine ganze Serie machen. Jede Woche einen Artikel über das Sexualverhalten in den verschiedenen Epochen der Vergangenheit. Dazu ein Foto von Ihnen. Man würde den Artikel schon Ihres Fotos wegen lesen."

Anna lachte und schüttelte immer noch den Kopf.

„Es wäre sehr lukrativ. Die Bezahlung richtet sich zwar nach der Zahl der Zeilen, aber ich sage Ihnen ein Mindesthonorar von dreihundert Dollar pro Artikel zu. Ich weiß, Bendrich ist nicht auf das Geld angewiesen … also sagen wir vierhundert, wenn der Artikel gut ist. Sie haben einen akademischen Grad? Umso besser, das macht sich noch seriöser, noch wissenschaftlicher. Eine sehr erotische, promovierte Archäologin, die über das Sexualleben der Vergangenheit schreibt. Das könnte man als Reißer aufmachen. Überlegen Sie es sich. Wir sind wirklich ein sehr renommiertes

Magazin und gehören zu einer weltweit vertretenen Verlagsgruppe. Selbst Mr. Bendrich kann nichts dagegen haben."

„Danke für das ‚erotisch', aber ich weiß nicht, ob ich so gut schreiben kann, dass es für Ihre Zeitschrift ausreicht, und alleine wegen meines Fotos werden die Artikel nicht besser."

„Warum schicken Sie uns nicht einfach einmal einen Artikel? Und wir sehen, was wir daraus machen können?"

Anna war schon fast überredet. Es wäre eine Möglichkeit, mit ihrem Wissen etwas anzufangen, sogar Geld zu verdienen, endlich einmal.

Er reichte ihr seine Visitenkarte. „Schicken Sie den Artikel direkt an mich, bitte."

Sie nickte. *Ja, das werde ich. Besser, ich schreibe für ein Herrenmagazin als für ein trockenes Fachbuch, wo am Ende nur Menrads Name draufsteht. Warum nicht?* Sie steckte die Karte ein und dachte schon darüber nach, wie sie den Artikel beginnen könnte. Was wäre wohl das erste Wort? Sex natürlich.

Bob kam zurück und brachte ihr einen Cocktail mit. Deshalb der Name Cocktailparty.

„Mr. Trunton, darf ich meine Braut entführen?" Jetzt war er wieder ganz der Geschäftsmann, und von dem Outback-Macho mit Jeans und wildem Dreitagebart war nichts mehr zu sehen. Er klang höflich, aber kalt, und Mr. Trunton verstand und verabschiedete sich von ihr mit einem Handkuss.

„Ich möchte, dass du einen sehr wichtigen Mann kennenlernst."

Ich hoffe, nicht den Premierminister. Es war nicht der Premierminister. Es war ein katholischer Pater, genannt Pater Angelius, und Anna fragte sich, was die gute Mutter Kirche eigentlich auf so einem Fest der weltlichen Eitelkeiten zu suchen hatte. Der Pater war ein kleiner, rundlicher Mann mit einer dicken, roten Nase. In einem anderen Leben hätte er vielleicht Winzer sein können.

„Bob sagte mir, dass Sie konvertieren möchten?", fragte er freundlich lächelnd.

Mein lieber Bob, du schießt gerade weit über dein Ziel hinaus. Ich möchte dich nicht blamieren, aber so geht's nicht. „Ich bin Atheist, Pater, und würde es auch gerne bleiben."

Der Pater reagierte erstaunlich gelassen. „Die meisten Menschen, die sagen, sie seien Atheisten, sind es nur, weil das Leben sie irgendwann enttäuscht hat, und sie geben Gott dafür die Schuld."

Anna verdrehte innerlich die Augen und wurde ungeduldig. Was sollte das Gespräch? Hoffte Bob etwa auch noch, dass sie bekehrt werden könnte?

„Sehen Sie, Pater, mein Leben war bisher nicht allzu dramatisch, aber ich bin Wissenschaftlerin, und die katholische Kirche hat da ein paar Thesen, die ich einfach nicht akzeptieren kann. Aber darum geht es hier doch wohl nicht, oder? Ich liebe Bob, und deshalb respektiere ich seine Religion. Er wünscht sich für unsere Ehe den Segen Gottes, und ich hoffe, Gott wird Bob auch segnen, obwohl er eine Ungläubige heiratet."

„Wären Sie denn bereit, in die Gemeinschaft der katholischen Kirche einzutreten?"

Aha, Pater, es geht dir nur um ein weiteres Schäfchen. Um die Kirchensteuer, falls es so was in Australien gibt. „Wenn das unbedingt erforderlich ist, dann tue ich das, aber nicht aus Überzeugung, sondern aus Liebe zu Bob."

Der Pater nickte und wirkte nicht unzufrieden. „Wie möchten Sie denn Ihre gemeinsamen Kinder erziehen? Atheistisch oder gemäß der Lehre der katholischen Kirche?"

Anna sah Bob etwas hilflos an. Es würde keine gemeinsamen Kinder geben, deshalb war diese Frage überflüssig, aber Bob rief sehr hastig: „Katholisch natürlich."

Der Pater war noch nicht zufrieden, er erwartete Annas Antwort mit neugierigen Augen.

„Ich habe darüber noch nie nachgedacht", antwortete sie schulterzuckend.

„Sie sollten es tun, bevor ich Sie vor Gott vermähle. Kinder sind ein Geschenk Gottes und sie sollten in Gottes Lehre aufwachsen."

Dieses Geschenk wird uns Gott nicht machen, Pater. Aber ich kann in diesem Punkt dennoch nicht unwahr sein. „Es würde mir sehr schwerfallen, einem Kind eine Lehre zu vermitteln, die ich selbst für eine Lüge halte."

Der Pater nickte wiederum, und Anna fand, dass er ziemlich oft nickte, dafür dass das Thema so kontrovers war. Bob wurde unruhig. Sie konnte ja verstehen, dass er nicht über Kinder diskutieren wollte, die sie nicht haben würden, aber er war schließlich selbst daran schuld, dass das Thema nun auf den Tisch kam.

„Zweifeln Sie an der Existenz Gottes oder an der Legitimation der Kirche?"

Bin ich bei der Beichte oder bei einer Cocktailparty? Sie seufzte entnervt. „Pater, sehen Sie, wahrscheinlich wäre es besser, wenn ich jetzt lügen würde, aber ich kann es nicht. Ich zweifle an beidem."

Wieder ein Nicken. *Er wird uns bestimmt niemals trauen. Aber wenn Bob der Segen Gottes so wichtig ist, kann er nicht erwarten, dass ich heuchle. Entweder Gott segnet uns, so wie ich bin, oder er lässt es sein.*

„Mir gefällt Ihre Aufrichtigkeit", sagte der Pater bedächtig. „Ich wünschte nur, Sie würden Gott nicht leugnen."

Bob wirkte jetzt nicht mehr nur unruhig, sondern ärgerlich. Genau genommen machte er ein Gesicht so dunkel wie der Himmel vor einem Taifun. Sie hatte seinen Traum von der kirchlichen Trauung vermasselt, das war klar. Aber da ergriff der Pater ihre Hand und sagte väterlich: „Ich möchte gerne noch einmal ein Gespräch mit Ihnen führen, Anna. Über Gott und die Wissenschaft. Aber hier ist nicht der richtige Ort. Ich denke, das Gespräch hat noch Zeit. Wir reden darüber, nachdem ich Sie getraut habe. Ich freue mich jedenfalls sehr, dass Sie Gott in Gestalt der Liebe begegnet sind."

Dann verabschiedete er sich, und Anna fühlte sich merkwürdig berührt von seinen Worten: *Gott in Gestalt der Liebe.*

Bob war dennoch stinksauer. Er hatte wirklich erwartet, dass sie heucheln würde, nur um sich die Zustimmung des Paters zu erschleichen, aber der Pater würde sie trotzdem trauen, auch ohne eine Lüge. War das nicht mehr wert? Also nahm Anna das Gespräch sehr leicht und hängte sich an Bobs Arm.

„Weißt du, was ich gerade mit Mr. Trunton gesprochen habe?"

„Warum hast du das getan?" Er klang verbissen. „Warum hast du Pater Angelius brüskiert?"

„Er sah nicht sehr brüskiert aus." Bob knurrte nur wie ein angeschossener Dingo. „Bob, du kannst nicht erwarten, dass ich bei so einem ernsthaften Thema lüge."

„Sonst nimmst du es mit der Wahrheit doch auch nicht so genau."

„Wie bitte?" Wollte er etwa eine Beziehungskrise mitten auf der Cocktailparty heraufbeschwören? Und morgen würde die Neuigkeit bereits über Alice Springs nach Fitzroy Crossing fliegen. Dann würde man erzählen, die Tierärztin habe den Rinderzüchter vor den Augen des Papstes geohrfeigt.

„Wie bist du denn sonst zu deiner Stellung bei mir gekommen?"

„Und du, mein lieber Arthur? Du bist ein Vorbild an Wahrheit! Ich schwindele vielleicht in kleinen Dingen, aber wenn es um Glaube oder Liebe oder Treue geht …"

„Ach, hör doch auf!" Er winkte ab und stampfte davon, ließ sie einfach stehen, wie bestellt und nicht abgeholt, und Anna bekam einen roten Kopf, so peinlich war ihr die Szene.

„Gibt es Probleme?", fragte jemand leise und nahe an ihrem Ohr. Es war Scott Randall mit der Rothaarigen an seiner Seite. Anna zuckte vor Schreck zusammen.

„Keine, für die ich Ihre Hilfe brauche, Sir." Sie wollte weggehen, aber er hielt sie am Arm fest. „Sie fassen mich ja schon wieder an." Anna funkelte ihn wütend an, und er wich unweigerlich zurück, aber er lachte.

„Verderben Sie mir nicht wieder eine ganze Woche Urlaub mit Ihrer Rechten, Anna."

Er lächelte so entwaffnend, dass Anna nun doch auch lächeln musste.

„Wunderschön!", schmeichelte Scott. „Ich hätte es wohl gleich so probieren sollen."

„Was probieren?"

„Ihre Gunst zu erringen."

„Was würden Sie wohl mit meiner Gunst anfangen?" Sie zuckte die Schultern und war entschlossen, jetzt wegzugehen. Wohin hatte sich Bob eigentlich verdrückt?

„Warten Sie, bitte!" Scott sprach plötzlich so eindringlich, dass sie tatsächlich noch mal stehen blieb. „Ich wollte mich entschuldigen für mein dummes Verhalten."

Falls du glaubst, dass ich mich für meine Ohrfeige auch entschuldige, bist du falsch gewickelt.

„Ich dachte, Sie wären eine von Bobs … na ja, Bob und ich haben unsere Feindschaft sehr kultiviert. In der Zwischenzeit ist es so, dass er mir meine Freundinnen ausspannt und ich ihm seine. Lillian Warren war früher mal mit mir zusammen."

„Und Suzan mit Bob", sagte sie schnippisch, aber er sprach weiter, als hätte er ihre Anspielung gar nicht gehört.

„Als ich hörte, dass Bob wieder eine neue, sehr attraktive Freundin hat, da wollte ich eben mal sehen, was zu holen ist."

„Was zu holen war, haben Sie bekommen." Anna wollte jetzt endlich gehen. Scott Randalls Aufdringlichkeit behagte ihr nicht. Er war nun mal Bobs Feind, und sie wollte Bob nicht absichtlich provozieren oder ihm wehtun, auch wenn sie gerade stinksauer auf ihn war.

„Ja, mehr als das. Ich habe etwas gelernt. Ich habe begriffen, dass meine Fehde mit Bob beendet ist. Er hat endlich die richtige Frau gefunden. Und obwohl eine Frau wie Sie viel zu schade für diesen Vollidioten ist, freue ich mich doch für ihn. Ich glaube, er hat es verdient, endlich zur Ruhe zu kommen und mit all den alten Geschichten abzuschließen."

Ach du liebe Güte, noch eine Predigt. Wir sparen dabei ja sogar die kirchliche Trauung.

„Vielleicht kommt er mit mir ja gar nicht zur Ruhe!"

Scott lachte. „Ja, ich habe von Lillian bereits einen ausführlichen Bericht erhalten über die ungezügelten Verhältnisse, die jetzt in Bendrich Corner eingerissen sind."

„Sie entschuldigen mich jetzt bitte." Sie ging weiter.

„Noch ein letztes Wort, Anna."

Nein, lass mich endlich in Ruhe. Was du wissen musst, wird dir die adrette Lillian ausführlich berichten. Sie ging weiter, aber er kam hinterher.

„Passen Sie auf sich auf, Anna! Bob ist sehr dominierend. Lassen Sie nicht zu, dass er Sie entmündigt und unterwirft. Bleiben Sie die Persönlichkeit, die ich in Ihnen so bewundere."

„Guten Abend, Sir." Sie ging schneller, und Scott blieb stehen. Aber seine letzten Worte gingen mit ihr, blieben in ihren Ohren stecken und klangen dort weiter.

„Wir gehen jetzt." Bob war zurück und nahm sie an der Hand. Er wirkte immer noch sehr verärgert, aber Anna war jetzt auch sauer, und Scott Randalls heimtückische Worte hallten in ihr nach.

SIE fuhren schweigend zurück ins Hotel, fuhren schweigend mit dem Aufzug ins zwölfte Stockwerk und gingen schweigend in ihr Hotelzimmer.

Zelebrierte Beziehungskrise!

Anna zog sich aus und er schenkte sich einen Whisky ein. Die Sprachlosigkeit zwischen ihnen bedrückte sie, deshalb ging sie zu ihm hinüber an den Hotelkühlschrank und legte ihre Hand auf seine Brust. Aber er drehte den Kopf zur Seite. Es war klar, warum. Sie war nackt, und in dem Moment, wo er sie ansehen würde, würde er ganz schnell vergessen, dass er die beleidigte Leberwurst spielen wollte. Sie trat dicht vor ihn, nahm ihm den Whisky ab, stellte ihn zurück auf den Kühlschrank und ließ ihre Hand über seine Brust hinunterwandern zur Front seiner Hose, wo sie ihren besten Freund mit einem kräftigen Druck begrüßte. Sie stellte erfreut fest, dass einer Versöhnung nicht mehr sehr viel im Wege stand.

„Lass das!", ächzte er mit heiserer Stimme. „So kann man nicht alle Probleme lösen, Anna!" Er nahm ihre Hand und schob sie von sich. Dann trank er seinen Whisky in einem Schluck und flüchtete ins Badezimmer. Die Tür knallte vor Annas Nase zu, aber sie marschierte ihm entschlossen hinterher.

So aber auch nicht, Cowboy. Er saß auf der Badewanne und rauchte eine Zigarette.

„Worum geht es dir eigentlich? Geht es um Religion, oder ärgerst du dich nur, weil ich vor deinem Pater nicht das brave Weibchen gespielt habe?", fauchte sie ihn an.

Er blickte nicht auf, sondern rauchte einfach weiter. Sie band seine Fliege auf, dann begann sie sein Hemd aufzuknöpfen, aber er drehte sich schon wieder weg von ihr.

„He, du hast dich ja in einen Hinkelstein verwandelt", lachte sie unbeeindruckt und schob ihre Hand unter sein Hemd, streichelte über seinen harten Brustkorb, rieb über seine Brustwarzen und sah, dass er genussvoll die Augen schloss, während sich der Boss in seiner Smokinghose sichtlich freute. Aber plötzlich sprang er mit einem Zischen auf die Beine, stampfte zur Toilette und warf die Zigarette hinein. Als er sich jetzt wieder umdrehte, war sein Blick zornig.

„Du hast gesagt, dass du mich liebst, aber anscheinend geht es dir nur um Sex."

„Was?" Er konnte wirklich sehr verletzend sein. War das die Art, mit der er seine erste Frau vertrieben hatte? „Du bist wütend, weil ich den Pater nicht anlügen wollte? Das verstehe ich einfach nicht."

„Ich frage mich, aus welchem Grund du ihn provoziert hast. Ich hatte das Gefühl, dass du diese Ehe plötzlich nicht mehr willst."

„Das ist doch … also wirklich. Verdammt, ich liebe dich, Bob." *Aber vielleicht sollten wir die Dinge wirklich nicht so sehr überstürzen. Ich kenne dich in Wirklichkeit kaum und ich werde auf keinen Fall dein braves Weibchen spielen.* Vielleicht wäre das der richtige Moment gewesen, um ihre Gedanken laut auszusprechen, aber er war schon verärgert genug.

„Du hast mit Scott gesprochen", sagte er plötzlich, bissig wie ein Terrier.

Wenn dir die Argumente ausgehen, dann kommst du mit einem neuen Angriff. „Er hat mich angesprochen."

„Er hat dich ausgezogen mit seinen Blicken, und du hast es genossen."

„Wenn du so eifersüchtig bist, solltest du mich eben nicht alleine stehen lassen."

Jetzt kam er auf sie zu, aber seine Lippen waren zusammengekniffen und eine tiefe Wutfurche war zwischen seine Augenbrauen gegraben. „Heißt das, jedes Mal, wenn ich dich alleine lasse, wirst du dich einem Randall oder einem Trunton an den Hals werfen?"

„So, das reicht! Ich gehe!" Sie stampfte aus dem Bad. *Ich sollte aus dem Zimmer gehen, aus dem Hotel, aus Sydney weg. Ich sollte nach Deutschland zurück. Dieser Idiot!* Sie zog sich hektisch wieder an, denn wenn man wütend und gekränkt war, dann war Nackt-Sein ein ziemlich beschissener Zustand. Er kam nicht hinterher, und eigentlich war sie viel zu wütend, um einfach lautlos zu verschwinden. Diesen Gefallen würde sie ihm nicht erweisen. Er war ungerecht und kindisch und grundlos eifersüchtig. *Na warte, ich helfe dir!*

Wenn er sich wie ein kleiner Junge aufführte, würde sie ihn auch so behandeln müssen. Sie stampfte zurück ins Bad. Er saß wieder auf der Kante der Badewanne und rauchte die nächste Zigarette. Sie nahm den Brausekopf aus der Halterung, drehte das Wasser auf eiskalt und duschte ihm den Kopf. Er sprang wütend auf, pitschnass wie ein begossener Pudel.

Toll sah er aus. Der schöne Smoking, herrlich durchnässt, die Haare tropften, und er war total überrumpelt und konnte nicht einmal mehr wütend gucken. Er schnappte nach Luft, brachte aber kein einziges Wort heraus, und sie war sehr zufrieden.

„So gefällst du mir besser!" Sie grinste ihn breit an. „Der Smoking wirkte etwas steif, obwohl sonst leider nichts an dir steif war."

Dann ging sie mit kessem Hüftschwung wieder hinaus. Er holte sie kurz vor dem Bett ein und brachte sie mit einem Hechtsprung zu Fall.

„Das wirst du mir büßen!" *Oh weh, jetzt sieht er ja noch viel wütender aus.*

Er warf sie über seine Schultern und trug sie zurück ins Badezimmer, sie quietschte und strampelte und wehrte sich, aber er war natürlich viel stärker, und so landete sie in der Badewanne. Er hielt den Brausekopf über sie und drehte auf. Pfui, war das kalt. Sie kreischte schrill und die Zimmernachbarn hüpften wahrscheinlich vor Schreck aus ihren Betten. Er hörte nicht auf, sondern drehte den Wasserstrahl nur noch stärker. Sie kämpfte quietschend und fluchend um den Duschkopf. Bei diesem Hin und Her spritzte das Wasser in alle Richtungen. Bobs verbissene Gesichtszüge hatten inzwischen längst ein breites Grinsen angenommen, besonders weil sie es nicht schaffte, den spritzenden Duschkopf zurückzuerobern. Er hielt ihn immer gerade so weit aus ihrer Reichweite, dass sie zwar tropfnass wurde, ihn aber einfach nicht zu fassen bekam. Außerdem war die Badewanne viel zu glitschig, und immer, wenn sie den Schlauch oder den Griff der Handbrause endlich zu fassen bekam, rutschte sie wieder weg und glitt in die Wanne zurück. Die Badematten schwammen auch schon davon. Ihre Kleider tropften wie in der Regenzeit.

„Warte nur, wenn ich ihn zu fassen kriege, dann stecke ich ihn in deine Hose, damit wenigstens etwas Hartes da drin spritzt."

Jetzt löste sich ein dunkles Lachen aus seiner Kehle und der Bann war endgültig gebrochen. Er warf den Kopf zurück, ließ seinen Adamsapfel lachend auf und ab hüpfen und den Duschkopf in die Luft spritzen. Aber das Lachen machte ihn unvorsichtig, sie erwischte endlich den Schlauch und riss kräftig daran. Er zerrte lachend dagegen an, rutschte auf dem glitschigen Boden aus und landete, rückwärts in der Badewanne, in ihren Armen. Sie lachten beide los wie die Teenager.

„Zieh sofort die Hose aus! Steigt man denn mit Kleidern in die Wanne, du böser Junge?" Sie schnallte seinen Gürtel auf. Er half eifrig dabei mit. Der Duschkopf brauste munter vor sich hin, während ihre Hand von hinten in seine Hose griff und seinen Penis umfasste.

Er keuchte erfreut. „Ach Anna! Ja!"

Und sie seufzte mindestens genauso erfreut. „Oh, da ist ja doch schon etwas Hartes. Mal sehen, ob ich das Ding zum Spritzen bringen kann."

Er riss seine Hose auf und befreite seinen Penis aus dem Gefängnis. Er stand aufrecht wie ein Torpedo, bereit zum Abschuss. Sieh an, dem Herrn hatte das Spiel mit dem Duschkopf offensichtlich sehr viel Spaß gemacht. Er nahm ihre Hand und zeigte ihr genau, wie er sich den Abschuss seines Torpedos vorstellte. Der Duschkopf brachte sich gelegentlich mit ein paar Spritzern in Erinnerung. Aber niemand wollte etwas von ihm wissen. Sie waren zu sehr damit beschäftigt, den richtigen Rhythmus zu finden, um den Torpedo zur Explosion zu bringen.

„Oh Goooott! Hallelujah!", rief er, als er kam und über ihre Hand und auf seinen pitschnassen Smoking spritzte. Der Duschkopf brauste immer noch.

Eine Stunde später bestellte Bob das Zimmermädchen, damit sie das Hochwasser im Badezimmer aufwischte.

AM anderen Tag hatte Bob Termine mit ein paar Minenbesitzern, und er schlug vor, dass Anna währenddessen einen Stadtbummel machen sollte. Das Queen Victoria Building sei das schönste Kaufhaus der Welt. Er gab ihr seine Kreditkarte und füllte ihr die Taschen mit Bargeld. Das war für Anna ein ganz neues, gar nicht so angenehmes Gefühl. Sie kaufte Spielsachen für die Kinder und Bücher für Godfrey. Dann setzte sie sich in der Pitt Street Mall in ein Café und begann, an ihrem Artikel zu schreiben. Die Worte sprudelten nur so heraus aus ihr. Sie hatte so viel zu sagen, es war gar nicht genug Platz auf dem Papier. Sie las den Artikel noch einmal durch, trank ihren Kaffee, fand ihn zu lang und kürzte. „Religion und Sex", das war ein großer Absatz in ihrem Artikel, aber konnte sie das stehen lassen? Was interessierten sich die Leser eines Männermagazins für Religion? Trotzdem, im Mittelalter war es das Wichtigste gewesen und hatte alles andere dominiert, und bei manchen Männern schien es heute auch noch wichtig zu sein. Sie schrieb die Passage neu. Jetzt war sie zufrieden. „Religion, der Sexkiller!", das hörte sich schon besser an.

„Darf ich mich zu Ihnen setzen?", fragte eine freundliche Männerstimme. Sonderbar, in Tübingen hatte sich nie irgendjemand zu ihr setzen wollen. Sie blickte auf und war erstaunt, Pater Angelius zu sehen. War diese Begegnung in einer Millionenstadt wie Sydney etwa Zufall oder Gottes Fügung? Sie grinste über ihre ketzerischen Gedanken und nickte. Der Pater bestellte sich ein Bier und fing dann ohne Umschweife an.

„Ich kenne Bob schon seit seiner Geburt. Ich habe ihn getauft, habe ihm die erste heilige Kommunion gegeben, ihn gefirmt, und ich war sehr traurig, dass er damals geheiratet hat ohne den Segen Gottes. Heute verstehe ich es."

Nanu, ist das ein Kompliment, alter Kirchenmann, oder was willst du mir sagen?

„Er nimmt seinen Glauben ernst." Das Bier wurde gebracht. Der Pater nahm einen kräftigen Schluck, schloss genüsslich die Augen und fuhr dann ernst fort. „Bob hat es nicht immer so leicht gehabt. Er verdient es, von Gott mit Ihrer Liebe belohnt zu werden."

Es ist schön, wie er das sagt, aber ich bin es doch, die ihn mit Liebe belohnt, und nicht Gott.

„Die beiden Jungs, ich meine Bob und Arthur, waren als Kinder einmal sehr krank. Ich weiß nicht, ob Bob davon erzählt hat." Anna schüttelte den

Kopf. „Die Eltern hatten große Sorge, dass die beiden es lebendig überstehen. Der alte Bendrich hing sehr an seinen Söhnen. Sie waren für ihn das Symbol, dass die Rinderstation weitergeführt wird. Aber nach ihrer Krankheit bestand der Verdacht, dass seine beiden Söhne niemals Kinder zeugen könnten. Jonathan hat sie daraufhin nach Perth in eine Spezialklinik geschickt."

Er weiß also, dass Bob keine Kinder haben kann.

„Arthur wurde als gesund getestet, aber bei Robert schien es so, als würde er mit den Folgen der Kinderkrankheit leben müssen", fuhr der Pater fort. „Danach hat Jonathan Bendrich sein Testament geändert. Arthur sollte alles erben: Bendrich Corner, das Land, die Tiere und Maschinen, einfach alles."

Ganz schön hart, der alte Herr. „Und Bob ging leer aus?"

„Jonathan war besessen von der Idee, dass seine Station an die nächsten Generationen von Bendrich-Söhnen weitergegeben werden musste. Aber als er starb, war nichts mehr zum Weitergeben übrig. Bendrich Corner war völlig überschuldet. Arthur kämpfte zwei Jahre um das Überleben der Station. Robert ging weg und kaufte Minen und Land und verdiente mit dem Bauxitabbau viel Geld. Er war kaum einundzwanzig, da war er schon Millionär. Nur ein Jahr später kam er zurück und kaufte seinem Bruder die Station ab. Bob liebt das Land da oben. Er gleicht da viel zu sehr seinem Vater. Bendrich Corner und seine Zukunft bedeuten Bob alles. Irgendwann meinte er, er müsste unbedingt für einen Erben sorgen, um den Willen seines Vaters zu erfüllen."

Das ist also der Grund für seine ganze, alberne Kinderneurose.

„Ich bin mir sicher, Gott hat ihm diese Dummheit längst verziehen", beschloss der Pater seinen Vortrag. „Aber er selbst hat sich nicht verziehen. Das ist sein Problem. Er hadert immer noch mit sich, weil er sich seinen Erben gekauft hat, weil er seine Frau nicht geliebt und sie unglücklich gemacht hat."

„Warum haben Sie mich gestern Abend so unnachgiebig nach der religiösen Erziehung unserer Kinder gefragt, wenn Sie doch wissen, dass wir sowieso keine haben werden?"

Er trank sein Bier aus und schmunzelte. „Ich muss gestehen, ich wollte

Sie auf die Probe stellen. Ich wollte wissen, ob Sie die Frau sind, die Bob braucht, damit er sich endlich mit dem Leben aussöhnen kann."

Wunderbar, jetzt werde ich schon von der Kirche auf die Probe gestellt. „Und, bin ich es Ihrer Meinung nach?"

„Unbedingt. Stark und ehrlich und geradlinig." Er bestellte sich noch ein Bier. „Ich wünschte, er hätte Sie schon vor fünfzehn Jahren getroffen."

„Da war ich noch sehr jung."

Er lachte über sich selbst. „Gott geht manchmal sonderbare Wege. Und wir Menschen verstehen nicht immer auf Anhieb, was er mit uns vorhat. Aber Bob wird bestimmt bald seinen Frieden mit sich selbst finden."

In Ewigkeit, Amen, Pater. Das ist ja wie bei einer Beerdigung.

„Sie haben noch eine schwere Zeit vor sich", sagte der Pater auf einmal sehr ernst. „Aber ich habe mich gestern davon überzeugt, dass Sie wissen, was Sie wollen, dass Sie Bob lieben und dass Sie sich Ihr Glück nicht mit Lügen erkaufen wollen. Sie werden kämpfen, wenn es so weit ist."

Was will er mir denn damit sagen? Düstere Prophezeiungen ausstoßen und eine jungverliebte Braut schockieren? „Wenn was so weit ist?"

Er lächelte nur.

Wichtigtuerischer Kleriker, es passt dir nur nicht, dass ich deine Kirche nicht mag.

„Bob ist sehr ungeduldig. Er möchte, dass ich Sie beide nächste Woche hier in Sydney in der Sankt-Michaels-Kapelle traue."

Ach, davon weiß ich ja noch gar nichts.

„Mir wäre lieber, er würde warten. Ich hätte Sie gerne in Bendrich Corner getraut. Dort habe ich ihn auch getauft, und es wäre ein wunderbarer Anfang für eine neue Generation, die dann in Bendrich Corner zum Leben erwacht."

Also ich glaube, der Pater hat sein Bier zu schnell getrunken.

„Wollen Sie sich nicht meine Kapelle ansehen? Sie ist nicht weit entfernt. In der Gosford Street."

Sie nickte, obwohl ihr eigentlich nicht nach einem Besuch in einer Kirche zumute war.

„Früher wohnte Arthur auch in dieser Straße, da kam er oft zur Beichte. Jetzt ist er nach Rose Bay rausgezogen. Er hat mit dem Geld, das Bob ihm für Bendrich Corner bezahlt hat, ein eigenes Immobiliengeschäft aufgebaut. Arthur hat keine Kinder, wissen Sie. Und manchmal denke ich, Jonathan wäre bestimmt recht zufrieden, so wie es nun ist. Bob ist eigentlich der rechtmäßige Erbe von Bendrich Corner." Pater Angelius stand auf und legte das Geld auf den Tisch.

„Kommen Sie, ich möchte Ihnen meine Kirche zeigen. Sie sind Expertin für das Mittelalter, habe ich gehört? Wir haben da ein paar alte Marienbilder, die Ihnen bestimmt gefallen."

Anna bezahlte ebenfalls und folgte dem Pater eher unwillig zum Taxistand.

Seine Kirche war klein und ziemlich modern, und von alten Marienbildern war keine Spur. Anna ärgerte sich, weil klar war, dass der Pater sie nur hatte herlocken wollen. *Er glaubt wohl, wenn ich eine Kirche betrete, dann kommt der Heilige Geist automatisch über mich.*

„Kommen Sie mit, die Bilder hängen in der Sakristei. Ich fand, sie passen nicht so recht in diese nüchterne Atmosphäre, und außerdem sind sie zu wertvoll, um sie unbewacht hier aufzuhängen. Meine Kollegen in Europa haben so wundervolle Gotteshäuser. Aber ich sage mir zum Trost, dass Gott auf Äußerlichkeiten keinen Wert legt. Er freut sich an der Pracht in den Herzen derer, die ihn lieben, die überhaupt lieben."

Schon wieder das Wort zum Sonntag. Amen! Aber Anna hatte allen Spott vergessen, als sie die Sakristei betrat und die Bilder sah.

„Das sieht nach einer Kopie eines älteren Renaissancegemäldes aus", sagte Anna. Es waren im Ganzen drei Bilder, und sie erzählten eine Geschichte, wenn man sie der Reihe nach betrachtete. „Das sind aber keine Marienbilder. Die Bilder stellen die Gräfin Genoveva dar."

„Ach wirklich? Keine Marienbilder? Interessant." Der Pater klang aber nicht sehr erstaunt.

„Wo haben Sie die her?"

„Aus dem Nachlass eines reichen Franzosen. Er war Kunstsammler. Ich dachte, es sei Maria, wegen des Kindes auf ihren Armen."

„Die Bilder erzählen eine alte Legende."

„Welche Legende erzählen sie denn?"

„Die Geschichte der Gräfin Genoveva. Sie wurde zu unrecht des Ehebruchs bezichtigt und von ihrem Gatten verstoßen. Sie hauste in den Wäldern. Hier, das ist das zweite Bild: Der Sohn Schmerzensreich wird in einer ärmlichen Laubhütte geboren. Später erkennt der Graf seinen Irrtum und holt sie zurück. Das ist das dritte Bild."

„Aha! Ich habe mich schon gewundert, dass die Geburt Christi so untypisch dargestellt wurde. Ohne Josef, ohne Hirten und ohne die drei Weisen."

Warum schaut er mich so hintergründig an? Er wusste ganz genau, dass es keine Marienbilder waren. Wozu lockt er mich in seine Sakristei?

„Ich wohne hier. In dem Haus direkt neben der Kirche."

Pater, was fällt dir ein?

„Wenn Sie mal jemanden brauchen, mit dem Sie reden möchten, Ihren Kummer abladen, Ihr Herz ausschütten. Sie finden mich immer hier."

Pater, du bist ja ein ganz durchtriebener Kerl, glaube ich.

„Danke schön", sagte sie knapp und verabschiedete sich hastig. Und der wollte für sie den Segen Gottes herabrufen! Sie schüttelte wütend den Kopf, als sie die Kirchentüre hinter sich zuknallte.

Sie brachte ihren Artikel zur Post und machte weiter mit ihrem Einkaufsbummel, aber der Pater ging ihr nicht mehr aus dem Sinn. Er hatte so einen seriösen und aufrichtigen Eindruck gemacht, als wäre er wirklich besorgt um Bob, dazu passten seine zweideutigen Bemerkungen aber leider gar nicht.

Ich weiß schon, warum ich aus der Kirche ausgetreten bin.

DENNOCH betrat sie eine Woche später diese Kirche nochmals, zusammen mit Bob, um zu heiraten. Der Pater hatte seine Haushälterin und seinen Küster als Trauzeugen herbestellt, und in diesem Moment empfand Anna eine tiefe Traurigkeit. Auch wenn dies nicht die echte Trauung war, sondern nur zur Erhaltung von Bobs Seelenfrieden diente, hätte sie diesen Moment, als sie ihre Schwüre leisteten, gerne zusammen mit der Familie erlebt. In zwei Wochen würde Simone nach Bendrich Corner kommen. Wie gerne hätte sie ihre Schwester als Trauzeugin gehabt und nicht zwei wildfremde Menschen. Warum konnte Bob nicht warten?

Bob versprach ihr, dass es anlässlich der richtigen Trauung eine große Hochzeitsfeier geben würde, eine, die in die Geschichte der Kimberley Region eingehen würde, aber eigentlich war klar, dass für Bob die Trauung von Pater Angelius als die richtige Trauung zählte.

Am Tag danach kehrten sie nach Bendrich Corner zurück. Anna war froh, endlich wieder nach Hause zu kommen. Sie erinnerte sich an Kristina Bellemarnes Worte, wie sehr sie sich nach der Ruhe und Einsamkeit des Outbacks zurückgesehnt hatte, als sie dem Großstadttrubel in Sydney ausgesetzt war. Anna ging die Großstadt auch auf die Nerven, und sie konnte es kaum erwarten, den Busch und den klaren Sternenhimmel in Bendrich Corner wiederzusehen. Sie war richtig glücklich, als sie das Haus betrat und die Kinder ihr entgegenstürmten.

Godfrey hatte seine Aufnahmeprüfung bestanden, und die Kleinen waren froh, dass sie Anna wiederhatten.

Am dem Tag, als Simone ankommen sollte, regnete es wie aus Eimern. Anna fragte sich, ob das schon der Beginn der Regenzeit war, mehr als vier Wochen zu früh, oder es sich nur um so eine Art Zwischenschauer handelte wie in jener Nacht, als sie ihren berühmten Kampf mit dem Dingo ausgetragen hatte. Claude meinte, er würde mit Simone vielleicht in Broome übernachten müssen, und Anna lachte, weil sie dachte, es wäre ein Spaß, eine Anspielung auf ihren Verkupplungsversuch, aber am Abend kam ein Anruf von Claude aus Broome, dass die Straße überflutet sei und sie vermutlich erst morgen zurückfahren könnten, wenn der Regen aufgehört hatte und das Wasser wieder versickert wäre.

Anna fühlte sich traurig und verlassen. Bob war mit Godfrey nach Perth geflogen, um ihn im Internat abzuliefern, und er würde erst morgen zurückkommen. Als sie sich von Godfrey verabschiedet hatte, hatte Anna Rotz und Wasser geheult und ihn immer wieder an sich gedrückt, bis es dem jungen Herrn zu peinlich geworden war. Sie wusste wirklich nicht, woher diese emotionale Achterbahnfahrt kam, schließlich war das Internat das Beste, was ihm passieren konnte, und sie hatte ja mitgeholfen, ihn dorthin zu bringen. Sie hatte für ihn in Sydney ein Abschiedsgeschenk gekauft, nichts Besonderes, nur ein paar Comichefte und einen Playboy-Kalender, weil ihr wieder Mr. Goodwills Worte über die klosterähnlichen Zustände im Internat eingefallen waren. Sie war zweifellos die schlechteste und verruchteste Stiefmutter des Outbacks, aber sie war sich sicher, dass Godfrey mit dem Kalender im Gepäck Kultstatus unter seinen Zimmergenossen erlangen würde.

Sie wünschte Godfrey wirklich alles Gute auf seinem neuen Lebensweg, aber er war noch nicht mal richtig weg, da fehlte er ihr schon unendlich in ihrem Alltag. Und Bob fehlte ihr noch mehr. Simone war schon so nahe und doch unerreichbar; auch sonst war niemand da, mit dem Anna hätte reden können. Hoffentlich würde sich Simone wenigstens gut mit Claude amüsieren – und von ihm wahrscheinlich alle Geschichten über sie und Bob erfahren, alle wahren und erfundenen, einfach all das, was sie ihr doch am liebsten selbst gern erzählt hätte.

Also schrieb sie wieder einen Artikel für die AMP. Mr. Trunton hatte nämlich an diesem Morgen angerufen. Er war ganz begeistert von ihrem Artikel gewesen. Er wollte noch mehr in der Art haben. In der nächsten Ausgabe würde ihr erster Artikel erscheinen und so weiter. Sie hatte Bob noch nichts davon erzählt. Das Thema Trunton behagte ihm nicht, und sie wollte es ihm schonend beibringen. Nachdem sie den Artikel nur so heruntergerasselt hatte, schrieb sie noch einen Brief an Frau Mitschele, einen ganz langen.

Und alles, was sie eigentlich Simone an diesem Abend erzählen wollte, erzählte sie Frau Mitschele. Sie ging niedergeschlagen zu Bett. Das Bett war zu groß ohne Bob, und sie konnte auch nicht schlafen. Ihr war schlecht, und ihre Gedanken waren unruhig, drehten sich unaufhaltsam im Kreis. Sie dachte an Claude und Simone, an Scott Randall und Pater Angelius.

Am anderen Morgen regnete es immer noch, und Anna fragte sich verzweifelt, ob sie Simone überhaupt sehen würde in den vier Wochen, die sie hier zu Besuch war. Am Nachmittag kam Bob zurück, und als ihm der Grund für Annas depressive Stimmung klar wurde, schlug er vor, nach Broome zu fliegen und Simone mit dem Flugzeug abzuholen. Anna wollte unbedingt mitfliegen, aber der Flug wurde zur Tortur für sie. Ihr wurde immer schlechter, bis sie sich schließlich übergeben musste. Bob sagte, dass es am turbulenten Wetter lag, und Anna hoffte auch, dass es am turbulenten Wetter lag.

Mit Simone kehrte in Bendrich Corner ein Riesentrubel ein. Claude hatte sich eindeutig verliebt. Er kam jeden zweiten Tag und blieb oft bis zum Abend, einmal sogar über Nacht. Zweimal kamen auch Roger und Kristina mit.

Leider war Simone kein bisschen in Claude verliebt. Sie fand ihn zu langweilig. Anna war der Meinung, dass Simone keine Ahnung von Männern hatte, oder doch? Simone schwärmte für Bob, und zwar ganz ungeniert und zudringlich. Sie suchte jede Chance für einen Flirt und tat alles, um Bob zu beeindrucken. Sie meisterte den Haushalt für Anna, kochte, bügelte, putzte und brillierte vor Bob mit ihren Reitkünsten. Auch die Kinder fanden sie toll. Toll verrückt und lustig, und sie nahmen Simone in Beschlag, sooft sie es nur zuließ.

Einmal ritten sie zu dritt aus, aber Anna fühlte sich dabei so elend, dass sie wieder umkehrte und Bob mit Simone alleine weiterreiten ließ. Eifersüchtig wartete sie auf deren Rückkehr, lag auf dem Sofa, während sie gegen die Übelkeit ankämpfte, und hörte auf die Standuhr in der Halle, die jede Stunde viermal schlug. Bob und Simone waren ewig weg, zwei Stunden, drei Stunden, es wurde nicht dämmrig, die Nacht brach wie immer von einer Minute zur nächsten herein, aber die beiden kamen einfach nicht nach Hause. Anna hatte schon eine ganze Schachtel Zigaretten weggeraucht und musste sich wieder übergeben.

Um zehn Uhr kamen sie dann endlich, und Bob trug Simone auf den Armen ins Haus herein. Anna war entschlossen, beide zu ermorden. Aber ihre Eifersucht war offenbar unberechtigt, denn Simone war vom Pferd gefallen. Das Pferd war durchgegangen, und sie hatten versucht, es wieder einzufangen, aber es nicht geschafft. Simones Knöchel war wirklich verletzt, rot und blau und dick geschwollen, aber trotzdem war Anna misstrauisch und total mürrisch. Simone war so eine gute Reiterin. Sie würde niemals aus Versehen vom Pferd fallen.

„Du bist wohl eifersüchtig", scherzte Bob, als sie später im Bett in seinen Armen lag und ihrer schlechten Laune so richtig freien Lauf ließ.

„Ja."

„Das brauchst du nicht." Er küsste sie, sehr zärtlich und sehr versöhnlich, zuerst in den Nacken, dann auf den Mund, über ihr Kinn, ihren Hals hinab bis zu ihrem Bauch. „Weißt du nicht, dass ich dir ewige Treue vor Gott geschworen habe? Es ist noch gar nicht lange her", sprach er auf ihren Bauchnabel.

„Vielleicht solltest du das mal zu Simone sagen."

„Ich habe es ihr gesagt!"

„Wie?" Anna sprang aus dem Bett wie von einem Katapult abgeschossen, und Bob fiel beinahe auf der anderen Seite herunter. „Sie hat es also tatsächlich bei dir versucht?"

„Aber natürlich." Er lächelte auch noch selbstgefällig, dieser Macho. Anna stampfte zur Tür. Sie würde Simone hinauswerfen, jetzt sofort, aber Bob holte sie zurück ins Bett.

„Als ich Simone gesagt habe, dass es keine Frau auf der Welt gibt, die dir das Wasser reichen kann oder die ich so begehre wie dich, da ist sie vom Pferd gefallen."

„Dieses Luder!" Anna kochte. Sie wollte Simone die Haare ausreißen, sie kahl rasieren, sie in den Fitzroy stoßen, damit die Krokodile sie fressen sollten.

„Ich bin froh, dass die nicht meine Trauzeugin war, diese Verräterin!"

„Du solltest dir bewusst machen, dass es immer wieder Frauen gibt, die versuchen werden, mich zu verführen. Ich bin schließlich ein gut aussehender Mann", erklärte er großkotzig und streichelte gleichzeitig sehr zärtlich und rhythmisch über ihren Bauch.

„Und der Gedanke gefällt dir wohl?"

„Es ist nur ein schwacher Ausgleich für die Nöte, die ich ausstehen muss, wenn ich dich in der Gesellschaft anderer Männer beobachte und weiß, was sie denken und sich wünschen."

So große Gesellschaft habe ich gar nicht. Die meiste Zeit sitze ich hier fest, einsam und allein, sogar Godfrey ist nicht mehr da.

„Ich werde trotzdem ein klärendes Gespräch mit meiner verehrten Schwester führen. Ein sehr klärendes. Ich hoffe, sie hat ihr Rückflugticket schon in der Tasche."

Er ergriff ihre Hand und küsste sie. „Sie ist jung und unbekümmert. Sie ist vielleicht nicht so weltfremd wie du, aber sie überschätzt sich bei Weitem. Verdirb nicht unsere Hochzeitsfeier mit einem unnötigen Familienkrach."

„Dann werde ich sie Bescheidenheit lehren."

„Das ist deine größte Begabung. Wie wär's, wenn du bei mir anfängst, jetzt gleich?"

DIE Tage bis zu ihrer offiziellen, großen Hochzeit gingen sich die beiden Schwestern aus dem Weg. Anna ließ Simone ihre Verärgerung aber deutlich spüren, und Simone zeigte sich wenigstens so zerknirscht, dass sie sich von Bob fernhielt.

Die Hochzeit selbst wurde ein Ereignis, wie es die Gegend seit fünfzig Jahren nicht mehr erlebt hatte. Zumindest behaupteten das die Einheimischen. Ganz Fitzroy Crossing mit Umgebung war eingeladen, ach wahrscheinlich die ganze Kimberley-Region. Bendrich Corner wurde zu einem riesigen Festplatz umfunktioniert. Zelte und Wohnwagen für Übernachtungen wurden aufgebaut und Godfrey erhielt extra Urlaub von seinem Internat. Bobs Schwester Carolina kam, mit ihrem Mann und ihren drei Kindern. Selbst Arthur Bendrich tauchte mit seiner Frau Claire auf, obwohl die beiden Brüder doch verkracht waren. Aber bei Beerdigungen und Hochzeiten herrschte ja bekanntlich Waffenstillstand.

Anna fand, dass Arthur und Bob sich gar nicht ähnlich waren. Äußerlich schon, aber vom Charakter her waren sie wie Himmel und Hölle. Arthur war ein unangenehmer Typ. So blasiert, dass er zwanzig Cocktailpartys auf einmal mit seiner Überheblichkeit und seiner Stumpfsinnigkeit hätte unterhalten können.

Er versuchte mit Anna ins Gespräch zu kommen, aber schon nach zwei Sätzen begann Anna die Fliegen auf seinem Hemd zu zählen. Er erinnerte sehr an Paul. Nur dass er nicht von Ägypten schwafelte, sondern von dummen Immobilienkäufern, die er nach Strich und Faden hereingelegt und über den Tisch gezogen hatte.

„… und dann habe ich ihm gesagt, guter Mann habe ich gesagt, so ein Objekt ist heutzutage schon fast ein Schnäppchen, eben weil es ein Risiko-

Objekt ist. Wer nicht wagt, der nicht gewinnt. Und der Trottel ist tatsächlich darauf hereingefallen. Er hat eineinhalb Millionen …"

„Mit dieser sagenhaften Argumentation hätten Sie ihm bestimmt auch ein Bordell verkaufen können, Mr. Bendrich."

„Ein Bordell? Wie? Ha, ha. Du solltest mich Arthur nennen, wir sind doch jetzt verschwägert, sozusagen."

„Unausweichlich."

„Du bist sehr humorvoll. Das mit dem Bordell muss ich mir merken."

Das solltest du wirklich, damit mal jemand über deine Sprüche lacht.

„Ich wundere mich, dass Bob mit deiner Art klarkommt, wo er doch sonst so ein griesgrämiger, ernsthafter Typ ist."

„Ja, es gibt ein paar Dinge, die er sehr ernsthaft betreibt." *Irgendwie brauche ich jetzt einen Vorwand, um mich abzuseilen. Vielleicht kommt auch seine Frau und schleppt ihn ab.* Aber Claire war ins Gespräch mit Carolina vertieft. Es ging um die Kinder.

Offenbar hatte Annas Äußerung nostalgische Gefühle in Arthur geweckt. Schon begann er noch mehr aus dem Nähkästchen zu plaudern. „Bob ist drei Stunden älter als ich, weißt du. Er wollte immer der Erste sein. Unsere ganze Kindheit bestand darin, dass er andauernd versucht hat, mich zu überflügeln. Jedes Spiel und jeden Wettkampf musste er unbedingt gewinnen. In der Schule war er immer der Bessere. Er war natürlich auch Vaters Liebling. Ein kleiner Streber eben."

Trotzdem hast du die Farm geerbt und Bob nichts. Sei damit zufrieden, anstatt auch noch schlecht über ihn zu reden!

„Ich musste ihn immer überlisten, wenn ich etwas haben wollte." Jetzt lachte er dieses typische Makler-Lachen. So hatte er auch gelacht, als er ihr von seinen dummen Kunden erzählt hatte.

„Und dann hast du beschlossen, daraus einen Beruf zu machen?"

„Woraus?"

„Aus dem Überlisten."

„Ach so, ja, ha, ha!" Er lachte noch ein wenig, aber das klang schon etwas gekünstelt.

Gut so. Das Gespräch würde hoffentlich demnächst ersterben. Es erstarb nicht, denn jetzt kam auch noch Bob dazu, schlang seine Arme besitzergreifend von hinten um Anna, und an der Art, wie fest, beinahe schmerzhaft er sie an sich drückte, spürte sie, dass ihm ihre Unterhaltung mit Arthur gar nicht passte.

„Ich möchte dich zu deiner Gemahlin beglückwünschen", sagte Arthur frostig. „Dann werden ja bald wieder jede Menge kleine Kinder hier herumrennen."

Bobs Körper versteifte sich unwillkürlich. „Deine Scherze sind wie immer an der Grenze zur Geschmacklosigkeit, Art."

Finde ich auch, dachte Anna verärgert. Wie konnten Zwillinge nur so unterschiedlich sein, obwohl sie sich so ähnlich sahen? Sie wollte gehen. Es gab schließlich genügend angenehmere Gäste, mit denen man sich unterhalten konnte, aber dann gesellte sich auch noch Simone dazu. Anna machte sich darauf gefasst, ihr die Nase zu brechen, falls sie es wagen würde, Bob auch nur anzusehen, aber zu Annas Erstaunen begann Simone gleich einen heftigen Flirt mit Arthur. Und als der im Gegenzug Simone erblickte, verlor er schlagartig das Interesse an Bob und Anna. Anna war froh darüber, auch wenn sie leicht verärgert beobachtete, wie Simone und Arthur von der Hochzeitsgesellschaft wegschlenderten und durch den Park in Richtung Baracken verschwanden.

Das Fest zog sich bis zur Morgendämmerung hin, und Anna hatte immer mehr Mühe, sich auf den Beinen zu halten. Sie trank keinen Tropfen Alkohol und doch wurde ihr immer schlechter, immer schwindliger. Niemand wunderte sich, als sie ohnmächtig wurde und Bob sie ins Bett trug. Sie war seit Stunden auf den Beinen, und es war einfach zu viel gewesen. Es würde sich wieder geben, sie wurde ja ständig ohnmächtig.

Sie betete, dass es sich endlich wieder geben würde.

Clannon Miller

10. Gottes Wege

ANNA wusste schon am Tag ihrer Hochzeit, dass sie schwanger war, aber sie hatte es einfach nicht wahrhaben wollen, weil es nicht wahr sein konnte – nicht wahr sein durfte.

Zuerst hatte sie es verdrängt, es auf die Aufregung und den Klimawechsel geschoben, dann hatte sie mehr geraucht und gehofft, damit ihren Körper zum Aufgeben zu zwingen. Ihr Körper blieb aber standhaft und behauptete, schwanger zu sein. Dann hatte sie angefangen, sich Gedanken zu machen, wie sie es Bob sagen sollte, wie er reagieren würde. Sie hatte sich genau die Worte zurechtgelegt, die sie zu ihm sagen wollte. Zuerst würde er sich natürlich aufregen, aber wenn er erst einmal begriffen hatte, was das bedeutete, dann würde er sich bestimmt wahnsinnig über dieses unerwartete Geschenk freuen.

Leider konnte sie ihr Unterbewusstsein nicht dazu bringen, an Bobs wahnsinnige Freude zu glauben.

Sie begann jeden Tag viel und weit zu reiten. Bob war sehr glücklich über ihre neu entdeckte Liebe zu Pferden. Wenn er zu Hause war, ritten sie zusammen stundenlang die Weiden ab. Wenn er weg war, ritt sie die gleiche Strecke, nur doppelt so schnell. Ihr Körper gab immer noch nicht auf.

Vier Wochen waren sie jetzt verheiratet, und Bob war sehr oft unterwegs. Manchmal kam er nur am Wochenende nach Hause. Heute Abend würde er auch heimkommen.

Mr. Goodwill hielt Unterricht, und Anna saß in der Küche, schaute aus dem Fenster und wartete, bis der Regen nachließ, damit sie endlich ausreiten konnte. Mrs. Goodwill kam zur Verandatür herein. Zuerst kam eigentlich ihr dicker, schwangerer Bauch, dann ein Kuchen und am Schluss der Rest von Mrs. Goodwill. Anna fand die Frau des Lehrers sehr sympathisch, aber sie schaffte es nicht, sich mit ihr zu unterhalten. Wenn sie mit ihr sprach, blieb sie unweigerlich mit ihren Gedanken an deren Schwangerschaft hängen, und sie fragte sich, wie sie selbst in ein paar Monaten aussehen würde, wie lange sie es noch vor Bob verheimlichen konnte. Warum konnte das Baby nicht einfach weggehen?

„Ich habe Ihnen eine Pavlova gemacht, Mrs. Bendrich." Sie stellte die

Baisertorte vor Anna auf den Tisch und lächelte freundlich.

Warum müssen sich schwangere Frauen immer an ihren Bauch fassen? Anna betrachtete Mrs. Goodwills opulente Figur und stellte sich vor, was Bob dazu sagen würde. Würde er seine Hände auch auf ihren Bauch legen, so wie manche Väter das taten, um die Bewegungen ihres Kindes zu spüren? Oder würde er sie unattraktiv finden? Wäre da nicht die unerbittlich warnende Stimme ihres Unterbewusstseins, die sagte: *Mach dir nichts vor.* Sie hätte sich nur zu gerne ausgemalt, dass Bob sich überschlagen würde vor Freude.

„Vielen Dank, das sieht sehr lecker aus." Sie schaute den Kuchen gar nicht an, sie konnte sowieso kaum an Essen denken, weil ihr gleich schlecht wurde.

„Ich kann Ihnen gerne mal das Rezept geben." Schon setzte sich Mrs. Goodwill zu ihr an den Küchentisch. „Wann ist es denn bei Ihnen so weit?"

„Was?" Anna erstarrte und fühlte Eiseskälte in ihrem Nacken. Mrs. Goodwill lachte.

„Ich habe ein Auge dafür, wenn eine Frau schwanger ist. Wann kommt denn Ihr Baby?"

„Ich weiß es nicht so genau." Anna schluckte die Beklemmung mit einem lauten Glucksen hinunter. „Ich habe gar nicht ..." Und plötzlich fing sie an zu weinen. Wenn Mrs. Goodwill von der Schwangerschaft wusste, dann würde es bald ganz Fitzroy Crossing wissen, nur Bob nicht. Sie musste es ihm endlich sagen.

„Beim ersten ist man noch ziemlich aufgeregt. Ich kenne das. Ich habe in den ersten drei Monaten auch immer gebrochen, aber das gibt sich. Und als ich mit Henry schwanger war, da hatte ich fürchterliche Gefühlsschwankungen. Von himmelhoch jauchzend bis zu Tode betrübt. Aber wenn sie erst mal da sind und man sie dann in den Armen hält ..."

Anna stand auf. „Ich möchte noch etwas ausreiten, Mrs. Goodwill." Der Regen hatte endlich aufgehört.

„Sie sollten nicht mehr so viel reiten, Ma'am", mahnte Mrs. Goodwill und hievte sich mitsamt ihrem Regentonnenbauch mühsam wieder auf die Beine. „Aber ich kenne das, manchmal hat man ganz verrückte Einfälle."

„Vielen Dank für den Kuchen." *Ich muss es Bob endlich sagen, heute Abend.*

JETZT beherrschte die „Wet" das Land und das Leben. Sie hatte dieses Jahr früher eingesetzt als sonst und wurde nun, Ende November, noch heftiger. Es goss unablässig und die Flusslandschaft lag wie unter einem großen flachen See. Anna ritt drei Stunden bis nach Fitzroy Crossing und kam triefend nass dort an. Es war früher Freitagnachmittag: Die Stockmen vergnügten sich in den Wellblechkneipen mit Trink- und Wettspielen und Anna betrat die Bar entschlossen.

„He! Mrs. Bendrich! Keine Ladys heute in der Bar." Einer der Männer stellte sich ihr in den Weg. Er klang nicht einmal unfreundlich, sondern nur entschlossen, sein Männerreich zu verteidigen, aber sie stieß ihn wütend zur Seite und stellte sich an die Theke.

„Bier!"

Die Männer murrten. Einige unterbrachen ihr Dartspiel. Joe Nambush kam zu ihr, sagte ganz vorsichtig: „Ma'am, Sie sollten nicht hier sein, die Männer …"

„Verpiss dich, Joe!"

Der Barkeeper knallte das bestellte Bier auf die Theke und demonstrierte damit, was er von Frauen hielt, die hier nicht hergehörten. Anna trank es in wenigen Zügen leer, aber das brachte die Männer nur noch mehr zum Murren.

„Habt ihr ein Problem mit mir?" Sie war jetzt schon wütend auf Bob, obwohl sie noch gar nicht mit ihm geredet und der unausweichliche Streit noch gar nicht stattgefunden hatte. Die Männer mussten es jetzt büßen. Diese ganze Bande von Outback-Mannsbildern mit ihrem verdrehten Bild von Frauen, mit ihren skurrilen Vorstellungen von Mannesehre. Ein Stockman, trat vor und baute sich bedrohlich vor ihr auf.

„Das hier ist verbotene Zone für Ladys, und Mr. Bendrich wird es nicht gefallen, wenn er erfährt, dass Sie sich am Freitagabend hier rumtreiben."

„Noch ein Bier!" Sie stemmte die Fäuste in die Hüften und forderte den Mann mit zänkischen Blicken heraus. „Wer sagt denn, dass ich eine Lady bin? Ich wette zehn Dollar, dass ich dir genauso eine Backpfeife verpassen kann wie Scott Randall."

„Ich prügle mich nicht mit der Frau von Bendrich! Bin ja nicht lebensmüde!"

„Hast du vor Bendrich Angst oder vor mir?"

„Okay Lady, wir spielen Two-up. Das sind zwei Münzen, die in die Luft geworfen werden. Wenn ich gewinne, verschwinden Sie hier, wenn Sie gewinnen, können Sie bleiben."

Ich werde es nicht dem Glück überlassen, ob ich bleiben darf. „Wir spielen Darts."

Sie trank ihr zweites Bier und ging hinüber zum Darts-Board. Ihr Herausforderer und der Rest der Jackaroo-Meute folgten ihr. Das Spiel begann. Sie hatte noch nie in ihrem Leben Darts gespielt und der andere war ein wirklicher Meister. Natürlich verlor sie haushoch. Die Männer waren sehr zufrieden mit dem Ergebnis, und es war gut so, machte es ihr noch deutlicher, dass heute ihr Verlierertag war. Sie verabschiedete sich wieder. Die Männer brachten sie zum Ausgang, aber sie waren erstaunlicherweise nicht mehr sauer auf sie.

„Vielleicht, wenn Sie doch mal wieder hier sind, dann spielen wir zusammen Two-up, okay, Ma'am?"

„Okay!" *Wenn ich wieder herkomme.*

Sie ritt zurück nach Bendrich Corner, wieder im strömenden Regen. Das Wasser sprudelte von ihrem Hut wie aus einem Wasserhahn und vermischte sich mit ihren Tränen. Sie war fast zu Hause, da tauchten vor ihr auf der Straße plötzlich eine paar junge Rinder auf. Sie muhten ihr schon von Weitem laut und frech entgegen. Natürlich, sie und die Kühe! Aber es waren eigentlich keine Kühe, sondern junge Stiere, aber längst kein Problem mehr für sie.

Sie ritt unbeeindruckt auf die kleine Herde zu. Die Rinder trotteten langsam und gutmütig auseinander und machten keine Anstalten, sie anzugreifen oder auffressen zu wollen. Ganz harmlose Tiere, wenn man nur wusste, wie man mit ihnen umgehen musste. Sie zügelte ihr Pferd, dann ritt sie am Zaun entlang und suchte die Stelle, wo die Tiere durchgekommen waren. Es war eines der Tore, das weit offen stand. *Nanu, wie kann denn einem echten Jackaroo so was passieren?*

Sie ritt zurück zu den Jungtieren und trieb sie mit ihrem Pferd vor sich her. Es war nicht einfach, sie zusammenzuhalten. Einige zerstreuten sich, und Anna musste wieder wenden, durch den schlammigen Untergrund, aufgerissen von den Klauen der Rinder, die Herde mit dem Pferd umkreisen, die Ausreißer zurücktreiben, wieder wenden. Das Pferd hatte es schwer auf dem rutschigen Untergrund, trotzdem dauerte es nicht lange, bis die Tiere wieder hinter dem Weidezaun waren. Anna war noch nicht einmal übermäßig stolz auf sich selbst. Es war ihr klar gewesen, dass es gelingen würde. Sie ritt nach Bendrich Corner, wartete auf Bob und legte sich die Worte zurecht, malte sich das Gespräch aus –hatte Angst vor der Zukunft.

Als Bob nach Hause kam, fiel er wie ein hungriger Wolf über sie her. Schon im Hausflur drängte er sie gegen die Wand neben der Standuhr, presste seine Erektion gegen ihren Bauch und umschloss ihre Brüste mit seinen Händen.

„Ah, Anna, kann es sein, dass meine beiden Freunde gewachsen sind?", fragte er erfreut und küsste sie voller Leidenschaft. „Du wirst jeden Tag schöner und weiblicher und erotischer." Was zweifellos an ihrer Schwangerschaft lag.

Er trug sie in ihr Schlafzimmer und nahm sich nicht einmal Zeit, sich das Hemd und die Socken auszuziehen. Sie genoss seinen wilden Überfall, die Gier, mit der er sie nahm, seine harte Männlichkeit, mit der er sie beherrschte und zum Orgasmus brachte. Sie genoss das Gefühl, ihn in sich zu spüren, tief in sich, dort, wo er sein Kind gezeugt hatte …

„Wer ist eigentlich Stevens Vater?", fragte sie, als er sie satt und zufrieden in seine Arme zog, während er ihre Schläfe und ihr Haar mit sanft gehauchten Küssen bedachte.

„Ich nehme an, Scott oder vielleicht auch mein damaliger Vorarbeiter." Das Thema war ihm unangenehm. Sie lagen sich in den Armen, und es passte nicht zu seiner behaglichen Stimmung, aber im Grunde würde es nie passen. Es musste jetzt sein.

„Kann es sein, dass dein Bruder Arthur vielleicht …"

„Anna, was soll das?", schnappte er sie an, und das war's dann mit der behaglichen Atmosphäre.

„Steven ist dir so unglaublich ähnlich. Ich kann einfach nicht glauben, dass er nicht dein Kind ist."

„Was versuchst du mir zu sagen?" Er klang auf einmal eiskalt.

„Ich versuche dir zu sagen, dass ich schwanger bin und dass du Vater wirst."

Es kam keine Reaktion, kein Ton, nicht einmal ein Wimpernzucken von ihm, aber er ließ sie los und richtete sich im Bett auf.

„Du solltest dich freuen und an ein Wunder glauben. Wer hat dir überhaupt gesagt, dass du keine Kinder zeugen kannst?"

Er antwortete immer noch nicht, sondern stand auf und zog sich an.

„Sprich mit mir, Bob! Zieh dich nicht zurück. Lass uns bitte darüber reden. Geh nicht!"

„Nein, ich gehe nicht, aber du gehst. Morgen bei Tagesanbruch bist du weg, und zwar für immer." Das Schlimmste war die Kälte in seiner Stimme, die raue, lüsterne Stimme, die vor ein paar Minuten noch ihren Namen gerufen hatte, als er in ihr gekommen war.

Sie hatte es geahnt, nein, gewusst, dass er die Nachricht nicht gerade mit Jubelrufen aufnehmen würde. Trotzdem, sie fühlte sich, als würde sie urplötzlich von einem Riesenkrokodil geschnappt und unter Wasser gezerrt. Todesrolle, Luft weg, aus und vorbei. Sie griff sich unwillkürlich an ihren Hals. Da war eine unsichtbare Hand, die ihr die Luft abschnürte.

„Du glaubst doch nicht im Ernst, dass ich dich betrogen habe." Sie keuchte richtig, als sie sprach. Aber er antwortete ihr nicht, und das war auch nicht nötig. Sie kannte die Antwort längst, hatte sie schon vorher gekannt. Von dem Tag an, als sie mit Bangen auf ihre Monatsblutung gewartet hatte, war ihr klar gewesen, dass er ihr niemals glauben, niemals vertrauen würde. Und genauso sicher wusste sie jetzt, dass jede Beteuerung und Beschwörung ihn nicht überzeugen würde.

Sie versuchte es trotzdem. „Es ist dein Kind, Bob. Nur du alleine kannst der Vater sein."

„Verschwinde!" Er schrie nicht. Er sprach ganz leise, ganz kalt. Er hätte schreien sollen, sie hätte zurückschreien können, das wäre viel besser gewesen. Aber diese Kälte war so endgültig und verletzend.

„Warum kannst du mir nicht vertrauen und dich freuen? Kannst du nicht wenigstens die Möglichkeit in Erwägung ziehen, dass die Ärzte sich damals geirrt haben. Sieh dir Steven an."

Sie trat auf ihn zu, aber er wandte ihr ruckartig den Rücken zu und stand da wie eine Statue aus Marmor. Reglos, tot, stumm, absolut unzugänglich. Und wenn sie ihm noch hundert Mal beteuern würde, dass sie ihn nicht betrogen hatte, selbst wenn sie weinen, schreien oder sich aus dem Fenster stürzen würde, er hatte eine stachlige Mauer aus Eis um sich aufgebaut und würde ihr nur noch mehr wehtun, wenn sie blieb. Sie ging langsam aus dem Schlafzimmer, konnte nicht einmal weinen. Sie ging in ihr früheres Zimmer. Dort lag noch ihr Koffer unter dem Bett. Sie zog sich an und packte ihre Sachen zusammen. Sie würde ihm einen Brief schreiben. Wenn er ihn las und in Ruhe darüber nachdachte, dann sah er bestimmt ein, wie schrecklich er sich irrte.

Sie wusste schon, wo sie hingehen würde. Sie wusste es schon seit Wochen. *Merkwürdig,* dachte sie, *ich habe alles so kommen sehen, eigentlich schon seit jener Nacht am Fitzroy, als er mir sagte, er könne keine Kinder zeugen, da hätte ich ihm widersprechen sollen, hätte ihn zwingen sollen, wenigstens bei Steven einen Vaterschaftstest machen zu lassen, trotzdem habe ich sehenden Auges zugelassen, dass es so weit kommt.*

Sie schrieb ihren Brief: „Mein Liebster,

ich verstehe, dass Du über diese Neuigkeit schockiert bist. Du denkst, ich habe Dich betrogen, aber ich liebe Dich, und es gibt niemanden auf dieser Welt, mit dem ich Dich betrügen könnte oder wollte. Wenn Du akzeptiert hast, dass Du demnächst Vater wirst, wenn Du mich und Dein Kind wieder bei Dir haben willst, kannst Du mich in Sydney finden. Meine Adresse erfährst Du in der Redaktion der AMP.

Spätestens wenn unser Kind geboren ist, wirst Du Dich aber einem Vaterschaftstest unterziehen müssen. Denn ich werde für die Rechte unseres Kindes kämpfen. Ich liebe Dich und verzeihe Dir, weil ich weiß, wie tief Du Dich verletzt fühlen musst. Aber auch ich bin verletzt durch Dein Misstrauen und Deine fehlende Liebe. Ich liebe Dich, Anna."

Sie legte den Brief in sein Büro und hoffte, dass er ihn wenigstens lesen würde, auch wenn er den Inhalt vielleicht nicht gleich akzeptierte. Sie rief einen Arbeiter an, der sie nach Derby bringen sollte. Dort war der nächste

Flughafen, von dem aus mehr als nur Cessnas starteten. Der Jeep fuhr vor, und sie verließ Bendrich Corner, ohne sich von den Kindern zu verabschieden, ohne einen letzten Blick auf Steven zu werfen. Ohne Bob zu küssen.

Ihr Herz zersplitterte in eine Million Scherben.

Sie nahm gerade so viel Geld mit, wie sie für den Flug nach Sydney brauchte. Seine Brillanten, die teuren Kleider und seine ganzen anderen Geschenke ließ sie zurück, nur nicht seinen schmuddeligen Cowboyhut, den setzte sie sich auf den Kopf.

Im Flugzeug kämpfte sie die Tränen nieder, bis sie wie ein Geschwür in ihrem Hals steckten und sie kaum noch Luft bekam. Sie sagte sich, dass er sie anrufen würde, sobald sie in Sydney war. Er würde schon zur Vernunft kommen, wenn er mit zeitlichem Abstand und in Ruhe darüber nachdachte. Er würde ihr bestimmt glauben. Er musste ihr glauben. Sie liebte ihn doch. Spätestens wenn das Kind geboren war, konnte sie beweisen, dass er der Vater war.

Sie wollte eigentlich ein Hotelzimmer nehmen. Aber als sie dem Taxifahrer ein Ziel nennen sollte, hörte sie sich selbst „Sankt-Michaels-Kapelle, Gosford Street." sagen. Ein Hotelzimmer mit einem Bad und einem Brausekopf, das würde sie nicht ertragen.

PATER Angelius wusste alles.

Er hatte es irgendwie geahnt, dass es so kommen würde, das war ihr jetzt klar. Seine Geschichte über Bob und Arthur, seine Andeutungen damals im Café, seine hartnäckige Nachfrage wegen der Erziehung ihrer gemeinsamen Kinder, ja, selbst die drei Bilder von der verstoßenen Gräfin Genoveva. Sie hatte ihm unrecht getan, als sie geglaubt hatte, er hätte unheilige Absichten ihr gegenüber. Er hatte ihr damals Unterschlupf angeboten für den Tag X. Dieser Tag war heute, und sie war sich sicher, dass er sie aufnehmen würde.

Er war gar nicht überrascht, sie zu sehen.

„Ich habe befürchtet, dass Sie kommen würden. Sie sind also schwanger. Ein wenig habe ich aber gehofft, dass Bob es als Geschenk Gottes akzeptieren wird. Hat er Sie hinausgeworfen, oder sind Sie vor seinem Zorn geflohen?"

Anna schüttelte nur den Kopf und konnte nichts sagen, aber Pater Angelius war sehr feinfühlig. Er fragte nicht weiter nach, sondern nahm sie einfach nur in seine Arme und hielt sie fest. Er bat seine Haushälterin, ein Gästezimmer für Anna herzurichten, und lud sie ein, für unbegrenzte Zeit sein Gast zu sein. Anna wusste, dass sie ihm nicht wochenlang zur Last fallen konnte – nicht ausgerechnet einem katholischen Priester –, aber das wäre ja auch nur ein vorrübergehendes Asyl, denn Bob würde sich bald melden.

Am anderen Morgen wunderte sie sich, warum Steven nicht wütend gegen die abgeschlossene Schlafzimmertür trommelte, und als ihr klar wurde, dass sie nicht in Bendrich Corner, in Bobs Armen lag, begann sich ihr ganzer Körper zu verkrampfen, weil sie mit aller Macht versuchte, nicht zu weinen.

Sie wollte sofort nach dem Frühstück zur Redaktion gehen. Vielleicht hatte Bob ja schon dort angerufen. Sie frühstückte schweigend mit dem Pater zusammen und war ihm unendlich dankbar, dass er sie nicht mit Fragen löcherte. Mr. Trunton vom AMP-Magazin empfing sie persönlich und war sehr erfreut, sie zu sehen. Er zahlte ihr einen großzügigen Vorschuss, lud sie zu einem Snack in den Hyde Park ein und schwärmte von ihrer Artikelserie. Bob hatte nicht angerufen. Sie gab Mr. Trunton die Adresse von Pater Angelius.

Bob musste anrufen! Er musste einfach! Er würde den Brief lesen und anfangen nachzudenken.

Am Spätnachmittag kehrte sie nach Sankt Michael zurück. Der Pater war nicht da, und Anna ging in die Sakristei. Sie betrachtete die Bilder von Genoveva und fragte sich, woher der Pater es gewusst hatte. Sie weinte nicht, denn eines war klar: Sobald sie die erste Träne zulassen würde, würde der Staudamm brechen, und sie würde nicht mehr aufhören können und zerbrechen. Der Pater kam leise herein und legte ihr die Hand auf die Schulter.

„Bob fühlt sich an seiner verletzlichsten Stelle getroffen und verraten."

„Ich weiß, Pater, aber ich fühle mich auch verraten, dass er mir so etwas überhaupt zutraut, dass er nicht eine Sekunde lang gezögert hat, mich als Ehebrecherin abzustempeln."

„Werden Sie ihm verzeihen, wenn er so weit ist?"

„Natürlich werde ich das, was für eine Frage?" Er brauchte nur anzurufen, und sie würde sofort in das nächste Flugzeug steigen, das nach Norden flog. Vielleicht konnte man ja sogar einen Vaterschaftstest während der Schwangerschaft machen lassen. Selbst dazu wäre sie bereit, obwohl es ihr viel lieber wäre, wenn er ihr einfach glauben würde, weil er sie liebte. Aber so oder so, er musste den ersten Schritt machen und anrufen.

„Woher wussten Sie, dass Bob doch Kinder zeugen kann? Warum haben Sie ihm nie die Wahrheit gesagt? Er hätte ein ganz anderes Leben führen können."

Der Pater senkte den Blick und schüttelte den Kopf.

„Glauben Sie mir, ich hätte nichts lieber getan, als ihm diese Last vom Herzen zu nehmen. Ich habe mit ihm gelitten, aber was ich weiß, habe ich bei einer Beichte erfahren, und ich darf darüber nicht sprechen. Das Beichtgeheimnis ist unverletzlich. Doch als ich Sie kennengelernt habe, habe ich tatsächlich ein wenig gehofft, dass Sie schwanger werden würden und die Wahrheit von alleine ans Licht kommt."

„Die Wahrheit ist ans Licht gekommen, aber Bob weigert sich, sie zu sehen."

„Wollen Sie beten?", fragte der Pater freundlich, und Anna schüttelte ebenso freundlich den Kopf. Er meinte es gut, aber selbst ihm zuliebe konnte sie nicht jetzt anfangen zu beten.

Am nächsten Tag ging sie wieder zur AMP-Redaktion, denn sie war sich sicher, dass Bob inzwischen angerufen hatte, aber die Leitung aus Bendrich Corner war stumm. Es sollten Passfotos für ihren Artikel gemacht werden. Und sie ließ eine stundenlange Prozedur unwillig über sich ergehen. Sie rechnete damit, dass jeden Moment eine Sekretärin in das Fotostudio hereinkommen würde, um ihr zu sagen, dass Bob angerufen habe, aber sie rechnete vergeblich. Als sie endlich mit dem Fotoshooting fertig war, holte Mr. Trunton sie persönlich im Studio ab und führte sie zum Dinner aus.

Sie gingen in den Sydney Tower. Dort gab es ein Dreh-Restaurant mit einem Ausblick über das atemberaubende Lichtermeer der Stadt. Anna dachte an die lichtlose Nacht im Outback, an die Sterne, die dort tausendmal heller funkelten als irgendwo sonst auf der Welt, und sie hatte furchtbares Heimweh. Trunton organisierte das Essen und brachte Kaninchenragout und Cola.

„Wann fliegen Sie in die Kimberley zurück, Mrs. Bendrich?"

Wenigstens hat ihn das Gerücht noch nicht erreicht, dass Bob mich rausgeworfen hat.

„Ich weiß noch nicht. Ich hoffe bald!" Sie betrachtete die Cola geringschätzig, dachte an das Bier zu Hause, an die Eisklumpen, zu denen es dort manchmal gefroren war. „Ich möchte bitte ein kaltes Bier."

Trunton erhob sich beflissen und brachte Bier für sie. Es war in einem ansprechenden, hohen Glas, aber das war nichts im Vergleich zum Hochgenuss eines richtig eisigen Outback-Biers, die Alu-Dose im Styroporbehälter, damit das Bier möglichst lange kalt blieb, primitiv, aber der Himmel auf Erden an einem heißen Tag, an dem die Luft dicker war als das Land. Es war nett gemeint von Trunton, aber Anna rührte das Bier nicht an.

„Ich gebe morgen Abend eine kleine intime Dinnerparty, nur ein paar Leute. Haben Sie nicht Lust, zu kommen?"

„Ich bin nicht auf Partys eingerichtet. Ich habe nur ein paar ganz schlichte Kleider eingepackt." *Und ich habe keine Lust zu feiern.*

„Aber ich bitte Sie, Mrs. Bendrich. Sie werden nirgendwo elegantere Geschäfte finden als hier in Sydney."

„Vielleicht bei meinem nächsten Besuch, Mr. Trunton." *Mir ist jetzt ganz bestimmt nicht nach einer Shoppingorgie zumute.*

„Ich kann Sie also nicht locken?"

„Nein."

„Auch nicht, wenn ich Ihnen sage, wer kommt?"

Wer? Bob? Sag, dass Bob kommt, und ich komme nackt zu deiner Party.

„Ich habe den Dekan der archäologischen Fakultät der Universität eingeladen. Er ist begierig darauf, Sie kennenzulernen."

Annas bodenlose Enttäuschung breitete sich wie eine Lähmung über ihr Gesicht aus.

„Wie? Sie sind nicht ein bisschen beeindruckt? Er hat Ihren Artikel gelesen, und er meinte, er wäre froh, wenn er nur einen einzigen Wissenschaftler in seiner Fakultät hätte, der so viel Witz und Welterfahrung besitzt wie Sie."

Jetzt musste Anna doch lachen. *Welterfahrung? Der sollte sich mal mit meinem früheren Dekan in Tübingen unterhalten.*

„Professor Robinson hat möglicherweise ein Angebot für Sie. Eine Stelle in seinem Institut. Sie können dort unter Umständen sogar habilitieren. Und die Fakultät besitzt einen beträchtlichen Forschungsetat."

„Sie wissen es also doch, dass Bob mich … dass wir …!" Anna schüttelte den Kopf, weil sie es einfach nicht aussprechen konnte.

Er nahm ihre Hand und küsste sie galant, während seine Augen sie intensiv musterten.

„Ich bin sehr gut mit Scott Randall befreundet. Er rief mich gestern an. Die Gerüchteküche in Woop Woop kocht anscheinend über, und ich hatte einfach das Bedürfnis – nun, wie soll ich sagen –, Ihnen in dieser Angelegenheit meinen Respekt zu erweisen."

Wahrscheinlich heißt es jetzt in Fitzroy Crossing, dass die Tierärztin von ihrem eigenen Bruder, dem Herrn Grafen, geschwängert wurde. Sie schob das Bierglas von sich und das Kaninchenragout dazu.

„Danke, Mr. Trunton, für die Einladung, das Bier und alles, und unter anderen Umständen würde ich mich riesig über dieses Angebot freuen, aber ich denke, dass ich schon bald wieder nach Bendrich Corner zurückkehren werde."

Er ließ ihre Hand langsam wieder los.

„Nach allem, was ich von Scott über Ihren Mann weiß …", begann er bedächtig. „… sollten Sie Ihre Hoffnungen nicht zu hoch hängen, Anna."

ANNA ging zwei Wochen lang jeden Tag in die Redaktion. Sie hatte dort eigentlich nichts mehr zu tun, aber sie hoffte immer noch, dass Bob vielleicht inzwischen angerufen hatte. Sie hoffte vergebens. Kein Anruf von Bob, keine Nachricht, nichts. Sie ging zu einem Frauenarzt, der ihr sagte, dass sie höchstwahrscheinlich in der zwölften Woche schwanger sei, so ungefähr hatte sie sich das selbst schon ausgerechnet. Er machte ein

Ultraschallbild von dem Baby, und als Anna das erste Mal einen Blick auf ihr Kind warf, rotierte ihr Herz in ihrer Brust herum, als wollte es gleich platzen.

Am Anfang hatte sie dieses Baby nicht gewollt und gehofft, es würde einfach aus ihrem Bauch verschwinden und damit ihr Dilemma beenden, aber auf einmal war das nicht mehr nur ein ungewolltes, anonymes Ding in ihrem Bauch, sondern ein kleiner Mensch. Man konnte sogar schon winzige Ärmchen und Beinchen erkennen und ein Köpfchen. Es war ihr und Bobs Kind, und sie spürte Liebe für dieses kleine Geschöpf, so groß, dass sie ganz Australien, ja die ganze Welt damit hätte versorgen können.

Sie machte sich Sorgen um ihre anderen Kinder, Steven und die Mädchen. Wer kümmerte sich jetzt um sie? Schaute vielleicht Mrs. Goodwill nach ihnen? Die hatte doch mit ihren eigenen Kindern genug zu tun. Wie hatten die Kinder Annas klammheimliches Verschwinden verkraftet? Waren ihre kleinen Herzen auch gebrochen? Einmal hatte sie schon den Telefonhörer in der Hand gehabt, um zu Hause anzurufen. Sie wollte nur die Stimmen der Kinder hören, ihnen sagen, dass sie sie lieb hatte, aber sie hatte den Hörer hastig wieder aufgelegt, nachdem es zweimal geklingelt hatte. Bob war am Zug, nicht sie. Und was sollte sie wohl zu ihm sagen, falls er selbst am Telefon wäre?

Es waren noch zwei Wochen bis Weihnachten und die Stadt war erfüllt von Weihnachtsstimmung. Wie sie es wohl zu Hause feiern würden – zu Hause in Bendrich Corner? Sie war sich inzwischen sicher, dass sie Weihnachten mit Pater Angelius verbringen würde. Einsam unter dem Kreuz in seinem kleinen Wohnzimmer.

Sie war noch nicht auf Wohnungssuche gegangen. Aber sie musste langsam der Wahrheit ins Auge blicken. Bob würde sie nicht zurückholen, und die einzige Nachricht, die sie von ihm noch bekommen würde, waren zweifellos die Scheidungspapiere. Sie war auf sich alleine gestellt, und das bedeutete, sie brauchte eine Wohnung und einen Job. Die Artikelserie für die AMP dauerte schließlich nicht ewig. Sie musste sich bei der Uni bewerben und sich bei diesem Professor Robinson vorstellen. Ein besseres Angebot würde sie wohl nie wieder bekommen.

Das Baby würde Mitte Juni zur Welt kommen. Es würde hart werden ohne Bob und alleine auf einem fremden Kontinent, aber sie freute sich auf das Kind, egal was die Zukunft auch noch bringen würde. Immer, wenn sie den Mut verlor und anfangen wollte zu weinen, sah sie das Ultraschallbild an und riss sich zusammen.

WEIHNACHTEN wurde zur Katastrophe.

Pater Angelius las am Heiligen Abend die Messe in der Kirche, und Anna ging ihm zuliebe hin. Er erzählte von der unbefleckten Empfängnis und von der Geburt Christi, und sie musste aufstehen und aus der Kirche flüchten. Sie konnte das keine Minute länger mit anhören, sonst würde sie vor Kummer und Schmerz losschreien. Sie ging in ihr Zimmer und zog sich um, eine abgeschabte Jeans mit unauslöschlichen Ketchup-Flecken von Steven und ein abgewetztes, kariertes Outback-Hemd von Bob, dazu seinen Hut. Sie bestellte sich ein Taxi, ließ sich ins Zentrum fahren und spazierte über den Martin Place. Alles war weihnachtlich geschmückt, glitzerte, blinkte, schimmerte, aber es war sehr heiß. Vor einem Kaufhaus standen weiße Plastik-Kängurus und zogen einen Schlitten mit Sankt Nikolaus. Die Leute liefen in Sommerkleidern und Shorts herum und trugen dazu rote Zipfelmützen.

Sie dachte an die Kinder in Bendrich Corner und fragte sich, was sie jetzt in diesem Augenblick wohl taten? Ob sie mit ihrem Vater auch in einer Kirche saßen und Geschichten über die unbefleckte Empfängnis hörten? Sie spürte, wie die Tränen hinter ihren Augen brannten, bereit herauszusprudeln, sobald Anna es endlich zulassen würde. *Fuck off!* Sie kaufte Zigaretten, ging in ein Bistro, bestellte sich ein viel zu warmes Bier und trauerte still, ohne Tränen, aber mit blutendem Herzen. Sie riss die Zigarettenpackung auf und zerrte wütend eine Zigarette heraus, dann dachte sie an ihr Baby. Das hatte keine Schuld an diesem fürchterlichen Chaos, schlimm genug, dass sein Vater und seine Mutter sich hoffnungslos in den Fallschlingen von Gottes undurchdringlichen Wegen verheddert hatten. Sie brach die Zigarette auseinander und zerknüllte die ganze Schachtel voller Wut.

Ihr Baby bewegte sich so heftig, dass es wehtat. Sie wunderte sich. Es war doch eigentlich noch viel zu früh, um eine Bewegung zu spüren. Der Frauenarzt hatte gesagt, erst ab der sechzehnten Woche. Aber sie freute sich. Zum Glück sah man noch gar nichts von der Schwangerschaft. Sie konnte fast alle ihre Kleider noch tragen, nur nicht mehr die superengen Jeanshosen, die Mrs. Bellemarne für sie gekauft hatte.

Sie beobachtete die Leute im Bistro: Männer und Frauen bunt gemischt, zivilisiert gekleidet, in ruhige Gespräche vertieft. Sie dachte an die Wellblechkneipen in Fitzroy Crossing, an die lauten herumjohlenden Männer, wenn sie bei ihren Wettspielen brüllten und fluchten, dachte an deren schmutzige Hände und Hosen, an ihre schlichte Arbeitskleidung und an ihre Herzen: verstockt und verbohrt in ihren festgefahrenen, altmodischen Vorstellungen und doch viel ehrlicher und warmherziger als die der Großstadtleute in ihrer oberflächlichen Hektik und in ihren Eitelkeiten. Sie ließ das Bier wieder unberührt.

Ein junges Pärchen stellte sich zu ihr an den Tisch. Es waren Touristen aus Deutschland, die sich laut und ungeniert in ihrer Muttersprache unterhielten und wohl annahmen, die seltsame Cowboy-Lady würde sie sowieso nicht verstehen.

Er schwärmte: „… in dieser Weite und Menschenleere findest du erst so richtig zu dir selbst. Das ist total bewusstseinserweiternd und dein Blick fokussiert sich auf das Wesentliche. Meinst du, wir sollen für deinen Bruder so einen Bumerang als Mitbringsel kaufen? Den gibt's hier auch im Souvenirgeschäft."

„Ach, ein Bumerang! Das ist doch irgendwie nicht mehr so der Bringer. Den kannst du in Deutschland ja auch kaufen. Wir hätten in Alice Springs in diesem Laden das kleine Männchen aus Ton kaufen sollen, das mit dem Riesenpimmel …" Sie kicherte und warf einen kurzen Blick auf Anna. *Red nur weiter, ich verstehe kein Wort von eurem Gelaber.* „… da steckt auch viel Ursprünglichkeit drin. Außerdem war er da viel billiger als hier."

Er lachte überheblich. „Weißt du noch, wie der Aborigine sauer war, weil ich den Preis herunterhandeln wollte? Fünfzig Dollar für so eine Figur, wo der Pimmel größer ist als alles andere."

Ha, ha, ha! Wie witzig! Bei dir ist er auf jeden Fall größer als dein Gehirn.

„Also, sollen wir jetzt einen Bumerang mitnehmen oder nicht?"

„Ich weiß was Besseres. Wir kaufen einen Traumfänger."

Traumfänger? Ich fass es nicht. Der stammt von den Indianern, du bewusstseinserweiternder Volldepp!

„Die Aborigines haben doch irgendwie diese Religion mit der Traumzeit erfunden, und da passt das doch total. Wie wäre das?"

Wie wär's, wenn ich dein T-Shirt mit lauwarmem Bier bade? Anna stieß ihr Glas mit voller Wucht um, und das Bier ergoss sich über die Tischplatte und tropfte langsam auf die Hosen und die Schuhe der beiden Touristen.

Anna begann im wildesten, unverständlichsten Aussie-Outback-Slang zu fluchen: „Verdammt und zur Hölle! Pass doch auf, wo du deine Pfoten ablegst, du Idiot!"

„Oh Entschuldigung, aber ich war das nicht, ehrlich. Sie haben selbst …"

„Du zahlst mir jetzt sofort 'n neues Bier. Ist das klar?"

Der Mann nickte eifrig und seine Begleiterin lächelte beschwichtigend. Anna wartete noch, bis das neue lauwarme Bier kam, dann setzte sie Bobs Hut auf und ging. Sie hörte noch, wie seine Freundin zu ihm sagte: „Das war ja vielleicht 'ne schräge Revolvertante!"

Anna lächelte und fühlte sich geschmeichelt.

Sie wollte noch ein Weihnachtsgeschenk für Pater Angelius besorgen. Er war ein Benediktiner, und sie dachte, dass eine gute Flasche Rotwein zu ihm passte. Zumindest im Mittelalter waren die Benediktiner sehr dem Wein zugetan gewesen. Sie zählte ihr Geld nach. Eigentlich verdiente sie wöchentlich vierhundert Dollar, und das war mehr, als sie bisher je verdient hatte, aber sie haushaltete trotzdem sehr geizig mit dem Geld und versuchte so viel wie möglich auf die Seite zu legen, weil sie nicht die leiseste Ahnung hatte, was ihr die Zukunft bringen würde. Sie würde das Geld für eine Wohnung brauchen, wenn Bob sich nicht meldete, und vielleicht auch für Arztkosten und die Geburt. Irgendwann würde sie natürlich Unterhalt von Bob einklagen können, aber bis es so weit war … Lieber Gott, sie wollte diese Gedanken gar nicht zulassen, dass sie vielleicht nie wieder zu Bob und nach Bendrich Corner zurückkehren konnte und stattdessen für das Recht ihres Kindes vor Gericht kämpfen müsste.

Pater Angelius sollte aber trotz ihrer Sparmaßnahmen einen guten Wein bekommen. Alle Geschäfte waren noch geöffnet und es herrschte hektische Betriebsamkeit. Sie ging in eine Weinhandlung und orientierte sich an den Preisen. Sie dachte, je teurer, desto besser. Also entschied sie sich für eine

Flasche, die sehr alt aussah und fast neunzig Dollar kostete. Ein Herr, der schon eine ganze Weile neben ihr durch das Weinregal gestöbert hatte, trat jetzt näher, schüttelte den Kopf.

„Den würde ich Ihnen nicht empfehlen. Er ist viel zu alt."

Sie hatte keine Lust auf eine belanglose Unterhaltung, obwohl der Herr nicht schlecht aussah, Anfang vierzig, grau meliert, braun gebrannt mit vielen weißen Falten um seine Augen.

„Ich habe mal gelernt, dass die Dinge mit ihrem Alter wertvoller werden", sagte sie etwas schnippisch, aber er lächelte freundlich zurück.

„Wertvoller zweifellos, aber nicht besser. Zumindest nicht, wenn Sie ihn trinken wollen."

Er kam noch näher und beugte sich an ihr vorbei, um eine andere Flasche aus dem Regal zu ziehen. „Sehen Sie, dieser Wein, das ist etwas für Sammler, die sich so eine Flasche ins Regal legen wollen, ohne sie zu trinken. Er zeichnet sich nur durch sein Alter und sein Etikett aus."

„Was empfehlen Sie mir dann?"

„Das kommt darauf an, für welchen Anlass Sie den Wein benötigen."

„Ich möchte einen Benediktinerpater damit beglücken."

Er lachte und wirkte sehr erleichtert. *Du hast wohl gedacht, ich möchte ihn für meinen Lover, was?*

„Wie wär's, wenn Sie eine kleine Weinprobe machen?" Er winkte dem Weinhändler. „Machen Sie uns doch den 85er Chateauneuf auf. Mögen Sie auch australische Weine?"

„Nein, nur deutsche!" *So, da hast du was zu knabbern, du Angeber.* Er hob tatsächlich die Augenbrauen fast bis zum Haaransatz. Klasse!

„Einen Rheinwein vielleicht?"

„Einen Haberschlachter." Das war der einzige Wein, den sie kannte, den sie in Tübingen in ihrer Stamm-Studentenkneipe ab und zu getrunken hatte.

„Ein sehr spezieller Wunsch. Sie sind also Deutsche?"

„Hört man das?"

„Nein, eben nicht. Sie sehen aus, als würden Sie direkt aus dem Outback kommen. Mein Name ist …" *Ich will es nicht wissen.* „… Daniel Prescot. Ich bin Arzt und bin eigentlich nur über die Weihnachtstage in …"

„Ich denke, ich komme jetzt auch alleine zurecht, danke für Ihre Hilfe." Sie wandte sich wieder dem Regal zu, aber die Lust auf Wein war ihr nun auch vergangen. Sie griff einfach wahllos hinein. Er kam ihr eilig hinterher.

„Sie halten mich bestimmt für sehr plump und aufdringlich, aber ich habe das Gefühl, ich kenne Sie irgendwoher."

„Wohl kaum." Sie ging weiter und konnte gar nicht schnell genug zur Kasse gelangen, um den Wein zu bezahlen und zu verschwinden. Ein sympathischer, attraktiver Arzt, der am Heiligen Abend einsam durch Weinhandlungen irrte und geistreiche Gespräche führte? Das war wirklich das Letzte, was sie jetzt gerade gebrauchen konnte.

„Kann es sein, dass ich Ihr Bild aus der Zeitung kenne? Ja, jetzt weiß ich's wieder: Mittelalter und Sex!"

Oh Mann, er hat die neueste Ausgabe der AMP gelesen und sich ausgerechnet mein Gesicht gemerkt unter all den nackten Frauen dort? Nichts wie weg hier.

„Frohe Weihnachten!", raunte sie und floh aus der Weinhandlung, als wäre der arme Mann ein polizeilich gesuchter Triebtäter.

ALS sie nach Sankt Michael zurückkehrte, war die Messe vorbei. Pater Angelius saß in seinem Wohnzimmer und erwartete Anna. Sie gab ihm den Wein, und er öffnete die Flasche sofort, goss sich und ihr ein Glas ein, aber sie dachte an das Baby und nippte nur einmal.

„Bei uns ist es üblich, die Geschenke am Weihnachtstag zu verteilen, aber ich weiß, dass Sie das in Deutschland anders machen. Ich habe auch etwas für Sie."

Jetzt schenkt er mir bestimmt eine Bibel, dachte sie düster, weil sie sah, wie er aufstand und aus einer Schublade etwas herausholte. Es war in Geschenkpapier eingepackt, sah aber gar nicht aus wie ein Buch. Eher weich und groß. Sie machte es auf, und ein einzelner Schluchzer löste sich unfreiwillig aus ihrer Kehle. Es war ein Taufkleid mit hellblauen Schleifchen.

„Es war Bobs Taufkleid", sagte er leise und streichelte ihr tröstend über den Rücken. „Ich hätte nie gedacht, dass er so stur ist. Im Grunde seines Herzens weiß er, dass Sie ihn nicht betrogen haben, doch in dem Moment, wo er sich die Wahrheit eingesteht, muss er zugeben, dass sein ganzes bisheriges Leben ein riesengroßer Fehler war. Davor hat er Angst."

Sie verbarg ihr Gesicht in dem Taufkleid. Gleich würde sie losheulen wie eine Sirene und nie, nie wieder aufhören.

„Ich habe heute Morgen bei ihm angerufen, wollte ihm und den Kindern ein gesegnetes Weihnachtsfest wünschen und wollte ihm ins Gewissen reden."

Anna blickte auf, Hoffnung und Bangen hielten sich in ihrem Herzen die Waage, aber der Pater schüttelte nur den Kopf.

„Ich hätte es nicht tun sollen. Er war wütend und sehr unhöflich zu mir. Ich habe wohl nicht die richtigen Worte gefunden, ich weiß nicht. Er hat dann einfach aufgelegt."

Im Grunde habe ich nichts anderes erwartet. Aber es tut trotzdem so weh.

„Vielleicht sollten Sie sich langsam mit dem Gedanken abfinden, dass es zu Ende ist, Anna." Er griff nach ihrer Hand, um sie tröstend zu tätscheln, aber sie wollte nicht getröstet werden oder sich gar damit abfinden.

„Haben wir uns nicht hier in Ihrer Kirche ewige Treue versprochen?"

„Ich möchte nur nicht, dass Sie sich Hoffnungen machen und später umso enttäuschter sind."

„Pater, ich bin zwar nicht gläubig, aber das heißt nicht, dass ich meinen Schwur breche. Und mein Kind hat ein Recht darauf, in Bendrich Corner groß zu werden, und nirgendwo sonst soll es groß werden. Und ich liebe Bob, auch wenn er im Augenblick das größte Arschloch Australiens ist. Zur Not werde ich eine Vaterschaftsklage gegen ihn führen und ihn zu einem Test zwingen, und dann wird er mich ... dann ... Er wird mich um Verzeihung bitten und ich ..." ... *weiß nicht, ob ich ihm dann noch vergeben kann. Verdammt und zur Hölle, aber wenn er mich aufrichtig lieben würde, hätte er mich längst zu sich zurückgeholt.*

AM zweiten Weihnachtstag, kurz vor dem Mittag, kam ein Anruf aus Bendrich Corner. Pater Angelius war am Telefon. Sie hörte ihn nur „Ja! Ja!"

sagen, und nach einer Weile schloss er die Tür zum Flur, wo das Telefon stand. Anna bebte richtig, bis er endlich wieder hereinkam, und als er ins Zimmer trat, wusste sie sofort, dass etwas passiert war. Etwas Schreckliches. Er war blass wie der Tod und seine knorrigen, alten Finger zitterten wie Espenlaub.

„Was?"

„Steven!"

Sie saß auf dem Sofa, aber das begann sich plötzlich wie verrückt im Kreis zu drehen und ihr Magen flog in die entgegengesetzte Richtung.

„Steven hatte einen Unfall."

„Nichts Schlimmes!" Sie fragte nicht, sie stellte es fest. Alles andere durfte nicht wahr sein.

„Doch, sehr schlimm. Er ist …"

„Nein!" Anna hielt sich die Ohren zu, weil sie es nicht hören wollte.

„Sie haben ihn zuerst nach Broome geflogen, er war schon … Sie mussten ihn wiederbeleben. Bob hat darauf bestanden, dass er sofort nach Perth in das beste Krankenhaus verlegt wird, koste es, was es wolle, aber die Ärzte machen ihm keine Hoffnung …"

„Was ist passiert? Was war das für ein Unfall?"

„Ich habe mit Mrs. Bellemarne gesprochen und kann Ihnen nicht mehr sagen, als dass er anscheinend ertrunken ist und seine Chancen nicht gut stehen. Bob ist mit ihm schon auf dem Weg nach Perth."

Anna sprang auf, rannte aus dem Wohnzimmer, hinüber in ihr eigenes Zimmer. Eine Jacke, die Handtasche, das Geld, wieder hinaus …

„Was tun Sie, Anna?"

„Ich fliege nach Perth. Mit der nächsten Maschine."

Erst als der Pater sie an den Schultern nahm und sie zwang, ihn anzusehen, wurde ihr bewusst, dass sie am ganzen Körper zitterte. Er rief nach seiner Haushälterin.

„Rufen Sie Pater Severus an. Er muss für mich morgen die Messe halten. Wir fliegen nach Perth."

Das war der Moment, als Annas Selbstbeherrschung zerbrach und sie anfing zu schluchzen. Sie ging in die Knie an Ort und Stelle im Flur des Pfarrhauses und schluchzte wie eine Geisteskranke. Wochenlang hatte sie ihre Tränen und ihren Kummer aufgestaut, versucht, sich zusammenzureißen und sich nicht dem Selbstmitleid hinzugeben oder sich anmerken zu lassen, wie beschissen sie sich fühlte. Stark sein, cool sein, dem Schicksal den Mittelfinger zeigen, aber mit einem Schlag waren ihre Kraftreserven verpufft.

Pater Angelius ließ sie einfach auf dem Boden kauern und so lange weinen, bis sie nicht mehr konnte, und sie war ihm unendlich dankbar dafür, dass er sich jedes tröstende Wort, jeden frommen Spruch und jede väterliche Berührung verkniff.

Die Haushälterin organisierte die Vertretung für Pater Angelius, und der bestellte die Flüge nach Perth am Telefon. Anna nahm nichts davon bewusst wahr. Sie war in einem Schockzustand, der ihren ganzen Körper wie mit eisernen Klammern gepackt hielt und ihren Geist in einer Art Horrortrance versetzt hatte. Irgendwie verfrachtete der Pater sie ins Taxi und dann ins Flugzeug. Sie konnte sich später kaum mehr an diese unendlich langen sechs Stunden Flug erinnern, nur an das Gefühl, dass die Ewigkeit in der Hölle deutlich kürzer dauern musste. Pater Angelius saß neben ihr. Anna betete im Stillen. *Falls es dich gibt, da oben, bitte mach, dass Steven nicht stirbt!* Vielleicht betete der Pater etwas Ähnliches. Er schwieg und ließ einen Rosenkranz durch seine Finger gleiten. Anna starrte nur ins Leere. Einmal war sie kurz eingeschlafen, aber ein stechender Schmerz in ihrem Bauch weckte sie auf. Das Baby schien sich zu beschweren, und wen wunderte das? So wie Anna sich fühlte, musste sich auch der kleine Mensch da drin fühlen. Sterbenselend.

Sie fuhren mit dem Taxi zum Krankenhaus, und Pater Angelius hielt jetzt ihre Hand. Bevor sie auf die Intensivstation gingen, sagte er zu ihr:

„Verfluchen Sie nicht Gott für all das. Steven ist jetzt in seinen Händen."

Nein, ich verfluche mich und Bob. Wenn ich da gewesen wäre und auf Steven hätte aufpassen können, wäre das nie passiert.

Bob und Godfrey waren im Flur vor dem Behandlungszimmer. Sie sahen beide aus, als ob sie tagelang nicht geschlafen oder gegessen hätten.

Bob blickte auf, und als er Anna erkannte, huschte so etwas wie Sehnsucht über sein Gesicht, aber das währte nur einen winzigen Augenblick, dann riss er seine Augen von ihr los, sein Gesichtsausdruck versteinerte wieder, und er wandte sich ab.

Pater Angelius trat zu ihm und sprach leise und eindringlich mit ihm. Anna blieb völlig verloren mitten im Krankenhausflur stehen und wusste nicht, ob sie sich setzen oder ob sie auch zu Bob gehen und sich weinend in seine Arme werfen sollte. Am liebsten wollte sie sich einfach nur fallen lassen und schreien. Ihr Herz brannte vor Schmerz, nein, ihr ganzer Körper brannte und zitterte. Sie kam sich so mickerig und verstoßen vor. Sie liebte Steven doch auch. Warum konnte Bob sie nicht in die Arme nehmen und ihren Kummer wegküssen? Warum konnten sie sich nicht gegenseitig trösten in einer Stunde wie dieser?

Er wirkte wie eine Skulptur aus Stein. Kalt und tot.

Godfrey ging direkt vor der Tür der Intensivstation auf und ab. Er ignorierte sie ebenfalls. Garantiert war auch er davon überzeugt, dass sie eine Ehebrecherin war, dass sie schuld an allem war. Ein Arzt kam aus einem Nebenzimmer und steuerte auf Anna zu, die immer noch unbeweglich dastand und nicht wusste, was sie tun sollte.

„Sind Sie die Mutter?"

„Die Stiefmutter." *Trotzdem, ich will auch wissen, was mit ihm ist.* „Wie geht es ihm?"

Der Arzt schüttelte schwach den Kopf und ging weiter, verschwand in dem Raum, in dem Steven offenbar um sein Leben kämpfte. Pater Angelius sagte etwas zu ihr, aber sie verstand ihn nicht. Seine Stimme klang dumpf wie ein Didgeridoo aus der Ferne, und ihr Körper fühlte sich inzwischen an, als würde sie auf einem Scheiterhaufen verbrannt werden. Ihr Bauch brannte und zuckte vor Schmerz, ihr Rücken, ihr Kopf, ihre Augen, der Hals, alles brannte und spannte. Warum tat ein Herz eigentlich weh, wenn es doch längst tot war? Pater Angelius drückte sie auf die Bank.

„Setzen Sie sich! Sie sehen ja furchtbar aus, Anna."

Sie setzte sich jetzt und Bob kam auch herüber. Mit einem Ächzen ließ er sich auf die Wartebank genau gegenüber fallen, aber sosehr Anna auch seinen Blick suchte, er starrte mit leeren Augen auf den Boden und ignorierte sie. Ein Arzt kam aus Stevens Zimmer und bat Bob mit leiser Stimme hinein. Anna sprang auf, weil sie ihm folgen wollte, aber Pater Angelius schüttelte den Kopf und zog sie zurück auf die Bank.

Nachdem sein Vater weg war, kam Godfrey zu ihnen herüber. „Er ist weggelaufen, am Heiligen Abend. Wir haben ihn gesucht, die ganze Nacht, den ganzen Tag …"

Er unterbrach sich und sah Anna an – vorwurfsvoll. *Ich bin schuld. Er ist weggelaufen, weil ich nicht da war*. Das Baby in ihrem Bauch drehte sich wie wild herum. Ein glühend heißer Stich fuhr durch ihren ganzen Körper. Jetzt konnte sie das Schreien nicht länger unterdrücken, die Schmerzen waren unerträglich. Sie spürte eine heiße Welle, dann wurde es finster.

ALS Anna wieder zu sich kam, wusste sie, dass das Baby tot war.

Da waren überall Kanülen und Flaschen, Apparate und Geräusche und jemand hielt ihre Hand. Es war Pater Angelius. Er hatte Tränen des Mitgefühls in seinen Augen, aber Anna konnte nicht mehr weinen.

Sie war fertig. Verbraucht, vernichtet und tot. Alles in ihr war gestorben, mit dem Baby, mit Steven, mit Bob. Sie befreite ihre Hand aus der des Paters. Sie wollte nichts mehr spüren, keine Berührung, nichts mehr. Sie schloss die Augen und hörte auf die dunkle Leere in ihrem Bauch. Kein Baby mehr. Sie hatte es umgebracht. Es hatte nicht bei dieser unerträglichen Mutter bleiben wollen, nicht in diese verdammte Welt kommen wollen. Es hatte sich verabschiedet und sie wollte jetzt auch sterben.

Ein junger Arzt kam, um nach ihr zu sehen. Sie hatte keine Ahnung, wie viel Zeit vergangen war, ob sie geschlafen hatte oder mit leerem Gehirn einfach nur an die Decke gestarrt hatte, aber Pater Angelius war immer noch da an ihrer Seite.

„Nun, Mrs. Bendrich. Sie hatten Glück im Unglück!" *Verschwinde und lass mich in Ruhe*. „Sie haben sehr viel Blut verloren, dadurch kam es zum Schock. Es war ein großes Glück für Sie, dass Sie sich direkt im Krankenhaus befunden haben."

Wie schade. Ich wäre gerne tot.

„Sie müssen doch etwas gespürt haben. Warnzeichen Krämpfe,

Schmerzen, Blutungen. Waren Sie denn nicht bei einem Gynäkologen in Behandlung?"

Sie antwortete nicht. Dieser Bubi! Was wusste der denn schon?

„Ihr Arzt hätte Ihnen Ruhe verordnen müssen", fachsimpelte er weiter.

„Hauen Sie endlich ab!" Ihre Stimme klang wie die einer Achtzigjährigen. Sie fühlte sich auch so.

„Möchten Sie jetzt Ihren Mann sprechen?"

Sie riss die Augen verwundert auf. „Möchte er mich denn sprechen?"

Der Arzt wirkte verdutzt und verließ beinahe fluchtartig das Krankenzimmer. Er hatte keine Ahnung von den Hintergründen, natürlich nicht, er hatte von gar nichts eine Ahnung. Nicht vom Leben, nicht vom Sterben, nicht von der Liebe. Er ging wieder, aber Bob kam natürlich nicht.

Es machte ihr nichts aus, nicht mehr.

Pater Angelius öffnete den Mund und wollte etwas zu ihr sagen, aber sie drehte den Kopf weg. Er brauchte es nicht zu sagen. Sie wusste es schon. Alle tot.

Was haben sie mit meinem Baby gemacht? Wo ist es jetzt? Wird man es wenigstens beerdigen? Nein, es war ja noch so klein, erst ein paar Wochen alt, und schon ist ihm seine fürchterliche Mutter zu viel geworden.

Pater Angelius blieb bei ihr, stundenlang, ohne dass sie auch nur ein Wort miteinander sprachen. Es gab auch nichts zu sagen. Der Pater war trotzdem sehr standhaft. Es gab so viele gläubige Seelen, und er saß am Bett einer Ungläubigen, schweigend, wahrscheinlich betend, nur um für sie da zu sein und ihr zuzusehen, wie sie sich in Selbstmitleid wälzte.

„Ich glaube, Bob braucht Sie jetzt nötiger, Pater." Sie wollte ihn nicht loswerden, aber es war ihr auch gleichgültig, ob er blieb, aber Pater Angelius schüttelte nur den Kopf.

„Verzweifeln Sie denn nicht auch manchmal am Leben, Pater?", fragte sie nach einer Weile, weil er immer noch beharrlich an ihrer Seite saß.

„Am Leben schon, aber nicht an Gott, Anna, ich weiß, was Sie durchmachen."

Nein, du weißt es nicht. Du glaubst an Gott, du hast jemanden, der deinem Leben einen Sinn gibt. Ich habe niemanden mehr.

„Es gibt Neuigkeiten von Steven …" Sie musste eingeschlafen sein, denn der Pater griff nach ihrer Hand und schüttelte sie leicht an der Schulter. „Er hat das Schlimmste überstanden, aber die Ärzte können die Folgeschäden noch nicht abschätzen. Vielleicht wird er für den Rest seines Lebens im Rollstuhl sitzen oder blind und gehörlos sein. Steven braucht Sie, Anna. Und Bob braucht Sie noch viel mehr. Er leidet wie ein elendes Tier."

Aber er hat mich weggejagt. Und jetzt ist unser Baby tot. Ich werde ihm niemals verzeihen. Ich werde mir selbst nie verzeihen. Steven wird nie wieder gesund? Lieber Gott, sag mir, wozu das alles gut sein soll? Warum gerade Steven?

Der junge Assistenzarzt und eine Schwester kamen herein und schickten Pater Angelius hinaus.

„Zeit für eine kleine Untersuchung", verkündete der Arzt gut gelaunt. Er konnte nichts dafür, dass das Leben (oder der liebe Gott) mit Anna gerade das Arschkartenspiel spielte, aber sie hasste den Arzt und sein sonniges Gemüt trotzdem. Er packte sein Blutdruckmessgerät aus und pumpte. „Das sieht doch schon viel besser aus. Für eine Weile stand es nicht sehr gut um Sie, gestern." Er schaute auf ihr Krankenblatt. „Sie sind in einem sehr schlechten Allgemeinzustand und Sie haben viel Blut verloren. Theoretisch könnten wir Sie morgen entlassen, sofern es jemanden gibt, der sie zu Hause pflegt. Sie müssen sich unbedingt schonen und dürfen nicht aufstehen."

Sie machte ein abfälliges Geräusch durch die Nase, das sich wie ein Dingo-Knurren anhörte, aber übersetzt bedeutete es: *Leck mich!*

„Hat Ihr Frauenarzt Sie nicht beraten? Keine Zigaretten, kein Alkohol, gesunde Ernährung, viel Schlaf und maßvollen Sport! Wenn Sie wieder schwanger werden, achten Sie einfach etwas mehr auf Ihr Wohlergehen, dann wird es beim nächsten Mal schon klappen." Er schenkte ihr wieder sein dämliches Sonnenscheingrinsen, und sie hätte es ihm am liebsten mit ihrer Faust aus dem Gesicht gewischt, aber ihre Arme waren leider zu schlapp, um sich auch nur zehn Zentimeter von der Bettdecke zu heben. Also wandte sie das Gesicht von ihm ab.

„Es wird kein nächstes Mal mehr geben", sagte sie zur Wand.

Er legte das Krankenblatt auf das Nachtschränkchen, beugte sich ein wenig über sie und seufzte das typische Seufzen eines Arztes, der seine Patienten für unmündige Deppen und arme Opfer hielt.

„Mrs. Bendrich, Sie sind nicht die erste Frau, die eine Fehlgeburt hat. Tatsächlich kommt so etwas sogar häufiger vor, als man glaubt. Nehmen Sie das nicht zu schwer. Sie können jederzeit wieder schwanger werden. Meist hat ein Embryo eine Anlagestörung, eine Chromosomenanomalie, und die Natur regelt das auf ihre Weise ganz praktisch, indem sie das Problem abstößt."

„Sie sollten sich gottverdammt noch mal verpissen, Doktor!" *Das Problem abstoßen? Hatte sie sich das nicht vor ein paar Wochen selbst noch gewünscht? Oh Gott, ihr schlechtes Gewissen knotete ihr die Gedärme zusammen und presste ihr die Luft aus den Lungen.*

„Vielleicht ist es besser, wenn ich den Chefarzt vorbeischicke." Sie konnte sein Gesicht nicht sehen, aber sie hörte am pikierten Klang seiner Stimme, dass sein aufmunterndes Lächeln jetzt endlich aus seinem Surferboy-Gesicht verschwunden war.

„Lasst mich einfach alle in Ruhe!"

Der junge Arzt zerrte das Krankenblatt vom Nachtschrank und stakste geräuschvoll zur Tür. Anna schloss die Augen und schlief irgendwann sogar wieder ein. Als sie aufwachte, wechselte eine Krankenschwester gerade die Infusionsflasche, die Tür stand halb offen, und sie hörte, wie sich draußen im Flur zwei Männer unterhielten. Es waren offenbar zwei Ärzte, denn die Stimmen gehörten weder Pater Angelius noch Bob.

„… dann war es wohl ein ziemlich einsames Weihnachtsfest für Sie, wie?"

„Ich habe einen alten Freund in Sydney besucht. Man kommt so über die Runden. Was ist mit der Patientin? Warum haben Sie mich angepiepst?"

„Sie ist sehr schwierig. Ihr Sohn liegt in der Intensivstation im Koma und sie hatte eine Fehlgeburt."

„Geben Sie mir mal das Krankenblatt", sagte der andere Arzt und seine Stimme klang merkwürdig vertraut. „Hat schon jemand mit ihrem Mann gesprochen?"

„Nein, Doktor Prescot, er ist unten auf der Intensivstation, weicht keine

Sekunde von der Seite seines Sohnes. Ein Pater ist bei ihr. Er hat sich nur gerade etwas hingelegt."

„Ich spreche mit ihr", sagte der Arzt und kam herein, und dann erklang plötzlich ein überraschtes „Nanu!" von der Tür herüber.

Anna ließ die Augen geschlossen. Sie wollte nicht, dass jemand mit ihr redete oder gar irgendwelche bedeutungslosen Mitleidsbekundungen absonderte. Sie brauchte niemanden, der ihr sagte, dass sie jederzeit wieder Kinder bekommen könnte. Sie hatte ihr Baby umgebracht und Steven im Stich gelassen, und sie wollte kein Scheißmitleid.

„Eines beruhigt mich an Ihrem Zustand, Sie können mir nicht wieder davonlaufen", sprach der Arzt von der Tür her, und jetzt musste Anna doch die Augen öffnen. Das war er tatsächlich! Der Weinkenner und AMP-Leser aus Sydney. Wie war das denn möglich? Vorgestern waren sie sich, 4000 Kilometer und 6 Stunden Flug von Sydney entfernt, rein zufällig begegnet, und jetzt stand er plötzlich an ihrem Bett? Oder war das wieder mal eine von Gottes verrückten Ideen, um sie zu quälen?

Bloody hell, jetzt fange ich schon an, an Gott zu glauben.

„Glauben Sie an göttliche Fügung?", fragte er, als ob er ihre Gedanken lesen könnte.

„Ich bin Wissenschaftlerin", murrte sie.

„Ich wundere mich über Ihren Namen." Er schaute auf das Krankenblatt. „Ihr scharfsinniger Artikel in der AMP ist unter dem Namen Dr. Anna Lennarts veröffentlicht, hier steht aber Mrs. Anna Bendrich. Aber Sie sind es zweifellos. Ich … ich bin sonst kein Typ, der Frauen einfach anspricht, aber ich fand Ihren Artikel in der AMP einfach genial. Ich habe so gelacht, und dann habe ich andauernd dieses Foto von Ihnen angeschaut und mich gefragt: Warum kann ich nicht mal so einer Frau begegnen? Ich habe mich tatsächlich in Ihr Foto verguckt, und als ich Sie dann nur ein paar Tage später in der Weinhandlung gesehen habe, da dachte ich: Das muss ein Zeichen Gottes sein."

Der ist ja noch schlimmer als der Pater. „Können Sie mir sagen, wie es Steven geht?"

„Steven? Ist das Ihr Sohn, der im Koma liegt? Ich werde mich gleich nachher nach ihm erkundigen und Ihnen Bescheid geben. Nun erzählen Sie mir mal, was passiert ist." Er setzte sich zu ihr auf das Bett, aber zumindest hielt er genügend Abstand, sodass sie es nicht als aufdringlich empfand, und er griff auch nicht nach ihrer Hand. Das wäre ihr echt zu viel geworden.

„Sind Sie der Psychologe des Hauses?"

Er lachte. „Nein, ich bin der Chefarzt der Gynäkologie. Wollen Sie lieber mit einem Psychologen sprechen? Ich dachte, der Pater betreut Sie. War der Wein für ihn gedacht?"

„Ich will mit niemandem sprechen."

„Sehen Sie, Mrs. Bendrich, darüber zu reden, macht es nicht ungeschehen, aber es hilft Ihnen vielleicht …"

„Wenn Sie wissen, wie es Steven geht, können Sie wiederkommen, Doktor."

Sie drehte den Kopf zur Seite und starrte aus dem Fenster auf einen anderen Gebäudeteil des Krankenhauses. Der Doktor stand auf und ging, aber schon wenige Minuten später kam er zurück.

„Es geht ihm besser, als man erwarten durfte. Er ist jetzt stabil, sagen die Kollegen, aber man weiß nicht, wie lange sein Gehirn ohne Sauerstoffversorgung war. Daher ist noch nicht klar, welche Folgeschäden er zurückbehalten wird, wenn er aus dem Koma erwacht. Ihr Gatte möchte ihn so schnell wie möglich in eine neurologische Spezialklinik nach Sydney überführen lassen, sobald er transportfähig ist. Und nun zu Ihnen." Er hob seine Hand, als wolle er nach ihrer greifen, überlegte es sich dann aber dann doch anders und faltete seine Hände stattdessen vor seinem Gesicht. „Sie schreiben ketzerische Artikel gegen die christliche Religion und sind doch mit einem Dominikanerpater befreundet."

„Er ist ein Benediktiner und keineswegs mein Freund." *Aber nein! Wahrscheinlich ist er der einzige Freund, den ich habe.*

„Ihr Mann sitzt seit achtundvierzig Stunden ein Stockwerk tiefer und hat sich noch nicht einmal nach Ihnen erkundigt. Als das Unglück passiert ist, waren wir beide gerade in einer Weinhandlung in Sydney."

Sehr scharfsinnig, Sherlock Holmes.

„Sie haben ihn verlassen und machen sich Vorwürfe, an dem Unfall schuld zu sein."

„Und ich bin es auch", schrie sie ihn an. *Ich hätte mich wenigstens von Steven verabschieden müssen und ihm sagen sollen, dass ich ihn liebe.*

Jetzt nahm er doch ihre Hand. „Was ist geschehen? Sprechen Sie mit mir darüber."

Sie zog ihre Hand wieder weg, und er ging, aber am anderen Tag kam er wieder mit einer Flasche Rotwein, ein Haberschlachter Heuchelberg, Trollinger aus Württemberg.

„Ich stamme aus dem Barossa Valley, aus einer alteingesessenen Winzerfamilie. Meine Urgroßmutter war Deutsche."

Anna betrachtete das Etikett mit halbherzigem Interesse. „Es war bestimmt nicht leicht, so was hier unten zu bekommen."

„Es war verdammt schwer. Wir Australier trinken am liebsten unseren eigenen Wein und diese Marke wird normalerweise nur im eigenen Anbaugebiet in Deutschland verkauft. Mein Glück, dass ich alle renommierten Weinhändler in Down Under kenne. Beinahe alle." Er zwinkerte ihr verschwörerisch zu, und ihr Mundwinkel zuckte im Anflug eines minimalen Lächelns. „Steven ist übrigens aus seinem Koma erwacht und wird gerade von zwei Neurologen untersucht."

„Wo ist Pater Angelius?" *Warum kommt Godfrey mich nicht wenigstens besuchen?*

Pater Angelius war bei Steven und bei Bob, aber er kam kurz darauf, um zu berichten.

„Die Ärzte machen uns wenig Hoffnung, dass Steven jemals wieder gehen kann. Er kann sehen und hören, und er reagiert, wenn er angesprochen wird, scheint seinen Vater zu erkennen. Morgen wird er nach Sydney gebracht und Bob begleitet ihn. Alles andere liegt in Gottes Hand." Der Pater bekreuzigte sich und blickte zur Decke. Na ja, ein bisschen Priester-Sein wollte sie ihm von Herzen zugestehen.

„Wie ist das Unglück überhaupt passiert?" In dem Augenblick, als Anna die Frage aussprach, wünschte sie sich schon, sie hätte sie nicht gestellt, denn sie war sich gar nicht sicher, ob sie stark genug war, die Geschichte zu ertragen.

„Ich weiß es nicht, Anna. Bob ist nicht sehr gesprächig, sondern stumm und verstockt wie ein lebloser Stein. Es ist eine harte Zeit der Prüfung für ihn, und eigentlich sollten Sie beide einander Kraft geben und nicht sich gegenseitig auszehren."

„Um das zu wissen, muss man kein Pfarrer sein", fauchte sie ihn an und bereute ihren Zynismus sofort wieder. Pater Angelius war doch der einzige Mensch, der ihr noch geblieben war.

„Anna, es tut mir leid, aber ich muss unbedingt zurück nach Sydney", sagte er jetzt, als hätte er sie denken hören. „Ich kann meine Gemeinde unmöglich länger alleine lassen und Pater Severus kann mich nur noch heute vertreten."

Anna nickte. *Ich bin nur hierhergeflogen, um meinen versteinerten Mann zu sehen und mein Baby zu verlieren. Und jetzt gehen alle weg. Steven, Bob, mein Baby und der Pater schließlich auch. Ja, und wenn du noch tiefer in deinem Selbstmitleid badest, wirst du darin ertrinken. Du hast es dir selbst eingebrockt. Sieh zu, dass du damit klarkommst.*

„Bob hat mir Geld gegeben, damit Sie nach Hause fliegen können."

„Nach Hause?" Für eine Sekunde dachte sie, er spräche von Bendrich Corner.

„Nach Deutschland."

Dieser gemeine Hundesohn! Sie spürte den üblichen Schmerz, wenn es um Bob ging, der Schmerz, der sich anfühlte, als würde ihr Herz durch den Fleischwolf gedreht, aber zum ersten Mal empfand sie auch Wut, heiße Wut auf Bob. Es war immerhin ein Zeichen, dass sie noch lebte.

„Ich will sein bescheuertes Geld nicht! Wenn er mich loswerden will, dann soll er die Scheidung einreichen. Er hat mir einen Eid abgenötigt, der mich ein Leben lang an ihn binden sollte, und wenn ihm das plötzlich nichts mehr bedeutet, dann soll er den Eid gefälligst selbst brechen und nicht mich vorschieben."

„Dann nehmen Sie das Geld wenigstens, um nach Sydney zurückzukommen, sobald Sie hier entlassen werden. Sie sind bei mir immer willkommen. Sie wissen das."

„Ich werde sein Geld nicht anrühren, Pater, und wenn ich zu Fuß nach Sydney gehen muss. Behalten Sie es als Spende für Ihre Kirche."

Der Pater schüttelte zwar den Kopf, aber er nötigte sie nicht weiter. Er kannte sie inzwischen gut genug, um zu wissen, dass sie das Geld lieber ins Klo runterspülen würde, als sich von Bob so schäbig abfinden zu lassen. Am Abend reiste er ab und schenkte ihr zum Abschied einen Rosenkranz. Seltsamerweise freute sie sich über das Geschenk, auch wenn sie das Ding niemals benutzen würde. Sie wusste, was der Pater ihr damit sagen wollte: dass sie die Hoffnung nicht aufgeben durfte.

Am nächsten Tag kam Doktor Prescot mit einem Rollstuhl.

„Sie dürfen eigentlich noch nicht aufstehen, aber der behandelnde Arzt gibt Ihnen eine Ausnahmegenehmigung von einer halben Stunde." Er fragte gar nicht lange, ob sie Lust hatte, sondern hob Anna einfach aus dem Bett und setzte sie in den Rollstuhl.

„Wir fahren in die Kantine. Schwester Rose sagte mir, dass Sie sich weigern, zu essen. Ich verstehe das. Die Küche für die Patienten ist wirklich unter aller Würde, aber die Kantine für das Personal ist erstaunlicherweise ganz passabel."

„Ich habe keinen Hunger." *Und keine Lust, mit dir durch die Flure zu kutschieren.*

„Ihr Mann und Steven sind heute Morgen mit dem Ambulanzflugzeug nach Sydney aufgebrochen. Es ist wirklich eine sehr gute Klinik, wenn man Geld hat. Mein Studienfreund ist dort Chefarzt. Und wenn Steven irgendwo geholfen werden kann, dann dort."

„Doktor, was soll das?" *Ich habe keine Lust auf eine Rundfahrt oder auf einen Flirt mit dir.*

Er schob sie in den Aufzug. „Warum nennen Sie mich nicht Danny? Heute gibt es Barramundi."

„Und was ist das? Ein Rotwein?" Sie wusste genau, was ein Barramundi war. Bobs Männer waren oft mit den Motorbooten auf dem Fitzroy flussaufwärts getuckert und hatten Stunden damit verbracht, Barramundis zu angeln. Manche von den Fischen waren so groß wie der Oberschenkel eines ausgewachsenen Mannes gewesen, aber wenn die Männer später dann beim Bier und beim Barbecue von ihrem Angelabenteuer erzählten, dann hatte der gefangene Fisch mit zunehmendem Biergenuss immer größere Ausmaße angenommen, bis er schließlich die Größe eines

Salzwasserkrokodils erreicht hatte.

„Wie lange sind Sie schon in Australien?"

„Seit August." *Ja, tatsächlich erst seit August, noch nicht einmal ein halbes Jahr, und ich dachte, es wäre ein halbes Leben gewesen.*

„Es ist ein Jammer! Barramundi ist eine unserer Spezialitäten. Man kennt Australien nicht, wenn man den Barramundi nicht probiert hat."

Er schob sie in die Kantine. Die Schwestern grüßten freundlich. Der arme Assistenzarzt mit dem Sonnenscheinlächeln war auch da, aber er lächelte nicht, sondern nickte nur knapp, sei es aus Respekt vor seinem Chefarzt oder aus Respekt vor Annas schlechter Laune.

„Was ich von Australien kenne, sagt mir, dass man sich nachher den Mund über Sie zerreißen wird. Man wird herumerzählen, Doktor Prescot treibt es mit der Tierärztin, die von ihrem Bruder, dem Grafen, schwanger wurde, mit einem Benediktinerpater durchbrannte und jetzt das Kind abtreiben ließ."

Sie hatte ihre zynischen Gedanken wirklich laut ausgesprochen, sie nicht nur gedacht und in sich hineingefressen. Doktor Prescot schob sie an den Tisch und setzte sich ihr gegenüber.

„Wundervoll, Sie fangen an zu erzählen. Also, was davon ist wahr?"

„Alles, was Sie möchten. Ich habe gelernt, dass die Wahrheit nicht so wichtig ist wie die Dinge, an die man unbedingt glauben möchte."

„Für mich ist sie aber wichtig."

„Wann kann ich gehen?"

„Aus der Kantine erst, wenn Sie den Barramundi probiert haben. Aus der Klinik erst, wenn Sie Ihre Geheimnisse gelüftet haben."

„Ich habe keine Geheimnisse. Was es über mich zu wissen gibt, können Sie aus meinem Krankenblatt und aus meiner Kurzbiografie im AMP-Magazin entnehmen."

Er ging an die Theke, kam mit einem Tablett und zwei Tellern zurück.

„Doktor Anna Bendrich, geborene Lennarts, Archäologin und Altphilologin, studierte in Deutschland an der Eberhard-Karls-Universität Tübingen, Promotion in mediävistischer Archäologie, sechsundzwanzig

Jahre alt, seit 28. Oktober verheiratet mit Robert Bendrich, der hier in Perth einen sehr guten Ruf als Wohltäter für die Armen und Waisen genießt. War alleine am Heiligen Abend in einer Weinhandlung in Sydney, besitzt keinerlei Fachkunde für Weine, schlägt wohl gemeinte Ratschläge eiskalt aus, dann Fehlgeburt, und jetzt einsam und verlassen, weit entfernt von der Heimat. Und Sie sagen, Sie hätten keine Geheimnisse!"

„Der Barramundi schmeckt nicht schlecht. Allerdings habe ich keine Lust, ihn aufzuessen."

„Warum weisen Sie meine Hilfe zurück?"

Anna schob den Teller von sich. „Sehen Sie, Doktor, ich bin einfach nicht an einem Flirt mit Ihnen interessiert. So unfassbar, wie das vielleicht klingen mag, aber ich liebe meinen Mann immer noch. Und ich wäre froh, ich könnte zu ihm zurückkehren. Auch, wenn die äußeren Umstände vielleicht einen anderen Eindruck erwecken."

„Sie haben ihn also nicht verlassen?"

„Nein, er hat mich hochkant rausgeworfen." *Merkwürdig, wie distanziert das klingt, als würde ich gar nicht von mir sprechen, als wäre es ganz weit weg.*

Der Doktor hörte auf zu kauen. „Aber doch nicht wegen der Schwangerschaft?"

„Sozusagen."

Jetzt legte er sein Besteck weg und schaute sie mit tief gefurchter Stirn an. „Waren Sie wirklich von Ihrem Bruder schwanger?"

Anna lachte. Ja wirklich! Das war ihr erstes Lachen seit … wahrscheinlich seit sie Bendrich Corner verlassen hatte, aber es war kein glückliches Lachen. *Wenn ich so weitermache, werde ich in wenigen Monaten eine gehässige und verbitterte Zynikerin sein. Das muss aufhören.*

„Ich habe keinen Bruder."

„Ich auch nicht." Er lachte ebenfalls. „Meine Frau ist vor zwei Jahren gestorben. Brustkrebs."

So, das war's dann! Annas Zynismus blieb ihr in der Kehle stecken. Sie wünschte sich, er hätte das nicht gesagt, denn mit einem Mal wirkte er verwundbar, so verwundbar wie sie selbst. „Warum erzählen Sie mir das?"

„Um Ihnen zu sagen, dass ich weiß, was trauern heißt, glauben Sie mir. Ich habe meine Frau auch geliebt."

Ich esse den Barramundi trotzdem nicht. Höchstens einen kleinen Biss und ein wenig von dem Gemüse.

Nach zehn Tagen wurde Anna entlassen. Daniel Prescot war jeden Tag bei ihr. Er sprach mit ihr und sie hörte zu. Er erzählte vom Barossa Valley, von seiner Familie und von seiner Frau, aber er fragte nicht mehr nach Annas Geschichte. Als sie ging, mit nichts mehr als ihrer Jacke und ihrer Handtasche, lief er ihr hinterher und stellte sich ihr breitbeinig in den Weg.

„Möchten Sie mir nicht wenigstens Ihre Adresse und Ihre Telefonnummer geben? Bitte."

Sie zögerte und zuckte unentschlossen die Schultern. Doktor Prescot hatte sie die ganze Zeit höflich und fürsorglich behandelt und nie einen Annäherungsversuch unternommen, sondern sich als echter Freund erwiesen. Es wäre kindisch und undankbar, wenn sie wie eine beleidigte Leberwurst aus seinem Leben verschwinden würde.

„Ich wohne bei Pater Angelius, Sankt-Michaels-Kapelle, Gosford Street."

„Ich habe einen sehr guten Freund in Sydney. Ich würde Sie gerne auf ein Glas Rotwein einladen, wenn ich mal wieder dort bin, um ihn zu besuchen."

Anna nickte, lächelte schwach und ging. Aber sie wusste keineswegs, wo sie hingehen sollte oder wie sie etwa ohne Geld nach Sydney kommen sollte. Die Rechnung, die sie vom Krankenhaus erhalten würde, würde wahrscheinlich ein Riesenloch in ihre Finanzen reißen. Sie fuhr mit dem Taxi in die Innenstadt von Perth.

Es war Hochsommer, zumindest in Down Under, wo alles verkehrt herum war. Eigentlich hatte das neue Jahr gerade angefangen und in Deutschland lähmten wahrscheinlich Eis und Schnee den Verkehr. In Perth hingegen blühten die Blumen, bunt, bizarr und wohlriechend wie eine ganze Parfümerie. Die Stadt war bunt und fröhlich, ein Wind vom Meer her verschaffte Kühlung und machte die Sommerhitze erträglich, mediterran und unbeschwert. Es war eine herrliche Zeit für die Liebe! Auf den Parkbänken saßen sie, die Liebespaare, küssten sich und versprachen sich ewige Treue – wenn die wüssten …

Ihr Geld reichte noch nicht einmal für eine Übernachtung in einem drittklassigen Hotel, schon gar nicht für eine Bus- oder Zugfahrt nach Sydney. *Ich hätte das Geld von Bob annehmen sollen,* dachte sie, *er ist mir mehr als nur ein Flugticket schuldig. Aber sein verdammtes Geld … Glaubt er, damit aus dem Schneider zu sein und alles abhaken zu können? Unsere Liebe, den Tod des Babys, alles.*

Sie rief bei Trunton an und bat ihn um Hilfe. Sie würde von jedem x-beliebigen Mann lieber Geld annehmen als von Bob, und Trunton war auch sehr hilfsbereit. Er versprach, sich um alles zu kümmern: einen Flug für sie zu buchen, ihn zu bezahlen, ein Hotelzimmer in Perth, ein Taxi, alles, was sie brauchte – überhaupt kein Problem. Er würde von Sydney aus mit seiner Kreditkarte bezahlen und sie konnte es ihm mit ihren nächsten Artikeln zurückbezahlen. Das Flugzeug ging am nächsten Morgen. Er würde sie persönlich in Sydney am Flughafen abholen. Sie sollte den Sommertag in Perth genießen. Hooray und bis morgen.

Nachdem sie ihr Hotelzimmer bezogen hatte, fuhr sie mit dem Taxi zu Godfreys Internat. Ihr Herz klopfte heftig, als sie beim Rektor vorsprach, sich als Godfreys Stiefmutter ausgab und fragte, ob sie ihn sprechen dürfte. Godfrey war bei einem Rules-Footballspiel, und der Rektor, auch ein Pater, begleitete sie an den Rand des Footballfeldes. Er erzählte ihr dabei voller Eifer von Godfrey.

„Er hat sich wunderbar akklimatisiert. Er kann im Unterricht hervorragend folgen. Allerdings hat ihn der tragische Unfall seines Bruders sehr mitgenommen. Ich bin froh, dass Sie ihn besuchen."

Ich hoffe nur, dass ich damit nicht noch mehr Schaden anrichte, dachte Anna ängstlich, aber sie musste endlich wissen, wie der Unfall passiert war, und sie wollte wenigstens Godfrey ihre Variante der Geschichte erzählen. Es war nicht fair, dass Bob sie als Ehebrecherin hinstellte und sie nicht die Chance hatte, sich zu rechtfertigen.

„Was willst du?", fragte Godfrey feindselig.

Jemanden, der zu mir hält, weil er mich liebt. „Wer kümmert sich denn jetzt um Lucy und Linda?"

„Sie sind bei Oma Melville." Er sah sie nicht an.

Was soll ich denn nur zu ihm sagen? Ich bin unschuldig! Ich bin es ja nicht. „Erzählst du mir bitte, wie es passiert ist?"

Godfrey schnaufte ungnädig. „Ich habe nachher gleich Latein. Wozu willst du es wissen? Es braucht dich nicht mehr zu interessieren."

Du bist so gemein wie dein Vater. „Du irrst dich. Es interessiert mich sehr. Halt mich meinetwegen für eine Ehebrecherin, obwohl du mich besser kennen solltest, aber zweifle nie an meiner Liebe zu euch. Zu euch allen." Sie würde nicht weinen. Nicht eine Träne würde sie Godfrey zeigen, am Ende würde er ihr noch unterstellen, dass sie heuchelte.

Godfrey schnaubte ein zweites Mal, noch lauter, noch ungnädiger, aber er begann doch zu erzählen. „Ich bin erst am 23. Dezember in Bendrich Corner angekommen. Steven war unerträglich, alle waren unerträglich, jeder auf seine Weise. Aber Steven hat allen das Leben zur Hölle gemacht, nachdem du gegangen bist."

„Gegangen" ist gut. Sie kniff die Lippen zusammen und schaute ihm direkt in die Augen. Er senkte hastig den Blick.

„Aber am Heiligen Abend war es eine blanke Katastrophe. Er schrie herum, tobte und verlangte, dass wir dich holen sollten. Vater hat auch herumgeschrien. Er hat ihn angebrüllt, dass du nie wieder kommst und dass er sich damit abfinden soll, dass alle Frauen falsche Schlangen seien. Steven ist ausgerastet, hat alles kurz und klein geschlagen. Den Weihnachtsbaum umgestürzt, die Glaskugeln durch die Gegend geschmissen. Vater ist auch ausgerastet. Er hat ihm den Hintern versohlt." Godfrey sah sie jetzt vorwurfsvoll an. „Er hat noch nie ein Kind geschlagen, noch nie. Danach hat er Steven in sein Zimmer gesperrt und wir sind zur Messe nach Fitzroy Crossing gefahren."

Ihre Ohren brausten und ihr Magen rebellierte. Godfrey sprach weiter, monoton wie eine Maschine, die man nicht mehr abstellen konnte.

„Als wir zurückkamen, ist Vater zu ihm hochgegangen. Er hat seinen Ausraster bereut und wollte sich bei Steven entschuldigen, es wiedergutmachen. Aber er war weg, durch das Fenster rausgeklettert. Wir haben ihn gesucht in jeder Ecke, in jedem Schrank, in den Baracken, den Ställen, bei den McElls und den Goodwills, in Kisten, Kartons, sogar im Gefrierschrank und im Pool. Dann hat Vater den Flying Doctor Service gerufen und ist mit einem Suchtrupp losgezogen mit Jeeps und Pferden und sogar mit zwei Hubschraubern. Sie haben die ganze Nacht gesucht. Die Bellemarnes kamen, die Hensons und Browns. Am Heiligen Abend war echt was los.

In der Morgendämmerung machten die Suchmannschaften eine kleine Pause, dann ging es weiter, den ganzen Weihnachtstag und fast die ganze Nacht. Dann haben sie ihn gefunden. Vater und ein paar Männer. Er hat sich eines der Boote genommen, der Idiot, und ist den Fitzroy runtergefahren. Um diese Jahreszeit, bei dem Hochwasser ist das tödlich. Da ist die ganze Gegend überschwemmt, der Fluss hat eine Wahnsinnsströmung, ganz zu schweigen von den Krokodilen."

Anna hielt sich an der Metallstange fest, die zu dem hohen Zaun gehörte, der das Internat umfriedete. Ohne Halt hätten ihre Beine glatt unter ihr nachgegeben, ihre Augen waren verschleiert von den Tränen, die sie mit aller Macht unterdrückte. Godfrey kämpfte ebenfalls gegen die Tränen an.

„Er war nicht mehr bei Bewusstsein, als sie ihn fanden. Sie haben versucht, ihn wiederzubeleben. Ich hatte das Gefühl, das dauert ein Jahrhundert. Papa war …" Godfrey schüttelte den Kopf und weinte leise, senkte den Kopf und drehte sich von ihr weg. „Es ist einfach unfair, dass die ganze Scheiße immer nur Papa passiert. Es ist einfach unfair!"

Sie hätte Godfrey so gerne in die Arme genommen und zusammen mit ihm geweint, aber seine Zurückweisung hätte ihr mehr wehgetan als seine Tränen.

„Godfrey! Ich habe deinen Vater nicht betrogen." Sie machte ein paar Schritte auf ihn zu, dann blieb sie unschlüssig stehen. Sie musste Godfrey in Frieden lassen, der arme Junge hatte schon genug Schreckliches zu verdauen, er musst sich nicht auch noch mit ihrem Ehedrama auseinandersetzen. „Godfrey, ich habe dich lieb. Immer. Egal was du über mich denkst."

Godfrey stürmte davon und verschwand im Schulgebäude, und Anna ging wieder, zurück in die Stadt, ins Hotel, in das äußerst komfortable Zimmer und weinte.

Clannon Miller

11. Entscheidung

Am Flughafen in Sydney wartete Scott Randall auf sie. Anna war wütend, als sie ihn sah, machte auf dem Absatz kehrt und ging in eine andere Richtung.

„James musste zu einer dringenden Redaktionsbesprechung und lässt sich vielmals entschuldigen. Er bat mich, Sie abzuholen, damit Sie nicht alleine sind."

„Ich nehme ein Taxi!"

Sie drängte sich an ihm vorbei Richtung Ausgang, aber er hielt sie am Arm fest und zwang sie, stehen zu bleiben.

„Ich sollte Bob wirklich das Genick brechen für so viel Dummheit, aber erst nachdem ich ihm jeden Zahn einzeln ausgeschlagen habe."

„Sie wissen bestimmt, wo Sie ihn finden können", schnappte sie ihn an. „Aber wenn Sie schon mal da sind, dann können Sie mich auch zur Sankt-Michaels-Kirche fahren."

„Nein, ich bringe Sie nicht dahin. Es ist lächerlich, wie Sie sich bei diesem alten Pater verkriechen. Sie müssen aufhören, sich selbst zu bemitleiden. Von alleine ändern sich die Dinge meistens nicht!"

Jammer, Jammer, Jammer. War da etwa ein neuer Paul auferstanden, der ihr den Kopf zurechtrücken wollte? „Sagen Sie jetzt nicht, dass Sie mit mir in einer Diskothek eine widerliche Orgie feiern wollen, sonst weiß ich schon, wie die Geschichte endet."

Er überging ihren Scherz. „James hat Ihnen eine Wohnung besorgt. Sie liegt in der Nähe der Universität und gehört dem Verlag. Die Miete ist deshalb vergleichsweise erschwinglich. Es ist eine interessante Gegend: Studenten, Hafen, Wasser, Uni, alles in der Nähe."

„Ich finde das etwas aufdringlich von Mr. Trunton!"

„Mag sein, aber anders werden Sie wohl nicht aus Ihrem Witwenturm in der Gosford Street herauskommen. Kommen Sie!" Er zog sie vorwärts, zwängte sie in seinen schicken Sportwagen und brauste mit ihr quer durch die Stadt.

Die Wohnung lag im ersten Stock eines viktorianisch aussehenden Reihenhauses, dessen Fassade so rot gestrichen war wie die Erde im Outback. Die Wohnung war geräumig und mit modernen, femininen Möbeln möbliert. Die Bilder an der Wand zeigten Aborigine-Kunst und ein paar Kunstdrucke mit Zeichnungen von Leonardo da Vinci. Die Tagesdecke auf dem Bett war aus altrosa Spitze und die Seifen und Badezusätze im Badezimmer hatten Frauendüfte wie Veilchen und Maiglöckchen. Es fehlte an nichts, sogar der Kühlschrank war gefüllt. Das wirkte nicht wie eine schlichte Firmenwohnung, sondern gerade so, als ob die Wohnung nur für sie hergerichtet worden wäre.

„Ich möchte das nicht. Ich will mich weder Ihnen noch Mr. Trunton verpflichtet fühlen."

Scott lächelte nur und holte sich aus dem Kühlschrank eine Bierdose, als wäre er hier zu Hause.

„Mir sind Sie sowieso nicht verpflichtet. Ich zeige Ihnen die Wohnung lediglich und überreiche Ihnen den Schlüssel." Was er hiermit tat. „Und James sollten Sie sich auch nicht verpflichtet fühlen. Sie sind eine Mitarbeiterin seiner Zeitschrift, und wenn ich es richtig weiß, plant er bereits die nächste Artikelserie mit Ihnen. Seine Leser stehen auf Sie, Anna."

Also nahm sie den Wohnungsschlüssel ein klein wenig widerwillig und doch auch ein bisschen erleichtert in Empfang. Sie hatte dem Pater lange genug auf den Nerven gelegen, es war wirklich Zeit für sie, das Selbstmitleid auszuschalten und wieder Tritt zu fassen.

„Ich habe noch ein paar Sachen bei Pater Angelius, und ich möchte ihn fragen, wie es Steven geht."

„Das werden wir später erledigen. Jetzt werden wir uns zuerst amüsieren: nett ausgehen, etwas essen, Kleider kaufen, alles, was Sie wollen."

„Ich möchte mich nicht mit Ihnen amüsieren. Ich möchte mich hinlegen. Ich bin erschöpft von dem langen Flug."

„Wie würde die Geschichte denn weitergehen, wenn wir in einer Diskothek eine wilde Orgie feiern?", fragte er hintergründig. Er warf seine leere Bierdose mit einem Scheppern in den Mülleimer, setzte sich auf das

Sofa und streckte die Beine von sich. Er fühlte sich offenbar sauwohl und erweckte den Eindruck, als würde er nicht aufstehen wollen, bevor er die Geschichte nicht gehört hatte.

„Ich würde mich auf eine dubiose Stelle in Australien bewerben, würde dort den Mann meiner Träume treffen, würde mich unsterblich in ihn verlieben, ihn heiraten und von ihm schwanger werden, obwohl er sich einbildet, unfruchtbar zu sein. Er würde mich aus seinem Haus werfen, weil er denkt, ich hätte ihn betrogen. Ich würde nach Sydney fliehen und dort wie eine dumme Pute auf seinen Anruf warten. Ich würde vor Sehnsucht nach ihm fast vergehen, bis ein Schicksalsschlag mich nach Perth führt, wo ich mein Baby verliere …"

Sie ließ sich auf den Sessel fallen und schloss die Augen, aber sie weinte nicht, nicht richtig. Eine einzelne Träne zählte nicht. Es hatte gutgetan, es einfach einmal laut auszusprechen. Sie hatte es endlich jemandem erzählt, ausgerechnet ihm.

„Sie sollten diesen Bastard verklagen. Ich bin Anwalt", sagte Scott mit kühler Gelassenheit.

„Ich hätte es getan, wenn mein Kind geboren worden wäre. Ich hätte ihn zu einem Vaterschaftstest gezwungen, aber was soll das jetzt noch nützen?"

„Er schuldet Ihnen zumindest Unterhalt. Ich kann Ihre Ansprüche prüfen lassen."

Anna lachte verzweifelt. „Sie begreifen es nicht, oder? Es geht mir doch nicht um sein verdammtes Geld. Ich liebe ihn."

„Nach allem, was er gebracht hat?"

„Er ist sich sicher, dass ich ihn betrogen habe, auf die hinterhältigste und schrecklichste Weise, auf die eine Frau ihn überhaupt betrügen kann. Und jetzt kann ich ihm nicht einmal mehr beweisen, dass er im Unrecht ist."

„Sie sollten froh sein, dass Sie ihm nichts mehr beweisen müssen. Er hätte Ihnen einfach glauben sollen. Verdammt, Anna, der Mann muss auf Knien vor Ihnen kriechen, bevor Sie ihn wieder in Ihr Leben lassen."

Er hat leider verdammt recht. „Na gut", entschied sie und stand auf. „Sie gehen sich amüsieren und ich begleite Sie dabei."

Am Abend fuhren sie zu Pater Angelius und holten Annas paar Habseligkeiten ab.

„Doktor Prescot hat angerufen", begrüßte der Pater sie aufgeregt. „Sie haben da wohl etwas in der Klinik vergessen, und er wollte es persönlich vorbeibringen. Darf ich ihm Ihre neue Adresse geben?"

„Er kommt extra aus Perth hierher?", rief Scott lachend und klopfte Anna auf die Schulter, als wäre sie einer seiner Outback-Kumpane. „Der muss ja verrückt nach Ihnen sein."

Das ist er wahrscheinlich wirklich, dachte Anna mit einem Anflug von Galgenhumor. *Leider ist er nicht der Richtige.* „Pater, wissen Sie, wie es Steven geht? Denken Sie, ich kann ihn besuchen?", fragte sie und ersparte sich eine Antwort zum Thema Dr. Prescot.

„Sein Zustand ist stabil. Bob ist Tag und Nacht bei ihm. Er wird Sie womöglich nicht zu ihm lassen wollen." Der Pater sah sehr unglücklich aus, und Scott mischte sich schon wieder in die Unterhaltung.

„Steven ist nicht Ihr eigenes Kind, Anna. Lassen Sie das nicht so nahe an sich heran."

„Bob ist doch auch bei ihm, obwohl er sich einbildet, dass Steven nicht sein eigenes Kind ist. Wo ist der Unterschied? Ich habe auch das Recht, bei Steven zu sein."

Der Pater seufzte. „Wenn Sie wollen, dann begleite ich Sie morgen früh in die Klinik. Aber Sie sollten sich darauf gefasst machen, dass Sie mit Bob bis aufs Messer streiten müssen, um Steven zu sehen."

Ein Streit ist besser als sein Schweigen.

ALS sie am nächsten Morgen zusammen in die Klinik gingen, hatte Anna trotzdem Angst, nicht vor einem Streit, sondern davor, dass es zu keinem Streit käme, dass Bob wieder nur kalt reagieren oder gar nicht reagieren und sie ignorieren würde, als wäre sie nicht da.

„Lassen Sie mich zuerst mit ihm sprechen!", schlug der Pater ängstlich vor. „Ich werde versuchen, ihm zu erklären …"

„Nein, Pater." Anna betrat entschlossen den Flur, der zu Stevens Zimmer führte. „Ich habe mich lange genug hinter Ihrer Kutte versteckt. Es wird Zeit, dass ich Bob zur Rede stelle!"

Der Pater hielt sie noch einmal vor Stevens Tür zurück. „Bob geht es nicht sehr gut!"

„Mir geht es ebenfalls beschissen, Pater." Bob hatte sich einen Dreck für ihren Zustand interessiert, als er sie in Perth mit tödlicher Gleichgültigkeit empfangen hatte. Es war ihr egal, wie es ihm ging. Sollte er doch einfach mal seine eigene Medizin probieren.

Sie riss sich von Pater Angelius los und preschte in das Krankenzimmer und war entschlossen, sich von niemandem aufhalten zu lassen, am wenigsten von Bob, aber sie erstarrte mitten in ihrem schwungvollen Ansturm, als sie Bob sah. *Mein Gott, wie furchtbar er aussieht!* Abgehärmt, unrasiert, die Wangen eingefallen, die Haare ergraut, die Augen hohl und dunkel gerändert, mager, ausgemergelt, ein Schatten seiner selbst. Sie stand da, starrte ihn voll Entsetzen an, und ihr ganzer vermeintlicher Hass auf Bob löste sich auf, verpuffte in einem erschrockenen Keuchen. Er starrte mit noch größerem Entsetzen zurück und wisperte ihren Namen, als wäre es verboten, ihn laut auszusprechen. Aber dann sprang er plötzlich auf, packte sie am Arm und zerrte sie vor die Tür. Pater Angelius blieb im Zimmer.

„Willst du etwa Steven besuchen?"

„Natürlich." Sie funkelte ihn herausfordernd an, aber sie fand keinen Kampfgeist in ihm. Sie blickte in die Augen eines gebrochenen Mannes.

Er hielt sie an beiden Schultern fest, seine Daumen streichelten ihren Hals, und er neigte seinen Kopf über sie, gerade so, als wollte er sie küssen. Doch dann schien ihm plötzlich bewusst zu werden, was er tat, und er ließ sie erschrocken los und taumelte einen Schritt rückwärts.

„Es tut mir leid. Das mit dem Baby!", sagte er, nachdem er sich ein paarmal nervös geräuspert hatte.

„Das sollte dir auch leidtun. Es sollte dir das Herz zerreißen, denn es war auch dein Kind."

„Wenn du Steven sehen willst, bitte, dann komm!", sagte er ruppig, drehte ihr den Rücken zu und ging in Stevens Zimmer zurück.

Steven hatte die Augen offen und starrte sie an. Er blinzelte immer wieder und schien sie zu erkennen. Sein Mund bewegte sich, als versuchte er zu sprechen, aber es kam nichts heraus, nur ein Ausatmen. Sie nahm sein Händchen, das schlapp am Bett hinunterbaumelte.

Nicht weinen, lächeln!

„Hallo, du verrückter Pirat", sagte sie also lächelnd. „Was fällt dir ein, ohne mich den Fitzroy hinunter zu schippern? Hättest du nicht warten können, bis ich zurück bin?"

Er riss die Augen auf, blinzelte heftig, öffnete den Mund und gab einen schwachen Laut von sich. Anna redete weiter: „Soll ich dir mal was erzählen? Ich habe auch eine große Dummheit gemacht. Ich bin einfach nach Sydney geflogen, und als ich hier ankam, habe ich gedacht: Nanu, du hast doch was vergessen."

Ein Arzt trat leise in das Zimmer und blieb stehen.

„Na ja, ich habe in meinem Koffer gesucht, in meiner Tasche und mir die ganze Zeit überlegt: Mensch, was habe ich denn vergessen? Ich war ganz durcheinander, und plötzlich ist es mir eingefallen. Oh verdammt, ich habe ja Steven in Bendrich Corner liegen lassen."

Steven lachte leise und der Arzt trat etwas näher. Anna hörte auf zu erzählen, doch der Arzt nickte ihr bekräftigend zu, sie solle weitermachen.

„Du hättest mich mal sehen sollen. Ich war total fertig mit den Nerven, habe noch mal in den Koffer geschaut. Ich dachte, vielleicht hast du dich ja auch heimlich da drin versteckt, aber nein, kein Steven. Mir war klar, dass du bestimmt stocksauer auf mich bist. Ich dachte, wenn ich zurückkomme, muss ich dir unbedingt ein Geschenk mitbringen, sonst wirst du nie wieder mit mir sprechen. Weißt du, was ich dir gekauft habe?"

„Nein?", wisperte er mit krächzender Stimme.

Der Arzt und Bob schauten sich verwundert an. Anna griff in ihre Tasche, holte ein Päckchen heraus und packte es vor seinen Augen für ihn aus.

„Na, was wohl? Ich habe einen ganz hässlichen, widerlichen, gefährlichen und gemeinen Gummisaurier gekauft."

Sie galoppierte mit dem Saurier über Stevens Bettdecke, und er lachte wieder ganz leise, als würde seiner Stimme die Kraft fehlen. Aber es war trotzdem ein Lachen.

„Ich hoffe, er gefällt dir. Ich finde ihn einfach abscheulich, und ich verspreche dir, der Rote Ritter wird ihn abschlachten, bevor das Mistvieh überhaupt merkt, wie ihm geschieht."

Sie stellte den Saurier auf das Nachtschränkchen, und weil der Arzt ihr ein Zeichen machte, stand sie auf.

„Kommst du wieder?", flüsterte Steven.

„Na klar, morgen früh. Ich bringe den Roten Ritter mit. Einverstanden?"

„Ja!"

Sie gab Steven einen unendlich langen Kuss auf seine Stirn und streichelte noch ein paarmal über seine blassen Wangen, bevor sie mit dem Arzt hinausging. Bob folgte ihnen.

„Das ist unglaublich! Er hat eben zum ersten Mal gesprochen. Sind Sie seine Mutter?"

„Das weiß ich nicht so genau. Auf jeden Fall seine beste Freundin."

Der Arzt schaute Bob an und fragte Anna dann: „Werden Sie morgen wiederkommen?"

Anna schaute Bob auch an. „Wenn ich darf, jeden Tag."

Bob nickte nur.

Am nächsten Tag ging sie wieder zu Steven. Vorher kaufte sie einen roten Spielzeugritter. Steven begrüßte sie mit „Anna!" und Bob begrüßte sie mit einem stummen Blick aus großen, traurigen Augen. Er blieb im Zimmer und sah zu, wie Anna mit dem Saurier und dem Ritter gleichzeitig spielte und für Steven das Kampfgeschehen genau kommentierte. Steven wurde dann zu einer Therapie abgeholt, und Anna verabschiedete sich wieder mit einem unendlich langen Kuss von ihm.

„Kommst du wieder?", fragte Steven und sie sagte: „Na klar."

So ging das eine Woche lang, und Anna hatte den Eindruck, dass Steven jeden Tag ein wenig mehr sprach. Er griff inzwischen auch nach dem Saurier. Der fiel aber meist wieder aus seiner leblosen Hand heraus.

ES war Wochenende, und die Redaktion war geschlossen. Nach ihrem Besuch bei Steven wusste Anna nicht, was sie mit dem Rest des einsamen Samstages anfangen sollte. Aber als sie in ihre Wohnung zurückkehrte, stand da Doktor Prescot mit einem Blumenstrauß vor der Tür. Sie bat ihn herein und wartete darauf, was er von ihr wollte.

„Sie haben Ihren Wein vergessen." Er holte die Flasche Haberschlachter-Heuchelberg hervor. Sie hatte ihn tatsächlich vergessen. „Ich würde ihn gerne mit Ihnen zusammen probieren, denn ich habe keine Ahnung, wie er schmeckt. Ihr letzter Artikel im AMP war noch besser als der vorherige. Ich glaube, wenn Sie nicht verbissen gegen die Kirche argumentieren, sind Sie noch spritziger. Aber bei den alten Babyloniern ist es auch keine Kunst, auf die Kirche zu verzichten."

Anna brachte ihm einen Korkenzieher und zwei Gläser. Er sprach weiter, während er die Flasche sehr fachmännisch öffnete.

„Ich dachte immer, wir lebten in einem aufgeklärten Zeitalter, aber wie es scheint, waren uns die alten Babylonier auf dem Gebiet der Sexualität um einiges voraus."

„Doktor Prescot", stöhnte Anna. „Wir diskutieren vielleicht ein anderes Mal über die Sexualität, einverstanden? Es ist zurzeit nicht gerade mein Lieblingsthema."

„Nennen Sie mich doch bitte Danny." Er schenkte den Wein ein und probierte. „Sehr fruchtig und süffig. Man baut im Barossa Valley einen ähnlichen an. Sie sollten mich unbedingt einmal dahin begleiten. Es würde Ihnen gefallen. Dort haben sich viele deutsche Einwanderer angesiedelt. Es gibt heute noch Orte mit deutschen Namen. Die ganze Gegend wirkt ein wenig deutsch, finde ich."

„Waren Sie denn schon mal in Deutschland?"

„Nein, aber ich habe mir letzte Woche ein Buch über Deutschland besorgt. Ich wollte wissen, wie das Land aussieht, aus dem eine Frau kommt, die ist wie Sie."

Anna schüttelte den Kopf. „Doktor Prescot ..."

„Danny, bitte."

„Danny! Trotzdem, Sie sollten sich nicht in mich verlieben. Es besteht wenig Aussicht, dass Sie auf Gegenliebe stoßen."

„Das ist leider zu spät, Anna. Ich habe mich schon in dich verliebt." Er nippte wieder an dem Wein und Anna fühlte sich gelinde gesagt beschissen. „Du hast gesagt, es besteht wenig Aussicht, das heißt aber, ein bisschen Aussicht besteht doch, oder?"

„Ich weiß nicht, Doktor … Danny. Ich finde dich sympathisch. Du hast mir in Perth sehr geholfen, warst ein toller Freund für mich, und dafür bin ich dir dankbar, aber ich bin immer noch verheiratet."

„Komm, wir gehen ein bisschen im Park spazieren. Sydney ist nie schöner als um diese Jahreszeit. Ich bin das ganze Wochenende hier. Heute Abend besuche ich meinen Studienfreund, und morgen Vormittag hole ich dich ab, dann machen wir eine Hafenrundfahrt und danach gehen wir an den Bondi Beach."

„Morgen Vormittag besuche ich Steven. Und am Bondi Beach war ich mal mit Bob."

„Na gut, dann hole ich dich am Nachmittag ab und wir schlendern durch das Hafenviertel, und später gehen wir noch irgendwohin zum Dinner." Er stand auf. „Was ist jetzt mit dem Spaziergang?"

Sie hatte eigentlich keine Lust darauf, einen verliebten Gynäkologen zu unterhalten, aber es war auf jeden Fall besser, als einsam in der Wohnung zu sitzen und über Steven nachzudenken oder über Bobs traurige Augen und seinen schrecklichen Zustand. Nein, wenn sie an Bob dachte – lieber Gott, wie er aussah –, dann würde sie gleich losheulen.

„Ich hole nur meinen Hut!", sagte Anna.

Bobs Hut war eigentlich das einzige Kleidungsstück, das in ihrer chaotischen Wohnung nie verloren ging. Er lag immer auf ihrem Bett. Er passte nicht so recht zu dem edlen Kostüm, das sie anhatte, und Daniel Prescot lachte, als sie mit dem Hut auf dem Kopf wieder aus dem Schlafzimmer kam.

„Ich wusste doch, dass du eine humorvolle Frau bist."

„Das hat nichts mit Humor zu tun. Er ist das Schönste, was mir mein Mann je geschenkt hat."

Daniel Prescot räusperte sich nur, und sie gingen. Sie schlenderten durch den blühenden Park, tranken Kaffee und aßen Eis, und Daniel erzählte vom Barossa Valley.

„Dieser Hut ...", unterbrach er plötzlich seine Erzählung über die Weinberge seiner Heimat, „er hat eine symbolische Bedeutung für dich, nicht wahr?"

Ja, er bedeutet für mich all das, was ich liebe: Bob, Bendrich Corner, das Outback, die Menschen dort, das Leben dort – meine Heimat. Aber zu Daniel sagte sie:

„Es ist noch gar nicht lange her, da war ich sehr unsicher und schüchtern. Ich habe mich am liebsten in dunkle, unauffällige Ecken verkrochen, um bloß nicht gesehen zu werden, und alles, was ich angefasst habe, ist irgendwie schiefgegangen."

„Und jetzt?"

„Wahrscheinlich bin ich einfach erwachsen geworden, und dabei habe ich gelernt, mich selbst so zu akzeptieren, wie ich bin mit all meinen Fehlern und Schwächen, und der Hut ist ein Teil von mir."

Nach dem Spaziergang verabschiedeten sie sich voneinander und Anna ging alleine zurück in ihre Wohnung. Vor ihrer Wohnungstür stand Bob.

„Ich warte seit einer Stunde!", begrüßte er sie ungehalten. Sie zuckte nur die Schultern und schloss ihre Wohnung auf. „Steven macht ein Riesentheater. Er will dich unbedingt sehen."

„Ist gut, ich ziehe andere Schuhe an und hole meine Handtasche; warte hier draußen."

Er folgte ihr trotzdem nach drinnen und sah sich neugierig in der Wohnung um. Anna ging ins Schlafzimmer und suchte ihre Tasche unter dem Gewühl ungewaschener Kleider.

„Ein deutscher Wein?", hörte sie Bob vom Wohnzimmer her.

Ja, und zwei Gläser. Du darfst dich gerne aufregen, es macht mir nichts mehr aus.

„Die Ärzte sind überglücklich", sprach Bob weiter. Sie hörte, wie er die Flasche auf den Tisch zurückknallte. „Steven schreit herum und richtet sich sogar alleine im Bett auf. Es ist fast wie vorher, als er brüllend an unsere Schlafzimmertür trommelte."

Sie hielt die Luft an, denn das schlichte Wort „Schlafzimmertür" traf sie direkt in ihren Magen. *Als wir uns drinnen liebten, sag es ruhig.* Sie fand ihre Handtasche unter ihrem Bademantel und die Schuhe auf dem Fensterbrett. Dann kehrte sie in das Wohnzimmer zurück, stöpselte demonstrativ den Korken in die Weinflasche und folgte Bob schweigend zu seinem Mietwagen.

„Du siehst furchtbar aus, Bob. Du brauchst mal wieder ein Bad, eine Rasur und 48 Stunden Schlaf ohne Unterbrechung", sagte sie im Auto zu ihm, als sie sein Profil von der Seite betrachtete. Er wirkte um zehn Jahre älter. Es würde nicht lange dauern, bis er unter der Last zusammenbrach. Ihre Finger zuckten. Sie wollte ihn berühren, über seine stachlige Wange streicheln, ihm die Haare aus der Stirn streichen, ihre Hand auf seinen Schenkel legen, ihn anfassen, überall, seine Haut spüren, ihn in sich fühlen. Ihn trösten, lieben.

Verdammt! Sie ballte ihre Hand zur Faust und presste sie in ihren Schoß. „Ich kann für dich ein paar Tage bei Steven Wache halten. Und du schläfst dich richtig aus."

Er sah sie verzweifelt an. „Ich schlafe nicht mehr, seit du weg bist, und daran ändert sich auch nichts, wenn du bei Steven bleibst."

„Und warum schläfst du nicht mehr?", fragte sie aufbrausend. „Weil du dir Nacht für Nacht ausmalst, wie ich dich mit einem anderen Mann betrogen haben könnte? Bist du schlaflos, weil du mich verloren hast oder weil du denkst, dass du deine Ehre verloren hast?"

„Hast du einen Liebhaber?", schnauzte er zornig. Plötzlich schäumte sein altes Temperament in seiner Stimme über.

„Nein."

„Und die zwei Gläser?"

„Ich trinke doch immer aus zwei Gläsern. Weißt du nicht mehr, der Whisky am Pool, als du mich beim Nacktbaden erwischt hast?"

Er trat das Gaspedal durch und jagte wie ein Besessener um die Kurve.

STEVEN saß in seinem Bett. Drei Ärzte und vier Krankenschwestern standen um ihn herum und versuchten ihn zu beruhigen. Er tobte und schrie und schlug mit den Armen um sich. Eine Krankenschwester rief ständig dazwischen. „Es ist ein Wunder."

„Hör doch auf! Sie kommt ja gleich. Dein Vater holt sie doch gerade", beschwor ihn einer der Ärzte. Steven verstummte schlagartig, als Anna und Bob das Zimmer betraten.

„Anna, sieh mal, was ich kann!"

Noch am Morgen, als sie sich von ihm verabschiedet hatte, hatte er nicht mehr als fünf Worte gesprochen und seine Arme hatten unbeweglich an seinen Seiten heruntergebaumelt.

„Du sollst jetzt mit mir Saurier spielen. Ich bin der Saurier."

Anna schaute den Arzt fragend an, und der nickte eifrig. Sie spielten also unter den Augen der versammelten medizinischen Koryphäen. Der Tyrannosaurus hatte seine Höhle unter der Bettdecke und lauerte im Hinterhalt. Der Rote Recke ritt arglos in seine Falle. Der Kampf war kurz und aussichtslos. Der Rote Ritter wurde in einem einzigen Happen verspeist, und Steven schlief total erschöpft mitten im Kampf mit seinem Saurier im Arm ein.

„Ich möchte Sie beide in meinem Büro sprechen. Sofort!", sagte der Chefarzt zu Bob und Anna, und er klang dabei wie ein Rektor, der zwei aufsässige Schüler zum Nachsitzen einbestellte. Sie folgten ihm, und wie zwei Schüler, die etwas ausgefressen hatten, setzten sie sich mit an den Tisch ihm gegenüber. Er schaute beide streng über den Rand seiner Brille an.

„Was heute hier geschehen ist, ist nicht wirklich so ein großes Wunder, wie Sie vielleicht glauben, Mr. und Mrs. Bendrich", begann er seinen Vortrag, spreizte seine Finger und legte die Fingerkuppen aneinander. Puh, Anna kannte diese Geste von Menrad. Das war der professorale Belehrungsmodus.

„Wie ich Ihrem Mann gestern schon erklärt habe, haben das CT und das MRT, das wir bei Steven gemacht haben, keinen Befund ergeben und deuten darauf hin, dass Stevens Zustand psychische und nicht neurologische Ursachen hat. Und Ihr Auftauchen hat das im Grunde nur bewiesen, Mrs. Bendrich. Seit Sie da sind, macht Steven rasende Fortschritte, und das ist auch der Grund für dieses Gespräch. Ich weiß nicht, was Sie beide entzweit hat, und es geht mich freilich nichts an, aber ich kann Ihnen nur einen Rat geben: Wenn Sie zu Stevens Genesung beitragen wollen, dann reißen Sie sich zusammen, legen Sie Ihr Eheproblem ad acta, wenigstens bis Steven wieder gesund ist. Ich möchte nicht zu viel versprechen, aber es besteht eine realistische Aussicht, dass er wieder ganz der Alte sein wird. Tun Sie es für Steven, wenn nicht für sich selbst."

„Ja, Doktor", sagten Anna und Bob einmütig.

„Gut." Der Arzt stand auf und zog seinen weißen Kittel aus. „Viele Menschen, die hier landen, haben keine neurologischen Probleme, sondern psychische. Bei Kindern sind es meist die Eltern selbst, die sie krank machen."

„Ja, Doktor." Beide nahmen die Strafpredigt schuldbewusst entgegen.

„Verstehen Sie mich nicht falsch", sagte er, während er in ein schickes, helles Sommerjackett schlüpfte. „Ihr Eheleben ist selbstverständlich Ihre Privatsache, aber Sie haben eine verdammte Verantwortung Ihrem Kind gegenüber. Verstehen Sie mich?"

„Ja, Doktor."

„So! Ich muss jetzt gehen." Er öffnete die Tür, um sie hinauszulassen. „Ich habe noch eine Verabredung. Ein alter Studienfreund kommt mich gleich abholen."

Anna wunderte sich eigentlich kaum noch, als sie draußen vor der Tür direkt in Daniel Prescot hineinliefen. Der wunderte sich allerdings sehr. Er begrüßte sie überschwänglich.

„Anna! Das ist mehr, als ich an einem Tag zu hoffen wagte! Jeremy, darf ich dir vorstellen, das ist sie, die geheimnisvolle Archäologin, von der ich dir so viel erzählt habe. Anna, wie ich sehe, kennst du meinen Studienfreund Jeremy bereits. Er ist der beste Neurologe Australiens." Daniel Prescot merkte leider nicht, wie wenig erfreut sowohl Anna als auch Bob über diesen Zufall waren, und selbst sein Studienfreund Doktor Cooper machte ein unglückliches Gesicht.

„Doktor Cooper behandelt Steven", erklärte Anna, und jetzt erst nahm Danny den Mann wahr, der direkt hinter ihr stand und unwillkürlich etwas näher an Anna herangetreten war. Wenn Danny peinlich berührt war, so zeigte er es nicht.

„Ach ja, Mr. Bendrich, ich habe Sie in Perth getroffen. Wie geht es Ihrem Sohn?"

„Besser", schnappte Bob ihn an und stürmte den Flur entlang, davon. Doktor Cooper drängte seinen Freund eilig zum Aufbruch, und Anna lief Bob hinterher.

„Ich fahre dich in deine Wohnung", brummte Bob, als sie ihn eingeholt hatte. „Wir sollten uns über das unterhalten, was Doktor Cooper gesagt hat." Im Auto konnte er dann seine Neugier nicht mehr länger bremsen. „Danny heißt also das zweite Weinglas?"

„Ja."

„Du hast dich beeilt, für Ersatz zu sorgen. Ich muss schon sagen." Dann ahmte er Dannys Stimme nach: „Das ist sie, die geheimnisvolle Archäologin, von der ich dir so viel erzählt habe …"

„Ersatz? Wofür?"

„Für das, worin du so unersättlich bist!"

Du mieser Kerl. „Das würde wunderbar in dein Bild von mir passen, nicht wahr? Dann bräuchtest du kein schlechtes Gewissen mehr zu haben, weil du unsere Ehe zerstört hast, aber den Gefallen kann ich dir leider nicht tun, Bob. Ich war dir treu und bin es immer noch. Wenn du mich loswerden willst, musst du den Ehebruch schon selbst begehen."

„Hast du ihn in Perth kennengelernt?"

„Er hat mich behandelt. Wenn du dich erinnerst, habe ich vor drei Wochen unser Kind verloren."

Er schnaubte verärgert. „Da konnte der charmante Doktor sich dann wunderbar als dein Retter hervortun und dich trösten."

„Fühlst du dich besser, wenn du mir immer wieder wehtust, Bob? Geht dein eigener Schmerz dabei irgendwie weg?"

„Nein, ganz im Gegenteil."

„Dann hör, verdammt noch mal, auf damit und verhalte dich wie ein erwachsener Mann. Haben wir beide nicht schon genug gelitten?", schrie sie. Ihre Wut schien tatsächlich etwas zu bewirken. Sein Kopf fuhr zu ihr herum, und er schaute sie mit großen Augen an, nackte Verzweiflung im

Blick

„Anna, es tut mir leid. Ich weiß nicht, was los ist. Ich habe kein Recht mehr dazu, aber ich … ich bin offenbar immer noch rasend eifersüchtig."

„Du begreifst es wohl nie? Du bist mein Ehemann, und du hast jedes verdammte Recht, eifersüchtig zu sein, aber du hast keinen einzigen verdammten Grund dazu, und wenn du an meine Liebe glauben würdest, wenn du wüsstest, wie Liebe überhaupt funktioniert, dann hättest du nicht eine einzige Sekunde an meiner Treue gezweifelt."

Natürlich wusste er nicht, was er darauf sagen sollte. Er wandte den Kopf wieder nach vorne, konzentrierte sich auf den Verkehr und schwieg, bis sie vor dem Haus mit Annas Wohnung angekommen waren. Er hatte den Wagen eingeparkt, aber er blieb sitzen, also blieb Anna auch sitzen und wartete ab. Irgendetwas lag ihm noch auf dem Herzen. Oder vielleicht wollte er auch einfach noch einmal seiner dummen Eifersucht freien Lauf lassen.

„Ich werde bei Steven einen genetischen Test durchführen lassen. Ich will wissen, ob er wirklich mein Sohn ist. Er sieht mir tatsächlich sehr ähnlich."

Sie schnaubte abfällig. „Du wirst feststellen, dass Steven dein Fleisch und Blut ist."

Er blickte sie nur kurz aus den Augenwinkeln an, als hätte er Angst, sie direkt anzusehen. „Anna, ich … falls der Test … ich weiß nicht … würdest du denn …"

Sie schüttelte den Kopf und unterbrach ihn, weil sie wusste, was er sagen wollte. „Vor drei Wochen noch hätte ich diesem Test entgegengefiebert."

„Und jetzt?" So viel Hoffen und Bangen in nur zwei Worten.

„Für uns beide kommt der Test zu spät, Bob. Ich kenne das Testergebnis bereits, und wenn du mir vertrauen und mich lieben würdest, dann bräuchtest du diesen Test gar nicht zu machen. An deiner Zuneigung zu Steven wird sich dadurch sowieso nichts ändern, oder?"

Sie stieg aus und knallte die Autotür zu. Sie hatte in all den Wochen in ihren Gedanken so viele Unterhaltungen mit Bob geführt, dass sie einen ganzen Roman damit hätte füllen können. Sie hatte ihn in ihren imaginären Gesprächen beschworen, beschimpft, angefleht und ihn in die Hölle verdammt, aber jetzt auf einmal schien das alles so unwichtig und überflüssig zu sein. Die Lösung war so einfach, dass man sie in drei Worten ausdrücken konnte.

Bob beeilte sich, ihr in die Wohnung zu folgen.

„Wochenlang habe ich auf deinen Anruf gewartet", sagte sie, während sie die Wohnungstür aufschloss und ihre Tasche im Flur ablegte. „Ich war mir sicher, dass du die Wahrheit von selbst erkennen würdest, sobald du dein Herz befragst. Ich habe geträumt, dass du mich nach Hause holst, habe mir vorgestellt, dass du nach Sydney kommst, mich in deine Arme reißt und dich aus ehrlichem Herzen bei mir entschuldigst. Ich war bereit, dir zu vergeben und alles zu vergessen. Ich habe mir ausgemalt, dass unser Kind in Bendrich Corner auf die Welt kommt, dort groß wird …" Anna ließ sich müde auf das Sofa plumpsen, während Bob mitten in ihrem Wohnzimmer stehen blieb und sich unentschlossen umschaute, als würde er überlegen, ob er nicht lieber die Flucht ergreifen sollte.

„Zwei Mal habe ich schon in meinem Flugzeug gesessen", begann er mit rauer Stimme, „um genau das zu tun, aber dann habe ich …" Er schüttelte den Kopf und schluckte den Rest seines Satzes hinunter. Es war vielleicht auch besser, wenn er nicht aussprach, was ihn in seiner dummen Eifersucht letztlich davon abgehalten hatte, zu ihr zu kommen. Er stand immer noch mitten im Raum mit gesenktem Kopf, seine sonst so breiten Schultern nach vorne gebeugt. Er wirkte greisenhaft und erschöpft.

„Setz dich. Du siehst aus, als würdest du gleich zusammenbrechen."

Anna wäre am liebsten zu ihm hinübergegangen, hätte ihn umarmt, ihm das Hemd und die Hose ausgezogen, ihm eine heiße Milch eingeflößt und ihn zu Bett gebracht – wie Steven, wenn er Fieber hatte. Jetzt ließ er sich auf den Sessel ihr gegenüber fallen und ächzte wie ein alter Mann.

„Wie soll es weitergehen mit uns beiden?", fragte er.

Oh Mann, diese Frage hättest du mir am 30. November stellen sollen, als du mich aus unserem Schlafzimmer hinausgeworfen hast. „Was Steven angeht, können wir über alles reden. Was uns beide angeht, so kennst du die Antwort längst."

Er fuhr sich mit der Hand durch seine struppigen, ungepflegten Haare und schaute sie traurig an. „Was erwartest du von mir? Einen Beweis, dass ich dich liebe?"

„Ja!" Ihr Herz pochte heftig.

„Soll ich vielleicht vor dir auf die Knie sinken und wie ein alberner Jüngling Liebesschwüre stammeln?"

„Das wäre zum Beispiel eine sehr schöne Idee, für den Anfang." Sie stand auf und ging zum Regal, wo dank James Trunton ein beachtliches Sortiment an hochprozentigem Alkohol für sie bereitstand. „Möchtest du auch einen Bundy trinken?"

„Du trinkst keinen Whisky mehr?"

Sie schenkte den Rum ein und reichte ihm ein Glas. „Ich habe den Bundy von Pater Angelius. Er trinkt das Zeug wie Wasser. Er hat ihn mir zu Weihnachten geschenkt, nachträglich. Eigentlich hat er mir ein Taufkleid geschenkt mit blauen Schleifen." Sie trank das Glas in einem Zug leer. „Aber nachdem ich das nun nicht mehr brauche, dachte er, ich würde mich mit einem Bundy trösten."

„Oh Gott, Anna, das klingt so bitter."

„Es ist bitter, Bob. Unser Baby hätte am 11. Juni geboren werden sollen. All meine Hoffnungen lagen auf diesem kleinen Geschöpf. Ich wusste, du würdest mich spätestens dann zurückholen, wenn es geboren ist, wenn ich beweisen kann, dass es auch dein Kind ist." Sie schenkte sich den nächsten Bundy ein, setzte sich wieder hin und sprach zu ihrem eigenen Erstaunen ganz ruhig weiter.

„Aber das war einfach nur dumm von mir. Ich kann nicht bis an mein Lebensende deine fehlende Liebe und deine ewig angeschlagene Mannesehre durch gerichtliche Beweise ausgleichen. Wenn du mich nicht liebst und mir nicht vertraust, kannst du beim Teufel bleiben."

„Soll ich den Test bei Steven gar nicht machen lassen?", fragte er verblüfft.

Sie zuckte die Schultern. „Es ist bedeutungslos für mich. Wenn du den Test machen lässt, wirst du feststellen, dass Steven dein Kind ist und dass ich dich nicht betrogen habe. Danach wird dir alles unendlich leidtun und wir werden uns im Rausch der Versöhnung auf das nächstbeste Bett werfen. Dann wirst du mir outback-macho-mäßig jedes zweite Jahr ein Kind machen und dich in die Illusion flüchten, dass alles gut ist, so lange, bis du zufällig irgendwo wieder zwei Weingläser entdeckst, und das Spiel fängt von vorne an."

Er trank jetzt auch seinen Rum aus und starrte sie eine lange Weile nur nachdenklich an. Offenbar verarbeitete er ihre Vorwürfe und überlegte sich eine Antwort.

„Sag mir einfach, was ich tun muss, damit du zu uns zurückkehrst, Anna. Wenn nicht aus Liebe zu mir, dann bitte für Steven."

„Du weißt längst, was du tun musst, Bob. Ich habe mir eingebildet, ich könnte ohne deine Liebe auch glücklich werden, und du hast dir eingebildet, du könntest mich kaufen, mich in Bendrich Corner als Ersatzmutter für deine Kinder halten und für dich als deine ergebene Geliebte. Du hast mir einen Keuschheitsgürtel angelegt, indem du mich zu einem Schwur vor deinem Gott genötigt hast, und hast gedacht, so funktioniert es, aber wir beide haben uns damit selbst belogen. Wir hätten nicht heiraten dürfen."

„Du willst die Scheidung?" Ihm rutschte fast das Glas aus den Händen.

Nein, ich will, dass du mich liebst, du Idiot! „Habe ich das gesagt?"

„Es hörte sich so an."

„Was würdest du denn jetzt tun, wenn ich mit deinem verschissenen Geld nach Deutschland zurückgeflogen wäre?"

„Oh Gott, ich war so ein Idiot, Anna!" Er schob die Hände in seine Haare und hielt seinen Kopf fest. „Ich war verletzt und … und nervlich völlig am Ende. Es war einfach zu viel. Ich habe dir die Schuld an Stevens Unfall gegeben und mir selbst noch viel mehr. Hätte ich ihn doch nicht geschlagen an diesem Tag, hätte ich dich doch nie weggeschickt … Ich wollte einfach nur um mich schlagen und jedem wehtun, den ich treffen kann. Es tut mir so leid. Ich wollte dich nie loswerden."

„Natürlich, es tut dir immer leid – hinterher!" Sie war jetzt wütend und laut. „Du sagst, du wolltest mich nicht loswerden? Warum hast du mich dann weggejagt wie einen Hund? Wolltest du mich dazu zwingen, das Baby loszuwerden? War das der Grund, warum du dich nicht bei mir gemeldet hast? Jetzt bin ich es los, und nun möchtest du mich gerne zurückhaben?"

„Aber nein, Anna!", rief er und sprang aus dem Sessel. Er sah sie entsetzt an. „Wie kannst du mir so etwas unterstellen?"

„Weil es zu dir passt, Bob, zu der ganzen Art und Weise, wie du mich vereinnahmt hast."

Er schüttelte wild den Kopf. „Dass du das Baby verloren hast, tut mir unendlich leid, gleichgültig, ob es mein Baby war oder nicht. Als ich dich da im Krankenhaus gesehen habe, all das Blut, das an deinen Schenkeln herabgeflossen ist, und dann dieser Schwarm von Ärzten um dich herum. Es war ... Anna, auch ein Mann kann nur eine bestimmte Menge an Tragödien ertragen, bevor er bricht. Wenn du denkst, ich hätte mir so etwas Grauenvolles gewünscht, dann kennst du mich nicht."

„Nein, wie sollte ich dich auch kennen! Du hast mir nie dein Herz geöffnet. Du hast mir nie vertraut, hast weder meiner Treue noch meiner Liebe vertraut, und deine Gefühle, falls du überhaupt welche hast, behältst du für dich und sperrst sie so tief in dir ein, dass du sie selbst nicht mehr findest."

„Und wenn ich versuche, mich zu ändern?" Er sah sie flehentlich an. „Komm nach Hause, bitte, und ich werde ein anderer Mann für dich sein. Ich kann so sein wie dein Graf oder wie dein Frauenarzt."

Anna verschluckte sich fast an ihrem Bundy. *Meint er es etwa ernst? Dieser Verrückte!*

„Bob, ich will keinen anderen Mann. Ich habe mich in dich verliebt, so wie du bist, du verbohrter Outback-Cowboy. Ich kann diesen Angeber Paul nicht ausstehen, und Danny ist mir viel zu kultiviert und sanftmütig. Ich liebe dich, du Dummkopf, und sonst keinen. Ich sollte dir wirklich mal wieder eine kalte Dusche verpassen, damit du einen klaren Kopf bekommst!" Er japste erfreut nach Luft. „Du brauchst mich gar nicht so anzusehen. Ich werde nie wieder ohne Verhütungsmittel mit dir schlafen, und ich habe nichts Derartiges hier in der Wohnung." *Ich werde sowieso nicht mehr mit dir schlafen. Nicht bevor du mir laut und deutlich deine Liebe gestehst. Auf Knien.*

„Was machst du morgen Abend?" Seine Augen funkelten erwartungsvoll.

„Ich bin mit Danny verabredet."

„Er ist mindestens zwanzig Jahre älter als du!"

„Und du bist elf Jahre älter als ich." *Was soll das? Dass du eifersüchtig bist, weiß ich längst. Ich will hören, dass du mich liebst. Wir sollten uns jetzt endlich küssen. Ich muss nur zu ihm hinübergehen und alles wäre wieder wie vorher. Wie sehr habe ich mir diesen Moment herbeigesehnt? Aber jetzt ist es mir zu wenig.*

Aber Bob kam zu ihr herüber und ging vor ihr in die Hocke. „Anna, ich … ich …" *Nun sag es schon!* „Du gehörst mir. Komm nach Hause."

Schade, ich dachte wirklich, er würde es aussprechen.

Er umfasste ihre Hüften und bettete seinen Kopf auf ihren Schoß. Er sagte nichts, und sie sagte auch nichts, sondern streichelte zärtlich seine eingefallene, stachelige Wange. *Er braucht mich mindestens genauso dringend, wie Steven mich braucht, dieser unmögliche Macho. Aber er hat offenbar immer noch nicht begriffen, was Liebe ist.*

„Du musst jetzt gehen, Bob. Versuch zu schlafen und etwas zu essen. Deine Hose hängt schon viel zu tief auf deinen Hüften. Du siehst aus, als hättest du zehn Kilo abgenommen." Sie stand auf, und er war gezwungen, sie loszulassen und auch aufzustehen. Sie öffnete die Wohnungstür, als Aufforderung, dass er gehen sollte.

„Sehe ich dich morgen bei Steven im Krankenhaus?", fragte er und die Hoffnung in seiner Stimme schnitt ihr tief ins Herz.

„Natürlich."

Bob stand noch immer unschlüssig in der Tür. Sie stellte sich auf die Zehenspitzen, schlang ihre Arme um seinen Oberkörper und hob ihr Gesicht zu ihm hoch, es passierte ganz automatisch, ganz natürlich und war einfach unvermeidlich. Genauso unvermeidlich war es, dass er sie ergriff, sie an sich zog, ihr Gesicht umfasste und sie mit einem verzweifelten Aufstöhnen küsste. Es war ein Kuss voller Sehnsucht, innig und zärtlich und ohne den geringsten Unterton von Wollust.

Es war ein Kuss der Liebe.

Hätte Anna sich nicht von ihm losgerissen, hätten sie vielleicht noch eine Stunde lang so dagestanden.

„Oh Gott, Anna. Ich vermisse dich so", ächzte er und legte seine Stirn an ihre. Offenbar war er immer noch nicht bereit, sich zu verabschieden, aber so schön und richtig sich das im Moment auch anfühlen mochte: Es war zu wenig.

„Bis morgen, Bob!" *Mein armer, geliebter, dummer Rinderzüchter.* Sie streichelte mit ihrem Handrücken ein letztes Mal über seine Wange, dann ging sie in ihre Wohnung zurück und schloss die Tür vor seiner Nase zu.

ANNA kam am anderen Morgen etwas zu spät ins Krankenhaus, und Steven stand in seinem Bett, ein Aufgebot von Löwenbändigern um ihn herum, zwei Schwestern und zwei Ärzte, Bob und Pater Angelius. Angelius umarmte Anna mit tränenfeuchten Augen.

„Gott hat ein Wunder durch Sie gewirkt."

Mehr Zeit blieb Anna nicht, Steven verlangte schreiend sein Recht. Sie spielten lange Ritter und Saurier, wobei der Saurier rein zoologisch betrachtet inzwischen zum Drachen mutiert war. Es war schon später Nachmittag, als Steven vor Müdigkeit die Augen zufielen und Anna nach Hause fuhr. Sie hatte ihre Verabredung mit Daniel Prescot völlig vergessen. Er würde bestimmt schon ungeduldig vor ihrer Wohnungstür warten.

„Soll ich dich zurückfahren?" Bob hielt sie auf dem Flur zurück. Er griff nach ihrer Hand, nahm sie zwischen seine großen Hände und drückte sie an seine Brust. Anna verstand, was er ihr mit der Geste sagen wollte, und sie konnte nicht anders, sie musste ihn einfach anlächeln, aber ihre Antwort würde sich dadurch nicht ändern.

„Ich fahre mit dem Taxi." Sie entzog Bob ihre Hand und ging.

Danny erwartete sie schon ungeduldig. Wieder hatte er einen üppigen Blumenstrauß dabei und eine Flasche australischen Rotwein aus dem Barossa Valley.

„Ich hoffe, ich habe dich gestern nicht in eine peinliche Situation gebracht", meinte er entschuldigend. „Ich habe deinen Gatten kaum wiedererkannt."

„Ja, Danny, es geht ihm sehr schlecht und er braucht mich. Und ich habe festgestellt, dass ich ihn immer noch liebe, obwohl er so ein Dummkopf ist. Wir sollten irgendwo eine Kleinigkeit essen gehen und uns dann voneinander verabschieden. Für immer."

Er stand unschlüssig im Flur, mit seinem Strauß und seiner Weinflasche.

„Also bin ich zu spät gekommen?"

„Mindestens fünf Monate."

„Ich wünschte, ich könnte die Zeit zurückdrehen und dich gleich am Flughafen abfangen, an deinem ersten Tag hier in Australien."

„So sind eben die Wege Gottes, Danny." *Ja*, dachte Anna mit einem inneren Schmunzeln, *der alte Herr da oben hat mich nach Australien geschickt, damit ich Bob finde.*

„Wir essen trotzdem noch Dinner. Meine Maschine geht erst heute Abend um elf. Ich kenne am Circular Quay ein vorzügliches Fischrestaurant." Er legte den Strauß auf den Boden vor ihre Wohnungstür und stellte die Weinflasche daneben, nahm sie am Ellbogen und führte sie die Treppe hinunter.

„Und wir essen Barramundi."

„Und wir trinken australischen Wein."

„Und ich erzähle dir etwas über die Sexualität der alten Sumerer!"

„Und ich beneide den Glückspilz, der dich geheiratet hat."

Das Restaurant, das Danny meinte, schien wirklich vorzüglich zu sein, denn alle Tische waren schon belegt, obwohl es noch sehr früh am Abend war. Sie wollten gerade wieder kehrtmachen, da kam jemand auf sie zugerannt. Es war Scott Randall.

„Anna, suchen Sie einen Platz? Setzen Sie sich doch zu uns. Ich bin mit James hier und ein paar Freunden. Kommen Sie."

Na wunderbar, dachte Anna unglücklich und ließ sich von Scott zu dem Tisch führen, an dem er mit seiner Truppe saß. *James und Scott und Danny, dann fehlt nur noch Bob und das Blutbad ist perfekt.*

Danny wurde vorgestellt und die anderen stellten sich auch vor. Außer James Trunton und Scott Randall waren noch drei weitere Herren am Tisch. Die Namen der anderen vergaß Anna sofort wieder. Nur einer blieb ihr haften: Professor Robinson von der archäologischen Fakultät. Er vertiefte sich sofort begierig in ein Gespräch mit Anna. Der arme Danny wurde von Scott und Trunton vereinnahmt, und Anna fachsimpelte mit dem Dekan, ohne zu merken, wie die Zeit verging. Der Barramundi wurde kalt, der Wein blieb unberührt, und Danny musste sich von Scott zum dritten Mal anhören, wie er bei der letzten Sitzung im Unterhaus von Westaustralien dem Führer der Oppositionspartei ein Schnippchen geschlagen hatte.

Anna und der Professor schwelgten in einer anderen Welt. Nichts um sie herum war für sie von Bedeutung. Der Professor war ein älterer Herr von knapp sechzig Jahren, und dennoch schaffte er, was weder Danny noch Scott oder Trunton gelungen war: Annas Wangen glühten und sie sprühte vor Geist und Lebenslust. Sie sprühte weiter, bis Danny erwähnte, dass er langsam gehen müsse, wenn er sein Flugzeug nicht verpassen wollte.

„Ich möchte Sie sehr gerne für mein Institut haben", sagte der Professor zum Abschied und drückte Anna kräftig die Hand. „Können Sie morgen gegen zehn Uhr bei uns vorbeikommen und sich meinen beiden Kollegen vorstellen?"

„Ich komme", stimmte Anna zu und ging mit Danny. Sie verabschiedeten sich voneinander, Danny traurig und Anna beschwingt. Jeder stieg in ein anderes Taxi, und Anna fuhr zurück in ihre Wohnung. Sie war beseelt von ihrem Gespräch und von der neuen Chance: ein archäologisches Institut, ein netter Professor, ein widerspenstiger PC. Sie sang ein Lied, als sie die Treppe hinaufhüpfte, ein Lied von Elvis Presley.

„… and it's just breaking my heart, 'cause she's not you …"

Vor ihrer Wohnungstür saß Bob, stockbetrunken. Er hielt die Weinflasche, die Danny dort hatte stehen lassen, im Arm. Sie war allerdings leer.

„Mein Herz ist auch gebrochen", lallte er etwas unverständlich. „Ich sitze hier seit Stunden, seit Jahren. Annaaa!"

Sie schloss die Wohnungstür auf. „Na, komm schon rein." Er konnte kaum stehen, und sie musste seinen Arm um ihre Schultern legen, damit er nicht umfiel.

„Du wirst doch wohl nicht von einer lächerlichen Flasche Wein so betrunken sein." Sie lachte, weil er drollig wirkte mit seinem treuherzigen Gesichtsausdruck und dabei hin und her schwankte wie ein Schiff im Sturm.

„Nein, von der Flasche Whisky, die ich vorher hatte." Er ließ sich auf das Sofa fallen. „Hast du dich gut amüsiert mit deinem Danny-Gynäkologen."

„Es waren insgesamt sechs Männer, aber von zweien habe ich die Namen vergessen. Ich mache dir einen starken Kaffee."

„Ich wollte ihn eigentlich töten, wenn du mit ihm zurückkommst. Wo ist er hingeraten?" Anna ging in die Küche. Bob richtete sich wieder mühsam auf und torkelte ihr hinterher. „Hat er dich geküsst?"

Sie lachte nur.

„Wo hat er dich geküsst? Etwa hier!" Er beugte sich über sie und versuchte ihren Hals zu küssen, aber er war viel zu betrunken, um mehr zu treffen als die Kaffeekanne, die sie ihm direkt vor das Gesicht hielt. Wo war nur das Kaffeepulver hingekommen? Wahrscheinlich im Gefrierfach bei den Bierdosen.

„Ich hätte dich niemals wegschicken dürfen, Anna", sagte er zur Tür des Gefrierschranks mit traurigen Augen. „Du fehlst mir so."

Das Kaffeepulver kam unter den Bierdosen zum Vorschein. „Du kannst den Gefrierschrank gerne mitnehmen, wenn er dir so fehlt."

„Willst du mich heiraten, Annaaa?" Er wankte ihr hinterher und schwankte dabei bedenklich vor und zurück. „Willst du meine Frau werden?"

„Ich bin schon deine Frau."

„Is' egal, dann heirate ich dich halt zweimal."

„Wir haben schon zweimal geheiratet, Bob. Wir sollten es nicht übertreiben. Leg dich jetzt wieder aufs Sofa. Ich bringe dir den Kaffee, sobald er fertig ist, und dann kehrt bestimmt auch dein Erinnerungsvermögen zurück."

„Ich will mich nicht auf ein Sofa legen. Ich will mich auf dich legen." Er presste sie an sich und sie drückte ihn sanft von sich.

„Wie kann man stockbetrunken sein und trotzdem so einen Hammer in der Hose haben?" Sie schob ihn jetzt mit Nachdruck und einem Kichern aus der Küche hinaus.

„Indem ich seit Wochen wie ein Mönch leben muss!", erklärte er gestenreich mit einem unschuldigen Blick, den er eindeutig von Steven geklaut hatte.

„Bleib jetzt auf dem Sofa. Ich kümmere mich nachher um dein Problem."

„Ohne Verhütungsmittel?"

„Ich habe nicht gesagt, dass ich mit dir schlafen werde."

„Was wirst du dann tun?"

„Ich sag es dir nachher, leg dich jetzt hin."

„Oh Anna, ich liebe dich!" Er wankte ins Wohnzimmer und sie schüttete den Kaffee auf. „Hast du gehört, was ich gesagt habe, Anna?", rief er lallend von nebenan. „Komm zu mir zurück, Anna."

An deinen Liebeserklärungen musst du wirklich noch etwas arbeiten, Boss.

Als sie mit der Tasse Kaffee ins Wohnzimmer kam, lag er nicht auf dem Sofa, sondern in ihrem Bett. Er war eingeschlafen, hielt ihren Hut in seinen Armen und schnarchte so laut wie ein Stall voller Mastschweine.

Sie deckte ihn zu und trank den Kaffee selbst, während sie am Bett stehen blieb und ihn betrachtete. Jetzt wirkte er wie ein verlassenes Kind, das dringend Liebe und Fürsorge brauchte, nur eben wie ein grunzendes und schnarchendes Kind. Sie nahm ihm den Hut aus der Hand, weil der schon ganz verknautscht war, und setzte sich neben ihn auf das Bett. Er brauchte nicht nur Schlaf und ein paar Steaks zu essen, der arme Kerl brauchte auch dringend eine Dusche, einen Haarschnitt, eine Rasur und ganz viel Liebe.

Er brauchte sie.

Sie nahm seine Hand und streichelte mit ihrem Daumen rhythmisch über seinen Handrücken, so wie sie es bei Steven manchmal gemacht hatte, bevor er einschlief, und nebenher ließ sie ihre Gedanken wandern.

Sie dachte an den Abend mit Professor Robinson und an das Vorstellungsgespräch morgen in der Fakultät. Sie hatte nicht den geringsten Zweifel, dass sie die Stelle bekommen würde. Sie war gut, sie war selbstbewusst, sie war charismatisch.

Und dann?

Sie würde einen Traumjob im Institut haben und nebenher ihre Artikel schreiben. Sie würde in ihrer chaotischen Wohnung hausen, die Wohnung wurde immer schmutziger und chaotischer werden. Sie würde alleine schlafen und sich Nacht für Nacht nach Bob sehnen, an den Tagen würde sie durch Sydney irren und sich an das Outback erinnern, und sie würde die Kinder vermissen, Stevens Trotz und seine Wutanfälle, ihre Mädchengespräche mit Lucy und Linda, Godfreys Besuche, die Stockmen, Mister Goodwill, Claude …

Bob grunzte laut und zufrieden und griff im Schlaf nach ihrem Arm, zog ihn an sich heran und hielt ihn fest, so wie Steven seinen Teddybären festhielt. Sie griff mit der anderen Hand nach der Fernbedienung, die auf ihrem Nachttisch lag, und schaltete leise Musik an; es war ihre nagelneue CD von Jennifer Rush, die sie zusammen mit Scott gekauft hatte. Sie besaß jetzt eine Stereoanlage, eine bessere als Paul, und sie hatte schon eine beachtliche Sammlung von CDs. Sie wusste inzwischen auch, wie man sie bediente, ohne dass die Wände wackelten.

Aus den Lautsprechern klang leise „The Power of Love" von Jennifer Rush, und eine einzelne Träne stahl sich aus Annas Auge.

Sie dachte an damals, als solche Anlagen ihr noch Angst und Schrecken eingejagt hatten, als die Rockmusik den Lautsprecher noch gesprengt hatte und der PC im Institut ihr Erzfeind gewesen war. Den PC im neuen Institut würde sie problemlos meistern, das wusste sie. Es gab keine Technik mehr, die ihr Angst einjagte. Es gab nichts mehr, das ihr Angst machte. Sie wollte nicht zurück in ein Institut und sich wieder in graue Theorie vergraben. Denn jetzt lebte sie endlich, und das Leben war viel besser als die Theorie, ein Abenteuer, das ihr jeden Tag neue Aufregungen und Erkenntnisse bescherte.

Sie legte sich hin und schmiegte sich an Bob, ihren Kopf legte sie auf seine Brust und ließ den Tränen geräuschlos ihren Lauf, während Jennifer Rush leise sang, dass sie immer an der Seite ihres Mannes bleiben würde, gleichgültig wie schwer die Zeiten auch sein würden.

SIMONES Anruf kam um 4 Uhr am Morgen. In Deutschland war es jetzt 6 Uhr am Abend. Der notorische Klingelton im Flur weckte Anna aus ihrem tiefen Schlaf. Sie hatte so gut geschlafen wie seit Langem nicht mehr. Mitsamt ihren Kleidern halb auf Bob liegend, sein zerknautschtes Hemd hatte Flecken von ihren traurigen Glückstränen.

Sie hatte eine Entscheidung getroffen und beschlossen, dem Abenteuer den Vorzug vor der Theorie und diesem verletzlichen, dummen Outback-Macho noch eine Chance zu geben. Auch wenn er es nie über seine Lippen oder in sein Herz hineinbringen würde, dass er sie liebte.

In dem Moment, als sie halb blind, ohne Kontaktlinsen zum Telefon schlappte und Schmerzen in jeder einzelnen Muskelfaser spürte, weil sie so schief im Bett und auf Bob gelegen hatte, dachte sie ausgerechnet an Simone und an zu Hause, ohne zu wissen, wer der aufdringliche Anrufer war, der so früh am Morgen schon nervte und das Telefon ohne Unterlass klingeln ließ. Anna hatte sich seit Wochen nicht mehr zu Hause gemeldet, genau genommen seit der Nacht, als sie aus Bendrich Corner weggegangen war. Sie hatte genug eigene Sorgen gehabt und die Leute zu Hause vergessen. Außerdem war sie immer noch ziemlich sauer auf Simone, weil die sich an Bob rangeschmissen hatte. Die zu Hause wussten nichts von ihrer Trennung, ihrer Schwangerschaft und Stevens Unfall oder von der Fehlgeburt, und sie sagte sich trotzig, dass Simone sich ja auch mal hätte melden können, wenn ihr überhaupt noch irgendetwas an ihrer Schwester liegen würde.

Anna tastete nach dem Hörer und meldete sich verschlafen, und das war dann auch das Ende ihrer Schlaftrunkenheit und der Anfang von Vorwürfen und Hektik und Frust.

Simone hatte seit Tagen versucht, Anna zu erreichen, denn Gerda war gestorben. Als Simone in Bendrich Corner endlich mal jemanden ans Telefon bekommen hatte, war das Mrs. Goodwill gewesen, deren Aussie-Englisch sie kaum verstehen konnte und die ihr nicht genau sagen konnte, wo Anna eigentlich hingekommen war. Sie versprach aber, sich zu erkundigen. Simone solle sich am nächsten Tag einfach noch mal melden. Dann hatte sie von der Lehrersgattin eine Telefonnummer von Pater Angelius bekommen, den sie gerade vor zehn Minuten endlich erreicht und aus dem Schlaf geklingelt hatte. Die Leute in Australien schienen immer dann zu schlafen, wenn Simone mit ihnen telefonieren wollte. Angelius hatte dann schließlich nach Langem hin und her Annas neue Telefonnummer herausgerückt, und jetzt war es schon fast zu spät. Übermorgen um 10 Uhr war Gerdas Beerdigung, und wenn Anna auch nur im Mindesten etwas für ihren Vater empfand, dann solle sie gefälligst so schnell wie möglich zur Beerdigung nach Hause kommen.

Anna schämte sich dafür, dass sie tatsächlich ein paar Augenblicke lang zögerte, denn sie wollte eigentlich Nein sagen. Sie wollte jetzt nicht nach Deutschland gehen und weg aus Australien, jetzt, nachdem sie eine so klare Entscheidung getroffen hatte – und sei es auch nur für ein paar Tage. Sie musste sich wirklich dringend um Bob kümmern, und Steven brauchte sie auch, auch wenn es ihm schon so gut ging, dass er bereits alle wieder nach Herzenslust terrorisieren konnte, und außerdem hatte Gerda ihr nie etwas bedeutet. Aber dann malte sie sich aus, wie es ihrem Vater jetzt erging, wie verlassen er sich fühlen würde und wie sie selbst sich gefühlt hatte, als ihr all die schrecklichen Dinge passiert waren und niemand von ihrer Familie für sie da gewesen war, nur Pater Angelius.

Nein, diese Erfahrung wünschte sie niemandem, schon gar nicht ihrem eigenen Vater.

„Ich nehme die erste Maschine nach Hause, die ich bekommen kann", sagte sie kurz angebunden zu Simone und legte wieder auf.

Bob war hinter ihr, sein Haar stand in alle Richtungen ab, sein unrasiertes Gesicht sah versoffen und aufgedunsen aus, aber in seinem Blick spiegelte sich blanke Panik. *Bitte geh nicht weg von mir*, riefen seine verzweifelten Augen und er riss Anna mit einem beinahe wütenden Knurren in seine Arme und presste sie so fest an sich, dass sie das Gefühl hatte, er würde ihr gleich alle Knochen brechen wollen. Sie wusste, was er ihr damit sagen wollte, aber es nützte nichts. Sie befreite sich mit einem Ächzen aus seiner Umklammerung, dann nahm sie sein Gesicht in ihre Hände und schaute ihn eindringlich an.

„Ich komme wieder zurück, Bob. Werde dir über deine Gefühle klar bis dahin."

Dann beförderte sie ihn freundlich, aber mit Nachdruck vor die Tür, setzte sich hin und schrieb in aller Eile ein paar Briefe: einen Brief an Steven, einen kurzen Brief an Pater Angelius und eine Absage an Professor Robinson. Sie packte nur einen kleinen Koffer und ließ fast alle ihre Sachen zurück. Dann buchte sie den Flug und brachte die Briefe zur Post, bevor sie in die Maschine nach Frankfurt stieg.

ANNA war schon fast in Deutschland, als Steven ihren Brief bekam. Bob las ihn vor:

„Lieber Steven,

es ist leider etwas ganz Schlimmes passiert. Meine Stiefmutter ist gestorben, und ich muss jetzt gleich nach Hause zu meinem Papa. Er ist sehr traurig und einsam und braucht mich ganz dringend. Ich weiß, du wirst auch sehr traurig sein, wenn ich dich nicht besuchen komme. Und ich bin selbst am allertraurigsten darüber, weil ich dich so lieb habe und trotzdem nicht bei dir sein kann. Aber ich komme bald zurück. Ganz ehrlich und hoch und heilig! Wenn du mich auch ganz lieb hast, dann weißt du, dass ich nicht lüge, dass ich so schnell wie möglich zurückkomme. Also vertraue mir!

Ich wünschte, du könntest mich begleiten. Weißt du, obwohl du noch so klein bist, brauche ich dich auch ganz nötig – so wie mein Papa mich jetzt braucht – jemanden, der mich tröstet und mich lieb hat. Du siehst, es ist verdammt wichtig, dass du schnell wieder gesund wirst, denn was soll ich wohl ohne dich in meinem Leben anfangen?

Ich rufe dich von Deutschland aus an, sobald ich angekommen bin. Da ist es jetzt übrigens bitterkalt, und ich habe gar keine Lust auf diesen gemeinen Winter dort oben auf der falschen Seite der Welt. Ich möchte jetzt viel lieber zu Hause sein, in Bendrich Corner, dem allerschönsten Ort auf der ganzen Welt, bei dir und Lucy und Linda, den allerliebsten Kindern von der Welt, und bei deinem Papa auch, dem liebsten Mann von der ganzen Welt.

Also strenge dich tüchtig an, denn ich komme so schnell wie möglich zurück, und dann läufst du mir entgegen, über den Hof in Bendrich Corner, und wir spielen zuerst mit unseren Rittern. Versprochen. Bis bald. Deine Anna."

Bob zerknüllte den Brief und warf ihn wütend in den Papierkorb.

„Was machst du, Papa? Wirfst du deinen Kummer weg?"

„Hast du verstanden, was sie geschrieben hat?"

„Na klar. Hast du es etwa nicht verstanden?"

„Doch! Ich glaube, ich habe es endlich richtig verstanden." Er setzte sich zu Steven auf das Bett. „Wenn man es verstanden hat, dann tut einem das Herz ganz schrecklich weh, nicht wahr, Steven?"

„Ja, und man will am liebsten weinen … Papa, du weinst ja!"

„Aber wenn man sich anstrengt, Steven, und wenn es noch nicht zu spät ist, dann wird vielleicht doch noch alles gut, oder was meinst du?"

„Na klar wird alles gut. Wir strengen uns an und wir müssen sie ganz toll lieb haben."

„Das tun wir auch, wir haben sie schrecklich lieb."

12. Der Kreis schließt sich

Vater Lennarts ließ sich ziemlich gehen, und Anna fand, dass er ein Recht dazu hatte. Simone und sie kümmerten sich um das Haus und die Landwirtschaft. Zum Glück gab es im Winter nicht so viel zu tun.

Jeden Tag rief Anna bei Steven im Krankenhaus an und trieb damit die Telefonrechnung in schwindelnde Höhen. Sie erzählte ihm ausführlich, was sie gerade machte, und er erzählte ihr von den langweiligen Sachen, die er im Krankenhaus machen musste. Jedes Mal, wenn sie sich verabschiedete, fragte er: „Wann kommst du endlich wieder?"

Und sie sagte immer: „Hoffentlich bald, aber meinem Papa geht es noch sehr schlecht, dabei habe ich so schreckliches Heimweh nach euch."

Er sagte „Ja" und „Hooray".

So ging das zwei Wochen lang, und plötzlich war ein anderes Kind am Apparat. Sie erschrak zu Tode, rief aufgeregt in Bendrich Corner an, aber auch dort ging niemand an das Telefon. Es war höchste Zeit für ihre Heimreise. Sie fütterte mit Simone gerade die Kühe, als sie laut beschloss: „Ich reise diese Woche noch ab. Ich muss unbedingt wieder nach Hause."

Simone zuckte die Schultern. „Zu deinem geliebten Bob? Na klar. Ich werde mit Papa schon irgendwie zurechtkommen."

Anna war immer noch verärgert über Simones Verhalten gegenüber Bob, und sie beide waren längst nicht mehr so innig und unbeschwert im Umgang wie vor Annas Abreise im Sommer.

„Bist du noch nicht schwanger geworden?", fragte Simone plötzlich.

„Nein, wieso sollte ich?" Anna hatte Simone noch nichts von der Fehlgeburt erzählt, und nach dieser stichelnden Frage wollte Anna ihr auch nichts davon erzählen.

„Na ja, ich dachte, dass ihr beide bestimmt nicht verhütet habt, oder?"

Anna fühlte, wie ihr Nacken heiß wurde. „Wie kommst du darauf?"

„Arthur hat so was angedeutet."

Anna rammte die Heugabel in den Haufen mit Silage und wandte sich

Simone zu. „Was hat er angedeutet?"

Simone grinste. „Wir hatten an eurer Hochzeit ein paar ganz nette Stunden miteinander. Und da ist er eben geschwätzig geworden."

Anna schüttelte verblüfft und verärgert den Kopf. „Du hast was mit ihm gehabt?"

Simone grinste schelmisch. „Klar. Glaubst du, ich lasse mir die Chance entgehen, mit so einem heißen Typen zu schlafen?"

„Klar." *Du warst ja auch auf Bob scharf.*

„Außerdem spricht er sehr gut deutsch, so wie dein Bob auch. Sie waren ja in einem deutschen Internat oder so was in der Art."

„Ihr habt wohl mehr geredet als Sex gehabt."

Simone grinste schief und schaufelte eine Gabel voll Silage in den Trog.

„Also, heraus mit der Sprache! Was hat dir Arthur erzählt?"

„Es ging darum, wie wir das machen, mit Verhütung und so. Ich habe die Pille nicht genommen, zu der Zeit. Und er sagte, es wäre schon okay, er könnte sowieso keine Kinder zeugen."

„So viel war mir vorher schon klar. War das alles?"

„Nein." Simone tat gleichgültig, aber Anna sah ihr an, dass sie darauf brannte, ihre Geschichte loszuwerden. „Er hat von der Krankheit erzählt, die er und Bob als Kinder hatten. Ihr Vater hat sie in die beste Klinik geschickt, weil er es nicht akzeptieren wollte, dass er keine Erben bekommen würde. Seine Tochter zählte für den alten Reaktionär nicht. Und da hat Arthur die Namen oder Blutproben irgendwie vertauscht von Bob und sich. Er hat es im Spaß gemacht, sagt er, ein Streich eben. Aber als er später dafür das ganze Erbe kassiert hat, wollte er nicht zugeben, was er getan hat, und hat alle im Glauben gelassen, dass er der Fruchtbare ist, sozusagen."

Aha, so ist das damals also abgelaufen: Nachdem Arthur das Erbe abgesahnt hat, hat er ein schlechtes Gewissen bekommen und hat es ganz brav bei Pater Angelius gebeichtet. Daher hat der Pater schon seit Jahren Bescheid gewusst.

„Und ihr beide habt euch bestimmt köstlich darüber amüsiert, wie lange es wohl dauert, bis ich schwanger werde und bis Bob merkt, dass er von

Arthur überlistet wurde."

„Arthur hat sich darüber amüsiert, aber ich doch nicht. Er fand es sackdämlich, dass Bob vier Kinder hat und immer noch nicht kapiert, was los ist. Ich habe mir überlegt, ob ich es dir sagen soll. Ich dachte, dass du wahrscheinlich gar nicht so schnell schwanger werden willst. Aber du warst so zickig zu mir die ganze Zeit und konntest es gar nicht erwarten, bis ich endlich wieder abreise. Da habe ich es eben für mich behalten und gedacht, dass dich dein Superhengst bestimmt mit Brillanten überhäuft, wenn du ihn mit Nachwuchs beehrst."

„Ich hatte eine Fehlgeburt", sagte Anna distanziert. „Mein Superhengst, wie du ihn nennst, hat mich rausgeworfen, weil ich schwanger war, und Steven hat sich vor lauter Verzweiflung beinahe selbst umgebracht. Es war wirklich sehr lustig, Simone."

„Oh Gott, Anna, das habe ich ja nicht gewusst!", japste Simone und klang ehrlich schockiert. „Das tut mir leid. Ich hätte es dir wohl besser sagen sollen." Sie wollte Anna umarmen, aber die ging weg, nahm die Heugabel wieder und schaufelte mit wilder Entschlossenheit das Futter vor die Nasen der Kühe.

„Ich war schon an unserer Hochzeit schwanger, aber es hätte mir und auch Bob jede Menge Kummer und Leid erspart, wenn er die Wahrheit über diese wundersame Empfängnis gekannt hätte."

„Ich kann ja mit Bob sprechen, wenn du es willst! Ich kann ihm erzählen, was ich von Arthur weiß."

Anna lachte bitter und schüttelte den Kopf. „Nein, das ist nicht mehr nötig."

„Heißt das, es ist aus zwischen euch?"

„Nein, das heißt es ganz bestimmt nicht! Ganz im Gegenteil", sagte eine herrische Männerstimme hinter ihnen. Anna fuhr beim Klang dieser Stimme wie von der Tarantel gestochen herum. Da stand er unter der Stalltür, das Licht der Sonne in seinem Rücken. Seine breitschultrige Silhouette zeichnete sich im Gegenlicht ab, und dann trat er langsam in den Stall und Annas Knie wurden weich vor Schreck und Freude.

„Das heißt, dass ich Anna mehr als alles auf der Welt liebe", sprach er weiter, während er auf sie zuging. Sie umklammerte ihre Mistgabel, als wäre es der einzige Halt auf der Welt. Jetzt blieb er vor Anna stehen, strich mit seinem Finger eine Träne von ihrer Wange und dann ging er vor ihr auf die Knie.

„Und es heißt auch, dass ich gekommen bin, um Anna nach Hause zu holen. Wenn sie mich immer noch liebt, obwohl ich so ein riesengroßer Vollidiot war."

„Ich habe es nicht richtig verstanden, Bob. Kannst du es noch mal sagen?", wisperte Anna atemlos. Ihre letzten paar Worte gingen aber irgendwie in einem peinlichen und uncoolen Schluchzen unter.

„Hau ab, Simone!", befahl Bob herrisch und nahm Annas Hände, damit sie vor ihm stehen blieb und ihn ansehen würde, während er noch vor ihr kniete. Die Mistgabel fiel zur Seite. „Ich liebe dich so sehr, dass es wehtut, Anna."

Simone lachte spöttisch auf, aber sie verschwand dann doch nach draußen. Und kaum hatte sie die Stalltür hinter sich zugeschlagen, sprang Bob wieder auf die Beine. Er schob seine Hände in Annas Haar, hielt ihr Gesicht fest und schaute sie lange und sehnsüchtig an.

„Endlich!", stöhnte er leise und presste seinen Mund wie ein Verhungernder auf ihren. Sie schmeckte seine Lippen, fühlte seine Zunge und roch seinen Duft und ließ ihre Seele einfach in diesen Rausch der Liebe fallen.

„Komm nach Hause!", sprach er in ihren halb offenen Mund hinein, bevor er den Kuss beendete, dann zog er sie in seine Arme und drückte ihren Kopf an seine Brust, indem er seine Hand an ihre Wange und sein Kinn auf ihren Kopf legte. Anna schlang ihre Arme um ihn, presste sich an ihn und ließ sich von ihm sanft hin und her wiegen. Sie sprachen beide eine ganze Weile gar nichts, sondern gaben sich einfach nur der Umarmung hin.

„Ich bin in deinen Armen zu Hause, Bob." Sie vergrub ihre Nase in seinem Hemd und nahm einen tiefen Atemzug von ihm. Es war seltsam, wie ein bestimmter Geruch manchmal mehr Gefühle in einem Menschen auslösen konnte als hundert Worte. Als Anna seinen ach so typischen Duft inhalierte – Rasierwasser, Deo und Mann –, da dachte sie an den Strand in Broome, an die Taifun-Disco in Darwin, an den Schreibtisch in seinem Büro, den Busch, den Fitzroy … an zu Hause.

Sie stöhnte vor Lust und Wohlbehagen und schmiegte sich noch ein wenig enger an ihn, und da spürte sie seine beachtliche Erektion gegen ihren Bauch drücken und musste unwillkürlich lachen. Das ganze Pathos ihres Wiedersehens ging in ihrem glucksenden Lachen unter.

„Verzeih!", räusperte er mit rauer Stimme heraus, gerade so, als wäre ihm das peinlich, dass seine Reflexe perfekt funktionieren. „Aber du hast nun mal diese Wirkung auf mich."

„Ich wäre enttäuscht, wenn ich diese Wirkung nicht auf dich hätte, schließlich bin ich deine Frau und du hast mich monatelang vernachlässigt."

Er sog scharf die Luft ein. „Es ist viel zu kalt hier im Stall. Wo ist dein Schlafzimmer?"

„Ich schlafe mit Simone zusammen in einem Zimmer und mein Bett ist verdammt eng." Sie schob ihre Hände unter sein Jackett und ließ sie über seinen Brustkorb gleiten. Wie hatte sie das vermisst? Seine festen Muskeln unter ihren Händen zu spüren, zu sehen, wie er genussvoll die Augen schloss, sobald ihre Hände tiefer wanderten, zu spüren, wie er unter ihrer Hand hart wurde, wenn sie in seine Hose fasste … Na ja, dieses Mal war er ja schon hart – mega-ultra-riesig-hart.

„Wir … Anna … Hotel?", stammelte er etwas zusammenhanglos und fummelte aufgeregt am Gürtel seiner Hose herum. Nur für den Fall, dass sie mehr Platz für ihre Hand brauchte: Bitte schön! Brauchte sie nicht. Er war ja so dünn geworden, da passten beinahe vier Hände in die Hose.

„In Vievhusen gibt es kein Hotel."

Sie schauten sich beide synchron im Stall um, als würden sie nach einer passenden Ecke suchen, in der sie übereinander herfallen konnten, aber es gibt wirklich keinen ungeeigneteren Ort für Sex als einen Milchviehstall voller Kühe, die gerade stinkende Silage in sich hineinmampfen. Die Rinder fanden das auch, und eine von denen muhte sogar empört, was die beiden Liebenden schließlich zur Vernunft brachte.

„Später!", versprach sie ihm und zog seufzend ihre Hand wieder aus seiner Hose.

„Dann muss ich also doch anfangen und dir mein Herz ausschütten?" Er nahm ihre Hand, verflocht seine Finger mit ihren und zog sie in die hintere Ecke des alten Stalls, wo Annas Vater an der Ziegelsteinwand zwischen ein paar alten löchrigen Blechzubern auch noch ein Haufen Stroh und ein paar Ballen Heu gelagert hatte. Er setzte sich auf einen der Heuballen und zog Anna auf den schmalen Platz neben sich.

„Herz ausschütten? Klingt wie ein ziemlich guter Anfang." Sie legte ihren Kopf an seine Schulter und zog eine alte Pferdedecke über sie beide, weil es kalt war.

„Was willst du hören? Du bist meine große Liebe, meine erste Liebe, meine letzte Liebe, meine einzige Liebe."

„Das hört sich cool an. Wenn es wahr ist."

Er zog ihre Hand an seine Lippen und küsste sie zärtlich. „Es ist wahr! Ich schwöre es, bei Gott."

„Es hat lange genug gedauert, bis du dahintergekommen bist."

„Könnte sein, dass ich mich schon in Alice Springs in dich verliebt habe. Ich war immerhin so verrückt, dir einen Heiratsantrag zu machen, obwohl ich dich kaum kannte. Natürlich habe ich mir selbst eingeredet, dass ich dich nur wegen der Kinder heiraten möchte. Das klang für mich sehr viel rationaler, als wenn ich mir eingestanden hätte, dass ich total den Kopf verloren habe und hilflos verliebt bin."

Anna wurde traurig, dachte an die vielen Stunden, während denen sie geweint und sich danach gesehnt hatte, dass er ihr endlich seine Liebe gestand. „War dir das Verliebt-Sein denn so peinlich, du dussliger Outback-Macho?"

„Ich weiß nicht, vielleicht. Es war jedenfalls ein völlig neues Gefühl für mich, und ich wusste nicht, wie ich damit umgehen sollte. Das Gefühl hat mir Angst gemacht. Und ganz grauenvoll wehgetan hat es, als ich dachte, du hättest mich betrogen. Ich habe mir tatsächlich genau ausgemalt, wie du dich zusammen mit Paul im Bett gewälzt hast oder gar mit einem meiner Stockmen, und es hat mich zerfressen, Anna. Es hat mich rasend gemacht. Ich war reif für die Zwangsjacke, und mein Gehirn hat sich einfach geweigert, Vernunft anzunehmen."

„Dein Gehirn hat wirklich sehr lange keine Vernunft angenommen. Ich hatte keine Hoffnung mehr, Bob", bemerkte sie bitter. Obwohl sie Bob längst verziehen hatte, bereitete ihr die Erinnerung an die einsamen Wochen, als sie auf seinen Anruf gewartet hatte, immer noch Herzweh.

„Noch grauenvoller war der Moment, als du unsere Schlafzimmertür hinter dir zugezogen hast und gegangen bist. Das war, als ob eine Bombe die Welt um mich herum in Trümmern gelegt hätte."

„Ich fasse es nicht!" Sie gab ihm einen kräftigen Schlag gegen den Oberarm. „Was denkst du denn, wie beschissen es mir ging? Das fühlte sich an, als ob mich gleich zwei Bomben getroffen hätten. Atombomben, um genau zu sein."

„Oh Anna!", stöhne er. „Du hattest die Tür noch nicht richtig zugemacht, da wäre ich dir am liebsten nachgelaufen und hätte dich zurückgeholt."

„Warum nur hast du es nicht getan?"

„Weil ich ein sturer, egoistischer, sehr verletzter Narr war." Er zog sie jetzt auf seinen Schoß und hielt sie fest. So fest, dass sie fast keine Luft bekam. „Wirst du mir je verzeihen? Pater Angelius hat mich am Heiligen Abend angerufen und mir schwere Vorwürfe gemacht. Er hat mir richtig den Kopf gewaschen und mir von deinem reinen Herzen und deiner Treue erzählt und mir befohlen, ich solle bei Steven einen Vaterschaftstest machen lassen. Und wenn ich dann nicht sofort nach Sydney käme und mich bei dir entschuldigen würde, dann müsste ich in der Hölle schmoren."

„Weißt du, wie lange ich darauf gewartet habe?"

„Als ich am Morgen nach deiner Abreise deinen Brief gefunden habe, wurde ich nur noch wütender auf dich. Ich hatte erwartet, dass du mir schreibst, wie es zu deiner Untreue kam, dass du dich rechtfertigst und mich um Verzeihung bittest, aber dein Brief war so abgeklärt und selbstgerecht, als ob ich der Böse wäre und du auch noch im Recht wärest."

„Ich war auch im Recht, Mr. Bendrich der Unfehlbare."

„Ja, aber ich wollte das nicht glauben, und da hast du so von oben herab geschrieben, dass du mir verzeihst, wo ich doch der Meinung war, dass ich es bin, der dir verzeihen muss. Du drohst mir einen Vaterschaftstest an, gibst mir zu verstehen, dass ich dich künftig unter der Adresse eines Männermagazins erreichen kann, und da habe ich mich immer mehr in den Gedanken verrannt, dass du mich sowieso nicht liebst." Er schüttelte über sich selbst den Kopf. „Ich konnte nicht anrufen, ich … ich … Bitte vergib mir."

„Du bist so ein riesengroßer, dummer Hornochse!"

„Ochsen sind kastriert."

„Na, dann bist du eben ein riesengroßer, dummer Hornstier." Sie kicherte, während er etwas verlegen trockene Grashalme aus dem Heuballen zupfte.

„Ich werde nie wieder an deiner Liebe und Treue zweifeln."

„Auch dann nicht, wenn da zwei gebrauchte Weingläser in unserem Schlafzimmer stehen würden?"

„Noch nicht mal, wenn ich dich in den Armen eines anderen Mannes in unserem Schlafzimmer antreffen würde. Dann würde ich davon ausgehen, dass der Mann dich vergewaltigen will, und ich würde ihn erschießen. Das hatte ich mit deinem Danny übrigens an diesem Sonntag vor."

„Er ist nicht mein Danny."

„Du weißt nicht, welche Qualen ich in den zwei Tagen ausgestanden habe, als du dich mit diesem Gynäkologen amüsiert hast." Bob zupfte noch mehr Halme aus dem Heu. „Ich habe mich am Sonntag sogar fast mit Doktor Cooper geprügelt. Er hat dich so mitleidig und verständnisvoll angesehen nach seinem Kumpel-Abend mit Danny, und dann bin ich zu ihm gegangen und wollte genau wissen, was sein bescheuerter Studienfreund alles über dich erzählt."

„Ehrlich?" Bob zuckte schuldbewusst die Schultern, und Anna lachte schallend los. Eine Kuh bedachte sie mit einem warnenden Blick. „Der arme Doktor Cooper! Er hat dir hoffentlich gesagt, dass ich eine Heilige bin und dass du ein Trottel bist."

Bob lachte nun auch. Endlich!

„Ja, so ungefähr hat er sich ausgedrückt: Dein Danny ist unsterblich verliebt, aber du bist die abweisende, keusche Märtyrerin, die sich selbst opfert für das arme Waisenkind Steven und ihren herzlosen Ehemann." Jetzt schaute er sie sehr treuherzig an, wie ein Hund, der sich nach Streicheleinheiten sehnte. „Ich bin überhaupt nicht herzlos." Er nahm ihre Hand und legte sie auf seine Brust, wo sein Herz in Überschallgeschwindigkeit raste.

„Und nach der Abreibung von Doktor Cooper hast du dich so richtig volllaufen lassen?"

„Mhm", gab er kleinlaut zu. „Hast du dich wirklich mit sechs Männern amüsiert?"

„Besonders mit einem. Er hat mich regelrecht verführt! Stell dir vor: ein alter Knacker, dick, kahlköpfig und ausgesprochen unattraktiv."

„Womit hat er dich verführt?" Ein Hauch von Humor und ein Hauch von Eifersucht schwangen in seiner Frage mit. Er würde immer ein furchtbar eifersüchtiger Ehemann bleiben, dessen war sich Anna bewusst, und es machte ihr nichts aus. Ganz im Gegenteil, sie mochte es sogar, aber er hatte hoffentlich endlich kapiert, dass er ihr trotz seiner Eifersucht vertrauen konnte.

„Er hat mich mit einer traumhaften Stelle an der Universität Sydney verführt und mit der Chance auf einen ordentlichen Lehrstuhl, mit einem hochmodernen PC, mit tausend Höhlenmalereien der Aborigines im Kakadu National Park und einer Expedition ins Red Centre."

Bob wurde richtig blass und schaute sie mit großen Augen stumm an, als würde sein Gehirn die neue Information nur mühsam verarbeiten können.

„Wirst du sein Angebot annehmen?", fragte er nach einer Weile, nachdem er sich mehrmals nervös geräuspert hatte. Aber bevor Anna antworten konnte, rief er ganz hastig: „Anna, wenn du diesen Job unbedingt möchtest, dann … dann … Ich lasse dich auf keinen Fall noch einmal weg von mir, von uns. Dann ziehen wir eben alle nach Sydney. Wir nehmen die Kinder mit und ich setze einen Verwalter in Bendrich Corner ein."

„Du würdest dein geliebtes Bendrich Corner und das Outback wirklich aufgeben?"

„Weil ich dich liebe."

Wenn sie auch nur noch den geringsten Zweifel an seiner Liebe gehabt hatte, dann war der hiermit beseitigt.

„Ich habe Professor Robinson schon eine Absage geschrieben. Ich weiß nicht, warum ich dieses heiße, staubige, struppige und total hinterwäldlerische Fleckchen Erde da hinten draußen so sehr liebe, mitsamt seinen vernagelten und rückschrittlichen Bewohnern, aber ich will nirgendwo anders leben als in Bendrich Corner, bei dir und unseren Kindern. Kurz bevor Simone anrief, habe ich beschlossen, bei euch zu bleiben, weil ich begriffen habe, dass du mich auch liebst – auf deine eigene trotzige und doch so ehrliche Outback-Art, auch wenn du zu dämlich bist, es dir selbst einzugestehen."

„Anna, kannst du bitte jetzt ins Haus kommen?" Simones Stimme schallte vor der Stalltür zu ihnen herein und riss sie aus ihrem verliebten Schmachten. „Da ist jemand, der es nicht mehr erwarten kann, dich endlich zu sehen. Er demoliert demnächst das Wohnzimmer, wenn du nicht bald kommst."

„Jemand?" Anna sah Bob fragend an. Hatte er etwa noch jemanden mitgebracht? *Steven? Ach du Scheiße!*

Sie hüpfte von Bobs Schoß herunter und rannte im Spurt über den Hof ins Haus. Bob und Simone konnten ihr gar nicht so schnell folgen. Schon an der Haustür hörte sie die laute, empörte Stimme von Steven, mit der er danach verlangte, dass Anna endlich zu ihm kommen solle. Sie riss die Wohnzimmertür fast aus den Angeln und stürzte ins Zimmer. Da saß der kleine Kerl auf dem Schoß ihres Vaters und sein Mundwerk mitsamt dazugehörigem Lautsprecher funktionierte einwandfrei, wenn auch in schnoddrigem Aussie-Englisch. Anna lachte und schluchzte, ohne recht zu wissen warum. Steven sah sie und stieß einen schrillen Freudenschrei aus.

„Annaaaaa!" Er hüpfte von Vater Lennarts Schoß herunter und stand völlig frei. Wenn sie bedachte, dass die Ärzte vor fünf Wochen noch befürchtet hatten, er würde vielleicht für immer im Rollstuhl sitzen müssen … Sie rannte auf ihn zu, riss ihn hoch in ihre Arme und wirbelte ihn im Kreis, bis ihr schwindlig wurde.

„Alter Schwede, bist du schwer geworden!", scherzte sie, obwohl das gar nicht stimmte. Wie sein armer Vater war er dünn und knochig geworden, aber er strahlte sie an wie die Outback-Sonne und patschte mit seinen Händen die ganze Zeit auf ihre Wangen.

„Jetzt brauchst du nicht mehr traurig zu sein", sagte er in väterlichem Tonfall zu ihr. „Papa und ich haben dich nämlich ganz verrückt lieb. Ist das gut so?"

„Es ist obergut!"

Bob polterte jetzt auch in den Raum und schaute sich um. „Wo sind denn meine Töchter?", fragte er Annas Vater, und bevor Anna begreifen konnte, dass Lucy und Linda offenbar auch hier in Deutschland waren, ließ Bob schon einen lauten Schrei durch den Flur dröhnen und die Zwillinge polterten die Treppe herunter, rannten ins Wohnzimmer herein und stürzten sich auf Anna. Von da an kam sie für den Rest des Tages nicht mehr zu Wort. Sie musste zuhören, abwechselnd oder gleichzeitig, je nachdem wie laut und wie wichtig die Berichte der beiden Mädchen waren. Sie drei hatten schließlich auch einige Wochen an Drama und Männerproblemen aufzuarbeiten.

Vater Lennarts blühte unter all dem Trubel richtig auf. Er verstand kein einziges Wort von dem Aussie-Kauderwelsch und trotzdem, irgendwie verstand er doch alles: das Glück, die Liebe, die Freude in den Kinderherzen und die Freude im Herzen seiner Tochter.

DAS Haus wurde immer voller, je älter der Tag wurde. Alle Nachbarn kamen, denn sie wollten natürlich unbedingt den reichen und vornehmen Rinderkönig aus Australien sehen. Dabei wirkte Bob an diesem Tag alles andere als vornehm. Er sah immer noch ziemlich angeschlagen aus, trug nur eine schlichte, abgewetzte Jeanshose und ein kariertes Hemd (mit Loch am Ellbogen), und obwohl Simone längst allen Leuten von Bobs angeblich unermesslichem Reichtum erzählt hatte, wollte das eigentlich keiner glauben, der ihn sah.

Die Kinder waren irgendwann so überdreht und müde vom Jetlag, dass sie sich freiwillig von Anna zu Bett bringen ließen. Sie schafften einfach noch eine alte Matratze vom Dachboden herunter und legten sie zwischen Annas und Simones Bett, und noch bevor Anna die drei Kinder richtig zugedeckt hatte, fielen ihnen schon die Augen zu. Indessen nahm die Aufregung unten im Wohnzimmer noch lange kein Ende. Es wurde ein Korn nach dem anderen getrunken, und die Bauern aus Schleswig-Holstein erzählten dem Rinderzüchter aus Australien von ihren Problemen mit den Weiden und den Milchpreisen, und der besagte Rinderzüchter erzählte von seinen Problemen mit dem Viehtrieb und den Fleischpreisen, und wahrscheinlich glaubten die Leute aus Vievhusen nicht einmal die Hälfte von Bobs sagenhaften Geschichten: eine einsame Rinderfarm mitten im Nirgendwo, 200.000 Hektar Land, ein paar Tausend Rinder dazu,

Flugzeuge und Hubschrauber, um sie zu treiben, Kneipen, in denen Frauen keinen Zutritt hatten, Fliegen, die einem die Butter vom Brot fraßen, und weibstolle Kerle, so hart wie Granit, mit Herzen so weich wie die besagte Butter …

Anna saß gedankenverloren auf dem Sofa und schmunzelte vor sich hin, während das Chaos und Geschnatter um sie herum immer abenteuerlicher wurde. Vor einem halben Jahr noch hätte sie auch kein einziges Wort von dem geglaubt, was Bob erzählte, obwohl doch alles stimmte. Aber in Down Under war eben alles ganz besonders – besonders die Männer.

Weit nach Mitternacht verabschiedeten sich die letzten Gäste, und Vater Lennarts ging völlig erschlagen, aber glücklich zu Bett. Simone machte sich einen Schlafplatz auf dem Sofa im Wohnzimmer zurecht, und Anna begann sich zu fragen, wo sie eigentlich mit Bob schlafen sollte. Es gab noch eine Kammer auf dem Dachboden, aber ohne Heizung und Bett, und da war es mindestens genauso kalt wie im Stall.

Bob nahm sie an der Hand und ging mit ihr in den Flur.

„Ich weiß gar nicht, wie ihr Deutschen euch bei diesen Verhältnissen überhaupt vermehren könnt." Er flüsterte mit drängender Stimme, und Anna spürte genau dasselbe Drängen.

Aber wo? Draußen vor der Türe klirrte die deutsche Winterkälte, und im Flur war es inzwischen kaum wärmer. Dachboden? Stall? Alles schlecht.

„Wir sollten zu den Kindern unter die Decke kriechen", resignierte Anna. „Und morgen suchen wir uns ein Hotel in Ahrensbök."

Bob nahm Annas Mantel vom Haken und half ihr, ihn anzuziehen, dann zog er sie zur Haustür hinaus und in Richtung seines Autos. „Wir suchen uns morgen auf jeden Fall ein Hotel, sofern wir bis dahin nicht erfroren sind."

Vor dem Haus parkte sein Mietwagen, mit dem er vom Hamburger Flughafen hergefahren war, und er setzte sich schimpfend ans Steuer, nachdem er versehentlich zuerst mal auf der falschen Seite des Autos eingestiegen war und dort kein Lenkrad gefunden hatte.

„Dieser blöde Rechtsverkehr! Ich muss den Wagen ja wenigstens warm fahren, bevor wir vielleicht irgendwo einen einsamen Parkplatz finden."

Er fuhr das Auto warm, allerdings fuhr er zumeist auf der falschen Straßenseite. Es war ein Glück, dass es schon so spät war und kaum noch Verkehr auf den Straßen herrschte. Und irgendwann verlor er dann doch die Geduld mit dem Rechtsverkehr und dem drastischen Mangel an einsamen Parkplätzen in der näheren Umgebung. Deshalb fuhr er auf der Landstraße einfach rechts ran und parkte an der Böschung. Das Fahrzeug hing reichlich schräg zwischen zwei Pappeln und Anna sehnte sich nach einem Hotelzimmer mit Badewanne und Brausekopf. Der Kampf gegen das Gefälle und gegen die warme Winterkleidung war anstrengender als eine Seeschlacht, besonders weil Bob immer ungeduldiger wurde. Der Schaltknüppel war auch irgendwie im Weg. Halt! Nein, das war ja gar nicht der Schaltknüppel.

Nichts war mehr im Wege. Na also! Endlich!

Helle Scheinwerfer blendeten plötzlich ins Fahrzeuginnere. Jemand klopfte von außen an die beschlagenen Scheiben. Bob fluchte alle australischen Flüche, von der blutigen Hölle Sydneys bis zum geküssten Hintern in Fitzroy Crossing, und machte hektisch den Reißverschluss seiner Hose wieder zu. Anna versuchte genauso hektisch ihre eigene Hose wieder hochzuziehen, was gar nicht so einfach war angesichts der Enge im Auto und der Schräglage – dann Scheibe runterkurbeln und noch mehr australische Flüche über blutige Bastarde durch den schmalen Spalt hinausbrüllen.

Die Polizei!

„Wissen Sie, dass Sie hier im absoluten Halteverbot stehen?"

„Nein. Äh. Wirklich?"

„Ihre Papiere bitte!" Ein prüfender Blick durch den Spalt ins Wageninnere. Ach, sieh an! Da machte die lästige Nachtschicht ja gleich wieder Spaß.

„Äh, ich habe die Papiere gerade nicht bei mir."

„Dann sagen Sie uns doch mal Ihre Personalien: Name und Adresse."

„Robert Jonathan Bendrich, Bendrich Corner, Fitzroy Crossing, Westaustralien."

Damit hatte er verloren.

Dieser Mann aus dem Outback ist aber auch zu dämlich, dachte Anna. Wenn er Karl-Heinz Piepenbrink als Namen angegeben hätte, wäre der Polizist, der schon über das ganze Gesicht grinste, zweifellos mit einem Augenzwinkern über den viel zu eindeutigen Fall von spätpubertärem Autosex hinweggegangen, aber jetzt fühlte er sich natürlich verarscht, legte seine Stirn in tiefe Falten und leuchtete nun mit seiner ziemlich hellen Taschenlampe ziemlich direkt in Bobs Augen.

„Haben Sie etwas getrunken?"

„Nein, natürlich nicht. Nur fünf oder sechs Korn."

„Steigen Sie bitte mal aus."

Bob musste pusten. Er war nicht betrunken, nicht für einen waschechten Outback-Mann, aber für ordentliche deutsche Verhältnisse grenzte der Alkoholgehalt seines Blutes wahrscheinlich an eine Alkoholvergiftung.

Jetzt mussten sie natürlich mit auf die Polizeiwache nach Ahrensbök kommen. Das Autokennzeichen wurde eine Viertelstunde lang über das Kraftfahrtbundesamt geprüft. Bobs Personalien wurden über die australische Botschaft geprüft – wo um diese Uhrzeit natürlich nur eine Rufbereitschaft mit Notbesetzung zu erreichen war. Annas Personalien? Das war ja fast schon ein Fall für Interpol. In Deutschland noch als Doktor Anna Lennarts registriert und die gab sich jetzt als Anna Bendrich aus, angeblich wohnhaft in Sydney und dazu dieser überaus verdächtige Al-Capone-Hut!

Der Hauptwachtmeister schenkte den beiden einen Kaffee ein und schüttelte unentwegt den Kopf. „Wir müssen Ihren Führerschein einziehen. Sie haben 1,3 Promille."

„Ich habe keine Papiere dabei, die Sie einziehen können", sagte Bob mit völlig nüchterner Stimme und absolut klarem Blick, der zudem absolut kein Schuldbewusstsein zeigte.

„Was haben Sie sich denn dabei gedacht? Im Halteverbot, reichlich betrunken, mitten in der Nacht?"

Betretenes Schweigen von den beiden Delinquenten.

Um halb drei in der Nacht saßen die beiden leider immer noch auf der

Polizeiwache. Sie kamen irgendwie mit dem Problem nicht weiter. So genau wollten Anna und Bob eigentlich nicht sagen, was sie mitten in der Nacht im absoluten Halteverbot getrieben hatten, und so ganz konnten sie die Polizei nicht davon überzeugen, dass ihre Angaben zur Person wirklich echt und keine Verarschung waren.

„Ich sollte meinen Vater anrufen. Er soll deinen Pass vorbeibringen", wisperte Anna Bob zu. Seine Laune war so trüb wie das eiskalte Wetter draußen.

„Nein, um Gottes willen! Ich könnte meinem Schwiegervater ja nie wieder in die Augen schauen, wenn der mich aus dieser peinlichen Situation retten müsste." Bob genierte sich wirklich vor seinem Schwiegervater. *Typisch verdrehte Aussie-Männer*, dachte Anna und musste doch schallend lachen. Der Hauptwachtmeister bedachte sie von seinem Schreibtisch aus mit einem strengen Blick.

„Wir kommen ohne fremde Hilfe hier nicht raus."

„Dann lassen wir uns eben zusammen in eine Gefängniszelle sperren, und ich habe endlich ein Bett, wo ich meinen ehelichen Pflichten nachgehen kann."

Anna stand entschlossen auf. „Ich rufe Scott Randall an. Der soll den Botschafter in Bonn aus dem Bett klingeln. Das ist mir egal."

„Das wirst du nicht tun!", schrie Bob erschrocken.

„Ich habe keine Lust, bis übermorgen hier zu sitzen. Wir haben Wochenende, was denkst du, wann die Leute in der australischen Botschaft wieder erreichbar sind?" Dann sprach sie den Wachtmeister in Deutsch an. „Kann ich bitte mal mit meinem Anwalt telefonieren?"

Er kannte das aus guten amerikanischen Filmen, und weil das Pärchen doch ziemlich harmlos, wenn auch ziemlich verrückt wirkte, nickte er lächelnd. Er schob ihr das Telefon hinüber, und Anna begann zu wählen. Nummer über Nummer, es wurden immer mehr. Der Polizist begann sich schon Sorgen um das magere Telefonkosten-Budget der Polizeiwache zu machen, aber da griff Bob in die Gabel und unterbrach Annas Wählversuch.

„Bevor ich mir von Scott helfen lasse, bleibe ich lieber bis Montag in der Ausnüchterungszelle."

„Scott kann uns helfen. Er kennt doch Gott und die Welt, er kennt garantiert jemanden, der uns hier rausholen kann."

„Woher kennst du überhaupt seine Telefonnummer auswendig?"

„Ich habe täglich mit ihm Telefonsex!"

„Hmpf!"

Anna fing erneut an zu wählen.

„Ich bin nicht eifersüchtig", knurrte Bob und unterbrach ihren Versuch erneut. „Aber ich werde diesen Verräter niemals um Hilfe bitten."

Anna wählte wieder und versuchte Bobs Hand davon abzuhalten, ihr ständig in das Telefon zu fassen. Auf der Polizeiwache zu Ahrensbök erzählte man sich noch Jahre später von dem verrückten Paar, das sich zuerst in Englisch, dann in Deutsch und dann wieder in Englisch um einen Telefonhörer gestritten hatte. Anna setzte sich letzten Endes durch, und sie erreichte Scott tatsächlich auf Anhieb in seiner Wohnung, was ein Wunder war bei dessen Terminkalender und Lebenswandel, denn da unten war es gerade Mittagszeit. Etwas umständlich erklärte sie Scott die verzwickte Situation, in der sie und Bob sich befanden, und mit unterdrückter Wut vernahm Bob das Lachen, das vom anderen Ende der Welt durch den Hörer schallte.

„Ich werde sehen, was sich machen lässt", sagte Scott und lachte nur noch mehr. „Ich glaube, Trunton ist mit dem deutschen Botschafter gut bekannt."

„Trunton? Auch das noch!", maulte Bob sehr laut dazwischen. „Soll sich vielleicht ganz Down Under über mich lustig machen?"

Bobs Gemecker nützte ihm allerdings gar nichts. Die Angelegenheit war besprochen, und es dauerte genau eine Dreiviertelstunde, bis der Chef der Polizeidirektion sich telefonisch auf der Wache in Ahrensbök meldete. Er war von einem ebenso schlaftrunkenen und ziemlich angesäuerten Mitarbeiter des Auswärtigen Amtes aus dem Tiefschlaf gerissen worden. Und der wiederum war von seinem Botschafter in Canberra geweckt worden.

Kann man denn die Touristen nicht etwas nachsichtiger behandeln? Schleswig-Holstein lebt schließlich auch vom Tourismus. Am Ende würde es noch zu diplomatischen Verwicklungen mit Down Under kommen. Der Hauptwachtmeister sollte doch mal ausnahmsweise ein Auge zudrücken. Die Australier seien eben ein bisschen verdreht.

Völkerverständigung und so weiter.

Der Hauptwachtmeister drückte sein Auge nur ungern auf Anweisung von oben zu, aber Völkerverständigung war ihm freilich schon immer ein Anliegen gewesen. Er drückte dann auch den beiden verkehrten Australiern noch kräftig die Hand zum Abschied, nicht ohne die ausdrückliche Mahnung, dass sich der Herr Australier sich nicht mehr an das Steuer setzen durfte und das Fahren unbedingt der Frau Australierin überlassen müsse. Und Bob lud den Hauptwachtmeister im Gegenzug nach Australien ein, nur für den Fall, dass er zufällig mal in die Nähe von Fitzroy Crossing, Westaustralien käme. Einfach nach Bendrich Corner fragen, jeder würde ihm den Weg zeigen können.

Es war inzwischen fünf Uhr in der Frühe, und ihnen blieb nichts anderes übrig, als nach Vievhusen zurückzufahren. Anna fuhr, aber sie musste unentwegt lachen, und Bob grummelte unentwegt vor sich hin.

„Das war Fügung, mein Liebster", lachte sie ihn aus. „Denn ich wette, du hast dich nicht um die Verhütung gekümmert. Stimmt's?"

Er konnte überhaupt nicht darüber lachen. „Soll ich etwa ein Kondom benutzen?"

„Zumindest bis wir uns über die Familienplanung einig sind."

„Was gibt es da zu einigen? Ich kann es kaum erwarten, dir einen dicken Bauch zu verpassen."

Sie grunzte ein verächtliches Lachen heraus. Die Ampel schaltete gerade von gelbem Blinklicht um auf Tagesbetrieb und wurde rot. Anna trat voll auf die Bremse und Bob flog mit dem Kopf fast durch die Windschutzscheibe.

„Das würde dir so passen, du Aussie-Macho." Bob grinste und zuckte die Schultern. Anna fuhr so kraftvoll an, dass er heftig in den Sitz zurückflog. „Willst du etwa noch mehr Kinder haben? Hatten wir uns nicht darauf geeinigt, dass vier mehr als genug sind?" Sie nahm eine scharfe Kurve mit 50 Sachen, und Bob kämpfte heftig gegen die Gesetze der Fliehkraft.

„Ich mag Kinder, Anna. Stell dir mal vor, wie schön das wäre, so ein kleines, weiches Ding mit roten Haaren und grünen Kulleraugen und die kleinen Händchen und winzigen Füßchen und es würde an deiner Brust hängen und es wäre unser Kind. Wenn es ein Mädchen wird, heißt es natürlich Anna, und wenn es ein Junge wird, dann nennen wir ihn …"

„… Dingle Dooley." Sie bog rechts ab auf einen Feldweg.

„Du nimmst mich schon wieder nicht ernst. Weißt du, ich kenne mich ziemlich gut mit Babys aus. Ich habe damals Steven … Anna?"

Sie stellte den Motor ab und Bob schaute sich verdutzt um. Sie standen auf einem einsamen Waldweg zwischen Buchen, Eichen und Kiefern. Vor ihnen ragten dunkel die Riesenfindlinge eines Hünengrabes auf und hinter ihnen waren nichts als Baumstämme und Gestrüpp. Der Wagen war jetzt richtig warm gefahren, der Standort war wenigstens eben und lag abseits aller bekannter Straßen und Polizeirouten. Anna kletterte über den Schaltknüppel, hinüber zu ihm.

„Das hier ist mein Outback, Boss", flüsterte sie ihm ins Ohr und drehte langsam seinen Autositz nach hinten. „Und ich werde dir jetzt einmal etwas über die Sexualität der Megalithkultur beibringen."

Er hatte gar keine Zeit zu überlegen, was mit ihm geschah, da erhielt er bereits seine Lehrstunde über die Urkraft ausgehungerter Steinzeitfrauen. Der Mietwagen wurde zur dämmrigen Höhle. Sie zog ihm hastig die Hose aus.

„So und jetzt schwing deine Keule, mein Jäger."

ALS es zu kalt wurde, zogen sie sich etwas umständlich wieder an, und Anna suchte den Weg aus dem Dickicht zurück in die Neuzeit. Bob war endlich ruhig und zufrieden. Er kraulte mit seiner kalten Hand ihren warmen Nacken, während sie das Auto nach Hause fuhr.

„Jetzt bist du bestimmt wieder schwanger geworden", sagte er treuherzig.

„Kann schon sein", seufzte sie.

„Also haben wir das Thema Familienplanung hiermit geklärt? Dann bleibt nur noch eine Frage."

„Welche denn noch?"

Er schmunzelte. „Na ja, ein Mann, der mit dir verheiratet ist, braucht viel eiweißhaltige Nahrung. Wenn ich jeden Tag nur Spaghetti zu essen bekomme, werde ich irgendwann einmal ein ausgemergeltes Skelett sein, das deinen Ansprüchen nicht mehr gerecht wird."

„Sollte ich feststellen, dass du nachlässt, mache ich dir zwischendurch mal ein Steak mit Spiegelei."

„Und was ist mit Aufräumen und Putzen? In deiner Wohnung in Sydney sieht es aus, als ob die Vandalen darin gehaust hätten."

„Aber in Bendrich Corner habe ich mich doch wirklich angestrengt, oder?"

Er räusperte sich. „In manchen Dingen bist du unübertrefflich, aber wir sollten uns nach jemandem umsehen, der sich um den Haushalt und um das Kochen kümmert."

„Ich dachte, man findet keine Freiwilligen, die in diese gottverlassene Gegend gehen."

„Ich könnte eine Stellenanzeige im Schleswig-Holsteinischen Bauernblatt aufgeben."

Anna trat auf die Bremse. „Was?"

„Ungefähr so: Suche junges Mädchen für Haushalt mit vier, nein sagen wir, mit fünf Kindern im subtropischen Nordwesten Australiens." Sie wollte ihm einen kräftigen Fausthieb gegen den Oberarm verabreichen, aber er fing ihre Hand auf und küsste sie.

„Godfrey ist zwar nicht mehr zu Hause, aber wir könnten auch Zwillinge haben. Das kommt bei uns in der Familie häufig vor."

„Denkst du dabei an Lucy und Linda?"

Er nickte. „Ich schätze, die beiden Mäuschen sind auch von mir. Suzan und ich hatten nicht oft Sex, aber es könnte hinkommen. Sie hatte meist keine Lust auf Sex und ich habe … äh, ich glaube, das willst du nicht wissen."

„Bist du etwa fremdgegangen?"

„Mit meiner eigenen Hand, Anna. Nicht jede Frau ist so unersättlich und begabt wie du."

„Und wie passt dann Scott Randall in das ganze Bild?"

„Er war mein bester Freund und kam oft zu Besuch. Ich nehme an, Suzan wollte mich mit ihm eifersüchtig machen. Scott und ich, wir haben uns mal kräftig gerauft."

„Ich habe davon gehört."

„Damals hat er mir geschworen, dass er nie etwas mit Suzan hatte, bis auf das eine Mal, als er Godfrey gezeugt hat."

„Aber du wolltest es in deiner verletzten Macho-Ehre natürlich nicht glauben. Kommt mir bekannt vor. Bob, du musst dich mit ihm versöhnen. Er ist kein Verräter, sondern ein besserer Freund, als du denkst."

„Ich weiß nicht, ob ich das ertragen könnte, dass er wieder wochenlang in Bendrich Corner herumhängt und dir schöne Augen macht."

„Er hat jetzt eine eigene Rothaarige!"

„Ja, ich habe sie gesehen auf der Cocktailparty. Er wollte mich doch nur provozieren."

„Ich habe auch noch einen Punkt zu klären", sagte Anna nach einer Weile. „Ich schreibe eine Artikelserie für die AMP."

„Ich habe sie gelesen."

„Und, was sagst du dazu?"

„Sie sind viel zu gut, viel zu erotisch. Du schreibst da über Dinge für andere Männer, die du nur mit mir tun solltest."

„Soll ich dich etwa mit einem altindischen Auparishtaka beglücken?"

„Was ist das?"

„Du kannst es in meinem nächsten Artikel nachlesen."

„Du könntest es mir auch zeigen!"

„Vielleicht ein anderes Mal, wenn du wieder stockbetrunken bist und ich nicht mit dir schlafen will."

Er rutschte etwas unruhig auf dem Beifahrersitz herum, als hätte er irgendwelche Probleme in seiner Hose, dabei hatte er sich doch erst vor fünf Minuten wieder angezogen.

„Ich werde die Artikel weiterschreiben. Und danach fange ich eine neue Serie an. Trunton hat mir ein gutes Angebot gemacht", sagte Anna ernst.

„Willst du die unter dem Namen Bendrich veröffentlichen?"

Anna musste herzhaft über seinen unbehaglichen Gesichtsausdruck lachen. Klar, diese Männer im Outback schauten sich natürlich sehr gerne heiße Frauen in Männermagazinen an, aber wehe, ihre eigene Frau wurde da auch nur im Impressum erwähnt. Typisch!

„Bestimmt nicht, du Chauvi. Ich habe schon genug Bücher unter dem Namen eines anderen Mannes geschrieben. Meine Artikel tragen meinen Namen: Doktor Anna Lennarts, auch wenn du dir eines Tages wünschen wirst, du könntest mit einer brillanten Sex-Redakteurin auf deinen öden Cocktailpartys glänzen."

SIE blieben noch zwei Wochen in Vievhusen. Sie hatten auf einem Bauernhof in der Nachbarschaft ein geräumiges Ferienappartement gefunden. Die Kinder sprachen schon fast perfekt deutsch oder besser gesagt, fast perfekt das holsteinische Platt, und Vater Lennarts konnte schon bruchstückhaft Englisch oder besser gesagt alle wichtigen australischen Kraftausdrücke. Sie nannten ihn „Opa", und er nannte sie „Darling".

Es war offenkundig, dass ihr Vater genau das brauchte. Eine Handvoll Enkelkinder und eine Aufgabe, die ihm half, über den Tod seiner Frau wegzukommen, und es tat Anna weh, wenn sie an den Abschied dachte. Am Abend vor ihrer Abreise erzählte Bob so viel wie noch nie über Bendrich Corner. Selbst Anna erfuhr Dinge, die sie bisher nicht kannte, über die Geschichte der Farm, über die Rinderzucht im Allgemeinen, über das Wetter und die geologische Geschichte des Kimberley-Plateaus, über die Aborigines, die nirgendwo ursprünglicher waren als in der Kimberley, und als er mit Vater Lennarts seinen dritten Korn getrunken hatte, sagte er ganz unvermittelt, aber sehr ernst:

„Du solltest uns begleiten. Wir könnten da unten Männer wie dich immer gebrauchen." Vater Lennarts lachte nur und schüttelte den Kopf, aber Bob blieb hartnäckig. „Du kannst deinen Hof verpachten. Du machst einen befristeten Pachtvertrag, und wenn es dir im Outback nicht gefällt, kannst du wieder zurückgehen."

Vater Lennarts schüttelte immer noch den Kopf, aber schon sehr viel schwächer. „Ach, ich bin doch schon viel zu alt für so was."

Bob schenkte sich und seinem Schwiegervater noch einen Korn ein, stieß mit ihm an und sagte: „Ein Mann ist niemals zu alt für Australien."

Und er hatte völlig recht.

„Denke in Ruhe darüber nach. Wir fünf machen noch einen Abstecher nach Tübingen, und in zwei Wochen kommen wir zurück."

„Was, wir fahren nach Tübingen und besuchen Frau Mitschele?", rief Anna verblüfft.

„Natürlich!" Bob grinste und sprach englisch weiter. „Ich muss unbedingt die Stadt sehen, in der du jahrelang nur von mir geträumt hast."

Dann küsste er sie so lange, bis er Vater Lennarts' Räuspern nicht mehr ignorieren konnte.

Als sie später in ihrem Ferienappartement waren, bekam Anna doch ein schlechtes Gewissen. „Wer kümmert sich denn um Bendrich Corner? Du warst seit Weihnachten nicht mehr dort. Kannst du es dir denn überhaupt erlauben, noch einmal vierzehn Tage zu vertrödeln?"

„Vertrödeln nennst du das, wenn ich mit dir unsere Vergangenheit aufarbeiten möchte?" Er schob sie rückwärts, bis ihre Waden die Bettkante berührten und ihr nichts anderes übrig blieb, als sich rücklings auf das Bett fallen zu lassen. Und schon waren seine Lippen an ihrem Hals.

„Wir hatten keine Vergangenheit in Tübingen", stöhnte sie und verpasste ihm einen gespielten Fausthieb gegen seine Brust, bevor sie anfing, den ersten Knopf seines Jeanshemdes zu öffnen.

„Was sehr bedauerlich ist. Ich will mir vorstellen: Du bist achtzehn Jahre alt, und ich lerne dich dort in einer Studentenkneipe kennen."

„Aha, du willst dir wohl deinen letzten Traum erfüllen, wie?" Sein zweiter Hemdknopf war ziemlich mühsam zu öffnen, weil ihr Outback-Macho doch tatsächlich versuchte, ihr einen Knutschfleck zu verpassen. „Und wer kümmert sich um Bendrich Corner? Mr. McEll ist doch völlig überfordert." Sie fühlte sich auch ein wenig überfordert, weil er mit seiner Zunge gerade Ornamente auf ihren Hals malte.

„Deshalb brauchen wir ja dringend deinen Vater", sagte er und legte sich nun auf die Seite, stützte sich auf seinen Ellbogen ab und sah sie ernst an. „Ich habe mit Scott telefoniert. Er ist vergangene Woche hochgeflogen und kümmert sich um die Station, bis wir zurück sind."

„Sprichst du von deinem Erzfeind?", spottete sie. Jetzt hatte sie Knopf Nummer drei besiegt, und endlich kam seine Keltenbrust zum Vorschein.

„Wir haben uns ausgesprochen, und ich dachte, wenn er schon in Zukunft wieder bei uns herumgammelt, kann er auch ein bisschen dafür arbeiten."

„Und du wirst natürlich tierisch eifersüchtig sein."

„Selbstverständlich!", bestätigte er. „Aber ich werde versuchen, die wichtigen Menschen in deinem Leben nicht gleich umzubringen, nur weil sie dich alle verehren."

„Und Scott gehört auch zu den wichtigen Menschen?"

„Ja. Scott und Pater Angelius, Claude und Swagman und Joe und von mir aus sogar Trunton und die Archäologie."

Anna lachte. „Swagman? Zählst du Hunde auch zu den wichtigen Menschen?"

Er schwieg eine Weile, schaute an sich hinab, wie sie gerade einen weiteren Knopf öffnete, und blickte dann wieder auf. Er sah sie ziemlich ernst an, dafür, dass in seiner Hose bereits ziemlich viel Action herrschte.

„Bei dem Barbecue damals bei den Bellemarnes ist es das erste Mal passiert: Du hast dein Steak wie selbstverständlich zwischen Steven und Swagman geteilt. Es blieb nichts für dich übrig. Du hast gegeben, ohne zu nehmen. So wie du nun mal bist, und irgendwie hat mir das wehgetan. Nicht nur, weil du ehedem schon so dünn bist, sondern … Na ja, du weißt schon, was ich meine … es hat in meinem Herzen wehgetan und in meinem Magen und auch noch etwas weiter unten."

„Du hast dich verliebt?" Sie ließ den letzten Hemdknopf los und legte ihre Hand an seine kratzige Wange.

„Viel mehr als das, Anna."

Es trommelte laut an der Tür und Steven stürmte herein. Sie hatten offenbar vergessen abzuschließen. Steven blieb vor den beiden Erwachsenen stehen und verschränkte trotzig die Arme vor der Brust, während er sie vorwurfsvoll musterte, wie sie da auf dem Bett lagen und sich offensichtlich gut amüsierten.

„Ich schlafe nicht bei diesen blöden Weibern. Nie mehr! Die ärgern mich die ganze Zeit!" Er wartete gar nicht erst ab, ob sein Vater ihn wie üblich vor die Tür verfrachten würde, sondern bedachte seinen Erzeuger mit einem typischen, bossigen Bendrich-Blick, der ihm zu verstehen gab, dass er in diesem Punkt absolut keinen Verhandlungsspielraum hatte. Er hüpfte auf das Bett und legte sich genau in die Mitte. Bob öffnete den Mund und wollte offenbar etwas sagen, aber dann schüttelte er plötzlich den Kopf, packte Steven warm in die Decke ein und kuschelte sich einfach an ihn. Anna krabbelte zu ihnen und schmiegte sich von der anderen Seite an Steven. Sie nahm Bobs Hand, verflocht ihre Finger mit seinen, legte sie auf Stevens Bauch und so schliefen sie ein.

AM anderen Nachmittag standen sie schon bei Frau Mitschele vor der Tür. Anna glaubte, die arme Frau Mitschele würde bestimmt vor Schreck in Ohnmacht fallen, wenn plötzlich fünf Australier vor ihrer Tür stünden, aber Bob hatte sie natürlich angerufen und alles akkurat mit ihr geplant und vorbereitet. Wie hätte es auch anders sein sollen? Frau Mitschele freute sich wie eine Mutter. Sie umarmte Anna, küsste die Kinder und schüttelte Bob die Hand. Ein idyllischer Kaffeetisch war schon gedeckt, und auch Zimmer für die Gäste waren vorbereitet. Die Kinder durften in Claudia Mitscheles früherem Zimmer schlafen, und Anna und Bob wurden in Annas ehemaliger Studentenbude untergebracht.

„Das andere Mädle war nix, Frau Doktor", erklärte Frau Mitschele, weil Anna sich wunderte, warum Frau Mitschele das Zimmer nicht wieder vermietet hatte. „Ich hab sie vor die Tür gesetzt."

Die war bestimmt so schlampig wie ich, dachte Anna mit einem verlegenen Blick in das pieksaubere Zimmer.

„Wissen Sie, das war so eine, wo der Geldsegen vom Vater kommt. Die hat gemeint, ihr gehört hier alles und ich bin nur ihre Dienstmagd. So was mag ich nicht", erklärte ihr Frau Mitschele und tätschelte Annas Wange. „Lieber ein bissle eine Schlampige, wo das Herz am rechten Fleck sitzt, gell?"

Sie tranken Kaffee und aßen Kuchen, und die Kinder veranstalteten das übliche Chaos. Die Milch schwamm in den Kuchentellern, der Kuchen wurde in die Kaffeetassen gestopft, die diversen Vasen und Döschen, die Frau Mitscheles Wohnzimmerschrank zierten, wurden zu einem Eiffelturm aufgeschichtet und das strahlend saubere Wohnzimmer verwandelte sich nach und nach in eine exakte Kopie von Annas früherer Studentenbude. Der Geräuschpegel stieg auch mit zunehmender Verschmutzung, und irgendwann rief Anna halbherzig: „Kinder, hört doch auf! Die arme Frau Mitschele!" Aber Frau Mitschele winkte ab.

„Lassen Sie nur, so sind Kinder eben. Seien Sie froh, dass sie gesund sind. Gesunde Kinder, das ist doch ein Segen."

Anna spürte Bobs Hand in ihrer und sie spürte Tränen in ihren Augen.

Am Abend musste Bob sich endlich seinen Wunsch erfüllen. Die Kinder wurden zu Bett gebracht, und Frau Mitschele war überaus glücklich, dass sie Babysitter sein durfte. Bob und Anna fuhren in die Innenstadt.

„Wo ist deine Stammkneipe?" Er war fest entschlossen, das Spiel mit ihr zu spielen.

„Das Mephisto am Marktplatz."

„Also gut, du gehst rein, bestellst dir etwas zu trinken und ich komme in einer Viertelstunde nach und tue so, als würde ich dich soeben erst kennenzulernen."

Anna nickte und lachte ein wenig überdreht, weil sie das Spiel einfach herrlich witzig fand. „Warte nicht zu lange, sonst kommt dir noch jemand zuvor."

„Dann eben in zehn Minuten. Such dir einen einsamen Platz aus." Er verabschiedete sich mit einem lüsternen Zungenkuss, und Anna stieg aufgeregt die steile Treppe in den alten Gewölbekeller hinunter.

Es ist genau wie früher, dachte sie mit leichtem Schauder. Obwohl „früher" natürlich noch nicht mal ein Jahr her war. Die Luft starrte vor Rauch. Die Stimmen hallten laut an der Gewölbedecke wider. Auf den Barhockern dozierten Studenten über ihre Studienfächer, und in den dunklen Ecken knutschten sich die Jungverliebten. Ein paar Professoren waren auch da, sie saßen dort hinten bei der Bar an ihrem üblichen Stammtisch. Es war brechend voll. Bobs verträumter Plan vom ersten Flirt in einer lauschigen Ecke würde wohl an Platzmangel scheitern. Da stand gerade ein junges Pärchen auf, und Anna beeilte sich, den Platz zu sichern, aber ein Herr mit einem Bierglas in der Hand steuerte auch in die Richtung des frei werdenden Tischs, ein Wettrennen begann. Anna schaffte es kurz vor ihm und setzte sich demonstrativ auf den Stuhl, die Handtasche legte sie auf den anderen. Der Herr ließ sich aber leider nicht abschrecken, da waren ja auch noch zwei weitere Stühle frei.

„Darf ich mich dazusetzen?"

Sie schaute bestürzt zu ihm hinauf. *Menrad! Bloody hell!* Sein graues Haar wich an seiner Stirn schon weit zurück, seine Tränensäcke waren dick geschwollen, und er hatte einen gut sichtbaren Bauchansatz. *Hat er schon immer so alt ausgesehen?*, wunderte sich Anna.

„Nein, hier ist besetzt", sagte sie und versuchte ihrem Deutsch einen englischen Akzent zu verleihen, das Letzte, was sie jetzt wollte, war ein Gespräch mit ihm. Aber es war zu spät, am Klang ihrer Stimme hatte er sie erkannt. Verdammt!

„Anna?" Sein Kiefer klappte herunter wie die Falltür in einer ägyptischen Königskammer und vor Schreck ließ er sogar das Bierglas aus seiner Hand flutschen. „Anna, bist du das?" Jetzt plumpste er auch noch auf den Stuhl neben ihr und starrte sie an, als wäre sie ein archäologischer Sensationsfund.

Oje, wir werden heute Abend wohl wieder auf der Polizeiwache enden. Sie schaute mit einem Anflug von Verzweiflung zum Eingang oben an der Treppe. Es würde höchstens noch fünf Minuten dauern, bis Bob kam.

„Anna! Ich bin verblüfft, dich zu sehen!", schwafelte der alte Professor. Er brachte nicht einmal mehr seinen Mund zu. „Nein, ich bin entzückt, ach, was sage ich? Ich bin überwältigt!"

Hat mir diese schwülstige Sülzerei früher wirklich gefallen? Eine Kellnerin kam und bedachte Anna mit einem ungeduldigen Blick. Offensichtlich hatte sie Stress und wollte zackig ihre Bestellungen abschließen. Anna ließ sich extra lange Zeit beim Studieren der Getränkekarte, und als die Kellnerin ungeduldig mit ihrem Kugelschreiber auf den Bestellblock tippte, schlug Anna die Karte langsam wieder zu und schenkte der jungen Frau einen Blick, der sogar eine Bar voller Männer im Outback vor Ehrfurcht erstarren lassen würde. „Bringen Sie mir ein Wasser. Aber wischen Sie zuerst mal das Bier auf und entfernen Sie die Scherben. Der Herr hier scheint etwas tatterig zu sein", sagte sie mit einem herrischen Tonfall, den sie von Bob geklaut hatte.

Die Kellnerin erstarrte tatsächlich und nickte ehrfürchtig, bevor sie davonlief, um Annas Befehl auszuführen. Der tatterige Herr hingegen schnappte nach Luft und räusperte sich aufgeregt. Seine Augen sahen aus, als würden sie gleich vor Überdruck platzen.

„Anna, du … du bist … also sag bloß, wie geht es dir überhaupt? Was hast du gemacht im letzten halben Jahr? Du hast dich ja unglaublich verändert."

„Du warst schon immer ein scharfsinniger Beobachter, Volker", murmelte sie beiläufig und schaute nervös auf die Uhr: höchstens noch zwei Minuten, bis er kommen würde. Menrad wollte über den Tisch nach ihrer Hand greifen, aber irgendetwas in ihrem Walküren-Blick hielt ihn mitten in der Bewegung an. Er spürte wohl, dass er es nicht unversehrt überstehen würde, wenn er es wagen würde, sie anzufassen.

„Ich bereue jeden Tag, dass ich dir die Stelle nicht gegeben habe. Stefanie ist oberflächlich und unzuverlässig und nicht annähernd so begabt wie du."

Anna schenkte ihm nur einen kurzen, gelangweilten Blick und beobachtete dann die Kellnerin, die jetzt mit Lappen und Kehrschaufel anrückte und Anna sehr dienstbeflissen anlächelte, während sie die Scherben aufkehrte.

„Hast du denn irgendwo einen Job gefunden?", wollte Menrad wissen.

„Ja, ein paar."

„Du scheinst gut dabei zu verdienen. Todschicke Kleider, Brillantschmuck, einen Alpacamantel. Du … du siehst aus, als würdest du gerade aus dem Urlaub kommen."

„Ich komme aus mit meinem Geld, danke."

Ein anderer Kellner brachte Annas Wasser und ein frisches Bier für den Prof, dabei lächelte er sie ebenfalls überaus untertänig an. *Ah, sieh an, es hatte sich im Mephisto offenbar schon herumgesprochen, dass die rothaarige Kundin nicht mit sich spaßen lässt. Klasse!*

„Auf deine Schönheit!", sabbelte Menrad und prostete ihr zu, aber sie erwiderte seinen Trinkspruch nicht. „Wo arbeitest du jetzt? Womit verdienst du als Archäologin so viel Geld? Ich meine, ich bin wirklich froh, dass es dir gut geht. Ich hatte schon befürchtet, du würdest dich …"

„Ich schreibe für ein Männermagazin."

„Was, ausgerechnet du?" Er lachte ein wenig herablassend, aber ihre hochgezogenen Augenbrauen und die Arroganz in ihrem Blick ließen sein Gelächter schlagartig verstummen. „Ich wusste nicht, dass man damit so gut verdienen kann."

„Ich schätze, ich bin jetzt auch irgendwie Teilhaberin an einigen Bauxitminen und an einer Rinderfarm."

Er glaubte ihr nicht, aber wagte es auch nicht, sie auszulachen. „Hast du der Archäologie denn den Rücken zugewandt?"

Jetzt nippte sie an ihrem Wasser und schaute unruhig zum Eingang. Er würde bestimmt gleich kommen, er war ja so super akkurat und pünktlich, vielleicht konnte sie Menrad vorher abwimmeln, der würde sonst nur ihr schönes Kennenlernspiel verderben.

„Ich habe mal erwogen, ob ich ein Angebot von der Universität Sydney annehmen soll. Aber es war mir zu öde: einen Lehrstuhl in Sydney, mit dem Jeep durch irgendwelche tropischen Naturparks kutschieren und Höhlenzeichnungen untersuchen oder auf dem Ayers Rock herumklettern. Das reißt mich eigentlich nicht mehr vom Hocker."

Aber Menrad fiel fast vom Hocker, er prallte richtig in seinem Stuhl zurück, als hätte er eine Ohrfeige bekommen. Und dann kam Bob herein. Er blieb oben an der Treppe stehen und schaute sich nach ihr um. Als er sie entdeckte, grinste er und dann setzte er ein sehr ernstes Schauspieler-Gesicht auf. Ganz und gar Outback-Macho auf Frauenjagd. Das Witzige war, dass zahlreiche Gäste jetzt ihre Köpfe drehten und zu ihm hinaufgafften – auch Menrad – und ihn dabei beobachteten, wie er langsam die Treppe herunterkam. Wow, er war aber auch ein verdammt attraktiver

Mistkerl in seiner Jeans, die beinahe auf den Hüften hing, dazu ein viel zu enges T-Shirt und darüber eine lässige Jeansjacke. Ganz zu schweigen von seinem verwegenen Dreitagebart und diesem Damenhöschenbefeuchtungs-Jägerblick. Er schlenderte lässig auf Annas Tisch zu und schmunzelte verführerisch. Spätestens jetzt hätte sie sich hoffnungslos in ihn verknallt, wenn sie ihn nicht schon so verrückt lieben würde.

„Junges Fräulein, darf ich mich dazusetzen?" Er ignorierte Menrad völlig und auch die Kellnerin, die dicht neben ihm stand und kugelrunde Kuhaugen machte, während ihr beinahe die Scherben wieder von der Kehrschaufel herunterrutschten.

„Ja, gerne!" Anna musste ein Kichern unterdrücken.

„Lassen Sie mich raten, Sie studieren bestimmt hier in Tübingen."

„Ja genau. Und Sie sehen aus, als würden Sie hier Urlaub machen."

„Ich war im Gestüt Marbach und habe dort einen Araberhengst gekauft."

Anna schüttelte vehement den Kopf und hielt sich die Hand vor den Mund, um nicht loszuprusten. „Nein! Also nein, so funktioniert das nicht. Diese Angeberei schreckt mich ab. Gestüt Marbach", äffte sie seine großspurige Stimmlage nach. „Araberhengst! Das ist mir viel zu großkotzig, wirklich."

Bob kratzte sich nachdenklich am Kinn. „Ich habe aber wirklich schon Pferde in Marbach gekauft."

„So wird aber nie etwas aus uns beiden."

Die Kellnerin verlor jetzt wirklich ein paar ihrer Scherben und gackerte etwas atemlos ihre Frage nach den Getränkewünschen des Herrn heraus.

Bob setzte sich, ohne den Blick auch nur eine Sekunde von Anna zu nehmen. „Was trinkt man denn hierzulande, mein Fräulein?"

„Haberschlachter", sagte sie grinsend.

An seinem finsteren Gesicht erkannte sie, dass er sich sehr wohl an die Marke erinnerte, und jetzt musste sie doch loslachen.

„Im Leben nicht trinke ich diesen Gynäkologenwein. Bringen Sie mir ein Bier, aber kalt!", knurrte er die Kellnerin an. Die nickte eifrig und stolperte davon. Menrad versuchte sich mit einem lauten Räuspern bemerkbar zu machen, aber die beiden ignorierten ihn völlig.

„Womit kann ich also Ihre Gunst erringen, gnädiges Fräulein?"

Anna dachte nach, schaute versonnen zu Menrad über den Tisch. Der hatte seine Stirn so tief gefurcht, als würde er vor dem größten noch ungelösten Rätsel der Menschheit stehen.

„Eigentlich bin ich ja noch Jungfrau, oder?", fragte Anna.

„Das hoffe ich doch schwer!"

„Also, wie wäre es mit einer etwas romantischeren Anmache? Ein paar Komplimente könnten wirklich nicht schaden."

Bob ergriff sofort ihre Hand, küsste sie sehr galant und sagte: „Wo Schönheit größer ist als Worte, um sie zu preisen, sollte man besser schweigen."

„Das ist doch von Arthur geklaut!", prustete sie los.

„Sie sind verdammt schwer zu knacken, Fräulein!" Das Bier kam, Bob probierte es und knallte das Glas auf den Tisch zurück. „Ich hasse lauwarmes Bier."

„Ich auch!"

„Also gut, wir versuchen es anders. Was studieren Sie denn hier?"

„Archäologie."

„Oh Gott, nein! Nein, so geht es auch nicht. Das würde mich total abschrecken. Eine weltfremde, chaotische Wissenschaftlerin? In so eine könnte ich mich nie verlieben."

„Es gibt doch bestimmt ein Thema, das uns beide verbindet."

„Willst du mit mir schlafen?"

„Ja!"

„Nein, das ist auch nicht gut. Du musst dich schon ein wenig zieren. Schließlich bist du noch unerfahren."

Menrad rutschte jetzt unruhig auf seinem Stuhl hin und her und schüttelte immer wieder den Kopf dabei. Vermutlich hielt er sie beide für total durchgeknallte Idioten, aber wen juckte das schon? Vermutlich waren sie das ja wirklich. Aber jetzt erst schien Bob überhaupt die Anwesenheit des weiteren Gastes wahrzunehmen, und er bedachte den älteren Herrn mit einem verlegenen Lächeln.

„Ich kann nichts dafür. Es ist schwer, an etwas anderes als an Sex zu denken, wenn du da bist", entschuldigte sich Anna.

„Ich schätze, wir sitzen fest. So wird nichts aus uns."

„Siehst du es endlich ein? Es ist der falsche Ort und die falsche Zeit."

Bob nickte bedächtig. „Wie sagt Pater Angelius so schön: Gott geht seltsame Wege, aber er erreicht immer sein Ziel." Er beugte sich jetzt zu ihr hinüber und küsste ihren Hals. „Lass uns gehen, ich will endlich wissen, was dieses Auparishtaka für eine Stellung ist", flüsterte er. Er sprach jetzt in Englisch weiter und dachte wohl, der andere Gast würde ihn dann nicht verstehen. Irrtum. Aber wen interessierte das schon, ob Menrad zuhörte?

„Es ist keine Stellung, sondern eine Technik", kicherte sie, weil Bob die besagte natürlich längst kannte. „Mit dem Mund, verstehst du?"

Über Bobs Gesicht breitete sich das Grinsen der Erkenntnis und – typisch männlich – Vorfreude. Menrad hingegen sprang mit einem verärgerten Räuspern von seinem Platz.

„Ach, einen Moment bitte!", rief Anna und hielt Menrad mit einem herrischen Fingerzeig davon ab, seine Jacke anzuziehen. „Ich muss dir doch noch einen alten Professor von mir vorstellen."

Menrad setzte sich gehorsam wieder auf seinen Stuhl und erwartete die Vorstellung mit misstrauischem Gesicht.

„Bob, das ist mein ehemaliger ... ähm Professor, Volker Menrad. Volker, das ist Bob."

Für einen Augenblick kämpfte Bob sichtlich mit seiner Selbstbeherrschung, geballte Fäuste unter dem Tisch und eine Furche zwischen den Augen so tief wie die Schluchten des Fitzroy, aber als er dann sprach, klang seine Stimme sehr höflich.

„Etwa der Professor Menrad, von dem man in Westaustralien spricht?"

„Ach tatsächlich?", wollte Menrad wissen und war zwischen einem geschmeichelten Lächeln und einem nervösen Augenzucken hin- und hergerissen. Bob nickte freundlich.

„Aber ja. Im Outback übertreiben die Leute leider manchmal. Also ich finde nicht, dass Sie aussehen wie der einäugige Dingle Dooley, der den Schwanz nie hochgekriegt hat."

„Wie bitte?"

„Aber irgendwas muss an den Gerüchten wohl dran sein, was meinst du dazu, Anna?" Bob stand auf und zog Anna mit sich hoch und half ihr dann sehr galant in den Mantel.

„Ich weiß gar nicht, wer die Gerüchte über seine Potenzprobleme aufgebracht hat!" Anna saugte den Anblick von Menrads feuerrotem Gesicht wie Manna in sich auf. „Also ich habe kein Wort davon verlauten lassen. Ehrlich, Volker."

„Paul und Lillian waren es", sagte Bob und ging an die Theke, um zu bezahlen.

Anna lächelte Menrad freundlich an. „Du solltest Lillian mal kennenlernen. Sie steht auf heiße Luft, die aus Männern herauskommt."

Bob kam zurück, ergriff ihre Hand und sie stiegen Hand in Hand die Treppe hinauf und kicherten dabei wie zwei verrückte Teenager.

ALS sie nach Vievhusen zurückkamen, war Annas Vater schon fast zur Abreise nach Australien fertig. Anna hätte nie erwartet, dass er sich wirklich von seinem Hof und seinem Besitz trennen würde, aber sie hatte offenbar die Anziehungskraft verkannt, die eine junge, glückliche Familie auf einen einsamen Mann hatte. Ach ja, nicht zu vergessen die Anziehungskraft, die Down Under auf einen abenteuerlustigen Mann hatte. Bob half ihm, die letzten Geschäfte zu regeln. Das Haus wurde vermietet, die Weideflächen pachtete der Nachbar, die Kühe wurden verkauft und das Milchkontingent verleast.

Kurz vor Ostern waren sie dann endlich wieder in Bendrich Corner, mit Vater Lennarts im Gepäck, mit einem Steven, der wieder ganz der alte war, mit Lucy und Linda, die inzwischen beinahe besser deutsch als englisch sprachen und mit einem neuen Baby in Annas Bauch.

Pater Angelius, Godfrey und Scott erwarteten sie zu Hause. Sie ignorierten die Tatsache, dass Ostern vor der Tür stand und sie eigentlich Osterbilbies verstecken sollten. Sie fällten stattdessen eine kleine Akazie. Die stellten sie als Weihnachtsbaum ins Wohnzimmer, und dann spielten sie drei Tage lang ausgiebig Weihnachten – mit all dem Kitsch und der Idylle, die sie sich so mühsam erkämpft hatte.

~ ENDE ~

Über Clannon Miller

Clannon Miller ist das Pseudonym für eine leidenschaftliche Fabuliererin mit viel Lebenserfahrung und Humor, die sich selbst und ihre Romane nicht so furchtbar ernst nimmt.

Sie schreibt Geschichten, seit sie einen Bleistift halten kann, und wann immer sie sich eine freie Minute stehlen kann, sitzt sie an ihrem Computer und spinnt an ihren Romanen; moderne Märchen, Fantasy-Storys und romantische Liebesgeschichten und alle haben sie eines gemeinsam: eine fette Portion Erotik und Witz.

Clannon Miller lebt mit ihrer Familie am Rand von Berlin. Sie ist Ehefrau, Mutter, Tochter, Schwester, Tante, Gott sei Dank nicht Oma, Freundin, Geliebte, Nachbarin, Vorgesetzte, Kollegin, Lehrerin, Lernende, Autoliebhaberin, Trekkie, Autorin, intellektuelle Klugscheißerin, Ballettfan, Umweltschutzfan, Klassikfan, Hard-Rock-Fan, leidenschaftliche Köchin, schlechte Sängerin, schlechte Klavierspielerin, Minecrafterin, verrückter Serienjunkie, Leseratte, Labertante, zerstreute Professorin … und wer jetzt noch nicht eingeschlafen ist, hat garantiert einen Heidenspaß mit ihren Büchern.

Kontakt: Clannon.Miller@web.de

Facebook: Clannon Miller

Twitter: Clannon Miller

Von Clannon Miller

Bereits erschienen:

First Night – Der Vertrag

First Day – Die Mission

Harvestine: Sieben Jahre und vier Sommer

Printed in Germany
by Amazon Distribution
GmbH, Leipzig